LINDA HOWARD

Wie Tau auf meiner Haut

Buch

In einem Wust von alten Manuskripten entdeckt die junge Wissenschaftlerin Grace St. John die Spur zu einem legendären keltischen Schatz. Bis sie die Geschichte im Detail entziffert hat, weiß sie jedoch nicht, daß sie damit auch den Schlüssel zu unbegrenzter Macht in den Händen hält. Doch der sensationelle Fund bleibt nicht lange ein Geheimnis. Bald schon wird Grace von einem skrupellosen Killer gejagt, der den Schatz um jeden Preis an sich reißen will. Nur ein Mensch kann Grace helfen – Niall, ein sagenumwobener Krieger, der einst das Gelübde abgelegt hat, den Schatz für alle Ewigkeit zu hüten. Aber Niall lebte im schottischen Hochland des 14. Jahrhunderts... So zelebriert Grace ein magisches Ritual und steht schon bald einem furchterregenden Ritter von archaischer Wildheit und unbeherrschtem Verlangen gegenüber. Etwas Unwiderstehliches, Unglaubliches entwickelt sich zwischen Grace und Niall – eine zeitlose, unverbrüchliche Liebe über alle Jahrhunderte hinweg. Doch wird sie auch stark genug sein, den mörderischen Gefahren zu trotzen?

Autorin

Linda Howard erhielt für ihre historischen und modernen Liebesromane bereits mehrere Auszeichnungen, u. a. den »Silver Pen« der Zeitschrift *Affaire de Coeur* und den von den Leserinnen der *Romantic Times* verliehenen Preis für den besten erotischen Roman. Linda Howards Bücher haben in der Zwischenzeit eine Gesamtauflage von über fünf Millionen Exemplaren erreicht!

Bereits bei Goldmann von Linda Howard lieferbar:

Süße Hölle (43625)
Heißkalte Glut (43862)

LINDA HOWARD

Wie Tau auf meiner Haut

Roman

Aus dem Amerikanischen
von Inez Meyer

BLANVALET

Die amerikanische Originalausgabe erschien unter dem Titel
»Son of the Morning«
bei Pocket Books, Simon & Schuster, Inc., New York.

Umwelthinweis:
Alle bedruckten Materialien dieses Taschenbuches
sind chlorfrei und umweltschonend.
Das Papier enthält Recycling-Anteile.

Blanvalet Taschenbücher erscheinen im Goldmann Verlag,
einem Unternehmen der Verlagsgruppe Bertelsmann

Deutsche Erstveröffentlichung August 1998

Umschlaggestaltung: Design Team München
Umschlagillustration: Daeni/Schlück, Garbsen
Satz: Uhl + Massopust, Aalen
Druck: Elsnerdruck, Berlin
Verlagsnummer: 35036
Lektorat: SK
Redaktion: Petra Zimmermann
Herstellung: Heidrun Nawrot
Made in Germany
ISBN 3-442-35036-0

1 3 5 7 9 10 8 6 4 2

Für Susan Bailey, meine liebenswürdige Bankerin,
die mir alle Fragen über Computer beantwortete –
und die mich nicht wegen Planung
eines Banküberfalls verdächtigte. Danke!

»Wie bist du vom Himmel gefallen, du schöner Morgenstern!
Wie bist du zur Erde gefällt, der du die Heiden schwächtest!«

Jesaja 14, Vers 12

Erster Teil

Grace

Prolog

Dezember 1307
Frankreich

Innerhalb der feuchtkalten Felswände des unterirdischen Verlieses drang die Kälte durch Wolle und Leinen hindurch bis auf die Knochen. Die rußenden Fackeln gaben als einzige Lichtquelle zu wenig Wärme ab, als daß man sie bemerkt hätte. Die beiden vom flackernden Licht angestrahlten Männer schenkten der Kälte ohnehin keinerlei Beachtung. Derart nebensächliche Beeinträchtigungen ihrer Bequemlichkeit war ihnen keiner Erwähnung wert.

Der eine Mann stand, während der andere vor ihm in einer Haltung kniete, die unterwürfig hätte sein sollen, wäre es nicht offensichtlich gewesen, daß eine solche Geisteshaltung dem großen Kopf auf den breiten Schultern vollkommen fremd war. Der stehende Mann sah gegenüber dem vitalen anderen Mann geradezu zerbrechlich aus. Der Kopf des knienden Mannes ging dem anderen bis zur Brust. Valcour wirkte im Vergleich mit dem Krieger, der er einmal gewesen war, und im Vergleich mit dem vor ihm knienden Mann tatsächlich schmächtig, aber Alter und Verzweiflung hatten ihre Spuren hinterlassen. Er war einundfünfzig Jahre alt und hatte die Blütezeit seiner Kräfte hinter sich. Kopfhaar und Bart waren bereits mehr grau denn braun, und sein schmales Gesicht war von der Last seiner Bürden zerfurcht. Jetzt war es an der Zeit, die Verantwortung, die er so viele Jahre lang geschultert hatte, einem anderen zu übertragen. Bei diesem jungen Löwen glaubte er sie in guten Händen. Im Orden gab es keinen besseren Krieger als ihn. Das wiederum bedeutete, daß es keinen besseren im gesamten Christentum gab. Denn seit ihrer Entstehung waren sie eine Bruderschaft von Rittern gewesen, die Besten der Besten, die von allen Schlachtfeldern Europas auserlesen wurden. Unvermittelt war es damit jedoch zu Ende gewesen.

Vor zwei Monaten, am Freitag, dem dreizehnten Oktober des Jahres 1307 – ein Tag, der sicherlich in aller Zukunft als verhängnisvoll in Erinnerung bleiben würde –, hatten Philipp IV. von Frankreich und sein Lakai, Papst Clemens V., ihrer Begierde nachgegeben und in einem Schlag das größte damals existierende Heer besiegt: die Ritter des Tempelordens. Einige konnten entkommen, die anderen starben auf grausame Weise. Ein noch qualvollerer Tod stand jenen bevor, die sich als Gefangene weigerten, ihren Glauben zu widerrufen.

Der Großmeister war erst sehr spät gewarnt worden und hatte die knappe Zeit lieber darauf verwandt, den Schatz zu verbergen, als sich selbst in Sicherheit zu bringen. Vielleicht hatte Jacques de Molay das Herannahen einer Katastrophe geahnt, denn er hatte mehrmals Valcour bedrängt, die riesige Seeflotte Philipps Zugriff zu entziehen. Aber sein eigenes und auch des geschätzten Kriegers Geoffroy de Charnays Hauptanliegen war es gewesen, den Schatz in Sicherheit zu bringen. Nach langer Beratung wurde der Schatz einem Schutzpatron unterstellt, nämlich Niall von Schottland. Er war sehr umsichtig ausgewählt worden, nicht nur wegen seiner einzigartigen Schwertfähigkeit, sondern auch wegen des Schutzes, den allein schon sein Name gewährte. In Schottland würde der Schatz sicher sein.

Der Großmeister war sich trotz Nialls Verbindungen nicht ganz klar, ob er die richtige Wahl getroffen hatte. In gewisser Weise war der Schotte trotz seiner ungebrochenen

Treue und den beiden gegenüber Gott und dem Orden geleisteten Gelübden von einer ungezähmten Wildheit. Manche seiner Gelübde, insbesondere das der Keuschheit, hatte er nur unwillig geleistet. Niall wurde in den Orden gezwungen, weil ein Mönch niemals mehr König werden kann. Ein König muß Kinder haben können, um sein Königreich auch für die Zukunft zu sichern. Seine außereheliche Geburt hätte eigentlich eine unüberwindliche Hürde dargestellt, aber bereits in jungen Jahren war Niall groß und aufgeschossen, schlau und draufgängerisch gewesen. Kurz, er vereinte alle Eigenschaften eines großen Herrschers und Königs. Die Alternativen waren klar gewesen: entweder ihn umzubringen oder es ihm unmöglich zu machen, die Thronfolge anzutreten. Niall wurde von seinem Vater und seinem Halbbruder geliebt, also hatte es bezüglich der anstehenden Entscheidung überhaupt keinen Zweifel gegeben. Der junge Mann würde in den Dienst Gottes treten müssen.

Das war ein ausgesprochen kluger Schachzug gewesen. Denn sollte Niall seine Gelübde gegenüber dem Tempelorden jemals widerrufen, würde er sich gleichzeitig für die Krone untragbar machen, denn er wäre entehrt. Den jungen Niall dem Schutz des Tempels zu unterstellen hatte ihm das Leben gerettet. Gleichzeitig konnte er nicht mehr als schottischer Thronfolger gehandelt werden – jedenfalls nicht unter den gegebenen Umständen.

Wenn Niall schon nicht für den Thron vorgesehen war, so eignete er sich doch vorzüglich zum Krieger. Er hatte seine Fleischeslust in Tapferkeit auf dem Schlachtfeld verwandelt. Wenn sein Blick auch manches Mal an etwas Verbotenem hängenblieb, so war sich der Großmeister doch sicher, daß er seine Gelübde niemals gebrochen hatte, denn er war ein Mann, der zu seinem Wort stand. Dieser Charakterzug zusammen mit seinen kämpferischen Fähigkeiten hatten de Charnay schließlich dazu bewogen, Niall als den nächsten

Schutzpatron auszuwählen. Wenn auch der Großmeister dem Orden vorstand, so war doch de Charnay unbestritten der einflußreichste Ritter. Außerdem hatte de Charnay die Verantwortung für den Schatz viele Jahre lang getragen, weshalb er in dieser Angelegenheit denn auch das letzte Wort haben sollte. Seine Wahl fiel auf Niall von Schottland, und Valcour hatte dem von ganzem Herzen zugestimmt. Der Schotte würde den Schatz unter Einsatz seines Lebens verteidigen.

»Schwöre«, flüsterte Valcour dem gebückten schwarzen Schopf zu. Er spürte die Wut des jungen Mannes, wußte aber nicht, wie er sie hätte mildern können. »Ganz gleich, was auch passiert, der Schatz darf niemals in fremde Hände fallen. Der Orden hat sich dem Schutze unseres Gottes anvertraut, und seine Anhänger dürfen in ihrer Pflicht niemals versagen.«

Den kalten harten Steinfußboden unter seinen Knien bemerkte Niall kaum. Auf seinem dichten, schwarzen und vorschriftsmäßig geschnittenem Haar glitzerte trotz der Kälte der Schweiß. Dampf stieg von seinem Körper auf. Langsam hob er den Kopf. Seine Augen hatten einen bitteren Glanz. »Auch heute noch?« fragte er mit tiefer, samtiger Stimme.

Valcour lächelte kaum merklich. »Gerade heute. Wir dienen Gott, nicht Rom. Mir scheint, der Heilige Vater hat vergessen, daß es da zu unterscheiden gilt.«

»Der zugrundeliegende Gedanke sollte ihm leicht verständlich sein«, erwiderte Niall verächtlich. »Er dient nicht Gott, sondern leckt lieber Philipps Hinterteil, wann immer der König ihm dieses entgegenstreckt.« Nialls nachtschwarzer Blick wanderte über die Sammlung der Kultgegenstände, die die Ritter vor mehr als hundert Jahren aus dem Tempel in Jerusalem mitgebracht hatten. Er betrachtete sie mit wachsender Verbitterung. Gute Männer waren eines grausamen

Todes gestorben, um diese… *Dinge* zu beschützen. Der König von Frankreich war ganz erpicht darauf, den Orden seiner irdischen Güter, wie Gold und Silber, zu berauben. Aber das Geheimnis des Ordens beruhte eben gerade auf diesen Dingen und nicht nur auf Gold. Sicher, Gold war reichlich vorhanden – und es lag bei Niall. Seine eigentliche Aufgabe aber war die, die Sicherheit des tatsächlichen Schatzes zu gewährleisten, diese irritierende und magische Ansammlung von… Dingen. Ein ganz einfacher, zerkratzter Kelch. Ein Tuch, dem ein Geheimnis in den Stoff gewebt war. Ein Thron, verstörend und heidnisch – war das wirklich nur ein Thron? Eine Art Fahne, trotz ihres Alters dicht und schön, die laut Überlieferung eine merkwürdige Kraft in ihren alten Fasern verborgen halten sollte. Und eine altertümliche Schriftrolle, halb hebräisch, halb griechisch, die von einem Geheimnis und einer jenseits aller Vorstellung liegenden Macht kündete. »Ich könnte noch einmal in den Kampf zurückkehren«, sagte Niall und dachte dabei an das Schriftstück. Er hob seinen unerbittlichen Kämpferblick zu Valcour empor. »Sowohl Philipp als auch Clemens könnten unter meinem Schwert fallen. Die ganze Sache könnte sich in Wohlgefallen auflösen, und unsere Brüder müßten nicht sterben.«

»Nein«, entgegnete Valcour. Sein Gesichtsausdruck war stumpf, wie bei jemandem, der bereits jeden Schrecken und alle Müdigkeit hinter sich gelassen hatte. »Wir dürfen nicht um unseretwillen die Entdeckung des Geheimnisses riskieren. *Nur um Gottes willen* darf das Geheimnis benutzt werden.«

»Gibt es denn einen Gott?« fragte Niall bitter. »Oder sind wir ganz einfach nur Narren?«

Valcours magere, blutleere Hand hob sich und berührte Nialls Kopf in einer sowohl segnenden als auch verhaltenen Geste. Er fühlte die dampfende Hitze, die von dem muskulösen Körper des Kriegers aufstieg, denn Niall hatte gerade seinen Helm abgelegt und trug immer noch die schwere Rüstung. Hätte er doch einen Bruchteil von Nialls außergewöhnlicher Kraft, dachte Valcour müde. Der Schotte war wie aus Stahl, weder brach er zusammen, noch wurde er müde, ganz gleich, welchen Umständen er auch trotzen mußte. Seine Schwerthand war unermüdlich, sein Wille schwankte nie. Es gab keinen größeren Krieger im Dienste Gottes als diesen vorbildlichen Schotten, in dessen Mischlingsvenen königliches Blut floß. Er war nicht nur adlig, sondern königlich. Es war ebendieses Blut, das ihm den Eintritt in den Orden überhaupt erst verschafft hatte, denn eigentlich wäre das mit unehelicher Abstammung nicht möglich gewesen. Der Großmeister hatte weise entschieden und in diesem Fall die Blutsbande für wichtiger erklärt als die Vorschriften. Diese Blutsbande waren es auch, die Niall Schutz gewährten. Clemens konnte seine blutigen, gierigen Hände nicht auf den Schotten legen, denn er würde in seiner Heimat, den zackengekrönten Bergen der Highlands, in Sicherheit sein.

»Wir glauben«, beantwortete Valcour schließlich Nialls Frage. »Du bist von allen anderen Gelübden befreit, aber bei dem Blut deiner Brüder mußt du schwören, daß du dein Leben dem Schutz dieser heiligen Reliquien widmen wirst.«

»Ich schwöre«, wiederholte Niall inbrünstig. »Aber *ihretwegen*. Niemals wieder nur für *Ihn*.«

Valcour blickte ihn betrübt an. Der Abfall vom Glauben war eine schreckliche Sache – und keine Seltenheit in dieser furchterregenden Zeit. Noch mehr Männer würden ihren Glauben oder ihr Leben verlieren. Nicht alle Brüder waren ihm treu geblieben. Manche hatten sowohl dem Orden als auch dem Gott den Rücken gekehrt, der ihnen solch teuflische Dinge hatte widerfahren lassen. Freunde und Brüder waren gefoltert worden. Der Orden war auseinandergefallen – und alles nur aus Gier nach dem Gold. Es war schwer, außer an Verrat und Rache noch an etwas Gutes zu glauben.

Und doch versuchte Valcour, eine kleine, aber entscheidende Ecke seiner Seele reinzuhalten. Dort bettete er seinen Glauben, denn ohne Glauben erschien ihm alles bedeutungslos. Wenn er nicht glaubte, dann müßte er einsehen, daß so viele tapfere Männer umsonst gestorben waren. Mit diesem Gedanken hätte er nicht leben können. Er glaubte also, weil die Alternative unerträglich war. Er wünschte, daß Niall auch diesen Trost besäße, aber der Schotte war zu kompromißlos, sein Kriegerherz kannte nur schwarz oder weiß. Er war auf zu vielen Schlachtfeldern gewesen, wo die Wahl eine ganz einfache gewesen war: töten oder getötet werden.

Valcour hatte für den Herrn gekämpft, aber er war nie ein Krieger wie Niall gewesen. Die Hitze des Gefechts macht den Kopf in aller Regel klar, weil sie das Leben auf die einfachsten Wahlmöglichkeiten beschränkt.

Der Orden brauchte Niall, um seinem wichtigsten und geheimsten Gelübde nachzukommen. Die Bruderschaft war am Ende, jedenfalls in ihrer jetzigen Form. Ihre heilige Pflicht jedoch bestand fort. Und Niall war als ihr Hüter auserwählt worden.

»Gut, aus welchem Grund auch immer«, murmelte Valcour. »Beschütze sie gut, denn sie sind die wahren Schätze unseres Herrn. Sollten sie in die Hände des Bösen fallen, so wäre das Blut unserer Brüder vergeblich geflossen. So soll es denn sein: wenn nicht für *Ihn*, dann für *sie*.«

»Bei meinem Leben«, schwor Niall von Schottland.

Dezember 1309
Creag Dhu, Schottland

»Seit deinem letzten Besuch haben noch drei weitere Ritter den Weg hierher gefunden«, murmelte Niall an seinen Bruder Robert gewandt, während die beiden in Nialls Kammer vor dem knisternden Feuer saßen. Eine große, dicke Talgkerze stand auf dem Tisch, an dem sie eben ihre Bäuche gefüllt hatten. Ihre Flamme verstärkte den goldenen Schimmer des Feuers. Abgesehen davon lag das angenehm warme Gemach im Dunkeln. Keine Zugluft drang durch die Mauern, um die Luft mit ihrem eisigen Atem zu bewegen. Die Ritzen waren sorgfältig mit Ton verschmiert und die Wände mit schweren Behängen verkleidet worden. Die massive Tür zu Nialls Kammer war fest verriegelt. Trotzdem sprachen die beiden Männer nur leise und auf französisch miteinander. Sollten sie dennoch von jemandem belauscht werden, würde man sie nicht verstehen können. Anders als die meisten Adligen sprach keiner der schottischen Diener französisch. Und hier draußen, in dieser alles abweisenden Festung in einem der entlegensten Winkel der schottischen Highlands, mußten sie sich ohnehin nur um die Dienerschaft und die bewaffneten Männer Gedanken machen.

Beide hielten schwere Kelche mit französischem Wein in den Händen. Robert nippte nachdenklich daran. Er hatte sich auf einem riesigen, geschnitzten Stuhl niedergelassen, während Niall eine schwere Bank herangezogen und sie so vor das Feuer gerückt hatte, daß er mehr den Besucher als die Flammen ansah. Robert beobachtete die tanzenden Flammen und trank von dem Wein. Als er sich wieder Niall zuwandte, brauchte er einen Augenblick, ehe sich seine Augen wieder an die Dunkelheit gewöhnt hatten. Plötzlich wurde ihm bewußt, daß Niall seine Bank aus diesem Grund so gestellt hatte. Sogar hier, in seiner eigenen Burg, in seiner eigenen Kammer und mit seinem eigenen Bruder war Nialls Instinkt der eines Kriegers. Er hatte sichergestellt, daß nichts seine Sicht behindern würde. Sollte er unvermutet von einem Feind überrascht werden, dann würde er jedenfalls nicht durch mangelndes Licht behindert sein.

Bei dieser Erkenntnis mußte Robert leicht lächeln. Nach jahrelangen Kämpfen gegen die Engländer hatte auch er gelernt, seine nächtliche Sicht durch nichts zu beeinträchtigen. An diesem sicheren Ort jedoch hatte er sich etwas Entspannung gegönnt. Nicht so Niall. Der entspannte sich niemals, sondern war zu jeder Zeit wachsam.

»Haben denn manche der Ritter auch woanders Unterschlupf gesucht?«

»Nein. Sie bleiben hier, weil es kein anderes sicheres Refugium gibt. Aber sie wissen, daß sie bald weiterziehen müssen, denn allein ihre Zahl würde die Aufmerksamkeit auf Creag Dhu lenken, was sie ja selbst vermeiden wollen.«

Niall blickte seinen Bruder mit bohrendem dunklem Blick an. »Ich frage nicht um meinetwillen, um ihretwillen aber muß ich es fragen: Beabsichtigst du, Clemens' Edikt gegen uns anzuwenden?«

Robert wich entsetzt zurück. »Wie kannst du das fragen!« knurrte er. Er war wütend genug, um dabei ins Keltische zurückzufallen. Nialls Blick aber war unnachgiebig, und nach einem Augenblick hatte Robert sich wieder unter Kontrolle.

»Du brauchst eine Allianz mit Frankreich«, erläuterte Niall ruhig. »Sollte Philipp meine Identität herausfinden, würde ihn nichts davon abhalten können, mich zu seinem Gefangenen zu machen. Dafür würde er sogar seine Kräfte mit denen von Edward vereinen. Das aber kannst du nicht riskieren.« Niall hatte es unerwähnt gelassen, daß Schottland die Allianz brauchte. Die Unterscheidung war allerdings überflüssig, denn sein Bruder *war* Schottland, die Personifizierung all seiner Hoffnungen und Träume.

Robert atmete tief und sich beruhigend ein. »Nun ja«, gab er zu. »Das wäre eine empfindliche Schlappe. Aber ich habe bereits drei Brüder an Englands Barbarei verloren. Meine Frau, meine Tochter und unsere Schwestern sind bereits seit drei Jahren dort gefangen, und ich weiß nicht, ob ich sie jemals lebend wiedersehen werde. Dich will ich nicht auch noch verlieren.«

»Du kennst mich doch kaum.«

»Es ist wahr, daß wir nicht viel zusammen gewesen sind. Aber ich kenne dich«, widersprach Robert. Er kannte und liebte ihn, so einfach war das. Keiner der anderen Brüder hätte ihm die Krone streitig machen können. Seit der Zeit aber, als Niall ein großgewachsener, kräftiger Zehnjähriger gewesen war, waren sich sein Vater und Robert darüber im klaren gewesen, daß der uneheliche Halbbruder das Zeug zum König hatte und daß er ungewöhnlich großen Mut und Verstand besaß, zwei Eigenschaften, die auch zu Roberts Charaktereigenschaften zählten. Um Schottlands willen durften sie keinen Kampf zwischen den beiden Brüdern entstehen lassen. Selbst wenn Niall erwachsen sein würde und ihm treu ergeben bliebe, besaß er eine jener Persönlichkeiten, denen die Menschen gerne folgten. Die Umstände seiner Geburt waren ein Geheimnis. Geheimnisse aber haben die Angewohnheit, irgendwann einmal gelüftet zu werden. Niall selbst hatte das bestätigt, als er Robert mit der Frage überrascht hatte, ob es denn stimme, daß sie Brüder wären.

Im Kampf um die Thronfolge war es nicht ungewöhnlich, daß man mögliche Konkurrenten durch Mord ausschaltete. Aber weder Robert noch seinem Vater, dem Grafen von Carrick, war auch nur der Gedanke an so etwas erträglich. Es wäre geradeso, als ob man eine lodernde Flamme löschen würde und alle im Dunkeln zurückließe. Niall sprühte vor Lebenskraft, er war frohgelaunt und zu Scherzen aufgelegt, und er zog Menschen magnetisch an. Er hatte unter den Jüngeren immer schon die Führerrolle übernommen, hatte seine Kameraden in irgendwelche Blödeleien hineingezogen, die Strafe aber stets ganz allein auf seine Kappe genommen.

Als er vierzehn war, rannten ihm die Jungs mit leuchtenden Augen und geschmeidigen Körpern hinterher. Seine Stimme war schon früh tief, Schultern und Brust bereits ausgeprägt. In seiner aufgeschossenen Länge hätte er gut und gerne den Körper eines Erwachsenen unterbringen können. Besonders talentiert hatte er sich im Umgang mit Waffen gezeigt, die ständige Übung mit Streitäxten und Schwertern hatte ihn weiter gestählt. Robert bezweifelte, daß er seine Nächte allein verbrachte, denn nicht nur die jungen Männer rannten ihm hinterher, sondern auch die Frauen, von denen einige sogar verheiratet waren.

Niall hatte sich jedoch verändert. Angesichts des Verrats, durch den der Tempelorden besiegt worden war, überraschte Robert das nicht. Nialls Anziehungskraft hatte nicht nachgelassen, aber er war jetzt härter, und seine schwarzen Augen hatten etwas Stählernes, wenn er lächelte. Als Junge war seine Kraft unerschöpflich gewesen. Jetzt war er erwachsen und ein gefürchteter Krieger. Er hatte die Kunst der Geduld erlernt. Seine Ruhe aber war die eines Jägers, der seiner nächsten Beute auflauert.

Betont deutlich sagte Robert: »Schottland wird sich nicht der Verfolgung des Tempelordens anschließen.«

Wieder bohrte sich Nialls Blick wie ein scharfes Schwert in ihn hinein. »Dafür hast du meine Dankbarkeit... und mehr, solltest du Gebrauch davon machen wollen.«

Was Niall unausgesprochen gelassen hatte, hing jetzt wie ein dunkler Schatten im Raum. Die wachsamen Augen blieben auf Robert gerichtet, der die Brauen hochzog. »Mehr?« hakte er nach und nippte an seinem Wein. Er war neugierig zu erfahren, was »mehr« denn bedeuten mochte. Er wagte es kaum zu hoffen... vielleicht bot ihm Niall Gold an. Mehr als alles andere brauchte Schottland Gold, um gegen die englische Krone Widerstand leisten zu können.

»Die Krieger sind die besten der Welt. Sie dürfen sich zwar nicht hier versammeln, aber ich sehe keinen Grund, warum ihre Fähigkeiten ungenutzt bleiben sollen.«

»Ich verstehe.« Robert blickte nachdenklich in die Flammen. Jetzt kannte er Nialls Ziel, und in der Tat war es sehr verlockend. Nicht Gold bot er ihm an, dafür aber etwas beinahe ebenso Wertvolles: Ausbildung und Erfahrung. Die verstoßenen Ritter trugen zwar nicht mehr ihre roten Kreuze, aber sie waren noch genau dieselben, die sie auch vor der Zeit waren, als der Papst gemeinsam mit dem König von Frankreich sie zu zerstören suchte: nämlich die besten Kämpfer der Welt. Der endlose Krieg mit England hatte Schottlands Rücklagen so weit aufgebraucht, daß die Leute sich manchmal mit ihren bloßen Händen verteidigen mußten. Aber so tapfer seine Leute, besonders die rauhen Hochländer waren, so wußte Robert nur zu gut, daß sie mehr brauchten: mehr Geld, mehr Waffen und eine bessere Ausbildung.

»Misch sie doch unter dein Heer«, murmelte Niall. »Überlasse ihnen die Ausbildung deiner Leute. Suche ihren strategischen Rat. Nutze sie. Im Gegenzug werden sie Schotten werden und werden bis zum letzten Mann für dich und für Schottland kämpfen.«

Die Krieger des Tempelordens! Allein der Gedanke war bereits schwindelerregend. Roberts Kriegerblut wärmte sich angesichts der Vorstellung, solche Leute unter seiner Führung zu wissen. Was aber konnte eine Handvoll Männer ausrichten, ganz gleich, wie gut sie auch ausgebildet sein mochten? »Wie viele Männer sind es denn?« fragte er zweifelnd. »Fünf?«

»Fünf sind zur Zeit hier auf der Burg«, erwiderte Niall. »Aber Hunderte sind noch auf der Suche nach einem Unterschlupf.«

Hunderte. Niall schlug ihm vor, Schottland zu einem Refugium für die entkommenen Ritter zu machen, die über ganz Europa verteilt nach Verstecken suchten. Wenn man sie festnahm, so hatten sie die Wahl, entweder die ihrigen zu verraten oder nach vorangegangener Folter auf dem Scheiterhaufen verbrannt zu werden. Einige unter ihnen hatten sogar trotz ihrer Gefügigkeit ihr Leben lassen müssen.

»Kannst du sie denn hierherbringen?«

»Das kann ich.« Niall erhob sich von der Bank und stand mit seinem breiten Rücken dem Feuer zugewandt. Seine mächtigen Schultern warfen einen riesigen Schatten auf den Fußboden. Sein dichtes schwarzes Haar fiel auf seine Schultern herab. Nach keltischem Brauch hatte er zu beiden Seiten des Gesichts zwei kleine Zöpfchen geflochten. In seinem Jagdschottenrock, dem weißen Hemd und mit dem Schwert in seinem breiten Gürtel sah er durch und durch wie ein ungestümer Hochländer aus. Mit grimmigem Gesichtsausdruck meinte er: »Ich kann sie allerdings nicht bis zu dir hin begleiten.«

»Das ist mir klar«, erwiderte Robert leise. »Das würde ich auch nicht von dir verlangen. Ich möchte keine Details erfahren, aber ich weiß, daß du dich in größerer Gefahr befindest als jene, denen du helfen möchtest. Und das nicht nur, weil du mein Bruder bist. Mit welcher Aufgabe auch immer dich der Orden beauftragt hat, sie könnte von keinem geringeren Mann als dir erfüllt werden. Wenn du meine Hilfe brauchst oder die der Ritter, die du mir unterstellen möchtest, so mußt du mich nur benachrichtigen.«

Niall machte eine knappe Kopfbewegung, die seine Zustimmung ausdrücken sollte. Und doch wußte Robert, daß das niemals geschehen würde. Niall hatte sich hier, in dem wildesten, entlegensten Teil der Highlands, den nordwestlichen Gebirgen, eine Burg errichtet, die er gegen jede Bedrohung verteidigen würde. Er hatte eine starke Truppe disziplinierter Ritter und Bewaffneter, die Creag Dhu in eine gefürchtete Festung verwandelt hatten.

Die Leute auf dem Land tuschelten bereits darüber, und viele zogen näher an Creag Dhu heran, um so unter seinem Schutz zu stehen. Sie nannten ihn den Schwarzen Niall. In Schottland bezeichnete man jeden mit dunklen Haaren als schwarz. Den Gerüchten zufolge wurde Niall aber nicht nur seiner schwarzen Augen und Haare wegen so genannt, sondern auch wegen seines Herzens.

Robert, der von Nialls Herkunft wußte, erkannte die Ähnlichkeit zwischen seinem Halbbruder und seinem eigenen besten Freund, Jamie Douglas, dem berühmten Schwarzen Douglas.

Die zufälligen Übereinstimmungen sowohl des Namens als auch der Haarfarbe hatten ihn stutzig gemacht. Nialls Mutter war eine Douglas gewesen, und er und Jamie waren Cousins. Jamie war groß und breitschultrig, allerdings nicht ganz so kräftig gebaut wie Niall. Wenn man sie zusammen sehen würde, würde die Ähnlichkeit auffallen? Würde man dann sehen, daß Niall die körperliche Stärke eines Bruce besaß und zusätzlich noch die Schönheit von Nigel, einem weiteren Halbbruder Nialls?

Das Blut der Bruces und der Douglas' hatte sich in Niall zu einem Mann ungewöhnlichen Aussehens und ungewöhnlicher Kraft vereinigt. Er war die Art von Mann, die nur alle hundert oder zweihundert Jahre einmal geboren wurde. Zu seiner eigenen Sicherheit und für das Gelingen der von dem zerbrochenen Orden auferlegten Mission durfte niemand erfahren, daß der berüchtigte Schwarze Niall einerseits der geliebte Halbbruder des Königs von Schottland und andererseits der uneheliche Sohn der wunderschönen Catriona Douglas war. Denn Catrionas Mann lebte noch und würde nichts unversucht lassen, den lebenden Beweis der Untreue seiner Frau zu ermorden.

Außerdem war Niall Mitglied des Tempelordens, somit von der Kirche ausgeschlossen und vom Papst mit dem Tod bedroht, sollte er jemals gefangen werden. Oberflächlich betrachtet war seine Existenz durchaus gefährdet.

Auf der anderen Seite würde nur ein Dummkopf versuchen, Creag Dhus Abwehr zu durchbrechen. Der Orden hatte eine gute Wahl getroffen.

Robert seufzte. Er mußte die Zurückgezogenheit seines Bruders akzeptieren und sein eigenes Königreich den vielen verstreuten Rittern als sicheren Hafen anbieten. Angesichts des Gewinns, den Schottland daraus ziehen würde, war das wenig genug.

»Zeit für mich zu gehen«, meinte Robert, leerte seinen Kelch und stellte ihn beiseite. »Die Stunde rückt voran. Und der wunderschönen Dirne, die unten auf dich wartet, könnte es langweilig werden. Möglich, daß sie sich dann einen anderen sucht.«

Niall stand nicht mehr unter den Gelübden des Tempelordens, nämlich Armut, Keuschheit und Gehorsam. Robert fragte sich insgeheim, wie er die acht Jahre ohne Frau als Mönch hatte verbringen können. Er selbst war zwar auch ein Mann, aber er kannte nur zu gut die feurige sexuelle Komponente in Nialls Naturell. Robert hätte sich niemanden vorstellen können, der sich so wenig zum Mönch eignete wie Niall.

Niall lächelte. »Möglich«, meinte er ohne einen Anflug von Eifersucht oder den geringsten Zweifel. Denn es war äußerst unwahrscheinlich, daß Meg sich verzogen haben könnte. Sie erfreute sich ihres derzeitigen bevorzugten Status, wenngleich sie nicht seine alleinige Bettgenossin war. Robert lachte und klopfte ihm mit der Hand auf die breiten Schultern. »Während ich durch die kalte Nacht reite, werde ich dich um deinen Ritt zwischen ihren warmen Schenkeln beneiden. Gott sei mit dir.«

Nialls Gesichtsausdruck zeigte keinerlei Regung, aber Robert wußte sofort, daß seine letzte Bemerkung die Erstarrung hervorgerufen hatte. Besorgt legte er seinen Arm um die Schulter seines Bruders. Es gab Zeiten, in denen der Glaube das einzige Gut der Menschen war, ob nun adlig oder nicht, um sie am Leben zu erhalten. Niall aber hatte diesem Glauben abgeschworen, als die Kirche ihm den Rücken gekehrt hatte.

Robert hatte jedoch nichts sagen oder versprechen können, außer dem, was er bereits gesagt und versprochen hatte. »Bring sie hierher«, murmelte er. »Ich werde sie willkommen heißen.« Mit diesen Worten drückte Robert der Bruce, König der Schotten, auf einen Stein neben der Feuerstelle, woraufhin sich eine ganze Wand auftat. Er hob die Fackel hoch, die er dort abgelegt hatte, und zündete sie am Feuer wieder an. Dann verließ er Creag Dhu genauso, wie er gekommen war, nämlich heimlich.

Niall beobachtete, wie sich die Tür, ohne eine sichtbare Spur zu hinterlassen, wieder in das Mauerwerk einfügte. Mit regungsloser Miene nahm er den Kelch seines Bruders, wischte den Rand sauber und füllte ihn erneut mit gutem Wein. Sein eigener Kelch war noch fast voll. Er stellte beide Gefäße neben das Bett, dann entriegelte er die Tür und suchte nach Meg. Seine Laune hatte sich trotz des Refugiums, das Robert den flüchtigen Tempelbrüdern gewähren würde, verfinstert. Seine Wut war allgegenwärtig. Während der letzten beiden Jahre hatte er sie zwar zu kontrollieren gelernt, aber im Grunde hatte sie kein bißchen nachgelassen.

Verfluchter Clemens, verfluchter Philipp, und vor allen Dingen verfluchter Gott, dem die Ritter so treu gedient hatten und der sie gerade in dem Augenblick verlassen hatte, als sie Seiner am meisten bedurft hätten. Wenn er wegen solcher Blasphemien in die Hölle kommen sollte, auch gut. Aber

Niall glaubte nicht länger an eine Hölle, denn er hatte jeglichen Glauben verloren. Er würde seine düsteren Gedanken an Megs üppigem, willigem Körper auslassen, eng von ihren Armen und Beinen umklammert. Je heftiger das Liebesspiel, um so besser gefiel es ihr.

Meg zu finden war nicht schwierig. Sie hielt bereits am Fuß der breiten Steintreppe nach ihm Ausschau und kam ihm lächelnd entgegen, als er sich oben in der Tür zeigte. Niall blieb stehen und wartete. Meg hob ihre Röcke an und eilte die Stufen hinauf, wobei das lodernde Fackellicht ihre geröteten Wangen beleuchtete. Noch ehe sie oben angekommen war, wandte sich Niall um und ging wieder in seine Kammer zurück. Ihre schnellen, leichten Schritte folgten ihm. Er konnte ihren sowohl vom Laufen als auch von der Erwartung beschleunigten Atem hören.

Sie zog bereits ihren Schal aus und zerrte an den Bändern ihres Leibchens, als sie ihm durch die Tür in seine Kammer folgte. Er schloß hinter ihr zu und beobachtete sie dabei, wie sie fieberhaft ihre Kleidung abstreifte und ihm ihren üppigen Körper darbot. Sein pulsierender Schaft wurde hart und hob seinen Schottenrock wie ein Zelt an.

Sie entdeckte die beiden Weinkelche und lächelte zufrieden. Er hatte gewußt, daß sie es als ein weiteres Zeichen seiner Vernarrtheit in sie deuten würde. Aber sollte sie denken, was sie wollte, wenn sie nur nicht dahinterkam, daß er einen heimlichen Besucher empfangen hatte und daß dieser Besucher niemand anderes als der König selbst gewesen war. Obwohl er ihr gerne schmeichelte und sie liebkoste, war doch sein einziges Interesse an ihr die Lust und die körperliche Erleichterung, die er bei ihr finden konnte. Sie stand nackt da, hob den Kelch an und nippte an dem Wein. Sie war doppelt zufrieden, als sie statt des gewohnten säuerlich verwässerten Weins einen edlen Tropfen kostete. Der Schein des Feuers umspielte die vollen Kurven ihrer Brüste, färbte ihre Knospen dunkelrot ein und vertiefte ihren Nabel und die wirren Locken zwischen ihren Schenkeln.

Niall wollte nicht warten. Er trat auf sie zu, nahm ihr den Kelch aus der Hand und setzte ihn so heftig ab, daß ein paar Tropfen der roten Flüssigkeit über den Rand schwappten. Sie quiekste erschrocken auf, als er sie hochhob und auf das breite Bett warf. Schnell verwandelte sich ihr Schreien in Lachen, als er auf ihr landete.

Mit den Knien drückte er ihre Schenkel auseinander. »Willst du dir nicht wenigstens die Stiefel ausziehen?« fragte sie kichernd und griff nach einem Hemdzipfel.

Ihr Duft war betörend weiblich. Seine schmalen Nasenlöcher blähten sich, als er ihren Geruch einzog. »Warum?« fragte er sachlich. »Ich trage sie doch an meinen Füßen und nicht über meinem Schwanz.« Nun konnte sich Meg vor Lachen nicht mehr halten. Nialls Hand rutschte unter seinen Rock, umschloß sein steifes Glied und führte es auf ihre feuchte Spalte zu.

Er beugte sich vor und drang erwartungsvoll bebend in sie ein. Megs Lachen erstarb augenblicklich, als ihr Körper die volle Wucht seines Stoßes in sich aufnahm. Die Dunkelheit in ihm wich seinem Vergnügen. Solange er eine Frau in seinen Armen halten konnte, konnte er den Verrat und die erdrückende Last seiner Verantwortung wenigstens eine Weile vollkommen vergessen.

1

27. April 1996

Ein hustendes Rattern verkündete der gesamten Nachbarschaft, daß Kristian Sieber von der Schule nach Hause gekommen war. Er fuhr eine Chevelle aus dem Jahre 1966, die mitsamt ihren gurgelnden acht Zylindern liebevoll restauriert worden war. Die Karosserie war ein mehrfarbiges Stückwerk, da die Teile verschiedenen anderen Chevelles entnommen worden waren. Bemängelte jemand das äußere Erscheinungsbild in irgendeiner Weise, brummte Kristian nur, er werde sich schon noch darum kümmern. In Wahrheit aber scherte ihn das Äußere seines Autos nicht. Vielmehr begeisterte ihn, daß das Auto lief wie damals, als es nagelneu gewesen war und ein Mann jedes Mädchen mit seiner schnurrenden Kraft hätte einfangen können. In der Männern eigenen instinktiven, urwüchsigen Art glaubte Kristian, daß die Kraft des Autos sein eigenes Image als Außenseiter verbessern konnte, und daß die Mädchen sich dann darum reißen würden, mit ihm in seinem tollen Auto mitfahren zu dürfen. Bisher war zwar nichts dergleichen geschehen, aber noch hatte Kristian die Hoffnung nicht aufgegeben. Als das ratternde Auto an ihrem Haus vorbeifuhr und um die Ecke bog, kostete Grace St. John an ihrem eben gekochten Gulasch. »Kristian ist gekommen«, sagte sie und sprang auf. »Nicht möglich«, neckte sie Ford. Er zwinkerte ihr zu, als sie die Aktentasche mit ihrem Laptopcomputer und den zahlreichen Seiten ihrer Übersetzung aufhob. Die weiche Ledertasche beulte sich nach außen aus, weil sie mit Disketten und Notizen vollgestopft war. Sie hatte schon vorher ihr Modem abgeschaltet, die Kabel aufgewickelt und es auf die Tasche gelegt. Sie hielt Tasche und Modem vor ihrem Körper und beugte sich zu Ford hinunter. Ihr Kuß war kurz, aber herzlich.

»Ein paar Stunden wird es wohl dauern«, meinte sie. »Wenn er den Fehler gefunden hat, will er mir noch ein paar seiner neuen Programme zeigen.«

»Früher waren es die Briefmarkensammlungen«, murmelte ihr Bruder Bryant. »Jetzt sind es die neuen Programme.« Die drei nahmen die meisten ihrer Mahlzeiten gemeinsam ein, eine Bequemlichkeit, die sie alle gleichermaßen schätzten. Als Bryant und Grace das Haus von ihren Eltern geerbt hatten, hatten sie daraus ein Doppelhaus gemacht. Grace und Ford lebten auf der einen Seite, Bryant auf der anderen. Die drei arbeiteten nicht nur für dieselbe archäologische Stiftung, Bryant und Ford waren obendrein bereits seit ihrer Studienzeit miteinander befreundet. Bryant hatte Ford mit Grace bekannt gemacht und klopfte sich angesichts des Resultats heute noch ständig anerkennend auf die Schulter.

»Du bist ja nur neidisch, daß du mir den Computer nicht reparieren kannst«, erwiderte Grace ungerührt, und Bryant stöhnte. Da sie beide Hände voll hatte, stand Ford auf und öffnete ihr die Küchentür. Er beugte sich nochmals zu ihr hinunter, um sie zu küssen. »Verliere dich nicht in Kristians Programmen, und vergiß die Zeit nicht darüber«, mahnte er, und seine blauen Augen blitzten sie auf eine Art und Weise an, die sie nach acht Ehejahren immer noch bis in die Fingerspitzen elektrisierte.

»Werde ich nicht tun«, versprach sie. Als sie fast schon draußen war, hielt sie auf der obersten Stufe inne. »Ich habe meine Handtasche vergessen.«

Ford holte sie aus der Abstellkammer und hing ihr den Riemen über die Schulter. »Wozu brauchst du denn die Handtasche?«

»Da sind die Schecks drin«, erwiderte sie und pustete sich eine Haarsträhne aus ihren Augen. Sie bezahlte Kristian für seine Reparaturen, obwohl der es auch umsonst getan hätte, da er leidenschaftlich gerne mit fremden Computern herumspielte. Seine eigenen Computer waren teuer, und er wußte besser mit ihnen umzugehen als die meisten anderen Fachleute, die sie kannte. Er hatte sich das Geld redlich verdient. »Außerdem lade ich ihn wahrscheinlich zu einer Pizza ein.«

»Soviel wie der Junge ißt, sollte er eigentlich zweihundert Kilo wiegen«, bemerkte Bryant.

»Er ist neunzehn. Natürlich ißt er da eine Menge.«

»Ich glaube nicht, daß ich jemals in meinem Leben so viel gegessen habe. Was meinst du, Ford? Als wir auf der Uni waren, haben wir da so viel wie Kristian verschlungen?« Ford warf ihm einen ungläubigen Blick zu. »Fragst du wirklich mich, nachdem du dreizehn Pfannkuchen und ein Pfund Würstchen zum Frühstück verdrücken konntest?«

»Ist das wahr?« erkundigte sich Bryant stirnrunzelnd. »Daran kann ich mich aber gar nicht mehr erinnern. Und wie war das mit dir? Ich habe dich vier Big Macs und vier große Tüten Fritten hintereinander herunterschlingen sehen.«

»Ihr habt beide so viel gegessen, als hättet ihr Bandwürmer«, entschied Grace die Auseinandersetzung und ging die Stufen hinunter. Ford schloß hinter ihr die Tür. Sein Lachen klang ihr noch in den Ohren.

Dichtes, widerstandsfähiges Gras federte ihre Schritte ab, als sie durch den rückseitigen Garten lief und über den langen Rasen der Murchinsons eine Abkürzung nahm. Die Nachbarn waren auf einem vierwöchigen Urlaub in South Carolina und würden erst gegen Ende der Woche wieder zurück sein. Es war wirklich schade: Sie waren dem schönen Wetter und dem Frühling hinterhergefahren und hatten ihn so zu Hause verpaßt.

Es war ein ungewöhnlich warmer April gewesen, und der Frühling war in Minneapolis ausgebrochen. Der Rasen war grün und üppig, das Laub brach an den Bäumen aus, die Blumen blühten. Obwohl die Sonne bereits untergegangen und nur noch ein letzter Lichtschimmer geblieben war, duftete die warme Abendluft. Grace atmete wohlig ein. Sie liebte den Frühling. Eigentlich mochte sie jede Jahreszeit, denn sie hatten jede ihre Vorzüge.

Kristian stand am Hintereingang der Siebers und wartete bereits auf sie. »Hallo«, grüßte er sie fröhlich. Er war immer bester Laune, wenn er mit ihrem Laptop herumspielen durfte. Er hatte kein Licht gemacht. Grace ging durch den dunklen Waschkeller hindurch in die Küche. Audra Sieber, Kristians Mutter, schob gerade ein Blech Brötchen in den Ofen. Sie blickte lächelnd auf. »Hallo, Grace. Wir essen heute abend Lammkoteletts. Ißt du mit uns mit?«

»Danke, aber ich habe gerade gegessen.« Grace mochte Audra, die gute fünfzig Jahre alt war, ein wenig übergewichtig, und die die Obsession ihres Sohnes mit Gigabytes und Festplatten voll und ganz unterstützte. Äußerlich ähnelte Kristian ganz seinem Vater Errol: groß, dünn, mit dunklem Haar und kurzsichtigen blauen Augen und einem unauffälligen Adamsapfel, der in seinem Hals auf und ab hüpfte. Selbst wenn man es Kristian auf die Stirn tätowiert hätte, er hätte einem Computerfreak nicht noch mehr ähneln können.

Grace erinnerte sich an seinen Appetit und meinte: »Kris, das hier kann warten, bis du fertig gegessen hast.«

»Ich mache mir einen Teller und komme damit nach oben«, erwiderte er, nahm ihr die Computertasche ab und wiegte sie liebevoll in seinen Armen. »Das ist dir doch recht, Mama?«

»Aber sicher doch. Geh nur und amüsiere dich.« Audra lächelte die beiden an, und Kristian verschwand sofort mit seiner Trophäe aus der Küche die Treppe nach oben in sein elektronisch vollgestopftes Zimmer.

Grace folgte ihm etwas langsamer nach und dachte, daß es jetzt wirklich an der Zeit wäre, die zwanzig Pfund wieder abzuspecken, die sie seit ihrer Hochzeit mit Ford zugenommen hatte. Das Problem war allerdings, daß sie sich bei ihrer Arbeit nicht bewegen konnte. Als Spezialistin und Übersetzerin alter Sprachen verbrachte sie viel Zeit mit einer Lupe über alte Fotos und Dokumente gebeugt. Selten mal las sie auch Originale, denn meistens waren diese zu empfindlich, als daß man sie hätte berühren dürfen. Den Rest der Zeit arbeitete sie an ihrem Computer, wo sie das Übersetzungsprogramm benutzte, das sie zusammen mit Kristian ausgetüftelt hatte. Mit dieser Art von Gehirnarbeit fiel es allerdings schwer, Kalorien zu verbrennen. An diesem Tag hatte sie sich auch wieder in die Universitätsbibliothek einklinken und Informationen herunterladen wollen, aber der Computer war nicht ihren Anweisungen gefolgt. Sie war sich nicht sicher, ob es direkt am Computer oder aber am Modem lag. Sie hatte Kristian mittags zu Hause abgefangen und sich nach der Schule mit ihm verabredet.

Die Warterei hatte sie beinahe verrückt gemacht. Sie war von dem Übersetzungsauftrag absolut fasziniert, den sie für ihren Arbeitgeber, die Amaranthine Potere Stiftung, ein riesiges archäologisches Forschungsinstitut, bearbeitete. Sie liebte ihre Arbeit auch sonst, aber dieser Auftrag war etwas Besonderes. Er war sogar so besonders, daß es ihr schwerfiel, ihrer eigenen Übersetzung Glauben zu schenken. Sie fühlte sich auf eine Weise in die Dokumente *hineingezogen*, wie sie es noch niemals vorher erlebt hatte. Ford hatte sie gefragt, worum es in den Dokumenten ging, und sie hatte ihm nur zögernd ein wenig davon erzählt, sich dabei allerdings auf das Thema beschränkt. Normalerweise erzählte sie Ford immer von ihrer Arbeit, diesmal jedoch war es anders. Ihre Gefühle gegenüber den merkwürdigen alten Dokumenten waren so stark, daß sie es kaum in Worte fassen konnte. Also hatte sie nur sehr beiläufig über die Angelegenheit gesprochen, so als ob sie nicht weiter interessant wäre.

In gewisser, ihr noch unbegreiflicher Hinsicht waren sie jedoch... sehr interessant. Sie hatte bislang kaum ein Zehntel der Arbeit übersetzt. Und doch spannten die sich daraus ergebenden Möglichkeiten sie buchstäblich auf die Folter. Sie konnte es noch nicht richtig begreifen, wie bei einem Puzzle, bei dem man erst den Rand fertig hat. In diesem Fall jedoch hatte sie keine Ahnung, wie das fertige Produkt aussehen würde. Sie wußte lediglich, daß sie nicht eher aufhören würde, bis sie es herausgefunden hatte.

Sie war oben auf dem Treppenabsatz angekommen und betrat Kristians Zimmer, ein einziges Kabelgewirr, zwischen dem gerade ausreichend Platz für sein Bett war. Er besaß vier Telefonanschlüsse, einen für den Laptop, zwei für die Computer und einen für das Faxgerät. Einer der großen Computer war angestellt, auf seinem Monitor war ein Schachspiel zu sehen. Kristian betrachtete es, seufzte und bewegte mit der Maus einen Läufer. Er dachte einen Augenblick lang über das Resultat nach, ehe er die Maus ein weiteres Mal betätigte, um auf das anstehende Problem zurückzukommen. Dann schob er einen Stapel Papiere zur Seite und legte einen weiteren auf dem Bett ab. »Was ist denn nicht in Ordnung?« fragte er, während er die Tragetasche öffnete und ihren Laptop hervorholte.

»Ich weiß es nicht«, erwiderte Grace, zog sich einen Stuhl heran und beobachtete, wie er geschickt die Verbindungskabel von dem zweiten Computer und dem Modem löste und damit ihren Laptop verkabelte. Er schaltete ihn ein, und der Monitor leuchtete blaßblau auf. »Ich habe heute morgen versucht, in die Universitätsbibliothek zu kommen, aber nichts passierte. Ich weiß nicht, ob es am Computer oder am Modem liegt.«

»Das werden wir gleich herausfinden.« Kristian kannte sich in ihrem Bedienungsmenü genausogut aus wie sie selbst. Er klickte das gewünschte Programm an, klickte zweimal auf das Telefonsymbol, wählte die Nummer der elektronischen Abteilung der Universitätsbibliothek und war keine zehn Sekunden später damit verbunden. »Modem«, diagnostizierte er. Seine Finger flogen über die Tastatur. »Was hattest du suchen wollen?«

Sie beugte sich näher zu ihm hinüber. »Mittelalterliche Geschichte. Genauer gesagt, die Kreuzritter.«

Er fuhr die Angebotsliste nach unten. »Das da«, sagte Grace und klickte mit der Maus. Die Inhaltsangabe füllte den Monitor.

Er rutschte etwas beiseite. »Hier, übernimm du das hier. Ich versuche derweil herauszufinden, was mit dem Modem nicht in Ordnung ist.«

Sie nahm seinen Platz vor dem Computer ein. Er knipste die Schreibtischlampe an, schob automatisch seine Brille die Nase hoch und fing an, das Modem auseinanderzunehmen.

Es gab mehrere Hinweise auf die kriegerischen religiösen Orden von damals, die Hospitalritter und den Orden des Tempels. Letzterer war es, den sie suchte. Sie klickte auf das gewünschte Kapitel, und der Monitor füllte sich mit Informationen.

Sie las aufmerksam, denn sie suchte einen ganz bestimmten Namen, den sie allerdings nicht finden konnte. Der Text faßte den Beitrag des Ordens zu den Kreuzritterzügen zusammen, aber abgesehen von ein paar großen Meistern war niemand weiter namentlich erwähnt.

Sie wurden kurz unterbrochen, als Audra den gefüllten Teller für Kristian hereinbrachte. Kristian stellte ihn neben das auseinandergebaute Modem und kaute zufrieden, während er arbeitete. Grace ging wieder zu der allgemeinen Auflistung zurück und suchte sich einen anderen Text heraus.

Etwas später merkte sie, daß Kristian entweder ihr Modem bereits repariert oder aber die Reparatur aufgegeben hatte, denn er beugte sich über ihre Schulter und las mit. Es fiel ihr schwer, sich aus der mittelalterlichen Welt der Intrigen und der Bedrohung in die moderne Computerwelt zurückzureißen. Sie blinzelte, um sich zu orientieren und war sich dabei der merkwürdig starken Anziehungskraft der längst vergangenen Zeit bewußt. »Hast du es reparieren können?«

»Klar doch«, erwiderte er abwesend, da er immer noch las.

»Es war nur ein loses Kabel. Was war denn dieser Tempelorden?«

»Ein kriegerischer religiöser Orden des Mittelalters. Habt ihr das denn nicht im Geschichtsunterricht durchgenommen?«

Er schob seine Brille die Nase hoch und grinste sie ungerührt an. »Unsere Zeitrechnung beginnt mit dem Jahr 1946.«

»Es gab auch schon Leben vor den Computern.«

»Analoges Leben, willst du wohl sagen. Vorgeschichtlich.«

»Was für ein Tachometer hast du denn in diesem verrückten Ding, das du als Auto bezeichnest?«

Er blickte sie entsetzt an, als ihm bewußt wurde, daß sein geliebtes Gefährt hoffnungslos veraltet war. Es hatte ein analoges Tachometer anstelle einer digitalen Meßanzeige. »Ich feile bereits daran«, murmelte er und hob seine schmalen Schultern. »Aber dieser Tempelorden, wenn sie wirklich so religiös waren, warum wurden sie dann wie Hexen auf dem Scheiterhaufen verbrannt?«

»Ketzerei«, murmelte sie und wandte sich wieder dem Monitor zu. »Feuer war die Strafe für vielerlei Verbrechen, nicht nur für Hexerei.«

»Damals nahmen die Leute ihre Religion offenbar sehr ernst.« Kristians Nase kräuselte sich angesichts einer Darstellung von drei an einen Pfahl gebundenen Männern, unter denen die Flammen bis zu ihren Knien aufloderten. Alle drei waren in weiße Tuniken gekleidet und hatten Kreuze vorne eingebrannt. Ihre Münder erschienen als schwarze Löcher, die gepeinigt aufschrien.

»Auch heute noch werden Menschen ihrer Religion wegen gehenkt«, erklärte Grace. Sie zuckte beim Anblick der Darstellung, als sie sich die grenzenlosen Qualen vorstellte, bei lebendigem Leib verbrannt zu werden. »Im Mittelalter war die Religion der Mittelpunkt menschlichen Lebens. Jeder, der sich dagegen auflehnte, bedeutete eine Bedrohung. Religion gab einerseits die Regeln des zivilisierten Zusammenlebens vor, bedeutete darüber hinaus aber noch mehr. Damals gab es zu vieles, was noch unbekannt und unverstanden war. Die Menschen wurden durch Kometen erschreckt oder ohne Vorwarnung von Krankheiten befallen. Heute wissen wir, daß das ganz normale Ereignisse sind, aber damals hatten die Menschen keine Möglichkeit, solche Phänomene zu begreifen. Stell dir nur mal vor, wie beängstigend ein Herzinfarkt gewirkt haben mußte. Sie wußten ja nicht, was ihnen da zustieß, welche Ursachen es hatte oder wie man es hätte verhindern können. Die Zauberei war ihnen ganz geläufig. Die Religion gab ihnen einen gewissen Schutz vor diesen unbekannten und beängstigenden Kräften. Selbst wenn sie sterben mußten, so stand ihnen doch Gott bei, und die bösen Geister konnten nicht die Oberhand gewinnen.«

Kristians Augenbrauen zogen sich angesichts der Vorstellung zusammen, in einer Zeit solcher Ignoranz leben zu müssen. Das war für ihn als ein Kind der Computergeneration kaum vorstellbar. »Fernsehen hätte sie vermutlich vollkommen durcheinandergebracht, was?«

»Besonders dann, wenn sie sich eine Talk-Show angesehen hätten«, feixte Grace. »Denn dort gibt es tatsächlich böse Geister.«

Kristian kicherte, wobei ihm seine Brille die Nase hinunterrutschte. Er schob sie wieder hoch und blinzelte den Monitor an. »Hast du denn gefunden, was du gesucht hast?«

»Nein, ich suche die Erwähnung eines ganz bestimmten Mannes aus dem Tempelorden. Jedenfalls glaube ich, daß er dem Orden angehörte.«

»Gibt es denn nicht irgendwelche anderen Anhaltspunkte, unter denen du ihn finden könntest?«

Sie schüttelte den Kopf. »Ich weiß nicht, wie er mit Nachnamen hieß.« *Niall von Schottland.* Mehrmals war sie bereits auf seinen Namen gestoßen, als sie die in altem Französisch abgefaßten Dokumente bearbeitet hatte. Warum wurde sein Nachname nicht erwähnt, wo doch damals Familie und Tradition eine so wichtige Rolle gespielt hatten? Soweit sie aus den Dokumenten bisher hatte in Erfahrung bringen können, war er innerhalb des Ordens der Tempelbrüder ausgesprochen einflußreich gewesen. Er selbst war Ritter, kam also aus adliger Familie und war kein Leibeigener. Ein Teil der Dokumente war auf gälisch geschrieben, was auf eine nicht bekannte Verbindung mit Schottland schließen ließ. Sie hatte den schottischen Teil der Geschichte in ihrer Enzyklopädie nachgelesen. Dort allerdings fand der geheimnisvolle Niall nirgendwo Erwähnung, schon gar nicht zu Zeiten des Tempelordens. »Ist wohl eine Sackgasse«, meinte Kristian gutgelaunt. Offenbar war er der Ansicht, daß sie nun bereits genügend Zeit für einen Mann vergeudet hatten, der schon lange vor dem analogen Zeitalter gestorben war. Kristians blaue Augen leuchteten, als er seinen Stuhl etwas näher heranrückte. »Willst du mal in dieses coole Buchhaltungsprogramm hereinschauen, das ich ausgetüftelt habe?«

»Ich glaube nicht, daß das Wort ›cool‹ und Buchhaltung gut zusammenpassen«, bemerkte Grace, ohne mit der Wimper zu zucken.

Kristian sah sie empört an. Er blinzelte mehrmals und sah dabei aus wie ein kurzsichtiger Kranich. »Du machst wohl Witze, was?« brachte er schließlich hervor. »Es ist das allererste Programm seiner Art! Warte, bis du es gesehen hast. Du machst dich nur lustig, ich weiß es.«

Graces Lippen verzogen sich zu einem Lächeln. Sie drückte auf die Tasten und kappte die Verbindung zur Universitätsbibliothek. »Ach ja? Woher willst du das denn wissen?«

»Du preßt immer die Lippen zusammen, damit du nicht lachen mußt.« Er sah auf ihre Lippen, dann wandte er schnell den Blick ab und errötete ein wenig.

Grace spürte, wie ihre Wangen zu glühen begannen, und heftete ihren Blick auf den Monitor. Kristian war ein klein wenig verliebt in sie, hauptsächlich wegen seiner Begeisterung für ihren teuren, sehr leistungsstarken Laptop. Aber ein paarmal hatte er auch etwas gesagt oder getan, was bezeugte, daß er auch körperlich von ihr Notiz genommen hatte.

Das hatte sie ein bißchen beunruhigt. Sie war immerhin dreißig Jahre alt und weiß Gott keine Femme fatale. Sie schätzte sich selbst als vollkommen durchschnittlich ein und besaß nichts, was die Lust eines Neunzehnjährigen ansprechen könnte. Andererseits konnte jedes beliebige weibliche Wesen bei Männern dieses Alters romantische Gefühle auslösen. Wo Kristian der typische Computerfreak war, sah sie sich selbst als typisch akademischen Menschen: glattes dunkelbraunes Haar, bei dem sie Lockenfrisuren bereits seit langem aufgegeben hatte. Jetzt trug sie es zu einem Pferdeschwanz zurückgebunden. Hellblaue, fast schon graue Augen, die gewöhnlich von einer Brille umrandet wurden, kein Make-up, weil sie damit nicht umgehen konnte, praktische Kleidung, meist Cordhosen oder Jeansröcke. Sie war wohl kaum das Material, aus dem erotische Träume entstehen.

Ford allerdings hatte seit jeher behauptet, sie hätte den schönsten Kußmund aller Zeiten. Es beunruhigte sie, daß Kristian gerade ihre Lippen so aufmerksam betrachtet hatte. Um ihn abzulenken sagte sie: »Also gut, schauen wir uns dein irres Programm doch einmal an.« Sie konnte nur hoffen, daß schon bald ein schickes Mädchen dem Zauber der Chevelle erlag und sowohl die PS-Stärke als auch Kristians Computerprogramme schätzen würde.

Für den Themenwechsel dankbar, öffnete Kristian eine Plastikhülle, entnahm eine Diskette und legte sie ein. Grace rückte etwas beiseite, so daß er die Tastatur besser bedienen konnte. Er instruierte den Computer, das Diskettenlaufwerk zu lesen, dann hörte man ein elektronisches Surren, bevor das Menü auf dem Bildschirm erschien.

»Wie heißt denn deine Hausbank?« fragte Kristian.

Grace sagte es ihm und runzelte die Stirn, als er die Liste absuchte. Kristian lenkte den Pfeil auf das gesuchte Wort, klickte, und wieder veränderte sich der Bildschirm. »Volltreffer!« gurrte er, als ein neues Menü erschien, diesmal das aller Bankdienstleistungen. »Ich bin doch super, findest du nicht?«

»Du bist illegal, und sonst gar nichts!« Grace beobachtete, wie er ein weiteres Wort eintippte. Sofort wurden alle ihre Transaktionen auf dem Girokonto angezeigt. »Du hast dich in das Computernetz einer Bank eingeschlichen! Geh da lieber wieder raus, ehe du richtigen Ärger bekommst. Ich meine das ernst, Kris! Das ist ein schweres Verbrechen. Du hast mir erzählt, du hättest ein Buchhaltungsprogramm und nicht einen Hintereingang zu allen Banken in der Umgebung.«

»Willst du denn gar nicht wissen, wie ich es geschafft habe?« fragte er, offensichtlich enttäuscht darüber, daß sie seine Begeisterung nicht teilte. »Ich stehle ja nichts. Hiermit kann man nur sehen, wie lange es dauert, ehe ein Scheck gebucht wird. Daraus kann man dann ein Muster ableiten. Manche Banken buchen nur ein einziges Mal in der Woche. Du hast deine Geldtransaktionen besser in der Hand, wenn du das weißt. Auf diese Weise kannst du deine Zinserträge erhöhen, du kannst deine Zahlungen zeitlich genau zu deinen eigenen Gunsten plazieren, so daß dein Guthaben nie unter das dafür notwendige Minimum fällt.«

Grace starrte ihn völlig verwundert über die Art und Weise seines Denkens an. Geldangelegenheiten waren für sie eine ganz einfache Sache: eine bestimmte Summe kommt aufs Konto, und dann muß man zusehen, daß die Ausgaben diese Summe nicht überschreiten. Ganz einfach also. Seit langem bereits teilte sie die Menschen in zwei Arten ein: mathematische Menschen und nichtmathematische Menschen. Sie war eine intelligente Frau, sie hatte einen Doktortitel. Aber mathematische Details, ob sie nun finanzieller Art waren oder ob es sich um Probleme der Quantenphysik handelte, hatten sie noch nie begeistern können. In Wörter dagegen konnte sie sich vollkommen versenken. Dort konnte sie fast besinnungslos die feinen Unterschiede in deren Bedeutung erkennen und ihren Zauber auf sich wirken lassen. Ford interessierte sich sogar noch weniger für Mathematik als sie, weshalb sie sich um die finanziellen Dinge kümmerte. Bryant gab sich Mühe, er las den Wirtschaftsteil der Zeitungen und abonnierte Anlageberatungszeitschriften – falls er jemals Geld haben sollte, das er anlegen könnte –, aber eigentlich hatte er auch keine Ahnung davon. Nachdem er eine Viertelstunde eine Investmentzeitschrift durchgeblättert hatte, schmiß er sie beiseite und griff nach irgendeiner beliebigen Veröffentlichung über Archäologie.

Kristian aber war ein mathematischer Mensch. Grace hegte nicht den geringsten Zweifel, daß er mit dreißig bereits Millionär sein würde. Er würde ein brillantes Computerprogramm aushecken, die Profite daraus klug anlegen und sich dann zurückziehen, um seine Zeit mit noch viel innovativeren Programmen zu verbringen.

»Ich bin mir ganz sicher, daß es für Anleger eine wirklich phantastische Sache ist, aber es ist illegal. Du kannst es also nicht vermarkten.«

»Es ist doch nicht für die Öffentlichkeit, ich spiele nur gerne damit herum. Man würde annehmen, daß die Banken bessere Sicherheitsvorkehrungen getroffen hätten. Mir ist aber nicht eine einzige untergekommen, bei der ich ernstliche Probleme gehabt hätte.«

»Mein liebes Kind, entweder du wirst berühmt werden oder aber im Gefängnis landen.«

Er zog den Kopf ein wenig ein und grinste. »Ich habe noch etwas, was ich dir zeigen möchte«, sagte er aufgeregt, während seine Finger über die Tastatur huschten, um das Bankprogramm wieder zu verlassen.

Grace beobachtete, wie sich die Monitoroberfläche ständig veränderte, während er von dem einen in das nächste Programm schaltete. »Werden sie denn nicht merken, daß du in ihren Unterlagen warst?«

»Nicht mit diesem Programm hier. Ich gehe nämlich mit einem vollkommen legalen Codewort in ihr Programm. Ich ziehe mir sozusagen einen elektronischen Schafspelz über. So wissen sie nicht, daß sich ein Wolf in ihrer Gegend umgesehen hat.«

»Wie bist du denn an das Codewort gekommen?«

»Ich habe herumgeschnüffelt. Ganz gleich, wie kodiert die Information auch ist, es gibt doch immer eine Hintertür.

Deine Bank hat für ihre Sicherheit nicht gerade den besten Computer«, stellte er mit offensichtlichem Mißfallen fest. »Ich an deiner Stelle würde die Bank wechseln.«

»Ich werde es mir mal durch den Kopf gehen lassen«, versicherte sie ihm mit diesem etwas unglücklichen Lächeln, das ihn immer zum Lachen brachte.

»Das ist ja nur ein Teil des Programms. Hier ist das Buchhaltungsprogramm.« Er holte eine neue Oberfläche hervor und bedeutete Grace, näher heranzurutschen. Gehorsam rückte sie ihren Stuhl etwas näher, während er ihr die vielen Aspekte seiner digitalen Erfindungen erläuterte. Grace hörte aufmerksam zu, denn sie erkannte, daß es tatsächlich ein gutes und vor allen Dingen unglaublich einfach zu bedienendes System war. Er hatte es so programmiert, daß man einen Neuzugang mit den bereits auf diesem Konto getätigten Eingängen vergleichen konnte. Wenn also jemand versehentlich 115 Dollar statt 15 Dollar eintippte, dann machte das Programm den Benutzer darauf aufmerksam, daß sich die Summe nicht mit der anderen deckte und forderte ihn auf, nachzusehen, ob ihm ein Eingabefehler unterlaufen war.

»Das gefällt mir«, sagte sie nachdenklich. Sie hatte ihre Rechnungen und ihre Buchhaltung immer auf ganz altmodische Art und Weise getätigt, nämlich mit Papier und Stift. Da sie sich aber mit Computern sehr sicher fühlte, gab es eigentlich keinen Grund, weswegen sie nicht ihre Haushaltsfinanzen elektronisch abwickeln sollte.

Kristians Gesicht leuchtete auf. »Das hatte ich mir schon gedacht.« Seine langen Finger berührten die Tastatur und luden das Programm auf ihren Computer. »Es heißt *Gehe zu zahlen.*«

Bei dem lächerlichen Namen stöhnte sie auf, mußte aber dann doch lachen. »Tu mir einen Gefallen. Wenn sie dich schnappen, weil du dich in die Bankcomputer einschleichst, dann verrate ihnen bitte nicht, daß ich auch eine Kopie besitze, okay?«

»Ich habe dir doch gesagt, es ist vollkommen sicher, solange die Banken ihre Codewörter nicht ändern. Dann wirst du einfach nicht mehr einsteigen können. *Ich* könnte aber immer noch reinkommen«, brüstete er sich. »Aber den meisten würde es dann nicht mehr gelingen. Ich gebe dir auch eine Liste der Codewörter mit.«

»Die will ich gar nicht haben«, wehrte sie eilig ab, aber Kristian beachtete sie gar nicht. Er durchwühlte einen Haufen Papiere und zog drei eng bedruckte Seiten hervor, die er in ihre Computertasche steckte.

»Hier. Dann hast du sie wenigstens, falls du sie mal brauchen solltest.« Er hielt kurz inne und starrte auf den Monitor, auf dem immer noch das Schachspiel zu sehen war. Sein Gegner hatte einen Zug gemacht. Kristian legte den Kopf zur Seite und blickte das Schachbrett an, dann frohlockte er. »Ach so! Den Zug kenne ich, aber er wird dir nichts bringen!« Zufrieden bewegte er einen Bauern und klickte die Maus.

»Gegen wen spielst du denn?«

»Keine Ahnung«, erwiderte er abwesend. »Er nennt sich der Fischermann.«

Grace starrte blinzelnd auf den Bildschirm. Nein, das konnte nicht wahr sein. Kristian spielte gegen jemanden, der sich den Namen vermutlich mit einem Hintergedanken ausgesucht hatte. Der richtige Bobby Fischer würde nicht auf der Suche nach einem Schachpartner durch das Internet surfen. Er konnte überall gegen jeden seiner Wahl spielen und dafür auch noch hohe Geldsummen erhalten.

»Wer gewinnt denn normalerweise?«

»Wir sind ziemlich ausgeglichen. Er ist gut«, gab Kristian zu und schloß derweil den zweiten Computer wieder an.

Grace öffnete ihre Handtasche und zog ihr Scheckheft hervor. »Möchtest du denn eine Pizza essen?« fragte sie.

Er legte den Kopf zur Seite, als er sich von der Cyberwelt zurückzog und den Zustand seines Magens begutachtete. »Klar doch, immer«, erklärte er. »Ich bin kurz vorm Hungertod.«

»Dann bestell dir eine, ich lade dich ein.«

»Wirst du denn noch bleiben und sie mit mir teilen?«

Sie schüttelte den Kopf. »Ich kann nicht. Ich habe zu Hause noch so viel zu erledigen.« Sie konnte gerade noch ein Erröten verhindern. Ford hätte lauthals aufgelacht, wenn er sie hätte hören können.

Sie stellte einen Scheck über fünfzig Dollar aus, dann zog sie einen Zwanzigdollarschein hervor, um für die Pizza zu zahlen. »Danke, mein Lieber. Du hast mir das Leben gerettet.«

Kristian nahm den Scheck und das Trinkgeld entgegen und betrachtete beides zufrieden. »Das wird eine steile Karriere werden, nicht wahr?« fragte er stolz.

Grace mußte lachen. »Wenn du nicht ins Gefängnis kommst, schon.« Sie stellte den Laptop wieder in die Tasche zurück und legte das reparierte Modem auf ihre offene Handtasche. Kristian nahm ihr galant die Computertasche ab und trug sie ihr die Treppe hinunter. Beide Eltern waren nicht zu sehen, aber das Geräusch von Pistolenschüssen aus dem Wohnzimmer verriet ihren Aufenthaltsort. Beide Siebers liebten vorbehaltlos alle Actionfilme mit Arnold Schwarzenegger. Kristians Zuvorkommenheit hielt nur bis zur Küche vor, wo er sich an die noch nicht telefonisch bestellte Pizza erinnerte. Grace nahm ihm die Computertasche ab, und Kristian blieb vor dem Wandtelefon stehen. »Danke, Kris«, sagte sie und verließ das Haus ebenso, wie sie gekommen war, erst durch den dunklen Waschraum und dann durch die Hintertür.

Sie hielt einen Augenblick inne, damit sich ihre Augen an die Dunkelheit gewöhnen konnten. Während sie bei Kristian gewesen war, hatte es sich stark bewölkt. Die Sterne waren fast verdeckt, obwohl man hier und da ein Stück klaren Himmels erkennen konnte. Heimchen zirpten, und eine kühle, nach Regen duftende Brise wehte.

Das Licht aus ihrem Küchenfenster keine fünfzig Meter vor ihr wirkte auf sie wie ein Lockmittel. Ford war da und wartete auf sie. Bei dem Gedanken an ihn wurde ihr warm. Vorsichtig ging sie auf ihr Zuhause zu, um in der Dunkelheit nicht über eine Unebenheit zu stolpern. Die weiche Grasnarbe federte ihre Bewegungen lautlos ab. Sie durchquerte bereits Murchinsons Garten, als sie jemanden in ihrer Küche bemerkte, der für kurze Zeit am Fenster aufgetaucht war. Grace blieb stehen und legte die Stirn in Falten, denn bei dem Mann handelte es sich weder um Ford noch um Bryant.

Himmel, sie hatten Besuch. Ihre Stirnrunzeln vertieften sich. Vermutlich war es jemand, der sich für Archäologie interessierte und etwas mit der Stiftung zu tun hatte. Gelegentlich besuchten sie Jugendliche aus der Oberstufe, die sich für Archäologie interessierten. Manche von ihnen wollten Grace sprechen, wenn sie ein Problem mit einem griechischen oder lateinischen Begriff hatten. Wie auch immer, sie wollte jetzt mit niemandem reden, denn sie wollte mit ihrem Mann ins Bett gehen.

Sie zögerte, das Haus zu betreten, obwohl es irgendwann ohnehin nicht länger zu umgehen war. Sie konnte unmöglich draußen in der Dunkelheit warten, bis wer auch immer wieder ging. Unter Umständen konnte das nämlich Stunden dauern. Sie ging etwas nach rechts, um zu sehen, ob sie das Auto des Besuchers kannte und hoffte, daß es einem von Bryants Freunden gehörte. Wenn das der Fall war, könnte sie ihrem Bruder ein Zeichen geben, daß er seinen Besuch mit in seine Hälfte des Hauses hinübernahm.

Ihr Buick stand auf dem Parkplatz, daneben parkte Bryants schwarzer Cherokee Jeep. Fords zerkratzter und zerdellter Chevrolet Vierradantrieb, den sie für ihre Feldarbeit benutzten, stand ein wenig abseits. Ansonsten blokkierte kein Auto die Auffahrt.

Das war merkwürdig. Sie wußte, daß sie Besuch hatten, denn der Mann, den sie kurz gesichtet hatte, hatte sandblonde Haare gehabt. Ford und Bryant aber waren beide dunkelhaarig. Wenn es kein Nachbar war, dann hatte sie keine Ahnung, wer es sein könnte. Sie kannte fast alle Nachbarn, und keiner sah so aus wie der Mann, den sie eben kurz gesehen hatte.

Wenn sie aber nicht ins Haus ging, würde sie nie herausfinden, um wen es sich handelte. Sie machte einen Schritt auf das Haus zu, hielt jedoch plötzlich inne und blinzelte in die Dunkelheit. Etwas zwischen ihr und dem Haus hatte sich bewegt, etwas Dunkles und Bedrohliches. Ein Schauer rann ihr über den Rücken. Eisiger Alarm schoß durch ihre Venen und ließ sie erstarren. Unglaubliche Möglichkeiten fuhren ihr durch den Kopf: ein Gorilla war aus dem Zoo ausgebrochen, oder ein wirklich sehr, sehr großer Hund strolchte durch ihren Garten.

Dann bewegte es sich wieder, diesmal schlich es sich langsam auf ihre Tür zu. Es war ein Mann. Sie kniff erstaunt die Augen zusammen und fragte sich, warum jemand in ihrem Garten herumschlich und statt der Eingangstür die Hintertür benutzte. Ein Raubüberfall? Warum sollte ein Einbrecher, der noch halbwegs bei Verstand war, in ein hellerleuchtetes Haus einbrechen, in dem die Bewohner ganz offensichtlich zu Hause waren?

Dann wurde die Hintertür geöffnet. Sie mutmaßte, daß der Mann geklopft haben mußte, wenn auch nur sehr leise, denn sie hatte nichts gehört. Ein anderer Mann stand im Türrahmen, ein Mann, den sie kannte. In seiner Hand hielt er eine Pistole mit einem merkwürdig verdickten Lauf.

»Nichts«, sagte der erste Mann mit leiser Stimme, die aber in der Stille der Nacht gut zu hören war.

»Verflucht noch mal«, murmelte der andere Mann und ließ ersteren eintreten. »Jetzt kann ich nicht mehr zurück. Wir müssen die Sache einfach durchziehen.«

Die Tür fiel hinter ihm ins Schloß. Grace starrte über den dunklen Garten auf die breite Hintertür. Warum war Parrish Sawyer in ihrem Haus, und warum trug er eine Pistole? Parrish Sawyer war ihr Chef. Wenn er sein Kommen angekündigt hätte, dann hätte Ford sie angerufen und nach Hause gerufen. Sie standen sich gut mit Parrish, obwohl sie privat nicht mit ihm verkehrten. Parrish bewegte sich eher in der Stratosphäre der Reichen und gutsituierten Menschen. Diese Qualifikation konnte Graces Familie nicht bieten.

»Einfach durchziehen«, hatte der Mann gesagt. Was denn durchziehen? Und warum konnten sie jetzt nicht mehr zurück? Verwirrt und unsicher trat Grace aus dem Schatten des Nachbargartens und durchquerte ihren eigenen Garten. Sie wußte nicht, was hier gespielt wurde, aber sie würde es herausfinden.

Beim Kochen vorhin hatte sie das Fenster geöffnet, um die frische Frühlingsluft hereinzulassen. Das Fenster stand auch jetzt noch halb offen. Deutlich hörte sie Ford sagen: »Verflucht, Parrish, was soll denn das?« Fords Stimme war rauh und wütend und hatte einen Unterton, den sie an ihm nicht kannte. Grace erstarrte wieder, als sie gerade einen Fuß auf die Treppe setzte.

»Wo ist sie?« fragte Parrish, Fords Frage ignorierend. Seine Stimme war gleichgültig und kalt. Grace bekam eine Gänsehaut.

»Ich hab' dir doch schon gesagt, in der Bibliothek.«

Eine Lüge. Ford log ganz bewußt. Grace stand regungslos, starrte das Fenster an und versuchte, sich vorzustellen, was hinter der Mauer gerade vor sich ging. Sie konnte niemanden sehen, aber sie wußte, daß mindestens vier Menschen in der Küche waren. Wo waren Bryant und der Mann, den sie in die Küche hatte gehen sehen?

»Erzähl mir keinen Unsinn. Ihr Wagen steht vor der Tür.«

»Sie ist mit einer Freundin gefahren.«

»Wie heißt die Freundin?«

»Serena, Sabrina oder so ähnlich. Ich habe sie heute abend zum ersten Mal gesehen.«

Ford war immer schon ein schneller Denker gewesen. Die Namen waren außergewöhnlich genug, um seiner Lüge die Glaubwürdigkeit zu verleihen, wie es mit einem gewöhnliche Namen wie Sally nicht gelungen wäre. Sie wußte nicht, warum Ford log. Aber allein schon die Tatsache, daß er es tat, war ihr Hinweis genug. Parrish hatte eine Pistole, und Ford wollte nicht, daß er erfuhr, wo Grace war. Irgend etwas stimmte hier überhaupt nicht.

»Also gut.« Es hörte sich so an, als ob Parrish durch seine geschlossenen Zähne hindurch ausatmete. »Wann wird sie zurück sein?«

»Sie sagte, sie wisse es nicht und daß sie viel zu tun hätten. Ich nehme an, wenn die Bibliothek schließt.«

»Und sie hat alle ihre Dokumente mitgenommen?«

»Sie waren in ihrer Computertasche.«

»Weiß denn diese Serena-Sabrina von den Dokumenten?«

»Keine Ahnung.«

»Tut auch nichts zur Sache.« Parrish klang jetzt geradezu gelangweilt. »Ich kann kein Risiko eingehen. Steht auf, alle beide.«

Sie hörte die Stühle auf dem Fußboden scharren und trat einen Schritt zur Seite, um so durch das Fenster zu blicken, wobei sie auf einen ausreichenden Abstand achtete. Sollte jemand aus dem Fenster sehen, so würde sie nicht in dessen Lichtkegel stehen.

Sie sah Bryant mit nacktem Oberkörper und noch feuchten Haaren. Er mußte eben erst aus der Dusche gekommen sein, was wiederum bedeutete, daß Parrish und der andere Mann gerade erst gekommen waren. Das Gesicht ihres Bruders war angestrengt und blaß, seine Augen merkwürdig ausdruckslos. Grace trat einen Schritt vor und zählte noch vier weitere Leute.

Zunächst war da Ford, ebenso blaß wie Bryant. Seine Augen aber funkelten vor Wut, so wie sie es noch nie bei ihm gesehen hatte. Parrish stand, groß und edel, mit seinen teuer gestylten blonden Haaren mit dem Rücken zum Fenster. Der Mann, den sie vorhin schon gesehen hatte, stand neben ihm, ein weiterer lehnte bewaffnet im Türrahmen. Seine Pistole hatte ebenso wie die von Parrish eine Schalldämpfung. Der dritte Mann würde sicherlich genau wie die beiden anderen auch bewaffnet sein. Sie konnte sich keinen Reim auf die Situation machen. Aber eines war ihr vollkommen klar: Sie mußte die Polizei holen. Sie konnte von den Siebers aus anrufen. Vorsichtig trat sie einen Schritt zurück.

»Geht jetzt ins Schlafzimmer, alle beide«, hörte sie Parrish sagen. »Und macht keine Dummheiten, beispielsweise uns überrumpeln zu wollen. Ich habe keine Ahnung, wie weh es tut, erschossen zu werden. Aber ich werde es demonstrieren müssen, falls ihr nicht tut, was wir verlangen.«

Warum wollte er sie im Schlafzimmer haben? Sie hatte genügend mitbekommen, um zu wissen, daß sie eigentlich hinter ihr her waren. Er schien sich wegen der Dokumente, die sie dabei hatte, Sorgen zu machen. Wenn Parrish jedoch die Dokumente haben wollte, dann brauchte er es ihr lediglich zu sagen. Schließlich war er ihr Chef, und sie bearbeitete die Aufgaben, die sie von ihm aufgetragen bekam. Es würde ihr das Herz brechen, die geheimnisvollen Dokumente wieder abzugeben, aber sie hätte ihn nicht daran hindern können. Warum also hatte er sie nicht einfach angerufen und sie aufgefordert, sie am nächsten Morgen abzugeben? Warum war er mit einer Pistole bewaffnet zu ihr gekommen und hatte auch noch zwei bewaffnete Kerle mit dabei? Darauf konnte sie sich einfach keinen Reim machen.

Sie wollte schnell zu den Siebers rennen, ging aber so um das Haus, daß sie in das Schlafzimmer blicken konnte. Sie wartete darauf, daß das Licht anging und sie die Stimmen aus dem Schlafzimmer hören konnte. Dann erst merkte sie, daß Parrish die beiden zu Bryants Schlafzimmer führte, das auf der anderen Hausseite lag. Sie hatten das Haus so geteilt, daß Bryants Schlafzimmer zusammen mit der Küche im hinteren Teil des Hauses lag. Parrish mußte sie also erst den vorderen Flur entlangführen, um zu der Verbindungstür zu Bryants Teil zu gelangen. Erst dann konnten sie das Schlafzimmer erreichen.

So schnell sie konnte, lief Grace zurück, achtete allerdings darauf, vollkommen im Schatten zu bleiben. Der Wasserschlauch lag wie eine dünne Schlange zusammengerollt unter dem hervorstehenden Wasserhahn. Sie wich ihm aus, ebenso einem großen Siebgitter, das einer der Männer gegen die Hauswand gelehnt hatte. Dies war ihr Zuhause. Sie kannte alle seine Eigenheiten, die kleinen Fallen für den Unaufmerksamen. Sie wußte, welche der Dielen knarrten, sie kannte die Risse in der Decke und die Wurzelknollen im Garten.

Aus Bryants Schlafzimmer schien bereits Licht. Mit an die Wand gepreßtem Rücken ging sie seitlich weiter, bis sie direkt neben seinem Fenster stand. Langsam drehte sie ihren Kopf gerade so weit, daß sie in das Zimmer hineinsehen konnte.

Einer der Männer trat auf das Fenster zu. Grace riß ihren Kopf zurück und blieb regungslos stehen. Sie wagte noch nicht einmal Luft zu holen. Er zog die Gardinen vor das Fenster, so daß jetzt weniger Licht nach draußen drang. Das Blut pulsierte in ihren Ohren, und panische Angst schwächte sie. Sie konnte nicht atmen, ihr Herz fühlte sich an, als ob es tatsächlich in ihrem Hals schlagen und sie ersticken würde. Wenn der Mann sie gesehen hätte, wäre sie gefangen gewesen, denn sie hätte sich unmöglich bewegen können.

»Setz dich auf das Bett«, hörte sie Parrish durch ihren heftigen Herzschlag hindurch.

Endlich begannen Graces Lungen wieder zu arbeiten. Sie atmete tief ein, um ihre Nerven zu beruhigen, dann wechselte sie erneut ihre Haltung.

Die Gardine war nicht ganz zugezogen. Sie plazierte sich so, daß sie durch den Schlitz hindurch Ford und Bryant sehen konnte …

Parrish hob ganz ruhig seine Pistole und schoß Ford in den Kopf, dann wechselte er blitzschnell die Richtung und erschoß Bryant. Ihr Bruder war bereits tot, noch bevor der Körper ihres Mannes auf die Seite gefallen war.

Nein, nein! Vollkommen gelähmt lehnte sie an der Wand. Ihr Körper hatte sich irgendwie aufgelöst, war ihr abhanden gekommen. Sie konnte nichts fühlen, nichts denken. Ein dunkler Nebel behinderte ihre Sicht. Der unglaubliche Anblick entfernte sich, als ob sie es vom Ende eines Tunnels aus beobachtet hätte. Sie hörte sie mit merkwürdig verzerrten Stimmen miteinander reden.

»Hättest du nicht noch warten sollen? So wird es eine Diskrepanz beim Zeitpunkt ihrer Tode geben.«

»Das ist unwichtig.« Sie erkannte Parrishs Stimme. »In einer Mord-Selbstmord-Situation wartet der Mörder manchmal, bevor er sich selbst umbringt – oder sie sich selbst umbringt, wie in unserem Fall. Der Schock, verstehst du. Was für ein Jammer, ihren Ehemann und ihren Bruder direkt vor ihrer Nase in eine homosexuelle Affäre verwickelt zu wissen. Kein Wunder, daß die Kleine durchgedreht ist.«

»Und wie ist das mit der Freundin?«

»Ach ja, Serena-Sabrina. Pech für sie. Sie wird auf dem

Nachhauseweg einen Unfall erleiden. Ich warte hier auf Grace. Und ihr beide setzt euch ins Auto und folgt Serena-Sabrina.«

Langsam hob sich der Nebel vor Graces Augen. Sie wünschte, er wäre geblieben. Sie wünschte, gleich hier an Ort und Stelle zu sterben, wünschte, ihr Herz würde einfach für immer stehenbleiben. Durch den Spalt in der Gardine hindurch konnte sie ihren auf dem Rücken ausgestreckten Mann sehen. Er hatte die Augen geöffnet, ohne etwas zu sehen. Seine dunklen Haare waren voller … voller …

Ein Geräusch stieg in ihr auf, ein fast lautloses Ächzen in ihrem Hals. Es war wie das entfernte Heulen des Windes, dunkel und seelenlos. Der Schmerz bahnte sich einen Weg aus ihrem Körper. Sie wollte den Laut zurückhalten, aber er kam dennoch auf primitive, ursprüngliche Weise hervor. Parrish riß den Kopf herum. Für den Bruchteil einer Sekunde – nicht länger – glaubte sie, daß sich ihre Blicke getroffen hatten, daß er durch den schmalen Gardinenspalt in die Nacht hatte blicken können. Er sagte etwas in scharfem Tonfall und raste auf das Fenster zu.

Grace entschwand in die Nacht.

2

Sie benötigte dringend Geld.

Durch den strömenden Regen hindurch fixierte Grace den Geldautomaten, der in der Dunkelheit anziehend wie ein Tempel leuchtete und sie aufzufordern schien, die Straße zu überqueren und den elektronischen Ritus zu vollziehen. Der Geldautomat war kaum dreihundert Meter entfernt. Bis dorthin hätte sie höchstens ein paar Minuten gebraucht, hätte die Ziffern eingeben und das Geld in ihrer Hand haben können. Sie mußte ihr Konto leeren. Wahrscheinlich hielt ein Automat allein nicht genügend Bargeld bereit, so daß sie einen zweiten, wenn nicht noch einen dritten aufsuchen müßte. Mit jedem Mal würde sich die Gefahr, entdeckt zu werden, noch weiter vergrößern – ebenso wie die Gefahr, Opfer eines Überfalls zu werden.

Die automatischen Kameras würden ihr Bild aufnehmen, und die Polizei würde ganz genau wissen, wann sie wo gewesen war. Plötzlich trat ihr Fords Bild wieder vor das innere Auge. Rasender Schmerz schüttelte sie. *O mein Gott.* Wieder bahnte sich der unmenschliche, nicht zu unterdrückende Schrei ihre Kehle hinauf und schlug gegen ihre zusammengepreßten Zähne. Eine vorbeistreunende Katze erstarrte bei diesem Wehlaut mit gesträubtem Fell und erhobener Pfote. Dann wandte sich das Tier ab und entfernte sich eilig von dem zusammengekrümmten Wesen, das einen solch schrecklichen Laut von sich gegeben hatte. Grace wiegte sich wie ein Kind, verschloß den Schmerz tief in ihrem Inneren und zwang sich zu logischem Denken. Ford hatte ihr Leben mit seinem bezahlt. Es wäre ein unvorstellbarer Verrat gewesen, wenn sie sein Opfer durch eine falsche Entscheidung zunichte machen würde.

Eine Vielzahl nächtlicher Geldabhebungen, alle *nach* dem geschätzten Zeitpunkt des Verbrechens, würden den Anschein ihrer Schuld unweigerlich untermauern. Kristian würde sich daran erinnern, wann genau sie das Haus der Siebers verlassen hatte. Ungefähr zu dieser Zeit waren Ford und Bryant ermordet worden. Beide lagen halb entkleidet in Bryants Schlafzimmer. Parrish hatte die Situation mit der ihm eigenen Gründlichkeit inszeniert. Jeder Polizist würde glauben, sie hätte ihren Mann und ihren Bruder bei einem homosexuellen Schäferstündchen ertappt und beide umgebracht. Ihr Verschwinden war nur noch ein weiteres Glied in der sie belastenden Beweiskette.

Die Männer, die Parrish bei sich hatte, waren Profis in ihrem Metier. Sie waren wohl kaum so nachlässig, Fingerabdrücke zu hinterlassen. Kein Nachbar würde sich an vor dem Haus geparkte fremde Autos erinnern, denn sie hatten ihre Wagen andernorts abgestellt und waren zu Fuß gekommen. Es gab weder Zeugen noch Beweise, die auf irgend jemand anderen als auf sie hinwiesen.

Selbst wenn es ihr wie durch ein Wunder gelänge, die Polizei von ihrer Unschuld zu überzeugen, hatte sie noch keinen Beweis dafür, daß Parrish der Täter war. Sie hatte alles gesehen und konnte nichts beweisen. In der Logik der Polizisten hatte er nicht einmal ein Motiv gehabt, während gegen sie viele Verdachtsmomente sprachen. Welche Beweise hätte sie schon vorbringen können? Einen Haufen Papiere in verschiedenen Altsprachen, die sie noch nicht einmal entziffert hatte und die Parrish jederzeit von ihr einfach dadurch hätte erhalten können, daß er sie darum gebeten hätte?

Es gab kein Motiv, jedenfalls keines, das sie hätte beweisen können. Wenn sie jedoch jetzt aufgab, dann würde Parrish die Dokumente bekommen und sie selbst ermordet werden. Dafür zumindest würde er sorgen. Er würde es so aussehen lassen, als habe sie sich erhängt. Oder aber eine Überdosis Rauschgift würde ihrem Leben ein Ende setzen, wobei die Frage, wie sie im Gefängnis an das Gift gekommen war, einen Skandal auslösen würde. Wie auch immer, für sie jedenfalls wäre das Ergebnis immer das gleiche. Sie mußte am Leben bleiben, sie durfte der Polizei nicht in die Hände fallen. Das war ihre einzige Chance, wenn sie den Grund herausfinden wollte, warum Parrish die beiden Männer umgebracht hatte – und wenn sie sich an ihm rächen wollte. Um jedoch in der Freiheit überleben zu können, benötigte sie dringend Geld. Dazu wiederum mußte sie den Geldautomaten benutzen, auch wenn das den Verdacht gegen sie weiter verstärken würde. Würde man ihr Geldguthaben einfrieren? Dafür wäre vermutlich eine richterliche Verfügung notwendig. Das wiederum bedeutete einen zeitlichen Vorsprung für sie, einen Vorsprung, den sie in diesem Moment gerade dabei war zu vergeuden, indem sie hinter einer Mülltonne versteckt die Zeit vertrödelte, anstatt endlich die Straße zu überqueren und soviel Geld wie möglich abzuheben.

Doch sie fühlte sich benommen und unfähig, völlig normale Verrichtungen auszuführen. Die dreihundert Meter zum Automaten hätten ebensogut hundert Kilometer sein können.

Die schwarzglänzende Oberfläche des nassen Asphalts spiegelte die fast unwirklich verzerrten Lichter: die bunten Farben der Leuchtreklamen, das kalte Weiß der Straßenbeleuchtung, der ewig rot-gelb-grüne Wechsel der Ampel, die einen nicht vorhandenen Verkehr regelte. Um zwei Uhr morgens fuhr nur gelegentlich ein Auto vorbei. In den letzten fünf Minuten war nicht ein einziger Wagen hier entlanggefahren. Kein Mensch war zu sehen, also genau der richtige Zeitpunkt, um den Automaten zu benutzen. Doch sie hockte immer noch da, wobei die überhängende Dachtraufe und die schwere Mülltonne sie zumindest teilweise vor dem Regen schützten. Ihr Haar klebte am Kopf, die feuchten Flechten hingen schlaff und schwer auf ihrem Rücken. Ihre Kleider waren ebenfalls durchnäßt, und obwohl es eine für Minneapolis ungewöhnlich warme Nacht war, hatte die klamme Feuchtigkeit ihrem Körper alle Wärme entzogen. Sie zitterte vor Kälte und drückte einen Müllbeutel gegen die Brust. Es war einer jener kleinen Beutel, wie man sie in den Abfallkörben öffentlicher Gebäude findet. Sie hatte ihn aus der öffentlichen Bibliothek mitgenommen. Der Computer und die wertvollen Papiere waren so gut geschützt. Als es zu regnen begonnen hatte, war sie um die Sicherheit der kostbaren Dokumente sehr besorgt gewesen. Der einzige

Schutz, der ihr eingefallen war, war ebenjene Tüte. Möglicherweise war es keine besonders kluge Idee gewesen, die Bibliothek aufzusuchen. Schließlich war es ein öffentlich zugänglicher Ort, noch dazu einer, den sie regelmäßig aufsuchte. Andererseits, wie oft würde die Polizei schon in Bibliotheken nach Mordverdächtigen suchen? Parrish konnte sie durch den Gardinenschlitz hindurch jedenfalls nicht deutlich erkannt haben. Aber der Gedanke war nicht abwegig, daß sie diejenige war, die durch das Fenster hineingespäht und alles gesehen hatte. Bestimmt waren er und seine Männer auf der Suche nach ihr. Aber selbst wenn Ford ihnen gesagt hatte, daß sie in der Bibliothek sei, bezweifelte sie doch, daß die Männer annehmen konnten, sie sei nochmals in die Bibliothek zurückgegangen, um sich vor ihnen zu verstecken. Es war ja nicht einmal sicher, daß die Polizei zu diesem Zeitpunkt überhaupt schon von dem Doppelmord wußte. Parrish konnte keine Anzeige erstatten, ohne daß auch er verdächtigt wurde. Daran aber konnte ihm nicht gelegen sein. Die Nachbarn wiederum hatten nichts gehört, da die Pistolen mit Schalldämpfer ausgerüstet gewesen waren. Aber vermutlich war die Polizei doch schon unterrichtet. Parrish konnte nicht zulassen, daß Tage vergingen, ehe die Leichen – ihr Herz zog sich bei diesem Wort zusammen, aber sie zwang sich, den Gedanken fortzusetzen – entdeckt wurden. Konnten Polizei und Gerichtsmedizin bei der Spurensuche feststellen, ob Schalldämpfer benutzt worden waren? Wohl kaum. Parrish brauchte also nur von »verdächtigen Geräuschen wie Pistolenschüsse«, zu erzählen und ihre Adresse anzugeben. Die Spur des Anrufers würde sich nicht zurückverfolgen lassen.

Demnach wurde sie also gesucht: von Parrish und seinen Helfershelfern und von der Polizei. Trotzdem hatte sie das Hauptgebäude der Bibliothek betreten. Der Instinkt hatte sie dorthin gelenkt. Starr vor Schock und Entsetzen wirkte die ihr vertraute Bibliothek wie ein schützender Hafen. Der Geruch der Bücher, diese eigenartige Mischung aus Papier, Leder und Druckerschwärze, gab dem Ort etwas Feierliches, Beruhigendes. Wie vor den Kopf geschlagen war sie zunächst zwischen den Regalen umhergeirrt und hatte sich die Bücher angesehen, die noch bis vor wenigen Stunden ihre ganze Welt gewesen waren. Sie hatte versucht, ein Gefühl der Sicherheit und der Normalität wiederzuerlangen. Vergeblich. Nichts würde jemals wieder so sein wie zuvor. Schließlich war sie in den Waschraum gegangen und hatte bestürzt ihr Gesicht im Spiegel betrachtet. Diese Frau mit dem kreidebleichen Gesicht und den hohlen Augen war nicht sie. Das konnte nicht Grace St. John sein, die ihr Leben in der akademischen Welt verbracht und es dem Entziffern und Übersetzen altertümlicher Dokumente gewidmet hatte. Die Grace St. John, die sie kannte und die sie unzählige Male in anderen Spiegeln gesehen hatte, hatte fröhliche blaue Augen und entspannte Gesichtszüge – die Züge einer Frau, die liebte und im Gegenzug geliebt wurde. Ja, sie war zufrieden gewesen, auch wenn sie vielleicht ein wenig zu füllig war, um ein Titelbild für ein Hochglanzmagazin abzugeben. Was machte das schon? Ford hatte sie geliebt, und das allein war es, was in ihrem Leben zählte. Doch Ford war jetzt tot.

Das konnte nicht wahr sein. Das entsprach nicht der Wirklichkeit. Nichts von dem, was geschehen war, war tatsächlich geschehen. Wenn sie die Augen zumachte, würde sie vielleicht in ihrem Bett aufwachen und feststellen, daß alles nur ein böser Traum gewesen war oder daß sie einen Nervenzusammenbruch erlitten hatte. Das wäre ein guter Tausch, dachte sie und kniff ihre Lider zusammen. Jede Situation wäre besser als die, in der sie sich zur Zeit befand.

Sie versuchte es. Sie preßte die Augen zusammen und konzentrierte sich auf die Vorstellung eines Alptraums und darauf, daß sie aufwachen würde und alles wieder gut sein würde. Als sie jedoch die Augen wieder aufschlug, war alles noch genauso schrecklich wie zuvor. Noch immer starrte sie auf ihr trostloses, vom kalten Licht der Neonröhre erleuchtetes Gesicht, und Ford war immer noch tot. Ford und Bryant, Ehemann und Bruder. Die beiden einzigen Menschen auf der Welt, die sie liebte und von denen sie geliebt worden war. Sie waren beide fort, waren unwiderruflich und für immer gegangen. Keine Macht der Welt konnte sie wieder zurückbringen. Sie fühlte sich, als ob ihr Innerstes mit ihnen zusammen gestorben war. Sie empfand sich nur noch als eine leere Hülle und wunderte sich, wieso das Gerüst aus Fleisch und Knochen, das sie aus dem Spiegel anstarrte, nicht vor ihren Augen zusammenklappte.

Doch als sie sich selbst in die Augen blickte, fand sie den Grund dafür, warum sie nicht zusammengebrochen war. Sie war nicht so leer, wie sie angenommen hatte. Da war noch etwas in ihr, etwas Wildes und Bodenloses: eine barbarisch rohe Verquickung aus Schrecken, Wut und Haß. Sie mußte gegen Parrish kämpfen, koste es, was es wolle. Wenn Parrish oder die Polizei sie aufspürten, dann hätte Parrish das Spiel für sich gewonnen. Diese Vorstellung aber war ihr unerträglich. Er wollte unbedingt an die Dokumente kommen. Sie hatte mit deren Übersetzung eben erst begonnen und kannte den Inhalt der Papiere noch nicht. Sie wußte nicht, was an ihnen so außerordentlich war, daß er Ford und Bryant ermordet hatte und sie ebenfalls umbringen wollte, nur weil sie von der Existenz dieser Dokumente wußten. Vielleicht vermutete Parrish, sie habe bereits mehr übersetzt, als es tatsächlich der Fall war. Er wollte die Dokumente nicht nur besitzen, er wollte, daß niemand von ihrem Inhalt, ja, noch nicht einmal von ihrer Existenz erfuhr. Was war in diesen Dokumenten verborgen? Weswegen hatten ihr Ehemann und ihr Bruder sterben müssen?

Um diese Fragen zu beantworten, mußte sie ihren Laptop

schützen. Ihr Computer enthielt all ihre Aufzeichnungen, ihre Tagebuchnotizen und ihre Sprachprogramme, die sie bei ihrer Arbeit unterstützten. Sie könnte ihre Übersetzung also fortsetzen. Und sie würde den Grund herausbekommen. *Den Grund.*

Wenn sie sich jedoch erfolgreich verstecken wollte, so brauchte sie Geld. Sauberes Geld, dessen Quelle man nicht zurückverfolgen konnte.

Sie mußte sich ganz einfach zwingen, zu dem Automaten zu gehen. Sie mußte alles abheben, was noch im Automaten war – falls zu dieser späten Stunde überhaupt noch etwas verfügbar war. Danach würde sie den nächsten Automaten aufsuchen. Irgendwie hatte sie es geschafft, die Bibliothek zu verlassen und sich an diesem dunklen Platz zu verbergen.

Ihre Finger waren jetzt taub und blutleer. Es war zwar immer noch fast zwanzig Grad warm, sie war aber bereits seit mehreren Stunden durchnäßt.

Sie hätte nicht sagen können, woher sie die Kraft nahm, sich wieder aufzurichten. Doch auf einmal stand sie aufrecht, wenn auch wackelig auf den Beinen und lehnte sich stützend gegen eine Wand. Sie stieß sich von dort ab, und der Schwung ließ sie einige Schritte vorwärtstorkeln. Das Entsetzen und die Erschöpfung hatten sie jedoch nach wie vor fest in ihrem Griff. Wieder hielt sie inne. Sie drückte die Plastiktüte gegen die Brust und spürte das beruhigende Gewicht des Laptops. Der Regen rann ihr das Gesicht herunter, und eine dumpfe, steinige Masse drückte auf ihr Zwerchfell. *Ford, Bryant.*

Herrgott.

Ihre Füßen kamen wieder in Gang, zwar stolpernd und schleppend, aber sie konnte laufen. Mehr mußte sie auch nicht tun. Die Handtasche hing ihr über der Schulter und schlug gegen ihre Hüfte. Ihre Schritte verlangsamten sich, dann blieb sie stehen. *Ich Trottel!* Es war wirklich ein Wunder, daß man sie bis jetzt noch nicht überfallen hatte. War sie doch die ganze Zeit menschenleere Straßen entlanggelaufen und hatte ihre Handtasche mit der Geldbörse offen getragen!

Sie sprang panisch und mit klopfendem Herzen in den Schatten zurück. Einen Augenblick lang stand sie wie gelähmt und hielt unruhig in der Dunkelheit nach einer jener lichtscheuen Gestalten Ausschau, die nachts durch die Stadt streiften. Doch die kleine Straße blieb leer. Sie atmete schwer. Sie war allein. Vielleicht war ihr der Regen zu Hilfe gekommen, und die Obdachlosen, die Junkies und die Straßenräuber hatten sich in ihre Unterschlupfe verkrochen. Sie lachte in der Dunkelheit hysterisch auf. Obwohl sie in Minneapolis aufgewachsen war, wußte sie nicht, welche Viertel man besser meiden sollte. Sie kannte ihre Nachbarschaft, die Wege zur Universität, zu den Bibliotheken, zum Postamt, zum Supermarkt, zu ihrem Arzt und Zahnarzt. Dienstlich hatten Ford und sie sechs Kontinente und wer weiß wie viele Länder bereist, und sie hielt sich für gut unterrichtet. Doch nun wurde ihr bewußt, wie wenig sie über ihre Heimatstadt wußte, weil sie immer nur in ihre kleine, vertraute Welt eingesponnen gewesen war.

Um jetzt zu überleben, würde sie wachsamer und klüger sein müssen. Da reichte es nicht mehr aus, die Türen zu verriegeln, sobald man im Auto saß. Jetzt mußte sie auf alles gefaßt sein, in jedem Winkel konnte die Gefahr lauern. Sie mußte bereit und fähig sein zu kämpfen. Sie würde wie die Straßenkinder das Überleben trainieren müssen, sonst würde sie keine Woche auf der Straße durchhalten.

Sorgfältig ließ sie die Scheckkarte in ihrer Tasche verschwinden und versteckte sich wieder unter dem überhängenden Dach. Nachdem sie den wertvollen, in der Plastiktüte versteckten Computer abgestellt hatte, öffnete sie ihre Handtasche und ging den Inhalt durch. Sie nahm alles Bargeld heraus und stopfte es blindlings in das Seitenfach der Computertasche. Viel konnte es nicht sein, vielleicht vierzig oder fünfzig Dollar, denn sie trug normalerweise nur wenig Bargeld bei sich. Bei den Scheckvordrucken zögerte sie, entschloß sich dann aber, sie vorerst noch zu behalten. Vielleicht würde sie sie ja doch noch benutzen können, obwohl sich ein Scheck natürlich zum Einlösungsort zurückverfolgen ließ. Ebenso verfuhr sie mit der American-Express-Karte. Beides stopfte sie in die Plastiktüte und wußte, daß sie keines der beiden Dinge noch lange gebrauchen konnte. Minneapolis würde sie verlassen müssen. Wenn sie danach Schecks oder Kreditkarte benutzte, käme ihr die Polizei direkt auf die Spur. In den Innenfächern ihrer Handtasche steckten mehrere Fotos. Ohne sie anzusehen, wußte sie doch genau, was auf ihnen abgebildet war. Mit zitternden Händen riß sie die Plastikeinlage aus der Handtasche und stopfte sie ebenfalls in den Müllbeutel.

Was noch? Ihren Führerschein und ihre Sozialversicherungskarte. Wozu hätte sie die jetzt noch gebrauchen können? Der Führerschein könnte allenfalls zu ihrer Identifizierung dienen, was sie ja verhindern mußte. Die Sozialversicherungskarte – sie verzog gequält die Lippen. Kaum wahrscheinlich, daß ihr zukünftiges Leben ihr soziale Sicherheit bieten würde. Jeden Identitätsnachweis, den sie zurückließ und der danach von einem anderen Menschen genutzt werden würde, würde eine falsche Spur legen und die Suche der Polizei aufhalten. Sie ließ also die Karten zurück. Einem plötzlichen Impuls folgend, nahm sie auch die Schecks wieder aus der Plastiktüte. Sie riß einen Scheck heraus und steckte ihn zu dem Bargeld. Danach steckte sie das Scheckheft wieder in die Handtasche zurück. Den Lippenstift ließ sie, wo er war, aber den Kamm wollte sie behalten. Wieder drohte ein unheimliches Lachen aus ihrer Kehle zu entweichen: Ihr Mann und ihr Bruder waren gerade ermordet worden, und ihr sollte es etwas ausmachen, sich nicht *kämmen* zu können? Dennoch wanderte der Kamm in die Plastiktüte.

Ihre zitternden Finger fuhren über mehrere Stifte und Kugelschreiber, von denen sie blind zwei herausfischte. Die Stifte waren für ihre Arbeit ebenso wichtig wie der Computer, denn manchmal, wenn sie an der Entzifferung einer einzelnen Passage oder auch nur eines einzelnen Wortes verzweifelte, konnte es ausreichen, die Stelle mit der Hand nachzuschreiben. Die Verbindung zwischen Hand und Auge weckte oftmals eine Erinnerung, und sie konnte das eine oder andere Wort begreifen, weil sie seine Ähnlichkeit zu anderen Sprachen und Schriften entdeckte. Die Stifte mußte sie also mitnehmen.

Ihr dickes Notizbuch. Sie wollte nicht daran denken. Es hatte die Kleinigkeiten jenes täglichen Lebens festgehalten, das nun nicht mehr existierte: Verabredungen, Stichpunkte und Erinnerungsstützen für dieses und jenes. Sie wollte die gekritzelte Notiz für Fords nächsten Zahnarzttermin nicht sehen, auch nicht das Herz, das er unter ihrem Geburtsdatum in den Kalender gemalt hatte. Ihre Visitenkarten ließ sie ebenfalls zurück, da sie sie ohnehin kaum jemals benutzte. Papiertaschentücher, Brillenspray, Kopfschmerztabletten und Pfefferminzbonbons ebenfalls. Die Nagelfeile steckte sie in den Müllbeutel. Viel war es nicht, aber immerhin das einzige, was einer Waffe ein wenig ähnelte. Bei den Autoschlüsseln zögerte sie und überlegte, ob sie nicht doch zurückgehen und ihr Auto oder Fords Kleinbus holen sollte. Nein, keine gute Idee. Wenn jemand die Autoschlüssel fand, würde er vielleicht einen der Wagen stehlen und so die Polizei weiter in die Irre führen.

Kaugummi, Gummibänder, das Vergrößerungsglas. Sie identifizierte all diese Dinge lediglich durch Berührung. Nur die Lupe kramte sie hervor, denn die brauchte sie für ihre Arbeit. Warum nur trug sie immer so viel Krimskrams mit sich herum? Sie spürte, wie sie ungeduldig wurde. Es war das erste Gefühl, dem es gelang, die Dumpfheit ihrer Trauer und Verzweiflung zu durchbrechen. Es ging ja nicht nur um den Inhalt ihrer Handtasche. Sie durfte jetzt keinen Fehler machen, kein unnützes Gepäck mit sich herumschleppen. Nichts durfte sich ihrem Ziel in den Weg stellen. Von jetzt ab mußte jeder Schritt ein notwendiger Schritt sein. Kostbare Zeit und Energie durfte sie nicht verschwenden, nur weil die Angst sie lähmte. Sie mußte jetzt ohne zu zögern handeln, sonst würde Parrish die Oberhand bekommen.

Wütend schmiß sie die Handtasche auf den Müllhaufen. Eine aufgestörte Ratte rannte quiekend davon. Von irgendwoher nahm Grace die Kraft und wagte sich aus dem sicheren Unterschlupf auf die offene, schmutzige Straße hinaus. Die Lichter eines herannahenden Autos ließen ihr das Blut in den Adern gefrieren, als sie gerade auf den Bürgersteig herausgetreten war. Der Wagen fuhr vorbei, die Reifen spritzten auf dem nassen Asphalt, und der Fahrer würdigte den durchnäßten, zwischen zwei Häusern gedrängten Menschen keines Blickes.

An der nächsten Ecke bog das Auto rechts ab. Grace heftete ihren Blick auf den Geldautomaten, holte tief Luft und ging los. Sie war so sehr auf den hell erleuchteten Geldautomaten fixiert, daß sie die Bordsteinkante übersah, stolperte, und mit dem rechten Fuß umknickte. Ohne dem Schmerz irgendeine Aufmerksamkeit zu schenken, ging sie weiter. Wenn Sportler mit Schmerzen laufen konnten, dann konnte sie es auch.

Der Automat rückte näher und näher und leuchtete immer heller. Sie wäre gerne gerannt, um so schnell wie möglich wieder in den Schutz der Mülltonne zurückzukehren. Sie fühlte sich, als ob sie splitternackt wäre. Das Gefühl, allen Blicken preisgegeben zu sein, war so stark, daß sie um ihre Fassung ringen mußte. Jeder konnte sie beobachten, in Ruhe abwarten, bis sie das Geld abgehoben hatte, sie dann überfallen, das Geld an sich nehmen und sie möglicherweise umbringen. Sie war jetzt im Bereich der Überwachungskameras der Bank, die jede ihrer Bewegungen festhielten.

Wieviel Geld hatte sie noch auf dem Konto? Verflucht, sie hatte das Scheckbuch weggeworfen ohne einen Blick auf den letzten Auszug zu werfen. Jetzt aber konnte sie nicht mehr in die Seitenstraße zurückgehen und nach ihrer Handtasche suchen, selbst wenn sie sie noch hätte finden können. Sie würde halt einfach so lange Geld abheben, bis der Automat weitere Auszahlungen verweigerte.

Das allerdings tat er bereits nach dreihundert Dollar. Sie starrte verzweifelt die Computeranzeige an: »Auszahlung verweigert.« Sie war sich sicher, daß sie noch etwa zweitausend Dollar auf dem Konto hatte. Das war nicht viel, aber doch möglicherweise genau die Summe, die für sie zwischen Tod und Leben entscheiden konnte. Ihr war zwar bewußt, daß die Summe bei jeder Abhebung begrenzt war. Warum aber hatte der Automat schon beim zweiten Anlauf weitere Zahlungen verweigert? Vielleicht stand dem Automaten nicht mehr Geld zur Verfügung, um ihre Forderung zu erfüllen. Sie versuchte es noch einmal, tippte ihre Geheimzahl ein und forderte dieses Mal nur einhundert Dollar.

»Auszahlung verweigert.«

Panik ergriff sie. Konnte die Polizei etwa so schnell ihr Bankguthaben einfrieren?

Ein kategorisches Nein war die Antwort. Das war einfach unmöglich. Die Banken hatten geschlossen. Eine derartige Anordnung konnte morgen früh getroffen werden, zu dem jetzigen Zeitpunkt aber war das unmöglich. Sicherlich lag es daran, daß der Automat schlichtweg leer war.

Hastig stopfte sie die dreihundert Dollar in ihre Taschen. Sie verteilte die Scheine so, daß sie bei einem Überfall vielleicht ein Teil des Geldes würde retten können, falls ihr Gegner sie nicht gründlich durchsuchte. Sie hoffte nur, daß dem Computer nichts passieren würde. Geld würde sie sich widerstandslos abknöpfen lassen, um den Computer jedoch und die wertvollen Disketten würde sie kämpfen. Ohne sie würde sie den Grund für Fords und Bryants Tod niemals erfahren. Und diesen Grund mußte sie wissen. Rache reichte ihr nicht aus, sie mußte wissen, *warum* das Verbrechen geschehen war. Von Verzweiflung getrieben, beschleunigte sie ihre Schritte. Sie mußte einen anderen Automaten finden, um mehr Geld abzuheben. Wo aber war der nächste Geldautomat? Bis jetzt hatte sie immer nur den an ihrer Bankfiliale benutzt. Andere standen vielleicht in Einkaufszentren, die jedoch zu dieser Stunde geschlossen hatten. Welche Läden hatten rund um die Uhr geöffnet und verfügten möglicherweise über einen Geldautomaten? Supermärkte vielleicht? Sie erinnerte sich, daß ihr die Bank bei der Kontoeröffnung eine Liste aller zentral gelegenen Geldautomaten überreicht hatte.

»Her mit den Kröten.«

Die beiden Männer waren so blitzschnell aus einer Seitenstraße herausgeschossen, daß sie gar nicht mehr reagieren konnte. Der eine Mann war weiß, der andere schwarz, beides Obdachlose. Der Weiße zückte ein Messer. Die Klinge blitzte im Regen unter dem Licht der Straßenlaternen geisterhaft auf. »Mach keine Zicken, Alte«, zischte er mit heiserer und bedrohlicher Stimme. »Her damit.« Ihm fehlten ein paar Schneidezähne, und ganz klar im Kopf schien er auch nicht zu sein.

Wortlos steckte sie die Hand in die Tasche und holte die Scheine hervor. Eigentlich hätte sie Angst haben sollen, aber der Mensch kann Angst nur bis zu einem bestimmten Grad empfinden. Ist dieses Maß erst einmal überschritten, wird gefühlsmäßig überhaupt nichts mehr wahrgenommen. Der schwarze Kerl schnappte sich die Scheine, der andere kam mit dem Messer auf sie zu und hielt es direkt vor ihre Augen. Grace zog ihren Kopf gerade noch rechtzeitig zurück, sonst hätte die Klinge ihre Wange aufgeschlitzt. »Mann, ich habe es doch gesehen, du Schlampe. Rück den Rest raus.«

Ihren tollen Plan konnte sie abschreiben. Vermutlich hatten sie sie bereits beobachtet, als sie die Straße überquert hatte. Sie griff in die andere Tasche. Ihr gelang es, die Finger so zwischen das Bündel zu schieben, daß sie nur die Hälfte hervorholte. Der Schwarze grabschte sich auch diese Scheine. Dann tauchten die beiden wieder im Dunkel der Seitenstraße ab. Nach ihrer Plastiktüte hatten sie nicht einmal gefragt. Sie wollten lediglich Bargeld und nicht etwas, das ihnen zusätzlichen Ärger bescheren würde. Den Computer besaß sie also immerhin noch. Grace schloß die Augen und kämpfte dagegen an, unter der Last ihrer Verzweiflung zusammenzubrechen. Sie hatte keinen Mann mehr, keinen Bruder, aber den ... verdammten ... Computer, den hatte sie noch.

Ein heiseres Schluchzen ließ sie aufhorchen. Es dauerte eine Weile, ehe sie merkte, daß es aus ihrer eigenen Kehle kam. Es dauerte noch weitere Sekunden, ehe ihr klar wurde, daß sie wieder lief, irgendwie, irgendwohin. Regentropfen rannen ihr über das Gesicht, jedenfalls nahm sie an, daß es der Regen war. Sie konnte ihre Tränen nicht fühlen, aber sie fühlte auch nicht, daß sie lief. Sie ging einfach immer weiter. Vielleicht weinte sie, so vergeblich das auch sein mochte. Regen, Tränen, wo lag schon der Unterschied?

Immerhin besaß sie noch den Computer.

Computer, Kristian.

Sie mußte ihn warnen. Wenn Parrish den geringsten Verdacht schöpfte, daß Kristian von den Dateien Kenntnis hatte, ja, sogar teilweise ihren Inhalt kannte, würde er nicht zögern, den Jungen umzubringen. Öffentliche Fernsprecher gab es gottlob zahlreicher als Geldautomaten. Sie fischte ein paar

Münzen aus dem Beutel und hielt sie in ihrer klammen Hand. Dann bog sie in eine Seitenstraße ein, eilte einen Häuserblock entlang, bog wieder in eine Straße ab und versuchte so, möglichst viel Abstand zwischen sich und den beiden Gangstern zu schaffen. Wie verlassen die Straßen doch waren! Sie hätte nicht geglaubt, daß die Straßen einer Großstadt wie Minneapolis so einsam sein konnten. Ihre Fußtritte hallten über das Pflaster, sie atmete laut und rasselnd. Der Regen tropfte von den Dachrinnen und Markisen herunter, rings um sie herum bedrängten sie die Wolkenkratzer. Hier und da zeugte ein erleuchtetes Fenster von einem armen Büroangestellten, der die Nacht durcharbeitete. Dennoch war sie Lichtjahre von jenen entfernt, die trocken und warm in ihren Kokons aus Glas und Stahl hockten, während sie möglichst unauffällig durch den Regen lief. Schließlich kam sie keuchend vor einer Telefonzelle an. Im eigentlichen Sinne war es keine Telefonzelle mehr, es war einfach nur ein Apparat, der an beiden Seiten mit Plastikscheiben versehen war. Immerhin gab es eine Ablage, auf der sie ihre Tasche abstellen konnte. Sie hielt sie mit ihrem Körper fest, klemmte den Hörer zwischen Kinn und Schulter und ließ einen Vierteldollar in den Einwurfschlitz fallen. Sie hatte Kristians Nummer nicht mehr im Kopf, aber ihre Finger erinnerten sich. Ohne ihren Kopf zu Rate zu ziehen, bewegten sie sich sicher über das Tastenfeld. Gleich nach dem ersten Läuten hörte sie Kristians Stimme. »Hallo?« Er klang angespannt und ungewöhnlich wach für diese Tages-, vielmehr Nachtzeit.

»Kris.« Sie brachte den Namen nur noch krächzend hervor. Sie räusperte sich, dann begann sie noch einmal von vorne. »Kris, ich bin es, Grace.«

»Grace, mein Gott. Überall ist die Polizei. Sie behaupten…« Er hielt plötzlich inne und senkte die Stimme. Sein Flüstern klang beinahe wütend. »Geht es dir gut? Wo steckst du denn?«

Ob es ihr gutginge? Wie sollte es ihr gutgehen? Ford und Bryant waren tot, in ihrem Inneren klaffte ein großes, schwarzes Loch. Nie wieder würde es ihr gutgehen. Körperlich jedoch war sie unverletzt. Und sie wußte, daß Kristians Frage darauf abgezielt hatte. Seine Frage verriet ihr auch, daß Parrish tatsächlich die Polizei benachrichtigt hatte. Das ruhige Wohnviertel mußte in heller Aufregung sein.

»Ich habe gesehen, wie es passierte«, antwortete sie. Ihre Kehle war so zugeschnürt, daß ihre Stimme flach und hohl wie die einer Fremden klang. »Sie werden behaupten, ich sei die Mörderin gewesen. Aber ich war es nicht. Parrish war es. Ich habe ihn gesehen.«

»Parrish? Parrish Sawyer, dein Vorgesetzter? Der Parrish? Bist du dir da auch ganz sicher? Was ist passiert?«

Sie wartete das Ende seiner Fragenkette ab. »Ich habe ihn gesehen«, wiederholte sie. »Sag mal, haben sie dich schon verhört?«

»Nur kurz. Sie wollten wissen, wann du hier weggegangen bist.«

»Hast du die Texte erwähnt, an denen ich arbeite?«

»Nein.« Seine Stimme klang fest. »Sie haben gefragt, warum du hier warst, und ich habe geantwortet, daß du dein Modem zur Reparatur vorbeigebracht hast. Das war alles.«

»Gut. Was du auch sagst, erwähne die Texte nicht. Wenn jemand fragt, behaupte einfach, du hättest keine Dokumente gesehen.«

»Okay. Aber warum soll ich das tun?«

»Damit Parrish dich nicht auch noch umbringt.« Ihre Zähne fingen zu klappern an. Ihr war so verdammt kalt, der leichte Wind schlug ihr die nassen Kleider gegen den Körper. »Hör zu, ich meine es ernst. Kein Mensch darf erfahren, daß du von meiner Arbeit wußtest. Ich weiß selbst nicht, was es mit diesen Dokumenten auf sich hat, aber offenbar will er jeden loswerden, der von ihrer Existenz weiß.«

Nach langem Schweigen sagte Kristian verwirrt: »Willst du damit sagen, daß Parrish verhindern möchte, daß jemand etwas über diesen Tempelritter erfährt, nach dem du gesucht hast? Der Mann hat, wenn überhaupt, dann vor zirka siebenhundert Jahren gelebt. Wen zum Teufel interessiert das denn?«

»Offenbar interessiert es Parrish.« Sie kannte den Grund nicht, aber sie würde ihn herausbekommen. »Parrish«, wiederholte sie mit ersterbender Stimme.

Sie hörte seinen schnellen flachen Atem, der von dem Mundstück noch verstärkt wurde. »Abgemacht, ich sage kein Wort.« Er machte eine Pause. »Brauchst du Hilfe? Du kannst mein Auto haben.«

Fast hätte sie lachen müssen. Trotz der grauenhaften Vorkommnisse kribbelte ein Lachen in ihrer Kehle und blieb dort in der verkrampften Muskulatur hängen. Kristians Männlichkeitssymbol in Form eines Automobils war die sprichwörtliche bunte Kuh, und die konnte sie jetzt nun wirklich nicht gebrauchen. »Nein, danke. Aber Geld brauche ich. Der Automat, an dem ich es gerade versucht habe, hatte kein Geld mehr. Außerdem bin ich sofort danach überfallen worden.«

»Das glaube ich nicht«, entgegnete Kristian.

Er glaubte nicht, daß sie überfallen worden war? »Wie bitte?« fragte sie. Vor Erschöpfung konnte sie sich kaum noch bewegen und kaum noch denken, aber das konnte er unmöglich gemeint haben.

»Ich glaube nicht, daß der Automat kein Geld mehr hatte«, antwortete er. Plötzlich klang seine Stimme ganz erwachsen und hatte die kühle Intensität angenommen, die sie immer im Zusammenhang mit Computern bekam. »Wieviel hast du denn abgehoben?«

»Dreihundert Dollar. Ist das nicht der Höchstbetrag für jede Abhebung? Der Bankangestellte hatte, glaube ich, etwas von dreihundert Dollar gesagt, als wir das Konto eingerichtet haben.«

»Nicht dreihundert Dollar bei jeder Abhebung, sondern dreihundert Dollar am Tag«, erklärte Kristian geduldig. »Du kannst so viele Abhebungen machen, wie du willst, allerdings höchstens dreihundert Dollar innerhalb von vierundzwanzig Stunden. Jede Bank legt ihr eigenes Maximum fest, und das sind bei deiner Bank dreihundert Dollar.«

Seine Erklärung traf sie wie ein Donnerschlag. Selbst wenn sie einen anderen Geldautomaten auftreiben konnte, würde sie ihn erst in den Morgenstunden des nächsten Tages benutzen können. So lange konnte sie aber nicht warten. Wenn die Polizei ihr Bankguthaben einfrieren wollte, so käme sie nicht mehr an ihr Geld heran. Sie mußte aus Minneapolis fliehen, um ein sicheres Versteck zu finden, wo sie die Dokumente entziffern und herausfinden konnte, weswegen Parrish Ford und Bryant umgebracht hatte. Dafür aber brauchte sie Geld, einen Telefonanschluß und den Zugang zu Datenbanken.

»Ich bin am Ende«, sagte sie mit bleierner Stimme.

»Nein!« schrie Kristian. In ruhigerem Ton fügte er hinzu: »Nein, das kann ich für dich regeln. Wie hoch ist dein Kontostand?«

»Das weiß ich nicht genau. Ein paar tausend vielleicht.«

»Suche dir einen anderen Automaten«, riet er ihr. »Ich hacke mich in den Computer deiner Bank und ändere das Limit auf, sagen wir, fünftausend Dollar. Du hebst die Summe ab, danach stelle ich das Limit auf die übliche Summe zurück. Niemals wird irgend jemand herausfinden, wie das gelaufen ist, das verspreche ich dir.«

Etwas wie Hoffnung flackerte in ihr auf, nach den Schreckensstunden dieser Nacht ein merkwürdiges Gefühl. Jetzt mußte sie nur noch einen Automaten finden. Das war leichter gesagt als getan, denn schließlich war sie zu Fuß unterwegs.

»Sieh im Telefonbuch nach«, sagte er. »Jede Filiale deiner Bank hat einen Geldautomaten. Such dir den nächstgelegenen heraus.«

Natürlich. Wie einfach. Normalerweise wäre sie selbst darauf gekommen. Daß sie jedoch nicht darauf gekommen war, zeugte vom Ausmaß ihres Schocks und ihrer Erschöpfung.

»In Ordnung, so werde ich es machen.« Glücklicherweise war ein Telefonbuch an die Ablage gekettet. Sie öffnete die Schutzhülle. Ein Teil war immerhin noch vorhanden. Sogar der wichtigste Teil, das Branchenbuch nämlich. Sie blätterte die Kladde bis zu dem Stichwort »Banken« durch. Ihre Bank verfügte über sechzehn dieser sogenannten »leicht erreichbaren« Filialen. Bis zu der nächstgelegenen würde sie schätzungsweise eine halbe Stunde brauchen. »Ich gehe jetzt los«, sagte sie. »Wenn nichts dazwischenkommt, dann brauche ich vielleicht eine halbe bis dreiviertel Stunde.« Die Polizei konnte sie aufgreifen, oder sie konnte erneut überfallen werden. Vielleicht kämmten ja auch Parrish und seine Gefolgsleute die Stadt nach ihr ab. Keine der beiden Möglichkeiten versprach ein gutes Ende.

»Ruf mich an«, sagte Kristian nachdrücklich. »Ich schalte mich gleich in den Bankcomputer ein. Rufe mich aber trotzdem an und teile mir mit, ob alles glatt gelaufen ist.«

»Das werde ich tun«, versprach sie.

Sie brauchte für den Halbstundenweg fast eine volle Stunde. Sie war erschöpft, und der Laptop wurde mit jedem Schritt schwerer. Vor jedem vorbeifahrenden Auto mußte sie sich verstecken. Einmal fuhr ein Streifenwagen direkt vor ihr über eine Kreuzung, das Blaulicht flimmerte durch die nächtliche Ruhe. Ihr wurde vor Panik ganz schwindlig, und ihr Herz pochte laut.

Die Innenstadt kannte sie nur punktuell. Sie hatte in den Vorstädten gelebt, war dort zur Schule gegangen und hatte dort eingekauft. Sie lief einige Häuserblocks weit in die falsche Richtung, bevor sie ihren Fehler bemerkte und zurückgehen mußte. Nur zu deutlich war ihr bewußt, daß die Dämmerung nahte. Die Menschen würden aufstehen und im Fernsehen von dem Doppelmord erfahren. Die Polizei würde in ihrem Haus Fotos von ihr gefunden haben. Auf Hunderttausenden von Fernsehbildschirmen würde ihr Gesicht zu sehen sein. Bevor das geschah, mußte sie unbedingt einen sicheren Unterschlupf gefunden haben.

Schließlich erreichte sie die Bankfiliale mit dem außen angebrachten, erleuchteten Geldautomaten. Die Überwachungskameras liefen: Wenn jemand hier ermordet wurde, so konnte man die Bilder gleich in den Abendnachrichten zeigen.

Sie war zu erschöpft, um sich wegen der Kameras oder eines eventuellen Raubüberfalls zu sorgen. Wenn sie wieder jemand berauben wollte, so würde sie sich diesmal zur Wehr setzen. Sie hatte nicht mehr viel zu verlieren, denn jetzt war Geld für sie gleichbedeutend mit Leben geworden. Sie ging auf den Automaten zu, holte ihre Bankkarte hervor, folgte den Anweisungen und forderte zweitausend Dollar.

Die Maschine begann Zwanzigdollarscheine auszuspukken. Sie hörte brav nach hundert Scheinen damit auf. Welch Segen der Automatisierung!

Zusammen mit den dreihundert von vorhin konnte nicht mehr viel auf dem Konto sein. Sie bemühte sich auch gar nicht mehr, den genauen Kontostand zu erfahren. Sie hatte zweitausend Dollar Bargeld in der Hand, und die Zeit drängte. Sie eilte um die nächste Ecke und verbarg sich im Schatten. Dort kauerte sie sich an eine Wand und stopfte hastig die Scheine in die Computertasche, in ihre Hosentaschen, ihren Büstenhalter und in ihre Schuhe. Dabei suchte sie die ganze Zeit mit den Augen die Umgebung ab, doch die Straßen lagen ruhig und verlassen da. Die nächtlichen Streuner würden sich nun langsam in ihre Unterschlupfe zurückziehen und die Stadt den Tagesbewohnern überlassen.

Vielleicht verhielt es sich tatsächlich so. Sie durfte jetzt aber keine Risiken eingehen. Sie brauchte eine Waffe, ganz gleich, welche, und egal wie primitiv. Eine Waffe, mit der sie sich schützen konnte. Sich umblickend, hoffte sie, einen brauchbaren Knüppel zu finden. Aber auf dem Boden lagen nur ein paar Glasscherben und einige Steine. Eine primitivere Waffe als einen Stein gab es wohl kaum.

Sie las einige davon auf und steckte sie alle bis auf den größten in ihre Jackentasche. Den größten nahm sie in die Hand. Natürlich wußte sie, wie lächerlich diese Verteidigungswaffe war, dennoch gab der Stein ihr ein Gefühl der Sicherheit. Eine schlechte Waffe war besser als gar keine.

Sie mußte Kristian anrufen, und sie mußte Minneapolis verlassen. Sie hatte keinen sehnlicheren Wunsch, als sich hinzulegen, zu schlafen und wenigstens für ein paar Stunden vergessen zu dürfen. Diese Extravaganz aber würde warten müssen. Grace eilte durch die Straßen, während die Morgendämmerung anbrach. Langsam ging die Sonne auf. Es war ihr erster Tag als Witwe.

3

»Es dürfte eigentlich nicht sonderlich schwer sein, sie zu finden«, murmelte Parrish und lehnte sich in seinem Sessel zurück. Seine makellos manikürten Finger trommelten einen Marschrhythmus auf die hölzernen Armlehnen. »Von der hiesigen Kriminalpolizei bin ich wirklich enttäuscht. Die kleine Grace besitzt weder ein Auto noch irgendwelche Überlebensinstinkte, und dennoch hat sie euch an der Nase herumgeführt. Das hat mich wirklich überrascht. Ich dachte, sie würde schreiend zum Nachbarn rennen oder aber zur nächstbesten Polizeistation, aber nein, sie hat sich irgendwo verkrochen. Zugegeben, das alles ist natürlich etwas lästig. Aber letztlich zögert sie das Unvermeidliche lediglich hinaus. Wenn die Polizei sie schon nicht finden kann, dann wird es dir sicherlich gelingen. Davon jedenfalls bin ich fest überzeugt.«

»Ja«, erwiderte Conrad. Er war kein Mann der großen Worte, doch im Laufe der Jahre hatte sich Parrish von seiner Zuverlässigkeit überzeugen können. Conrad konnte sowohl sein Vor- oder aber auch sein Nachname sein, wer wußte das schon. Er war untersetzt und kräftig, und sehr intelligent sah er nicht aus. Kurzes dunkles Haar wuchs auf seinem kugelförmigen Kopf, der Ansatz reichte bis tief in die Stirn. Die nicht mehr schmeichelhafte Ähnlichkeit mit einem großen Menschenaffen wurde durch die kleinen dunklen Augen und die etwas vorspringenden Augenwülste nicht gerade abgemildert. Aber sein äußerliches Erscheinungsbild täuschte. Der kräftige Kerl konnte sich sehr schnell und äußerst geschickt bewegen, und hinter dem geistlosen Gesichtsausdruck steckte ein verschlagenes, präzise funktionierendes Gehirn. Eine seiner auffälligsten Eigenschaften war die, daß Parrish in all den Jahren ihrer Bekanntschaft niemals den Anflug eines Gewissensbisses bei Conrad hatte entdecken müssen. Alle Anordnungen führte er mit bewundernswerter, geradezu maschineller Perfektion aus. Ob und was er sich dabei dachte, wußte außer ihm kein Mensch.

»Wenn du sie findest«, fuhr Parrish fort, »dann bring den Computer und die Dokumente sofort hierher.« Parrish enthielt sich jeder Anweisung, wie mit Grace St. John zu verfahren sei, denn das wußte Conrad ohnehin besser. Der Kugelkopf nickte knapp und verließ wortlos das Zimmer. Wieder allein, seufzte Parrish. Seine Finger trommelten immer noch gegen seine Enttäuschung an. Die ganze Sache hatte einen ungünstigen Verlauf genommen. Alles war anders gekommen als geplant. Die drei hätten zusammen im Haus sein sollen, ehe er mit seinen Männern hineinging. Parrish hatte darauf geachtet, daß alle drei Autos vor der Tür geparkt waren. Aber Grace war nicht dagewesen, und ihr Computer und die Dokumente auch nicht. Außerdem hatten sich Ford und Bryant als bemerkenswert kluge Lügner erwiesen. Wer hätte gedacht, daß zwei Archäologen, zwei versponnene Gelehrte, die Situation sofort im Kern erfassen und ohne zu zögern eine glaubwürdige Lüge formulieren konnten?

Doch genau das hatten sie getan. Und er hatte den schwerwiegenden Fehler begangen, ihnen zu glauben. Sich dermaßen düpieren zu lassen sah ihm gar nicht ähnlich, und es ärgerte ihn, zum Narren gehalten worden zu sein. Grace mußte sich direkt vor dem Haus aufgehalten und alles beobachtet und gehört haben. Das Geräusch vor dem Fenster war aller Wahrscheinlichkeit nach sie gewesen. Auch daß er vergessen hatte, die Vorhänge richtig zuzuziehen, war ein untypischer Fehler. An manchen Tagen lief eben alles schief.

Er und Conrads Leute waren schnell verschwunden und hatten keine Fingerabdrücke oder andere Hinweise auf ihre Anwesenheit zurückgelassen. Die Szene im Schlafzimmer machte ganz den Eindruck, den sie geplant hatten. Jeder Polizist, der die Spuren untersuchte – zwei halbnackte Männer in einem Schlafzimmer, beide mit einer Kugel im Kopf, die Frau des einen nicht auffindbar –, nun, der mußte wahrlich kein Genie sein, um sich einen Reim darauf zu machen. Die klügsten Kriminalisten von Minneapolis hatten genauso reagiert, wie er es von ihnen erwartet hatte: Sie hielten sich bedeckt und gaben keine Details an die Presse heraus. Gleichzeitig jedoch war Grace ihre Hauptverdächtige. Er hatte vermutet, daß sie sofort die Polizei benachrichtigen würde. Also war er in sein luxuriöses Haus in Wayzata zurückgekehrt und hatte gewartet. Wegen ihrer Anschuldigungen machte er sich keine Sorgen; warum schließlich sollte er zwei Menschen umbringen, um an Dokumente zu kommen, deren Aushändigung ihm ohnehin nicht verweigert werden konnte? Er saß im Verwaltungsrat zweier Krankenhäuser und spendete regelmäßig und freigiebig an alle politisch korrekten Wohltätigkeitsorganisationen. Einige der reichsten Familien der Stadt machten sich – natürlich unbegründete – Hoffnungen, ihn als Schwiegersohn zu gewinnen. Außerdem hatte er in seiner Haushälterin Antonetta Dolk ein sicheres Alibi. Sie würde schwören, er habe den ganzen Abend in seinem Arbeitszimmer verbracht, und sie habe ihm dort Kaffee serviert. Antonetta war jedem Lügendetektortest gewachsen, eine Fähigkeit, die er an seiner Haushälterin höher schätzte als gründliches Staubwischen. Natürlich arbeitete sie für die Stiftung, denn er hatte dafür Sorge getragen, daß die Menschen in seinem Umfeld ihm gegenüber vollkommen loyal waren. Daß die Dokumente nach so langer Zeit aufgetaucht waren, war einfach unglaublich. Sie waren bei einer Routineausgrabung in Südfrankreich gefunden worden. Bei dieser Ausgrabung hatte man nichts wirklich Altes gefunden, weswegen denn auch den Dokumenten kaum Aufmerksamkeit geschenkt worden war. Kein Archäologe würde sich von Dokumenten Aufschlüsse erwarten, die erst wenige Jahrhunderte alt waren. Um den für diese Fehleinschätzung Verantwortlichen würde man sich auch noch kümmern müssen – eine weitere Aufgabe für Conrad. Wären die Dokumente ordnungsgemäß eingeschätzt worden, wären sie niemals fotokopiert und an Grace St. John zur routinemäßigen Übersetzung geschickt worden. Nichts dergleichen wäre geschehen, und die wertvolle Information wäre jetzt nicht in Graces, sondern in seinen Händen. Ford hatte ihn auf den Inhalt der Dokumente aufmerksam gemacht und so seinen eigenen Tod heraufbeschworen. Das

Leben kann einem schon manches Schnippchen schlagen, sinnierte Parrish. Fords beiläufige Bemerkung, Grace sitze an einer Übersetzung, die etwas mit dem Tempelorden zu tun hätte, hatte eine Lawine in Gang gesetzt.

Parrish war unverzüglich die Eingangslisten durchgegangen und hatte die Originaldokumente bis zu ihrem Aufbewahrungsort in Paris zurückverfolgt. Die Franzosen bereiteten einem manchmal Schwierigkeiten, Artefakte aus ihrem Land zu exportieren, und zwar auch dann, wenn diese weder besonders alt noch besonders wertvoll waren.

Parrish hatte seine Leute losgeschickt, um die Originale zu beschaffen. Doch diese waren offenbar einem Brand zum Opfer gefallen, wenn auch in dem Gewölbe sonst nichts beschädigt worden war. Von den Dokumenten war nur feine, weiße Asche übriggeblieben. Grace St. John besaß also die einzigen noch vorhandenen Kopien. Laut der Eingangsbescheinigung arbeitete sie bereits seit drei Tagen an der Übersetzung. Grace leistete gute Arbeit, sie verfügte über die besten Sprachkenntnisse der Abteilung. Möglicherweise hatte sie bereits genug entziffert, um sich der Bedeutung der Dokumente bewußt zu sein. Sowohl Grace als auch jeder andere Mitwisser mußten beseitigt werden.

Es entbehrte nicht der Komik, daß sich Grace als problematischer als Ford oder Bryant erwies. Wie lange kannte er sie schon? Seit fast zehn Jahren. Sie war immer eine graue Maus gewesen. Sie benutzte kein Make-up und trug die Haare einfach nach hinten gekämmt, wo sie von einem Gummi zusammengehalten wurden. Ein bißchen füllig war sie auch. Daß sie so gar keinen Wert auf ihre Aufmachung legte, beleidigte sein Feingefühl. Trotzdem war er mehrere Male versucht gewesen, sie zu verführen. Wahrscheinlich hatten ihn die anderen Frauen gelangweilt, die kleine Grace mit ihrer lachhaften Bürgermoral aber forderte ihn in gewisser Weise heraus. Angeblich liebte sie ihren Ehemann und war ihm treu. Aber sie hatte einen perfekten Porzellanteint und den sinnlichsten Mund, den er je gesehen hatte. Parrish lächelte versonnen und spürte seine wachsende Erregung bei der Vorstellung, was man mit diesen sinnlichen, so roten und so weichen Lippen alles machen könnte. Der arme Ford hatte sicherlich nicht die nötige Phantasie aufgebracht, um das entsprechend würdigen zu können.

Auf der Straße wäre sie hilflos wie ein Kind. Während der letzten Nacht konnte ihr alles mögliche zugestoßen sein. Vielleicht war sie ja bereits tot.

Diese Lösung würde alle Probleme zufriedenstellend aus der Welt schaffen. Dennoch hoffte er, daß sie noch lebte. Die Dokumente waren bei ihr. Wenn Conrad sie aufspürte, würde er auch die Dokumente finden. Wenn hingegen eines jener kriminellen Elemente, die nachts die Straßen unsicher machten, sie umgebracht hatte, dann würde ihr Computer bei einem Hehler auftauchen, und die Dokumente würden im Müll landen. Wenn die Kopien aber erst einmal im Rachen der Unterwelt verschwunden waren, würden sie vermutlich niemals wieder auftauchen. Sie wären für immer verschwunden und mit ihnen die langersehnte, entscheidende Information. Die Stiftung wäre hinfällig, und Parrishs Pläne würden in Luft aufgehen.

Das durfte nicht geschehen. Auf welche Art und Weise auch immer, er mußte an die Dokumente kommen.

Grace konnte nicht einschlafen. Sie war todmüde, doch jedesmal, wenn sie die Augen schloß, sah sie Ford vor sich, die plötzliche, schreckliche Leere seiner Augen, als die Kugel sein Leben auslöschte und er tot auf dem Bett zusammenbrach. Es regnete noch immer. Sie hockte in einem Geräteschuppen, versteckt hinter einem Rasenmäher, dem ein Rad fehlte, einem schmierigen Werkzeugkasten, ein paar rostigen Farbkanistern und einigen vergammelten Pappkartons, die

die Aufschrift »Weihnachtsdekoration« trugen. Der Verschlag war nicht verriegelt gewesen, aber abgesehen von ein paar Schraubenziehern und Schraubenschlüsseln war hier auch nichts zu holen.

Sie wußte nicht genau, wo sie war. Sie war einfach Richtung Norden gelaufen, bis sie vor Müdigkeit nicht mehr weiterkonnte. Dann hatte sie in dem Geräteschuppen hinter einem Ranchhaus im Stil der fünfziger Jahre Zuflucht gesucht. Die Gegend wirkte leicht heruntergekommen, das Mittelklasseambiente blätterte bereits ab. Die Garage war leer. Möglicherweise hatte sie Glück, und es war keiner zu Hause. Sollte doch jemand zu Hause sein, so hielten sich die Leute wegen des Regens im Haus auf. Jedenfalls hielt sie niemand auf, als sie den Hof überquerte und die dünne Blechtür öffnete.

Über das Gerümpel war sie bis in die hinterste Ecke geklettert und hatte sich dort auf dem schmutzigen Zementboden niedergelassen. Wie gelähmt kauerte sie da. Die Zeit verstrich, aber sie hatte keinerlei Zeitgefühl mehr. Nach einer Weile näherte sich ein Auto, mehrere Autotüren wurden zugeschlagen. Ein paar quengelige Kinder wurden von einer Frauenstimme ermahnt, ruhig zu sein. Sie hörte erst eine Fliegentür quietschen, dann wurde noch eine Tür zugeschlagen. Die Geräusche verstummten, denn sie waren jetzt in ihr schützendes Zuhause getreten, wo sich ihr ganz normales Leben abspielte.

Grace legte den Kopf auf die Knie. Sie war unendlich müde, sehr hungrig und vollkommen ratlos, was sie als nächstes tun sollte. Man würde Ford und Bryant beerdigen, und sie konnte ihnen kein letztes Lebewohl sagen, durfte sie nicht ein einziges Mal berühren und ihr Grab nicht mit Blumen bepflanzen.

Sie schluckte und wiegte sich gepeinigt wie ein Kind vor und zurück. Sie fühlte, wie sie in sich zusammensackte, wie sie ihre Selbstherrschung verlor und schlang die Arme um sich, als ob sie so alles zusammenhalten könnte.

Sie hatte noch nicht einmal Fords Familiennamen, Wessner, angenommen. Weil es modern und praktisch war, hatte sie ihren Geburtsnamen St. John behalten, der auch auf ihrem Führerschein und auf ihrer Sozialversicherungskarte auftauchte. Ihren Namen zu ändern hätte einige Behördengänge erfordert. Abgesehen davon war Minneapolis politisch ja ach so korrekt. In der akademischen Welt hätte man sie für hoffnungslos altmodisch erachtet, wenn sie den Namen ihres Mannes angenommen hätte.

Ihr Schmerz darüber war unerträglich. Ford hatte sein Leben für sie gegeben, und sie hatte noch nicht einmal seinen Namen annehmen wollen. Er hatte die Sache niemals erwähnt. Aber so, wie sie Ford kannte, war es ihm einfach nicht wichtig gewesen. Ihn interessierten nur die wesentlichen Dinge. Daß sie geheiratet hatten, war ihm wichtig und nicht, welchen Namen sie trug. Plötzlich jedoch erschien ihr das als eine bedeutende Frage. Wenn sie jetzt seinen Namen trüge, so hätte sie noch eine Verbindung zu ihm, zumal sie ja nun keine Kinder mehr haben konnten. Sie wollten zwei Kinder haben, die sie jedoch noch so lange zurückgestellt hatten, bis sie beide mit ihrer Karriere etwas weiter waren. Letztes Weihnachten hatten sie sich entschlossen, noch ein Jahr zu warten, und Grace hatte weiter die Pille genommen. Jetzt war Ford tot, und die überflüssigen Pillen lagen in einem Haus, das einmal ihr Zuhause gewesen war und in das sie nie wieder zurückkehren würde.

O Gott, Ford!

Der Gedanke war unerträglich, der Schmerz zu groß. Sie mußte etwas tun, sonst würde sie den Verstand verlieren. Sonst würde sie schreiend aus dem schäbigen Blechverschlag rennen und so lange auf der Straßenmitte stehenbleiben, bis sie entweder verhaftet oder aber überfahren wurde. Mit ungelenken Bewegungen zerrte sie die Computertasche aus der Plastiktüte. Der Verschlag war in ein grünes, dämmriges Licht getaucht und war zu dunkel, um an den Kopien ihrer Übersetzung zu arbeiten. Einige davon hatte sie jedoch bereits auf Diskette übertragen, und am Computer könnte sie auch in diesem Licht arbeiten. Um wirklich zu arbeiten, war sie allerdings viel zu müde, aber sie brauchte einfach die Ablenkung. Über ihrer Arbeit hatte sie immer schon alles andere vergessen können, vielleicht würde ihr die Arbeit auch jetzt den Verstand retten und sie vor einem Nervenzusammenbruch bewahren.

So eingezwängt, wie sie in der Ecke des Verschlages saß, hatte sie nur wenig Bewegungsfreiheit. Sie räumte die Kartons mit dem Christbaumschmuck beiseite und schob einen als Computerablage vor sich, denn der Laptop wurde zu heiß, um ihn auf den Knien halten zu können. Sie öffnete den Computer und schaltete ihn an. Der Bildschirm leuchtete auf, die Maschine gab das während des Startvorgangs übliche Piepsen von sich. Als die Menüleiste auf dem Bildschirm erschien, klickte sie das gewünschte Programm an und schob eine Diskette in das Laufwerk. Die Diskette enthielt die Passage, an der sie zuletzt gearbeitet hatte. Diese Passage war es auch, die ihre Neugier geweckt hatte, noch mehr über den Tempelritter erfahren zu wollen. Der Text war in Altfranzösisch abgefaßt. Diese Sprache war ihr so vertraut, daß sie auch ohne allzu große Konzentration daran arbeiten konnte. Sie klickte die Datei an, und der Text füllte den Bildschirm. Die alten Buchstaben waren kaum lesbar und die Rechtschreibung oft sehr eigenwillig, denn im Mittelalter schrieb jeder so, wie er es für richtig hielt und es seinem Gehör entsprach. Grace blickte auf den Bildschirm und ließ die Zeilen weiterspringen. Trotz allem fühlte sie, wie sie allmählich ihre Konzentration zurückgewann. Sie wurde von dem Text magisch angezogen. Der Name »Niall von

Schottland« sprang ihr erneut in die Augen, und sie holte tief Luft. Sie setzte sich im Schneidersitz auf den Boden, rückte den Computer heran und fischte Stift und Notizblock aus der Seitentasche. Wer auch immer dieser Niall von Schottland vor seinem Beitritt zum Tempelorden gewesen sein mochte, dort jedenfalls entwickelte er sich schnell zu einem der bedeutendsten Krieger. Sie ging die kaum lesbaren Zeilen durch und markierte unentzifferbare Abschnitte. Von ihr unbemerkt, beschleunigte sich ihr Puls, und der vermehrte Sauerstoff steigerte ihre Konzentration. Sie hatte das Gefühl, als ob der Bericht über das Leben eines Ordensritters, der vor siebenhundert Jahren gelebt hatte, sie gänzlich mit Beschlag belegte. Niall sei »von großem Wuchs« gewesen, »drei Ellen und fünf Zoll«. Da das Dokument in französischer Sprache abgefaßt war, entsprach die Maßangabe wohl eher der Brabanter Elle von 69 Zentimetern als der englischen von etwas über 91 Zentimetern. Die schottische Elle von ungefähr einem Meter fünfzehn konnte nicht gemeint sein, denn dann hätte der gute Mann drei Meter fünfzig gemessen. Die Brabanter Elle war wahrscheinlicher. Dann war er zwar immer noch ein Hüne von über zwei Metern gewesen, aber doch kein Monstrum. Im Mittelalter waren die Menschen sehr unterschiedlich groß gewesen, je nachdem, wie gut sie während ihrer Kindheit ernährt werden konnten. Manche Ritter waren so lächerlich klein gewesen, daß ihre Rüstungen aussahen, als wären sie für Kinder angefertigt worden, während andere selbst nach modernem Maßstab ausgesprochen stattlich gewesen waren.

Den Dokumenten zufolge war Niall ein unübertroffener Schwertkämpfer gewesen, außerdem in allen Künsten des Waffenumgangs geübt. All die Schlachten wurden aufgezählt, in denen er gekämpft hatte, all die Sarazenen genannt, die er getötet hatte, und all die Ritter erwähnt, deren Leben er gerettet hatte. Grace gewann den Eindruck eines mythischen

Helden, eines Herkules, und nicht den eines mittelalterlichen Tempelritters, der tatsächlich einmal gelebt hatte. Die Ritter des Tempelordens waren zugegebenermaßen ausgezeichnete Krieger gewesen, die besten ihrer Zeit, eine Art mittelalterliches Sondereinsatzkommando. Doch wenn alle Tempelritter so herausragende Krieger gewesen waren, weshalb dann das überschwengliche Lob für diesen Niall von Schottland? Das Dokument war von einem Mitglied des Tempelordens verfaßt worden. Es war denkbar, daß Außenstehende von dem großen Ritter enorm beeindruckt waren, aber innerhalb des Ordens hätte man seine Leistungen doch eigentlich als selbstverständlich ansehen müssen. Die Verherrlichung nur eines ihrer Mitglieder schien wenig wahrscheinlich. Plötzlich brach der Text ab. Es folgte eine Art Brief, den ein gewisser Valcour unterschrieben hatte. Er sorgte sich um die Sicherheit eines »Schatzes«, der wertvoller als Gold sei. Er betonte, der Schutz dieses Schatzes sei von allergrößter Wichtigkeit.

Ein Schatz. Grace dehnte sich, um ihre Schultern zu lockern. Sie wußte nicht, wie lange sie schon am Computer arbeitete, ihre Füße jedoch waren eingeschlafen, und die Muskulatur an Schultern und Nacken schmerzte. Als sie bei Kristian gewesen war, war dort ebenfalls von einem Schatz die Rede gewesen. Da sie jedoch nach Niall von Schottland gesucht hatte, hatte sie diese Passage nur grob überflogen. Sie erinnerte sich, daß der Tempelorden große Reichtümer besessen hatte, daß sogar Könige und Päpste dort Anleihen gemacht hatten. Der Schatz des Tempelordens hatte natürlich aus Gold bestanden, wie also konnte der in dem Dokument erwähnte Schatz »wertvoller« als Gold sein?

Bisher hatte sie durch ihre angespannte Konzentration die Müdigkeit in Schach halten können, nun aber begann sie sich schwer auf ihre Glieder zu legen. Ihre Hände fühlten sich mit einem Mal schwer wie Blei an. Sie stellte das Programm ab, ließ die Diskette herausspringen und steckte sie wieder in die Schutzhülle zurück. Sie schaltete den Computer ab und lehnte sich zurück. Aufstöhnend streckte sie ihre beinahe tauben Glieder. Die plötzliche Bewegung jagte einen heftigen Schmerz durch ihren Körper.

Mühsam rückte sie zur Seite und ließ sich gegen die Kartons mit dem Christbaumschmuck sinken. Sie merkte noch, wie sie einschlief und ihr Bewußtsein wie von einem schweren, schwarzen Tuch verhängt wurde. Sie war froh darüber, denn sie brauchte dringend Schlaf. Ihre Augenlider waren zu schwer, um sie auch nur noch einen Augenblick länger offenhalten zu können. Ihr letzter Gedanke war Niall, einen Augenblick hatte sie das Bild eines riesigen Ritters in voller Rüstung vor Augen, der ein fast zwei Meter langes Schwert schwang, während rechts und links die Feinde vor ihm in die Knie sanken. Aber dann schwemmte sie die undurchsichtige Flut des Schlafes fort.

1322

Sechshundertundvierundsiebzig Jahre früher erwachte Niall in wachsam angespanntem Zustand und hob seinen Kopf vom Kissen. Eine einsame Fackel brannte in der Halterung, und das Kaminfeuer war fast heruntergebrannt. Nach dem kräftezehrenden Liebesspiel hatte er schätzungsweise eine knappe Stunde geschlafen. Er hatte ein Geräusch gehört. Was aber war es? Es war ein sehr leises, noch dazu nicht bedrohliches Geräusch gewesen. Normalerweise hatte er, wenn er von einem Geräusch geweckt wurde, noch bevor er die Augen ganz aufgerissen hatte, den Dolch in der einen und das Schwert in der anderen Hand. Da er aber nicht zu den Waffen gegriffen hatte, witterten seine kampferprobten Nerven keine Gefahr. Doch es hatte ihn etwas geweckt, und das Geräusch war in seiner unmittelbaren Nähe gewesen.

Er blickte auf die neben ihm liegende Frau, die im Schlaf schnarchte. Eigentlich war es nur ein kleines Schniefen. Das jedenfalls war es nicht, was ihn geweckt hatte.

Sie waren allein in der Kammer, die schwere Tür war gut verriegelt und die Geheimtür neben dem Kamin fest verschlossen. Robert kündigte sein Kommen immer vorher an. Niall hatte aber dennoch das Gefühl, als ob jemand im Raum sei. Er stand so leise und umsichtig auf, daß Eara ungestört weiterschlief. Obwohl er sehen konnte, daß außer der Frau niemand sonst in der Kammer war, durchforstete er jeden Winkel und suchte nach einem Geruch, nach einem leisen Geräusch, nach irgendeinem Hinweis.

Vergeblich. Schließlich legte er sich wieder hin und starrte mit offenen Augen in die Dunkelheit. Eara schnarchte immer noch leise, was ihn allmählich zu stören begann. Er hätte sie nach ihrem Liebesspiel aus der Kammer schicken sollen. Er schlief gerne mit Frauen und genoß die Wärme und Weichheit eines weiblichen Körpers an seiner Seite, jetzt aber wäre er lieber allein gewesen. Er wollte sich auf das leise Geräusch konzentrieren, das ihn geweckt hatte. Earas Anwesenheit aber hinderte ihn daran.

Er versuchte, sich genau an den Laut zu erinnern. Es war ein leises Geräusch gewesen, eine Art Seufzer.

Jemand hatte seinen Namen gerufen.

1996

Conrad packte den verschmierten Kopf des Penners, bog ihn zurück und betrachtete das Ergebnis seiner bisherigen Arbeit. Die Augen des Obdachlosen waren beinahe vollkommen zugeschwollen, seine Nase nur noch ein Haufen Fleisch, die letzten Schneidezähne waren auch noch ausgefallen. Hierbei handelte es sich allerdings erst um eine Art

Vorbereitung. Die eigentliche Überredungskunst bestand aus gebrochenen Rippen und zerquetschten Fingern.

»Du hast sie also gesehen und ausgeraubt«, meinte Conrad freundlich.

»Nicht doch, Mann.« Die Worte drangen zermanscht, fast unverständlich aus dem geschundenen Mund.

Das war aber nicht die Antwort, die Conrad hören wollte. Er seufzte und machte sich an einem der zerquetschten Finger des Penners zu schaffen. Der brüllte auf, und sein Körper bäumte sich gegen die ihn an einen Stuhl feselnden Stricke auf.

»Du hast sie gesehen«, wiederholte Conrad geduldig.

»Wir haben das Geld nicht mehr«, wimmerte der Penner, den der Mut nun gänzlich verlassen hatte.

»Das Geld ist mir vollkommen egal. Wohin ist die Frau gegangen?«

»Keine Ahnung, wir haben uns sofort aus dem Staub gemacht.«

Conrad dachte nach. Vermutlich sagte der Kerl sogar die Wahrheit. Er blickte auf den auf dem Stuhl zusammengekrümmten Körper. Schade, daß der junge Schwarze sein Messer gezückt hatte. Aus dem wäre vielleicht mehr herauszuholen gewesen als aus diesem Kretin hier.

Um sicherzugehen, brach er dem Penner noch einen Finger und wartete, bis das Wimmern aufgehört hatte. »Wo ist die Frau hingegangen?« wiederholte er noch einmal.

»Keine Ahnung, echt keine Ahnung«, stammelte der Penner, sich endlos wiederholend.

Conrad nickte. »Was hatte sie an?«

»Weiß ich nicht...«

Conrad nahm sich einen weiteren Finger vor, und der Kerl brüllte auf. »Nicht doch, aufhören!« schrie er, während Blut und Schleim aus seiner gebrochenen Nase rannen. »Es hat geregnet, ihre Kleidung war dunkel...«

»Hosen oder Kleid?« hakte Conrad nach. Es hatte tatsächlich geregnet, und wenn die Frau die ganze Zeit unter freiem Himmel gewesen war, dann mußte sie jetzt vollkommen durchnäßt sein. Seine Frage war ungeschickt gestellt. Es war unmöglich, daß dem Schwachkopf in der verregneten Nacht die Farbe ihrer Kleidung aufgefallen wäre.

»Keine Ahnung, Hosen. Vielleicht Jeans, keine Ahnung.«

»Trug sie einen Mantel oder eine Jacke?« Es hatte sich stärker als erwartet abgekühlt. Die Wärme war für Minneapolis ohnehin ungewöhnlich gewesen, wogegen die Kälte durchaus der Jahreszeit angemessen war.

»Ich glaube nicht.«

»Lange oder kurze Ärmel?«

»Kurze, glaube ich, weiß es aber nicht genau.« Er rang nach Luft. »Sie trug so eine Mülltüte im Arm, da konnte ich ihre Arme nicht genau erkennen.«

Keine Jacke und kurze Ärmel. Sie mußte bis auf die Haut durchgeweicht sein und sehr frieren. Conrad verschwendete keine Überlegung darauf, was in der Mülltüte sein mochte. Schließlich war es eine naheliegende Methode, um Papiere trocken aufzubewahren. Parrish Sawyer würde zufrieden sein.

Sie hatte sich Geld aus einem Automaten gezogen, und der Mistkerl vor seiner Nase hatte sie umgehend überfallen. Sie hatte weder Geld noch einen Unterschlupf. Conrad würde sie binnen eines Tages gefunden haben, falls die Polizei ihm diese Arbeit nicht schon abgenommen hatte. Obwohl Parrish Sawyer alles im Griff hatte, falls sie ihn beschuldigen sollte, wollte Conrad sie doch gerne persönlich aufspüren. Das würde die Sache insgesamt etwas erleichtern.

Er betrachtete das Wrack auf dem Stuhl. Der Penner dort hatte nichts, was seine Sympathie hätte wecken können, weder Verstand noch irgendwelche moralischen Werte noch sonst irgendwelche Werte. Eine Kugel wäre zu kostbar, um das Leben eines solchen Wurms zu beenden. Außerdem ginge das viel zu schnell. Conrad drückte mit seiner behandschuhten Hand dem Kerl die Luftröhre zu. Er ließ den Erstickenden auf seinem Stuhl zurück und verließ das leerstehende Haus in dem berüchtigsten Viertel der ganzen Stadt. Er ging ruhig, ohne jede Eile. In dieser Gegend waren Schreie nichts Ungewöhnliches. Kein Mensch nahm auch nur die geringste Notiz von ihm.

4

Entfernung war eine relative Angelegenheit, eine Tatsache, die Grace erst noch begreifen mußte. Eau Claire, Wisconsin, lag nicht weit von Minneapolis entfernt, sofern man mit dem Auto fuhr. Man brauchte ein oder zwei Stunden, je nachdem, welchen Ausgangpunkt in Minneapolis man nahm und mit welcher Geschwindigkeit man die Strecke zurücklegte. Mit dem Flugzeug war es ohnehin nur ein Katzensprung. Zu Fuß aber und weil sie sich ständig verbergen mußte, brauchte sie dafür ganze drei Tage.

Sie hatte sich nicht getraut, den Bus zu nehmen. Mit ihren langen Haaren und der Computertasche lief sie Gefahr, erkannt zu werden. Sie ging davon aus, daß die Polizei alle öffentlichen Verkehrsmittel überwachte, da sie wußte, daß sie nicht länger motorisiert war. Auch Parrish würde sie wahrscheinlich verfolgen, und der brauchte noch nicht einmal ein Fahndungsfoto, um sie zu erkennen.

Sie handelte in einem Vakuum, weil sie nur dort überhaupt handeln konnte. Über bislang vollkommen selbstverständliche Dinge wie Wärme, Wasser und eine Toilette verfügte sie nun auf einmal nicht mehr. Immerhin hatte sie Geld, und es gab überall Läden, die sie allerdings wegen der

Überwachungskameras besser nicht betrat. Essen dagegen war kein Problem, denn sie hatte ohnehin nicht den geringsten Hunger.

Sie sah nicht nur aus wie eine Obdachlose, sie *war* eine Obdachlose. Eine Weile lang war sie Richtung Norden gegangen, dann jedoch nach Osten abgebogen. Sie lief parallel zu den Landstraßen anstatt direkt an ihrem Rand entlangzugehen, wo man sie viel eher hätte bemerken können. Ihr war bislang nicht klargewesen, wie wenige Menschen zwischen Minneapolis und Eau Claire wohnten. Wäre sie entlang der Autobahn gegangen, so hätten zumindest an den wenigen Ausfahrten Motels oder Imbisse gelegen. Abseits der Autobahn jedoch gab es nur ein paar verstreute Häuser und ab und an eine Tankstelle.

Um halb elf in der zweiten Nacht ihrer Flucht betrat sie eine Tankstelle und verlangte den Schüssel für die Toilette. Der Tankwart blickte sie gelangweilt und feindselig an und meinte nur: »Verpiß dich!« Bis zur nächsten Tankstelle dauerte es über eine Stunde. Der zweite Tankwart war noch unverschämter und drohte die Polizei zu rufen, wenn sie nicht auf der Stelle verschwände.

Sie mußte sich aber dringend erleichtern, außerdem zitterte sie vor Kälte. Mit leerem Blick wandte sie sich ab und verließ die Tankstelle. Sie überquerte den Parkplatz und fühlte, wie der Tankwart jede ihrer Bewegungen beobachtete. Als sie wieder die Böschung der Landstraße erreichte, drehte sie sich noch einmal um und sah, daß der Tankwart wieder zu der Zeitschrift gegriffen hatte, bei deren Lektüre sie ihn mit der Bitte um den Schlüssel gestört hatte. Sie machte kehrt und schlich sich am Rand des Parkplatzes zurück auf die Tankstelle. Sie mußte sich einfach erleichtern, und am Straßenrand wollte sie es nicht tun.

Grace schrak auf, als ein Wagen sich der Tankstelle näherte. Sie hörte, wie der Mann etwas zu dem Tankwart sagte und dieser antwortete, aber sie konnte nichts verstehen. Von der Rückwand geschützt stellte sie ihren kostbaren Müllsack sicher ab und knöpfte ihre Jeans auf. Auf dem knirschenden Kies hörte sie Schritte nahen. Wo konnte sie sich jetzt verstecken? Eine schwache Lampe über jeder der Toiletteneingänge beleuchtete sie. Sie konnte nur noch wegrennen und hoffen, daß der Kunde ihr Gesicht nicht erkennen konnte.

Sie grabschte nach dem Müllbeutel. Ihr Blick fiel auf eine Toilettentür mit einem großen »D« darauf. An der Tür baumelte ein offenes Vorhängeschloß. Die Tür war nicht verschlossen.

Die Schritte hatten jetzt fast schon die Ecke erreicht. Sie zögerte nicht länger, ließ den Müllbeutel zurück, eilte in den engen, dunklen Raum und preßte sich gegen die weißgetünchte Wand. Sie hatte noch nicht einmal mehr die Zeit, die Tür hinter sich abzuschließen. Der Kunde ging vorbei, wenig später ging das Licht in der Herrentoilette an, und die Tür fiel ins Schloß.

Grace ließ sich gegen die Mauer fallen. Die Damentoilette war nur ein winziger Verschlag, gerade groß genug für Toilette und Waschbecken. Die Wände waren aus Beton, der Fußboden aus Zement, und der Geruch war nicht gerade einladend.

Sie wagte nicht, das Licht anzumachen. Sie riß die Jeans herunter und hockte sich über die verdreckte Porzellanschüssel, wie es wohlerzogene Frauen zu tun pflegen. Dort kauerte sie nun wie ein unglücklicher Vogel, ihre Beine schmerzten wegen der widernatürlichen Haltung. Bei der Vorstellung, wie jämmerlich sie aussah, hätte sie am liebsten laut gelacht.

Nebenan furzte der Mann hörbar, dann seufzte er zufrieden auf. Grace hielt sich die Hand vor den Mund, um das hysterisch aufsteigende Kichern zu unterdrücken. Sie mußte vor ihm fertig sein, da er sie sonst hören könnte. Es war der seltsamste Wettlauf, den sie jemals mitgemacht hatte, unter anderem auch deshalb, weil sie als einzige davon überhaupt wußte.

Sie war gerade fertig, als nebenan lautstark gespült wurde. Schnell drückte sie den Hebel, damit die Spülung nebenan ihre eigene übertönte. Sie wagte keine Bewegung, denn der Mann nebenan verschwendete keine Zeit mit Händewaschen, sondern verließ sofort die Toilette. Atemlos erstarrte sie. Er ging vorbei. Daß die vormals offene Tür der Damentoilette jetzt beinahe ganz geschlossen war, bemerkte er nicht.

Grace rang zitternd nach Luft. Einen Augenblick lang verharrte sie in dem dunklen, stickigen Verschlag und versuchte, ihre Nerven zu beruhigen.

Nicht nur der Waschraum stank. Nur zu deutlich roch sie sich selber, den Angstschweiß und die drei Tage ohne Dusche. Ihre Kleider waren muffig, erst vom Regen durchweicht und dann am Körper getrocknet.

Ihr Bauch gluckste. Dreckig zu sein machte ihr nichts aus, unsauber dagegen schon. Sie war die Frau – die Witwe, wisperte eine innere Stimme, die sie nicht zum Schweigen bringen konnte – eines Archäologen, und sie hatte ihn oft bei seinen Ausgrabungen begleitet, wo nun einmal Staub und Schweiß zum Alltag gehörten. Vor dem Zubettgehen hatten sie sich allerdings immer gewaschen. In ihrem ganzen Leben hatte sie noch nie so lange Zeit auf ein Bad verzichten müssen. Allein die Vorstellung war ihr schon unerträglich.

Sie öffnete die Tür einen Spaltbreit, um etwas Licht hereinzulassen. Das Waschbecken war genauso dreckig wie die Toilettenschüssel, aber es gab sowohl eine Handtuchrolle als auch einen Seifenspender.

Sie konnte der Versuchung einfach nicht widerstehen. Den Geruch ihrer Kleidung konnte sie nicht ändern, gegen ihren Körpergeruch jedoch gab es ein Mittel. Um möglichst leise zu sein, drehte sie den Wasserhahn nur ein wenig auf. Dann wusch sie sich, so gut es eben ging. Sie wagte nicht, sich auszuziehen, und sie hatte nur die groben braunen Papiertücher, um sich zu waschen und abzutrocknen. Als sie fertig war, fühlte sie sich schon sehr viel frischer. Mit nunmehr sauberen Händen beugte sie sich vor um zu trinken. Das Wasser rann ihr kühl und frisch die Kehle hinunter und linderte ihre gereizten Schleimhäute.

»Was soll der Mist?«

Der wütende Tonfall versetzte Grace in Panik. Ohne das Wasser abzudrehen, wirbelte sie herum. Es war die Stimme des Tankwarts. Dann hörte sie das unverkennbare Rascheln von Plastik, als er den Müllbeutel mit ihrem Computer und all ihren Sachen aufhob.

Leise stöhnend öffnete sie Tür. Mit dem Rücken ihr zugewandt, inspizierte er die Tüte, drehte sich jedoch beim ersten Geräusch zu ihr herum. Als er sie wiedererkannte, entstellte ein gemeiner Blick seine Züge.

»Verschwinde, habe ich gesagt.« Er packte sie am Arm und stieß sie aus der Toilettentür vor sich her. Grace stolperte und wäre beinahe hingefallen. Ihr Knie streifte einen Stein, so daß sie vor Schmerz aufschrie. Der Mann schubste sie auf die Erde.

»Du elendes Miststück«, fluchte er. »Du wolltest nicht verschwinden, als ich es dir befohlen habe. Dafür bekommst du jetzt einen Denkzettel.«

Er war hager, hatte jedoch die drahtigen Kräfte und die Gerissenheit eines Straßenköters. Grace wich vor dem Fußtritt zurück, der ihr sicherlich die Rippen gebrochen hätte. Er stolperte, was seine Wut nur noch steigerte. Sie torkelte zur Seite. Er holte sie ein und holte zu einem weiteren Tritt aus. Er war viel zu nah, als daß sie ihm noch hätte ausweichen können. Verzweifelt trat sie nun ihrerseits zu und traf ihn am Knie. Der Tritt brachte ihn aus dem Gleichgewicht. Schwerfällig fiel er zur Seite und ließ die Plastiktüte fallen, die dumpf auf dem Boden landete.

Grace sprang auf, allerdings nicht schnell genug. Fluchend kam auch er wieder auf die Beine. Drohend stand er vor ihr, zwischen ihnen lag die Tasche. Sie warf einen kurzen Blick auf sie, um die Entfernung abzuschätzen.

»Du Miststück«, würgte er mit vor Wut verzerrtem Gesicht hervor. »Dafür bringe ich dich um.«

Mit ausgestreckten Händen stürmte er auf sie zu. Verzweifelt wandte Grace nochmals den Trick an, der auch vorher schon Erfolg gehabt hatte. Sie ließ sich zu Boden fallen und trat mit beiden Füßen zu. Der eine Fuß traf ihn nur an der Hüfte, der andere aber landete genau auf seinen Hoden. Er stand still, als wäre er gegen eine Wand gerannt. Ein seltsames, hohes Jaulen drang aus seiner Kehle, als er mit forkenartig vorgestreckten Armen zusammenbrach. Sie griff taumelnd nach ihrer Tasche und rannte los. Ihre Schritte hallten über den Parkplatz, dann eilte sie Richtung Landstraße weiter. Auch als die Dunkelheit sie längst verschlungen hatte und die Tankstelle nur noch als ein entferntes Lichtpünktchen zu sehen war, hörte sie nicht auf zu rennen.

Schließlich verlangsamte sie ihr Tempo. Das Herz schlug ihr heftig gegen die Rippen, ihr Atem keuchte stoßweise. Sie mußte davon ausgehen, daß der Tankwart die Polizei benachrichtigen würde, glaubte allerdings nicht, daß nach einer Vagabundin intensiv gesucht werden würde. Es war schließlich nichts gestohlen worden, den einzigen Schaden hatten die edlen Teile des Tankwarts erlitten. Trotzdem, wenn einer der Sheriffs oder seiner Stellvertreter sie am Straßenrand sähen, würden sie sie sicherlich anhalten. Bei jedem Auto mußte sie die Straße verlassen und sich so lange verstecken, bis es vorbeigefahren war.

Eben noch war sie einigermaßen sauber gewesen. Jetzt

aber waren sowohl Gesicht als auch Hände und Kleidung voller Dreck. Sie blieb stehen und klopfte sich, so gut es ging, den Dreck ab. Trotzdem mußte sie sich eingestehen, daß sie jetzt noch schlimmer als vorher aussah.

Sie mußte unbedingt einen öffentlichen Waschraum aufsuchen und sich dort waschen. Immerhin hatte sie bisher noch nicht in einem Straßengraben nächtigen müssen. Aber eine dumpfe Vorahnung sagte ihr, daß ihr das nicht erspart werden würde. Bei der nächsten Gelegenheit wollte sie für alle Fälle etwas Toilettenpapier mitgehen lassen. Wenn ihr nichts daran lag, aufzufallen, mußte sie, wenn schon nicht respektabel, so doch zumindest seßhaft aussehen. Die Plastiktüte schützte den Computer vor dem Regen, erweckte jedoch den Eindruck einer Obdachlosen. Die Tankwarte würden sie wegscheuchen. Sie mußte sich also woanders so repräsentabel herrichten, wie es unter den Umständen noch möglich war. Dann würde sie sich in ein Kaufhaus wagen und etwas Kleidung und eine billige Handtasche kaufen. Diese ganz herkömmlichen Dinge würden ihr das Leben erleichtern. Sie könnte dann beispielsweise, ohne Aufmerksamkeit zu erregen, öffentliche Waschräume benutzen. Eigentlich hätte sie ein Auto gebraucht, das sie sich jedoch hätte stehlen müssen. Damit aber würde sie genau die Aufmerksamkeit erregen, die sie um jeden Preis vermeiden wollte. Es blieb ihr momentan nichts anderes übrig, als zu Fuß zu gehen. Die körperliche Auseinandersetzung und die anschließende Flucht hatten zunächst ihren Adrenalinspiegel hochgetrieben und Kräfte freigesetzt, doch jetzt begann sie sich entsetzlich schwach zu fühlen. Ihre Knie zitterten beim Gehen auf der düsteren Landstraße. Die wertvolle Tasche preßte sie mit beiden Händen an sich. Sie konnte selbst kaum glauben, was sie eben getan hatte. Noch nie in ihrem Leben hatte sie einen anderen Menschen geschlagen. Sie hatte sogar noch niemals auch nur mit dem Gedanken gespielt, mit körperlichem Einsatz zu kämpfen. Sie hatte jedoch nicht gekämpft, sondern den Kampf sogar gewonnen. Ein wilder, dumpfer Triumph stieg in ihr auf. Zwar hatte sie lediglich etwas Glück gehabt, dabei allerdings eines gelernt: Sie konnte einen Kampf gewinnen. Die damit überschrittene Grenze mochte nur einen einzigen Schritt bedeuten, dennoch spürte sie eine tiefgreifende innerliche Veränderung. Statt angstvoller Lähmung fühlte sie sich innerlich gestärkt.

Durch die Baumzweige hindurch flackerte ein Licht, ein Auto kam auf sie zu. Grace drehte der Straße sofort den Rücken, konnte aber wegen der Dunkelheit nicht rennen. In ihrer Lage konnte ein verstauchter Knöchel bereits über Leben und Tod entscheiden. Sie eilte auf die schützenden Bäume zu, die jedoch weiter als angenommen entfernt waren. Das Auto näherte sich schnell, das Licht wurde immer heller. Plötzlich rutschte Grace auf dem feuchten Unkraut aus und fiel kopfüber auf die Computertasche. Mit schreckgeweiteten Augen blickte sie sich um und sah das Auto auf sich zukommen. Grace duckte den Kopf und lag regungslos im Gras. Hoffentlich konnte das spärliche Unkraut sie verstecken.

Sie hatte das Gefühl, als wären die grell leuchtenden Autolampen auf sie gerichtete Suchscheinwerfer. Aber das Auto raste, ohne im geringsten zu verlangsamen, vorbei und ließ sie im Dunklen zurück. Ihre Kleider waren kalt und naß geworden, harte Gräser hatten ihr das Gesicht zerkratzt, und ihr Körper schmerzte vom heftigen Aufprall auf die Tasche. Wieder raffte sie sich auf. Ihre ungeschickten Bewegungen zeugten jedoch von den in letzter Zeit erlittenen zahlreichen Prellungen.

Jeder Schritt entfernte sie weiter von Minneapolis, von ihrem Zuhause, ihrem Leben – aber nein, sie hatte kein Zuhause, kein Leben mehr. Jeder Schritt entfernte sie auch von Parrish und bedeutete größere Sicherheit. Eines Tages würde sie hierher zurückkommen und ihm die Stirn bieten, allerdings erst dann, wenn sie ihn erfolgreich bekämpfen konnte. Die Kälte, die Schmerzen, die Schürfwunden, die verkrampften Muskeln und die gähnende Leere dort, wo einmal ihr Herz gewesen war, spürte sie nicht. Sie ging einfach immer nur weiter geradeaus.

Abhöreinrichtungen waren eine wahrlich wundervolle Erfindung. Conrad erfuhr viel aus dem Polizeifunk. Er kannte alle Codes und verstand den Polizeijargon. Die polizeiliche Logik war für ihn ausschlaggebend, deshalb hatte er für ihr Studium einiges an Zeit aufgewandt. Wenn man in der kriminellen Welt einen Überblick bewahren wollte, mußte man Polizeifunk hören, denn viele Verbrechen fanden in den Medien überhaupt keine Erwähnung. Dort interessierte man sich nur für dramatische oder skurrile Ereignisse oder aber für Themen, die sich politisch ausschlachten ließen. Conrad kannte die Orte, an denen die Polizei wiederholt auftauchte, um Streitigkeiten zwischen den Bewohnern zu schlichten. Er kannte die Drogenumschlagplätze und die Rotlichtviertel. Mit gesteigertem Interesse verfolgte er die Polizisten zu einem untypischen Einsatzort. Dann klangen ihre Stimmen angespannter, man spürte förmlich ihren erhöhten Adrenalinspiegel.

Die Stadt kam niemals zur Ruhe, wurde niemals ganz still. Irgendein Verbrechen war immer am Laufen. Auf dem Land war es ruhiger, dort fingen seine Abhöreinrichtungen viele Routinemeldungen auf. Für die ländlichen Gebiete benötigte er wegen der größeren Entfernung besondere Verstärker. Obwohl er hier weniger Information als im Stadtgebiet abfing, bereute er die Investition in die Anlage keineswegs. Was auch immer im Umkreis von hundert Kilometern geschah, sollte sich nicht seiner Kenntnis entziehen.

Conrad liebte es, im Bett liegend, alle Abhörgeräte gleichzeitig laufen zu lassen und dem Informationsfluß zu lauschen. Die Geräuschkulisse wirkte beruhigend, und sie kettete ihn an die düstere Seite des Lebens, die er für sich gewählt hatte. Er ließ die Geräte die ganze Nacht laufen. Manchmal begleiteten ihn die Stimmen bis in den Schlaf. Jede wichtige Nachricht würde ihn augenblicklich aus dem Schlaf reißen. Er schlief ohnehin nicht viel. Er döste in einer Art Dämmerzustand, aber wirklichen Schlaf brauchte er kaum. Ruhen war für ihn befriedigender.

Dösend konnte er die Entspannung besser auskosten, das Gefühl der Laken auf seiner Haut, den leichten Luftzug auf seinem behaarten Körper. Das war die einzige Zärtlichkeit, die er ertragen konnte, vielleicht weil sie nichts mit Sex zu tun hatte. Conrad interessierte sich nicht im geringsten für Sex. Er erwachte nur ungern mit einer Erektion, denn er haßte das Gefühl, seinen Körper nicht unter Kontrolle zu haben. Sex betrachtete er als Schwäche. Weder aus Männern noch aus Frauen machte er sich etwas, er haßte die heutzutage vorherrschende leichtlebige Promiskuität. Softpornos im Fernsehen sah er sich niemals an, liebte aber die Wiederholungen der *Andy Griffith Show*. Das war gute, anständige Unterhaltung.

Vielleicht gab es doch immer noch Orte wie Mayberry auf der Welt. So einen Ort hätte er gern einmal besucht, obwohl er dort natürlich niemals hätte leben können. Solche Orte waren nicht für einen wie ihn gemacht. Er wollte dort bloß einmal auf der Veranda sitzen und einen Augenblick lang die Atmosphäre ungefährdeter Anständigkeit genießen.

Conrad schloß die Augen und dachte an Grace St. John. *Die* gehörte eigentlich an einen solchen Ort. Die Ärmste hatte doch keine Ahnung, wie sie sich in der Welt verhalten mußte, die er jede Nacht mit seinen Geräten einfing.

Wohin war sie geflüchtet, nachdem dieser Idiot von einem Penner sie überfallen hatte? Hatte sie ein Versteck gefunden, oder war sie dem nächsten zum Opfer gefallen? Er hatte noch keinerlei Spur von ihr, bezweifelte aber trotzdem nicht, daß er sie schließlich aufspüren würde. Er hatte seine Fühler in ganz Minneapolis ausgestreckt, und er würde sie finden. Conrad vertraute auf seine Fähigkeiten. Früher oder später fielen ihm alle, nach denen er suchte, in die Hände. Zu seiner eigenen Überraschung empfand er ein gewisses Mitleid für sie. Sie war eine ganz gewöhnliche Frau, wie Millionen andere auch. Sie hatte ruhig vor sich hingelebt, ihren Mann und ihre Arbeit geliebt, Wäsche und Einkäufe erledigt. Eigentlich sollten ihr keine Aufgaben gestellt werden, die man nicht mit ein bißchen kleinbürgerlichem gesundem Menschenverstand lösen konnte. Leider war sie in eine Sache verwickelt, die ihren Erfahrungshorizont weit überstieg. Deshalb mußte sie sterben. Conrad bedauerte das zwar, es gab jedoch keine andere Möglichkeit.

Eines der Abhörgeräte schaltete sich ein. »Der Tankwart von Brasher meldet eine Vagabundin, die sich weigerte, das Grundstück zu verlassen und ihn angegriffen hat, als er sie entfernen wollte.«

Eine Vagabund*in*? Conrads Aufmerksamkeit war geweckt. Einen Augenblick später meldete sich der Streifenpolizist. »Wagen 1–12, ich bin hier gerade in der Gegend. Ist die Vagabundin noch am Ort?«

»Negativ, Wagen 1–12. Der Tankwart ist nur leicht verletzt, medizinische Hilfe nicht erforderlich.«

»Gibt es eine Personenbeschreibung?«

»Weibliche Person, weiß, dunkelhaarig, etwa fünfundzwanzig. Dunkle Hosen, blaues Hemd. Knappe einsachtzig groß, 78 Kilo.«

»Starke Frau«, meinte die Streife. »Ich fahre mal bei Brashers rauf und nehme die Aussage auf. Vermutlich war das aber nur eine harmlose Balgerei.«

Der Tankwart hat wahrscheinlich gelogen, dachte Conrad, stieß die Decke zurück und stand auf. Er machte Licht, dann zog er sich in dem weichen Schein der Lampe langsam an. Er wollte dem Streifenpolizisten Zeit lassen, um die Aussage aufzunehmen und wieder abzufahren. Knappe ein Meter achtzig, 78 Kilo? Schon möglich. Vermutlich aber hatte der Tankwart bei der Prügelei den kürzeren gezogen und wollte nun nicht zugeben, daß ihn eine nur ein Meter sechzig große und kaum mehr als sechzig Kilo schwere Frau besiegt hatte. Es machte einen besseren Eindruck, ein paar Zentimeter und Kilogramm mehr anzugeben. Haarfarbe, Alter und Kleidung stimmten jedenfalls überein. Eine Überprüfung wäre also in jedem Fall lohnenswert.

Eine Stunde später tauchte Conrad an der Tankstelle auf. Nach Mitternacht war es ruhig und keine weiteren Kunden in Sicht. Conrad fuhr an der Zapfsäule vor, stellte das Auto ab und ging auf das kleine, hell erleuchtete Büro des Tankwarts zu. Der Tankwart beobachtete ihn aufmerksam. Auf seinem frettchenhaften Gesicht spiegelte sich eine Mischung aus Mißtrauen und Erwartung. Conrads Erscheinung gefiel ihm, ähnlich wie den meisten Menschen, nicht, aber andererseits wollte er seine Geschichte gerne noch einmal loswerden.

Conrad zückte im Gehen seine Brieftasche und fischte einen Zwanzigdollarschein heraus. Er wollte Informationen kaufen, kein Benzin.

Beim Anblick des Geldes entspannte sich der Tankwart. Conrad betrat die Bude, legte den Geldschein auf die Theke, hielt ihn jedoch fest, als der Tankwart seine Hand danach ausstreckte. »Heute nacht war eine Frau hier«, begann Conrad. »Das Scheinchen ist für die Antworten.«

Der Tankwart blickte erst den Schein, dann Conrad an. »Ein Pfund ist nicht gerade viel Geld.«

»Ich habe auch nicht viele Fragen.«

Der Tankwart glaubte, es wäre eine schlaue Idee, noch

mehr aus dem Affen rauszuholen. »Was wollen Sie denn wissen?« nuschelte er.

»Ihre Haarfarbe.«

»Ihre Haarfarbe?« Er zuckte mit den Achseln. »Dunkel. Habe ich alles schon dem Streifenpolizisten erzählt.«

»Wie lang?«

»Das hat keine Stunde gedauert.«

Conrad unterdrückte das plötzliche Bedürfnis, auch diesem Mann den Kehlkopf einzudrücken.

Leider war dieser Kerl hier kein sozialer Außenseiter. Sein Tod würde Fragen nach sich ziehen, und Conrad wollte die Polizei nicht auf die Spur von Grace St. John lenken.

»Ihr Haar. Wie lang waren ihre Haare?«

»Ach so, die waren in so etwas zum Zusammenhalten. Sie wissen schon, was ich meine.«

»Ein Haarband«, offerierte Conrad.

»Ja, genau.«

»Danke.« Conrad zog seine Hand von dem Geldschein zurück, verließ den Laden und ging langsam zu seinem Auto zurück. Weitere Fragen erübrigten sich. Bei der Frau handelte es sich zweifelsfrei um Grace St. John. Sie mußte Minneapolis und den Staat Minnesota verlassen. Sie war in Richtung Osten geflohen, vermutlich nach Eau Claire, der nächstliegenden Stadt. In der anonymen Atmosphäre einer Stadt würde sie weniger Aufmerksamkeit erregen.

Er könnte ihr unterwegs begegnen, obwohl sie sich nachts vor seinen herannahenden Scheinwerfern besser verstecken konnte. Vielleicht ging sie auch tagsüber weiter, aber das bezweifelte er. Sie brauchte Ruhepausen. Tagsüber mußte sie zudem befürchten, entdeckt und erkannt zu werden. Ob sie versuchen würde, per Anhalter nach Eau Claire zu kommen? Auch das bezweifelte Conrad. Sie gehörte der Mittelschicht an und hatte die instinktive Angst aller Vorstädter. Bestimmt hatte man ihr schon als Kind erzählt, wie gefährlich es ist, Anhalter mitzunehmen oder selbst per Anhalter zu fahren. Außerdem war sie schlau: eine Anhalterin fällt auf. Sie dagegen wußte, daß sie unter gar keinen Umständen auffallen durfte.

Der Tankwart mußte sie irgendwie belästigt haben, sonst hätte sie sich schon aus diesem Grund niemals auf eine Auseinandersetzung mit ihm eingelassen. Vielleicht fror sie, war mit den Nerven am Ende, vielleicht war sie sogar verletzt. Vielleicht hatte sie sich auch irgendwo einfach auf den Boden fallen lassen und war zu entmutigt, um weiterzugehen. Sie war ganz in seiner Nähe, aber er hatte keine Möglichkeit, sie jetzt aufzuspüren. Dazu hätte er schon Spürhunde einsetzen müssen, die erst recht Aufmerksamkeit erregen würden. Daran lag Conrad genausowenig wie Grace. Die Polizei und die Medien sollten nicht noch mehr Interesse zeigen, als es ohnehin schon der Fall war.

Seiner Schätzung nach würde sie, vorausgesetzt ihr würde nichts passieren, noch mindestens zwei weitere Tage nach Eau Claire benötigen. Da sie sich von den Autobahnen fernhielt und lediglich Landstraßen benutzte, würde sie auf verschiedenen Routen nach Eau Claire kommen können. Das erschwerte zwar seine Aufgabe, machte sie aber keinesfalls unmöglich. Er konnte die wahrscheinlichen Wege auf zwei eingrenzen, die er beide überwachen würde. Dazu allerdings brauchte er Unterstützung. Es mußte jemand sein, der nicht gleich losballerte und sich schnell auf eine veränderte Situation einstellen konnte, ohne dabei gleich in Panik zu geraten. Er ließ die möglichen Kandidaten in Gedanken Revue passieren und entschied sich für Paglione, der zwar ein wenig schwer von Begriff, dafür aber zuverlässig war. Das Denken würde Conrad ohnehin ganz alleine besorgen.

Arme Grace St. John. Arme kleine Frau.

5

Grace erreichte die Vororte von Eau Claire. Sie mußte jetzt wirklich etwas zu sich nehmen. Zwar verspürte sie immer noch keinen Hunger, fühlte sich aber zunehmend schwächer.

Die Kälte war dabei nicht gerade hilfreich. Der Frühling hatte sich zwar kurz blicken lassen, aber nur, um bei allen die falsche Hoffnung zu nähren, der Winter sei jetzt endlich vorüber. Wie üblich aber hatte er wieder einmal alle an der Nase herumgeführt. Grace betrachtete den Wetterumschwung allerdings mit gewohntem Gleichmut. Sie zitterte ohne Unterlaß. Vor kurzem hatte das Zittern etwas nachgelassen, ein weiteres Indiz dafür, daß sie ganz dringend etwas zu essen brauchte. Immerhin schneite es nicht. Die Auskühlung hatte sie wie alle anderen Obdachlosen mit Zeitungspapier und Plastiktüten bekämpft. Diese armseligen Hilfsmittel hatten sie bis jetzt am Leben gehalten, aber nun kühlte sie doch zusehends aus.

So konnte sie nicht weitermachen. Noch mehr als die Frage des Überlebens beschäftigte sie der Umstand, daß es keine Möglichkeit zum Arbeiten gab. Wenn sie jedoch nicht arbeiten konnte, konnte sie auch nicht herausfinden, warum Parrish sie alle hatte umbringen wollen. Sie hatte immer an das alte Sprichwort geglaubt, daß Wissen Macht sei. In diesem Fall war Wissen der beste Weg, um Rache zu üben. Sie brauchte einen festen Standort, lange ungestörte Stunden, Elektrizität. Die Akkus ihres Laptops liefen etwa vier Stunden lang, wovon sie bereits zwei verbraucht hatte. Sie sehnte sich nach ihrer Arbeit, sehnte sich nach dem einzigen noch verbliebenen Teil ihres früheren Lebens. Dazu jedoch mußte sie in die Zivilisation zurückkehren. Jetzt war die Zeit gekommen, um ihren vorher ausgeheckten Plan in die Tat umzusetzen. Ehe sie einen Laden betreten konnte, mußte sie sich erst einmal waschen. Erneut betrat sie eine Tankstelle, hatte aber inzwischen gelernt, dem Tankwart aus dem Weg zu gehen. Sie näherte sich also dem Gebäude von hinten. Wenn die Waschräume verschlossen waren, würde sie die nächste Tankstelle aufsuchen. Fast die Hälfte aller Türen jedoch standen offen, vielleicht weil die Tankstellenbetreiber keine Lust hatten, ihren Schlüsseln hinterherzurennen.

Natürlich waren die meisten der unverschlossenen Toilettenräume in einem unbeschreiblichen Zustand, aber das machte ihr schon nichts mehr aus. Sie brauchte lediglich eine Toilette und ein Waschbecken.

Schon bald wurde sie fündig. Sie trat in das eklige kleine Abteil und schaltete die schwache, nackte Glühbirne an. Die hing so dicht unter der Decke, daß man sie nur mit einer mitgebrachten Leiter hätte entwenden können. Ihr Kopf tauchte in dem zerkratzten und verschmierten Spiegel auf. Sie starrte die hohläugige, ungekämmte Frau an, mit der sie nicht die geringste Ähnlichkeit verspürte. Nachdem sie die Toilette benutzt hatte, zog sie ihre Kleider aus und wusch sich. In diesem Waschraum gab es weder Handtücher noch Seife, aber seit ihr das das erste Mal passiert war, hatte sie sich mal Papiertücher, mal eine halbe Flasche Flüssigseife mitgenommen. Meist waren die Seifen fest verankert, damit sie niemand mitgehen ließ. Gott sei Dank bestätigten Ausnahmen die Regel.

Sie ordnete ihr Haar, nahm das Gummiband heraus und kämmte mit kräftigen Strichen die langen Strähnen. Sie schauderte behaglich, als die Zinken des Kamms ihre Kopfhaut massierten. Ihr Haar war so schmutzig, daß sie sich ekelte, es anzufassen. Dennoch würde die Haarwäsche warten müssen. Mit gewohnter Geschicklichkeit flocht sie es wieder, wickelte das Gummiband darum und warf den dicken Zopf schwungvoll über die Schulter auf ihren Rücken.

An dem Zustand ihrer Kleidung konnte sie nur wenig ändern. Sie befeuchtete ein Papiertuch und bearbeitete damit ohne großen Erfolg die schlimmsten Stellen. Es war ihr allerdings so gleichgültig, wie sie sich das vor drei Tagen noch nicht hätte ausmalen können. Das benutzte Papierhandtuch warf sie in den überquellenden Abfalleimer. Sie hatte ihr möglichstes getan. Es gab wahrlich schlimmere Dinge, beispielsweise beraubt, von einem elenden Kerl die Rippen gebrochen zu bekommen, von Hunden verfolgt zu werden und zusehen zu müssen, wie der eigene Mann und der eigene Bruder von Verbrechern ermordet wurden. Grace hatte bereits gelernt, die sie immer wieder heimsuchenden Bilder zu verdrängen. Auch jetzt wandte sie sich wieder den praktischen Fragen zu. Wo könnte sie am besten Kleider zum Wechseln erstehen? In einem Billigkaufhaus vielleicht? Das hätte jetzt noch geöffnet. Außerdem nahm in einem solchen Selbstbedienungsladen keiner von den Käufern wirklich Notiz.

Das Problem war nur, daß sie sich in Eau Claire überhaupt nicht auskannte. Selbst wenn sie den Namen eines Ladens gekannt hätte, hätte sie nicht den Weg dorthin finden können. Ein Taxi wiederum wäre einfach zu teuer. Die einzige Möglichkeit war die, sich nach dem Weg zu erkundigen. Allein der Gedanke ließ sie erschauern.

Seit dem Zusammenstoß mit dem ekelhaften Tankwart hatte sie keinerlei menschlichen Kontakt mehr gehabt. Sie hatte sich ausschließlich auf ihr Überleben konzentriert und während der letzten beiden Tage kein einziges Wort gesprochen. Es war niemand da, mit dem sie hätte reden können, und Selbstgespräche führte sie nicht. Jetzt allerdings war es an der Zeit, ihr Schweigen zu brechen. Die Tankstelle überquerend, musterte sie den Tankwart. Der wäre wohl nicht der geeignete Gesprächspartner. Sein Gesichtsausdruck mißfiel ihr. Obwohl jener andere Kerl dünn gewesen und dieser hier fettleibig war, erinnerte sie irgend etwas an seinem Blick an den anderen Schlägertypen. Wahrscheinlich waren beide ähnlicher Gesinnung, was sie aber nicht unbedingt auf die Probe stellen wollte.

Sie lief über ein Feld bis zur anderen Straße. Obwohl sie in der Dunkelheit sehr aufmerksam war, rannte sie gegen einen Drahtzaun. Gottlob war er weder aus Stacheldraht noch stand er unter Strom. Er ließ sich herunterbiegen, so daß sie darübersteigen konnte. Hinter einem solchen Zaun würde wohl kaum Vieh weiden. Sie hätte auch nicht damit gerechnet, so nah an der Stadt auf eine Viehherde zu stoßen. Dennoch war sie sich wegen des defekten Zauns sicher, nicht urplötzlich einem schnaubenden Bullen gegenüberzustehen.

Als sie an der gegenüberliegenden Seite den Zaun überstieg, fing ein Köter zu bellen an. Schnell wandte sie sich ab. Meist hörten Hunde zu bellen auf, sobald man ihr Territorium verlassen hatte. Nicht so dieses Mal. Das wütende Bellen des Hundes kam immer näher.

Sie bückte sich und suchte nach Steinen. Der Hund erfüllte ja lediglich seine vom Instinkt geleitete Pflicht, einen Eindringling abzuwehren. Sie wollte das Tier zwar nicht verletzen, aber beißen lassen wollte sie sich auch nicht. Meist ließen sich die Hunde durch ein oder zwei Steinwürfe in ihre Nähe verscheuchen. Sie warf einen Stein in die Richtung des Gebells. »Kusch!« zischte sie heiser und gleichzeitig wütend und stampfte zusätzlich mit dem Fuß auf, um ihrer Drohung Nachdruck zu verleihen.

Verschwommen konnte sie erkennen, wie das Tier angesichts der plötzlich aggressiven Haltung zurückzuckte und zaudernd stehenblieb. Sie trat noch einen Schritt vor, und der Hund trollte sich in die eine Richtung, während Grace in der anderen verschwand. Wenn auch nur mit einem Hund, so hatte sie doch gerade mit jemandem gesprochen.

»Ich glaube, ich habe sie gesehen«, berichtete Paglione von einem öffentlichen Münzfernsprecher aus. »Ich bin mir ziemlich sicher, daß sie es war. Jemand ist von hinten auf eine Tankstelle gegangen.«

»Wohin ist sie dann gegangen?« Conrad ließ sein Auto an. Er hatte die Schnellstraßen 12 und 40 als die wahrscheinlichsten ausgewählt, auf denen Grace Eau Claire erreichen konnte. Er selbst hatte die verkehrsreichere Schnellstraße 12 überwacht und Paglione die 40 anvertraut. Die beiden Straßen trafen nur wenige Kilometer von ihnen entfernt zusammen.

»Ich habe ihre Spur verloren und glaube, sie ist durch ein Feld gelaufen, aber ich habe sie nicht mehr gesehen.«

»Sie ist auf dem Weg nach Eau Claire. Arbeite dich in dieser Richtung vor. Irgendwo muß sie wieder eine Straße überqueren.« Conrad beendete das Gespräch und legte das Autotelefon auf dem Beifahrersitz ab. Aufregung hatte Besitz von ihm ergriffen. Er war ganz in ihrer Nähe, soviel war klar. Er konnte die aufregende Beute bereits spüren, aufregend deshalb, weil sie ihm bislang mit so unerwarteter Geschicklichkeit entkommen war. Bald aber würde er sie stellen, bald hätte er seine Aufgabe erfüllt. Wieder einmal hätte er triumphiert. Einen süßen Moment lang genoß er den Wonneschauer, dann verdrängte er dieses Gefühl. Gefühle durfte es in seinem Job nicht geben.

Die Leuchtreklame eines Kmart-Kaufhauses flackerte im nächtlichen Himmel auf und zog Grace magisch an. Sie hatte Felder, Baugrundstücke und Hinterhöfe durchquert und sich noch ein paarmal mit Hunden abplagen müssen. Das waren zwar nur Haustiere und keine Wachhunde gewesen, aber dennoch war es keine leichte Aufgabe, sich, ohne Aufmerksamkeit zu erregen, durch die immer dichter werdende Bebauung hindurchzustehlen. Am hinteren Rand des Kaufhausparkplatzes stand ein Sammelbehälter der Heilsarmee voller ausrangierter Möbel und beschädigtem altem Kram. Sie ging um den Container herum. Viele Leute fischten sich die besten Sachen aus den Behältern heraus und ließen nur den Abfall zurück. Sie brauchte einen sicheren Platz, um ihre Sachen zu verstauen. Die Dinge jedoch in dem Sammelbehälter zu verstecken, kam nicht in Frage.

Sie schlich sich an die Rückseite des Gebäudes heran und achtete darauf, sich im tiefen Schatten zu bewegen. Neben der Laderampe lag ein großer Stapel Pappkartons. Das wäre ein ideales Versteck gewesen, leider aber war es hell erleuchtet. Sie ging weiter bis zur Gartenabteilung. Dort lagerten Blumentöpfe, und Rasensaat war säckeweise gegen einen Maschendrahtzaun gestapelt. Das Tor war über Nacht verschlossen, ein paar Kunden aber wagten sich immer noch in die Kälte hinaus, um sich die neuesten Blumenkübel anzusehen.

Sie duckte sich hinter einem Haufen Grassäcke ab und lehnte die Plastiktasche vorsichtig gegen den Zaun. Der Boden war schwarz und der Schatten so dunkel, daß die Tasche praktisch unsichtbar war, wenn nicht gerade jemand buchstäblich darüber stolperte. Ein mulmiges Gefühl beschlich sie bei der Vorstellung, ihren Computer zu verlieren. Sie kroch noch einmal zurück und sah sich sorgfältig um, ob sie jemand beobachtete. In den Bäumen und Büschen hinter ihr zirpten die Grillen. Daraus schloß sie, daß dort niemand herumstand.

Eau Claire ist nicht Minneapolis, ermutigte sie sich. Minneapolis-St.Paul war mehr als sechsmal so groß. Auch in dieser Stadt gab es Diebe, Drogenabhängige und Obdachlose, dennoch war ein Überfall hier weitaus weniger wahrscheinlich. Der Parkplatz war kein wirklich geeigneter Ort, um illegale Geschäfte zu betreiben, erst recht nicht so kurz vor Ladenschluß.

Sie durfte nicht länger zögern. Entschlossen stand sie auf und ging um den eingezäunten Bereich herum. Ohne nach hinten zu blicken überquerte sie aufrecht und vollkommen selbstverständlich den Parkplatz. Schließlich war sie kein Dieb, sondern wollte im Gegenteil mit dem Geld in ihrer Tasche etwas kaufen.

Ein Angestellter stand an der Eingangstür und musterte die eintreffenden Kunden. Er warf Grace einen skeptischen Blick zu und lief hinter einen der Verkaufstresen. Offenbar wollte er unauffällig veranlassen, daß sie beobachtet wurde.

Sie zog einen Einkaufswagen aus der Reihe hervor. Wenn sie beobachtet werden sollte, so war ihr das vollkommen gleichgültig.

»Verehrte Kundinnen und Kunden«, verkündeten die Lautsprecher. »In fünfzehn Minuten schließen wir unsere Türen.« Grace schob ihren Wagen hastig in Richtung Damenbekleidung. Ein paar Jeans in ihrer Größe, ein Sweatshirt, eine Baumwolljacke, und schon rannte sie in die Miederabteilung, wo sie Unterhosen und Socken holte. Sich an den Hinweisschildern orientierend, ortete sie in der hintersten Ecke die Schuhabteilung. Im Vorbeigehen schnappte sie sich in der Herrenabteilung noch eine Baseballmütze.

In der Schuhabteilung entschied sie sich eilig für ein paar Turnschuhe, die zum Laufen besser geeignet waren als ihre bereits ziemlich abgelaufenen Slipper.

Danach suchte sie eine Handtasche. Die Koffer- und Taschenabteilung befand sich zwischen der Sport- und Drogerieabteilung neben dem Eingang. Grace betrachtete die angebotenen Gepäckstücke und wählte den billigsten mittelgroßen Seesack. Auf dem Weg zur Kasse warf sie noch eine Zahnbürste, Zahnpasta und Haarschampoo in ihren Wagen. Fünf Minuten nach Betreten des Ladens schob sie den Wagen an die Kasse. Sie blickte sich nicht um, ob sie jemand beobachtete. Um die Kassen stapelten sich Kaugummi und Süßigkeiten. Ihr Magen grummelte beim Anblick der Sachen. Sie mußte etwas essen, und sie liebte Schokolade. Dennoch wurde ihr allein bei dem Gedanken an Süßigkeiten übel. Sie schluckte.

Erdnüsse dagegen waren nicht süß, sondern salzig und nahrhaft. Grace schob ihren Wagen an die Kasse, griff nach einer Packung Erdnüsse, warf sie auf das Band und begann, ihre restlichen Einkäufe ebenfalls auf das Band zu legen. Die gelangweilte, müde Kassiererin tippte die Waren ein und verpackte sie in knisternde Plastiktüten. »Einhundertzweiunddreißig und siebzehn«, nuschelte sie. Grace schluckte. Einhundertzweiunddreißig Dollar! Sie blickte auf die beiden Plastiktüten und den Seesack. Für eine bessere Tarnung auf ihrer Flucht brauchte sie diese Sachen. Mißmutig wühlte sie in ihren Taschen und zog zwischen alten Rechnungen sieben zwanziger hervor.

Nachdem sie ihr Wechselgeld erhalten hatte, nahm sie den Seesack in die eine, die beiden Tüten in die andere Hand.

Mit der Hüfte schob sie den Wagen wieder in die Reihe zurück, wo er morgen dem nächsten Kunden dienen würde. Vor dem Laden stand ein Getränkeautomat. Grace zog sich eine Dose und steckte sie in eine der Tüten. Ihr Herz klopfte aufgeregt, als sie wieder zur Gartenabteilung zurückging. Abgesehen von einem Angestellten, der die Pflanzen für die Nacht abdeckte, war es dort menschenleer. Als er sich umwandte, kauerte sie sich schnell hinter einen der Saatsäcke. Sie stellte die Stofftasche ab und fuhr mit der freien Hand suchend den dunklen, kalten Boden ab. Doch ihre Finger fühlten nur groben, feuchten Kies. Blanker Schrecken lähmte ihren ganzen Körper. Hatte sie doch jemand beobachtet und die Tüte gestohlen, nachdem sie in den Laden gegangen war? Mit vor Angst geweiteten Augen kroch sie in das Dunkel. Nur noch stoßweise atmend, versuchte sie, einen klaren Gedanken zu fassen. Wenn sie jemand beobachtet hatte, mußte der sich in den Bäumen verborgen haben. War er auch wieder dorthin zurückgekehrt? Würde sie ihn finden können? Sollte sie jetzt etwa jeden angreifen, der eine Plastiktüte trug? Die Antwort konnte nur lauten: Ja, wenn es nötig sein sollte. Sie durfte jetzt nicht aufgeben. Aber hatte sie den Zaun auch wirklich weit genug abgesucht? Suchte sie überhaupt an der richtigen Stelle? Nach der hellen Ladenbeleuchtung hatten sich ihre Augen noch nicht wieder an die Dunkelheit gewöhnt. Vielleicht hatte sie auch nur die Entfernung von der Ecke unterschätzt. Behutsam stellte sie die raschelnden Tüten mit ihren neuen Sachen ab und kroch an dem Zaun entlang. Sie wagte kaum zu hoffen, daß sie sich getäuscht hatte. Dennoch durfte sie nichts unversucht lassen. Ihre ausgestreckte Hand stieß auf Plastik…

Vor Erleichterung zitternd, sank sie auf den Boden und untersuchte den kostbaren Schatz in ihren Händen. Alles war noch da, der Computer, die Disketten, die Dokumente. Sie hatte also doch noch nichts verloren.

Eilig griff sie nach dem neuen Seesack, zog den Reißverschluß auf und stopfte ihre neuen Kleider und den Computer hinein. Dann tauchte sie in dem nächtlich dunklen Wald unter und wagte es erst dort, die Erdnüsse zu essen und ihren Durst zu stillen.

Nachdem sie gegessen und sich ausgeruht hatte, starrte sie durch die Bäume hindurch auf das helle Licht. Das Kaufhaus hatte jetzt geschlossen, aber dahinter leuchteten ein Imbiß und ein Supermarkt auf. Die Vorstellung eines Hamburgers war wenig verlockend, der eines Lebensmittelgeschäftes jedoch schon. Sie könnte ein Brot und ein Glas Erdnußbutter kaufen. Ein solcher Kauf wäre etwas so Alltägliches, daß sich keiner weder an sie noch an ihre Einkäufe erinnern würde. *Erledige das jetzt in der Nacht*, ermahnte sie sich. Sie hatte bereits so viel erledigt: gesprochen, wenn auch nur mit einem Hund, sich wieder unter Leute begeben, Kleidung gekauft. Die nächtlichen Kunden waren tatsächlich eine vollkommen andere Klientel als die am Tag. Sie hatte schon oft Kassiererinnen davon erzählen hören, welch merkwürdige Dinge nachts passierten. Nun würde sie auch eine dieser eigenartigen Gestalten sein, aber niemandes Aufmerksamkeit erregen. Entschlossen nahm Grace ihren Seesack und lief die Straße entlang Richtung Supermarkt.

Mit der Tasche konnte sie den Laden aber unmöglich betreten. Sie versuchte, sich einen Überblick über die Lage zu verschaffen. Hinter dem Laden befand sich eine Wohnstraße mit Häusern und Autos. Der Laden war an drei Seiten mit einem drei Meter hohen Maschendrahtzaun gesichert. Links von dem Laden befand sich eine Verladerampe und ein hoher Stapel leerer Verpackungen, ein idealer Unterschlupf für einen Obdachlosen oder für eine Frau auf der Flucht. Selbst Pappkartons boten in kalten Nächten einen besseren Schutz als gar nichts.

Ihr fiel die neue Baumwolljacke ein, und sie lachte bitter auf. Warum hatte sie sie trotz der Kälte nicht angezogen? Eine lachhafte Begründung kam ihr den Sinn: die Jacke war neu, und sie selbst war ungewaschen. Sie wollte die neuen, sauberen Sachen erst dann anziehen, wenn sie geduscht hatte. Lebenslange Gewohnheiten änderte man nicht so schnell.

Morgen, tröstete sie sich. Irgendwo würde sie duschen, richtig duschen, und sich die Haare waschen. Morgen würde sie dann auch die neuen Sachen anziehen.

Heute nacht würde sie sich ein Sandwich schmieren und weiterlaufen.

Eine unbewußte Vorsicht hinderte sie daran, die Straße unmittelbar vor dem Laden zu überqueren. Sie ging bis zur Ecke zurück, benutzte die Fußgängerampel und lief dann zum Laden zurück. Sie drängte sich am hinteren Ende des

Parkplatzes vorbei an den stinkenden Mülltonnen entlang und hielt sich, wo immer das möglich war, im Schatten der Bäume auf. Schließlich war sie direkt hinter dem Supermarkt angekommen, hatte aber ein unbehagliches Gefühl. Vielleicht lag es an dem Zaun, der eine eventuell notwendige Flucht behindern würde. Erst hatte sie ihre Tasche hier ablegen wollen, nahm sie nun jedoch mit nach vorne. Hinten waren keine Autos geparkt. Also stellten die Bediensteten ihre Autos auch vor dem Laden ab, vermutlich eher am Rand, damit die Parkplätze direkt vor dem Eingang den Kunden zur Verfügung standen.

Grace lauerte so lange an der einen Seitenwand des Gebäudes, bis keiner mehr auf dem Parkplatz war. Dann lief sie geduckt zu den parkenden Autos. Sie kauerte sich neben das erste Auto und betastete die Kühlerhaube. Sie war kalt. Das Auto parkte hier bereits seit Stunden. Sie hatte also richtig geraten, daß hier die Angestellten ihre Wagen abstellten. Sie schob ihre Tasche zwischen die Vorderreifen des Autos. Da der Laden um neun nicht geschlossen hatte, würde er frühestens um zehn schließen. Vielleicht blieb er ja auch die ganze Nacht geöffnet. Die Angestellten jedenfalls würden ohnehin erst etwas später fahren, sie wäre also rechtzeitig wieder zurück.

Als zusätzliche Vorsichtsmaßnahme stand sie nicht aufrecht, sondern ging geduckt bis zum vorletzten Auto in der Reihe. Dort atmete sie tief durch, richtete sich auf und wagte sich in die Öffentlichkeit des Supermarkts.

»Ich habe sie«, meldete Paglione. »Erst dachte ich, ich hätte sie auf der Straße gesehen. Aber dann habe ich sie aus den Augen verloren. Eben aber ist sie plötzlich auf dem Parkplatz vor einem Supermarkt aufgetaucht. In diesem Augenblick befindet sie sich in dem Laden.«

»Gib mir die Adresse durch«, befahl Conrad ruhig. Zu

diesem Zeitpunkt kannten sich Conrad und Paglione in Eau Claire bereits recht gut aus. Sie hatten einen ganzen Tag damit verbracht, die Straßen abzufahren, den Stadtplan zu studieren und ihn sich einzuprägen. Als Paglione Conrad den Standort durchsagte, war dem sofort klar, daß er sich in unmittelbarer Nähe des Supermarkts befand.

Conrad grinste zufrieden.

Grace eilte durch die hell erleuchteten Regale. Sie hielt lediglich nach zwei Dingen Ausschau, nämlich nach Brot und nach Erdnußbutter. Weder hatte sie Appetit, noch konnte eine der einladend hingestellten Waren ihr Interesse wecken. Essen kaufte sie nur aus Vernunftgründen, weil sie etwas zu sich nehmen mußte. Die Erdnußbutter stand wie gewohnt neben Ketchup und Senf. Sie nahm das größte Glas und wollte schon zu den Backwaren laufen, als ihr einfiel, daß sie für die Erdnußbutter ein Messer benötigen würde. Erst wollte sie, wie sie es von früher gewohnt war, eine Packung Plastikbesteck kaufen. Das hätte sie jedoch nur einmal benutzen können und dann wegwerfen müssen. Es wäre viel billiger, sich gleich ein richtiges Messer zu kaufen. Sie fuhr mit dem Einkaufswagen zu den Küchenutensilien zurück und griff sich das erstbeste, in Plastik verschweißte Messer ohne Säge, das sich so viel einfacher reinigen ließ. Ihre Wahl war auf ein Schälmesser mit einer zehn Zentimeter langen Klinge gefallen, das einen besonders scharfen Eindruck machte. Mit Messer und Erdnußbutter hetzte sie in die Backwarenabteilung und suchte sich einen riesigen Brotlaib aus. Ein Blick auf ihre Armbanduhr bestätigte, daß sie genau eine Minute und zwanzig Sekunden für die Einkäufe gebraucht hatte. Das war ein persönlicher Rekord. Andererseits hatte sie ihren Computer bereits seit achtzig Sekunden unbeaufsichtigt zurücklassen müssen.

Zwei Kassen waren geöffnet. An der einen lud ein Junggeselle ein paar Fertiggerichte, ein Sechserpack Bier und eine Großpackung Kartoffelchips auf das Band, für einen alleinstehenden Mann eine gängige Zusammenstellung. An der zweiten Kasse zählte ein gebeugter alter Herr umständlich das Geld für eine Packung Kopfschmerztabletten ab. Grace wählte die zweite Kasse. Der Kassierer überreichte dem alten Mann die Quittung, die er lächelnd entgegennahm.

»Meine Frau hat Kopfschmerzen«, erklärte er freundlich.

Er war ein Gentleman vom alten Schlag, als Freundlichkeit gegenüber Fremden noch eine Selbstverständlichkeit war und nicht etwas, wovor man erschreckte. »Kein Aspirin im Haus. Verstehe ich gar nicht, sonst hat sie eigentlich immer alle möglichen Tabletten vorrätig. Heute aber war kein einziges Aspirin aufzutreiben.« Er wandte den Kopf und nickte Grace augenzwinkernd zu. Offenbar hatte er sich gerne nützlich gemacht.

Der routinierte Kassierer tippte Graces drei Einkäufe ein, während der alte Mann sein Portemonnaie in die Tasche zwängte. »Zwölf siebenunddreißig. Baumsterben oder Luftverschmutzung?«

Grace blinzelte verständnislos. »Ich – was?« Sie reichte ihm dreizehn Dollar.

»Papier oder Plastik?« übersetzte der Angestellte grinsend seine Frage. Der alte Mann kicherte und machte sich auf den Weg.

»Plastik«, erwiderte Grace. Die Nachtschicht hatte offenbar gute Laune. Sie verspürte so etwas wie Belustigung, ein wenig Leben in der Ödnis ihres Herzens, ein zaghaftes Herzklopfen zum Zeichen dafür, daß sie noch lebte. Für den Bruchteil einer Sekunde lächelte sie, für den Bruchteil einer Sekunde lebte sie wieder. Sie blickte dem alten Mann hinterher, der gerade durch die automatischen Türen ging. Durch die breite Frontscheibe des Ladens sah sie zwei Männer aus einem großen, direkt vor der Tür parkenden Dodge steigen.

Der eine Mann wartete darauf, bis der andere um das Auto herumgekommen war, dann gingen sie gemeinsam auf den Laden zu. Der eine war dunkelhaarig, kräftig, und seine Kopfform erinnerte entfernt an die eines Schimpansen. Der andere war mittelgroß, von normaler Statur mit unauffälligem braunem Haar. Er sah... eben unauffällig aus. Hosen und Jackett waren weder zu neu noch zu abgetragen. In einer Menschenmenge würde keiner der beiden auffallen, noch nicht einmal der, der einem Affen ähnelte. Er war einfach nur ein Typ mit einem etwas zu tiefen Haaransatz und ein wenig zu muskulös, mehr nicht. Ihr Gleichschritt jedoch verriet, daß sie ein ganz bestimmtes Ziel anpeilten und etwas zu erledigen hatten.

»Ihr Wechselgeld. Dreiundsechzig Cents.«

Geistesabwesend nahm Grace das Wechselgeld entgegen. Archäologen wissen viel über Anthropologie, da beide Wissenschaften Hand in Hand arbeiten, wenn sie die Lebensumstände früherer Menschen rekonstruieren. Grace hatte mit zwei Archäologen, ihrem Mann und ihrem Bruder, zusammengelebt und über die Jahre einiges aus ihren Unterhaltungen aufgegriffen. Zwei Männer, die gemeinsam ein bestimmtes Ziel anstrebten. Männer liefen nur dann synchron, wenn sie als Team an einer festgelegten Aufgabe arbeiteten. Normalerweise gingen Männer zwar schon nebeneinander, aber eben nicht miteinander, damit sie Frauen keine falschen Signale übermittelten.

Sie riß dem vollkommen verdatterten Kassierer die Einkaufstüte aus der Hand und rannte in den Laden zurück.

»Hey!« rief ihr der überraschte Angestellte hinterher, doch Grace zögerte nicht einen Augenblick. Sie warf den beiden Männern vor der Tür einen Blick zu. Offenbar hatten sie sie bereits beobachtet, denn jetzt fingen sie zu rennen an.

Sie ließ sich zu Boden fallen und robbte zwischen mehreren Regalen hindurch, die die beiden Männer von ihrem Standpunkt aus nicht einsehen konnten. Ihr Puls raste, doch merkwürdigerweise empfand sie keine Panik, sondern lediglich eine gesteigerte Wachsamkeit. Sie war in einem geschlossenen Bereich gefangen und wurde von zwei Männern verfolgt, denen sie nur durch große Schnelligkeit entkommen konnte. Ihnen jedoch zu entkommen war beinahe unmöglich. Das mußten Parrishs Leute sein, und Parrish würde bestimmt den Befehl gegeben haben, sie notfalls von hinten zu erschießen. Eine Frau schob am anderen Gangende ihren Einkaufswagen herein und blickte auf die Erfrischungsgetränke. Ihre Geldbörse lag unbeobachtet unter einem roten Pullover auf dem Kindersitz.

Grace bewegte sich, ohne zu rennen, den Gang entlang. Die Frau war ganz und gar damit beschäftigt, einen Kasten Saft in ihren Wagen zu laden. Im Vorübergehen angelte Grace den roten Pulli aus ihrem Wagen.

Eilig bog sie um die Ecke in den nächsten Gang und streifte den Pullover über, wobei sie ihren langen Zopf darunter versteckte. Der lange Zopf war ein offensichtliches Erkennungsmerkmal, wogegen der knallrote Pullover möglicherweise den gegenteiligen Effekt hatte. Vorhin hatte sie keinen Pullover getragen. Die beiden Männer würden, so hoffte sie jedenfalls, an einem so auffälligen Kleidungsstück einfach vorbeischauen.

Sie klemmte ihre Einkaufstüte wie eine Handtasche unter den Arm und schlenderte beinahe gemächlich auf den Ausgang zu. Sie mimte eine Kundin, die im Vorübergehen die Regale musterte.

Dann hörte sie, wie der Kassierer jemandem erzählte, eine Frau sei nach dem Bezahlen in den Laden zurückgerannt, anstatt ihn erwartungsgemäß zu verlassen.

Der braunhaarige Durchschnittstyp betrat Graces Gang. Er sah Grace kaum an, sein Blick schweifte schnell an dem roten Pullover vorbei. Das Herz schlug ihr bis zum Hals, aber sie behielt ihren langsamen Bummelschritt bei. Ihre Haut fühlte sich spröde und verletzlich an, kein Hindernis für eine Kugel. Der Mann war zwar weitergegangen, aber vielleicht war er ausgefuchst, hatte ihre improvisierte Verkleidung durchschaut und wartete am Ende des Ganges auf sie. Möglicherweise lief sie geradewegs in die Todesfalle. Ihre Beine fühlten sich schwach an, und ihre Knie schlotterten. Noch drei Schritte und sie war aus den Regalen heraus und stand vor der Kasse. Ohne sich umzudrehen, registrierte sie den sich entfernenden Mann, der die anderen Gänge absuchte.

Losrennen! Instinktiv wollte sie die Flucht ergreifen, aber ihre Beine versagten. Ihre Vernunft hielt sie zurück, denn jede Sekunde, in der sie nicht entdeckt wurde, war eine weitere Sekunde ihres Lebens. Einkaufswagen blockierten die Durchgänge neben den unbesetzten Kassen. Sie quetschte sich daran vorbei in den engen Ausgangsbereich. Sie wandte sich den linken Türen zu, die der Reihe der Autos am nächsten waren. Dort lag ihr Computer versteckt. Die automatischen Türen öffneten sich mit einem leisen Zischen. Mit klopfendem Herzen trat sie in die nächtliche Kälte hinaus. Sie konnte kaum glauben, daß ihr das Täuschungsmanöver gelungen war. Aber sie hatte dadurch höchstens eine Minute gewonnen.

Sie rannte zu der Reihe der Angestelltenautos und tauchte in ihr Versteck ab. Auf dem Pflaster liegend, kroch sie unter das Auto und quetschte sich mit ihrem Computer zwischen die Vorderräder.

Der scharfkörnige, sogar noch durch ihre Kleider hindurchdringende Kies, schürfte ihre Haut auf. Der Geruch von Öl und Benzin schien ihre Schleimhäute mit einem schmutzigen Film zu überziehen. Regungslos verharrte sie und wartete auf die Schritte der beiden Männer.

Keine zehn Sekunden später waren sie auch schon zu hören. Die beiden bewegten sich ziemlich schnell, aber sie waren Profis. Sie vermieden alles, was unnötige Aufmerksamkeit hätte erregen können. Sie brüllten nicht, auch hatten sie ihre Pistolen nicht gezogen, sie waren einfach nur auf der Suche. Grace hörte, wie sich die Schritte näherten und dann wieder entfernten. Sie preßte sich noch näher an das Rad und versuchte, sich so klein wie nur möglich zu machen. Offenbar suchten sie den Parkplatz nach ihr ab.

»Ich kann es nicht glauben, daß sie uns entwischt ist«, bemerkte der eine Mann verärgert.

»Sie hat sich als erstaunlich gerissen entpuppt«, erwiderte eine zweite, tiefere Stimme. Stimmlage und Wortwahl waren sehr bedacht, als ob der Sprecher jedes Wort genau abwägen würde.

Sie unterhielten sich noch weiter, Grace konnte sie jedoch nicht mehr verstehen, da sie sich entfernt hatten. Dann wurden die Stimmen wieder deutlicher.

»Sie hat uns abgekocht. Mann, ich kann es einfach nicht glauben. Ein Blick, und sie ist sofort stiftengegangen. Sie muß über die Verladerampe getürmt sein, auch wenn der Typ behauptet hat, daß dort niemand durch sei.«

»Vielleicht, vielleicht auch nicht.« Die zweite Stimme war immer noch ruhig, fast gleichgültig. »Sagtest du, daß sie eine Gepäcktasche dabei hatte, als du ihr auf der Straße begegnet bist?«

»Richtig.«

»Die hatte sie jetzt aber nicht bei sich.«

»Die muß sie irgendwo versteckt haben. Du meinst, sie wird sie holen gegangen sein?«

»Zweifellos. Sie muß sie hier irgendwo ganz in der Nähe versteckt haben, allerdings an einem Platz, der ihr sicher genug erschienen war.«

»Was machen wir jetzt?«

»Wir kehren zu unseren Beobachtungspunkten zurück und hören auf, unsere Absichten in der Öffentlichkeit zu diskutieren.«

»Ja, gut.«

In unmittelbarer Nähe wurde ein Wagen angelassen, vermutlich der beige Dodge, doch Grace rührte sich nicht. Die Abfahrt konnte auch nur ein Trick sein. Vielleicht parkten sie ganz in der Nähe und warteten darauf, daß sie aus ihrem Versteck auftauchte. Auf dem kalten Asphalt liegend, hörte sie die Kunden kommen und gehen. Ihr Adrenalinspiegel sank wieder ab und machte sie schläfrig. Durch den dicken Pullover war ihr jetzt wärmer als während der vergangenen drei Tage. Ihre Augenlider wurden schwer, sie kämpfte gegen die Müdigkeit. Schlaf hätte sie gut brauchen können, sie durfte aber in ihrer Wachsamkeit nicht nachlassen.

Darum scherte sich ihr Körper allerdings wenig. Drei Tage ohne Schlaf, ohne Essen, mit gelegentlichen Schreckenserlebnissen und einer immerwährenden tiefen Verzweiflung hatten an ihren Kräften gezehrt. Sie war kurz davor, zusammenzubrechen. Vergeblich kämpfte sie gegen den Schlaf an.

Der Supermarkt schloß um Mitternacht. Das plötzliche Erlöschen der Parkplatzbeleuchtung weckte sie. Als sie aus dem Schlaf aufschreckte, wußte sie nicht mehr, wo sie war. Ihre Umgebung war ihr vollkommen fremd, sie lag dicht neben etwas Schwerem und Dunklem. Es roch scheußlich, wie Maschinenöl: Sie lag unter einem Auto. Plötzlich erinnerte sie sich und schaute sich panisch um. Aber niemand verließ den Laden. Die Angestellten würden erst ihre Kassen abrechnen und möglicherweise noch etwas saubermachen müssen, ehe sie nach Hause fahren konnten.

Obwohl sie wußte, wie spät es war, hätte sie nicht sagen können, wie lange sie schon unter dem Auto gelegen hatte. Ihre eigene Sorglosigkeit ängstigte sie. Was wäre passiert, wenn der Eigentümer des Autos aus irgendeinem Grund früher mit der Arbeit aufgehört hätte?

Mach dir keine unnötigen Sorgen, ermahnte sie sich, als sie ihre Besitztümer zusammensammelte und unter dem Auto hervorkroch. Sie hatte ohnehin schon genügend Sorgen und brauchte sich nicht zusätzlich wegen etwas zu ängstigen, das gar nicht passiert war.

Hoffentlich war genügend Zeit verstrichen, um die Hoffnungen ihrer beiden Verfolger, sie auf dem Parkplatz anzutreffen, zu zerschlagen. Länger konnte sie nicht mehr bleiben. Es war jetzt dunkler geworden, weil nur noch wenige Autos auf den Straßen waren. In den Wohnungen brannte kein Licht mehr, die Läden hatten geschlossen.

Vor Kälte und von der eingezwängten Lage waren ihre Glieder ganz steif geworden. Sie bewegte sich langsam und geduckt, damit man sie hinter den geparkten Autos nicht sehen konnte. Hinter den verbliebenen Autos war nur noch die gähnende Leere des Parkplatzes. Sie legte einen Schritt zu, fast schon rannte sie. Die Gepäcktasche schlug ihr gegen die linke, die Einkaufstüte gegen die rechte Hüfte. Sobald sie den Zaun hinter sich gelassen hatte, tauchte sie in den Schatten ein und verschwand in der nächtlichen Dunkelheit.

6

Grace hatte sich vorgenommen, in eines der Häuser einzubrechen.

Sie hatte sich noch vor Tagesanbruch ein Versteck in einem nicht so vornehmen Wohnviertel ausgesucht, in dem keine Sicherungssysteme oder neugierige Nachbarn zu erwarten waren. Sie hatte sich die Häuser genau angesehen und eines ausgewählt, vor dem kein Spielzeug und keine

Fahrräder lagen und auch keine Schaukeln im Garten aufgestellt waren. Sie wollte ein Haus finden, in dem es keine Kinder gab, in dem die Frau und der Mann beide arbeiteten und in dem niemand tagsüber zu Hause war. Kinder würden die Sache nur noch schwieriger machen, sie konnten plötzlich krank werden und so den vorgesehenen Tagesablauf durcheinanderbringen.

Mit Beginn der Dämmerung wurde es in den Häusern lebendig, die Fenster waren auf einmal erleuchtet, die gedämpften Klänge der Radios und der Fernseher drangen durch die Mauern nach draußen. Der Geruch von Kaffee und geröstetem Speck wehte ihr in die Nase. Sie wußte nicht, welcher Wochentag es war, ob Wochentag oder Wochenende, ob die Kinder in die Schule gehen oder aber den ganzen Tag in den Gärten und auf den Straßen spielen würden. Sie betete, daß es ein Wochentag sein möge.

Die Leute begannen, ihre Häuser zu verlassen. Rauch stieg aus den Auspuffen der Autos in die kalte Morgenluft auf. Grace beobachtete aufmerksam, wie viele Menschen aus den jeweiligen Häusern kamen.

Schließlich hatte Grace ihre Wahl getroffen. Zuerst verließ der Ehemann das Haus, zwanzig Minuten später folgte ihm seine Frau.

Grace wartete noch eine Weile ab. Kinder mit Büchern und Rucksäcken kamen zum Vorschein. Wegen der bevorstehenden Sommerferien alberten sie ausgelassen herum. Die letzten kühlen Tage hatten ihre Begeisterung nicht dämpfen können. Schon bald würde die Schule vorbei sein, und der lange Sommer läge vor ihnen. Grace beneidete sie um diese einfachen Freuden. Der Schulbus kam, und die Straßen leerten sich. In dem Viertel wurde es wieder ruhig. Nur noch wenige, deren Arbeitstag erst gegen acht begann, würden jetzt noch ihre Häuser verlassen.

Dies war der richtige Zeitpunkt, denn die Straßen waren

einerseits fast ganz leer, dennoch war es laut genug, daß niemandem das Geräusch zerbrochenen Glases auffallen würde.

Grace schlich sich auf die Rückseite des angepeilten Hauses und versteckte sich hinter der sauber getrimmten Hecke, die das Grundstück von seinem Nachbarn trennte.

Wie sie gehofft hatte, bestand die obere Hälfte der Hintertür aus Glas. In dem Haus links daneben war noch jemand zu Hause, aber die Gardinen waren zugezogen, so daß sie von dort aus niemand bemerken würde. Das Haus auf der rechten Seite war eine Art Ranch im Stil der fünfziger Jahre. Es war länger, aber auch flacher als ihr auserwähltes Haus. Wer auch immer dort hinten aus dem Fenster schaute, würde die Rückseite ihres Hauses nicht sehen können.

Sie hoffte, daß man ihr den Einstieg vielleicht erleichtern würde und suchte nach einem möglichen Schlüsselversteck. Blumentöpfe waren jedoch nicht vorhanden, und unter der Türmatte fand sie auch nichts. Die Scheibe zu zerschmettern war dann doch schwieriger als erwartet. Im Fernsehen oder im Kino sah es immer so einfach aus, das Glas zersprang sofort, wenn es von einer Pistole oder einem Ellenbogen auch nur berührt wurde. Im wirklichen Leben aber war es nicht so einfach. Nachdem sie sich ihren Ellenbogen blau geschlagen hatte, sah sie sich nach einem härteren Gegenstand um. Der Garten aber war sehr ordentlich gehalten, kein Stein stand dort zu ihrer Verfügung. Nur die Blumenbeete waren sorgfältig mit Klinkersteinen eingefaßt worden. Einen davon rüttelte sie sich aus der Erde.

Grace wickelte ihren roten Pullover um den Stein, um damit das Geräusch brechenden Glases zu dämpfen. Sie haute den Stein dann so lange gegen die Scheibe, bis sie endlich zersprang. Nachdem sie den Stein wieder zurückgelegt hatte, atmete sie tief durch und öffnete die Tür. Sie mußte ihren ganzen Mut zusammennehmen, denn das fremde, stille Haus zu betreten fiel ihr nicht leicht. Den Fuß über die Schwelle zu setzen bedeutete, daß sie sich in diesem Augenblick des Einbruchs schuldig machte. Ausgerechnet sie, die die Vorschriften immer so gewissenhaft befolgte, daß sie sogar die Geschwindigkeitsbegrenzungen genau einhielt. Sie wollte auch nichts weiter stehlen als ein bißchen heißes Wasser und etwas Elektrizität. Der Besuch in dem Lebensmittelladen hatte ihr klargemacht, daß sie unbedingt in der Masse Mensch untergehen mußte und außerdem noch ein paar Verkleidungen parat haben mußte. Sie durfte nicht länger wie auf Trebe aussehen, sie mußte mit ihrer Umwelt verschmelzen. Entweder mußte sie mit ihr verschmelzen oder aber sterben.

Ihr Herz klopfte hörbar, als sie sich aus ihrer dreckigen Kleidung pellte und diese in die Waschmaschine einer ihr unbekannten Frau stopfte. Was würde passieren, wenn sie sich verkalkuliert hatte und die Frau oder der Mann gar nicht den ganzen Tag über wegbleiben würden, statt dessen einer der beiden lediglich etwas besorgen war und schon bald wieder zurückkehrte? Bestenfalls würde nur die Polizei gerufen werden, wenn sie eine fremde Frau nackt in der Dusche ihres Hauses vorfanden.

Aber sie hatte sich nicht getraut, ein Hotelzimmer zu mieten, da man ihr bei ihrem derzeitigen Aussehen und Geruch sicherlich noch nicht einmal dann eines vermietet hätte, wenn sie es sofort bar bezahlt hätte. Vielleicht würden ja auch Parrishs Leute die Hotels absuchen, den Leuten von der Rezeption wäre sie sicherlich aufgefallen. Nur dieses eine Mal mußte sie baden und ihre Wäsche waschen, ohne gesehen zu werden. Danach würde sie wieder respektabler aussehen. Dann würde sie in ein Waschcenter gehen und ihre Kleidung waschen können, sie würde in Läden gehen und die Sachen einkaufen können, die sie für ihre Tarnung benötigte, bevor sie in das große Meer der Normalität eintauchen konnte.

Eigentlich hätte sie sich beim Duschen beeilen sollen, dennoch trödelte sie. Unter dem Wasserstrahl stehend, spürte sie, wie der Dreck von ihr abspülte, sie fühlte, wie ihr fettiges Haar durch das Wasser wieder weich wurde. Sie wusch ihre Haare zweimal und schrubbte ihre Haut so lange, bis sie am ganzen Körper gerötet war. Aber noch immer wollte sie die Dusche nicht verlassen. Sie blieb auch dann noch darunter stehen, als das heiße Wasser kalt wurde. Sie drehte den Wasserhahn erst ab, als sie zu frösteln begann, denn gefroren hatte sie jetzt schon drei Tage lang und war es mittlerweile leid. Sie empfand eine solche Erleichterung darüber, wieder sauber zu sein, daß sie fast in Tränen ausgebrochen wäre. Fast, denn aus irgendeinem Grund wollten die Tränen nicht kommen. Hatte sie Fords oder Bryants wegen geweint? Sie konnte sich nicht mehr erinnern. Sie hatte noch jede Menge glasklarer Erinnerungen an jene Nacht, aber an Tränen konnte sie sich nicht erinnern. Sicherlich hatte sie geweint. Aber wenn nun nicht… wenn sie nicht geweint hatte, dann konnte sie jetzt nicht wegen etwas so Nichtigem wie der eigenen Sauberkeit in Tränen ausbrechen. Wegen einer solchen Nichtigkeit zu weinen würde sie in unerträglicher Weise beschämen.

Sie rubbelte sich mit dem Handtuch trocken und band sich dann das feuchte Tuch um die Haare. Sie wollte die unfreiwillige Gastfreundschaft der Hauseigentümer nicht mehr als unbedingt nötig strapazieren, und zwei Handtücher zu benutzen wäre ein echter Luxus gewesen. Aufgeregt zog sie den Reißverschluß ihres Seesacks auf und holte ihre neuen Kleider hervor. Die Jeans und der Pullover waren stark zerknittert, die Baumwolljacke weniger. Grace zog die Plastikfolie von ihrem Küchenmesser herunter und testete dessen Schärfe, als sie die Preisschilder von ihren Einkäufen abschnitt. Das Messer glitt locker durch die Plastikschlaufen.

Nachdenklich betrachtete sie die glänzende Klinge. Nicht übel.

Sie warf die Kleidung in den Trockner, um die Knitterfalten herauszubekommen. Derweil bürstete sie sich die Zähne. Ein wenig irritiert betrachtete sie sich im Spiegel. Irgendwie sah sie anders aus, und das lag nicht nur an ihrem abgespannten Gesichtsausdruck. Die Blässe und die Ränder unter ihren Augen hatte sie erwartet. Nein, es war irgend etwas anderes, etwas, das sie nicht so recht benennen konnte. Sie zuckte mit den Schultern und wandte sich den anstehenden Dingen zu. Ihr langes Haar brauchte eine Ewigkeit, bevor es trocken wurde, also benutzte sie den Fön, der neben dem Waschbecken lag. Ihr schwerer Zopf war zu auffällig. Sie mußte sich die Haare abschneiden. Sie wollte schon eine Schere suchen, beließ es aber vorerst nur bei dem Gedanken. Ford hatte ihr langes Haar geliebt, hatte damit gespielt... Ihr Schmerz war so heftig, als habe sie jemand vor das Brustbein getreten. Sie sank gegen die Wand und biß die Zähne gegen ihr herzzerreißendes Stöhnen aufeinander, während ihr Körper sich zusammenkrümmte. O mein Gott, o mein Gott.

Sie spürte, wie sie innerlich zerbrach. Der Verlust war so überwältigend, daß sie ganz sicher nicht würde weiterleben können. Vermutlich würde ihr Herz vor Verzweiflung einfach stehenbleiben. Außer dem unbändigen Verlangen nach Rache an Parrish hatte sie keinen Grund mehr, weiterzuleben. Ihr Herz jedoch, dieser starke Muskel, stellte sich ihrem Leid gegenüber blind und vollführte weiterhin ohne jede Unterbrechung seine Aufgabe.

Nein. *Nein.* Sie dufte das nicht tun. Trauer war ein Luxus, den sie sich nicht leisten konnte. Sie hatte von Anfang an gewußt, daß die Trauer sie zerreißen würde. Sie mußte sie so lange aufschieben, bis sie mit Parrish fertig war. Dann würde sie an Ford und an Bryant denken und sagen: »Ich habe ihn nicht ungeschoren davonkommen lassen.«

Sie atmete zitternd ein und richtete ihren malträtierten Körper auf. Die Qual war so unmittelbar und so heftig, daß sie bis in ihre Muskeln vorgedrungen war. Mit bebenden Händen trocknete sie ihre Haare zu Ende. Sie wußte allerdings nicht, was sie, außer einen Zopf zu flechten, mit den vielen Haaren anfangen sollte. Sie ließ sie also zunächst erst einmal offen den Rücken hinunterhängen und holte ihre Kleidung aus dem Trockner. Die Kleidung war heiß, fast sogar schon zu heiß, aber sie genoß die Hitze. Sie streifte sich eilig das neue Höschen und die Socken über, dann zog sie die anderen Sachen an, bevor die Hitze sich verflüchtigen konnte. Der Pullover fühlte sich einfach himmlisch an. Sie seufzte, als sie von der Wärme umhüllt wurde. Ihr BH war in der Waschmaschine, aber eigentlich brauchte sie ihn gar nicht. Sie hatte keinen großen Busen, und der Pulli war sehr dick.

Die Jeans saßen sehr lose, fast schon zu lose, um nicht herunterzufallen. Sie hatte ihre normale Größe gekauft, aber vielleicht war es ja eine andere Marke.

Stirnrunzelnd öffnete sie die Hose, um das Schild zu überprüfen. Nein, die Größe stimmte. Der Schnitt mußte ungewöhnlich weit sein, es sei denn, sie hatte an die zehn Pfund Gewicht verloren. Nun wurde ihr bewußt, daß vier Tage ohne Essen und mit sehr wenig Schlaf, die Nächte immer auf den Beinen, der ständige Streß, sie natürlich hatten Gewicht verlieren lassen.

Sie mußte etwas essen, holte also ihr jetzt leider etwas zusammengestauchtes Brot und die Erdnußbutter hervor, ließ die Wäsche noch einmal durchlaufen und setzte sich an den abgetakelten Küchentisch, um sich ein Brot zu schmieren. Ein ganzes Sandwich zu schmieren war vermutlich die reine Verschwendung, denn ihre Kehle schnürte sich bereits bei dem Gedanken an nur eine halbe Portion zusammen.

Mit Hilfe von etwas Wasser begann sie artig zu essen. Das

Schlucken bereitete ihr Mühe, und ihr Magen, in letzter Zeit nichts gewohnt, wurde mit einem Mal flau. Grace saß regungslos da und bemühte sich, sich nicht zu übergeben. Sie mußte essen, denn sonst würde ihr Körper ihr nicht mehr gehorchen, Punkt.

Nach einer kurzen Pause nippte sie nochmals an dem Wasser und biß etwas von dem Brot ab.

Sie wusch das Glas ab und stellte es in den Schrank zurück, dann wischte sie die Krümel vom Tisch, wusch ihr Messer ab und legte das Brot und die Erdnußbutter zurück in den Seesack. Das Messer… sie wollte es erst in ihre Gürtelschlaufe stecken, aber der Griff war nicht dick genug, so daß es durchgefallen wäre. Sie konnte die offene Klinge nicht einfach schutzlos in ihre Tasche stecken, andererseits wollte sie das Messer auch nicht so dick einwickeln, daß sie im Notfall, beispielsweise um ihr Leben zu retten, erst wertvolle Zeit mit dem Auspacken verschwenden müßte. Sie brauchte eines dieser Lederetuis, das man am Gürtel aufhängen konnte. Abgesehen davon brauchte sie ohnehin einen Gürtel, denn die Jeans saßen wirklich sehr locker.

Wenn sie ein Springmesser hätte, dann müßte sie sich um den Rest keine Sorgen zu machen.

Schlagartig wurde ihr bewußt, daß sie in den letzten vier Tagen eine weite Strecke zurückgelegt hatte, nicht nur die zwischen Minneapolis und Eau Claire. Vor vier Tagen hätte sie noch nicht einmal in Gedanken ein Messer gegen jemand eingesetzt, noch nicht einmal, um sich selbst zu verteidigen. Heute aber würde sie keinen Augenblick lang zögern.

Sie lief in die Küche zurück, riß sich zwei Papierhandtücher ab, wickelte sie um das Messer und ließ es in ihre rechte Vordertasche gleiten. Der Griff schaute etwas heraus, wurde aber von dem Pullover verdeckt. Wenn sie das Messer brauchen sollte, so konnte sie es augenblicklich hervorziehen. Sie mußte aufpassen, daß sie sich selbst nicht verletzte, bis sie eine sicherere Lösung gefunden hatte. Momentan aber war sie mit ihrer Lösung zufrieden.

Als sie damit fertig war, warf sie die gewaschene Kleidung in den Trockner und ging ins Badezimmer zurück, um irgend etwas mit ihren Haaren anzufangen. Als sie an dem offenen Seesack vorbeiging, vergewisserte sie sich automatisch der Sicherheit des Computers. Der Anblick der Ausbeulung ließ sie stillstehen. Eine Art Appetit stieg in ihr auf, der weder etwas mit Essen noch mit Wärme zu tun hatte. Überhaupt war es nichts Physisches, aber es nagte dennoch an ihr. Sie wollte arbeiten. Sie wollte stundenlang über dem Text gebeugt sitzen, sich Notizen machen, die Sprachprogramme durchforsten und neue Informationsquellen anzapfen. Sie wollte herausfinden, was denn nun mit Niall von Schottland vor so langer Zeit geschehen war. Die schwache Batterie des Computers war schon beinahe leer. Sie hätte sie während der Dusche aufladen können, aber sie hatte die Stunde einfach so verstreichen lassen. Sie könnte auch jetzt noch den Computer anschließen und ihn aus der Steckdose speisen, bis ihre Kleidung trocken wäre.

Sie widerstand der Versuchung. Sie würde vielleicht ganz schnell das Haus verlassen müssen, da wollte sie nicht erst noch ihre Sachen zusammensuchen müssen. Wenn sie zu arbeiten anfing, würde sie darüber womöglich die Zeit vergessen. Das wäre nicht das erste Mal. Und heute hatte sie noch so viele Dinge zu erledigen. Bisher hatte sie sich nachts fortbewegt und sich tagsüber versteckt, aber das mußte sie jetzt ändern. Sie hatten sie nachts verfolgt und gewußt, daß sie die Nacht für ihre Flucht benutzte. Also mußte sie sowohl diese Angewohnheit als auch ihr äußeres Erscheinungsbild ändern.

Im Badezimmer fand sie ein paar Haarnadeln, mit denen sie ihre Haare auf dem Kopf feststeckte. Da sie aus Erfahrung wußte, daß die seidigen Strähnen sich schon bald lösen würden, stülpte sie sich die Baseballmütze auf den Kopf, die alles an ihrem Platz hielt.

Eine besonders große Veränderung war es nicht, aber zusammen mit der neuen Kleidung würde es vielleicht ausreichen. Sie mußte sich so schnell wie möglich eine Perücke zulegen. Damit konnte sie ihr Aussehen öfters einmal verändern. Außerdem wollte sie noch nach einem Messeretui Ausschau halten.

Ihre Verfolger würden davon ausgehen, daß sie ihrem bisherigen Muster treu blieb. Das wollte sie jedoch durchbrechen. Nach dem Kauf einer Perücke würde sie sich in einem billigen Motel in Eau Claire einmieten und dort ein paar Tage bleiben. Sie mußte sich ausruhen, sie mußte sich beruhigen, sie mußte arbeiten. Sie hatte keinen sehnlicheren Wunsch, als sich in ihrer Arbeit zu verlieren.

Der Plan ging auf. Nachdem sie das Haus aufgeräumt hatte und all die Zeichen ihres Aufenthaltes verwischt hatte, ging sie hinaus und schloß hinter sich die Tür. Dann warf sie den Stein durch die Glasscheibe, um so die zerbrochene Scheibe zu erklären. Nach einer schier endlosen Weile fand sie einen Laden, der billige Perücken verkaufte. Lange probierte sie alle aus, ehe es ihr gelang, eine mit blonden Locken unter ihrem Pulli zu verstecken. Sie bezahlte eine dunkelrote im Pagenschnitt. Während der Verkäufer die rote abrechnete, steckte sie das Geld für die blonde Perücke unter die Kasse. Wenn ihre Verfolger sich wirklich gut auf ihr Handwerk verstanden, dann würden sie sie mit der roten Perücke in Verbindung bringen. Von der blonden jedoch würde niemand etwas wissen.

Das Motelzimmer mietete sie mit der blonden Perücke. Das Hotel war ziemlich heruntergekommen, aber das Wasser funktionierte und das Bett, obwohl holprig und mit mieser Bettwäsche bestückt, war doch immerhin ein Bett. Außer dem kurzen Nickerchen unter dem Auto hatte sie überhaupt nicht geschlafen. Dennoch widerstand sie dem Bedürfnis, sich hinzulegen. Statt dessen zog sie sich die juckende Perücke vom Kopf und baute den Laptop auf dem wackeligen Tisch auf. Sie wandte sich, um wach zu bleiben, den Feinheiten der Sprachen zu, die bereits vor Christopher Kolumbus' Geburt ausgestorben waren.

Grace liebte ihre Arbeit. Sie liebte die Herausforderung, die zersprengten oder unvollständigen Überbleibsel der menschlichen Mühen, mit denen sie Gedanken, Bräuche oder Träume dokumentiert hatten, zusammenzutragen. Manche benutzen Hammer und Meißel, andere in Tinte getunkte Gänsekiele in dem Bemühen, die Gegenwart zu transzendieren und die Vergangenheit um der Zukunft willen aufzuzeichnen. Der Mensch hatte zu schreiben begonnen, als er anfing, in Abstrakta zu denken, und sich mit seiner rein körperlichen Existenz nicht mehr zufriedengegeben hatte. Wenn sie einen alten Steinbrocken betrachtete und über den grob eingeritzten Zeichen grübelte, die die Zeit schon fast wieder weggewischt hatte, fragte sie, wer diese Menschen gewesen sein mochten, was sie gedacht haben mochten und was ihnen so wichtig gewesen war, daß sie stundenlang mit verschränkten Beinen und erlahmenden Armen über einem Stück Stein gesessen und Zeichen mit wenig mehr als einem weiteren scharfkantigen Stein hineingeritzt hatten.

Die Dokumente über den geheimnisvollen Niall von Schottland waren jedoch schon sehr viel komplizierter. Sie waren mit Tinte auf Pergament festgehalten. Es war ein Pergament, das über die Jahrhunderte zwar beschädigt, diese aber doch überlebt hatte. Wie gerne würde sie sich an die Originale machen! Nicht daß sie deutlicher gewesen wären, das nicht. Es war immer besser mit Reproduktionen zu arbeiten, um weiteren Schaden am alten Pergament zu vermeiden. Aber irgend etwas war an diesen Dokumenten sehr ungewöhnlich, obwohl sie aus archäologischer Sicht viel zu neu waren, um wirklich interessant zu sein. Siebenhundert Jahre waren praktisch nichts für eine Wissenschaft, die sich der Aufgabe verschrieben hatte, das Leben vor Millionen von Jahren aufzuschlüsseln.

Es war ein solches Sprachengewirr! Latein, Griechisch, altes Französisch, altes Englisch, Hebräisch, sogar Gälisch, und doch schienen alle Dokumente auf irgendeine Art zusammenzugehören. Sie war selbst nicht so firm im Gälischen, und die Dokumente in dieser Sprache zu entziffern würde sie viel Arbeit kosten. Im Hebräischen kannte sie sich besser aus, noch besser im Griechischen, und die anderen drei Sprachen beherrschte sie perfekt. Vormals hatte sie an den Teilen in altem Französisch gearbeitet, jetzt aber legte sie die CD ein und zog sich eine lateinische Passage heraus. Latein war eine so ordentliche, strukturierte und äußerst effiziente Sprache: für sie ein Lesevergnügen der leichten Art. Keine fünf Minuten später machte sie sich bereits mit zusammengezogenen Augenbrauen konzentriert jede Menge Notizen.

Sie hatte das Alter der Dokumente um etwa zweihundert Jahre unterschätzt. Das älteste der lateinischen Dokumente war offenbar im zwölften Jahrhundert geschrieben worden, heute war es also neunhundert Jahre alt. Leise sprach sie einen Satz aus: »Pauperes Commilitones Christi Templique Salomonis.« Die Silben sprachen sich leicht wie eine Kadenz, und ein Schauer rann ihr den Rücken hinunter. Die armen Soldatenbrüder Christi und der Tempel von Salomon. Der Tempelorden. Ihr fiel wieder ein, was sie in der Bücherei gelesen hatte. Der Tempelorden war die reichste Gemeinschaft des Mittelalters gewesen. Seine Reichtümer hatten die des Adels und des Papstes überstiegen. Die Tempelbrüder hatten sogar das erste, noch sehr einfache Banksystem in Europa gegründet, indem sie Zahlungen ausglichen und dem König Kredite einräumten. Ihre ursprüngliche Aufgabe war es gewesen, christliche Pilger auf dem Weg ins Heilige Land zu beschützen. Die bewaffneten Mönche waren die am besten ausgebildete und am besten ausgerüstete militärische Kraft ihrer Zeit gewesen. Auf dem Schlachtfeld waren sie so geachtet und gefürchtet gewesen, daß die Muslime sie niemals gefangennahmen, sondern sie sofort umbrachten.

Eine Weile lang hatten sie sich auf dem Tempelgelände des Königs Salomon in Jerusalem niedergelassen. Während dieser Zeit hatten sie offenbar ausgiebige Ausgrabungen unternommen. Seit jener Zeit bis hin zu der Zerstörung des Ordens waren sie die mächtigste und reichste Kraft in ganz Europa gewesen. Ihr Schatz, den sie angeblich aus den Ruinen des großen Tempels mitgenommen hatten, war offenbar von ungeahntem Ausmaß gewesen.

Dieser Schatz aber hatte sich als ihr Verhängnis erwiesen. Philipp von Frankreich, der beim Tempelorden verschuldet war, hatte auf einzigartige Weise seine Schulden begleichen wollen: Er und Papst Clemens V. hatten sich verschworen, alle Angehörigen des Ordens zu verhaften und sie der Ketzerei anzuklagen. Die Anklage erlaubte es, den Ordensbrüdern ihr Eigentum wegzunehmen und es einzubehalten. Bei einem Überraschungsangriff gegen die Ritter am Freitag, den 13. Oktober 1307, wurden Tausende von Rittern und ihre Führer verhaftet, aber ein Schatz wurde nicht gefunden – noch kam er zu einem späteren Zeitpunkt jemals irgendwo zum Vorschein. Darüber hinaus hatte der Ordensvorsteher kurz zuvor angeordnet, viele ihrer Aufzeichnungen zu vernichten.

Aber hatte er das wirklich getan? Denn just in diesem Augenblick betrachtete sie ja eine dieser Aufzeichnungen. Wieder stach ihr der Name ins Auge. Niall von Schottland. Ihr Kuli grub sich tief in das Papier, als sie die Übersetzung notierte. »Es ist festgelegt worden, daß Niall von Schottland, königlichen Blutes, Wächter und Hüter sein soll.«

Königlichen Blutes? Sie hatte keinen Niall in Schottlands Geschichte auftreiben können, wie konnte er dann königlichen Blutes sein? Und worüber wachte er? War es ein politisches oder aber ein militärisches Amt gewesen? Sie mußte unbedingt eine Bibliothek aufsuchen. Die Kongreßbibliothek hätte sie allen anderen vorgezogen. Sie hätte sie mit ihrem Modem und ihrem Computer anwählen können, wenn das Motel ein Telefon gehabt hätte, was aber nicht der Fall war. Morgen würde sie in Eau Claire eine Bibliothek finden, dort alle notwendigen Recherchen machen und sich die benötigten Buchtitel notieren. Sie würde ein Lexikon Gälisch-Englisch finden, denn die gälischen Dokumente würden die meisten Informationen über diesen Niall von Schottland enthalten. Vermutlich würde die Bibliothek von Eau Claire etwas so Exotisches jedoch gar nicht besitzen.

Die Bibliothek in Chicago aber würde es ganz bestimmt haben, denn ein großer Teil der Bevölkerung dort war irischen Ursprungs. New York und Boston waren weitere Orte, die sie per Computer leicht anzapfen könnte. Sie ließ die CD herausgleiten und packte sie vorsichtig ein, dann beendete sie das Programm. Der Computer war eine großartige Sache, aber sie wollte richtiges Papier zwischen ihren Fingern spüren. Dann konnte sie sich zumindest einbilden, sie würde direkt an den Originalen arbeiten. Sie holte die Kopien hervor und ließ ihre Finger über das glatte Modempapier gleiten. Auch dieses Papier würde mit der Zeit verblassen. Und irgendwann in der Zukunft würden die Menschen über vereinzelten Bruchstücken brüten und versuchen, das Leben im zwanzigsten Jahrhundert zu rekonstruieren. Sie würden Videobänder neu zusammenfügen und sich die Bilder ansehen, sie hätten CDs, Bücher und Disketten zur Verfügung, von denen allerdings nur ein Bruchteil die Jahrhunderte überdauert hätte. Die Sprachen würden sich verändert haben, und die Technologien würden vollkommen neue sein. Wer konnte schon wissen, wie sich die heutige Zeit aus dem Abstand von siebenhundert Jahren ausnehmen würde?

Bei einem Text in altem Französisch hielt sie inne. Sie holte die Lupe hervor, damit sie die verblaßten Spuren deutlicher erkennen konnte, dann begann sie zu lesen. Es wurde von einer Schlacht berichtet. Die Handschrift war dünn und krakelig, die Wörter so eng aneinander geschrieben, als habe der Schreiber jeden Zentimeter des Papiers ausnutzen wollen.

»Obwohl es der Feinde fünf und Bruder Niall ganz allein war, hat er sie doch alle gefällt. Seine Meisterschaft mit dem Schwert ist unerreicht. Er kämpfte sich bis zu Bruder Ambrose vor, der schwer verletzt lag. Er hob ihn auf die Schulter. Obwohl er durch Bruder Ambrose behindert war, fällte er noch drei weitere Männer aus dem Feindeslager, bevor er flüchtete und den verwundeten Ritter in Sicherheit brachte.«

Grace lehnte sich zurück und fuhr sich mit der Hand durch die offenen Haare. Ihr Herz schlug wie wild. Wie hatte ein ganz gewöhnlicher Mann das tun können? Obwohl es fünf zu eins gegen ihn gestanden hatte, hatte Niall alle fünf Gegner erledigt und dann seinen Ritterbruder gerettet. Damals hatte ein erwachsener Mann mit Rüstung und Waffen insgesamt über zweihundert Kilo gewogen. Und dennoch hatte er noch drei weitere Männer umgelegt und war dann mit seiner Last entkommen!

Was für ein Mann war er gewesen? Wohl ein sehr mächtiger, sowohl auf dem Schlachtfeld als auch kraft seiner Persönlichkeit. Hatte er ein gemeines Wesen, oder aber war er großzügig, war er fröhlich oder sauertöpfisch, still oder eher laut? Auf welche Art und Weise war er gestorben? Wichtiger noch, wie hatte er gelebt? Was hatte ihn dazu bewegt, ein ritterlicher Mönch zu werden, und hatte er die Zerstörung seines Ordens überlebt? Sie wollte eigentlich noch weiterlesen, aber sie wurde von ihrem eigenen Gähnen überrascht. Die Müdigkeit lullte sie ein. Sie schaute auf ihre Uhr und erwartete, daß etwa eine Stunde vergangen war, aber es waren bereits drei. Es war später Nachmittag, und sie war sich nicht sicher, wie lange sie sich noch würde wach halten können.

Warum sollte sie überhaupt wach bleiben? Dies war ihr sicherstes Versteck seit vier Tagen. Sie hatte sich hinter einer blonden Perücke und einem falschen Namen verschanzt. Sie war sauber und ihr war warm. Es gab Wasser, Essen und ein funktionierendes Badezimmer. Zwischen ihr und der Außenwelt befand sich eine verriegelte Tür. Der unverhoffte Luxus erleichterte sie ungemein.

Die Versuchung war zu stark, als daß sie ihr hätte standhalten können. Nachdem sie den Laptop und die Papiere sorgfältig verstaut und noch einmal ihr Geld überprüft hatte, löschte sie das Licht und zog ihre Schuhe aus. Mehr konnte sie ihre Wachsamkeit nach vier Tagen mit nur gelegentlichen Nickerchen nicht lockern, aber es reichte ihr schon.

Seufzend streckte sie sich auf dem Bett aus. Jeder Muskel ihres Körpers schmerzte, als sie sich allmählich entspannte. Sie legte sich auf die Seite, rollte sich zusammen, umarmte ihr Kopfkissen und schlief ein.

Sie träumte von Niall. Der Traum war wirr und bewegt, überall waren Schwerter und Schlachtfelder. Sie träumte von einem großen, dunklen Schloß, bei dessen Anblick sie ahnungsvoll erbebte. Die Leute munkelten über das Schloß und den Herrn, dem es gehöre. Er war ein rücksichtsloser, brutaler Krieger, der jeden fällte, der sich ihm in den Weg stellte. Die anständigen Leute hielten ihre Töchter von dem Schloß fern, denn sonst verloren diese ihre Unschuld an ihn, heiraten tat er nämlich keine einzige von ihnen. Sie träumte, wie er vor einem riesigen Feuer in der Haupthalle des Schlosses ausgestreckt lag. Sein dunkler Blick, mit dem er seine Männer beim Essen und Trinken beobachtete, war schwer zu deuten. Sein langes Haar war dicht und an den Schläfen zu Zöpfen geflochten.

Ein keckes Mädel setzte sich auf seinen Schoß. Im Traum hielt Grace die Luft an, weil sie Angst hatte, was Niall jetzt tun würde. Aber er lächelte die Dienstmagd an, indem er ganz langsam die Mundwinkel hochzog. Grace stockte der Atem. Dann wechselten die Bilder, wie sie es im Traum zu tun pflegen, und Grace schlief ruhiger.

Zum wiederholten Mal hatte er das Gefühl, daß er beobachtet wurde. Niall hob das Mächen von seinem Schoß und versprach ihr mehr Aufmerksamkeit, wenn sie nachts zusammen das Bett teilen würden. Dann wanderte sein wachsamer Blick durch die Halle. Wer beobachtete ihn und aus welchem Grund? Er war der Burgherr, und demzufolge war er es gewohnt, daß die Menschen zu ihm kamen, wenn sie Fragen hatten oder Bestätigung brauchten oder einfach nur seine Laune erfahren wollten. Viele Menschen blickten ihn an, aber diesmal war irgend etwas anders. Diesmal... beobachtete ihn jemand.

In der Halle schien alles seinen gewohnten Gang zu gehen. Die Luft war verraucht, die Männer laut. Gelächter erscholl von einer Bank, und die anderen wandten sich dorthin, um den Witz ebenfalls zu hören. Die Dienstmägde bewegten sich dazwischen, füllten die Gläser auf, wehrten entweder Avancen ab oder bedachten denjenigen mit einem Lächeln, je nachdem, wie willkommen ihnen das Angebot war. Alles war genauso, wie es sonst auch immer war.

Dennoch spürte er eine Gegenwart. Es war dasselbe Gefühl, das ihn vor ein paar Tagen nachts aus dem Bett aufgescheucht hatte. Er spürte etwas Zartes und glaubte, eine Frau würde ihn beobachten. Vielleicht gefiel er ihr ja, aber sie war schüchtern. Sie konnte nicht direkt auf ihn zukommen, wie es die meisten Mägde taten, wenn sie eine Nacht hart geritten werden wollten. Möglicherweise beobachtete sie ihn lediglich und verzehrte sich nach ihm.

Als er sich jedoch umsah, konnte er kein Mädchen finden, das dieser Beschreibung entsprochen hätte. Er brummte frustriert. Wenn ihn wirklich eine Frau beobachten sollte, so würde er sie kennen. Vielleicht hatte sie ja keinen anderen Beweggrund als ihre zarten weiblichen Gefühle, aber Niall vergaß niemals den Schatz, den er zu bewachen geschworen hatte. Jedes ungewöhnliche Vorkommnis erhöhte seine Wachsamkeit, und seine Hand wanderte unwillkürlich zu dem Dolch an seinem Gürtel. Seine schwarzen Augen wurden schmal, als er die verqualmte Halle absuchte, die Schatten beobachtete, die Gesichter der Männer musterte und sich zu versichern versuchte, daß alles in Ordnung war. Auch die Frauen unterzog er einer sorgsamen Betrachtung.

Wieder fand er nichts Außergewöhnliches.

Zum zweiten Mal jedoch hatte er sich jetzt beobachtet gefühlt und eines Fremden Anwesenheit gespürt. Er glaubte nicht, daß er sich das nur einbildete. Niall hatte zu viele Kämpfe gegen offensichtliche, aber auch gegen versteckte Gegner geführt, und er vertraute seinen kriegerischen Instinkten, die sich über die Zeit noch geschärft hatten.

Sein aufmerksamer Blick durch die Halle war bemerkt worden. Viele Stimmen verstummten. Unsichere Augen wandten sich ihm zu. Niall war sich der über die Jahre weitererzählten Geschichten wohl bewußt. Er war der Schwarze Niall, ein gefürchteter Krieger, der auf dem Schlachtfeld noch niemals besiegt worden war und der so wachsam war, daß man ihn noch niemals hatte überraschend angreifen können. Seine Männer wußten, daß er blaue Flecke bekam, wenn man ihn schlug, daß er blutete, wenn er sich schnitt, und daß er stöhnte und fluchte, ganz wie sie es selbst auch zu tun pflegten, aber dennoch... Warum nur hatte er noch eine solche Kraft in einem Alter, in dem die meisten Männer bereits ihre

Zähne verloren und graue Bärte bekamen? Es schien fast, als ob die Zeit spurlos an ihm vorübergehen würde. Sein Haar war immer noch schwarz, sein Körper kräftig und kerngesund.

Manchmal fragte er sich, ob Valcour ihn zur Unsterblichkeit verdammt hatte, indem er ihn als Schutzpatron für den Schatz bestimmt hatte, für den so viele seiner Gefolgsleute gestorben waren.

Der Gedanke mißfiel ihm. Er würde seine Pflicht erfüllen und seinem Schwur treu bleiben, aber er tat dies mit einiger Bitterkeit. Er behütete Gottes Schatz, aber Gott hatte die Hüter nicht behütet. Niall hatte während der letzten dreizehn Jahre weder gebetet, noch war er zur Beichte gegangen. Sein Glaube war in jener düsteren Nacht im Oktober zusammen mit so vielen seiner Freunde und Gefolgsleute gestorben. Ihretwegen hielt er weiter Wache, denn sonst wäre ihr Tod sinnlos gewesen.

Er wollte allerdings nicht in alle Ewigkeit die Geheimnisse eines Gottes hüten, den er nicht länger ehrte. Das wäre wirklich eine zu bittere Ironie! Seine Mundwinkel zogen sich abfällig amüsiert hoch, und er stand unruhig von seinem Stuhl auf. Sein Blick suchte und fand das Mädel, das ihm so keck ins Ohr geflüstert hatte. Mit einer Kopfbewegung hieß er sie zu seiner Treppe und auf sein Zimmer kommen. Wie immer, wenn sich eine düstere Stimmung auf sein Gemüt legte, suchte er Erleichterung bei einem warmen weiblichen Körper. Sowie er aufgestanden war, hatte eine Frau seine Tasse weggeräumt und ihm etwas zugeflüstert.

»Was ist los, Alice?« fragte er, ohne sich umzudrehen.

»Amüsier dich gut mit dem Luder«, knirschte sie, woraufhin er sie belustigt ansah.

»Was ist denn dabei?« Er mochte Alice. Sie arbeitete seit seiner Rückkehr in der Burg. Sie war Witwe, und jeder noch so düstere Ort wäre ihr als Schutz für sich und ihre Kinder willkommen gewesen Sie war ungefähr in seinem Alter, allerdings bereits Großmutter. Sie war mit einem sehr pragmatischen Verstand ausgestattet und hatte mittlerweile die Verantwortung für den gesamten Haushalt übernommen, was Niall sehr zupaß kam.

Sie zog ihre Kappe noch fester um die lockigen, grauen Haare. »Sie behauptet, du würdest sie heiraten, wenn ein Kind von dir in ihrem Bauch heranwüchse.«

Nialls Blick wurde kalt. Ehe und Kinder gehörten nicht zu seiner Welt, jedenfalls nicht, solange er sein Leben der Bewachung des Schatzes verschrieben hatte. Die Frauen, die das Bett mit ihm teilten, wußten von Anbeginn, daß er sie nicht heiraten würde. Er war lediglich an etwas sportlicher Betätigung interessiert. Er hatte immer darauf geachtet, daß sie sich mit der Empfängnisverhütung auskannten. Es mißfiel ihm, daß eine Frau, ganz gleich wie frech oder hübsch sie auch sein mochte, ihn auf solche Art und Weise einfangen wollte. Dank Alices Warnung jedoch sollte ihm das nun nicht passieren. Er nickte kurz, dann ging er in seine Kammer, um das unwürdige Mädel hinauszuschmeißen. Bevor er jedoch die Halle verließ, blickte er sich noch ein letztes Mal um und hoffte, die Frau zu entdecken, die ihn beobachtet und deren weibliche Konzentration er verspürt hatte.

Er konnte nichts finden. Dennoch war er sich ganz sicher, daß sie dagewesen war. Er hatte sie gespürt. Und er würde sie finden.

7

Die Frau, die in Chicago aus dem Bus stieg, war in keiner Weise bemerkenswert. Niemand schenkte ihr die geringste Aufmerksamkeit, weder der Reisebüroangestellte, der ihr den Fahrschein verkauft hatte, noch der Fahrer, noch irgendeiner der Mitreisenden, die in ihre eigenen Sorgen, ihre eigenen Beweggründe für ihre Reise versunken waren.

Ihr Haar war blond und lockig, einer dieser aufgetürmten krausen Lockenberge, die eigentlich niemandem wirklich standen, aber abgesehen vom Waschen keinerlei Pflege bedurften. Ihre Kleidung war sauber, aber unauffällig und von der Art, wie man sie in Billigläden erstehen kann: weitgeschnittene Jeans, preiswerte Turnschuhe, ein dunkelblaues Sweatshirt. Auch an ihrem Gepäck war nichts Auffallendes. Ein billiger Nylonseesack in einem besonders unattraktiven Braunton, den der Hersteller vergeblich mit einem roten Streifen aufzulockern versucht hatte.

Etwas ungewöhnlich war möglicherweise die Tatsache, daß sie während der ganzen Fahrt eine Sonnenbrille getragen hatte, wo doch die Busscheiben ohnehin abgedunkelt waren. Aber noch ein anderer Reisender trug während der gesamten Fahrt eine Sonnenbrille. Keiner würde also auf sie besonders aufmerksam werden.

Als der Bus auf dem Busbahnhof in Chicago einfuhr, holte Grace ihren Gepäckschein hervor und nahm ihren häßlichen braunen Seesack in Empfang. Sie hätte ihren Laptop lieber die ganze Zeit bei sich getragen, aber den meisten Menschen fiel es auf, wenn jemand einen Computer ständig mit sich herumschleppte. Deshalb hatte sie den Computer in seiner Tasche verstaut und ihn dann mit ihren wenigen Kleidungsstücken im Seesack abgepolstert.

Jetzt war es genau eine Woche her, seit ihre Welt zerbrochen war, ganz genau eine Woche.

Ihr Leben hatte aufgehört, und ein neues Leben hatte begonnen. Sie fühlte sich nicht mehr wie dieselbe Person, sie sah nicht mehr so aus, ihre Gedanken waren nicht mehr die gleichen, wie vor ihrem Verlust und der Tatsache, daß sie auf der Flucht war. Ein scharfes Messer hing, von ihrem Sweatshirt verdeckt, in einer Halterung an ihrem Gürtel. Der Schraubenzieher, den sie an jenem schrecklichen ersten Tag ihrer Flucht aus dem Lagerhaus mitgenommen hatte, steckte in ihrer rechten Socke. Er war als Waffe zwar nicht so gut geeignet wie das Messer, aber sie hatte ihn mit einem Stein geschliffen und war mit seiner Schärfe zufrieden.

Das Angebot der Bibliothek hatte sie in bezug auf die Tempelbrüder vollkommen ausgeschöpft. Sie hatte eine Menge gelernt, unter anderem die Bedeutung des Datums, an dem der Orden zerstört worden war: Freitag, der 13. Dies war der Anfang des Aberglaubens über die Verbindung zwischen Tag und Datum. Das waren zwar alles interessante Details, jedoch nicht das, was sie suchte. Sie fand keine Erwähnung, entweder in den niedergeschriebenen Notizen des Ordens oder aber in der Geschichte Schottlands, von Niall von Schottland. Sie mußte ihre Nachforschungen vertiefen. Chicago hatte eine riesige gälische Bücherei, ein guter Ausgangspunkt also. Noch einen weiteren Tag in Eau Claire zu bleiben wäre ohnehin riskant gewesen. Parrishs Männer würden ihre Spur außerhalb von Eau Claire suchen, aber wenn sie nichts gefunden hatten, würden sie zurückkehren. Jeder auch nur halbwegs erfahrene Typ würde die Motels durchsuchen. Obwohl sie vorsichtig war und entweder eine blonde Perücke oder aber eine Baseballkappe trug, würde man sie doch irgendwann einmal entdecken. Sie fühlte sich jetzt stabiler, da sie nicht mehr unter einer kaum kontrollierten Panik operierte. Dennoch war sie äußerst wachsam. Sie hatte geschlafen, und sie hatte sich zu mindestens einem Erdnußbuttersandwich am Tag gezwungen. Essen fiel ihr immer noch schwer, und ihre Jeans saßen noch lockerer als zuvor, so daß sie gezwungenermaßen einen Gürtel tragen mußte. Die Jeans hatte sie sogar in kochendem Wasser gewaschen, damit sie etwas eingingen. Wenn überhaupt, so waren sie wohl eher in der Länge eingegangen, denn die

Hose schlackerte nach wie vor an ihr herum. Wenn sie noch weiter abnahm, würde auch der Gürtel nichts mehr nützen. Sie beabsichtigte nicht, noch mehr von ihrem wertvollen Geldvorrat für Kleidung auszugeben. Also mußte das genügen, was sie sich bisher zugelegt hatte. Sie hatte einen Plan gemacht. Anstatt von ihrem Geldvorrat zu leben, bis er ganz aufgebraucht war, würde sie sich eine Arbeit suchen. In Chicago gab es alle mögliche Schwarzarbeit, zum Beispiel Teller waschen oder in einem Haushalt putzen gehen. Beides würde ihr nichts ausmachen. Niemand würde sich wundern, wenn sie eines Tages nicht zur Arbeit erscheinen würde. Andererseits wurden diese Arbeiten schlecht bezahlt. Sie würde auf diese Weise zwar eine Weile lang untertauchen können, aber sie würde sich schon bald etwas Besseres suchen müssen. Dazu aber mußte sie sich eine neue Identität aufbauen und sie mit den entsprechenden Papieren untermauern können.

Da aber Recherchieren ihr eigentliches Arbeitsgebiet war, hatte sie sich gleich mal auf die Suche nach einer neuen Identität gemacht. In der Bibliothek von Eau Claire hatte sie die notwendigen Informationen gefunden, die sie für diese neue Identität brauchte.

Es schien alles vergleichsweise einfach, wenn auch zeitaufwendig. Zunächst benötigte sie eine Tote, jemanden, der in etwa zur selben Zeit wie sie selbst geboren, jedoch so jung verstorben war, daß keinerlei Schulzeugnisse, Arbeitszeugnisse oder begangene Verkehrswidrigkeiten in den Akten verzeichnet waren, die Grace belasten würden, nachdem sie die Identität des fremden Mädchens angenommen hatte. Wenn sie erst einmal einen Namen hatte, konnte sie der entsprechenden Stelle in der Hauptstadt schreiben und um eine Geburtsurkunde bitten. Mit einer Geburtsurkunde konnte sie eine Sozialversicherungsnummer erhalten, damit wiederum konnte sie einen Führerschein bekommen, eine

Bankverbindung aufnehmen und ein neuer Mensch werden.

Sie verwahrte den Seesack in einem Schließfach und verstaute den Schlüssel in ihrer Hosentasche. Dann suchte sie im Telefonbuch nach einer Aufstellung aller Friedhöfe. Nachdem sie sich die Namen notiert hatte und einen Angestellten nach dem nächstgelegenen Friedhof gefragt hatte, ging sie zu einer anderen Person, einem Reiseveranstalter, und fragte ihn nach dem Weg.

Zwei Stunden später und nach fünf Busfahrten kehrte sie auf den Busbahnhof zurück.

Sie kaufte sich eine Zeitung, setzte ihre Sonnenbrille auf und durchsuchte die kleingedruckten Wohnungsanzeigen. Sie wollte nichts vollkommen Abgetakeltes, etwas Anständiges konnte sie sich jedoch nicht leisten, sie mußte also die unterste Mittelklasse anstreben. Beim Preisvergleich überflog sie sowohl die teuren als auch die ganz billigen Angebote und notierte auf diese Weise einige Angebote in der mittleren Preisklasse. Zwei Pensionen setzte sie ganz oben auf ihre Liste. Nach zwei Telefonaten hatte sie eine Bleibe und genaue Anweisungen, wie sie mit der Hochbahn und den Bussen dorthin kommen konnte.

Das Beste an einer Großstadt war ihr innerstädtisches Verkehrssystem, dachte sie, während sie zu der Hochbahnstation lief. Mit den Bussen war es ein leichtes gewesen, den Friedhof zu erreichen. Zu der Pension hätte sie laufen können. Vor einer Woche noch hätte sie die Entfernung abgeschreckt, aber jetzt erschienen ihr fünf Meilen geradezu ein Katzensprung. Fünf Meilen konnte sie locker in anderthalb Stunden zurücklegen. Aber Busse und Bahnen waren billig und schnell, warum sollte sie also laufen? Eine halbe Stunde später stieg sie aus der Bahn und erreichte gerade noch rechtzeitig ihren Bus, weitere fünf Minuten später lief sie die Straße hinunter und suchte die Hausnummern ab.

Die Pension war in einem breiten, klobigen, dreistöckigen Gebäude untergebracht, das schon seit Jahren keinen neuen Anstrich mehr gesehen hatte. Der fast ein Meter hohe Palisadenzaun trennte den schiefen, winzigen Rasenflecken von dem brüchigen Gehweg. Ein Eingangstor fehlte. Grace ging bis an die Tür und drückte auf die Klingel.

»Ja?« Die Stimme war dieselbe wie am Telefon: tief und heiser, aber dennoch weiblich.

»Ich hatte wegen des Zimmers angerufen…«

»Ja, klar«, unterbrach die Frau sie barsch. Grace wartete und hörte, wie sich schwere Schritte der Tür näherten. Grace hatte sich unmittelbar nach ihrer Zeitungslektüre die Sonnenbrille wieder aufgesetzt. Für diesen Schutz war sie jetzt unendlich dankbar, als die Tür geöffnet wurde und einer der erstaunlichsten Menschen zum Vorschein kam, den sie jemals gesichtet hatte. Zumindest konnte die Frau nicht sehen, wie sehr sie sie anstarrte.

»Nun, stehen Sie nicht einfach nur herum«, sagte die Hausherrin ungeduldig, und Grace betrat wortlos den Flur. Schweigend schloß die Frau – Grace war sich ihres Geschlechts plötzlich gar nicht mehr so sicher – die Tür und polterte den Weg zurück, den sie gekommen war. Grace folgte ihr, in der Hand ihren Seesack. Die Frau war gut ein Meter achtzig groß, langgliedrig und schlaksig. Ihr Haar war platinblond gefärbt und stand in kurzen Stacheln vom Kopf ab. Ihre Haut war weich und hatte eine blaßbraune Farbe, wie stark geweißter Kaffee, was auf eine exotische Herkunft schließen ließ. Ein riesiger Ohrring in der Form einer Sonnenblume baumelte von ihrem einen Ohr, während das andere von einer Reihe von kleinen Ohrsteckern geziert wurde. Ihre Schultern waren breit und knochig, ihre Füße und Hände groß. Die Füße erschienen durch die Wanderstiefel und die dicken Socken noch größer. Ihr Outfit wurde durch ein schwarzes T-Shirt mit einem darüber drapierten weitgeschnittenen, gelben, abgeschnittenen Unterhemd vervollständigt. Sie trug enge schwarze Radlerhosen, die beidseitig mit einem schmalen, grellgrünen Streifen verziert waren. Sie sah sowohl beunruhigend als auch irgendwie festlich aus. »Arbeiten Sie?«

Die Hausherrin schmetterte ihr geradezu die Frage entgegen. Sie betraten ein winziges Büro, das früher als Abstellkammer gedient haben moche. Darin standen ein kleiner verschrammter Tisch, ein uralter Bürostuhl und ein Hängeregisterschrank und noch etwas, das wie ein Küchenstuhl aussah. Es war sehr ordentlich, die beiden Kulis, der Papierlocher, das Quittungsbuch und das Telefon standen wie Soldaten nebeneinander aufgereiht. Die Frau nahm hinter dem Schreibtisch Platz.

»Noch nicht«, antwortete Grace und nahm die Sonnenbrille ab, da sie sich jetzt wieder unter Kontrolle hatte. Lieber hätte sie sie aufbehalten, aber das wäre zu verdächtig gewesen. Sie setzte sich auf den anderen Stuhl und stellte den Sack neben sich ab. »Ich bin neu in der Stadt, aber ich will mich morgen nach einer Arbeit umschauen.«

Die Hausherrin zündete sich eine lange, schlanke Zigarette an und musterte Grace durch den blauen Dunst hindurch. Jeder ihrer Finger war mit einem ausladenden Ring verziert. Grace ertappte sich dabei, wie sie die großen, merkwürdig grazilen Hände beobachtete.

Plötzlich schnaubte die Frau. »Na, wohl kaum«, sagte sie geradeheraus. »Arbeiten, meine Liebe, heißt, sich als Hure verkaufen. So siehst du aber trotz der billigen Perücke nicht aus. Kein Make-up, außerdem trägst du einen Ehering. Bist du auf der Flucht vor deinem Mann?«

Grace blicke auf ihre Hände hinunter und drehte behutsam an dem goldenen Ring, den ihr Ford zur Hochzeit geschenkt hatte. Daß die Frau so unvermittelt zum Du übergangen war konnte ihr nur recht sein.

»Nein«, murmelte sie.

»Er ist tot, stimmt's?«

Überrascht blickte Grace auf.

»Nun, scheiden lassen willst du dich nicht, sonst würdest du nicht den Ring tragen. Wenn man sich von einem richtigen Arschloch trennt, dann nimmt man doch als erstes den Ring ab.«

Ihr aufmerksamer grüner Blick musterte Graces Kleidung. »Deine Sachen sind dir zu groß. Sieht so aus, als ob du abgenommen hättest. Kummer verdirbt einem den Appetit, nicht wahr?«

Diese Frau hatte sie sofort begriffen, dachte Grace, die davon gleichzeitig getröstet als auch beunruhigt war. In weniger als zwei Minuten hatte diese merkwürdige, resolute und erschreckend direkte Frau eine Zusammenfassung von Details geliefert, die anderen niemals aufgefallen wären. »Ja«, erwiderte sie, weil sie sich zu einer Antwort gedrängt fühlte.

Aber was auch immer die Frau in Graces Gesicht sah oder welche Schlüsse sie daraus auch ziehen mochte, sie schien sich plötzlich entschieden zu haben. »Ich heiße Harmony«, sagte sie und lehnte sich mit ausgestreckter Hand über den Schreibtisch. »Harmony Johnson. Es heißen mehr Leute Johnson als Smith oder Brown oder Jones, wußtest du das schon?«

Grace schüttelte die Hand. Es war, als ob sie die größere, rauhere Hand eines Mannes schüttelte. »Julia Wynne«, sagte sie und benutzte bereits den Namen, den sie auf einem verwahrlosten Grabstein gefunden hatte. Das Mädchen war fünf Jahre vor Grace geboren und kurz nach ihrem elften Geburtstag gestorben. Auf dem Grabstein stand: »Unser Engel.«

»Die Zimmer kommen siebzig die Woche«, erklärte Harmony Johnson. »Sie sind verdammt sauber. Ich dulde keinerlei Drogen, keine Parties, keine Prostitution. Das habe ich hinter mir gelassen, und in meinem Haus will ich nichts davon sehen. Das Badezimmer machst du immer gleich nach Gebrauch wieder sauber. Ich kann dein Zimmer putzen, wenn du das willst, aber das wären zehn Dollar extra die Woche. Die meisten reinigen es selber.«

»Das werde ich auch tun«, erklärte Grace.

»Habe ich mir schon gedacht. Du kannst eine Heizplatte und einen Kaffeekocher in deinem Zimmer haben, aber keine großen Mahlzeiten kochen. Ich bereite jederzeit gerne ein großes Frühstück. Die meisten Leute hier frühstücken mit mir. Wie du dich den Rest des Tages ernährst, ist deine Sache.« Sie musterte Grace noch einmal von Kopf bis Fuß. »Zur Zeit bist du wahrscheinlich nicht erpicht auf irgendwelche Mahlzeiten, aber das wird sich mit der Zeit ändern.«

»Gibt es Telefonanschlüsse auf den Zimmern?«

»Nun mach mal einen Punkt. Sehe ich denn wie ein Dummkopf aus?«

»Nein«, erwiderte Grace und mußte ein plötzlich aufsteigendes Lachen unterdrücken. Harmony Johnson hätte man für vieles halten können, nur nicht für einen Dummkopf. »Würde es dir etwas ausmachen, wenn ich mir eine eigene Leitung legen lasse? Ich arbeite am Computer und benutze gelegentlich ein Modem.«

Harmony zuckte mit den Schultern. »Es ist dein Geld.«

»Wann kann ich einziehen?«

»Sobald du die Kaution hinterlegt hast und deinen Seesack die Treppe hinaufgebracht hast.«

»Eines erkläre mir bitte einmal, Conrad«, sagte Parrish gespielt lässig und kippte mit seinem Stuhl zurück. »Wie kommt es, daß ausgerechnet eine Grace St. John dich eine Woche lang an der Nase herumführen kann?« Er machte einen äußerst unzufriedenen Eindruck. Conrad hatte ihn bisher noch niemals enttäuscht. Und obwohl die Polizei von

Minneapolis ihre getürkte Geschichte widerspruchslos akzeptiert und Graces Verhaftung angeordnet hatte, war sie nicht aufzutreiben gewesen. Ausgerechnet eine Altsprachlerin hatte sie alle gefoppt. »Grace ist mir eigentlich vollkommen gleichgültig, aber sie hat die Unterlagen. Und die möchte ich wirklich sehr gerne haben, Conrad.«

Conrads Gesicht spiegelte keinerlei Regung wider. »Sie hat es geschafft, ihr Bankkonto zu räumen. Bargeld hat sie also. Die Polizei glaubt, daß sie das Computersystem der Bank irgendwie gefoppt hat, der Systemberater der Bank jedoch ist vollkommen ratlos.«

Parrish wischte diese Bemerkung mit einer ungnädigen Handbewegung beiseite. »Wie sie das gemacht hat, ist vollkommen uninteressant. Was zählt, ist, sie aufzutreiben. Und das ist dir bisher nicht gelungen.« Was für ein Dummkopf, dachte Conrad kühl. Das ›Wie‹ ist immer wichtig, denn wenn etwas einmal funktioniert hat, dann würde es unweigerlich ein zweites Mal wiederholt. Auf diese Weise formten sich Muster, und Muster waren etwas, was man bemerken konnte.

»Bisher hat sie sich nachts fortbewegt, aber meiner Ansicht nach tut sie das jetzt nicht mehr. Sie trug eine Tüte, als Paglione sie in Eau Claire gesehen hat. Also hat sie vermutlich Kleidung eingekauft, und wir haben jetzt keine Ahnung mehr, was sie trägt.« In seiner feisten, brutalen Hand hielt er ein paar Notizen, die er jedoch gar nicht erst konsultieren mußte. »Eine Frau, die ungefähr ihrer Beschreibung entspricht, hat in Eau Claire eine rote Perücke gekauft.«

»Ein Rotschopf sollte doch leicht zu finden sein.«

»Es sei denn, sie hat sie nur gekauft, um eine falsche Fährte zu legen.« Conrads Ansicht nach war die rote Perücke genau das, eine falsche Fährte nämlich. Seine Hochachtung vor Frau St. John war augenblicklich gestiegen. Sie war dabei, sich als äußerst interessante Beute zu erweisen.

»Wir haben keinerlei Hinweise auf einen Rotschopf bekommen. Möglicherweise hat sie noch eine Perücke gestohlen. Eine, von der der Ladenbesitzer nichts gemerkt hat. Sie könnte ihre Haare abgeschnitten oder aber gefärbt haben oder sonst irgendwie ihr Erscheinungsbild verändert haben.«

»Wie willst du sie denn nun finden?« unterbrach ihn Parrish barsch. Er war mit seiner Geduld am Ende. »Nach Eau Claire ist ihr wahrscheinlichstes Ziel Chicago. Eine Großstadt würde ihr das Gefühl der Sicherheit vermitteln. Obwohl sie Geld hat, wird sie vorsichtig sein. Sie wird versuchen, dieses Geld aufzuheben, falls sie sich wieder auf die Flucht begeben muß. Sie wird sich eine Arbeit suchen, aber es muß Schwarzarbeit sein, weil sie ja ihre Sozialversicherungsnummer nicht benutzen darf. Die Art von Arbeit, die sie also annehmen kann, ist schlecht bezahlte Hilfsarbeit. Ich werde meine Leute herumschicken und für Hinweise eine Belohnung aussetzen. Ich werde sie finden.«

»Das solltest du auch.« Parrish stand auf, ging zum Fenster und machte auf diese Weise deutlich, daß er die Unterredung als beendet betrachtete. Conrad verließ lautlos das Zimmer.

Der Garten sieht schön aus, dachte Parrish, während er die Rose unter seinem Fenster betrachtete, die einen Preis gewonnen hatte. Der plötzliche Kälteeinbruch war nicht kritisch gewesen, die Temperatur war über dem Gefrierpunkt geblieben. Die Tage wurden wieder wärmer, als der Frühling sich jetzt endgültig etablierte. Die Kälte mußte trotz ihrer guten Polsterung eine echte Herausforderung für die kleine Grace gewesen sein. Wie weich sie ausgesehen hatte! Wenn man als Mann auf ihr lag, würde man nicht den Eindruck haben, auf einem Skelett zu liegen.

Was für eine merkwürdige Anziehung, dachte er, während seine Fingerspitzen die kühle Scheibe berührten.

Normalerweise bevorzugte er hagere Frauen, die kleine Grace aber war unbewußt trotz ihres Gewichts unglaublich sinnlich. Sie hatte kein starkes Übergewicht, sie war nur ein wenig rundlich. Vielleicht sollte er Conrad anweisen, sie nicht sofort umzubringen. Vielleicht konte er sie später selbst umbringen, nachdem er eine ganz bestimmte Phantasie ausgelebt hatte.

Bei der Vorstellung mußte er grinsen.

8

Müde band sich Grace die Schürze ab und warf sie in den Wäschekorb. Heute war der sechste Tag an ihrem Zeitarbeitsplatz als Tellerwäscherin und Mädchen für alles in Orel Hector's Pizza Pasta Restaurant. Manchmal hatte sie den Eindruck, den Knoblauchgeruch nie mehr aus ihren Haaren und von ihrer Haut abwaschen zu können. Den Angestellten stand zu Mittag eine Mahlzeit frei, Grace aber hatte dieses Angebot bisher noch nicht wahrgenommen. Allein bei der Vorstellung einer herzhaften Pizzamahlzeit verkrampfte sich ihr Magen.

»Kommt du morgen wieder?« fragte Orel, während er die Kasse hervorholte, um sie zu bezahlen. In dem Restaurant arbeiteten drei Teilzeitangestellte, von denen keiner auf einer Lohnliste verzeichnet war. Etwa ein Drittel der täglichen Einnahmen wanderten unter den Tisch und wurden nicht von der Kasse quittiert. Am Ende jeden Tages bezahlte Orel sie in bar. Wenn einer von ihnen am nächsten Tag nicht auftauchte, dann besorgte er sich den nächsten. Das vereinfachte den bürokratischen Prozeß ganz ungemein.

»Ich werde morgen kommen«, erwiderte sie. Die Arbeit war sehr anstrengend, aber sie kam ihrem im verborgenen operierenden Haushalt sehr entgegen. Orel gab ihr drei Zehndollarscheine, dreißig Dollar für sieben Stunden Arbeit. Insgesamt aber hatte sie in den sechs Tagen bereits hundertachtzig Dollar verdient. Nachdem sie Harmony siebzig gezahlt hatte, blieben immer noch hundertzehn Dollar übrig. Ihre Ausgaben waren gering, lediglich das Busgeld und etwas neue Kleidung. Sie hatte noch zwei Paar billige, diesmal eine Nummer kleinere Jeans erstanden sowie ein paar T-Shirts. Tellerwaschen war eine anstrengende Arbeit, und auch die neuen Jeans wurden ihr von Tag zu Tag weiter. Sie faltete die Geldscheine zusammen und steckte sie in ihre Tasche, dann holte sie ihren Computer unter dem Schrank hervor, wo sie ihn vor Wasserspritzern schützte. Sie hatte Orel erzählt, daß sie abends zur Schule ginge, was allen als eine akzeptable Erklärung erschienen war. Die Mitarbeiter stellten ohnehin nicht viele Fragen. Sie waren froh, wenn man sie in Ruhe ließ und sie sich nicht auf jemand anderen einstellen mußten. Grace wiederum kam das sehr entgegen.

Sie verließ das Restaurant durch die Hintertür und trat auf die verdreckte Gasse hinaus. Eine frische Brise hatte sich sogar in dieser engen Gasse einen Weg gebahnt. Sie atmete tief ein und war dankbar, keinen Knoblauchgeruch mehr in der Nase zu haben.

Vorsichtig blickte sie sich nach allen Seiten um. Mit der einen Hand drückte sie ihren Computer fest an sich, mit der anderen umklammerte sie das Messer. Bisher hatte sie noch keinerlei Schwierigkeiten gehabt, dennoch war sie vorbereitet.

Sie lief zwei Häuserblocks bis zur Bushaltestelle, wo der Bus in zehn Minuten kommen sollte. Der spätnachmittägliche Himmel war klar und blau, der Tag frisch und schön, und alle Menschen schienen beschwingt. Der Frühling war nun wirklich da und brachte ein mildes Klima mit sich. Grace erinnerte sich an die Freude über den Frühling, als sie durch Murchinsons Garten gelaufen war. Wie lange war das her? Zwei Wochen? Drei? Eher drei, mutmaßte sie. Es war der siebenundzwanzigste April gewesen, der letzte Tag, an dem sie Freude hatte empfinden können. Heute bemerkte sie die klare Luft, aber es berührte sie nicht. Sie fühlte lediglich eine farblose Leere in ihrem Inneren. Der Bus kam, und sie stieg ein und zahlte ihr Billet. Der Busfahrer nickte ihr zu. Heute war der sechste Tag hintereinander, an dem sie an dieser Haltestelle eingestiegen war, und er hatte sich ihr Gesicht gemerkt. Sie würde wohl eine Weile lang eine andere Buslinie nehmen müssen.

Sie stieg an der Newberry-Bibliothek aus, die eine der weltbesten Bibliotheken für historische Studien war. Sie ging Text für Text über mittelalterliche Geschichte sowohl bei den Büchern als auch bei den Computerdateien durch und suchte irgendeine Erwähnung von Niall von Schottland. Bisher hatte sie viel über das Mittelalter gelernt, aber keinerlei Spuren des kriegerischen Ritters finden können. Sie ließ sich jedoch nicht entmutigen, denn sie hatte an der Oberfläche des verfügbaren Materials nicht mal gekratzt. Sie ging sofort in den richtigen Seitengang und machte dort weiter, wo sie gestern abend aufgehört hatte. Sie suchte sich einige Bücher heraus und setzte sich an einen abgelegenen Tisch. Dann setzte sie ihre Brille auf und begann, Seite für Seite daraufhin durchzusehen, ob irgend jemand namens Niall erwähnt war, der eine Verbindung zu den Tempelbrüdern gehabt hatte.

Beinahe hätte sie es verfehlt. Sie las bereits länger als zwei Stunden, und ihr Gehirn war auf Durchgang eingestellt. Zunächst erkannte sie die Referenz nicht, sondern las darüber hinweg. Dann aber erregte die Ähnlichkeit des Namens ihre Aufmerksamkeit, und sie las den Absatz noch einmal:

»Als Hüter des Schatzes war ein Ritter, stolz und ungestüm, auserwählt, von königlichem Blute, Niel Robertsoune.«

Ihr Herz begann vor Aufregung schneller zu schlagen. Es mußte sich um Niall handeln! Die Namen waren zu ähnlich, und der Hinweis auf den Schatzhüter war überdeutlich. Hatte sie auch früher schon etwas über Niel gelesen und nur nicht weiter beachtet, weil sie den Namen nicht damit verbunden hatte? Die Rechtschreibung damals war eher zufällig gewesen, und sie hätte jedem mit »N« beginnenden Namen besondere Aufmerksamkeit schenken sollen. Endlich hatte sie seinen Nachnamen gefunden! Robertsoune oder Robertson. Schnell suchte sie nach irgendwelchen Abwandlungen von Niall wie zum Beispiel Niel, Neal, Neil und auch nach Namen, die dem Namen Robertson ähnelten.

Sie fand nichts. Es gab einige Roberts und Robertsons sogar ein paar Neals, aber keiner paßte in die zeitliche Spanne, die sie suchte. Mit nervösen Händen klappte sie das Buch zu. Sie mußte sich sehr beherrschen, um nicht vor Frustration mit der Faust auf den Tisch zu schlagen. Die Intensität ihrer Enttäuschung erschreckte sie. Sie war schon manches Mal mit ihren Studien nicht vorangekommen und hatte es gelassen hingenommen. Diese maßlose, unglaublich heftige Verzweiflung jedoch brannte sich durch ihre schützende Taubheit hindurch. Sie wollte aber keine anderen Gefühle als die der Wut und des unstillbaren Durstes nach Rache haben, da sie bei anderen Gefühlen ihren Zusammenbruch befürchtete. Ein paarmal hatte der Schmerz es bereits geschafft, sich durch ihre Taubheit zu bohren und hatte sie beinahe umgebracht.

Dieses unverhältnismäßig starke Interesse an Niall von Schottland hatte sie bereits seit dem ersten Mal verspürt, als sie die Kopien der alten Pergamente durchgelesen hatte. Die grauenvollen Erlebnisse der letzten Zeit hatten ihr Interesse keinen Deut gemindert. Im Gegenteil, ihre Faszination wuchs mit jedem Tag und mit jeder Seite, die sie las.

Sie hatte begonnen, Niall von Schottland als einen Mythos zu betrachten. Warum aber eine solche Erfindung in der Geschichte der Tempelritter auftauchen sollte, konnte sie sich nicht erklären. Diese eine Erwähnung von »Niel Robertsoune« als auserkorener Schatzhüter war die einzige Bestätigung, die sie hatte finden können. Dennoch genügte sie ihr. Er hatte existiert, er war ein wirklicher Mann gewesen, der lebte und atmete und aß wie alle anderen Männer auch. Vielleicht hatte er ja nach der Zerstörung des Ordens der Verfolgung entfliehen können und ein ganz normales Leben geführt. Vielleicht war er mit einer Frau glücklich geworden, hatte Kinder gehabt und war erst in hohem Alter gestorben. Der wirkliche Niall von Schottland hatte vermutlich keinerlei Ähnlichkeit mit dem schwarzhaarigen Krieger, der sie in ihren Träumen verfolgte. Sie klammerte sich jedoch an diese Vorstellung, denn ihre Träume waren der Beweis dafür, daß sie innerlich noch nicht vollkommen abgestorben war. Ein paar wenige Spuren der alten Grace St. John lebten tief in ihr verborgen weiter.

Niall von Schottland hatte es also tatsächlich gegeben. Mit frischem Elan schob sie das dicke Referenzwerk beiseite. Dort konnte sie ihn nicht finden. Als einer der berüchtigsten Ritter war er für sein Überleben darauf angewiesen, nicht als solcher bekannt zu werden. Wenn sie überhaupt etwas über ihn finden konnte, dann in den noch zu entziffernden Dokumenten, den ausgesuchten fotokopierten Kopien …

Kopien.

Ihre Gedanken kamen erst abrupt zum Stillstand, dann rasten sie wild durcheinander. Warum wollte Parrish eine Kopie der Dokumente, wenn er doch das Original haben konnte? Warum wollte er diese Kopien so unbedingt haben, daß er dafür Ford und Bryant ermorden ließ und auch sie hatte umbringen wollen?

Rein logisch gab es dafür nur zwei Erklärungen. Beide bedurften eines Ausmaßes an zufälliger Übereinkunft, die ihrer Glaubwürdigkeit abträglich war. Die eine Möglichkeit war die, daß er nicht wußte, wo sich die Originale jetzt befanden. Aber geben mußte es sie, denn sie waren archiviert und fotografiert worden, und die Kopien hatte man ihr zugeschickt. Konnte es sein, daß irgend jemand aus irgendeinem unerfindlichen Grund die Originale gestohlen hatte – möglicherweise aus demselben Grund, weswegen sie auch Parrish haben wollte? Wenn ja, was war dann mit den Negativen passiert? Von ihnen hätte man schließlich weitere Kopien herstellen können. Die andere Erklärung war die, daß die Originale irgendwie zerstört worden waren. Solche Unglücksfälle kamen vor. Aber wiederum stellte sich die Frage nach den Negativen. Diese Überlegungen führten sie zu zwei weiteren Möglichkeiten. Die eine war die, daß die Negative ebenfalls zerstört oder gestohlen worden waren. Und die andere, daß Parrish nicht nur die Kopie haben wollte, sondern jedes Wissen darüber tilgen wollte. Das bedeutete, daß jeder umgebracht werden mußte, der davon wußte.

Ihre Überlegungen kamen so wieder zu ihrem Ausgangspunkt zurück: Parrish wollte sie umbringen. Der Grund dafür lag in den geheimnisvollen Seiten verborgen.

Sie hatte ihre Zeit damit verschwendet, Referenzwerke zu lesen. Von nun an mußte sie sich auf die Übersetzung der eng geschriebenen Dokumente konzentrieren. Das aber konnte sie besser in der Abgeschiedenheit ihres Zimmers bei Harmony tun als in einer öffentlichen Bibliothek. Eilig stellte sie die Bücher ins Regal zurück und sammelte ihre Sachen zusammen. Gewohnheitsgemäß blickte sie sich nach irgend etwas Ungewöhnlichem um und ob jemand sie beobachtete, aber die an den Tischen sitzenden Leute schienen vollkommen auf ihre Studien konzentriert. Die Newberry-Bibliothek zog eher ernsthafte Forscher als Oberschüler an, die für ein Referat recherchierten. Sie legte den Riemen ihres Computers sowohl um den Hals als auch über die Schulter und hielt den Griff fest in der linken Hand. Beim Gehen umklammerte ihre rechte Hand immer den Messergriff an ihrem Gürtel. Das Busgeld steckte in ihrer rechten Jeanstasche, so daß sie den Computer nicht loslassen mußte, um das Geld herauszuholen.

Als sie die Bibliothek verließ, war es schon fast dunkel. Das war an sich nicht ungewöhnlich, denn sie war des öfteren noch viel länger dort geblieben. Sie beeilte sich, an die Bushaltestelle zu kommen. Eine kühle Brise blies ihr ins Gesicht, als sie sich hinter den beiden Gestalten anstellte, die an der Haltestelle warteten: eine plumpe, junge schwarze Frau mit einem runden, freundlichen Gesicht, die einen kraftvollen Zweijährigen mit riesigen Augen an der Hand hielt. Der kleine Junge stieg immer wieder auf eine Bank und wieder herunter und ließ sich durch den tadelnden Zugriff seiner Mutter nicht im mindesten stören. Er krabbelte über und unter und zwischen ihren Beinen, und sie verlagerte lediglich ihren Griff so, daß sie ihn irgendwo zu fassen bekam. Grace dachte, daß Muttersein einem Ringkampf mit einem Oktopus ähnelte, aber die junge Frau verhielt sich ihrem temperamentvollen Jungen gegenüber ausgesprochen gelassen.

Ohne jede Vorwarnung und ohne Schritte gehört zu haben, rempelte jemand Grace brutal an, so daß sie ihr Gleichgewicht verlor. Ihr Kopf fuhr nach rechts, während jemand mit aller Kraft an ihrer Computertasche zerrte. Die junge Frau schrie erschrocken auf, griff nach ihrem Kind und rannte weg. Der ungeduldige Angreifer fluchte wild. Sein Atem roch übel. Verzweifelt klammerte sich Grace an den Griff und kam irgendwie wieder auf die Beine, wobei das Gezerre des Mannes sie wieder ins Gleichgewicht brachte.

Fluchend kam er mit einem Messer auf sie zu, um damit

den Schulterriemen abzutrennen. Den Riemen schützend, schnellte sie herum. Ein kaltes Feuer brannte auf ihrem Unterarm. Sie sah seine engliegenden, bösartigen Augen unter dem fettigen Haar, als er nochmals mit dem Messer zustach.

Ohne nachzudenken wuchtete Grace den schweren Koffer ihm entgegen. Überrascht zuckte er zurück, wobei die Tasche gegen seinen Arm knallte und durch den Schwung das Messer herunterfiel. Es segelte durch die Luft und fiel auf den Gehweg. »Mist auch«, knirschte er durch zusammengebissene Zähne, drehte sich um und wollte wegrennen.

In diesem Augenblick wurde Grace von ihrer Wut überflutet. Er hatte sich noch nicht richtig umgedreht, als sie ihm bereits hinterher war und ihm ein Bein stellte. Schreiend fiel er auf den Gehweg und zog Grace mit sich auf den Boden. Augenblicklich waren sie in einen Faustkampf verwickelt. Grace bearbeitete mit ihren zu Fäusten geballten Händen seine Augen, seine Nase, seine Ohren und auch sonst jedes in diesem Augenblick ungeschützte Körperteil, während er sie abzuwehren versuchte. Sie erinnerte sich an den Tankwart und versuchte, ihm ein Knie zwischen die Beine zu rammen, aber er rollte von ihr weg. Zornig aufschreiend, griff Grace mit beiden Händen nach seinen fettigen Haaren und riß daran, so heftig sie konnte. Er schrie vor Schmerz auf und versetzte ihr einen Schlag in die Magengegend. Ihr Atem stockte, sie schien zu ersticken und war einen Augenblick lang wie gelähmt, gab aber dennoch nicht auf. Wieder schlug er zu. Eine ihrer Hände lockerte ihren Griff. Seine Faust schlug ihr ins Gesicht und versetzte ihr einen Kinnhaken. Tränen sprangen ihr in die Augen, und er nutzte ihre kurzfristige Schwäche, um sich von ihr loszumachen und auf die Beine zu springen. Grace rappelte sich ebenfalls auf, aber er war bereits fast verschwunden. Er rannte den Gehweg entlang und überholte die Fußgänger, die ihm jedoch keinerlei Aufmerksamkeit schenkten.

Grace stöhnte und stand schwankend auf. Die Computertasche baumelte noch immer um ihren Hals. Die Wut war ebenso verflogen, wie sie gekommen war. Bleierne Müdigkeit überfiel sie. Eine kleine Gruppe von etwa zehn Schaulustigen hatte sich versammelt. Ihre Gesichter schwammen wie Ballons vor ihren Augen. Sie atmete mehrmals tief, tief durch.

Das Messer des Gangsters lag immer noch auf dem Gehweg. Der schwarze Griff war mit Isolierband umklebt, und die Scheide war gute fünfzehn Zentimeter lang. Es machte einen weit gefährlicheren Eindruck als ihr Küchenmesser. Sie wankte darauf zu, wobei sie die blauen Flecke und Abschürfungen spürte, die sie in der Hitze des Gefechtes davongetragen hatte. Mühsam beugte sie sich vor, hob es auf und starrte erstaunt auf die blutige Klinge. Erst jetzt bemerkte sie das Blut, das dunkelrot von ihrem Arm auf den Gehweg tropfte, und spürte die fünf Zentimeter lange Schnittwunde an ihrem Unterarm.

Die Wunde mußte genäht werden, stellte sie sachlich fest und untersuchte sie nochmals eingehend. Pech gehabt. Sie würde nicht zwei- oder dreihundert Dollar ihres wertvollen Bargeldes für eine Notarztbehandlung ausgeben, wo sie außerdem noch von der Polizei befragt werden würde. Solange die Wunde sich nicht infizierte, würde sie sie selbst versorgen. Sie zuckte mit den Schultern und ließ das Messer in eine der Außenfächer ihrer Tasche gleiten.

Immerhin war der Angreifer wirklich nur ein ganz gewöhnlicher Dieb gewesen. Vermutlich finanzierte er seinen Drogenkonsum mit dem Stehlen von Laptop-Computern. Wenn er einer von Parrishs Männer gewesen wäre, dann hätte er zuerst ihre Kehle durchgetrennt und wäre dann mit dem Computer getürmt. Leider jedoch hatte sie Aufmerksamkeit erregt, auch wenn keiner der Schaulustigen ihr behilflich gewesen war. Sie mußte sich nun also schnellstens aus dem Staub machen. Ihr Bus bog um die Ecke und bremste quietschend ab, aber Grace stieg nicht ein. Der Busfahrer würde sich wahrscheinlich an den Fahrgast mit dem blutenden Arm erinnern können, auch an die Haltestelle, an der sie ausstieg. Das wiederum würde eventuelle Verfolger näher zu Harmonys Haus führen. Grace überquerte eilig die Straße und ging in die entgegengesetzte Richtung. Ihr Arm schmerzte, und das Blut tropfte auf die Computertasche. Entnervt legte Grace ihre rechte Hand über die Wunde. Ihr Verhalten hatte jede Geistesgegenwart vermissen lassen, dachte sie beim Gehen. Sie hatte sich stark und gut vorbereitet gefühlt, weil sie ein Küchenmesser an ihrem Gürtel trug. Aber ihre Erfahrungen auf der Straße waren einfach jämmerlich, sie hatte noch nicht einmal daran gedacht, das Messer auch zu benutzen. Schau dich doch mal an, dachte sie wütend. Du läufst in aller Öffentlichkeit mit einem blutenden Arm eine belebte Straße entlang! Sicherlich würde sie gleich mit einem Polizisten zusammenstoßen, und das war nur die unmittelbarste aller Gefahren. Einige der Leute wurden auf sie aufmerksam. Parrish brauchte nur eine kleine Armee die Straßen absuchen zu lassen, um sie zu finden. Die Suche würde sich mittlerweile auf ihr wahrscheinlichstes Versteck, Chicago nämlich, konzentriert haben. Erschwerend kam hinzu, daß sie wegen ihrer knappen Geldvorräte arbeiten gehen mußte. Sie mußte vom Schlimmsten ausgehen. Also mußte sie augenblicklich von der Straße weg und ihr Aussehen verändern.

Direkt vor ihr betraten ein Mann und eine Frau ein gut besuchtes Restaurant. Grace verlangsamte kaum ihren Gang, als sie hinter ihnen kurz vor dem Schließen der Tür hineinschlüpfte. Sie stand so dicht hinter ihnen, daß der Körper des Mannes ihren blutenden Arm vor den Blicken der Platzanweiserin schützte. »Raucher oder Nichtraucher?« fragte die Frau und zog drei Speisekarten hervor.

»Nichtraucher«, erwiderte der Mann. Die Platzanweiserin machte einen Haken auf ihrer Tischanordnung, dann führte sie sie durch den Wirrwarr der belegten Tische und Nischen. Grace entdeckte den Wegweiser zu den Toiletten, die in einem engen Gang lagen.

Die Damentoilette war klein, dunkel und leer. Die Ausstattung war nicht dazu geeignet, Menschen zum Verweilen einzuladen. Das ohnehin nur schwache Licht wurde durch die dunklen Kacheln des Bodens und der Wände noch weiter gedämpft. Eine rosalila Neonröhre beleuchtete den Spiegel und verlieh jedem einen äußerst unnatürlichen Farbton, der hier sein Make-up erneuern oder aber sich im Spiegel bewundern wollte. Grace tat weder das eine noch das andere. Sie zog gleich mehrere Papierhandtücher aus dem Vorratsbehälter und wusch sich damit die Hände und ihren Arm. Neues Blut sickerte ebenso schnell aus der Wunde wieder hervor, wie sie es abzuwaschen versuchte. »Verflucht, verflucht, verflucht«, flüsterte sie. Im Spiegel bemerkte sie die Schieflage ihrer blonden Perücke. Hastig zog sie mit einer Hand die Nadeln heraus, die die Perücke immer noch halbwegs an ihrem Platz hielten, und riß sie sich vom Kopf. Ihr langes, zerdrücktes Haar fiel ihren Rücken hinunter.

Einen kurzen Moment lang mußte sie beide Hände benutzen. Sie drückte eines der braunen Papierhandtücher so fest auf die blutende Wunde, daß es auf ihrem Arm klebenblieb. Der rote Fleck vergrößerte sich augenblicklich, aber immerhin tropfte er nicht. Sie stopfte die Perücke in ihre Computertasche, band ihre Haare auf ihrem Kopf zu einem Knoten und steckte ihn fest. Sie zerrte ihre Baseballmütze hervor, stülpte sie sich über und zog sie sich bis tief über die Augen herunter.

Ihren Arm zu bewegen tat höllisch weh. Der provisorische Verband war bereits völlig blutig und begann sich zu lösen. Sie zog ihn herunter und warf ihn in den Abfall, dann drückte sie wieder ein Papierhandtuch auf die Wunde. Vor Schmerz die Zähne zusammenbeißend, starrte sie ihr kränkliches, blasses Spiegelbild an. Eigentlich war die Wunde nicht weiter schlimm, sie würde daran nicht verbluten, außerdem konnte sie ihren Arm immer noch benutzen. Niall hätte wegen einer solch lächerlich geringen Verletzung nicht einmal innegehalten, er hätte weitergekämpft.

Genau das hatte auch sie getan, bemerkte Grace überrascht. Zugegebenermaßen war ihr Gegenangriff nicht besonders gut durchdacht gewesen, die Schnittwunde aber hatte sie überhaupt erst hinterher zur Kenntnis genommen. Wenn Nialls irrsinnige Wut über ihre Verletzung abgeebbt wäre, wäre er wahnsinnig stolz auf sie gewesen...

»Ich muß wohl verrückt geworden sein«, sagte Grace laut und blinzelte. Sie mußte mehr Blut verloren haben, als ihr bewußt war, daß sie an Niall wie an jemanden dachte, den sie tatsächlich kannte, und nicht als einen bemerkenswerten Ritter des Mittelalters, der bereits vor mehreren Jahrhunderten gestorben war. Sie sollte lieber einmal darüber nachdenken, wie und womit sie ihren Arm bandagieren konnte.

Sie hatte auch gleich einen Einfall. Mit der rechten Hand drückte sie die Papierhandtücher fest und benutzte die linke, um sich ihren Schuh aufzubinden. Sie zog erst ihren Schuh, dann ihren Socken aus, ehe sie mit ihrem nackten Fuß wieder in den Schuh schlüpfte. Der Socken war ziemlich dehnbar. Sie legte den Socken auf den Frisiertisch und plazierte ihren Arm darauf. Dann benutzte sie ihre Zähne, um den Socken so fest wie nur möglich um ihren Arm zu binden und knotete ihn über den Papierhandtüchern fest.

Der merkwürdige Verband würde nicht lange halten, aber bis nach Hause würde sie damit kommen. Die Bandagierung war ziemlich auffällig, also zog sie auch ihren anderen Socken aus und knotete ihn um ihren rechten Arm. Jetzt sah es wenigstens nicht so aus, als ob sie die Strümpfe aus irgendeiner Notwendigkeit trug, sondern eher aus Verrücktheit oder als Erkennungszeichen einer Bandenmitgliedschaft. Um die Arme gebundene Socken waren vielleicht nicht ganz so schick wie andere Erkennungszeichen, aber in Chicago gab es schließlich jede Menge verrückter Menschen.

Eine Stunde später betrat Grace die Pension. Sie wollte gerade leise die Treppe hochsteigen, aber das Schicksal wollte es, daß sie Harmony im Flur begegnete.

»Das sieht ja mal toll aus«, bemerkte Harmony, während sie die Baseballmütze, die nunmehr nicht mehr vorhandene blonde Perücke und die um Graces Arme gebundenen Socken musterte.

»Danke«, murmelte Grace.

»Der Arm blutet«, bemerkte Harmony.

»Ich weiß.« Grace wollte die Treppe hochgehen.

»Hat keinen Sinn, jetzt wegzulaufen. Wenn irgend jemand hier im Haus Ärger hat, möchte ich gerne über den Grund informiert werden, falls mich die Polizei mitten in der Nacht aus dem Bett klingeln sollte.« Ihre grünen Augen wurden schmal. Sie folgte Grace unmittelbar auf den Fersen die Treppe nach oben.

»Ich bin überfallen worden«, erläuterte Grace knapp. »Vielmehr hat mich jemand überfallen wollen.«

»Nicht möglich. Und was hast du gemacht? Ihn mit diesem kleinen Messer, das du immer bei dir trägst, davongejagt?«

»Daran habe ich noch nicht einmal gedacht«, gab sie reumütig zu und fragte sich, woher Harmony etwas von ihrem Messer wußte.

»Das ist auch gut so. Jeder Angreifer, der etwas auf sich hält, hätte dich ausgelacht und dich das Ding dann fressen lassen.« Harmony wartete, während Grace die Tür aufschloß, dann folgte sie ihr ins Zimmer. Nachdem sie die spartanische Ordnung des Zimmers registriert hatte, wandte sie ihren Blick wieder Grace zu. »Also gut, Wynne, laß mich mal den Arm sehen.«

Nach zwei Wochen hatte sich Grace so an ihr Pseudonym gewöhnt, daß sie bei seiner Erwähnung nicht jedesmal zusammenzuckte. Zwei Wochen hatten auch ausgereicht, um zu wissen, daß die Pension Harmony heilig war und daß sie darin wie ein Diktator herrschte. Alles, was in diesem Hause vor sich ging, betrachtete sie als ihre ureigenste Angelegenheit.

Wortlos knotete sie den Socken auf. Das Papier darunter war voller Blut. Sie nahm auch das ab, und Harmony begutachtete die immer noch blutende Wunde.

»Muß genäht werden«, stellte sie fest. »Wann hattest du deine letzte Tetanusimpfung?«

»Das ist beinahe zwei Jahre her«, erwiderte Grace erleichtert, nachdem sie kurz nachgedacht hatte. An Wundstarrkrampf hatte sie überhaupt noch nicht gedacht. Glücklicherweise hatte sie all ihre Impfungen aufgefrischt, bevor sie damals mit Ford nach Mexiko gereist war.

»Genäht wird nicht. Ich kann den Notarzt nicht bezahlen.«

»Klar, das kannst du nicht«, erwiderte Harmony ungerührt. »Jeder Berber auf der Straße kann zu einem Arzt gehen, wenn er sich geschnitten hat. Nur du kannst das nicht? Scheint mir eher, daß du dort keine Fragen beantworten möchtest. Aber das Krankenhaus kannst du vergessen. Wenn du willst, kann ich es nähen. Das heißt, wenn es dir nichts ausmacht, daß ich keinerlei Betäubung für so etwas habe.«

»Das kannst du?« fragte Grace überrascht.

»Aber klar doch. Ich habe es früher immer für all die Mädchen gemacht. Warte hier, ich hole meine Tasche.«

Während Harmony weg war, grübelte Grace über die

zweifelsohne schillernde Vergangenheit ihrer Vermieterin nach. Was für eine Prostituierte war Harmony wohl mit ihrer burschikosen Art, ihrer ungewöhnlichen Größe und ihrem mindestens ebenso ungewöhnlichen Aufzug gewesen? Heute trug sie knallrote Leggings und ein ärmelloses knallrotes T-Shirt, das den Blick auf auffällig muskulöse Arme und Beine freigab. Wenn Männer Prostituierte aufsuchten, dann suchten sie eher sexuelle Befriedigung als körperliche Anziehung. Trotzdem, wer würde sich wohl eine Frau aussuchen, die nicht nur größer war als die meisten Männer, sondern auch noch maskuliner? Grace hätte Harmony für einen Transvestiten gehalten, vielleicht sogar für eine Transsexuelle, wenn sie nicht die verräterische Bemerkung fallengelassen hätte, sie habe mit fünfzehn eine Fehlgeburt gehabt und sei nie wieder schwanger geworden. Die moderne Chirurgie konnte äußerlich das Geschlecht verändern, aber sie konnte nicht die Fruchtbarkeit eines Menschen erhalten. Da Grace der Arm mittlerweile wirklich weh tat und sie nur ihre rechte Hand benutzte, holte sie etwas ungeschickt die zusammengeknüllte Perücke und das blutverschmierte Messer aus der Computertasche hervor. Das Messer legte sie auf den winzigen runden Tisch, an dem sie immer aß, die Perücke schüttelte sie kurz aus, bevor sie sie auf dem Bett ablegte. Ein auf dem Bett abgelegter Hut sollte angeblich Unglück bringen, würde eine Perücke einen ebensolchen Aberglauben provozieren?

Harmony betrat das Zimmer. Sie brachte eine Flasche Whiskey, eine kleine schwarze Kiste und eine Sprühdose. Ein sauberes weißes Tuch lag über ihrem Arm. Sie legte die ersten drei Dinge auf den Tisch, wobei sie das Messer erst begutachtete, bevor sie es beiseite schob und das Handtuch auf dem Tisch ausbreitete. »Gehört es dir?« fragte sie und machte eine Kopfbewegung in Richtung des Messers.

»Jetzt schon«, erwiderte Grace. »Ich habe es ihm aus der

Hand gerissen.« Erschöpft sank sie auf einen der Stühle und legte ihren linken Arm auf das Handtuch.

Harmonys Augenbrauen schossen in die Höhe. »Ist das wahr? Das muß ihn mächtig überrascht haben.« Sie setzte sich auf den anderen Stuhl, öffnete die Whiskeyflasche und schob sie Grace zu. »Nimm ein paar Schluck. Es wird zwar immer noch genauso weh tun, aber es wird dir nicht mehr so viel ausmachen.«

Grace blickte müde auf die Flasche. Es war ein teurer schottischer Whiskey. Sie hatte noch niemals Whiskey getrunken und war sich seiner Wirkung nicht sicher. Da sie jedoch müde war und seit dem Frühstück nichts mehr gegessen hatte, würde er sie wohl einfach umhauen. Schulterzuckend setzte sie die Flasche an die Lippen. Der rauchige Geschmack des Whiskeys legte sich zunächst weich auf ihre Zunge, aber beim Schlucken schien sie pures Feuer zu trinken. Die flüssige Flamme bahnte sich ihren Weg die Speiseröhre hinunter bis zu ihrem Magen und nahm ihr den Atem. Sie wurde knallrot, rang keuchend nach Atem, um zu husten. Ihr Inneres schien zu rebellieren. Die Augen tränten, die Nase triefte. Sie hustete wie verrückt und beugte sich, von Krämpfen geschüttelt, vornüber. Als sie wieder halbwegs normal atmen konnte, setzte sie die Flasche erneut an und trank noch einen Schluck.

Nachdem die zweite Attacke vorüber war, richtete sie sich auf. Mit Engelsgeduld wartete Harmony ab.

»Gewohnheitstrinkerin bist du offenbar nicht«, bemerkte sie trocken.

»Nein«, erwiderte Grace und setzte nochmals an.

Vielleicht waren die Nerven ihrer Speiseröhre bereits verbrannt oder aber vollkommen taub. Was immer auch der Grund sein mochte, diesmal verschluckte sie sich nicht. Das Feuer breitete sich in ihrem Körper aus, in ihrem Kopf drehte es sich. Ihr brach der Schweiß aus. »Sollte ich noch einen Schluck trinken?«

Kein Lächeln regte sich auf Harmonys knochigem Gesicht, aber ihre grünen Augen blinzelten amüsiert. »Kommt drauf an, ob du das Bewußtsein behalten möchtest.«

Die Wirkung des Alkohols würde sich sicherlich noch verstärken, also schob sie die Flasche beiseite und verkorkte sie. »Also gut, ich bin soweit.«

»Laß uns noch fünf Minuten warten.« Harmony lehnte sich auf dem Stuhl zurück und schlug ihre langen Beine übereinander. »Der Typ wird wohl hinter diesem Computer her gewesen sein, den du wie ein Baby überallhin mitschleppst.«

Grace nickte, war sich aber nicht bewußt, daß ihr Kopf unregelmäßig hin und her schwankte. »Es war unmittelbar vor der Bibliothek. Die Leute haben zugesehen, aber niemand hat sich gerührt.«

»Natürlich nicht. Mit dem Messer hatte der Mann ja bereits klargemacht, daß ihm die Sache ernst war.«

»Aber auch als ich ihm das Messer aus der Hand gerissen, ihm ein Bein gestellt und ihn mit den Fäusten bearbeitet habe, hat immer noch niemand zu helfen versucht.« Graces Stimme wurde vor Empörung laut.

Harmony warf den Kopf in den Nacken und lachte lauthals los. Vor- und zurückschaukelnd lachte sie so sehr, daß ihr die Tränen das Gesicht hinunterrannen und sie nach Luft rang, als ob sie auch von dem Whiskey gekostet hätte. Als sie wieder atmen konnte, hob sie erst die eine, dann die andere Schulter, um sich an dem Hemd die Tränen abzuwischen. »Verdammt noch mal, Mädchen!« prustete sie immer noch glucksend. »Zu dem Zeitpunkt hatten die Leute vor dir vermutlich mehr Angst als vor dem verfluchten Typen!«

Überrascht blickte Grace auf. Die Möglichkeit schmeichelte ihr, und ihr Gesicht erhellte sich. »Das habe ich also ganz prima hingekriegt, nicht war?«

»Prima daran ist, daß du lebendig davongekommen bist«,

rügte Harmony trotz des Lächelns auf ihrem Gesicht. »Mädchen, wenn du dich schon auf solche Sachen einläßt, dann muß dir mal jemand beibringen, wie man sich richtig wehrt. Ich würde es dir gerne zeigen, aber ich habe keine Zeit. Ich mache dir aber den Vorschlag, dich einem Bekannten vorzustellen. Er ist der fieseste, mieseste Typ auf Gottes Erdboden. Er wird dir beibringen, mit unfairen Mitteln zu kämpfen, denn genau das ist es, was du lernen mußt. Jemand von deiner Größe muß nicht so blöd sein und fair kämpfen.«

Unter Umständen war es dem Whiskey zuzuschreiben, jedenfalls gefiel Grace der Vorschlag. »Nie wieder fair kämpfen«, pflichtete sie bei. Parrish kämpfte ganz sicher nicht mit fairen Mitteln, und auch die Straßengangs, mit denen sie es zu tun haben würde, hielten nichts von Fairneß. Mit welchen Mitteln auch immer, sie mußte lernen zu überleben.

Harmony öffnete einen Desinfektionswattetupfer und säuberte vorsichtig Graces Wunde. Danach begutachtete sie die Wunde aus verschiedenen Blickwinkeln. »Nicht allzu tief«, schloß sie befriedigt. Sie öffnete eine kleine braune Flasche Desinfektionsmittel und goß es direkt auf die Wunde. Grace hielt den Atem an, da sie ein ebenso heftiges Feuer erwartete wie bei dem Whiskey. Es brannte jedoch nur ein klein wenig. Harmony nahm die Sprühdose und sprühte damit einen kalten Nebel über die Wunde. »Örtliche Betäubung«, murmelte sie. Das medizinische Fachvokabular fügte sich nahtlos in ihren Umgangsjargon ein. Grace hätte es nicht weiter überrascht, wenn ihre Vermieterin Shakespeare zitiert oder lateinische Verben konjugiert hätte. Wer immer auch Harmony in der Vergangenheit oder in der Gegenwart war, sie war außergewöhnlich.

Gelassen beobachtete Grace, wie Harmony einen Faden durch eine gebogene Nadel zog und sich über ihren Arm beugte. Harmony preßte mit ihrer linken Hand die Wunde zusammen und begann mit der rechten zu nähen. Jeder Stich brannte, aber der Schmerz war dank des Whiskeys und des Betäubungssprays erträglich. Graces Augen fielen vor Müdigkeit fast zu. Sie hatte keinen sehnlicheren Wunsch, als sich hinzulegen und zu schlafen.

»Fertig«, verkündete Harmony und zog den letzten Faden zusammen. »Halte es gut trocken, und nimm ein Aspirin, falls du Schmerzen haben solltest.«

Grace betrachtete die ordentlichen Stiche und zählte zehn Stück. »Du hättest Ärztin werden sollen.«

»Ich habe nicht die Geduld, mich mit irgendwelchen Idioten abzugeben.« Sie packte ihren Erste-Hilfe-Kasten zusammen, dann warf sie Grace von der Seite einen Blick zu. »Willst du mir nicht sagen, warum du nichts mit der Polizei zu tun haben willst? Hast du vielleicht jemanden umgelegt?«

»Nein«, erwiderte Grace und schüttelte den Kopf. Das war ein Fehler. Sie wartete einen Augenblick, bis ihr nicht mehr schwindelig war. »Nein, ich habe niemanden umgebracht.«

»Aber du bist auf der Flucht.«

Es war eine Feststellung, keine Frage. Sie zu widerlegen wäre reine Zeitverschwendung gewesen. Andere Leute hätte man vielleicht belügen können, aber Harmony besaß eine zu gute Menschenkenntnis. Sie kannte zu viele Leute, die vor dem Gesetz oder vor ihrer Vergangenheit oder vor sich selbst wegrannten. »Ich bin tatsächlich auf der Flucht«, gestand Grace ein. »Und wenn sie mich finden, dann werden sie mich umbringen.«

»Wer sind denn ›sie‹?«

Grace zögerte, denn noch nicht einmal ein starker Whiskey konnte ihre Zunge so weit lösen. »Je weniger du davon weißt, um so besser«, meinte sie schließlich. »Wenn dich jemand fragen sollte, dann weißt du einfach nicht viel über mich. Du hast niemals einen Computer gesehen, und dir ist auch nicht aufgefallen, daß ich an etwas arbeite. Abgemacht?«

Harmonys Augen wurden schmal, Ärger leuchtete darin auf. Grace war ganz ruhig und wartete darauf, daß sich die neu gefundene Freundin in eine Ex-Freundin verwandelte. Möglicherweise würde sie sich eine neue Bleibe suchen müssen. Harmony konnte es nicht ausstehen, hintergangen zu werden. Und zu Recht haßte sie es, wenn man sie in einer Angelegenheit im dunkeln tappen ließ, die ihr heiliges Zuhause betraf. Sie dachte einen Moment, ohne etwas zu sagen, nach, dann fällte sie ihre Entscheidung und nickte knapp mit ihrem weißblonden Schopf. »Zugegeben, passen tut es mir überhaupt nicht, aber gut. Du traust weder mir noch sonst irgendwem, habe ich recht?«

»Ich kann es nicht«, erwiderte Grace leise. »Auch dein Leben stünde auf dem Spiel, wenn Pa... wenn er auch nur vermuten würde, daß du irgend etwas über mich weißt.«

»Du willst mich also schützen, ja? Mensch, Mädchen, ich glaube, du zäumst das Pferd vom Schwanz auf. Wenn ich jemals jemanden ganz und gar verloren gesehen habe, dann bist du es. Ein Achtjähriger ist normalerweise schon viel gerissener, als du es bist. Du siehst aus, als ob du dein ganzes Leben in einem Kloster oder so etwas verbracht hättest. Ich weiß ja, daß es nicht deine Sache ist, aber mit deinem Aussehen würdest du jede Menge Kohle auf der Straße machen.«

Grace blinzelte, weil sie von dem plötzlichen Themenwechsel vollkommen überrumpelt war. Sie sollte eine erfolgreiche Prostituierte sein können? Die ruhige, ganz gewöhnlich aussehende, etwas abgehobene Grace St. John? Sie konnte gerade noch vermeiden, Harmony auszulachen.

»Ja, ich weiß«, sagt Harmony, die offenbar ihre Gedanken erraten konnte. »Du hast keinen Sinn für die richtige Aufmachung, du trägst kein Make-up. Aber so etwas kann man leicht ändern. Zum Beispiel, indem du die passende Kleidung trägst und nicht so ein Schlabberzeug. Weite Kleidung taugt nicht viel, du willst den Leuten doch etwas zum Anfassen bieten, nicht wahr? Dein Gesicht sieht so verdammt unschuldig aus, daß es viele Männer verrückt machen würde. Sie würden dir sicherlich gerne all die unartigen Dinge beibringen. In dieser Hinsicht sind Männer sehr einfach gestrickt. Ein bißchen Make-up, um sie auf die falsche Fährte zu lenken und sie denken zu lassen, daß du doch nicht ganz so unschuldig bist. Außerdem hast du einen Schmollmund, für den Models für die Silikonspritzen jede Menge Geld hinlegen. Verdammte Idioten. Und dann deine Haare. Männer mögen langes Haar. Ich glaube aber den Grund zu kennen, warum du diese miese Perücke trägst.«

Harmonys Rede war von den Mundarten her mit allem gespickt, ob nun mit Chicagoer Straßenslang oder mit dem langsamen Südstaatenakzent, gelegentlich flammte auch etwas Bildungsbürgersprache auf. Es war unmöglich, ihre Herkunft zu erraten. Aber niemand, der ihr länger als eine halbe Minute zuhörte, würde ihre geistige Beweglichkeit in Frage stellen. Denn zwischen den Zeilen gab sie auch den einen oder anderen scharfsinnigen Ratschlag.

»Sieht man denn, daß es eine Perücke ist?« fragte Grace.

»Den meisten Männern würde es nicht auffallen. Aber sie ist blond. Blond und rot fallen auf. Hol dir eine braune Perücke, hellbraun, mittellang und vom Stil her variabel. Und kauf eine bessere Qualität. Sie wird länger halten und natürlicher aussehen.« Sie stand mit dem Medizinkasten in der Hand auf und ging zur Tür. »Und schlaf jetzt erst einmal, Mädchen. Du siehst aus, als ob du gleich vom Stuhl fallen würdest.«

Sie war tatsächlich vollkommen erschöpft, außerdem zeigte der Alkohol seine Wirkung. Schlafen würde alles sein, was sie jetzt noch tun konnte. Aber sie sollte sich irren. Einige Stunden später, nachdem ihr Kopf wieder klar, ihr

Körper aber noch übermüdet war, hatte sie nicht einmal gedöst. Sie saß an das Kopfteil gelehnt, mit einem pochenden linken Arm, und balancierte auf ihren Knien über der Decke ihren Laptop. Sie versuchte zu arbeiten. Aber die Vertracktheiten alter Sprachen, in einem archaischen Kaligraphenstil geschrieben, schienen zu schwierig für sie zu sein. Sie holte sich ihre Tagebuchaufzeichnungen auf den Bildschirm. Es irritierte sie, daß sie sich an manches nicht mehr erinnern konnte, als ob sie die Aufzeichnungen einer Fremden lese. Lag dieses Leben tatsächlich so vollkommen hinter ihr? Sie wollte es nicht wahrhaben, gleichzeitig aber fürchtete sie um ihr Überleben, wenn sie sich weiter daran klammerte.

Die liebevollen Eintragungen über ihr Leben mit Ford und Bryant setzten ihr sehr zu. Sie spürte den Schmerz aufsteigen, verschloß ihre Seele und spulte die Aufzeichnungen schnell ab. Beim letzten Eintrag, am 26. April, hielt sie inne. Erleichtert stellte sie fest, daß ihre Eintragung sich auf die rätselhaften Dokumente bezog, die sie zu entziffern und zu übersetzen begonnen hatte. Sie hatte NIALL VON SCHOTTLAND in Großbuchstaben geschrieben, darunter stand »Wahrheit oder Mythos?«

Heute konnte sie diese Frage beantworten. Er hatte tatsächlich existiert. Er war ein Mann gewesen, der mit seinem energischen Handeln die Geschichte seiner Zeit beeinflußt hatte. Allerdings hatte er diesen Einfluß hinter den Kulissen ausgeübt, was die Spuren seiner Taten verwischte. Man hatte ihm den unglaublichen Schatz des Tempelordens anvertraut. Was aber hatte er damit gemacht? Mit diesem Reichtum hätte er alles erreichen und sogar Könige stürzen können. Er aber war spurlos verschwunden.

Ihre Finger huschten über die Tastatur. »Wo bist du, Niall? Wo bist du hingegangen, was hast du getan? Was ist so Besonderes an diesen Dokumenten, daß Menschen sterben mußten, nur weil sie von ihrer Existenz wußten? Warum kann ich nicht aufhören, an dich zu denken und von dir zu träumen? Was würdest du tun, wenn du jetzt hier wärst?«

Ihre Aufzeichnungen betrachtend, fand sie das eine seltsame Frage. Warum sollte sie überhaupt heute noch an ihn denken? Von ihm zu träumen war noch nachvollziehbar. Schließlich hatte sie sich vollkommen in ihre Nachforschungen vergraben und nach jeder Erwähnung von ihm gefahndet, also hatte er sich auch in ihr Gedächtnis eingegraben. Und seit dem Tod von Ford und Bryant gab es nichts Wichtigeres für sie, als den Grund für Parrishs Morde herauszufinden. Es war also ganz natürlich, daß sie von ihren Nachforschungen träumte. Schlagartig wurde ihr bewußt, daß eben das überhaupt nicht der Fall war. Sie hatte gar nicht von den Tempelbrüdern geträumt, von alten Dokumenten oder von Bibliotheken und Computern. Sie hatte ausschließlich von Niall geträumt. In ihrer Phantasie hatte sie ihm ein Gesicht gegeben, eine bestimmte Form und eine Stimme. Seit den beiden Morden hatte sie eigentlich nicht mehr viel geträumt, als ob ihr Unbewußtes ihr eine Ruhepause von der schrecklichen Wirklichkeit geben wollte, der sie sich jeden Tag ausgesetzt sah. Wenn sie geträumt hatte, dann von Niall.

Was würde er tun, wenn er jetzt hier wäre? Er war ein sehr gut ausgebildeter Krieger, das mittelalterliche Gegenstück zu dem Soldaten einer modernen Spezialeinheit. Wäre er geflüchtet und hätte sich versteckt, oder wäre er geblieben und hätte gekämpft?

Welcher Weg auch immer der beste ist, das Ziel zu erreichen.

Sie fuhr herum, ihr Herz schlug ihr bis zum Hals. Jemand hatte gesprochen, jemand in diesem Zimmer. Ihr panischer Blick suchte jeden Winkel des kleinen Zimmers ab. Obwohl ihr Verstand ihr sagte, daß sie ganz alleine war, nahmen ihr das ihre Instinkte nicht ab. Ihr Köper fühlte sich wie unter Strom, jeder Nerv war zum Zerreißen gespannt. Sie atmete flach. Mit zur Seite gelegtem Kopf saß sie bewegungslos und lauschte nach dem Rascheln von Stoff, dem Scharren eines Schuhs oder einem angehaltenen Atem. Nichts. Im Zimmer war es vollkommen ruhig. Sie war absolut allein.

Aber sie hatte sie doch gehört, eine tiefe, etwas heisere, fast schnarrende Stimme. Das hatte sie sich nicht eingebildet, sondern es tatsächlich gehört. Sie zitterte, und eine Gänsehaut überfuhr sie. Unter ihrem T-Shirt zogen sich ihre Knospen hart zusammen.

»Niall?« flüsterte sie in das menschenleere Zimmer. Schweigen schlug ihr entgegen, und sie kam sich albern vor.

Es war tatsächlich nur ihre Einbildung gewesen, ein weiteres Indiz für ihre Obsession mit diesen Dokumenten. Dennoch tippten ihre Finger wieder in die Tastatur, die Wörter sprudelten nur so hervor: »Ich werde lernen zu kämpfen. Ich darf mich in dieser Angelegenheit nicht passiv verhalten, ich darf nicht nur auf das Verhalten anderer reagieren. Ich muß die Dinge selbst bewegen, ich muß Parrish die Initiative aus der Hand nehmen. Das ist es, was du tun würdest, Niall. Und genau das werde ich auch tun.«

9

Parrish nippte an dem Merlot und nickte zustimmend. Obwohl Merlot normalerweise nicht seinem Geschmack entsprach, war dieser doch ein unerwartet guter, sehr dunkler und trockener Wein. Sein Gastgeber Bayard »Skip« Saunders hielt sich selbst für einen ausgesprochenen Weinkenner und gab sich alle Mühe, Parrish zu beeindrucken, indem er seine besten Flaschen hervorholte.

Parrish war es gewöhnt, daß Stiftungsmitglieder bei seinem Besuch etwas unruhig wurden. Er hätte zwar einen guten Champagner oder einen bitteren Martini, ja, sogar einen gut gealterten Bourbon bevorzugt, dennoch zeigte er sich immer sehr angetan von den Bemühungen seiner Gastgeber.

Skip – ein geradezu lächerlicher Kosename für einen erwachsenen Mann – war einer der wohlhabendsten und einflußreichsten Stiftungsmitglieder. Er lebte in Chicago, der eigentliche Grund für Parrishs Besuch. Obwohl Conrad keine weitere Spur von Grace gefunden hatte, war er sich doch sicher, daß sie nach Chicago gegangen war. Und Parrish traute dem Killer. Skip Saunders würde ihn in seiner Suche unterstützen, sowohl logistisch als auch durch seinen Einfluß. Sollte sich Graces Gefangennahme als zu unangenehm, in anderen Worten als zu öffentlich gestalten, dann konnte Skip ein paar Worte in dieses oder jenes Ohr flüstern, und die Sache würde sich ganz einfach in Luft auflösen, als ob sie niemals existiert hätte. Parrish war von dieser Aussicht sehr angetan.

Wovon er noch mehr angetan wäre, dachte er, als sein Blick sich kurz mit dem von Saunders Frau Calla traf, wäre ein knapp bemessenes Schäferstündchen mit der wunderschönen Frau Saunders. Was für eine Trophäe sie doch war, ein weiterer Beweis für die Verführungskraft von Geld und Macht. Die erste Frau, die sowohl Saunders jugendliche Kraft als auch seinen jungen Samen erhalten hatte und ihm zwei über alle Maßen verwöhnte Kinder geboren hatte, war jetzt leider schon an die Fünfzig und nicht mehr jung und anziehend genug, um sein Ego zu befriedigen. Parrish hatte die Bekanntschaft der ersten Frau von Saunders gemacht, als sie noch Frau Saunders war, und war von ihrem sprühenden Witz und Verstand begeistert gewesen. Bei langweiligen sozialen Verpflichtungen hätte er sie jeder anderen als Tischdame an seiner Seite vorgezogen. Wenn sich die Position allerdings unter ihm verlagerte, dann würde er ganz eindeutig die wunderschöne Calla vorziehen. Saunders war ein Dumpfkopf. Er hätte die erste Frau als guten Kumpel behalten und Calla nebenbei genießen sollen. Aber Männer, die sich von ihren Trieben leiten ließen, fällten eben oft unkluge Entscheidungen.

Calla war wirklich sehr verführerisch. Parrishs Umgangsformen waren viel zu formvollendet, als daß er sie offen angestarrt hätte, aber jeder Blick maß sie doch eingehend. Sie war ungefähr ein Meter siebzig, gertenschlank und perfekt mit einem schlichten, dunkelblauen Schlauchkleid angezogen, das jede ihrer mit Silikon unterstützten Kurven und fettabgesaugten Rundungen abzeichnete und genügend nackte Haut zeigte, um darauf ihre vielen Diamanten und Saphire zur Schau zu tragen. Sie war eine auffallende Frau mit einem goldenen Teint und großen, hellblauen Augen. Was ihn aber am meisten faszinierte, war ihr langes, glatt den Rücken hinunterhängendes Haar. Die Frau war schlau. Sie wußte, daß ihre Haare, die sich jeder ihrer Bewegungen anpaßten, Männer magnetisch anzogen. Sie waren zwar nicht ganz so lang wie die von Grace, dachte er beiläufig, noch waren sie so dunkel, aber immerhin …

Sie war größer und schlanker als Grace. Vermutlich war sie seit ihrem achten Lebensjahr nicht mehr vor Scham errötet, denn ihr Blick hatte nichts von der Unschuld und der Vertrauensseligkeit von Grace. Ihre Lippen waren zwar nicht schmal, aber sie hatten auch nicht die unbewußte Sinnlichkeit von Graces Lippen. Ihre Haare jedoch … er wollte seine Faust in diese Haare winden und sie festhalten, während er sie benutzte. Er würde die Augen schließen und sich einbilden, sie sei kleiner, weicher und ihr Haar in seiner Hand wäre dick und samtig wie das eines dunklen Nerzes.

Später vielleicht, dachte er und warf ihr einen ausdauernden, kühlen Blick zu, von dem er annehmen durfte, daß sie ihn nicht mißverstand. Eine ihrer elegant geschwungenen

Augenbrauen schob sich nach oben, als sie seine Absicht registrierte. Ihre Lippen lächelten sowohl verführerisch als auch zufrieden. Wieder einmal hatte sie den mächtigsten Mann in der Arena anzuziehen vermocht, was sie offensichtlich befriedigte.

Nachdem er diese Nebensächlichkeit geregelt hatte, wandte sich Parrish wieder ihrem Mann zu. »Ausgezeichnet«, sagte er, als er merkte, daß Skip ängstlich seine Zustimmung zu dem Wein erwartete. »Normalerweise bin ich kein großer Anhänger von Merlot, aber dieser hier ist ganz außergewöhnlich.«

Skips braungebranntes Gesicht errötete zufrieden. »Von dieser bestimmten Abfüllung gibt es nur noch drei Flaschen auf der ganzen Welt. Zwei davon gehören mir.« Diese Bemerkung konnte er sich nicht verkneifen.

»Wunderbar. Vielleicht solltest du auch die dritte Flasche noch erstehen«, erwiderte Parrish und versteckte seine perverse Freude daran, daß Skip nun viel Geld und Zeit darauf verwenden würde, genau dies zu tun. Die drei Flaschen konnten sich, wenn es nach Parrish ging, in Essig verwandeln.

Freundschaftlich klopfte er Skip auf die Schulter. »Wenn möglich möchte ich mit dir gerne unter vier Augen sprechen, sobald du deine Pflichten als Gastgeber kurz vernachlässigen kannst.«

Wie erwartet richtete sich Skip augenblicklich auf. »Wir können jetzt gleich in mein Arbeitszimmer gehen. Calla wird es nichts ausmachen, nicht wahr, mein Liebling?«

»Natürlich nicht«, erwiderte sie gelassen. Sie wußte ihre Rolle zu spielen. In Wahrheit war es ihr vollkommen gleichgültig, wo sich ihr Mann aufhielt oder was er gerade tat. Sie wandte sich augenblicklich ihren anderen Gästen zu, eine Auswahl unter den fünfzig reichsten Bewohnern Chicagos.

Skip führte ihn einen langen, breiten Flur hinunter, bis sie zu einer Doppeltür kamen, die er nach innen öffnete. Sie traten in ein mahagonigetäfeltes Büro, das an der einen Seite eine riesige Fensterfront mit Sicht auf den Michigansee hatte. »Ein wunderschöner Blick, nicht wahr?« fragte Skip, offensichtlich sehr zufrieden, und trat an die Fensterfront.

»Wunderschön«, bestätigte Parrish. Der Blick war schöner als seiner auf den Minnetonkasee, aber er war nicht neidisch. Er hätte auch so eine Aussicht haben können, wenn er es gewollt hätte. Statt dessen war er mit dem zwar mehr gesetzten, aber ebenso wohlhabenden Wayzata sehr zufrieden. Er lebte gerne etwas abseits der großen Städte in Minnesota. Seine Nachbarn waren nicht neugierig, und solange er den Eindruck erweckte, in sowohl gesellschaftlicher als auch politischer Hinsicht respektabel zu sein, kratzten sie nicht an der Oberfläche.

Die beiden Männer traten auf den Balkon. Die Brise, die vom See aufstieg, war immer noch recht kühl, obwohl es jetzt wirklich Sommer geworden war. Parrish blickte sich nach allen Seiten um, ob sie auch wirklich alleine waren. »Wir suchen eine Frau namens Grace St. John. Sie wird beschuldigt, ihren Mann umgebracht zu haben.« Er führte nicht weiter aus, daß er sowohl für die Anschuldigung als auch für den Mord verantwortlich zeichnete. »Meiner Ansicht nach besitzt sie Informationen, die für uns von ausschlaggebender Wichtigkeit sind. Deswegen würde ich sie gerne vor der Polizei auftreiben.«

»Sicher doch«, murmelte Skip. »Wenn ich irgend etwas tun kann...«

»Meine Männer haben die Suchaktion voll im Griff. Sollte jedoch etwas falsch laufen, dann wäre es gut, wenn du das Interesse an der Sache etwas ablenken könntest. Ich hoffe sehr, daß die Notwendigkeit deiner Anwesenheit hier in der Stadt nicht deine Ferienpläne durchkreuzt.« Parrish sagte das, wohlwissend, daß Skip und Calla in Kürze eine vierwöchige Europareise antreten wollten. Nicht, daß es in irgendeiner Hinsicht wichtig war, denn Skip würde eine Audienz beim Papst absagen, wenn er dadurch der Stiftung nützlich sein konnte. Von den beiden war die Stiftung die mächtigere Organisation, obwohl ihre Macht und ihr Einfluß nicht so leicht ersichtlich waren.

»Kein Problem«, versicherte ihm Skip.

»Gut. Dann rufe ich dich an, wenn ich dich brauche.«

Als Parrish wieder in das Arbeitszimmer trat, sah er Calla gleich hinter der Tür stehen. Er hielt inne und fragte sich, was sie wohl wußte und was sie mitgehört hatte. Es wäre wirklich ein Jammer, wenn sie vom Balkon stürzen würde. So ein tragischer Unfall, aber Unfälle kamen nun einmal vor.

»Liebling«, sagte Calla an Skip gewandt und lenkte graziös ihren Schritt auf den Balkon. »Es tut mir leid, daß ich euch störe, aber Senator Trikoris ist gerade angekommen. Und du weißt, wie er ist.«

Der Senator war bekannt dafür, daß er von jedem erwartete, ihm in den Hintern zu kriechen, wofür er wiederum die Rechtsprechung hier und da entsprechend beeinflußte. Die Stiftung bemühte sich darum, den Senator so hinzubiegen, daß seine Gefälligkeiten der Stiftung dienlich sein würden. Wenn sie das erreichten, wäre es an dem Senator, anderen den Hintern zu lecken, und Parrishs Hintern wäre dann derjenige, der geleckt werden würde. Dem Senator war die zukünftige Richtung seiner rechtlichen Bemühungen noch nicht ganz transparent. Solange das noch so war, überließ Parrish gerne Skip die Aufgabe, ihn bei Laune zu halten. Er nickte, und Skip verließ eilig das Zimmer.

Calla lehnte an der Wand und betrachtete ihn mit kühlem, berechnendem Blick. Der Wind hob die Enden ihrer seidigen Haarsträhnen spielerisch an. In der nächtlichen Beleuchtung sah ihr Haar so dunkel aus wie das von Grace. Vielleicht sollte er sie noch nehmen, ehe er sie über das Balkongitter beförderte, dachte Parrish und spürte, wie ihn der Gedanke erregte.

»Ja, ich weiß über die Stiftung Bescheid«, murmelte Calla, die ihren Blick nicht von seinem Gesicht nahm. »Skip ist so ein Dummkopf. Er läßt alle möglichen Papiere im Büro herumliegen, so daß jeder sie einsehen kann. Du solltest ihn lieber loswerden und statt dessen mit mir arbeiten.«

Parrish hob die Augenbrauen. Sie hatte recht: Skip war wirklich ein Dummkopf. Seine Nachlässigkeit war unentschuldbar. Man würde sich seiner annehmen müssen. Die gute Calla aber war absolut nicht auf den Kopf gefallen, und das Problem, was mit ihr zu machen sei, mußte umgehend entschieden werden.

Er lehnte sich gegen die Balkonmauer. In seiner schwarzen Seidenhose und dem weißen Abendjackett wirkte er äußerst schlank und elegant. Sein lässiges Image war einerseits kalkuliert, andererseits entsprach es auch seinem Stil. Es machte die Menschen für die eisige Wirklichkeit blind, die sich unter der Seide verbarg. Er ahnte jedoch, daß Calla, anders als andere Menschen, ihn sofort richtig eingeschätzt hatte und genau wußte, wie kurz sie noch zu leben hatte. Aber statt panisch zu reagieren, erregte sie die Gefahr. Unter dem eng anliegenden dunkelblauen Kleid stachen ihre Knospen hervor.

»Skip ist es, der die Verbindungen und das Geld hat«, bemerkte er wie nebenbei, obwohl auch seine Erregung stieg. Grace war die einzige andere Frau, die ihn ebenfalls sofort richtig eingeschätzt und seinem Charme widerstanden hatte. Calla machte keinerlei Anstalten, sich ihm zu widersetzen, aber allein schon ihre Ähnlichkeit erregte Parrish. Es würde nicht so sein wie mit Grace, denn Grace war von einer Unschuld und von solcher Unkorrumpierbarkeit, daß sie Parrish zu ungeahnten Anstrengungen treiben würde, sie in den Dreck zu ziehen. Bei Calla allerdings bezweifelte er, daß es irgendeinen Dreck gäbe, durch den sie noch nicht gezogen worden war. In gewisser Hinsicht bildete Calla ein verdrehtes, korrumpiertes Gegenstück zu Grace. Und er wollte sie besitzen.

Calla bedachte seine Bemerkung mit einem Grinsen. »Du glaubst, er hat die Macht, weil er das Geld in der Hand hat. Wo aber liegt die eigentliche Macht, bei dem Mann, der das Geld in den Händen hält, oder bei der Frau, die den Mann in der Hand hat? Was ich über die einflußreichsten Männer dieser Stadt weiß, ist zehnmal nützlicher als Skips gesellschaftlichen Verbindungen.«

»Benutzt du das Wort ›wissen‹ im biblischen Sinne?«

Ihre Lippen verzogen sich zu einem Lächeln, aber sie ging auf den Angriff nicht weiter ein. »Die Stiftung hat wirkliche Macht. Vergiß die Gewerkschaften, die politischen Parteien, denn sie alle haben ihre Verbindungen ja durch die Stiftung, nicht wahr? Ganz gleich, welche Partei im Weißen Haus regiert, du hast immer eine direkte Telefonleitung zum Präsidenten.« Meist stimmte das, aber eben nicht immer. Die Stiftung hatte mit den letzten beiden republikanischen Präsidenten wenig Glück gehabt, auch nicht mit dem der demokratischen Partei davor. Vor vier Jahren jedoch hatte sich das Blatt gewendet, und er hatte schnell die Gelegenheit ergriffen, der Stiftung das zukommen zu lassen, was ihr sechzehn lange Jahre verwehrt worden war. Er bemühte sich sehr, daß man diesen garantierten Einfluß noch mindestens vier weitere Jahre würde ausüben können. Die Politik war zwar langweilig, zur Zeit aber unumgänglich. Wenn er erst einmal die Dokumente in den Händen hielt, die Grace jetzt hatte, dann würde er sich nicht mehr darum kümmern müssen, die Politik so zu beeinflussen, daß ein geeigneter Kandidat im Weißen Haus saß. Statt dessen würde der Präsident zu ihm kommen, ebenso alle anderen angeblichen Herrscher auf der Welt.

Seit Jahren bereits stand die Stiftung in den Startlöchern

und wartete nur darauf, daß die Papiere gefunden wurden. Es war ein großes Glück, daß die Dokumente unter seiner Ägide gefunden wurden. Weniger glücklich war der Umstand, daß ein Dummkopf in Frankreich sie aus den Händen gegeben hatte. Diese Dokumente waren gleichbedeutend mit Macht. Mit unglaublicher Macht sogar. Die ganze Welt würde er in der Hand haben und sie nach seinem Gutdünken manipulieren. Offiziell würden das Geld und die Macht natürlich der Stiftung dienen und dann an seinen Nachfolger weitergegeben werden, aber er konnte beides sein Leben lang nutzen. Ein einfältiger Mann würde die sich daraus ergebenden Möglichkeiten nicht begreifen. Solcherlei Einschränkungen behinderten Parrish allerdings nicht.

Er hatte keinerlei Interesse daran, auf einem bestimmten Posten zu sitzen, weder auf dem des Präsidenten noch auf dem des Premierministers, noch wollte er Kriege führen. Krieg war reine Zeitverschwendung, ein riesiger Aufwand für zuwenig Gewinn. Die Zeit war vorbei, da man fremde Länder erobern konnte, heutzutage bedeutete Krieg nichts anderes mehr als Zerstörung. Nur Geld bedeutete wirkliche Macht, wie Calla bereits bemerkt hatte. Wer auch immer das Geld kontrollierte, der kontrollierte auch die Marionetten, die im Scheinwerferlicht auf der Bühne standen und vorgaben, daß sie es waren, die die Macht innehatten.

Die Dokumente in Graces Besitz führten zu grenzenloser Macht und zu uneingeschränktem Reichtum. Jahrhundertelang war überliefert worden, daß die Tempelbrüder über irgendeine Zauberkraft verfügten, ähnlich lachhaft wie die Sache mit der Bundeslade. Aber anders als manch anderes Stiftungsmitglied mokierte sich Parrish über diese Vorstellung: Wenn der Tempelorden tatsächlich über magische Kräfte verfügt hatte, wie konnte er dann so leicht durch Verrat zerstört werden? Offenbar war die einzige Macht, die sie besaßen, materieller Art. Es war ein unermeßlicher Schatz, der jeden König neidisch gemacht und schließlich ihr Ende bedeutet hatte. Daran war nichts Magisches, obwohl im vierzehnten Jahrhundert das schiere Ausmaß des Schatzes jenseits aller Vorstellungskraft gelegen haben mußte und deshalb eben durch Zauber erklärt wurde. Die Leute waren damals abergläubische Tölpel gewesen. Parrish jedoch war das ganze Gegenteil.

Sentimental war er auch nicht. Wenn Calla ihn mit ihrem nicht geringen Maß an Charme einwickeln wollte, dann würde er sie enttäuschen müssen.

»Ich möchte mit der Stiftung arbeiten«, sagte Calla, als er weiter schwieg und sein kalter Blick ihr Gesicht fixierte. »Mein Wissen ist um einiges nützlicher als das von Skip.«

»Niemand arbeitet *mit* der Stiftung«, verbesserte sie Parrish. »Das korrekte Wort lautet *für*.«

»Und was ist mit dir?« stichelte sie weiter.

Er zuckte mit den Schultern. Er war die Stiftung auf Lebenszeit, aber das mußte sie nicht unbedingt wissen. Es war ohnehin nicht nötig, daß er überhaupt mit ihr redete. Natürlich wäre es angenehm, sie in der Stiftung unter seinem Kommando zu haben und sie so lange herumzukommandieren, bis er ihrer müde wurde. Aber er würde nicht jemanden von ihrer Intelligenz und ihrer Durchsetzungskraft, dazu noch ganz und gar skrupellos, so nah an das Zentrum der Macht lassen. Er würde ständig auf der Hut sein müssen.

Sie benetzte ihre Lippen und fixierte ihn. »Weißt du, was ich glaube?« schnurrte sie. »Ich glaube, daß du der Mittelpunkt des Ganzen bist. Ein Mann mit deinem Einfluß könnte doch alles tun und alles haben, wonach ihm verlangt. Und ich könnte dir helfen, es zu bekommen.« Sie war wirklich schlauer, als ihr zuträglich war. Mit drei Schritten stand er neben ihr und lächelte in der Dunkelheit auf sie herab. Calla stand regungslos. Ihr perfekt gemeißeltes Gesicht wurde durch das Licht aus dem Arbeitszimmer beleuchtet.

Wieder benetzte sie unbewußt und wie eine Katze ihre Lippen.

»Hier?« flüsterte sie. »Man wird hier mit Teleskopen beobachtet, weißt du das?«

Er hielt inne. Wenn er lediglich mit ihr schlafen wollte, dann wäre es ihm gleichgültig, wer ihn dabei beobachtete. Da sie danach aber einen längeren vertikalen Spaziergang machen würde, war ihm an Zeugen nicht gelegen.

Lächelnd trat er zurück und winkte in Richtung Tür. Sie lachte, als sie vor ihm das Arbeitszimmer betrat. »Ich hatte dir irgendwie etwas mehr Sinn für das Abenteuer zugetraut.«

»Es gibt einen Unterschied, meine Liebe, zwischen einem Abenteurer und einem Idioten.« Er ging zum Lichtschalter im Flur, löschte das Licht und verriegelte die Tür. Calla wartete regungslos auf ihn. Das Licht über der Stadt ließ ihre Diamanten an Hals und Ohren glitzern.

Er zog sein Jackett aus und hängte es über die Stuhllehne. Verräterische Make-up-Spuren würden so nicht zu finden sein. Sein Hemd würde vermutlich ein paar Flecken bekommen, aber die konnte er mit der Jacke verdecken. Zurück im Hotel konnte er das Hemd wegwerfen. Als letzte Vorsichtsmaßnahme holte er sein Taschentuch aus der Jacke und steckte es sich in die Hosentasche. Die Erregung pulsierte durch seinen Körper, während er vor ihr stand und den engen Schlauch ihres Kleides bis zur Taille hochschob. Sie trug, wie er es erwartet hatte, keinerlei Unterwäsche. Er hob sie auf den Schreibtisch, und sie lehnte sich zurück, bis sie ganz auf der polierten Oberfläche lag. Ihnen war beiden bewußt, was sie hier machten. Mit Liebe jedenfalls hatte es nichts zu tun. Sie schützte keinerlei romantischen Gefühle vor, noch erwartete sie ein Vorspiel. Dies hier war Sex pur, ein Spiel der Körper. Sie hatte jedoch das Ausmaß des Spiels weder erkannt, noch ahnte sie, daß sie es nicht überleben würde.

Er öffnete seine Hose, plazierte sich zwischen ihre geöffneten Schenkel und drang glatt und tief in sie ein, so daß sie vor Wonne stöhnte. Gut, dachte er, als er sie zu stoßen begann. Es wäre schön, wenn sie ihr letztes Mal genießen könnte.

Callas langes Haar war auf dem Tisch ausgebreitet. Parrish schloß die Augen und dachte an Grace und an ihren sinnlichen Mund. Er stellte sich vor, daß die ihn umschließende Wärme die von Grace sei, und pumpte weiter in sie hinein. Auch sie würde hinterher sterben müssen. Vielleicht nicht sofort, vielleicht würde er noch ein Weilchen mit ihr spielen.

Calla keuchte und bäumte sich auf. Die Reaktion erschien ihm ein wenig zu theatralisch, und er betrachtete sie aufmerksam. Ihre Augen waren halb geschlossen, ihr Kopf nach hinten gebogen, ihre Lippen geöffnet und feucht. Sie gab ein herrliches Bild ab, und ein herrlich falsches dazu. Verflucht, sie täuschte ihm etwas vor, um seinem Ego zu schmeicheln. Vermutlich täuschte sie es bei all ihren reichen Liebhabern vor, wand sich und stöhnte, so daß sie glaubten, sie seien ganz tolle Hechte, während sie innerlich lachte und außer Verachtung für die Männer, die sich vom Sex so manipulieren ließen, gar nichts empfand.

Diesmal jedoch würde sie damit nicht durchkommen. Er zog einen ihrer Schuhe aus, legte die Hand zwischen ihre Körper und rieb mit dem Daumen immer wieder über ihre Klitoris. Sie stöhnte erneut auf und wollte sich von ihm wegwinden. Parrish riß sie zurück und drang bis zum Anschlag in sie ein, wobei er sie weiter streichelte. »Was ist denn?« neckte er sie leise. Seine Stimme kam in den gleichen rhythmischen Stößen, die er ihr versetzte. »Sag jetzt nur nicht, daß du es mir lieber vorspielst, als daß du wirklich kommst. Kannst du dich dann nicht mehr überlegen fühlen, wenn du es genießt, genommen zu werden?«

»Mistkerl«, zischte sie ihn an und grub ihre Fingernägel in seine Ärmel. Ihr Atem ging schneller, ihre wütenden Augen funkelten ihn in der Dunkelheit an.

»Dir gefällt es, Macht über Männer auszuüben, nicht wahr? Du aalst dich in der Gewißheit, daß du sie in ein paar keuchende Wilde verwandeln kannst. Sind deine Knospen deswegen so steif, oder täuschst du auch das vor und kneifst sie, wenn dich gerade niemand beobachtet?«

Das Leuchten ihrer Augen war fast ebenso funkelnd wie das ihrer Juwelen. »Ich kneife sie. Oder glaubst du etwa, daß ein Mann mich anmachen könnte?«

»Was macht dich denn an? Frauen?« Er behielt seinen Rhythmus bei und ließ seinen Daumen ununterbrochen kreisen, während er in sie stieß. Ihr Widerstand war viel erregender, als es ihre Bereitwilligkeit gewesen war. Wenn sie nicht oberflächlich betrachtet Grace ähnlich gesehen hätte, dann hätte er sie gleich über Bord katapultiert, ohne vorher noch mit ihr zu schlafen. Aber ihr Gift und ihre Verachtung gefielen ihm. Das jedenfalls täuschte sie nicht vor.

»Das würde deinem Ego guttun, nicht wahr, wenn ich lesbisch wäre? Kein Wunder, daß du mich nicht erregen konntest, denn ich hasse Männer! Pech gehabt!« höhnte sie. »Ich befriedige mich selbst viel besser, als es ein Mann je tun könnte.«

»Bis heute stimmt das.« Er grinste zufrieden, als er spürte, wie feucht sie geworden war. Ihre Atem keuchte, ihre Knospen standen aufrecht, ohne daß man sie hätte berühren müssen. Er erkannte die Zeichen und drang noch heftiger und tiefer in sie ein. Mit einem erstickten Aufschrei begann sie zu kommen. Triumphierend ritt er sie bis zum Höhepunkt, kurz danach spürte er seinen eigenen Höhepunkt in sich aufsteigen. Er holte das Taschentuch aus der Tasche, zog sich aus ihr zurück und ergoß sich auf das seidene Dreieck, womit er die normalerweise ihr zugedachte Rolle Männern gegenüber zynisch umkehrte. Lässig faltete Parrish sein Taschentuch zusammen und steckte es in seine Hose zurück, um es später an einem sicheren Ort wegzuwerfen. Er strich seine Kleidung glatt, zog den Reißverschluß zu und half ihr vom Tisch herunter. Sie stand regungslos, während er ihr Kleid wieder in den alten Zustand versetzte. »Sei nicht eingeschnappt«, meinte er. »Es steht dir nicht. Du solltest lernen, meine Liebe, ein besserer Verlierer zu werden. Und die Männer besser einschätzen lernen, mit denen du deine Machtspielchen treibst. Denn dieses Mal, fürchte ich, hast du die Situation ganz und gar verkannt.«

Sie starrte ihn an, unwillig, ihn irgendeinen Sieg davontragen zu lassen. Dann bückte sie sich, um ihren Schuh anzuziehen. Parrish hielt sie mit einer Hand am Ellenbogen fest. »Noch nicht«, sagte er lächelnd und versetzte ihr einen Kinnhaken.

Erwartungsgemäß sank sie nach vorn, und er hob sie in seine Arme. Sie war nicht bewußtlos, nur erstaunt und sah ihn verblüfft an, während er sie auf den Balkon hinaustrug. »Ich würde mich ja für den kleinen blauen Fleck entschuldigen wollen, den du bekommen wirst«, sagte er und stellte sie auf die bauchhohe Mauer. »Aber glaube mir, meine Liebe, es wird ohnehin keiner bemerken.« Dann bückte er sich, ergriff ihre Fußgelenke und warf sie hinunter. Sie gab keinerlei Schreie von sich, und wenn sie es hätte tun wollen, so hätte ihre Angst sie im Keim erstickt. Parrish blieb nicht länger stehen. Schließlich würde sie aus dem sechsundfünfzigsten Stockwerk ein paar Sekunden brauchen, bis sie auf der Straße aufprallte. Er ging in das Zimmer zurück, hob ihren Schuh auf und trat wieder auf den Balkon. Sich bückend, drückte er den Schuh so lange gegen den polierten Marmor, bis der hohe, scharfe Absatz abbrach. Er dachte kurz darüber nach, ob er den Schuh auch noch hinunterwerfen sollte. Aber es könnte jemandem auffallen, daß er erst einige Sekunden später als sein Träger auf der Straße landete, also ließ er ihn einfach auf dem Marmor liegen. Jetzt mußte er nur noch seine Jacke holen, sich wieder unter die Gäste mischen und auf die Ankunft der Polizei warten, die Skip die Nachricht überbringen würde, daß sich seine Frau vom Balkon gestürzt hatte. Bis das geschehen würde, würde man sich nicht mehr so genau erinnern, wann er wieder zurückgekommen war, wobei der Umstand, daß seit mehr als einer Stunde Wein und Cocktails ausgegeben wurden, sicherlich hilfreich wirkte.

Der einzige Wermutstropfen war, daß er sein Taschentuch hatte beschmutzen müssen.

10

Die gälische Sprache war wirklich eine Herausforderung. Grace hatte bereits zwei Wochen mit dem auf gälisch abgefaßten Teil verbracht, war aber immer noch nicht sehr weit damit gekommen. Die Sprache war in ihren Computerprogrammen nicht vorhanden, sie hatte also keinerlei elektronische Hilfe bei der Entzifferung der Krakelschrift. Wer auch immer die Kopien gemacht hatte, hatte den Hintergrund dunkel gestaltet, um so die Buchstaben deutlicher hervortreten zu lassen. Das hatte sich als vergebliche Mühe erwiesen. Sie konnte die abgerissenen Ecken an den gälischen Blättern erkennen. Sie hatten demnach ihre jahrhundertelange Lagerung nicht so gut wie die lateinischen Teile überstanden. Vielleicht war das Papier ja von minderer Qualität gewesen, oder es war irgendwann einmal feucht geworden. Aber selbst eine gute Kopie wäre keine große Hilfe gewesen. Sie hatte sich ein gälisch-englisches Lexikon gekauft und einige Bücher über die gälische Aussprache, die ihr mit der Syntax helfen würden. Sie hatte jedoch nichts auftreiben können, das ihr mit dem Idiom dieser Sprache im vierzehnten Jahrhundert weitergeholfen hätte. Sie war vollkommen entnervt. Die gälische Sprache verfügte über lediglich achtzehn Buchstaben, aber die Schotten und die Iren hatten sich von dieser Einschränkung freigemacht und die Rechtschreibung äußerst freizügig gehandhabt. Erschwerend kamen die archaischen Handschriften und die eigenwillige Wortwahl hinzu. Sie brauchte doppelt so lange, um einen einzigen Satz auf gälisch zu übersetzen wie eine ganze Seite auf altenglisch oder lateinisch.

Trotz aller Schwierigkeiten jedoch konnte sie einige Sätze entziffern, die dann auch einen Sinn ergaben. Der gälische Teil befaßte sich mit einem gewissen Schwarzen Niall, einem Abtrünnigen aus dem schottischen Hochland. Obwohl der Zusammenhang mit den anderen Dokumenten die Schlußfolgerung nahelegte, ging Grace doch nicht automatisch davon aus, daß es sich hier um denselben Mann wie um Niall von Schottland handelte. Sie kannte bereits das Phänomen, daß ein und derselbe Name unterschiedlich geschrieben wurde, also war es umgekehrt auch möglich, daß es sich bei gleicher Schreibweise um unterschiedliche Leute handelte. Schließlich hatte es in Schottland viele Menschen namens Niall gegeben. Ihr Niall aber war *der* Niall von Schottland und von königlichem Blut. Welche Verbindung aber konnte jemand aus dem königlichen Geschlecht mit einem Abtrünnigen im Hochland haben? Diese Dokumente unterschieden sich von den anderen, sie hatten eine andere Handschrift und waren auf einem anderen Papier festgehalten. Vielleicht hatte man sie ja auch nur versehentlich oder lediglich aufgrund des Namens mit den anderen vermischt.

Der Schwarze Niall war aber dennoch ein sehr unterhaltsamer Rabauke. Sie verbrachte fast ihre gesamte Freizeit mit der Entzifferung der Dokumente. Den Rest ihrer »Mußestunden« verbrachte sie mit einem von Harmonys »wirklich ekelhaften kleinen Ludern«, einem gewissen Mateo Boyatzis, einem zartgebauten jungen Mann polnischer und mexikanischer Herkunft. Matty kannte mehr gemeine Tricks als ein Politiker. Als Gefälligkeit gegenüber Harmony hatte er sich bereit erklärt, »Julia« ein paar Verteidigungstaktiken beizubringen. Grace jedoch gab sich keinerlei Illusionen über ihre langsamen Fortschritte hin. Aus ihr würde wohl nie ein wirklicher Profi werden. Sie hoffte allerdings, die Taktik des Überraschungsangriffs zu erlernen, um sich und ihre Dokumente zu schützen.

Eigentlich sollte sie sich darüber gar keine Sorgen machen, dachte sie und rieb sich die Augen. Stundenlanges Lesen unverständlicher Rechtschreibung und merkwürdiger Betonungen hatte sie so verrückt gemacht, daß sie jeden Augenblick irre werden konnte. Dann wäre ohnehin gleichgültig, was danach geschah.

Um sich eine Pause zu gönnen, legte sie die gälischen Papiere beiseite, schaltete ihren Computer an und fuhr mit dem Curser bis zu einem Text auf altfranzösisch. Die Dokumente waren nicht chronologisch geordnet. Die Geschichte zusammenzufügen war so, als ob man ein Puzzle aus vielen verschiedenen Altsprachen zusammensetzte. Sofort fiel ihr Blick auf den Namen. Sie war so darauf fixiert, daß sie das gewohnte Schriftbild schon bemerkt hatte, noch ehe sie es klar vor Augen hatte. Schwarzer Niall.

»Ist ja wohl nicht möglich«, murmelte sie und lehnte sich vor. Es schien tatsächlich so, als ob der Schwarze Niall und Niall von Schottland ein und dieselbe Person gewesen waren. Warum sonst sollten französische Dokumente sich mit einem fragwürdigen Schotten beschäftigen, außer eben, daß er gar nicht so sonderlich fragwürdig war? Ein Mitglied des Tempelordens von königlichem Blut, der aus dem Orden ausgeschlossen wurde und dem der Tod drohte, sollte er sich jemals aus Schottland fortwagen. In der Obhut dieses Mannes lag der Schatz – möglicherweise war das etwas abwegig, aber sicherlich nicht unwichtig. Es hatte damals Leute gegeben, vielleicht ehemalige Ordensmitglieder, die wußten, wer und was der Schwarze Niall war, und die seinen Aufenthaltsort vermerkten. Aber königlich? In der Bibliothek von Newberry hatte sie sich wieder und wieder die Stammbäume angesehen, ein Niall war in jener Zeitspanne jedoch nicht verzeichnet. »Wer warst du?« flüsterte sie, als ob sie die Seele eines Mannes berühren konnte, der bereits seit Jahrhunderten tot war. Sie war sich ihrer blühenden Phantasie wohl bewußt, das Gefühl einer tatsächlichen Verbindung beruhigte sie jedoch. Keinen ließ sie zu nah an sich heran, noch nicht einmal Harmony, aber mit dem Mann, der in ihren Träumen erschien, schien es keine Grenzen zu geben. Mit ihm mußte sie nicht vorsichtig sein, ihm gegenüber mußte sie ihre Identität nicht verbergen und sich nicht tarnen.

Die Dokumente waren ein weiterer Beweis seiner Taten. Er hatte eine Räuberbande aufgespürt und sie vernichtet. Kein Mann hatte den Angriff überlebt. Niall war offensichtlich sehr um den Schutz seiner Festung bemüht. Jeglicher Bedrohung begegnete er schnell und unbarmherzig. In den gälischen Dokumenten wurde er als Abtrünniger bezeichnet, als ein Mann, der gewaltsam eine abgelegene Burg in den westlichen Highlands eroberte und sie, ohne einen Anspruch darauf zu haben, ebenso gewaltsam verteidigte. Konnte denn ein Mitglied der königlichen Familie gleichzeitig ein Abtrünniger sein? Wenn er tatsächlich so vollkommen aus der Familie ausgestoßen worden war, daß jede Erwähnung seines Namens aus allen Dokumenten verbannt wurde, hätte dann einer vom Schlage Roberts der Bruce eine solche Unverschämtheit innerhalb seines eigenen Landes toleriert?

Vermutlich würde sie in den gälischen Dokumenten Aufschluß darüber finden, aber ihr Gehirn konnte heute nichts mehr aufnehmen. Sie legte die altfranzösischen Dokumente beiseite und suchte sich die in altem englisch hervor.

Wieder sprang ihr der Name von der Seite entgegen: der Schwarze Niall, ein rücksichtsloser schottischer Krieger, der im gesamten Hochland gefürchtet war. Seine Hochburg, Creag Dhu, war vollkommen abgeriegelt. Nur einmal gelang es einer »Dirne mit einer üblen List« die Burg zu betreten. Grace schmunzelte. Natürlich hatte eine Frau das schier Unmögliche nicht schaffen können, ohne eine »üble List« anzuwenden.

»Sie hat dich reingelegt, nicht wahr, mein Junge?« murmelte sie Niall zu. Lächelnd stellte sie sich seinen ungläubigen Gesichtsausdruck vor, als er erfuhr, daß die Abwehr seiner Festung von einer einzelnen Frau durchbrochen worden war. Sicherlich hatte er einen schrecklichen Wutanfall bekommen, so daß sich sogar seine eigenen Wachposten vor ihm versteckten. Grace verzog unwirsch das Gesicht, als sie sich ihrer überbordenden Phantasie bewußt wurde. Sie mochte von ihm träumen, und er mochte ihr so wirklich erscheinen, daß sie glaubte, sie könne ihn sehen. Tatsächlich aber war er bereits sechshundert Jahre vor ihrer Geburt zu Staub verfallen. Grace erfuhr aus dem Text, daß Niall die Frau gefangengenommen hatte, so daß die List ihr, außer vielleicht seiner Aufmerksamkeit, nicht viel gebracht hatte. Vielleicht hatte die Frau ja auch nur genau das bezwecken wollen. Die Dokumente erwähnten nicht, was er mit ihr nach ihrer Gefangennahme gemacht hatte. Er wird sie mit in sein Bett genommen haben, dachte Grace. Er war ein sehr lustbetonter Mann gewesen, der sich schlecht für das Klosterleben geeignet hatte.

Ein weiterer Eintrag begann mit den Worten: »Der Schwarze Niall, ein MacRobert...« Grace richtete sich steil auf. Plötzlich fügte sich alles zu einem Ganzen zusammen. Niel Robertsoune, ein Sohn von Robert und ein herausragender Krieger in einem Orden, der für seine Krieger berühmt war. Niall MacRobert, wiederum ein Sohn von Robert und noch dazu ein so herausragender Krieger, daß seine Burg von niemandem eingenommen wurde – mit Ausnahme einer ungenannten wagemutigen Dame. »Ein Schotte königlichen Blutes ... ein Sohn von Robert« – ein Sohn von Robert dem Bruce?

Vollkommen elektrisiert verglich sie die Daten und sank enttäuscht zusammen. Sie konnte das Alter vom Schwarzen Niall nur raten, da sie weder sein Geburts- noch sein Sterbedatum kannte. Aber er war bereits erwachsen gewesen, als man den Orden im Jahre 1307 zwangsweise geschlossen hatte. König Robert I. von Schottland, der berühmteste der Bruces, war zu jung gewesen, um Nialls Vater sein zu können. Grace ging noch einmal ihre Aufzeichnungen über den königlichen Stammbaum Schottlands durch. Der Vater von Robert dem Bruce, ein gewisser Graf von Carrick, hatte auch Robert geheißen.

War der Schwarze Niall etwa der Bruder von Robert dem Bruce? Wie das denn? Roberts vier Brüder, Edward, Nigel, Thomas und Alexander, waren alle gut dokumentiert, denn sie hatten Seite an Seite mit ihrem Bruder und König gekämpft, um die Engländer aus Schottland zu vertreiben. Die einzige Möglichkeit, wie Niall einerseits verwandt und andererseits abtrünnig sein konnte, war die, daß er ein uneheliches Kind war.

»So muß es gewesen sein«, sagte Grace und lehnte sich heftig atmend zurück.

Die Bedeutung dieser Feststellung und der sich daraus ergebenden Möglichkeiten ließen sie nicht stillsitzen. Sie sprang auf und rannte in ihrem engen Zimmer auf und ab, während sie die vielen Details überdachte und das Puzzle sich Stück um Stück zusammenfügte. Ein unehelicher Halbbruder war im Mittelalter nichts Ungewöhnliches – es sei denn, der eheliche Thronfolger strebte die Thronfolge an. In Schottland wurden Verwandtschaftsbande seit jeher anders gehandhabt als im restlichen Europa. Während anderswo Nialls unehelicher Status ihm die Krone von vornherein verwehrt hätte, stand in Schottland demjenigen die Krone zu, der die Macht hatte, sie sich auf den Kopf zu setzen. Die kriegerischen Fähigkeiten der Bruces waren zweifelsohne bemerkenswert gewesen, die von Niall jedoch mußten außergewöhnlich gewesen sein. Seine bloße Existenz hätte für Robert eine Bedrohung bedeutet.

Erstaunlich war jedoch, daß man sich dieser Bedrohung nicht dadurch entledigt hatte, den Schwarzen Niall einfach umzubringen. Daraus ließ sich schließen, daß er in gewisser Weise geachtet und geschätzt wurde. Später war er dem Tempelorden beigetreten, vielleicht waren seine Bestrebungen also eher kirchlicher, denn politischer Art gewesen. Aber nach dem, was sie bisher über den Schwarzen Niall gelesen hatte, war er ganz und gar nicht von der religiösen Sorte gewesen. Warum also war er dann dem Orden beigetreten? Abenteuerlust? Reichtum? Sie konnte die Anziehung dieser Dinge auf Niall nachvollziehen, aber sein Charakter schien viel zu wild und bodenständig zu sein, als daß er sich bereitwillig irgendwelchen Einschränkungen unterworfen hätte.

Was auch immer die Beweggründe für seinen Beitritt zum Orden gewesen sein mochten, die Tatsache, daß er es getan hatte, war für den zukünftigen schottischen König nur von Vorteil. Der Bruce würde sich keine Sorgen darum machen müssen, daß ein Mönch den Thron besteigen wollte, denn sein Keuschheitsgelübde hätte zukünftige Thronfolger ausgeschlossen.

Wenn sie die Dokumente richtig deutete, war sein Keuschheitsgelübde mit dem Zusammenbruch des Ordens hinfällig geworden. Die Andeutungen hinsichtlich seines bewegten Liebeslebens waren zwar nicht überdeutlich, aber dennoch kaum falsch zu interpretieren. Als Mönch jedoch hatte Niall sein Gelübde gehalten. Nach der Zerstörung des Ordens jedoch hatte er sich dem Leben – und den Frauen – ganz und gar hingegeben. Aber selbst da war er dem Thronfolger nicht bedrohlich geworden, denn als ehemaliges Mitglied des Tempelordens mußte er jegliche Öffentlichkeit vermeiden.

Dennoch erklärte es vieles: warum Niall Creag Dhu erobern und besetzen konnte, ohne daß der König einschritt; auch warum Robert der Bruce der einzige König in ganz Europa war, der die vom Papst geforderte Todesstrafe gegen die Ordensbrüder nicht in die Tat umsetzte und warum dessen Land für alle möglichen Verfolgten ein Zufluchtsort geworden war. Robert hatte sich geweigert, das Todesurteil für seinen Halbbruder zu unterzeichnen. Es erklärte auch, warum man Niall mit der Wahrung des Schatzes beauftragt hatte: Die Ordensvorsteher kannten seine Blutsbande und wußten, daß der Schatz nirgendwo sicherer als in Schottland sein würde.

Sie atmete tief ein. Das Zimmer um sie herum versank in Dunkelheit, als sie sich der Bedeutung ihrer Entdeckung klarwurde. Der Schatz. Ford und Bryant hatten sterben müssen, weil in diesen Dokumenten das Versteck des legendären, verlorenen Schatzes verborgen war. Creag Dhu.

Geld, nichts als Geld stand dahinter. Sie hatten wegen Geld sterben müssen, wegen Geld, auf das Parrish Sawyer seine Hand legen wollte. Weil sie die Dokumente besaß, hatte er entweder angenommen, daß sie und damit auch Ford und Bryant informiert waren, oder er wollte einfach jedes Wissen darüber vollkommen auslöschen.

Sie hatte geglaubt, die Trauer sei leichter zu ertragen, wenn sie den Grund kennen würde.

Das aber sollte sich nun als ein Irrtum erweisen.

Conrad lag im fast Dunkeln auf seinem Bett. Die Stadt war niemals vollkommen dunkel, und über die kargen Hotelwände huschten bunte Neonfarben. Der neueste Computerausdruck lag auf seinem Tisch, aber er hatte ihn für den Augenblick beiseite gelegt. Manche Dinge hob man sich am besten für die Nacht auf, andere mußten das hektische Tagestreiben abwarten. Die Verzögerung beunruhigte ihn nicht, denn er war ein geduldiger Mann. Grace würde nirgendwo hingehen, jedenfalls im Augenblick noch nicht. Irgendwo in dem städtischen Dschungel war sie untergetaucht. Sie würde so lange bleiben, wie sie sich sicher fühlte. Sie war eine Gelehrte, sie würde recherchieren. Chicagos Bibliotheken waren ausgezeichnet. Er war sich ganz sicher, daß sie eine Weile in Chicago bleiben würde. In dieser Zeit konnte er nach ihr fahnden. Erst wenn er sie an der Angel hatte, würde sie wissen, wie dicht er ihr die ganze Zeit über auf den Fersen gewesen war.

Parrish Sawyer hatte jede Menge Männer, die die Straßenzüge durchkämmten, Conrad jedoch lehnte diese Vorgehensweise ab. Die Leute im Untergrund beantworteten Fragen ohnehin nicht ehrlich, außerdem hatte Grace sich bereits mehrmals erfolgreich tarnen können. Inzwischen konnte sie sich den Schädel rasiert haben und eine schwarze Ledermontur tragen. Sich also auf eine äußerliche Beschreibung zu verlassen war reine Zeitverschwendung.

Conrad verließ sich lieber auf seine eigenen Methoden. Für ihn stellte sich die Angelegenheit ganz einfach dar: Wenn jemand untergetaucht war und länger an einem Ort bleiben wollte, dann mußte er oder sie sich irgendeine Art von Identität zulegen. Manche würden sich einfach einen anderen Namen wählen. Das funktionierte so lange, wie man weder Kredite noch Führerschein brauchte noch irgendwo arbeitete, wo eine Sozialversicherungsnummer gefordert war. Auf lange Sicht war es schlauer, sich eine verbürgte

Identität zuzulegen. Und Grace St. John hatte ihn durch ihre Schlauheit bereits beeindruckt.

Die Vorgehensweise war einfach, erforderte jedoch etwas Zeit. Um eine Identität nachzuweisen, brauchte man eine Geburtsurkunde. Um eine Geburtsurkunde zu bekommen, brauchte man einen wirklichen Namen. Den Namen einer lebenden Person anzunehmen würde die Sache in dem Moment komplizieren, wo die beiden Identitäten zwangsläufig irgendwann miteinander kollidierten. Am schlausten war es also, auf einen Friedhof zu gehen und die Grabsteine zu studieren. Man mußte jemanden ungefähr in seinem eigenen Alter finden, der früh verstorben war. Manchmal standen auch die Namen der Eltern mit auf dem Grabstein, beispielsweise »Die innig geliebte Tochter von John und Jane Doe«. Volltreffer. Denn damit hatte man jegliche Information, die für die Ausstellung einer Geburtsurkunde vonnöten war.

Die Anfrage wegen einer Geburtsurkunde würde an die Landeshauptstadt, in diesem Fall also nach Springfield gehen. Eine Geburtsurkunde zu bekommen war relativ einfach, der dazugehörige Ausweis dauerte meist etwa länger. Dann würde sie sich eine Sozialversicherungsnummer beschaffen müssen, und die staatlichen Behörden arbeiteten nur langsam. Er hatte also Zeit, sich auf die Anfragen nach einer Geburtsurkunde zu konzentrieren.

Mit Hilfe der Kontakte der Stiftung hatte es lediglich eines Anrufs bedurft, um in das staatliche Computersystem von Illinois Einsicht zu nehmen. Die Menge der Anträge hatte ihn jedoch verblüfft. Es war unglaublich, wie viele Menschen ihre Existenz bezeugen mußten, sei es nun der Sozialversicherung wegen oder aber um einen Paß zu beantragen oder aus sonst irgendeinem Grund. Allein die zu bewältigende Anzahl der Anträge hatte ihn Zeit gekostet. Anträge von Männern konnte er von vornherein beiseite schieben, aber es gab doch einige Menschen, deren Name nicht eindeutig auf ihr Geschlecht schließen ließ, beispielsweise der Name Shelley. Männlich oder weiblich? Und wie stand es mit Lynn oder Marion oder Terry? Diese Namen mußte er weiterhin auf seiner Liste behalten, bis er sie einer Überprüfung unterzogen hatte. Außerdem kannte er nicht das genaue Datum, an dem der Antrag gestellt worden war. Das wieder erschwerte die Angelegenheit zusätzlich. Sie hatte den Antrag unmöglich vor dem Tag stellen können, als er sie in Eau Claire fast geschnappt hätte. Aber wenn sie nun noch ein paar Tage gewartet hatte, vielleicht eine Woche, möglicherweise sogar mehrere Wochen? Diese Unsicherheit brachte noch unzählige weitere Namen aus allen Teilen des Bundesstaates auf die Liste. Er beschränkte sein Augenmerk auf Chicago und Umgebung, was nicht sonderlich hilfreich war, denn seiner Schätzung zufolge lebte etwa ein Viertel der Bevölkerung in oder in der Umgebung der Großstadt.

So viele Menschen zu überprüfen war zeitaufwendig, und die Liste wurde von Tag zu Tag länger. Manche der Leute, die einen Antrag gestellt hatten, waren mittlerweile umgezogen. Er mußte ihren Aufenthaltsort herausfinden. Manche waren sogar in ein anderes Bundesland gezogen. Andere wiederum waren verreist, aber ehe er sie nicht ausfindig gemacht hatte, konnte er sie nicht von der Liste streichen. Hinter jedem dieser Namen, auch hinter dem unwahrscheinlichsten, konnte sich Grace versteckt haben. Sie noch einmal zu unterschätzen durfte er sich nicht erlauben.

»Mädchen, du siehst ja furchtbar aus«, bemerkte Matty geradeheraus, während er seinen geschmeidigen Körper von dem zerschlissenen Sofa in seiner Wohnung entfaltete.

»Vielen Dank auch«, murmelte Grace. Sie war von der nächtelangen Entzifferung gälischer Texte erschöpft. Ihre Augen waren trocken, die Kräfte hatten sie verlassen, und sie hatte sich die Hand verbrannt, als sie eine Pfanne zum Abwaschen hatte hochheben wollen, die eben noch auf dem Feuer gestanden hatte. Harmony hatte fluchend die Wunde versorgt. Danach hatte sie darauf bestanden, Grace zu einer weiteren »Unterrichtsstunde« bei Matty zu begleiten, damit ihr wenigstens nicht noch etwas zustieße.

»Nur noch Haut und Knochen«, bemerkte Harmony unwirsch. »Ganz gleich, was ich ihr auch vorsetze, sie ißt einfach nicht. Seit sie bei mir im Haus wohnt, hat sie fünf Kilo verloren. Nicht gerade ein Aushängeschild für mich.« Grace sah an ihrem Körper hinunter. Sie war Harmonys Beschwerden gewohnt, daß sie nicht genügend essen würde. Dennoch war sie überrascht, ihre knochigen Handgelenke zu sehen und die Falten in ihrer viel zu weiten Kleidung, die einmal genau ihrer Größe entsprochen hatte. Ihr war durchaus bewußt, daß sie in der ersten Woche nach den schrecklichen Morden viel Gewicht verloren hatte. Aber sie hatte nicht bemerkt, daß sie immer noch weiter abmagerte. Sie war dünn, fast hätte man schon sagen können mager. Ihre Jeans mußte sie mit einer Sicherheitsnadel zumachen, sonst wären sie einfach an ihr heruntergerutscht. Sogar ihre Unterwäsche war viel zu groß geworden, und locker sitzende Unterhosen waren wirklich unangenehm.

»Ich habe ihr oft genug gesagt, daß sie diese weite Kleidung nicht zu tragen braucht«, fuhr Harmony fort, ließ sich geschmeidig auf die Couch fallen und überkreuzte ihre langen Beine. »Aber hört sie auf mich? Sag du es ihr doch auch einmal.«

»Harmony hat recht«, bestätigte Matty und blickte Grace stirnrunzelnd an. »An dir hat ja kein Mann mehr etwas in der Hand. Du hast einfach keine Substanz mehr, Julia. Und außerdem bist du viel zu gutmütig. Du wehrst dich zwar, wenn du in die Enge getrieben wirst. Aber dein Ziel muß es sein, gar nicht erst in die Enge getrieben zu werden, denn dort sind deine Bewegungsmöglichkeiten bereits sehr stark eingeschränkt. Hörst du mir eigentlich überhaupt zu?« Es entsprach eigentlich nicht seinen Gepflogenheiten, sich um andere Menschen Sorgen zu machen. Um Julia aber machte er sich Sorgen. Irgend etwas Fürchterliches war ihr zugestoßen, und sie war immer noch auf der Flucht. Zwar hatte sie noch kein Wort darüber verloren, aber er konnte es an ihren Augen ablesen. Himmel noch mal, er war an alles mögliche gewohnt, an Schießereien und Stechereien, an Drogenüberdosen, an Bandenkriminalität, an kleine Kinder mit großen, verängstigten, verständnislosen Augen. In anderen Worten, er konnte sich eigentlich nicht erklären, warum er ausgerechnet Julia gegenüber etwas empfand, aber so war es nun mal. Vielleicht, weil sie so zerbrechlich wirkte, daß er manchmal glaubte, sie sei durchsichtig. Oder aber es war die Traurigkeit, die sie wie ein Mantel umhüllte. Sie lächelte nie, und ihre großen blauen Augen sahen irgendwie... leer aus. Ihr Blick versetzte ihm immer einen schmerzhaften Stich. Matty achtete sehr darauf, daß ihm niemand so nahekam, daß es ihn schmerzen würde, wenn demjenigen etwas zustoßen sollte. Bei Julia allerdings war ihm die Abwehr nicht gelungen.

»Ja, ich höre zu«, erwiderte Grace höflich. »Auch Harmony habe ich zugehört. Aber ich kann mir keine neue Kleidung leisten.«

»Hast du schon mal etwas von Flohmärkten gehört?« fragte Harmony. »Anstatt deine Nase ständig in Bücher zu stecken, solltest du dich ab und an einmal in der Gegend umsehen. Die Leute verkaufen ihre alten Jeans für vier oder fünf Dollar. Meistens kannst du sie sogar für nur einen Dollar abstauben, wenn du nur lange genug ausharrst und ihnen erzählst, daß fünf Dollar einfach zu viel wären.«

»Ich werde mich mal drum kümmern«, versprach Grace. Flohmärkte. In ihrem ganzen Leben war sie noch nie auf einem Flohmarkt gewesen, aber wenn man dort Jeans in ihrer Größe für einen Dollar bekommen konnte, dann würde sie sich wohl bald zu einem Flohmarktfanatiker entwickeln. Sie hatte es langsam satt, ihre Jeans mit einer Sicherheitsnadel zusammenzuhalten, ihre schlabberigen Unterhosen war sie ebenso leid. »Okay, jetzt ist aber Schluß mit einkaufen«, sagte Matty ungeduldig. »Ich versuche dir beizubringen, wie man am Leben bleibt. Paß gut auf.«

Matty unterrichtete nicht in einer Turnhalle, weil das kein wahrscheinlicher Tatort eines Überfalls war. Auf Straßen und in Häusern jedoch, wo die Menschen ihre tagtäglichen Verrichtungen erledigten, passierte so etwas schon. Ein paarmal hatte er sie zum Unterricht in eine schmale Straße mitgenommen, wo er sie von mehreren Richtungen aus angegriffen hatte. Entweder er hatte sich auf sie geworfen, oder er hatte einfach nur seine Arme um sie geschlungen und sie zu Boden geworfen, wo sie sich dann befreien mußte. Er hatte ihr beigebracht, wohin sie treten und an welchen Stellen sie zuschlagen mußte. Außerdem hatte er sie auf ganz gewöhnliche, in jeder Straße aufzutreibende Waffen aufmerksam gemacht, beispielsweise einen Holzstock oder eine zersprungene Flasche. Er hatte ihr beigebracht, wie man ein Messer in der Hand hielt und wie man es einsetzte.

Matty erblickte überall Waffen. In seiner Hand verwandelte sich ein Bleistift zu einer tödlichen Waffe, ein Buch konnte ernsthafte Verletzungen beibringen, und ein Pfeffer- oder Salzstreuer räumte einem unverhoffte Möglichkeiten ein. Taschenlampen, Briefbeschwerer, Streichhölzer, Kopfkissen, ein Laken, eine Jacke – all diese Dinge konnte man einsetzen. Eine so absurde Idee wie ein fairer Kampf kam ihm gar nicht erst in den Kopf. Stühle waren Schlagstöcke. Eine Baseballkeule oder ein Golfschläger eigneten sich, um Menschen damit auf den Kopf zu hauen, Schlittschuhe dazu, Köpfe zu spalten. Die Möglichkeiten waren einfach unbegrenzt. Grace würde wohl nie wieder die Gegenstände in einem Zimmer mit ihrer gewohnten Unschuld betrachten können. Früher waren Zimmer ganz einfach nur Zimmer gewesen. Jetzt aber hatten sie sich zu Waffenarsenalen verwandelt.

Ohne Vorwarnung fiel Matty über sie her, schlang seine überraschend kräftigen Arme um sie und riß sie zu Boden. Der Fall brachte sie vollkommen aus dem Konzept. Dann aber erinnerte sie sich an ihre früheren Lektionen und trat ihm mit dem Fuß gegen sein Schienbein, gleichzeitig verschaffte sie sich genügend Spielraum, um ihm mit der Faust einen Kinnhaken zu versetzen. Seine Zähne knallten hörbar aufeinander, und er schüttelte sich. Grace ließ nicht locker. Sie wand sich und kickte ihn mit ihrem Kopf, dann versuchte sie ihm in die Geschlechtsteile zu boxen und die Finger in seine Augen zu bohren.

Matty ließ sie nicht einfach gewähren, denn dabei würde sie seiner Meinung nach nicht viel lernen. Sie mußte sich richtig anstrengen, um ihn zu besiegen. Die meisten ihrer Angriffe konnte er rechtzeitig abwehren. Er erklärte ihr jedoch, daß er ihren Angriff ja bereits erwartete und deshalb ziemlich genau ihre Griffe abschätzen konnte. Ein Fremder hingegen konnte von diesem Vorteil nicht profitieren. Dennoch kam sie mit einigen ihrer Angriffstaktiken durch. Manchmal grunzte oder fluchte Matty sogar, wenn sie ihm wieder einmal einen Kinnhaken versetzt hatte und er sich auf die Zunge biß. Harmony saß derweil auf der Couch und machte einen äußerst zufriedenen Eindruck.

Schon bald war Grace von der Anstrengung vollkommen erschöpft. Matty stand auf und runzelte die Stirn. »Du bist zu schwach«, stellte er fest. »Schwächer als letzte Woche noch. Ich weiß ja nicht, was dich innerlich auffrißt, Julia, aber du mußt essen. Denn wenn du nicht ißt, dann hast du einfach keine Ausdauer mehr.« Er wischte sich die Lippen ab und begutachtete interessiert seinen blutverschmierten Handrücken. »Mut schon, aber keine Ausdauer.«

Grace kam taumelnd auf die Beine. Ihr war tatsächlich nicht bewußt gewesen, wie schwächlich sie geworden war. Sie hatte ihre Müdigkeit darauf geschoben, daß sie jeden Tag bis tief in die Nacht die Dokumente zu entziffern versuchte. Früher hatte sie Essen sehr genossen, aber jetzt interessierte es sie einfach nicht mehr. Alles schien ihr fad, als ob ihre Geschmacksnerven von dem Schock immer noch betäubt wären.

»Ich werde mehr essen«, versprach sie einsichtig. Weil es ihr jedoch so schwerfiel, überhaupt etwas herunterzubekommen, würde das wenige, das sie aß, sehr nahrhaft sein müssen. Sie hatte keine Ahnung, wie lange sie sich noch in diesem sicheren Haufen aufhalten konnte. Sie mußte jeden Augenblick zur Flucht bereit sein, und dazu mußte sie gesund und fit sein. Plötzlich fühlte sie Unsicherheit in sich aufsteigen. Vielleicht sollte sie nicht so lange warten, bis ihr etwas zustieß, sondern jetzt schon weiterziehen und woanders einen kurzzeitigen Unterschlupf finden. Sie hatte Julia Wynnes Geburtsurkunde erhalten, sie hatte eine Sozialversicherungsnummer beantragt. Wenn sie die erst einmal hatte, würde sie einen Führerschein beantragen können. Mit einem Führerschein konnte sie ein Auto fahren, ohne Angst haben zu müssen, wenn sie von der Polizei wegen einer Geschwindigkeitsüberschreitung oder eines defekten Scheinwerfers angehalten wurde. Sie konnte sich ein billiges Auto kaufen und überallhin fahren, auch dorthin, wohin es keinerlei Busverbindungen gab. Harmony stand auf und streckte sich. »Ich werde gleich heute abend anfangen, sie zu mästen«, sagte sie an Matty gewandt. »Vielleicht auch ein paar kräftigende Gymnastikübungen, was meinst du?«

»Erst das Essen«, erwiderte Matty. »Stopf sie mit Fleisch voll. Erst muß man den Ziegelstein haben, ehe man eine Wand mauern kann. Ein gutes Steak oder Spaghetti mit Fleischsoße wären auch gut.«

Grace versuchte das in ihr aufsteigende Würgen bei der Vorstellung von Spaghetti zu unterdrücken. Seit sie in dem Restaurant arbeitete, konnte sie den Geruch von Knoblauch und Tomatensoße nicht mehr ertragen.

»Ich werde mir schon etwas ausdenken«, versprach Harmony, der Graces angewiderter Gesichtsausdruck nicht entgangen war. Sie konnte es gut nachvollziehen, denn sie hatte auch einmal drei Monte lang in einem Fischrestaurant im Süden gearbeitet. Heute noch konnte sie den Geruch von einer bestimmten Sorte gebratenen Fischs nicht ertragen, aber Gott sei Dank war ihr der in Chicago auch niemals untergekommen. Die Erinnerung ärgerte sie, denn sie hatte diesen Fisch früher immer sehr gern gegessen. Diese Vorliebe war ihr jedoch gründlich verdorben worden. Grace und Harmony gingen gemeinsam die drei Blocks bis zur Bushaltestelle. Grace hatte sich angewöhnt, sich ständig aufmerksam umzusehen, und Harmony beobachtete zufrieden, wie sie ihre Umgebung beobachtete.

»Du lernst dazu«, sagte sie. »Sag mal, was hat dich eigentlich dort oben bei Matty plötzlich so verstört?«

Harmony war die aufmerksamste Beobachterin, der Grace jemals begegnet war. Sie versuchte erst gar nicht, sie abzulenken. »Ich habe daran gedacht zu gehen.«

Harmonys Augenbrauen wanderten langsam bis zu ihrem weißblonden Haaransatz hinauf. »Hat es denn etwas mit meinen Bemerkungen zu tun? Vielleicht magst du meine Küche nicht? Oder vielleicht hat dir irgend etwas Angst eingejagt?«

»Es ist nichts vorgefallen, was mich beunruhigen sollte«, versuchte sich Grace zu erklären. »Es ist nur … ach, ich weiß nicht so recht. Vielleicht so eine Art Eingebung.«

»Dann solltest du vielleicht lieber packen,«, erwiderte Harmony ruhig. »Man sollte nie etwas gegen sein eigenes Gefühl tun.« Sie blickte die Straße entlang. »Da kommt unser Bus.«

Grace biß sich auf die Unterlippe. Obwohl Harmony sie nicht gebeten hatte zu bleiben, spürte sie doch mit einem Mal deren Einsamkeit. Richtige Busenfreundinnen waren sie nicht geworden, dazu hatten sie beide zu viel zu verbergen. Aber sie waren dennoch befreundet, und Grace spürte, daß sie Harmonys Bodenständigkeit vermissen würde.

»Wenn möglich, müßtest du allerdings noch ein paar Tage bleiben«, fuhr Harmony mit auf den Bus gerichtetem Blick fort. »Laß mich dich etwas aufpäppeln, damit du Kräfte sammeln kannst. Und dann mußt du dir noch Kleidung in deiner Größe beschaffen, verdammt noch eins. Außerdem gibt es noch so ein, zwei Dinge, die ich dir zeigen könnte und die dir eines Tages nützlich werden könnten.« Das Gefühl der Unsicherheit würde sie noch ein, zwei Tage lang aushalten können, dachte Grace. Was auch immer Harmony ihr beibringen wollte, wäre den Streß sicherlich wert. »Also gut, dann bleibe ich noch bis zum Wochenende.«

Harmony nickte nur knapp, aber Grace spürte, wie zufrieden sie über ihre Entscheidung war. Am Abend blätterte Grace gelangweilt durch einen Stapel Zeitungen, während Harmony in ihrem Wok Köstlichkeiten zubereitete. Harmony trank morgens am Küchentisch eine große Tasse Kaffee und las dabei die Zeitung. Danach warf sie sie nicht in den Mülleimer, sondern ließ sie auf einem Küchenstuhl liegen.

Grace hatte so lange keine Zeitung mehr gelesen oder Nachrichten gehört, daß sie über die Ereignisse gar nicht mehr auf dem laufenden war. Die Überschriften kamen ihr merkwürdig vor, als ob sie in eine unbekannte Vergangenheit spähte.

Sie hatte vielleicht den halben Stapel durchgeblättert, als eine grobkörnige Fotografie ihre Aufmerksamkeit erregte. Ihr stockte der Atem, ihre Lungen krampften sich zusammen, und ihre Ohren begannen zu rauschen. Parrish. Parrish war einer der Männer, die auf dem Foto abgebildet waren.

Weit entfernt hörte sie jemanden etwas sagen, dann spürte sie eine Hand im Nacken, die ihren Kopf bis auf die Knie nach unten drückte. Langsam verflüchtigte sich das Rauschen, und ihre Lungen konnten wieder pumpen. »Ist schon wieder alles in Ordnung«, preßte sie gegen den Stoff ihrer Hosen hervor.

»Ach ja? Da hättest du mich aber glatt hereinlegen können«, erwiderte Harmony spöttisch. Dennoch lockerte sie ihren Griff und zog die Zeitung aus Graces vollkommen tauben Fingern. »Laß mal sehen. Was hast du denn gelesen, das dich so aus der Bahn geworfen hat? ›Friedensgespräche wiederaufgenommen‹? Wohl kaum. Wie wäre es hiermit: ›Schmiergelder im öffentlichen Haushalt kosten die Stadt Millionen‹. Gut, das bringt mich auch auf die Palme, aber deswegen würde ich nicht in Ohnmacht fallen. Vielleicht dieses: ›Ehefrau eines Industriellen umgekommen‹. Ein Foto von dem trauernden Ehemann ist auch abgebildet, damit die Leser sich angesprochen fühlen. Ja, das sieht schon eher nach einer Nachricht aus, die dir so zusetzen würde.« Sie knallte die Zeitung auf den Küchentisch. »Nun sag schon, welchen der Typen kennst du denn?«

Schwer atmend blickte Grace auf das Foto. Parrishs gutaussehendes Gesicht zu sehen erschütterte sie noch immer. Jetzt erst bemerkte sie, daß auch noch andere Menschen darauf abgebildet waren. Zunächst einmal der vom Schmerz gezeichnete Ehemann. Neben ihm stand ein Mann, der ihr auch irgendwie bekannt vorkam. Ein Blick auf die Bildunterschrift identifizierte den Mann als Bayard »Skip« Saunders, einen wohlhabenden Industriellen, daneben Senator Trikoris. Drei Männer waren im Hintergrund zu sehen, unter anderem eben Parrish. Von ihnen wurde jedoch keiner namentlich erwähnt. Parrishs Gesichtsausdruck war angemessen erschüttert. So wie sie ihn jedoch kennengelernt hatte, traute sie dem Schein nicht.

Hastig überflog sie die kurze Nachricht. Calla Saunders war offenbar vom Balkon ihres Penthauses in den Tod gestürzt. Es gab keinerlei Anzeichen dafür, daß noch weitere Personen ihre Finger im Spiel gehabt hatten. Einer von Frau Saunders hochhackigen Schuhen, bei dem der Absatz abgebrochen war, hatte man auf dem Balkon gefunden. Die Polizei vermutete, daß sie das Gleichgewicht verloren hatte, als der Absatz abgebrochen war, und dann über die Brüstung gefallen war. Auf ihrem Abendkleid hatte man ein paar Farbspuren der weißen Brüstung gefunden. Allem Anschein nach war sie ganz allein auf dem Balkon gewesen.

Die Polizei kannte Parrish Sawyer aber nicht so, wie sie ihn kennengelernt hatte, dachte Grace zitternd. Wenn er sich auch nur im Umkreis eines Todesfalls befand, dann glaubte sie nicht länger an ein Versehen.

Sie hatte ganz vergessen, wie gut er aussah. In ihrer Vorstellung hatte er etwas Diabolisches, etwas, das seinen bösen Kern widerspiegelte. Das Foto zeigte seine ebenmäßigen, scharf gemeißelten Gesichtszüge und seinen schlanken, sportlichen Körper. Wie gewohnt war er tadellos gekleidet. Er machte den äußerst gewandten und gediegenen Eindruck eines bis zu den Fingerspitzen gepflegten Mannes.

Genauso freundlich hatte er auch in dem Moment ausgesehen, als er Ford in den Kopf geschossen hatte. Er war in Chicago. Sie schaute noch mal auf das Erscheinungsdatum und stellte fest, daß die Zeitung bereits zwei Wochen alt war. Parrish war hier. Sie war nicht halb so sicher, wie sie angenommen hatte. Ihr Gefühl hatte sie nicht betrogen: Es war an der Zeit zu gehen.

»Laß mich mal nachdenken«, meinte Harmony, als Grace nicht antwortete. »Der Senator kann es nicht sein, er ist ohnehin ein Depp. Und diesen Saunders kannst du auch vergessen, er ist ein ziemlicher Wirrkopf, schau ihn dir nur mal genauer an. Und die anderen drei, laß mal sehen. Einer sieht wie ein Polizist aus. Ist dir sein schlechtsitzender Anzug aufgefallen?«

Harmony musterte systematisch und mit einer irritierenden Genauigkeit die auf dem Foto abgebildeten Menschen. In wenigen Augenblicken würde sie die richtige Schlußfolgerung gezogen haben. Um ihr die Mühe zu ersparen, deutete Grace mit dem Fingernagel auf Parrishs Gesicht.

»Und jetzt vergißt du am besten, daß du ihn jemals gesehen hast«, sagte sie mir gepreßter Stimme und verzerrtem Gesicht. »Wenn er auch nur die vage Vermutung hat, daß du etwas über mich weißt, wird er dich umbringen.«

Harmonys Augen waren unter ihren langen Wimpern verborgen, während sie das Foto eingehend studierte. Als sie schließlich zu Grace aufblickte, waren ihre grünen Augen hart und klar. »Der Mann ist teuflisch«, sagte sie tonlos. »Du mußt sofort gehen.«

Die nächsten beiden Tage waren sehr hektisch. Grace versuchte, soviel wie möglich von den in gälisch abgefaßten Dokumenten zu übersetzen, denn während ihrer Weiterreise würde sie dazu keine Gelegenheit haben. Harmony kümmerte sich um die Flohmärkte und fand ein Paar Jeans, die Grace tatsächlich paßten, dazu einige enge Stricktops und feste Wanderschuhe. Wenn sie zusammensaßen, redeten sie. Grace glaubte einer Märchenerzählerin zu lauschen, aber statt mystischer Weisheit erklärte ihr Harmony, wie man seine Spuren verwischt, wie man sich einen gefälschten Führerschein, ja, sogar einen Paß besorgt, falls die Beantragung eines Originals zu gefährlich oder zu zeitaufwendig war. Harmony kannte viele Tricks, wie man auf der Straße und auf der Flucht überlebte. Dieses Wissen bot sie Grace als Geschenk an.

Ihr Abschiedsgeschenk bestand darin, Grace mit einem geliehenen Auto nach Michigan City im Bundesstaat Indiana zu fahren, von wo aus sie mit dem Bus weiterfahren konnte.

Grace hatte Harmony nichts von ihrem Reiseziel verraten. Harmony andererseits hatte auch nicht danach gefragt, denn so war es für beide sicherer.

»Halt dir den Rücken immer frei«, riet ihr Harmony mit rauher Stimme und umarmte Grace. »Und erinnere dich an alles, was Matty und ich dir beigebracht haben.«

»Das werde ich tun«, erwiderte Grace. »Das tue ich jetzt schon.« Sie umarmte Harmony ebenfalls, dann trug sie ihr Gepäck in den Busbahnhof. Harmony sah die zierliche Person verschwinden und mußte zweimal stark blinzeln, um die aufsteigenden Tränen zu unterdrücken.

»Lieber Gott, du mußt sie beschützen«, wies sie den Allmächtigen flüsternd an. Dann stieg Harmony in den geliehenen Pontiac und fuhr ab.

Grace sah ihr durch das Fenster hindurch nach. Ihre Augen waren trotz ihrer zusammengeschnürten Kehle trocken geblieben. Wie viele Abschiede würde sie wohl noch ertragen können? Vielleicht sollte sie immer weiterreisen und nirgendwo lange genug bleiben, um persönliche Bindungen einzugehen.

Aber sie hatte noch jede Menge Arbeit mit den Dokumenten, und für diese Arbeit brauchte sie einen sicheren Ort. Sie schaute sich die Liste der Busrouten an, dann kaufte sie sich einen Fahrschein nach Indianapolis. Dort würde sie sich dann für ihr nächstes Ziel entscheiden, aber es mußte etwas vollkommen Überraschendes sein. Sie war sich sicher, daß Parrish nicht nur zufällig in Chicago gewesen war. Er mußte von ihrer Anwesenheit dort gewußt haben. Seine Männer hatten nach ihr gesucht. Sie hatte sich offenbar vollkommen voraussehbar verhalten, und schon bald wäre sie seinen Männern in die Falle gegangen. Das würde ihr nicht ein zweites Mal passieren. Sie würde sich an einem Ort verschanzen, wo sie keiner vermutete. Plötzlich wußte sie, wohin sie reisen würde. Es war der einzige Ort, den sie übersehen würden und gleichzeitig der einzige Ort, von wo aus sie Parrishs Schachzüge genau beobachten konnte. Minneapolis.

11

Grace wählte sich den Namen Louisa Patricia Croley von einem Friedhof in Minneapolis. Diesmal allerdings beantragte sie keine Geburtsurkunde. Dank Harmonys unschätzbar wertvollen Ratschlägen hatte sie bereits am Nachmittag eine Sozialversicherungsnummer, eine Anschrift und einen Führerschein. Anschrift und Führerschein allerdings waren Fälschungen. Die Sozialversicherungsnummer dagegen war echt, sie hatte tatsächlich einmal Louisa Patricia Croley gehört. Die Nummer war kinderleicht zu bekommen gewesen, da sie lediglich eine Nummer, nicht aber die dazugehörige Karte benötigte.

Bereits am darauffolgenden Tag war sie die Besitzerin eines beigefarbenen, rostigen Pick-up-Lasters, dessen Gänge sich jedoch problemlos schalten ließen und der weder verräterische Geräusche noch ebensolche Rauchsignale abgab. Da sie in bar bezahlt hatte, hatte sie den Preis um vierhundert Dollar herunterhandeln können. Mit dem Fahrzeugschein in der Hand hatte sie sich dann eingereiht, um den Wagen auf ihren Namen zuzulassen – oder vielmehr auf den Namen Louisa Croley.

Grace verspürte eine trotzige Zufriedenheit, als sie wieder zu ihrem Auto zurückkehrte. Endlich hatte sie einen fahrbaren Untersatz und konnte sich jederzeit aus dem Staub machen. Sie brauchte keinen Fahrschein mehr zu lösen, sie brauchte sich auch nicht mehr für den Fall zu verkleiden, daß der Fahrscheinverkäufer sich an ihr Gesicht erinnern würde, falls ihn jemand diesbezüglich befragen sollte. Das Auto bedeutete Freiheit.

Im Stadtzentrum mietete sie sich ein preiswerteres Zimmer, und nach ein paar Erkundigungen bewarb sie sich um eine Stelle bei einer Reinigungsfirma, die einige der luxuriösen Wohnungen in Wayzata unter Vertrag hatten. Es gab keine bessere Informationsmöglichkeit als die durch eine Reinigungsfirma, weil niemand dem Reinigungspersonal irgendwelche Aufmerksamkeit schenkte. Ihr war bekannt, daß Parrish, genau wie einige andere in seiner Gegend, eine Haushälterin beschäftigte. Dennoch schlossen viele Anwohner dort mit einer Reinigungsfirma einen Vertrag. Die Einkünfte der Firmen machten sich in aller Regel jedoch nicht in den Taschen der Putzkräfte bemerkbar, weshalb das Personal ständig wechselte. Grace wurde vom Fleck weg unter Vertrag genommen.

An jenem Abend lag sie in ihrem trostlosen kleinen Zimmer auf ihrem klapprigen Bett und dachte an die Dokumente, die sie eben gerade übersetzt hatte. Im Jahre 1321 hatte ein Mann namens Morvan von Hay versucht, den Schwarzen Niall umzubringen, hatte dabei allerdings seinen eigenen Kopf verloren. Sein Vater, Clanoberhaupt des östlich gelegenen Landes, hatte daraufhin seinen gesamten Clan dazu verpflichtet, gegen die Abtrünnigen von Creag Dhu in den Krieg zu ziehen. In dieser Schlacht war Niall gefangengenommen und in Hays Verlies verschleppt worden. Er hatte sich jedoch unter ungeklärten Umständen noch in derselben Nacht befreien können.

Niall. Grace mußte immer wieder an ihn denken. Wieder in Minneapolis zu sein war schwieriger, als sie es sich vorgestellt hatte. Allerdings nicht wegen der Gefahr, sondern weil sie in dieser Stadt mit Ford zusammengelebt hatte. In dieser Stadt lagen ihr Ehemann und ihr Bruder begraben. Sie hätte zu gern ihre Gräber besucht, traute sich aber nicht dorthin.

Es wäre nicht nur ein äußerst riskantes Unterfangen, es ging vermutlich auch einfach über ihre Kräfte hinaus. Ihre Gräber zu sehen würde sie tief erschüttern und die papierdünne Wand zerstören, die sie sich um ihre Gefühle herum aufgebaut hatte. Wie lange lag das jetzt zurück? Zwei Monate? Es waren fast auf die Stunde genau zwei Monate und drei Tage vergangen. Nicht lang genug. Noch lange nicht lang genug.

Sie dachte lieber an Niall. Wenn sie sich auf ihn konzentrierte, konnte sie ihr seelisches Gleichgewicht bewahren.

Niall und sie liebten sich.

Grace ahnte zwar, daß sie träumte. Aber diese Ahnung war nicht stark genug, als daß sie die Traumbilder hätte unterdrücken können. In früheren Träumen von Niall war sie immer eine Beobachtende gewesen, jetzt aber beteiligte sie sich zum ersten Mal an dem Geschehen.

Die Traumbilder waren unscharf und flüchtig, dennoch wußte sie, daß sie mit ihm zusammen im Bett lag. Auf dem riesigen Bett lagen Felle drapiert. Normalerweise wäre sie sich auf einem solchen Bett verloren vorgekommen, an seiner Seite jedoch bemerkte sie kaum die enorme Größe der Schlafstätte, auf der sie gemeinsam lagen. Er bestieg sie, und die unerwartete Hitze seines Körpers erschreckte sie. Überrascht stellte sie fest, daß sie beide nackt waren und seine nackte Haut ihren Körper versengte. Er war schwer, sein Gewicht drohte sie beinahe zu erdrücken. Aber es fühlte sich so wunderbar an, wieder einen Mann auf sich liegen zu spüren, daß sie ihn fest an sich preßte. Das Gewicht eines Mannes auf ihrem Körper hatte sie so schmerzhaft vermißt, seine starken, sie umschlingenden Arme, seinen Geruch in ihrer Nase, seinen Geschmack auf ihren Lippen.

Sie ließ ihre Hände über seinen Rücken gleiten und spürte die harten Muskelberge unter seiner straffen Haut. Sein Körper glänzte schweißbedeckt, und seine schwarze Mähne war ganz feucht. Sein Geruch war heiß und wild, der Geruch eines Mannes, dessen Erregung seiner Kontrolle entglitten war. Sie war es, die diese Wildheit in ihm ausgelöst hatte, und sie genoß sie in vollen Zügen und wollte sie ganz und gar auskosten.

Dann drang er in sie ein. Im Traum schrie sie von einer unglaublichen Wonne erfaßt laut auf. Er war so groß, daß sie sich bis zum Äußersten gedehnt fühlte, so heiß, daß er sie verbrannte. Ihre Muskeln zogen sich zusammen, und sie war kurz vor dem Höhepunkt.

Sie erwachte von ihren eigenen Zuckungen. Erst lag sie nur da und genoß ihre Wollust. Dann atmete sie tief durch und spürte, wie das Zittern nachließ. Niall mußte aus ihr geglitten sein, aber sie spürte noch immer ein Pulsieren in ihren Lenden, das von seinen Stößen herrührte. Sie wollte sich in seine Arme rollen. Sie streckte die Hand aus und berührte...

Nichts.

Grace fuhr keuchend aus dem Schlaf hoch. Sie setzte sich auf, ihr Blick raste durch das dunkle, leere Zimmer. Sie erschrak über das, was sie getan hatte. Sie biß die Zähne aufeinander, um einen Schrei der Wut, der Verzweiflung und der Zurückweisung zu unterdrücken.

Nein!

Sie verachtete sich. Sie verachtete ihren gierigen Körper, daß er sich durch eine solche Phantasie zur Lust hatte verleiten lassen. Wie konnte sie es nur wagen, von Niall zu träumen, wie konnte sie dieser Traumgestalt gestatten, sie zu befriedigen? Er war nicht Ford. Nur Ford hatte sie jemals berührt, hatte sie geliebt, und nur mit ihm hatte sie ihre volle Sinnlichkeit ausgekostet. Sie hatte nur mit Ford jemals nackt im Bett gelegen, nur ihn hatte sie jemals geliebt. Und dennoch träumte sie nur zwei Monate nach seinem Tod von einem anderen Mann, einem toten Mann, und ließ sich von ihm in ihrem Traum körperlich befriedigen.

Sie saß mit umschlungenen Armen wehklagend auf dem Bett. Es spielte keine Rolle, daß sie es nur im Traum, im Unterbewußtsein getan hatte. Betrug war Betrug. Von Ford hätte sie träumen sollen. Ford, der gestorben war, weil er sie beschützt hatte.

Aber wenn sie tatsächlich jetzt von Ford träumen sollte, dann würde sie daran irre werden. Sein Tod und der von Bryant klafften wie eine große innerliche Wunde, die sie nicht zu berühren wagte, da sie noch stark blutete und furchtbar schmerzte. Statt dessen hatte sie sich auf die Dokumente konzentriert, denn nur so konnte sie überhaupt fortfahren zu leben. Ihr Unterbewußtsein hatte ihr ein Schnippchen geschlagen, daß sie sogar noch im Schlaf an ihn dachte.

Sie verdammte ihren Körper und sein Verlangen. Tagsüber schien ihre Sinnlichkeit zusammen mit Ford gestorben zu sein. Sie spürte weder Verlangen noch Frustration noch Anziehung. Aber im Schlaf erinnerte sich ihr Körper und zeigte Verlangen. Sie hatten sich unendlich gerne geliebt, alles am Liebesakt hatte ihr Vergnügen bereitet – die Gerüche, die Laute, das wunderbare Gefühl, wenn sich sein Körper an ihrem rieb, die Art und Weise, wie er sie streichelte, während sie sich wohlig aufbäumte, den süßen, immer wieder überraschenden Moment, wenn er in sie eindrang und sie miteinander verschmolzen. Wenn Ford auf einer Exkursion gewesen war, hatte sie häufig körperlich unter seiner Abwesenheit gelitten. Nach seiner Rückkehr hatte er das Haus immer mit einem breiten Grinsen auf dem Gesicht betreten, weil er genau wußte, daß sie sich innerhalb weniger Minuten in ihrem Schlafzimmer einschließen würden.

Grace schlang ihre Arme um die Knie und starrte ins Leere. Jetzt, als sie sich etwas beruhigt hatte, konnte sie ihren Traum von Niall nachvollziehen, wollte nicht, daß er sich noch einmal wiederholte. Sie würde einfach nicht länger an die Dokumente denken, wenn sie im Bett lag. Sie sollte lieber an Parrish denken. Das wäre vollkommen unverfänglich, denn sie fand ihn überhaupt nicht anziehend. Sie sah das Böse, das hinter seiner schönen Fassade lauerte. Irgendwie würde sie sich schon noch an ihm rächen. Sein Tod allein reichte ihr nicht, sie wollte Gerechtigkeit. Sie wollte, daß die ganze Welt die Wahrheit über ihn erfuhr. Es sollte allen bewußt sein, daß und aus welchen Gründen er zwei solch bewundernswerte Menschen umgebracht hatte. Aber wenn sie Gerechtigkeit nicht erlangen konnte, dann würde sie auch nur mit ihrer Rache vorliebnehmen.

Schließlich legte sie sich wieder hin. Ihr bangte etwas vor dem Einschlafen, aber sie mußte Schlaf finden. Ihre Arbeit begann um sieben Uhr morgens, und putzen war eine sehr anstrengende Tätigkeit. Sie mußte schlafen, sie mußte essen, sie mußte … o Gott, sie brauchte Ford, sie brauchte Bryant, sie wollte alles wieder so haben, wie es vorher gewesen war.

In Wirklichkeit aber lag sie auf einer schmalen, holprigen Matratze. Die Zeit verging, während sie darüber nachgrübelte, wie sie die Dokumente gegen Parrish einsetzen konnte.

Niall fuhr aus dem Schlaf hoch. Fluchend rollte er sich auf den Rücken und schob die Bettdecke von seinem aufstrebenden Penis weg, denn schon die kleinste Berührung hätte ihn seinen Samen auf das Bett spritzen lassen. So etwas war ihm seit damals als unerfahrener Teenager nicht wieder passiert, noch nicht einmal während seiner acht enthaltsamen Jahre als Ordensritter. Er hatte von einer Frau geträumt, in die er bis zum Anschlag tief eingedrungen war. Er konnte sich einen solchen Traum nicht erklären, zumal er doch erst wenige Stunden zuvor die lustvolle Vereinigung mit Jean genossen hatte. Jean war eine Witwe, die in die Sicherheit des

Schlosses geflüchtet war. Sie bot ihre Fähigkeiten in der Küche als Gegenleistung für einen Strohsack in Creag Dhu. Er hatte aber weder von Jean geträumt noch von irgendeiner anderen Frau, die er kannte. Dennoch war ihm die Frau im Traum bekannt vorgekommen, obwohl sie sich im Dunklen geliebt hatten und er ihr Gesicht nicht hatte erkennen können. In seinen Armen war sie ihm klein erschienen, so wie die meisten anderen Frauen auch. Sie hatte einen beinahe zerbrechlichen Eindruck gemacht und seine Schutzinstinkte geweckt. Sie aber hatte weder Vorsicht noch Zärtlichkeit verlangt, sondern sie war heiß und bereit gewesen, hatte sich mit ebensolch heißem Verlangen wie seines an ihn geschmiegt. Sowie er in sie eingedrungen war, hatte sie sich ihm entgegengestreckt. Ihre perfekte, ihn wie ein Handtuch umspannende Straffheit hatte ihn aufstöhnen lassen, während sie sich genußvoll aufgebäumt hatte. Ihre heftige Reaktion hatte ihn erregter und heftiger als jemals zuvor werden lassen. Beinahe wäre er mit ihr zusammen gekommen, aber dann war er abrupt in seinem leeren Bett mit niemandem im Arm vollkommen frustriert aufgewacht.

Er schätzte die Zeit kurz vor dem Morgengrauen, zu spät, um nochmals einzuschlafen. Behutsam griff er nach einem Feuerstein, um die Kerze anzuzünden. Dann ging er zum Kamin hinüber, stocherte in der Glut herum und legte noch ein paar kleine Zweige auf das Feuer. Die kalte Luft umfing seinen nackten Körper, aber er fröstelte nicht, denn ihm war heiß, beinahe dampfte er, so heftig war seine Erregung. Sein Penis ragte immer noch steif und aufrecht in die Luft und verlangte nach der engen Umklammerung. Er konnte sie noch genauso intensiv spüren, als ob er eben gerade ihren Körper verlassen hätte.

Sie hatte einen süßlichen Geruch verströmt. Die Erinnerung daran verflüchtigte sich bereits, aber seine schmalen Nasenlöcher blähten sich, als er ihn nochmals einzufangen suchte. Sauer und süß, aber nicht die erschlagende Süße eines blumigen Parfüms, sondern ganz leicht und verstörend. Unter diesem Geruch lag eine herbe, aufregende Note, die von ihrer Erregung herrührte.

Trotz des enttäuschenden Endes war es ein wunderbarer Traum gewesen. Angesichts seines bitteren Lebens lachte er nur selten, aber jetzt lächelte er, als er auf seine rebellische Männlichkeit hinunterblickte. Die Traumfrau hatte ihn mehr erregt, als es irgendeiner wirklichen Frau je gelungen war. Und er hatte bereits eine nicht unbeträchtliche Anzahl von Frauen genossen. Sollte er jemals eine Frau wie die im Traum in die Hände bekommen, dann würde ihn der Ritt auf ihr sicherlich fast sein Leben kosten. Sogar jetzt noch, als er sich an das Gefühl seines Eindringens in ihre perfekte, heiße, feuchte... Seine Lenden begannen zu pulsieren, und sein Lächeln wurde so intensiv, wie es seine Umgebung nicht von ihm kannte. Es war ein unbeschwertes, herzliches Lächeln, das er seit seinem achtzehnten Lebensjahr nicht mehr aufgesetzt hatte. Er mußte über seine eigene Torheit lachen, als er sich an das nur eingebildete Vergnügen erinnerte. Die Erinnerung war einerseits zu schmerzhaft, andererseits zu erregend, als daß er sie hätte vergessen können.

Schmale Feuerzünglein loderten aus den Zweigen hervor, und er legte ein paar dickere Holzscheite nach. Dann streifte er sich ein Hemd über den Kopf. Nachdem er seinen Schottenrock umgewickelt und mit einem Gürtel befestigt hatte, schlang er sich die restliche Stoffbahn über die Schulter. Dann zog er sich dicke Wollsocken an und steckte die Füße in ein paar weiche Lederstiefel, die er den gröberen Schuhen seiner Umgebung vorzog. Er war niemals unbewaffnet, noch nicht einmal auf seiner eigenen Burg. Er ließ einen schmalen Dolch in seinen Schuh gleiten, steckte sich einen größeren in den Gürtel, dann hängte er sein Schwert ein. Er war gerade fertig, als es laut an die Tür klopfte.

Seine dunklen Augenbrauen zogen sich zusammen. Der Tag war noch nicht angebrochen. Ein Klopfen zu dieser Stunde konnte nur Ärger bedeuten. »Herein!«, bellte er.

Die Tür ging auf, und Eilig Wishart, der Chef der Nachtwächter, steckte seinen häßlichen Kopf herein. Er schien erleichtert, daß Niall bereits angezogen war. »Überfall«, sagte er knapp in schottischem Akzent. Er entstammte dem Keithclan und hatte sich von seinem Clan entweder aus freien Stücken oder gezwungenermaßen getrennt. Die Leute aus dem Flachland sprachen normalerweise eher schottisch als gälisch. Wenn Eilig aufgeregt war, sprach er immer schottisch.

»Wo?«

»Im Osten. Es werden wohl die Haysleute sein.«

Brummend verließ Niall sein Gemach. »Weck die Männer«, ordnete er an. Er stimmte Eilig zu. Seit mehreren Jahren hatte Huwe vom Hayclan gegen die Abtrünnigen von Creag Dhu einen bitteren Haß entwickelt, denn letzteren gehörte ein breiter Landstrich, den Huwe vormals als seinen Besitz betrachtet hatte. Er hatte sich lauthals bei dem Bruce beschwert, denn eine solch große Ansammlung gebrochener Männer aus allen Ecken und Enden Schottlands konnte nur Ärger bedeuten. Robert hatte seinen Bruder während einer seiner mitternächtlichen Besuche gewarnt, gegenüber seinem im Osten lebenden Nachbarn wachsam zu sein. Die Warnung wäre nicht notwendig gewesen, denn Niall war allen gegenüber wachsam.

Er selbst überwachte das Satteln der Pferde und ging in die Küchen, um für sich und seine Männer Proviant anzuordnen. Riesige Brote backten bereits für die Abendmahlzeit in den Öfen, und ein großer Topf Haferschleim fing über dem Feuer zu köcheln an. Er brach sich ein altbackenes Stück Brot vom Vortag ab und spülte es mit etwas Bier die Kehle herunter. Zwischendurch gab er seine Anordnungen.

Jean und die anderen hasteten herum, holten säckeweise Haferflocken und schlugen Brot, Käse und geräucherten Fisch in Stofflaken ein. Die großen Augen der Frauen blickten ängstlich, obwohl sie ihm zutrauten, die Sache in Ordnung zu bringen, wie er es die letzten vierzehn Jahre über auch immer getan hatte. Als er den Burghof betrat, fand er dort bereits lauter verängstigte Kleinbauern und Verwundete vor, denen man innerhalb der Burgmauern Schutz gewährt hatte. Große Fackeln beleuchteten die Szene. Die Pferde wurden aus den Ställen geholt, die Männer gingen ihre Eßvorräte holen und widmeten sich den vielen kleinen Vorrichtungen, um in den Kampf zu ziehen. Die Verletzten blieben dort liegen, wo sie hingefallen waren, und die anderen eilten um sie herum, manchmal traten sie versehentlich auch auf sie. Eine kräftige ältere Frau bemühte sich, alle Verwundeten in eine Ecke zu bekommen, wo sie versorgt werden konnten. Männer fluchten, und manche Frauen weinten untröstlich über den Verlust ihrer Nächsten, ihrer Männer und Kinder oder auch über das, was ihnen die Angreifer angetan hatten. Manche Frauen saßen wortlos herum, ihre zerrissenen Kleider zeugten von Dingen, die sie nicht aussprechen wollten. Kinder drängten sich dicht an ihre Mütter oder aber standen einsam weinend herum. Es war Krieg. Niall hatte ihn schon oft gesehen und hatte sich daran gewöhnt. Einen Überfall auf sein Eigentum würde er aber dennoch nicht dulden. Er ging zu der alten Frau hinüber, die Ordnung in das Chaos zu bringen versuchte, denn er hatte ihre Führungsqualitäten sofort erkannt. Er legte seine Hand auf ihren plumpen Arm und zog sie beiseite. »Wie viele Stunden sind schon vergangen?« fragte er knapp. »Wie viele Leute sind es?«

Sie starrte den großen Mann an, der sich zu ihr herabbeugte. Seine schwarze Mähne hing ihm über die breiten Schultern, seine Augen waren kalt und düster wie die Tore zur Hölle. Sie wußte sofort, wer er war. »Mehr als ein oder zwei Stunden kann es nicht her sein. Es war eine große Gruppe, dreißig oder mehr vielleicht.«

Dreißig. Das war tatsächlich eine ganz schön große Truppe, um plündern zu gehen. Denn Plündern machte man am besten heimlich. Seit vierzehn Jahren hatte er Creag Dhu nie mit weniger als der Hälfte seiner bewaffneten Männer verlassen. Wenn er aber so viele Leute verfolgen mußte, dann mußte er mehr Männer als gewöhnlich mitnehmen. Eine solche große Zahl von Plünderern stellte eine Herausforderung dar, die er nicht unterschätzen durfte. Huwe von Hay wußte, daß Niall sich sofort verteidigen würde, also würde er für diesen Fall vorgesorgt haben. Vielleicht bedrohte er ihn absichtlich, um damit Niall und seine Leute aus der Burg zu locken.

Niall rief nach Artair, der sein Pferd einem Stallknecht überließ und sofort zur Stelle war. Die beiden Männer entfernten sich etwas von dem lärmenden Durcheinander. Artair war der einzige Mann in Creag Dhu, der vormals auch im Tempelorden gewesen war. Er war ein einsamer und ehrerbietiger Mann, der niemals vom Glauben abgefallen war, auch dann nicht, als der Großmeister vor sieben Jahren einen grausigen Tod erlitten hatte. Artair war achtundvierzig Jahre alt und hatte graue Haare. Seine Schultern aber hielt er noch aufrecht. Außerdem trainierte er, genau wie Niall, jeden Tag mit seinen Männern. Keine der Angriffsstrategien, die er im Orden gelernt hatte, hatte er vergessen.

»Meiner Meinung nach ist das nur eine Finte, um die meisten Männer aus der Burg wegzulocken«, sagte Niall leise. Sein Mund bildete nur noch eine schmale, grimmige Linie, seine schwarzen Augen waren zusammengekniffen und kalt. »Vermutlich wird der Hay angreifen, sobald er uns weit genug entfernt glaubt. Ich glaube nicht, daß er nah genug an der Burg ist, um uns zu beobachten. Außerdem halte ich den Tölpel nicht für so gerissen. Ich werde fünfzehn Mann mitnehmen. Die anderen bleiben unter deinem Kommando hier. Sei wachsam.«

Artair nickte besorgt. »Nur fünfzehn willst du mitnehmen? Ich habe eine Frau von dreißig reden hören…«

»Schon richtig, aber unsere Leute sind schließlich sehr gut ausgebildet. Bei zwei Mann zu einem sind wir immer noch im Vorteil.«

Artair lächelte müde. Der Hayclan würde gegen die ihm noch unbekannten Männer des Tempelordens kämpfen, denn Niall hatte sie mit seiner Hilfe ausgezeichnet ausgebildet. Die meisten Schotten rannten in den Kampf und hatten dabei nur das Ziel, denjenigen abzustechen oder zu verletzen, der ihnen vor die Augen trat. Die clanlosen Männer von Creag Dhu aber griffen mit einer Disziplin an, auf die sogar eine römische Heereseinheit stolz gewesen wäre. Ihnen waren Angriffsstrategien und Techniken von dem gefürchtetsten Krieger der gesamten christlichen Welt beigebracht worden. Natürlich wußten sie nicht, mit wem sie es zu tun hatten. Sie wußten lediglich, daß seit dem Erscheinen vom Schwarzen Niall im schottischen Hochland ihn noch niemals jemand besiegen konnte, und sie waren stolz darauf, ihm zu dienen. Ihre ganze Clanloyalität, ihr Gefühl für Verwandtschaft und Verwurzelung hatten sie jetzt auf ihn fixiert, und sie würden ohne zu zögern ihr eigenes Leben im Kampf für ihn einsetzen.

Niall vergewisserte sich, daß Creag Dhu gut verteidigt war, suchte sich fünfzehn Leute aus, geleitete sie aus dem Tor und ritt mit ihnen in das Morgengrauen hinein. Er trieb sowohl Pferde als auch Reiter hart an, denn er vermutete, daß die Plünderer ihn so weit wie nur möglich von Creag Dhu weglocken wollten. Sein Gesicht war beim Reiten vollkommen versteinert. Der Hayclan hatte einen unverzeihlichen Fehler begangen, seine Leute auf einem Landstrich stehlen, vergewaltigen und morden zu lassen, den er als unter seinem

Schutz betrachtete. Er hatte Creag Dhu erobert und es seinen Bedürfnissen entsprechend verändert. Dort war der Schatz sicher, und kein Mensch würde ihm ihn wieder entreißen können.

Huwe war ein Tölpel, allerdings ein gefährlicher. Er war ein aufgeblasener, bulliger Mann, der sich schnell herausgefordert fühlte, jedoch viel zu stur war, um zu erkennen, wann die Gegenseite überlegen war. Niall war sowohl aus Neigung als auch von der Ausbildung her durch und durch Soldat. Er haßte unvorsichtige Entschlüsse, die unnötig Leben forderten. Normalerweise versuchte er im Hochland jene Unruhe zu vermeiden, bei der er Robert um dessen Intervention hätte bitten müssen. Er wußte nur zu gut, daß es seinem Bruder Schwierigkeiten machen konnte, da der die Abtrünnigen von Creag Dhu nicht vertreiben wollte. Dennoch war Niall jetzt am Ende seiner Geduld angelangt. Denn mit der Bedrohung von Creag Dhu bedrohte der Hayclan gleichzeitig auch den Schatz – und mußte seine Unbesonnenheit mit dem Leben bezahlen.

Ein gutes Pferd konnte für den Ausgang einer Schlacht ausschlaggebend sein. Deshalb hatte sich Niall bereits seit Jahren darum bemüht, seinen Männern nur die allerbesten Pferde zukommen zu lassen. Unterbrechungen gestatteten sie sich nur, um den kräftigen Tieren Wasser zu geben und ihnen eine kurze Pause zu gönnen. Noch am Vormittag überholten sie die Plünderer.

Die Plünderer befanden sich mitten in einer engen Schlucht, vollgepackt mit all den geraubten Dingen und eine Herde gestohlener Kühe vor sich hertreibend. Die Morgensonne glitzerte in dem Nebel, der wie ein Schleier über ihren Köpfen hing. Jeder Fluchtweg war ihnen versperrt. Als Niall und seine Leute aus dem Wald heraus auf sie zurasten, standen sie einen Augenblick unschlüssig herum, dann wurden sie von einer panischen Verwirrung ergriffen.

Die alte Frau hatte recht gehabt, der Feind zählte tatsächlich an die vierzig Mann. Das bedeutete fast drei Mann zu einem, aber fast die Hälfte der vierzig war zu Fuß unterwegs. Nialls Lippen verzogen sich zu einem bösen Grinsen. Die Plünderer würden, nachdem sie sich von der relativ kleinen Anzahl ihrer Gegner überzeugt hatten, ihnen sicherlich entgegentreten – eine Entscheidung, die sie schon bald bereuen sollten.

Wie Niall erwartet hatte, hörte man Rufe, dann sammelte sich die Gegenseite und raste mit allen möglichen Waffen wie Schwertern, Äxten, Hämmern, ja sogar einer Sense, laut rufend auf sie zu.

»Wir halten uns zurück«, ordnete Niall an. »Laßt sie auf uns zukommen.«

Seine Männer verteilten sich etwas, so daß sie nicht auf einem Haufen waren und nicht beidseitig flankiert werden konnten. Sie hielten still, während die stampfenden, nervösen Pferde ihre Köpfe hin und her warfen, als die schreienden Angreifer durch die neblige, von der Sonne beschienene Schlucht stürzten.

Gute dreihundert Meter trennten die beiden Parteien. Dreihundert Meter sind für einen müden, angreifenden Mann ein weiter Weg, besonders dann, wenn er wegen des anstrengenden Plünderns die letzte Nacht nicht geschlafen hatte und nun schnell vorwärtskommen mußte, um eventuellen Verfolgern zu entrinnen. Die ohne Pferde verlangsamten schnell, einige blieben sogar stehen. Und die, die immer noch stur weiterliefen, stießen keine Kampfesparolen mehr aus.

Die den Läufern vorausjagenden Reiter waren kaum mehr an der Zahl als Nialls Leute. Nialls Blick fixierte einen bulligen jungen Mann, der mit wehendem sandfarbenem Haar ganz an der Spitze ritt. Das mußte Morvan sein, der jähzornige, brutale Sohn des Hays, ein Ebenbild seines Vaters.

Morvans kleine, gemeine Augen waren im Gegenzug ebenfalls auf Niall gerichtet.

Niall hob sein Schwert. Ein Schwert konnte von den meisten Männern nur mit beiden Händen gehandhabt werden. Nialls Kraft und Größe aber erlaubten es ihm, es mit nur einer Hand zu bedienen, während seine andere für eine Keule oder auch eine Axt frei war. Er nahm die Zügel zwischen die Zähne und hob die Axt auf. Sein gut ausgebildetes Pferd bebte unter ihm. Als Morvan und seine Leute nur noch dreißig Meter entfernt waren, griffen Niall und seine Männer an.

Der Zusammenstoß verlief blitzschnell. Früher hatte Niall mit Rüstung und Schild gekämpft, hundert Pfund Metall hatten auf ihm gelastet. Aber heute kämpfte er frei und wild. In seinen Augen brannte ein leidenschaftliches Feuer, als er mit seiner Axt ein Schwert abwehrte, um dann unter der Abwehr des Mannes mit seinen eigenen Schwert vorzudringen und ihn zu zerspalten. Er kämpfte immer lautlos, nicht grunzend oder brüllend wie die anderen Männer, und spürte so instinktiv während seines Kampfes, wo der nächste Feind ihm auflauerte.

Noch bevor er sein Schwert wieder zurückgezogen hatte, schwang er die Axt, um einen weiteren Angreifer abzuwehren. Metall klirrte, als das Schwert auf die Axt traf. Der Aufprall ließ seinen Arm erstarren. Sein kräftiges Bein preßte dem Pferd in die Flanke und ließ ihn zu seinem neuen Herausforderer herumschnellen. Morvan von Hay warf sich auf ihn und benutzte sein nicht geringes Gewicht, um Niall vom Pferd zu stürzen.

Niall jedoch hatte sein Pferd vor Morvans gewichtigem Körper zurückgezogen. Fluchend richtete sich der junge Mann wieder auf. Zähnefletschend riß er das Schwert zu einer erneuten Attacke nach hinten zurück. *»Unehelicher!«* zischte Morvan.

Niall zuckte bei dieser Bezeichnung nicht einmal mit der Wimper. Er schwang einfach nur sein Schwert abwehrend herum und schlug mit der Axt den Schädel des Tölpels entzwei. Mit einem Ruck zog er seine Waffe hervor und wollte sich dem nächsten Angreifer zuwenden, aber es war keiner mehr da. Seine Männer hatten ebenso hart gekämpft wie er. Diejenigen aus dem Hayclan, die zu Pferde geritten waren, lagen nun tot übereinander. Ihr Blut verwandelte die Erde zu Schlamm. Der altbekannte Geruch von Blut begleitete ihr Sterben. Nialls dunkler Blick überflog seine Leute. Zwei waren verwundet, einer davon schwer. »Clennan«, wandte er sich scharf an den Mann, der am Schenkel verwundet worden war. »Kümmere dich um Leod.« Dann raste er mit seinen verbleibenden dreizehn Mann auf diejenigen des Hayclans zu, die zu Fuß gekommen waren.

Ihre Flucht war sinnlos, denn ein Reiter hatte gegenüber einem zu Fuß gehenden Mann unschätzbare Vorteile. Die Tiere als solche waren schon eine Art Waffe, denn ihre mit Stahl beschlagenen Hufe und ihr enormes Gewicht trampelten all die einfach nieder, die nicht mehr ausweichen konnten. Niall wölbte sich über den Pferderücken, der Blutrausch hatte ihn ergriffen, als er das Schwert und die Axt schwang und abwechselnd angriff und sich verteidigte. Er war wie eine dunkle Todesklinge, unglaublich elegant in seinem todbringenden Tanz. Fünf Männer fielen unter ihm, einer davon wurde von dem schweren Schwert geköpft. Niall spürte noch nicht einmal den Widerstand, als sich seine Klinge durch den Knochen schlug.

Das Blutbad dauerte nicht länger als zwei Minuten. Dann wurde es wieder still in der Schlucht, das Klirren der Klingen wich einem gelegentlich hörbaren Stöhnen. Niall blickte sich um. Er erwartete nicht, daß seine Männer alle unverletzt davongekommen waren. Der junge Odar war tot und lag ausgestreckt unter dem Körper eines Hayclanmannes. Seine blauen Augen starrten blind in die Luft. Sim war von einem Schwert an der Seite verletzt worden und fluchte wild, während er das Blut zu stillen versuchte. Niall entschied, daß er mit nach Hause reiten konnte.

Goraidh dagegen lag mit blutender Stirn bewußtlos auf dem Boden. Alle hatten kleine Schnitte oder blaue Flecken abbekommen, er miteinbezogen, aber das zählte nicht. Mit zwei Verwundeten nach dem ersten Angriff hatte er noch zehn gesunde übrig, denn zwei würden zurückbleiben, den verwundeten Männern helfen und die Viehherden nach Creag Dhu zurücktreiben müssen.

»Muir und Crannog bleiben bei den Verwundeten, Sim und Clennan treiben das Vieh zurück.« Die zwei Männer schienen über seinen Befehl nicht glücklich, aber sie fügten sich in die Notwendigkeit.

Sie konnten nicht ebenso schnell, wie sie gekommen waren, wieder zurückreiten. Jetzt waren die Pferde erschöpft. Niall ließ sie gemächlich traben, während sein Kriegerherz auf dem Weg zu seinem nächsten Kampf wild schlug. Der Wind fuhr ihm durch das lange Haar und trocknete den Schweiß des Kampfes. Seine Schenkel umspannten das kräftige Tier unter ihm. Der dicke Schottenstoff um seine Taille gab ihm ein Gefühl der Freiheit, die ihm Kutte, Gürtel und das warme Unterzeug aus Schafsfell verwehrt hatten, und er ergötzte sich an seiner unbehinderten Freiheit.

Er hatte die körperlichen Einschränkungen des Mönchslebens schnell abgelegt, hatte sein Haar lang wachsen lassen, seinen Bart rasiert und das verhaßte Schafsfell abgelegt. Obwohl er einer der ihren geworden war, hatte doch immer ein Teil von ihm noch der Wildheit und Freiheit Schottlands nachgetrauert, den Bergen und dem Nebel, der wunderbaren Lust, jung zu sein. Das Leben als Krieger, das ihm der Ritterorden geboten hatte, hatte ihm sehr zugesagt. Mit den Jahren hatte er dort viel lernen können und die Bürde, den Glauben akzeptiert. Dennoch hatte Schottland in ihm weitergelebt.

Jetzt war er wieder zu Hause. Aber obwohl er seine körperlichen Freiheiten in vollen Zügen genoß, war er doch eigentlich mit einer noch größeren Bürde belastet worden. Einer Bürde, die sein Leben in weitaus größerem Maße bestimmte als vorher. Warum hatte Valcour ihn auserwählt, einen widerspenstigen, wenngleich treuen Ritter? Hatte Valcour angenommen, er würde gerne wieder in sein Heimatland zurückkehren und sein früheres Leben bereitwillig wiederaufnehmen? Hatte Valcour die heimliche Erleichterung Nialls geahnt, als er ihn von allen Gelübden mit Ausnahme eines einzigen befreite? Aber dieses letzte war das größte und das bitterste gewesen, denn es schützte jene, die den Orden zerstört hatten. Warum hatte man nicht Artair gewählt? Gezwungenerweise hatte der seine Haare wieder wachsen lassen, da er sonst seinen eigenen Tod heraufbeschworen hätte, aber abgesehen davon hielt er sich immer noch an seine Gelübde, nämlich Enthaltsamkeit und Dienstbarkeit. Artair zweifelte nie, niemals verfluchte er Gott für das Geschehene. Niemals hatte er seinem Glauben abgeschworen. Falls er anfangs voller Haß gewesen war, so hatte er über die Jahre Frieden gefunden und seinen Haß begraben. Trost fand er im Gebet und im Kampf. Artair war ein guter Krieger und ein guter Kamerad.

Ein guter Hüter des Schatzes jedoch wäre er nicht gewesen.

Niall hatte weder der Kirche noch Gott jemals vergeben. Er haßte, er zweifelte, und er verfluchte sich selbst und Valcour und sein geleistetes Gelübde. Am Schluß jedoch kam er immer wieder auf dieselbe Wahrheit zurück: Er war der Schatzhüter. Valcour hatte gut gewählt.

Um den Schatz zu beschützen, zog Niall gegen Huwe von

Hay in den Krieg und wußte, daß er damit eine Blutfehde angezettelt hatte. Er schwor sich, daß das meiste Blut auf der Seite des Hayclans fließen sollte. Huwe wollte Krieg haben? Nun denn, dann sollte er Krieg bekommen.

Zweiter Teil

Niall

12

»Fear-gleidhidh«, murmelte Grace. Sie bewegte das Wort über den Bildschirm und versuchte, den Sinn eines Satzes zu erfassen. *Fear-gleidhidh* heißt »Hüter«. Dieses Wort war ihr so oft begegnet, daß sie es beim ersten Lesen sofort erkannte. In den letzten paar Monaten hatte sie so viel Zeit mit diesen gälischen Dokumenten verbracht, daß sie eine ganze Reihe von Subjektiven erkannte, obwohl sie sich in ihrer Schreibweise oft unterschieden. Vergeblich hatte sie gehofft, mit einer zweihundert Dollar teuren Kassettensammlung Gälisch zu lernen und so den mittelalterlichen Satzbau leichter entziffern zu können. Doch immer noch brauchte sie für ein paar Sätze mehrere Stunden.

Aber was in aller Welt bedeutete *cunhachd*? Ihre Fingerspitze fuhr die Seite des gälischen Wörterbuchs hinunter, aber das Wort konnte sie nicht finden. Könnte es vielleicht *cunbhalach* sein, was »fortwährend« bedeutete, oder *cunbhalachd*, das Wort für »Urteil«? Nein, ersteres konnte nicht sein, denn wenn sie den Satz richtig las, dann stand da: »Der Hüter war der Cunhachd.« Die Großschreibung mußte als solches nicht unbedingt etwas bedeuten, aber der Satz konnte nicht heißen »Der Hüter war der fortwährend«.

Aber »Der Hüter hat das Urteil«? Wieder ordnete Grace die Wörter neu auf dem Bildschirm und überprüfte zum x-ten Mal, ob sie das Verb vielleicht falsch gelesen oder die Satzstellung nicht korrekt arrangiert hatte. Ohne Unterricht brauchte sie mehr Zeit, um Gälisch zu lernen, als sie jemals für irgendeine andere Sprache hatte aufwenden müssen.

Trotzdem konnte sie nach und nach kleine Fortschritte verzeichnen.

Noch einmal las sie das Dokument. Sie benutzte eine Lupe, um die verblichenen Buchstaben lesen zu können. Nein, das Verb war ganz sicher »hat«. Das Wort *Cunhachd* war das Problem. Als sie es sich näher betrachtete, bemerkte sie, daß das »n« verschmiert war. Könnte es also auch ein »m« sein? Sie konsultierte das Lexikon, und ein Gefühl des Triumphes durchströmte sie. *Cumhachd* bedeutete »Macht«. »Der Hüter hat die Macht.«

Sie fuhr sich mit den Händen durch das Haar und ließ die langen Strähnen durch ihre Finger gleiten. Welche Synonyme gab es für das Wort »Macht«? Autorität, Recht, Wille, Gewalt. All die Wörter hätte man hier einsetzen können, aber sie hatten eine unterschiedliche Bedeutung. Wenn sie den Satz wörtlich übersetzte, welche Macht hatte dann der Hüter? Die Macht über den Schatz, die absolute Kontrolle darüber? Geld war Macht, wie das Sprichwort schon besagt, aber in den alten Dokumenten war festgehalten, daß der Schatz »mehr als Gold« wert sei. Daraus folgte also, daß der Schatz zwar durchaus einen monetären Wert hatte, sein eigentlicher Wert jedoch darüber hinausging.

Woraus also hatte der Schatz bestanden, und welche Macht hatte der Hüter ausüben können? Wenn der Schwarze Niall wirklich so unglaublich mächtig gewesen war, warum hatte er dann sein Leben als Abtrünniger im abgelegenen westlichen Hochland verbracht? Wie hatte ein Angehöriger des Tempelordens, ein religiöser Mann also, sich einen solchen Ruf als Frauenheld einhandeln können, der seinem Ruf als Krieger in nichts nachstand?

Auch nach weiteren zwei Stunden Arbeit tappte sie immer noch im dunkeln. Der Schatz war entweder »ein Wissen um die Macht Gottes«, was nicht sehr einleuchtend schien, oder aber »ein Zeugnis von Gottes Willen«, was der

Sache allerdings auch nicht näherkam. Er besaß die Fähigkeit, daß »Könige und fremde Länder« sich vor ihm verneigten, und er konnte »das Böse tilgen«.

Sie las die Wörter auf dem Bildschirm laut vor. »Der Hüter wird die Grenzen der Zeit überschreiten, ebenso wie unser Heiland Jesus Christus es getan hat, um seinen Kampf mit der Schlange auszufechten.« Das hörte sich eher so an, als sollte der Hüter Jesus' Kampf mit dem Teufel nacheifern. Das wiederum deutete aber nicht auf irgendeine große Macht hin, sondern eher auf das Bemühen, ein anständiges Leben zu führen – ein ohnehin schwieriges Unterfangen. Und nach dem, was sie bisher über den Schwarzen Niall erfahren hatte, hatte dieser noch nicht einmal einen Versuch in diese Richtung unternommen. Worin bestand also der Schatz, und was bedeutete die Macht? War es ein religiöser Mythos? Parrish glaubte allem Anschein nach, daß das Gold tatsächlich existierte. Oberflächlich betrachtet war das bereits ein ausreichender Grund, aber Grace kam immer wieder darauf zurück, daß der Schatz mehr als Gold sei und fragte sich, ob sich nicht mehr als nur großer Reichtum dahinter verbarg. Wenn ja, woraus bestand dieses »Mehr«? Kein Ordensbruder hatte jemals das Geheimnis preisgegeben, obwohl einige von ihnen schwer gefoltert worden waren. Vielleicht waren die meisten ja auch gar nicht eingeweiht, der Großmeister jedoch hatte ganz sicher davon gewußt. Dennoch war er auf dem Scheiterhaufen verbrannt worden, ohne daß er das Geheimnis preisgegeben hätte. Statt dessen hatte er König Philipp von Frankreich und den Papst verflucht, und innerhalb der nächsten zwölf Monate hatten sowohl Philipp als auch Clemens das Zeitliche gesegnet. Dies wiederum belebte den Aberglauben, daß die Tempelbrüder mit dem Teufel im Bunde standen.

Behutsam setzte Grace den unergiebigen Satz in neue Worte. »Der Hüter soll die Grenzen der Zeit überschreiten, um das Böse zu tilgen.« Manchmal half es, wenn sie die Sätze in die heutige Umgangssprache übersetzte, um so die vergangenen Jahrhunderte zu überbrücken. Sie versuchte es noch einmal. »Der Hüter soll die Zeit damit verbringen, gegen das Böse zu kämpfen.« Welche Zeit? Die Jahre unmittelbar nach der Zerstörung des Ordens? Wenn dem so war, so hatte der Schwarze Niall seine Kämpfe bereits einerseits im Bett und andererseits in den Bergen und Mooren Schottlands ausgetragen.

Das schien ihr wenig sinnvoll, und außerdem war sie zu müde, um mit ihrer Arbeit fortzufahren. Grace speicherte ihre Datei ab und schaltete den Computer aus. In den letzten sechs Monaten hatte sie alle Niederschriften zu den Kämpfen und Eroberungen des Schwarzen Niall auf lateinisch, französisch und englisch übersetzt, aber manche gälische Passagen hatte sie immer noch nicht entziffern können. Ja, sogar einige der lateinischen Passagen bereiteten ihr Schwierigkeiten, weil aus irgendeinem Grund das Wort »Diät« auftauchte. Was hatte denn die sparsame Aufnahme von Salz mit der Geschichte des Tempelordens zu tun? Und warum legten sie bei der täglich konsumierten Wassermenge das Gewicht des einzelnen zugrunde? Dennoch stand mitten in einer langen Passage über die Pflichten des Hüters: Victus Rationem Temporis, die Ernährung der Zeit oder für die Zeit. Mitten beim Ausziehen ihres T-Shirts hielt sie inne. Zeit. Warum tauchte dieses Wort sowohl im lateinischen als auch im gälischen Text auf? Wenn sie sich recht erinnerte, so war eine Anspielung darauf auch in den französischen Dokumenten aufgetaucht. Hastig drehte sie sich zu dem wackeligen Tisch um, den sie als Schreibtisch benutzte, und suchte in den Dokumenten ebendiese Seite. »Von den Ketten der Zeit soll er unbehindert sein.« Die Zeit überschreiten. Von den Ketten der Zeit befreit sein. Die Ernährung der Zeit. Irgendwie hingen diese Dinge alle zusammen, auch wenn sie sich noch keinen Reim darauf machen konnte. Alle erwähnten die Zeit. War es jedoch wörtlich oder im übertragenen Sinn gemeint? Und was hatte die Zeit mit dem Tempelorden zu tun? Diese Rätsel würde sie wohl kaum lösen, indem sie darüber nachgrübelte. Sie würde die Dokumente zu Ende übersetzen müssen, eine Arbeit, bei der sie das Ende allmählich absehen konnte. Noch drei, vielleicht auch vier Wochen, und sie hätte den gälischen Teil abgeschlossen. Gälisch war so schwierig, daß sie es bis zum Schluß aufgeschoben hatte. Sie konnte sich ihrer Übersetzung dennoch nicht ganz sicher sein, aber sie hatte ihr Bestes gegeben. Ob die Dokumente ihr noch mehr außer den Ort des Schatzes verraten würden, mußte sie erst noch herausfinden.

Nachdem sie sich für die Nacht zurechtgemacht hatte, packte sie all ihre Papiere und ihren Computer in die Tasche zurück und legte sie in Reichweite ihres Bettes. Falls sie überraschend wieder aufbrechen mußte, dann wollte sie mit dem Zusammensuchen ihrer Sachen keine wertvolle Zeit vertrödeln.

Sie machte das Licht aus. Von dem schmalen, holprigen Bett aus betrachtete sie durch das Fenster hindurch die sanft herunterfallenden Schneeflocken. Die Jahreszeiten hatten gewechselt, der Sommer war dem Herbst gewichen, die kräftigen Farben hatten der Eintönigkeit des Winters Platz gemacht. Acht Monate waren vergangen, seit ihr altes Leben geendet hatte. Sie hatte überlebt, aber sie hätte nicht behaupten können, daß sie wirklich lebte. Ihr Herz fühlte sich so blaß und karg wie der Winter selbst an. Ihr Haß gegen Parrish hatte ihren Schmerz etwas verdrängen können, aber eigentlich hatte seine Heftigkeit nicht nachgelassen. Sie wußte, daß er noch da war, und daß sie ihm eines Tages nachgeben würde. Diesen Preis würde sie allerdings erst zahlen, wenn die Zeit dazu reif war.

Jeden Tag wieder dankte sie Harmony. Sie hatte einen Paß

auf den Namen Louisa Croley, so daß sie notfalls das Land blitzschnell verlassen konnte. Nachdem ihr das gelungen war, hatte sie zusätzlich noch andere Namen angenommen und neue Arbeit. Zwei Monate lang hatte sie Majorie Flynn geheißen, dann hatte sie zu Paulette Bottoms gewechselt. Wieder eine schlechtbezahlte Arbeit, wieder ein neues billiges Zimmer. Das Viertel St. Paul in Minneapolis war groß genug, um darin unterzutauchen. Da sie niemals jemanden aus ihrem früheren Bekanntenkreis traf, hatte sie auch keine Schwierigkeiten, ihren Namen häufig zu ändern. Sie folgte Harmonys Ratschlag und befreundete sich mit niemandem. Sie hatte jeden Pfennig beiseite gelegt und trotz des Autokaufs beinahe viertausend Dollar zusammengespart. Niemals wieder würde sie so hilflos sein wie unmittelbar nach den Morden.

Selbst ohne Geld und Auto wäre sie gar nicht mehr dazu imstande. Denn teilweise beruhte ihre damalige Hilflosigkeit auf ihrem Unwissen, wie man auf der Straße überleben konnte. Ihre Miene war kühl und ausdruckslos, und sie lief mit einer Wachsamkeit, die jedem potentiellen Angreifer signalisierte, daß sie keine leichte Beute abgeben würde. Zu Hause übte sie abends die Bewegungsabläufe und Griffe, die ihr Matty beigebracht hatte. Ihre kargen Zimmer richtete sie sich so ein, daß sie sich geschützt fühlte und gut arbeiten konnte. Zu keiner Zeit war sie unbewaffnet. Sie hatte sich eine billige Pistole gekauft und trug sie ständig bei sich. Zusätzlich besaß sie noch ein Messer, das unsichtbar unter ihrem Hemd versteckt war. In ihrem Stiefel trug sie einen gespitzten Schraubenzieher, in ihrem Hemdsärmel war eine Hutnadel eingenäht, und in ihrer Tasche lag ein Bleistift. Es war nicht einfach gewesen, einen geeigneten Ort für ihre Schießübungen zu finden. Dazu hatte sie weit ins Land hinausfahren müssen. Bis zur Meisterschaft hatte sie es vielleicht noch nicht gebracht, aber sie hatte doch eine gewisse

Routine in der Handhabung der Waffe erlangt. Jetzt jedenfalls konnte sie sie mit einiger Selbstverständlichkeit tragen.

Sie bezweifelte, daß irgend jemand aus ihrem früheren Bekanntenkreis sie heute noch erkennen würde, selbst wenn sie ihr direkt gegenüberstünden. Ihr langes, dichtes Haar ließ sie nur noch innerhalb ihrer vier Wände offen herunterfallen. Zur Arbeit trug sie eine billige, hellbraune Perücke, ansonsten zwirbelte sie ihre Haare zu einem Knoten auf ihrem Kopf zusammen und stülpte eine Baseballmütze darüber. Mit knapp fünfzig Kilo war sie dünn. Ihre Wangenknochen stachen deutlich über ihren eingefallenen Wangen hervor. Sie hatte es geschafft, nicht noch mehr abzunehmen. Dennoch mußte sie sich das Essen ganz bewußt vornehmen, außerdem trainierte sie regelmäßig, um ihre Kräfte zu erhalten. Sie trug enge Jeans und festes, schwarzes Schuhwerk, dazu eine pelzgefütterte Leinenjacke, um sich gegen den kalten Winter in Minnesota zu schützen. Harmonys ausgezeichnetem Ratschlag folgend, hatte sie sich etwas preiswerte Kosmetika gekauft und gelernt, Lippenstift, Wimperntusche und Rouge aufzutragen, damit sie nicht wie eine Nonne aussah.

Ein paar Männer hatten sich zu ihr hingezogen gefühlt, aber ein ausdrucksloser, eiskalter Blick und eine feste Absage hatten sie sofort wieder vergrault. Sie konnte sich nicht einmal vorstellen, mit einem Mann überhaupt eine Tasse Kaffee zusammen zu trinken. Nur in ihren Träumen konnte sie das Erwachen ihrer Sexualität nicht verhindern. Der Schwarze Niall war so oft in ihren Gedanken und beschäftigte sie so viele Stunden ihres Tages, daß sie ihn nicht aus ihrem Unterbewußtsein hatte verbannen können. Er war ganz einfach da, er lebte in ihren Träumen, er kämpfte und liebte, er war unerschrocken, schön, bestürzend männlich und so bedrohlich, daß sie manchmal vor Angst zitternd aufschreckte. Sie hatte noch niemals geträumt, daß er sie bedrohte, aber der Schwarze Niall ihrer Einbildung war kein

Mann, den man ungestraft betrügen konnte. Wenn sie von ihm träumte, fühlte sie sich fast schmerzhaft lebendig. Sie konnte die endlose, sie den Tag über schützende Leere nicht beibehalten. Bebend sehnte sie sich nach seiner Berührung. Nur zweimal hatte sie sich mit ihm im Traum geliebt, aber beide Male waren einfach umwerfend gewesen.

Es war natürlich ein Fehler, sich ausgerechnet jetzt, wo sie schlafen wollte, an diese Träume zu erinnern. Sie drehte sich unruhig auf die Seite, da sie eine Wiederholung nicht heraufbeschwören wollte. Die erotischen Träume waren ihr allerdings lieber als die von irgendwelchen kriegerischen Auseinandersetzungen, die während der letzten vier Monate ständig vorgekommen waren. In ihren Träumen watete er durch menschliche Gliedmaßen und durch Blut. Sie konnte das Klirren der Schwerter hören, sie spürte die Männer ausrutschen und zu Boden sinken, sie hörte sie mühsam keuchen, sie hörte die qualvollen Schreie und sah, wie ihre Gesichter sich angesichts des Todes verzerrten. Wenn sie die Wahl zwischen Krieg und Sex hatte, dann hätte sie, ohne zu zögern, letzteres gewählt, wenn sie nur nicht hinterher immer von Schuldgefühlen geplagt worden wäre. Nachdem sie eine volle Stunde so gelegen hatte, setzte sie sich seufzend auf und richtete sich auf eine schlaflose Nacht ein. Sie war vollkommen übermüdet, aber ihre Gedanken kamen nicht zur Ruhe. Wieder und wieder ging sie ihre Dokumente durch, grübelte über Niall nach und versuchte, irgendeine Form der Rache gegenüber Parrish auszuhecken. Sie hatte gehofft, etwas aus den Dokumenten gegen ihn verwenden zu können. Bei genauerem Nachdenken jedoch mußte sie sich eingestehen, daß er in siebenhundert Jahren alten Dokumenten natürlich nicht erwähnt sein konnte. Wenn sie sich tatsächlich an Parrish rächen wollte, dann mußte sie etwas viel Naheliegenderes tun, beispielsweise ihn eigenhändig ermorden.

Sie stand vom Bett auf und knipste das Licht an. Ihre

Augen blickten starr geradeaus, ihr weicher Mund hatte sich zu einer grimmigen Linie verzogen. Während der letzten acht Monate hatte sie gelernt, sich selbst zu verteidigen, vielleicht hätte sie auch aus Notwehr jemanden umbringen können. Ob sie allerdings einen geplanten Mord durchführen konnte, erschien ihr fraglich. Sie lief mit um den Körper geschlungenen Armen auf und ab. Könnte sie Parrish umbringen? Würde sie auf ihn zugehen können, ihm die Pistole an die Schläfe setzen und abdrücken können?

Sie schloß die Augen. Das Bild in ihrem Kopf war jedoch nicht das, wie sie Parrish erschoß, sondern vielmehr mit welcher absoluten Beiläufigkeit, fast schon Langeweile, er Ford und Bryant erschossen hatte. Sie erinnerte sich an die plötzliche Ausdruckslosigkeit von Fords Gesicht, bevor er nach vorne zusammengebrochen war.

Sie biß die Zähne aufeinander und ballte die Hände zu Fäusten. Und ob sie Parrish umbringen könnte!

Warum aber tat sie es dann nicht?

Als sie noch für die Reinigungsfirma gearbeitet hatte, war sie mehrmals an seinem Haus vorbeigefahren, hatte aber erwartungsgemäß weder ihn noch sein Auto gesehen. Wenn er zu Hause gewesen wäre, dann hätte er sein Auto in der Garage abgestellt. Außerdem war Parrish kein Mann, der gerne im Garten arbeitete. Sie wußte nichts über seinen Tagesablauf, sie hatte keine Zeit darauf verwandt, ihn auszuspionieren. Sich selbst hatte sie zwar durchgebracht, ihre Familie jedoch hatte sie nicht gerächt, sondern sich auf die Dokumente gestürzt und sich eingeredet, daß sie dort etwas Nützliches finden würde. Sie hatte sich etwas vorgemacht, so daß sie ihre Flucht in die Übersetzungen vor sich selbst rechtfertigen konnte.

Mit diesem Selbstbetrug aber war es jetzt vorbei. Entweder mußte sie nun etwas gegen Parrish tun, oder sie mußte für den Rest ihres Lebens untertauchen und trauern.

Sie würde es tun. Sie würde Parrish aufstöbern und ihn umbringen.

Grace spürte, wie ihre Entscheidung sie belastete. Ihr war nur zu klar, daß sie nicht aus dem Holz eines Killers geschnitzt war. Andererseits hatte sie diese Sache nicht angezettelt, sondern Parrish hatte den Reigen eröffnet. Im Alten Testament steht »Du sollst nicht töten.« Aber »Auge um Auge, Zahn um Zahn« ist dort ebenfalls zu lesen. Vielleicht versuchte sie sich damit nur zu beruhigen, aber sie interpretierte die Bibel so, daß die Gesellschaft oder die betroffene Familie das Recht hatte, das Leben des Mörders auszulöschen. Morgen würde sie mit der Hetzjagd beginnen. Sie würde ihn hetzen wie ein mörderisches, verschlagenes Tier, denn genau das war er.

Am nächsten Morgen aber hatte sie erst einmal eine andere Sorge: Sie mußte zur Arbeit. Sie konnte nicht den ganzen Tag damit verbringen, aus einem versteckten Winkel heraus Parrishs Haus zu beobachten. Ihr alter Transporter würde in der Gegend auffallen. Ihn persönlich zu beobachten, ihn zu verfolgen und eine günstige Gelegenheit abzuwarten war nicht machbar. Sie mußte schon im voraus wissen, wo er sich aufhalten würde, und bereits vor ihm an diesem Ort sein.

Soweit sie das von früher wußte, hielt er sich momentan in der Stadt auf. Im Winter machte er oftmals vier Wochen in einer wärmeren Klimazone Urlaub.

Es gab nur eine Möglichkeit, das herauszufinden. Während ihrer Mittagspause bei einer anderen Reinigungsfirma hielt sie bei einem Schnellrestaurant an und rief von einem Münzfernsprecher aus die Stiftung an. Ihre Finger tippten wie ferngesteuert die wohlbekannte Nummer ein. Erst als das erste Klingelzeichen zu hören war, wurde sie sich ihres Tuns richtig bewußt, und ihr Herz raste. Noch bevor sie den Hörer auflegen konnte, meldete sich die unpersönliche Stimme der Empfangsdame. »Amaranthine Potere Stiftung, mit wem darf ich Sie verbinden?«

Grace schluckte. »Ist Herr Sawyer heute im Büro?«

»Einen Augenblick bitte.«

»Nein, stellen Sie mich bitte nicht...«, stammelte sie, aber sie hörte bereits ein weiteres Klingeln. Sie atmete tief durch und bereitete sich darauf vor, dieselbe Frage noch einmal gegenüber Parrishs Sekretärin zu wiederholen. Sie würde ihre Stimme ein wenig verändern müssen, weil sie und Annalise sich früher gekannt hatten...

»Parrish Sawyer.«

Die sanfte und kultivierte Stimme erschreckte sie. Sie erstarrte. Sie konnte keinen klaren Gedanken mehr fassen, als sie seine verhaßte Stimme hörte.

»Hallo?« fragte er schon etwas schärfer.

Grace rang nach Atem.

»Handelt es sich hier um einen obszönen Anruf?« fragte er und schien gleichzeitig gelangweilt und verärgert. »Ich möchte wirklich nicht...« Plötzlich hielt er inne. Ein paar endlos erscheinende Sekunden lang konnte sie seinen Atem hören. »Grace«, sagte er mit schnurrender Stimme. »Wie nett von dir, daß du anrufst.«

Sie fühlte sich wie in einem Eisschrank. Es war eine Kälte, die nichts mit der kalten Wetterlage zu tun hatte. Sie brachte kein Wort über die Lippen, sie konnte sich nicht bewegen, sie konnte lediglich den Telefonhörer mit bereits vor Anstrengung weißen, blutleeren Gelenken umklammern.

»Kannst du denn nicht reden, mein Schatz? Ich möchte gern mit dir sprechen und dieses schreckliche Mißverständnis zwischen uns bereinigen. Du weißt doch, ich würde nicht zulassen, daß dir etwas passiert. Ich habe schon immer gespürt, daß zwischen uns etwas ist. Wie stark jedoch diese Gefühle sind, habe ich erst bemerkt, als du weggelaufen bist.

Laß dir von mir helfen, mein Liebling. Ich werde mich um alles kümmern.«

Was für ein guter Lügner er doch ist, dachte sie benebelt. Seine warme, verführerische Stimme klang vertrauenswürdig und sympathisch. Wenn sie die Morde nicht mit eigenen Augen gesehen hätte, dann hätte sie jedes seiner Worte für bare Münze genommen.

»Grace« flüsterte er mit schmeichelnder Stimme. »Sag mir, wo wir uns treffen können. Ich werde mit dir irgendwohin gehen, nur wir beide, wo du sicher bist. Du mußt dir überhaupt keine Sorgen mehr machen.«

Er log nicht. Sie hörte den lüsternen Unterton seiner Stimme. Entsetzt und angeekelt hängte sie den Telefonhörer auf und ging wie vor den Kopf geschlagen wieder zu ihrem Transporter zurück. Sie fühlte sich beschmutzt, als ob er sie belästigt hätte.

Mein Gott, wie konnte er nur soviel Frechheit besitzen, wie konnte er nur glauben, daß sie sich von ihm anfassen lassen würde! Sie ließ das Auto an und fuhr vorsichtig und ohne Aufsehen zu erregen los. Ihr Herz aber schlug so heftig, daß sie glaubte, ohnmächtig zu werden. Er konnte nicht mit Sicherheit wissen, ob sie ihn in jener Nacht wirklich gesehen hatte. Also hatte er sie von seiner Unschuld überzeugen und sie zu einem Treffen überreden wollen. Sie hatte niemals daran gezweifelt, daß er sie umbringen würde. Jetzt aber wußte sie, daß er sie vorher vergewaltigen würde.

Federleichte Schneeflocken tanzten über die Windschutzscheibe. Erst waren es nur vereinzelte Flocken, aber als sie an ihrem nächsten Haus angekommen war, lag bereits eine Haube auf den Autodächern. Das Haus gehörte zu jenen Häusern, in denen sie nur sehr ungern putzte. Frau Eriksson war immer zu Hause und verfolgte jede von Graces Bewegungen. Sie schien zu befürchten, daß Grace mit einem Fernseher unter dem Arm das Haus verlassen könnte. Andererseits quatschte sie nicht, wie andere Leute es taten, und heute war Grace für die Stille wirklich dankbar. Ihre Gedanken waren vollkommen durcheinander, während sie wie betäubt Staub wischte und staubsaugte. Frau Eriksson ließ einen Stapel Wäsche auf das Sofa fallen. »Meine Bridgerunde kommt heute abend, und ich muß einen Kuchen backen. Es wäre mir eine große Hilfe, wenn Sie die Wäsche legen würden. Dann könnte ich schon mit dem Backen anfangen.«

Die Frau war unermüdlich, wenn es darum ging, dem Reinigungspersonal noch zusätzlich unbezahlte Aufträge zu erteilen. Grace blickte auf ihre Uhr. »Tut mir leid«, sagte sie. »Ich kann gerade noch die Böden machen.« Das war gelogen, denn heute hatte sie einen leichten Tag. Sie mußte erst um vier Uhr beim nächsten Kunden sein. Aber der Bridgeclub war vermutlich auch eine Lüge seitens Frau Eriksson, vielleicht war sogar das Kuchenbacken eine Finte.

»Sie sind aber ausgesprochen unwillig«, entgegnete die Frau scharf. »Mehrmals schon sind Sie meinen Aufforderungen nicht nachgekommen, und ich überlege mir, ob ich nicht die Firma wechsle. Wenn Sie Ihre Einstellung nicht ändern, werde ich wohl mit Ihrem Vorgesetzten sprechen müssen.«

»Meine Chefin wird Ihnen sicherlich gerne unseren Wäscheservice vorbeischicken.«

»Warum sollte ich Ihren Wäschedienst in Anspruch nehmen, wenn Sie sich insgesamt als vollkommen unzureichend erwiesen haben?«

»Sie könnte Ihnen ja jemand anderes zuteilen, wenn Ihnen das lieber ist.« Ohne aufzusehen stopfte Grace das Staubtuch in ihren Leinenbeutel, in dem sie all ihr Putzzeug aufbewahrte. Dann steckte sie schwungvoll den Stecker des Staubsaugers in die Dose und begann zu saugen. Der Lärm übertönte alles, was Frau Eriksson unter Umständen noch gerne gesagt hätte. Grace schob die Düse gewissenhaft über den Teppichboden. Die Reinigungsfirma würde vielleicht

Frau Eriksson jemand anderes zuteilen, aber sie würde auch dann nicht ihre Wäsche gelegt oder ihren Abwasch erledigt bekommen, es sei denn, sie bezahlte diese Arbeiten extra.

Frau Eriksson setzte sich auf das Sofa und begann die Wäsche zu legen. Sie schleuderte die Kleidungsstücke hoch und machte ein mißmutiges Gesicht, Graces Gedanken aber kehrten zu Parrish zurück.

Jeder Muskel ihres Körpers verkrampfte sich. Das Entsetzen, ihm in die Hände zu geraten, überstieg ihre Vorstellungskraft. Er mußte sie gar nicht mehr umbringen, denn allein durch seine Berührung würde sie dem Wahnsin verfallen.

Wie hatte er das wissen können? Woher hatte er geahnt, daß sie es war, die ihn angerufen hatte? Welche barbarischen Instinkte verrieten ihm mit dieser traumwandlerischen Sicherheit ihre Identität? Hatte er die Polizei von Minneapolis verständigt, daß sie wieder in der Gegend war?

Parrish telefonierte tatsächlich sofort, allerdings mit Conrad und nicht mit der Polizei. »Frau St. John hat mich gerade angerufen«, sagte er sanft, wobei sich Freude und Erregung in seine Stimme mischten. »Vermutlich wollte sie nur herausfinden, ob ich hier bin. Wahrscheinlich hat sie Annalise am Telefon erwartet. Nimm sofort Kontakt mit unserem U-Boot in der Telefongesellschaft auf und finde heraus, von wo sie telefoniert hat.« Er blickte auf seine Rolex. »Der Anruf kam genau dreiundzwanzig Minuten nach zwölf.«

Ohne Conrads Antwort abzuwarten, legte er auf und lehnte sich in seinem riesigen Ledersessel zurück. Er atmete schwer, denn die Erregung war ihm in alle Glieder gefahren. Grace! Wer hätte nach sechs verdammt frustrierenden Monaten, in denen sie in Chicago einfach nicht mehr aufzutreiben gewesen war, angenommen, daß sie selbst den Kontakt aufnehmen würde?

Conrad war sich sicher gewesen, daß er ihren Arbeitsplatz in Chicago ausfindig gemacht hatte. Es war ein billiges italienisches Restaurant, in dem die Bedienung schwarz bezahlt wurde. Die Frau war dünner gewesen, aber sie hatte gelegentlich eine kleine Tragetasche mit dabeigehabt, hatte sich sehr zurückgehalten und hatte blonde Locken gehabt. Eine ähnliche Frisur hatte man ihm auch aus der Newberry-Bibliothek gemeldet. Newberry war eine der besten Recherchebibliotheken im ganzen Land. Das wiederum wußte Grace. Sie brauchte die dort untergebrachten Nachschlagewerke. Parrish war sich sicher, daß sie noch an den Dokumenten arbeitete, und Grace war sehr gut in ihrer Arbeit. Sie würde sehr wohl wissen, warum er die Dokumente unbedingt haben wollte. Aber dann war sie wieder verschwunden. Niemand dort hatte ihre Adresse gekannt. Conrad hatte Buslinien, Züge und Flüge überprüft, aber niemand mit blondgelockten Haaren und einer Computertragetasche war dort gesehen worden. Noch nicht einmal Conrad hatte einen Hinweis auf ihre Spur finden können.

Wo war sie jetzt? In Minneapolis – oder versteckte sie sich in irgendeiner kleinen Ortschaft? Sie hatte zwar kein Wort gesagt, aber das verräterische Einatmen überzeugte ihn davon, daß sie die Anruferin gewesen sein mußte.

Schon bald würde er vielleicht nicht ihren jetzigen Aufenthaltsort wissen, aber doch den Ort, von wo aus sie den Anruf gemacht hatte. Die Polizei brauchte eine gesetzliche Verfügung, um solche Details von der Telefonbehörde zu erfahren, er dagegen war durch solch lachhafte Einschränkungen nicht behindert. Conrad würde also wissen, wo er mit der Suche beginnen mußte. Jetzt hatte er zusätzlich seinen Stolz mit in die Waagschale geworfen, denn er krankte immer noch an der Tatsache, daß eine kleine, unscheinbare Person wie Grace St. John ihn an der Nase herumgeführt hatte.

Warum aber hatte sie herausfinden wollen, ob er im Büro war? Er lachte leise. Hatte die kleine Grace vor, sich an ihm zu rächen? Hielt sie sich etwa für fähig, in sein Büro zu kommen und ihm die Pistole an den Kopf zu halten? Sie kannte doch die Sicherheitsvorkehrungen des Gebäudes und wußte genau, daß sie über den Eingangsbereich nicht hinauskommen würde. Vielleicht aber sollte er sie näher zu sich heranlassen? Er könnte sie ohne große Umstände überwältigen, und dann hätte er sie zu seiner Verfügung.

Er könnte spätabends arbeiten. Das Gebäude wäre vollkommen verlassen, sie würde sich sicherer fühlen. Er könnte mit den Sicherheitskräften absprechen, daß sie in die andere Richtung schauten, es ihr andererseits aber nicht zu leicht machten, so daß sie Verdacht schöpfte. Er würde sie an der Tür erwarten, bereit, sie ihrer Waffe zu entledigen und ihr gar nicht erst die Möglichkeit eines Glückstreffers einzuräumen.

Vielleicht sollte er wirklich nicht länger auf einen komfortablen Ort warten, sondern sie gleich hier, auf der gläsernen Tischplatte, nehmen. Sie würde sich wehren und mit den Füßen treten, und er würde sie trösten, ihr ins Ohr flüstern und ihre sinnlichen Lippen küssen. Unter seinem Körper würde sie sich weich und hilflos anfühlen.

Er war jetzt so erregt, daß er fast gekeucht hätte. Einmal würde ihm nicht genügen, soviel wußte er. Er wollte sich in ihren Mund ergießen, er wollte ihren Höhepunkt spüren. Er wollte, daß sie vor lauter Wollust seinen Namen rief.

Dann würde er sie umbringen. Ein echter Verlust, nur leider unvermeidlich.

»Sie hat vom Münzfernsprecher eines McDonald's in Roseville aus angerufen«, gab Conrad durch. »Keinem ist sie aufgefallen, aber die anderen Gespräche um diese Zeit wurden von anderen Leuten geführt.«

»Roseville.« Parrish dachte an den Stadtteil, der sich dem Stadtzentrum im Nordosten anschloß. »Hast du Männer dorthin abgestellt, falls sie noch einmal dort auftaucht?«

»Ja.« Diese Maßnahme hatte Conrad sofort getroffen. Die meisten Menschen waren Gewohnheitstiere, die dieselbe Gewohnheit über Monate, oft über Jahre beibehielten. Grace hatte sich als überraschend unvorhersehbar erwiesen. Dennoch durfte er nicht annehmen, daß sie sofort in unbekannte Gefilde aufbrechen würde. Wenn sie in der Stadt blieb, würde sie früher oder später an dem McDonald's zumindest vorbeifahren, wenn nicht heute, dann eben morgen. Und wenn nicht morgen, dann vielleicht am selben Tag der nächsten Woche. Er war ein geduldiger Mensch, er konnte warten.

»Ist sie also doch wieder hierher zurückgekommen«, wunderte sich Parrish. »Ganz schön mutig, findest du nicht? Damit hatte ich eigentlich nicht gerechnet. Glaubst du, sie will mich umbringen?«

»Ja«, erwiderte Conrad leidenschaftslos. Abgesehen davon hätte es keinen vernünftigen Grund für ihre Rückkehr nach Minneapolis gegeben. Dazu war es viel zu gefährlich.

»Vielleicht sollten wir sie es versuchen lassen.« Parrish lächelte mit vor Erwartung glänzenden Augen. »Laß sie doch auf uns zukommen, Conrad. Wir werden sie mit offenen Armen empfangen.«

13

»Niall, ich habe gestern nacht schon wieder von dir geträumt. Ausnahmsweise hast du weder gekämpft, noch warst du im Bett, sondern du hast ruhig vor dem Kamin gesessen und dein Schwert gereinigt. Du hast keinen traurigen, dafür aber einen grimmigen Eindruck gemacht, als ob du eine Bürde tragen müßtest, unter der die meisten Mesnchen zusammenbrechen würden. Worüber hast du nachgedacht? Weshalb bist du so einsam? Hast du an die Tempelbrüder gedacht, an all deine Freunde, die du verloren hast, oder war es etwas anderes, das dich so verhärtet hat? Nimmst du es übel, daß du als Abtrünniger leben mußt, während dein Bruder König ist?«

Über ihre Zeilen erschrocken, zog Grace die Hände von der Tastatur zurück. Von ihm zu träumen war eine Sache, ihm zu schreiben eine gänzlich andere. Das Gefühl, sie würde tatsächlich mit ihm kommunizieren, als ob er ihre Worte lesen und ihr antworten könne, verstörte sie. Offenbar waren die Anstrengungen der letzten acht Monate nicht spurlos an ihr vorübergegangen. Sie konnte nur hoffen, daß sie nicht vollkommen überschnappte.

Sie hatte ihre alten Tagebuchaufzeichnungen wiederaufnehmen wollen, aber irgendwie konnte sie sich die tagtäglichen Details nicht mehr so gut merken wie früher. Zum einen gab es in ihrem Leben überhaupt keine Routine mehr, und ohne Routine konnte es auch nichts Ungewöhnliches geben. Sie hatte auf die leere Bildschirmseite und ihre Finger auf der Tastatur gestarrt, aber keine Zeile über den vergangenen Tag zustande gebracht. Sie hatte keine Verabredungen, die sie halten mußte, keine Neuigkeiten, die sie mit anderen teilen wollte, überhaupt hatte sie nichts, das sie mit anderen verbunden hätte. Die Tage verbrachte sie schweigend und abgestumpft, lediglich ihr Haß auf Parrish oder aber das Übersetzen der Dokumente konnte ihr etwas Leben einhauchen.

Obschon Niall eine Traumgestalt war, bildete er doch in ihrem tristen Leben den einzigen Höhepunkt. Er erschien ihr lebendig, als ob er sich unmittelbar hinter ihrer Zimmertür befände. Man konnte ihn zwar nicht sehen, aber dennoch war er unleugbar da. Sein Mythos, seine Geschichte waren der einzige Farbfleck in Graces Leben. Durch ihn fühlte sie sich immer noch lebendig, fühlte sie die heiße Flut lodernder Leidenschaft. Mit ihm konnte sie so reden, wie sie es nie wieder mit irgendeinem ihrer lebenden Mitmenschen würde tun können. Der Graben zwischen Vergangenheit und Gegenwart war zu tief, zu einschneidend. Von der bescheidenen, belesenen und recht unerfahrenen Frau von damals war nicht mehr viel übriggeblieben. In gewisser Weise war sie ebenso unwirklich wie Niall.

Ihre Einsamkeit spürte sie bis ins Mark. Es war nicht die Gesellschaft mit anderen, nach der sie sich sehnte, sie brauchte kein offenes Ohr, keinen Klatsch und kein Gelächter. Aber jetzt war sie auf eine Art und Weise einsam, wie sie es sich früher niemals hätte vorstellen können. Einsam, als wäre sie ein Astronaut, der sich von seiner Raumstation gelöst hatte und nun unversehens in einer geradezu unbegreiflich absoluten Leere schwebte. Mit Harmony Johnson hatte sie eine Art Freundschaft verbunden, wäre sie jedoch geblieben, hätte sie Harmony zu sehr gefährdet. Während der sechs Monate, die sie jetzt wieder in Minneapolis lebte, hatte sie sich praktisch mit niemandem wirklich unterhalten. Sie wachte allein auf, sie arbeitete vollkommen isoliert, dann ging sie wieder allein ins Bett. *Allein.* Was für ein verzweifeltes, hohles Wort.

In ihren Träumen war Niall immer allein gewesen. Innerlich einsam, genau wie sie es war. Er konnte inmitten einer Menschenmenge sein, er war dennoch einsam. Irgend etwas an ihm machte ihn unberührbar, etwas, was außer ihm kein Mensch erkannte. Der goldene Schein des Feuers zeichnete die scharf geschnittenen Linien seines Gesichts nach und betonte die tiefliegenden Augen und die hohen Wangenknochen. Mit zielsicheren Bewegungen reinigte er seine Waffen, seine langen Finger befühlten die Klinge und suchten sie nach Kerben ab, die ihre Schärfe beeinträchtigen würden. Er machte einen selbstvergessenen, etwas abgehobenen Eindruck. Plötzlich hatte er den Kopf gehoben und angespannt gelauscht, als ob er nach jemandem außerhalb des Traumes Ausschau hielte. Seine schwarze Haarmähne fiel ihm über die breiten Schultern, seine schwarzen Augen zogen sich zusammen. Er war das Sinnbild eines Tieres, dessen Wachsamkeit zu keiner Zeit unterbrochen wurde. Als sich keine Bedrohung zeigte, entspannte er sich allmählich wieder. Dennoch vermittelte er ihr den Eindruck eines Mannes, dessen Wachsamkeit niemals nachließ. Er war der Hüter des Schatzes.

Sie hatte seine Schulter berühren wollen, sich leise neben ihn vor die Feuerstelle setzen und ihn bei der Reinigung seiner Waffen beobachten wollen. Sie wollte ihm von ihrer Wärme geben und ihm zeigen, daß er doch nicht ganz allein war – vielleicht würden sie so Freundschaft und Kameradschaft finden. In diesem Traum aber hatte sie die Rolle des Beobachters inne, sie konnte nicht näher an ihn herantreten. Schließlich wachte sie, ohne ihn berührt zu haben, auf.

»Wenn ich bei dir wäre …«

Erschrocken starrte sie auf die Worte, die sie eben gerade getippt hatte. Sie waren ihr unwillkürlich herausgerutscht, ihre Finger hatten sich auf der Tastatur selbstständig gemacht, und die Worte waren auf dem Bildschirm erschienen. Plötzlich bekam sie es mit der Angst zu tun und schloß ihre Tagebuchdatei. Ihre Hände zitterten. *Sie mußte endlich damit aufhören, sich Niall als jemanden vorzustellen, der heute noch lebte.* Ihre Fixierung auf ihn war wirklich zu übermächtig. Anfangs erschien es ihr sinnvoll, sich auf ihn zu konzentrieren. Es war eine ihrer Möglichkeiten, überhaupt am Leben zu bleiben. Was aber, wenn der gegenteilige Effekt einsetzte und sie sich ganz und gar in ihrer Vorstellungswelt verlor? Wenn ein Psychiater ihre Tagebucheinträge lesen würde, würde er sie als vollkommen realitätsfremd einstufen.

Die Wirklichkeit jedoch war die, daß sie den Mord an ihrem Mann und ihrem Bruder vor Augen hatte. Sie sah sich selbst im kalten Regen kauern, zu ängstlich, die Straße zu überqueren, sie sah sich in Warenlagern übernachten und körperliche Angriffe abwehren. Die Wirklichkeit war, bei Parrishs Stimme zu einer Eissäule zu erstarren. Außer der Flucht in ihre Traumwelt hatte sie nichts mehr vom Leben.

Sie blickte auf den Stapel Dokumente, auf die unzähligen mit Notizen bedeckten Seiten, die sie geschrieben hatte. »Ich habe die Arbeit«, murmelte sie. Ihre eigene Stimme zu hören beruhigte sie. Sie mochte glauben, verrückt zu werden, aber sie hatte immer noch ihre Arbeit. Acht Monate lang hatte die Arbeit ihr die Kraft zum Überleben gegeben, sie würde es auch noch etwas länger tun, obwohl der gälische Teil sie fast umgebracht hätte.

Noch ein oder zwei Wochen Arbeit, dann hätte sie die Geschichte des Tempelordens und des Hüters, des Schwarzen Niall, fertig übersetzt. Wenn sie nicht mehr tagtäglich Stunden mit Übersetzungen verbrachte, würden auch die Träume von ihr aufhören.

Die Verzweiflung, die sie bei dieser Vorstellung überfiel, schockte sie. Ohne Niall würde der letzte Lebensfunken, wenngleich er auch nur in ihren Träumen aufflackerte, erlöschen. Noch nicht einmal unter einem falschen Namen würde sie weiter Übersetzungsaufträge seitens einer anderen archäologischen Stiftung annehmen können, dafür war sie viel zu bekannt. Sie würde nicht länger die Puzzlestücke zusammensetzen können. Dennoch mußte sie zugeben, daß sie noch niemals von ihrer Arbeit so gefesselt gewesen war wie von Niall und den Tempelbrüdern.

Jetzt war ihr einziges Ziel die Rache. Das Verlangen danach verzehrte sie, aber sie spürte genau, daß es nach der Rache nur eine graue, öde Leere geben würde, sollte sie ihren Racheakt denn überhaupt überleben. Den Rest ihres Lebens würde sie ohne Identität und ohne ein Ziel vor Augen auf der Flucht verbringen. Niemals würde sie das Glück genießen können, mit Ford Kinder zu haben und gemeinsam mit ihm alt zu werden, ihre Enkel zu wiegen und vielleicht Bryant dabei zu beobachten, wie er schließlich in einer liebevollen Ehe glücklich wurde. Da zog sie es doch vor, verrückt zu werden.

Sie zog die gälischen Dokumente zu sich heran, öffnete das gälisch-englische Lexikon und nahm ihren Kuli zur Hand.

Wie gewohnt wurde sie augenblicklich vom Zauber der Dokumente gefangengenommen. Sie hatte das Gefühl, etwas außerordentlich Wichtiges und Spannendes zu lesen. »Die Menschheit soll die wahre Macht nicht erfahren«, las sie einige Minuten später. »Der Kelch und das Tuch sollen sie gegenüber der Sonne blind machen, Thron und Fahne sollen ihnen verwehrt werden, aber die wahre Macht soll in den Händen des Hüters liegen, die Zeiten überdauern, er soll den Schatz vor allem Bösen bewahren. Einzig und allein der Schatz kann das Böse besiegen, und niemand außer dem Hüter darf diese Macht benutzen.«

Es hörte sich wie eine Bibelpassage an, aber Grace war sich sicher, daß nichts dergleichen in der Bibel stand. Der Kelch... das konnte eine Anspielung auf den Kelch beim Abendmahl sein. Und das Tuch konnte auf das Leichentuch Christi hinweisen. Das Leichentuch von Turin sollte angeblich das Leichentuch Christi sein, was aber von mancher Seite angezweifelt wurde. Es war bereits lange vor dem vierzehnten Jahrhundert erwähnt worden, während komplizierte Meßmethoden seinen Ursprung auf ebendieses Jahrhundert datierten. Natürlich konnten die älteren Hinweise sich auch auf ein anderes Leichentuch beziehen, vielleicht sogar auf das echte … aber das erklärte nicht, warum ein Fälscher aus dem vierzehnten Jahrhundert, fünf Jahrhunderte vor der Erfindung der Fotografie, ein Tuch mit dem perfekten Negativabdruck des gekreuzigten Mannes hatte anfertigen können.

»Der Kelch und das Leichentuch sollen sie der Sonne gegenüber blind machen«, las sie noch einmal. Sollte dieses Leichentuch noch existieren, so war es bisher nirgendwo aufgetaucht. Vielleicht aber machte die Diskussion um die Echtheit des Leichentuchs die Menschen tatsächlich blind gegenüber dem wahren Glauben. Sie waren viel zu sehr damit beschäftigt, Argumente und Gegenargumente zu formulieren, um hinter den Detailfragen das Ganze noch erkennen zu können.

Die Tempelbrüder waren unwiderruflich mit dem Leichentuch verknüpft. Sie hatten gegen die Mauren gekämpft und Jerusalem zeitweise für die Kreuzritter erobert. Auch später noch hatten sie den Tempel auf dem Berggipfel besetzt. Während dieser Zeit hatten sie soviel wie nur möglich aus der Tempelanlage ausgegraben. Dabei waren sie möglicherweise auf Dinge gestoßen, die auf die Frühzeit des Tempels, also auf den Ursprung des Judaismus zurückgingen. Welche Schätze hatten sie wohl dort gefunden … welchen Schatz?

Einer der Vorwürfe gegenüber den Tempelbrüdern war der, daß sie Götzen anbeteten, denn in jeder nach der Besetzung Jerusalems gebauten Kirche hatten sie das Gesicht eines Mannes abgebildet. Es war ein ernstes, hageres Gesicht – genau dasselbe Gesicht, das man vor Jahrhunderten als Abdruck auf dem Leichentuch in Turin gefunden hatte.

Daraus folgte, daß man das Leichentuch geborgen hatte. Es folgte weiterhin, daß der Fund im Tempel für seine Echtheit bürgte. Aber was hatten sie außerdem noch gefunden? Der »Kelch« und das »Leichentuch« waren aufgeführt, ebenso der »Thron« und die »Fahne«. Aber bei der »wahren Macht« mußte es sich um etwas anderes handeln, um etwas, was bisher noch nicht beschrieben worden war.

»Der Hüter soll die Welt vor der Stiftung des Bösen in Schutz nehmen.«

Angesichts der ständigen Zweideutigkeiten seufzte Grace. Die Stiftung des Bösen bezog sich offensichtlich auf den Teufel, aber warum hatte der Schreiber es dann nicht auch so genannt? Anscheinend hatten selbst im Mittelalter die Schreiber bereits zu einer ausschweifenden Redeweise geneigt.

Allein bei dem Wort *Stiftung* schweiften ihre Gedanken zu der guten, alten Zeit zurück, in der Ford und Bryant auf der Suche nach auch noch dem kleinsten Keramiksplitter vorsichtig die Erde durch ein Sieb rinnen ließen. Auf dem Boden sitzend, hatten sie mit einem kleinen Pinsel von einem noch halbvergrabenen Knochen die Erde abgestrichen. Alle drei hatten sie ihre Arbeit geliebt. Und die Amaranthine Potere Stiftung war eine der wenigen Orte auf der ganzen Welt, wo Archäologen eine feste Anstellung erhielten. Dank einer unabhängigen Finanzierung konzentrierte sich die Stiftung nicht nur auf spektakuläre Ausgrabungen, sondern auch auf kleine Projekte, die zwar keinerlei sensationelle Neuigkeiten ans Licht brachten, aber den Wissensstand vertieften. Ford hatte einmal gemeint, der Stiftung sei es ernst damit, kein Stück Erde auf der Welt ungesiebt zu lassen. Unvermittelt richtete sich Grace auf, ihre Pupillen zogen sich zusammen. Potere… bedeutete Macht. Potere Stiftung, die Stiftung der unbeschränkten Macht. Warum nur war sie darauf noch nicht früher gekommen? Immerhin waren Sprachen und Übersetzungen ihr Spezialgebiet. Es hätte ihr schon lange auffallen sollen, sie hätte schon lange merken müssen…

Es war einfach verrückt. Eine riesige Stiftung sollte sich der Aufgabe verschrieben haben, den Schatz des Tempelordens zu bergen? Die Kosten dafür würden sicherlich jeden Goldfund übersteigen.

»Der Wert des Schatzes geht weit über das Gold hinaus«, flüsterte sie. Also ging es nicht um das Geld, soviel stand bereits deutlich in den Dokumenten. Macht. Die Tempelbrüder hatten über irgendeine geheimnisvolle Macht verfügt. Und sie hatten ihr Leben hingegeben, ohne davon etwas preiszugeben.

Grace stand verwirrt auf und ging im Zimmer auf und ab, wobei sie die verwirrende Vielfalt ihrer Gedanken zu ordnen versuchte. Konnte es das Ziel der Stiftung sein, den Menschen die Kenntnis über diese Macht vorzuenthalten? Glaubte Parrish vielleicht, er müsse jeden umbringen, der etwas über die Dokumente erfahren hatte, um so das Geheimnis zu wahren?

Nein, diese Theorie hielt bei genauerem Hinsehen nicht stand. Denn zunächst einmal hatte die Stiftung nichts, was sie hätte schützen müssen. Die Dokumente waren bereits vor Jahrhunderten verschollen. Jeder mit Grundkenntnissen der Archäologie wußte, daß die Dokumente aller Wahrscheinlichkeit nach die Zeit nicht überdauert hatten. Papier verfiel schnell. Aus diesem Grund waren selbst Dokumente von vor zweihundert Jahren rar, ganz abgesehen von solchen vor über siebenhundert Jahren. Nein, sie mußte jetzt jeden Gedanken an eine geheimnisvolle Macht, den großen Kampf zwischen Gut und Böse, einfach beiseite schieben. Sie war müde, und die Müdigkeit vernebelte ihr das Gehirn. Das allerwahrscheinlichste Motiv war schlicht und ergreifend nur das Geld. Parrish hatte offenbar Grund zu der Annahme, daß der Schatz des Tempelordens jedes vorstellbare Ausmaß übertraf. Und als Direktor der Stiftung konnte er für das Auffinden des Schatzes jede Summe einsetzen. Er mußte irgendeine Möglichkeit ausgetüftelt haben, wie er das Gold für seine Privatzwecke nutzen konnte. Die Stiftung war vermutlich genau das, was sie zu sein schien, nämlich eine archäologische Stiftung, der keinerlei böse Absichten zugrunde lagen. Nicht die Stiftung als solche, sondern Parrish war das Böse.

Doch die Stiftung war bereits 1802 gegründet und auf den Namen »Uneingeschränkte Macht« getauft worden, lange bevor Parrish überhaupt geboren worden war. Aus welcher Quelle also hatte sie sich jahrzehntelang finanziert? Wer hatte seinerzeit die Amaranthine Potere Stiftung gegründet? Wie finanzierte sie sich heute? Soweit ihr bekannt war, hatte man keine zusätzlichen Finanzquellen erschließen müssen.

Sie wußte allerdings, daß die Stiftung über ein äußerst leistungsfähiges Computersystem verfügte. Ein solches System würde man kaum in einer archäologischen Stiftung vermuten. Aber warum sollte die Liste der Finanzgeber, wenn es denn eine solche gab, unter Verschluß gehalten werden? Die Stiftung machte keinerlei Gewinne. Vermutlich waren eventuelle Spenden steuerlich abzugsfähig. Das wiederum hieße, daß die Liste der Geber ohnehin öffentlich wäre.

Es wäre schön, wenn sie das System anzapfen könnte, nur um nachzusehen, was sie dort finden würde.

Aber dazu würde man die Fähigkeiten eines Computerhackers haben müssen, womit sie leider nicht dienen konnte. Kristian Sieber aber konnte das. Doch sie verwarf den Gedanken sofort wieder. Wenn er ihren Aufenthaltsort erführe, wäre das nicht nur gefährlich für sie, sondern umgekehrt wäre es auch gefährlich für Kris.

Was sollte sie dort auch finden können? Eine Liste der Spender, mehr nicht. Das würde ihr aber nicht weiterhelfen. Es wäre allerdings sehr praktisch, wenn sie in Parrishs Terminkalender Einsicht nehmen könnte.

Sie biß sich auf die Unterlippe. Nein, sie würde Kris nicht anrufen.

Grace setzte sich und wandte sich erneut den Dokumenten zu. Wenig später war sie wieder vollkommen davon gefangen.

Beim Erlernen einer neuen Sprache hatte es jedesmal einen Zeitpunkt gegeben, an dem ihr Gehirn plötzlich die Sprache begriff. Erst plagte sie sich monatelang mit Syntax und Verben herum. Wenn dann das angesammelte Wissen und der selbstverständliche Umgang mit einer Sprache ein kritisches Maß erreicht hatten, schienen sich ihre Gehirnsynapsen endlich zu vernetzen. Blitzartig wechselte sie dann vom Stadium des mühsamen Buchstabierens in das des flüssigen Lesens. Die Sprache öffnete sich ihr, als ob die Buchstaben sich von einem chaotischen Gewirr in verständliche Wörter verwandelt hätten.

Kurz nachdem sie sich gesetzt hatte, liefen alle ihre Altsprachlersynapsen synchron.

»Der Hüter verfügt über das Wissen, die Mutterkirche aus den Angeln zu heben. Er soll das Wissen für sich behalten, da die Macht unseres Herrn und Gottes menschlichen Verstand übersteigt. Aus diesem Grunde soll er dem Herrn und Gott auf alle Tage dienen. Zu diesem Zwecke soll er durch die Zeiten reisen, sein Körper genährt von Essen und Trinken, und die Jahre sollen ihm nichts anhaben können. Und wenn es noch tausend Jahre sein sollen, so soll er fortschreiten und die Stiftung des Bösen bekämpfen, denn einzig er allein verfügt über die entsprechende Macht.«

Reise durch die Zeit? Grace kniff die Augen zusammen. Sollte der Hüter etwa ein Zeitreisender sein? Ihr war bisher nicht bewußt gewesen, daß es diesen Unsinn damals schon gegeben hatte. Die Gelehrten des Mittelalters hatten sich die Welt noch als Scheibe vorgestellt und geglaubt, an den Enden lauerten Drachen, die nur darauf warteten, denjenigen zu verschlingen, der unvorsichtigerweise heruntergefallen war.

Die Tempelbrüder aber schienen nicht nur daran zu glauben, sie hatten sogar eine spezielle Ernährungsweise ausgetüftelt, um den Körper für diese Art der Reise zu stählen. Worauf sonst sollte sich »die Diät der Zeit« beziehen?

Neugierig geworden, holte sie das Blatt hervor, auf dem sie diese Vorschriften übersetzt hatte. Auf den ersten Blick – und auch auf den zweiten oder dritten – war eigentlich nichts Besonderes daran zu erkennen. Zuerst mußte man sein genaues Gewicht feststellen, indem man sich in ein mit Wasser gefülltes Faß setzte. Die Methode, die Wasserverdrängung als Maßstab zu nutzen, war für damalige Verhältnisse sehr fortgeschritten. Von diesem Gewicht abhängig, gab es genaue Anweisungen, wieviel Salz, Kalbsleber und verschiedene andere Nahrungsmittel und vor allen Dingen wieviel Wasser man zu sich nehmen sollte. Die Nahrung war reich an Salz, Eisen und Spurenelementen. Bis auf die Leber keine schlechte Ernährungsweise, denn die würde den Cholesterinspiegel eines Zeitreisenden enorm in die Höhe schießen lassen.

»Wenn sein Körper gewappnet ist, wird er den Funken der Erleuchtung finden, indem er Stahl auf Stein schlägt. Dieser Funken wird ihn in die vorbestimmte Zeit versetzen.«

Grace schluckte. »Was habt ihr Verrückten eigentlich vor?« flüsterte sie und blickte unverwandt auf die Seite. »Wollt ihr euch mit einem elektrischen Stromschlag umbringen?« Sie hatten ihre Körper ganz bewußt mit Eisen und Wasser überschwemmt. Dann hatten sie irgendeine elektrische Quelle gefunden. An wem war dieses Experiment wohl ausprobiert worden, und hatte einer der Testpersonen die Sache lebend überstanden?

Der Rest der Seite war voller mathematischer Formeln. Offenbar hatten sie die Anzahl der Jahre, die überbrückt werden mußten, mit der Menge des konsumierten Wassers und der Stärke der Elektrizität zu bestimmen versucht. Das war ein interessanter Ansatz, aber woher wußten sie überhaupt etwas über Elektrizität, mehr noch, wie hatten sie sie zu bestimmen gesucht?

Sie blätterte die Seite um. Das Blut gerann ihr in den Adern.

»Und das Böse soll den Namen Parrish tragen.«

»O mein Gott«, flüsterte sie.

»Kris, hier spricht Grace.«

Erst war es ganz still am anderen Ende der Leitung, dann brach es aus ihm hervor: »Grace!«

»Psst«, warnte sie. Nervös zwirbelte sie die Telefonleitung und fragte sich einmal mehr, ob sie überhaupt das Recht hatte, Kris in diesen Schlamassel mit hineinzuziehen. Fast die ganze Nacht hatte sie damit verbracht, wieder und wieder die Dokumente zu lesen und mit der entstandenen Situation vernünftig umzugehen. Schließlich aber war sie zu dem Schluß gekommen, daß außergewöhnliche Probleme auch außergewöhnliche Lösungen forderten. In ihrem Leben der letzten acht Monate war überhaupt nichts mehr einfach oder gewöhnlich gewesen. Vielleicht würde sie in den Stiftungscomputern etwas finden, vielleicht auch nicht. In jedem Fall aber konnte sie diese Möglichkeit nicht einfach übergehen.

»Ist schon gut, Mama und Papa sind in Florida. Wo steckst du denn? Geht es dir gut?«

»Mir geht es soweit gut«, erwiderte sie automatisch.

»Soweit gut« war ein dehnbarer Begriff. Sie war noch am Leben, sie war unverletzt, und sie litt keinen Hunger. Rein körperlich ging es ihr tatsächlich gut, wie es ihrer Seele ging, war jedoch eine total andere Sache. »Hast du irgendwelchen Ärger bekommen, nachdem du damals mit mir gesprochen hast? Haben dich Parrish oder seine Leute ausgefragt?«

»Vielleicht, ich weiß es nicht«, erwiderte er. »An dem Tag kam ein Detektiv bei uns zu Hause vorbei, allerdings nicht derselbe, mit dem ich beim ersten Mal gesprochen hatte. Er zeigte mir seine Dienstplakette, aber woher soll ich wissen, ob sie auch echt war? Er fragte mich jede Menge Fragen, die ich bereits beantwortet hatte. Ich bin bei meiner Geschichte geblieben. Ich hätte dein Modem repariert, dir ein von mir bearbeitetes Programm gezeigt, du hast mich bezahlt und bist gegangen. Deine Arbeit hast du mit keinem Wort erwähnt. Mehr nicht.«

Sie atmete erleichtert aus. Der »Detektiv« konnte entweder tatsächlich einer gewesen sein, oder er war einer von Parrishs Leuten, die Kris' Geschichte noch einmal verifizieren wollten. Kristian hatte seine Sache dank seiner Computerpersönlichkeit wunderbar durchgezogen. Keiner in seinem Umkreis würde jemals darauf kommen, daß er sich außer mit Bytes und Programmen auch noch mit anderen Dingen beschäftigen könnte.

»Wo steckst du denn?« wiederholte er seine Frage.

»Es ist besser für dich, wenn du es nicht weißt.«

»Ach Mensch, was soll's.« Er klang irgendwie erwachsener, selbstsicherer und unerschrockener. »Ich weiß, daß du es nicht getan hast. Wenn du also Hilfe brauchst, dann mußt du nur fragen.«

Sein ungebrochenes Vertrauen kam für sie so überraschend, daß ihr einen Augenblick lang wegen des Kloßes in ihrem Hals die Sprache versagte.

»Wenn du mir helfen willst, dann wirst du gegen das Gesetz verstoßen.« Sie fühlte sich dazu verpflichtet, ihn zu warnen, denn sie hatte nach wie vor ein schlechtes Gewissen, ihn in die Sache mit hineinzuziehen.

»Ich weiß«, erwiderte er gelassen. »Ich habe bereits illegal gehandelt, als ich ihnen nicht erzählt habe, was ich über jene Nacht wußte. Ich habe auch gegen das Gesetz gehandelt, als ich dir verraten habe, wie du an dein Geld kommen konntest. Was also sollte da eine kleine Gaunerei unter Freunden schon noch anrichten können?«

Sie holte tief Luft. »Also gut. Gibt es irgendeine Möglichkeit für dich, in das Computersystem der Stiftung einzudringen, ohne dort Alarm auszulösen?«

»Natürlich«, sagte er zuversichtlich. »Ich habe dir immer schon gesagt, daß es überall eine Hintertür gibt. Ich muß sie nur finden. Wenn es jedoch ein geschlossenes System sein sollte, dann muß ich die Sache vor Ort angehen. Ist das ein Problem?«

Grace atmete nochmals tief durch und versuchte, sich anhand ihrer seltenen Besuche in der Stiftung an das dortige Computersystem zu erinnern. »Meiner Meinung nach ist es ein geschlossenes System.«

»Dann werden wir einen nächtlichen Einbruch starten!« Er schien ganz darauf erpicht zu sein. Kris war mit Haut und Haaren ein Hacker. Er würde jede Mühe auf sich nehmen, um seine illegale Kunst praktizieren zu dürfen.

»Nein.« Harmony hatte ihr zwar keinen Ratschlag gegeben, wie sie ohne den Alarm auszulösen in ein gesichertes Bürogebäude kommen konnte, aber sie hatte ihr diesen und jenen Tip verraten, wie man sich möglichst unauffällig bewegte. »Wir werden tagsüber mit den Reinigungskräften zusammen das Gebäude betreten. Ich weiß zwar noch nicht, wie wir dann ungesehen weiterkommen, aber es wird mir schon noch was einfallen.«

»Wie gesagt«, meinte Kris. »Eine Hintertür gibt es immer.«

14

Als Niall von seinem Erkundungsritt zurückkehrte, trat ihm Sim mit besorgter Miene in den Weg. »Artair und Tearlach sind noch nicht von der Jagd zurückgekommen.« Niall blickte in die Dämmerung. Der kurze Wintertag verblaßte schnell, die niedrig hängenden Wolken kündigten weiteren Schneefall an. Der Wind blies ihm das Haar ins Gesicht. Ungeduldig strich er es zurück und sprang vom Pferd.

»Hol mir Cinnteach«, ordnete er an. Der Wallach war ausgeglichen und hatte die Kraft von zwei Pferden. »Schon erledigt.« Sim deutete auf den Stallknecht, der mit dem großen Pferd wartete. »Ich habe den anderen auch schon Bescheid gegeben, falls du sie mit dabeihaben möchtest.«

»Nur dich und Iver«, sagte Niall. Die beiden Männer waren, abgesehen von ihm selbst, die besten Bogenschützen von Creag Dhu. Vielleicht war es etwas leichtsinnig, nur zwei Männer mitzunehmen, aber er wollte die Burg zu jeder Zeit gut beschützt wissen. Der Winter hatte den lodernden Konflikt zwischen den Hays und Creag Dhu etwas abklingen lassen; seit über einem Monat hatte es keinerlei Angriffe gegeben. Aber Artair und Tearlach waren beide anerkannt gute Jäger, die das Wetter gut einschätzen konnten. Wenn alles in Ordnung war, dann wären sie längst zurückgekehrt.

Artair und Tearlach waren in der Morgendämmerung aufgebrochen und wollten ein *fiadh*, ein Reh also, erlegen, dessen Spuren sie bereits zum zweiten Mal im Schnee gesehen hatten. Aber das ausgefuchste Tier war ihnen beide Male entkommen. Tearlach war zwar im Alter etwas langsamer geworden, aber er war immer noch der beste Fährtenleser unter den Männern. Artair konnte sich sehr leise bewegen, Tearlach dagegen besaß Geduld und Ausdauer, und so arbeiteten sie gut zusammen. Niall glaubte, daß Artair deshalb so gerne im winterlichen Schnee jagte, weil ihn die wilden, leeren, schneebedeckten Berge irgendwie an eine verschlossene und heilige Kathedrale gemahnten. In Creag Dhu gab es zwar eine Kapelle, aber keinen Priester, denn die heiligen Männer hielten ihre heilige Pflicht lieber andernorts ab, als daß sie einem Haufen wilder Abtrünniger die Beichte abgenommen hätten. Die Kapelle stand also bereits seit langem leer. Niall zog es vor, keinerlei Erinnerungen an Gottes Kirche in seiner Nähe zu haben, aber Artair litt sehr unter der Entbehrung und suchte seine heiligen Plätze in der Natur auf.

Fünf Minuten nach seiner Rückkehr war Niall schon wieder unterwegs. Er hatte sich nur gerade soviel Zeit genommen, um etwas Brot und Fleisch herunterzuwürgen und eine Tasse heißes Bier zu trinken. Die Kälte biß sich in seine Haut, aber in seinen Woll- und Fellsachen war er warm verpackt.

Sie ritten langsam im Kreis um die Burg und fanden die Spuren von Artair und Tearlach, wo sie im Wald verschwanden. Die Spuren waren im Schnee deutlich zu erkennen und leicht zu verfolgen.

Niall hob den Kopf. Seine Nase weitete sich, und sein Mund war zu einem grimmigen Strich verzogen, als er sich in dem schwarz-weißen Wald umblickte. Er spürte Gefahr in Verzug, zwischen seinen Schulterblättern prickelte es. »Verteilt euch«, befahl er leise. Sim und Iver entfernten sich, so daß sie bei einem Angriff nicht so leicht alle drei zusammen gefangen werden würden. Auch konnten sie so besser die jeweils vorhandene Deckung nutzen.

Die Erkundungsritte des Tages hatten weder Fuß- noch Hufspuren gezeigt, die in das von Creag Dhu kontrollierte Land eingedrungen wären. Aber wenn der Hay willens und schlau genug war, dann hätte er seine Leute ein oder zwei Tage vor dem Schnee entsenden und sie den besten Angriffsmoment abwarten lassen können. Wenn ihnen eine Höhle zur Verfügung stand, dann konnten die Hochländer gut und gerne den Schnee und die Kälte aushalten. Ihre Pferde zu verstecken wäre schon schwieriger, denn noch nicht einmal der Hay war so dumm, seine Leute zu Fuß loszuschicken. Auch würden sie Wasser haben müssen. »Sollten welche von den Hays unterwegs sein, dann sind sie sicherlich nahe am

Fluß.« Niall sprach leise, aber doch so scharf, daß sowohl Sim als auch Iver ihn verstehen konnten. Beide nickten und blickten sich unruhig um. Ihr Blick ruhte kaum mehr als den Bruchteil einer Sekunde auf irgendeinem Detail.

Trotz seiner Vorahnung einer drohenden Gefahr konnte Niall niemandem im Wald ausmachen. Das Gefühl, beobachtet zu werden, kannte er gut, denn er hatte es während der vergangenen Monate oft verspürt. Manchmal war es der Blick eines der Männer des Hays, aber oft war es auch *sie*, die Frau, der Geist. Er wußte nicht, warum sie ihn beobachtete oder was sie von ihm wollte. Doch oft konnte er ihren Blick während einer Schlacht auf sich spüren. Er fühlte ihre Angst, wenn er in Gefahr war, und ihre Erleichterung, wenn er siegreich und unverletzt aus einer Auseinandersetzung hervorgegangen war. Das war mindestens genauso beunruhigend, wie wenn sie ihn dabei beobachtete, wie er mit einer warmen Frau zusammen im Bett lag – oder aber auf ihr lag. Es beunruhigte ihn immer mehr. Wenn er sie jemals zu fassen bekäme, dann wäre er wirklich versucht, ihr den Hals umzudrehen.

Sie beobachtete ihn in den unangebrachtesten Augenblicken, jetzt aber ritt er ganz allein durch den Wald. Schneeflocken tanzten vom Himmel herunter und küßten kühl sein Gesicht. Er konnte kaum die Spuren im Schnee ausmachen.

Cinnteachs Ohren horchten auf, und Niall hob warnend die Hand, um ihren Ritt zu verlangsamen. Vor ihren Augen bewegte sich nichts, aber der Wind trug ihm einen zwar nur leichten, aber doch eindeutigen Geruch zu. Sims Pferd trat nervös auf der Stelle und schlug den Kopf vor und zurück.

Niall stieg vom Pferd hinunter. Mit der rechten Hand umfaßte er den Griff seines Schwertes. Seine angespannten Sinne spürten einen Blick auf sich ruhen, ganz als ob ihn jemand berührt hätte. Er warf sich gerade noch rechtzeitig zur Seite und hörte das leise Zischen eines Pfeiles, ehe die scharfe Metallspitze sich in seine linke Schulter bohrte.

Er fiel auf die Knie und ging hinter einem großen Baum in Deckung. Sich umblickend bemerkte er, daß auch Sim und Iver in Deckung gegangen waren und aufgebracht zu ihm hinübersahen. Er gab ihnen Zeichen, daß er wohlauf sei und bedeutete ihnen, ihre Position so zu verändern, daß sie sich an den Eindringlingen vorbei vorwärtsbewegten und diese so in ihre Mitte nahmen.

Seine Schulter brannte wie sieben Höllen. Aber er hatte vorsichtshalber ein seidenes Unterkleid angezogen. Auf dieser Regel bestand er bei allen seinen Männern. Allen Tempelbrüdern war bekannt, daß ein Pfeil Seide nicht durchbohren konnte. Der größte Schaden einer Pfeilverletzung entstand nicht beim Eindringen, sondern wenn man den Pfeil wieder herauszog. Wenn man jedoch Seide trug, so drang der Stoff mit in die Wunde ein, verhinderte das Eindringen von Schmutz und gewährleistete außerdem, daß man den Pfeil gut wieder herausziehen konnte, da der Stoff die Widerhaken umhüllte. Er griff sich ins Hemd und riß sich den Pfeil heraus. Der Pfeil löste sich aus dem Fleisch, allerdings nicht widerstandslos. Er biß vor Schmerz die Zähne aufeinander. Seide mochte die Wunde wohl etwas weniger tief werden lassen, aber angenehm war es dennoch nicht. Blut strömte ihm aus der Schulter und durchtränkte sein Hemd. Schmerz hatte ihn schon immer wütend gemacht. Seine Augen verengten sich zu schmalen Schlitzen, während er hinter einen Baumstamm robbte. Jede Bewegung wurde durch seine Schulter behindert, was ihn noch zorniger machte.

Der Schnee fiel jetzt heftiger und behinderte die wenige, noch vorhandene Sicht. Sowohl Sim als auch Iver waren in Wartestellung, aber nichts bewegte sich. Niall grub seine Finger in den Schnee und suchte nach einem Tannenzapfen oder einem Stein. Selbst ein Kieselstein würde genügen, denn ein leises Geräusch würde sich als effektiver erweisen als ein lautes.

Er fand einen feuchten, aufgeweichten Tannenzapfen und warf ihn in die Richtung, aus der der Pfeil gekommen war. Er landete mit einem leisen Rauschen, als ob jemand versehentlich schneebedeckte Zweige gestreift und deren Last abgeschüttelt hätte.

Ein Schütze stand hinter einem Felsen mit angespanntem Bogen auf und fixierte die Zielrichtung. Wieder war ein leise singendes Geräusch zu vernehmen, und Ivers Pfeil durchbohrte die Kehle des Bogenschützen. Seine plötzlich tauben Finger ließen vom Bogen ab, und der Pfeil fiel vor ihm in den Schnee. Mit weit aufgerissenen Augen und auf Zehenspitzen torkelnd, umklammerte er seinen Hals mit den Händen. Ein ersticktes Gurgeln blubberte durch seine Lippen, gefolgt von einem Blutsturz. Dann brach er im Schnee zusammen.

Aus der anderen Richtung schoß Sim seinen Pfeil los. Er hatte zwar kein bestimmtes Ziel, also richtete er ihn auf einen dichten Busch, der sich gut als Schutz eignete. Seine Vermutung bestätigte sich umgehend, denn ein Schmerzensschrei durchdrang die kalte Luft.

Niall machte sich die kurze Ablenkung zunutze, um sich erneut zu bewegen. Er glitt hinter einen Baum und war jetzt dem Feind viel näher als dort, wo ihn der Pfeil getroffen hatte. Seine weißen Zähne glitzerten, als er den Kopf zurückbog und einen markerschütternden Schrei ausstieß. Wie ein angreifender Löwe sprang er aus seiner Deckung auf. Vier Mann fuhren hinter ihrer Deckung hoch, erschrokken über die blutüberströmte Erscheinung, die sie mit erhobenem Schwert unter sich zu begraben drohte. Einem der Männer gelang es, sein Schwert zu zücken. Metall schlug gegen Metall, aber dann wurde der Mann von Nialls Körpergewicht in die Knie gezwungen. Sim und Iver schossen jeweils noch einen Pfeil ab, dann sprangen sie ebenfalls laut brüllend vor. Niall stieß den Dolch zwischen die Rippen seines Gegners, dann drehte er ihn zur Seite, bis er auf die Knochen stieß. Der Mann bäumte sich auf. Niall wirbelte von ihm weg, wehrte durch einen halben Kniefall den Angriff eines Mannes ab, während er den blutigen Dolch hochhob. Das scharfe Metall grub sich in den weichen Bauch. Niall brauchte den Dolch nur festzuhalten, während der Mann sich dank der Geschwindigkeit seines Angriffs selbst aufschlitzte. Niall sprang auf die Beine, aber Sim und Iver hatten bereits ihre Männer zu Fall gebracht. Nur sie drei waren übriggeblieben und standen leise keuchend und mit dampfendem Haar im Schnee.

»Wie steht es mit deiner Schulter?« fragte Iver und deutete auf Nialls Wunde.

»Nicht besonders tief.« Das stimmte zwar, aber dennoch brannte sie wie die Hölle selbst. Niall rannte wutentbrannt auf sein Pferd zu. Jetzt war er sich ganz sicher, daß sie Artair und Tearlach nicht mehr lebend finden würden. Die Haymänner hatten es schlau angestellt, hatten sich an die beiden herangeschlichen und sich dann gut versteckt, bis sie die ihnen zahlenmäßig unterlegenen Männer überfallen konnten, die Feiglinge.

Wenig später fand er seine Männer. Artair lag auf dem Rücken, seine blauen Augen starrten blind nach oben. Niall stieg vom Pferd, kniete neben dem alten Freund nieder und strich ihm über das Gesicht und über die Hand. Er war bereits kalt, und sein Körper wurde steif. Der Pfeil hatte ihn direkt ins Herz getroffen. Er hat nicht mehr leiden müssen, dachte Niall und verhüllte Artairs Gesicht mit einer Decke. Sein Gesichtsausdruck schien beinahe friedlich, als ob er nun endlich ein Leben verlassen habe, in dem es ohnehin keinen rechten Platz mehr für ihn gegeben hatte.

»Adieu, mon ami«, flüsterte Niall. Bei den Tempelbrüdern

hatten sie ihren Unterricht auf französisch erhalten. Und in dieser Sprache verabschiedete sich dann auch Niall von dem letzten seiner Freunde aus jenen Tagen. Jetzt lebten sie alle nicht mehr, all die Ritter, die auf Creag Dhu Unterschlupf gesucht hatten. Manche waren auf den Schlachtfeldern von Schottland gefallen, andere waren eines natürlichen Todes gestorben, wieder andere hatten sich an einen entlegenen Ort zurückgezogen. Aber sie alle waren keine Ordensritter mehr gewesen, nur er stand immer noch im Dienst des Ordens. So war es jetzt bereits seit vierzehn Jahren, aber solange Artair noch lebte, hatte er die Verbundenheit gespürt. Jetzt aber war niemand mehr in Creag Dhu, der ihn auch nur ansatzweise begreifen konnte. »Tearlach lebt noch«, sagte Sim und preßte seine breiten Finger tief in dessen verwundeten Nacken. Er begutachtete die Blutmenge auf dem Schnee und schüttelte seinen schütteren Kopf. »Er ist schon fast verblutet. Er wird den Morgen nicht mehr erleben.«

Niall stand auf und hob Artairs Körper auf die Schulter. »Möglich«, sagte er. »Aber wenn er stirbt, so wird es wenigstens unter Freunden sein.«

Nachts saß er schlaflos in seiner Kammer und ließ brennenden Whiskey seine Kehle hinunterrinnen. Er war bereits betrunken, aber das Bier hatte seine Laune nicht bessern können. In seiner Schulter pulsierte der Schmerz. Die Wunde hatte man mit ebendiesem Bier gereinigt und sie mit einer Schlammpackung bedeckt, die ihr eventuell auftretenden Eiter sofort entziehen würde. Er war vom Fieber erhitzt, aber davor hatte er keine Angst. Er hatte nach jeder seiner Verwundungen umgehend Fieber gehabt. Ihm war es nicht entgangen, daß er schneller zu heilen schien als diejenigen seiner Männer, bei denen das Fieber erst später einsetzte. Die Wunde war sauber gewesen, das Bier hatte gebrannt, und in zwei Tagen würde er kaum noch etwas von der Schulterverletzung spüren.

Die Glut des Feuers wärmte ihm die entblößten Schultern und den Rücken. Er hatte sich seine Karodecke um die Hüften geschlungen, aber abgesehen davon hatte er nichts an.

Er starrte mit steinernem Gesichtsausdruck ins Leere. Verdammt sollte er sein, dieser Hayclan. Und wenn er den ganzen Clan auslöschen und das schottische Hochland von ihrer widerlichen Gegenwart befreien müßte, er würde sich für Artair rächen. Schon bald würde ihnen der Winter seine eisigen Krallen von den Bergen herunter entgegenstrecken.

Jetzt aber war er betrunken und fiebernd mit seinen Gedanken ganz allein. Niemand beobachtete ihn, und keiner war in seiner Nähe, wenn er *ihrer* Gegenwart bedurfte. Er schloß die Augen und spürte den Schmerz der Einsamkeit. Sein ganzes Leben lang hatte er Teile seiner Persönlichkeit vor der Welt verheimlichen müssen. Seine Verwandtschaft mit dem Bruce wurde bereits lange vor dessen Ernennung zum König verheimlicht. Später bei den Rittern hatte er seine Natur verheimlichen müssen, obwohl er jeden Abend brennend vor Verlangen ins Bett gegangen war. Jetzt konnte er seiner Lust freien Lauf lassen, aber er mußte seine ritterliche Vergangenheit verheimlichen, obwohl die acht Jahre im Orden ihn in vielerlei Hinsicht zu dem Mann gemacht hatten, der er heute war. Selbst Robert, dem all diese Dinge bekannt waren, wußte nicht, daß er mit der Rolle des Schatzhüters betraut war, noch wußte er von dem elenden Fluch, der Nialls Leben bestimmte.

Nur *ihr* gegenüber hatte er nichts zu verbergen. Wer auch immer sie sein mochte, er spürte, daß sie ihn kannte, wie es noch kein Mensch vor ihr getan hatte. Sie kannte ihn selbst im Schlaf durch und durch. Wenn sie in der nächtlichen Stille zu ihm kam und er seine Arme um sie legte, kannte sie den ganzen Mann. Dennoch preßte sie sich an ihn und bot ihm ihren Körper und ihre Seele. Niall atmete scharf ein, als die Lust ihn überkam. Er verlangte nach ihr, aber nicht im

Traum. Er wollte sie tatsächlich bei sich haben, wollte sie mit seinen Händen wärmen, wollte ihren frischen Duft einatmen und Besitz von ihr ergreifen.

Er konnte sie beinahe spüren, so heftig war sein Verlangen. Seine Hände ballten sich zu Fäusten, als er sich das Gefühl ihrer seidigen Haut vorstellte. Fieber, Bier und Verlangen vermischten sich, und plötzlich war sie da und glitt mit ihren Händen über seine entblößten Schultern. Er spürte ihre Sorge, als sie die verbundene Schulter berührte, aber ihre Sorge war es nicht, wonach er verlangte. Er riß sie heftig an sich und zog sie auf seinen Schoß, während er ihr gleichzeitig die wenigen Kleidungsstücke vom Leib riß. Er konnte ihr Gesicht nicht so recht erkennen, aber sie war bei ihm, und das genügte ihm. Er legte seine Hand auf ihren kühlen Bauch und wärmte ihn mit seinen Liebkosungen. Er fühlte, wie sich die Muskeln unter seiner Hand zusammenzogen und sie scharf einatmete. Ihre kleinen Knospen sprangen wie erwartet hervor. Sie reagierte auf die leichteste Berührung, und er wußte, wenn er seine Finger zwischen ihren Schenkeln in der zarten Öffnung versenken würde, daß sie feucht und bereit sein würde.

Statt dessen aber umfaßte er ihre Brüste und rieb mit seinem Daumen ihre Knospen, dann beugte er seinen dunklen Kopf vor und saugte zärtlich an ihnen. Sie erbebte in seinen Armen und drängte sich noch dichter an ihn. Ihre Brüste waren so lieblich, klein und wunderbar rund, ganz seidig und empfindlich. Ihm war augenblicklich klar, daß sie, anders als andere Frauen, für gröbere Zärtlichkeiten wenig empfänglich war. Sie war graziler gebaut als all die anderen Frauen, die er gekannt hatte. Aber sie war sowohl zierlich als auch kräftig, und ihre Haut schimmerte durchscheinend.

Er konnte es einfach nicht länger aushalten, sosehr verlangte er nach ihr. Er drehte sich blitzschnell zu ihr um und legte sie mit dem Rücken auf eine Bank. Er schob die Decke beiseite, setzte sich auf die Bank, öffnete ihre Schenkel und legte sich dazwischen. Er beobachtete, wie er in sie eindrang. Sein Schaft war eigentlich viel zu lang und viel zu brutal für das weiche Fleisch, das sich unter seinem Druck weitete. Dennoch nahm sie ihn ganz in sich auf, bäumte sich ihm entgegen und stöhnte lustvoll auf. Als sie ihn eng umhüllte, biß er die Zähne aufeinander, beugte sich über sie und begann sie langsam und tief zu stoßen. Durch das Fieber war er kurz vor dem Delirium, aber er verlangte so sehr nach ihr, daß er sich nicht zurückhalten konnte. Sie schlang ihre Arme um seinen Nacken, und er konnte spüren, daß ihr Verlangen nach ihm ebenso heftig war wie umgekehrt. Sie schien ihn so, wie er war, vollkommen zu akzeptieren. Plötzlich wurde ihm bewußt, daß er nicht mehr allein war.

Aber er war es doch.

Er öffnete die Augen und riß sich abrupt aus seinem Traum. Schwer atmend saß er da und verfluchte sie leise. Verdammt sollte sie sein, daß sie ihn so herausgefordert hatte, ihn mit ihrer Gegenwart verführt hatte und dann verschwunden war, als er am heftigsten nach ihr verlangt hatte. Seine Einsamkeit legte sich wie eine schwere Bürde auf seine Schultern. Sein Kopf fiel ihm auf die Brust. Er schloß die Augen und versuchte sie sich vorzustellen. Aber sie war ganz und gar verschwunden, als ob es sie niemals gegeben hätte.

»Wo bist du denn, Mädchen?« murmelte er.

Grace schrak aus dem Schlaf hoch und griff nach ihrer Pistole. Jemand hatte direkt in ihr Ohr gesprochen. Sie sprang auf und umklammerte mit dem Rücken zur Wand mit beiden Händen den Pistolengriff. Sie zielte suchend in der Gegend umher, konnte aber kein Ziel ausmachen. Das Zimmer war leer und dunkel, nur das Licht der Straße drang ein wenig durch die geschlossenen Gardinen. Keuchend sank sie zurück. Ein Traum. Nur ein Traum, ausnahmsweise auch noch einer ohne Niall. Oder doch nicht? Die Stimme, die sie aus dem Schlaf gerissen hatte, war tief und schnarrend gewesen, außerdem hatte sie das Wort *Mädchen* deutlich gehört.

Also doch Niall. Sie schloß die Augen und versuchte tief und langsam zu atmen, um ihr rasendes Herz zu beruhigen. Nach ein paar Minuten hatte sie sich entspannt und versuchte, sich noch einmal an die Stimme zu erinnern. Eine tiefe, vom Whiskey schnarrende Stimme. Nicht die weiche Stimme eines geübten Verführers, sondern die eines durch und durch selbstsicheren Mannes, der zu befehlen gewohnt war. Und doch hatte er sie ganz leise gefragt: »Wo bist du denn, Mädchen?« Er hatte es in einem Tonfall gesagt, als ob er sie wirklich brauchen würde.

Grace weitete die Augen. Sie hatte also wieder geträumt. Sie erinnerte sich nun daran, wie der Schwarze Niall ruhig vor der Feuerstelle gesessen hatte. Aber irgend etwas war jetzt anders, so als ob es gar nicht ihr Traum wäre, sondern als ob etwas von außen sie dort hineingezogen hätte.

Allmählich wurde ihr Traum klarer. Sie sah ihn allein halbnackt dasitzen, seine Decke hatte er um die Hüften geschlungen. Offenbar war er verletzt worden, denn ein grober Verband war um seine linke Schulter gewickelt. Das Leinentuch stach blaß gegen seine olivfarbene Haut ab. Angst durchzuckte sie, und sie wollte zu ihm gehen, um sich von seinem Wohlergehen zu überzeugen.

Er hielt einen metallenen Kelch in der Hand. Mit ausdruckslosem, verdüstertem Gesicht stierte er vor sich hin. Seine schon geradezu absolute Einsamkeit wurde ihr quälend bewußt. Dann schloß er die Augen. Plötzlich war sie bei ihm, lag nackt in seinen Armen, während er sie liebkoste und zärtlich an ihren Brüsten saugte. Grace zitterte bei der Erinnerung, die viel mehr als nur eine Erinnerung war.

Sie lag auf einer Bank, während er sich über sie beugte und mit angespanntem Gesicht wieder und wieder in sie eindrang. Verlangend schlang sie die Arme um seinen Hals und hätte vor Wollust fast geweint. Und dann: nichts. Er war weg, der Traum vorbei. Nur sein gemurmeltes »Wo bist du denn, Mädchen« hallte wie ein Echo in ihrer Seele. Es schien ihr fast, als hätte sie dort sein, seine Wunde pflegen können und ihm den Trost geben können, den Frauen allen Kriegern entgegenbringen. Sie verspürte einen Anflug von Bedauern, daß sie nicht bei ihm sein konnte.

Sie sah sein Bild klar und deutlich vor sich. Er saß mit dem Rücken zum Feuer. Das goldene Licht schimmerte auf seinen nackten, muskulösen Schultern und umrahmte wie ein Heiligenschein sein langes, schwarzes Haar. Eben solch schwarzes Haar bedeckte seine Brust und führte in einer schmalen Linie über seine waschbrettartige Bauchmuskulatur bis hin zu seinem kleinen Nabel. Seine langen Beine waren muskulös. Es waren die kräftigsten Beine, die sie jemals gesehen hatte. Lebenslange Übung mit Schwert und Axt hatte sie gestählt. Er konnte allein mit der Kraft seiner Schenkel einem mächtigen Hengst die Richtung weisen, während er über hundert Pfund an Rüstung trug und dabei auch noch kämpfte. Er war durch und durch ein Krieger, und sein Körper selbst war seine Waffe.

Dennoch war er ganz einfach nur ein Mann, dachte sie mit beinahe schmerzlicher Zärtlichkeit. Er blutete, er litt Höllenqualen, er betrank sich alleine in seiner Kammer und grübelte darüber nach, warum irgendeine Frau ihn nicht beachtete. Denn es war einzig ihre Vorstellung, daß sie glaubte, er habe mit ihr gesprochen.

Wenn er doch … wenn sie noch bei ihm wäre … Sie würde ihn bequem auf das Bett legen. Er hatte bestimmt noch etwas Fieber, ein kaltes Tuch auf der Stirn würde ihm sicher guttun. Sie zweifelte allerdings nicht daran, daß er ein unbequemer Patient sein würde. Anstatt sich auszuruhen, würde er darauf bestehen, daß sie sich zu ihm legte. Und kurz darauf würden seine Hände ihre Schenkel aufwärtsstreicheln...

»Verflucht noch mal!« Grace stöhnte und preßte ihre Handflächen auf die Augen. Ihr Atem ging immer noch schnell, und sie fühlte sich warm und geschmeidig an. Ihre Knospen standen hart hervor und zeichneten sich unter dem dünnen T-Shirt ab. Es war schon schlimm genug, daß sie nachts manchmal von ihm träumte. Aber daß sie sogar oft am hellichten Tage an den Schwarzen Niall dachte, war ein entsetzlicher Betrug an Ford.

Sie hielt immer noch die Pistole in der Hand. Vorsichtig legte sie sie zurück und wollte sich wieder ins Bett legen, aber sie war hellwach. Sie warf einen Blick auf den Wecker. Es war noch nicht einmal elf Uhr, sie hatte erst eine Stunde geschlafen. Lange genug offensichtlich, daß Niall sich ihres Unterbewußtseins bemächtigen konnte. Acht Monate lang war sie innerlich vollkommen tot, und so wollte sie auch weiterhin bleiben. Sie hatte nicht gelacht und weder Sonne noch Meer noch einen aufkommenden Sturm genossen. Es war einfacher so. Wenn sie nicht so abgestumpft gewesen wäre, hätte sie gar nicht überleben können. Wenn sie wieder Leben in sich spürte, würde sie das nur schwächen. In den acht Monaten hatte sie noch nicht einmal geweint. Sogar die Tränen wurden durch das sie umgebende Eismeer zurückgehalten. Niall aber war wie ein Riß im Eis. Eines Tages würde erst die Wand, dann sie selbst zusammenbrechen.

Diese Schwäche durfte sie sich nicht zugestehen. Sie mußte sich mit den gälischen Dokumenten beeilen. Wenn sie damit fertig war, würde auch der Schwarze Niall aus ihren Gedanken verschwinden. Wenn sie sich irgendwie an Parrish rächen konnte, würde ihre Seele vielleicht wieder Ruhe finden und anfangen zu heilen. Ihr Unterbewußtsein würde dann nicht länger in einer Traumwelt verharren müssen.

An Schlaf jedenfalls war im Augenblick überhaupt nicht zu denken. Sie stöhnte. Sie hätte sich gut ausruhen müssen, denn morgen wollten Kris und sie sich einen Weg in das Computersystem der Stiftung bahnen. Dennoch schaltete sie das Licht an. Ihre Gedanken purzelten durcheinander. In diesem Zustand konnte sie die Zeit auch zum Arbeiten nutzen.

Sie schaltete jedoch ihren Laptop nicht an, sondern rollte sich mit ihren gälischen Notizen auf einem Plastiksessel zusammen, den sie mit einem übergeworfenen Tuch verschönert hatte. Das quietschende Plastik konnte sie zwar immer noch hören, aber zumindest blieb sie dank des Tuches nicht an seiner Oberfläche kleben.

Stöhnend nahm sie sich ein Blatt vor. Noch mehr mathematische Formeln, aber immerhin waren sie auf lateinisch geschrieben. Ihre Augenbrauen schossen überrascht in die Höhe. Dies war das erste Mal, daß zwei Sprachen in einem Dokument nebeneinanderstanden. Die Handschrift war auch eine andere, einfacher und deutlicher. Sie kritzelte die Formeln auf ihren Notizblock und übersetzte sie ins Englische. »Für zwanzig Jahre beträgt der Wasseranteil…« Seitenweise wurden präzise Berechnungen aufgeführt, um das angepeilte Jahr zu erreichen. Die notwendige Voltzahl wurde ebenfalls aufgeführt. So jedenfalls hatte sie es verstanden, obwohl man damals noch nichts über Elektrizität wußte außer dem, was man aus der Beobachtung von Blitzen ableiten konnte. Was also hatten sie dann gemessen? Energie, aber welche?

Gähnend schrieb sie alles ab. Es war wie das Notieren eines komplizierten Rezeptes, allerdings nicht halb so interessant. Diese Sache würde sie schon bald ausreichend ermüden, um wieder schlafen zu können.

Danach las sie sich die Übersetzung laut vor.

»Für DCLXXV Jahre« – Moment, D bedeutete fünfhundert Jahre, mit dem C kamen noch einmal hundert dazu, L stand für fünfzig, die zwei X jeweils für zehn und dann noch das V für fünf Jahre. Sechshundert und fünfundsiebzig Jahre. »Ziemlich genaue Angaben, nicht wahr?« murmelte sie an den damaligen Schreiber gewandt.

Fast beiläufig zog sie von 1997 die 675 Jahre ab und erhielt das Jahr 1322. »Ein schönes Jahr«, grummelte sie. »Kann ich mich noch gut daran erinnern.« Was für ein Zufall: 1322 war eines der Lebensjahre des Schwarzen Nialls.

In der Hoffnung auf neue mathematische Aufgaben wandte sie sich wieder dem Blatt zu. Sie blinzelte die Seite verschlafen an und fragte sich, ob sie doch zu müde geworden war. Oder hatte sich ein Blatt in den Stapel verirrt, das gar nicht zu den gälischen Dokumenten gehörte?

Sie las den Satz noch einmal und erschauderte. »Nein«, murmelte sie. »Das ist doch nicht möglich.« Aber da stand es, auf gälisch und in derselben Handschrift, in der auch die mathematischen Formeln niedergeschrieben waren: »Möchtest du den Beweis haben? Im Jahre 1945 des Herrn erschlug der Hüter die deutsche Bestie, und so kam Grace nach Creag Dhu. – Niall MacRobert, im Jahre 1322.«

Sie rang am ganzen Körper zitternd nach Luft. Die Worte begannen vor ihren Augen zu verschwimmen. Das Wort »deutsch« hatte es im vierzehnten Jahrhundert doch noch gar nicht gegeben.

Wie konnte jemand im vierzehnten Jahrhundert von etwas Kenntnis haben, das erst im zwanzigsten Jahrhundert stattgefunden hatte? Das war unmöglich – es sei denn, daß sich die Formeln tatsächlich anwenden ließen.

Es sei denn, sie hatten damals wirklich in der Zeit reisen können.

15

Kris erkannte sie nicht wieder. Sie hatten sich für den darauffolgenden Tag vor dem Supermarkt verabredet. Grace war eine Stunde vorher gekommen, damit sie genügend Zeit hatte, um irgend etwas Verdächtiges zu bemerken. Sie mißtraute Kris nur sehr ungern, es stand jedoch zuviel auf dem Spiel, um unvorsichtig zu sein.

Sie sah Kris in seiner geliebten Chevelle vorfahren. Der Motor röhrte, und einige Männer in mittleren Jahren warfen ihm neidische Blicke zu. Armer Kris. Er wollte eigentlich die weibliche Aufmerksamkeit erregen, statt dessen aber wurden nur Männer auf sein Auto aufmerksam. Immerhin hatte er in der Zwischenzeit einiges an der Chevelle verbessert und hatte sie in einem leuchtenden Feuerwehrrot lackiert.

Er parkte am Ende der Straße und wartete. In der Stunde, die Grace bereits wartend verbracht hatte, waren ihr keine Autos aufgefallen, die mehrmals vorbeigefahren wären. Dennoch wartete sie weiter. Nach einer weiteren Viertelstunde schlüpfte sie aus dem Transporter und ging über den knirschenden Schnee, der seit ihrer Ankunft auf den Parkplatz gefallen war. Es schneite immer noch ein wenig, dünne Flocken wirbelten und tanzten im Wind. Sie trat an die Chevelle heran und klopfte ans Fenster. Kris rollte es ein wenig herunter. »Ja, was ist?« fragte er leicht ungeduldig.

»Hallo, Kris.«

Kris riß entsetzt die Augen auf. Er sprang aus dem Auto, wobei er ausrutschte und sich an der Tür festhalten mußte. »Mein Gott«, murmelte er. »Mein Gott.«

»Eine Perücke«, erklärte sie. Sie trug eine blonde Perücke, darüber eine Baseballmütze und eine Sonnenbrille. Dazu kam der Gewichtsverlust von dreißig Pfund. Keiner ihrer früheren Bekannten hätte sie jemals wiedererkannt.

Kris' verblüffter Blick wanderte von ihren Stiefeln über die engen Jeans, die Jeansjacke bis hin zu ihrem Gesicht. Seine Lippen öffneten sich, er brachte jedoch keinen Laut hervor. Seine Nasenspitze lief rot an. »Mein Gott«, wiederholte er. Plötzlich schlang er beide Arme um sie und wiegte sie hin und her. Graces Nerven standen ständig unter Hochspannung. Sie konnte sich gerade noch zurückhalten, ihm die Füße wegzuschlagen. Aber dann schluchzte er kurz auf, und seine Schultern bebten. Jetzt erst merkte sie, daß er weinte.

»Ist schon gut«, sagte sie zärtlich und erwiderte seine Umarmung. »Ist schon gut.« Es war ein eigenartiges Gefühl, sich von jemanden berühren zu lassen und selbst eine andere Person zu berühren. Sie hatte so lange keinerlei körperliche Berührungen mehr genossen, daß sie sich ganz ausgehungert vorkam.

»Ich hatte solche Angst«, flüsterte er mit rauher Stimme in ihre Baseballmütze. »Ich wußte ja nicht, wie es dir geht, ob du eine Bleibe hast...«

»Manchmal ja, manchmal nein«, erwiderte sie und klopfte ihm auf den Rücken. »Die erste Woche war die schlimmste. Könnten wir vielleicht ins Auto steigen? Ich will nämlich um keinen Preis irgendwie auffallen.«

»Wie? Ach so, ja klar.« Er trabte zur Beifahrertür und öffnete sie für sie. Diese höfliche Geste ihr gegenüber rührte sie. Er war immer noch dünn und schlaksig, seine Brille rutschte ihm immer noch die Nase hinunter, aber in mancherlei Hinsicht war er doch erwachsener geworden. Seine Schultern machten einen etwas breiteren Eindruck, seine Stimme klang nicht mehr ganz so jungenhaft, sogar sein Bartwuchs war etwas stärker geworden. Als Erwachsener würde er besser abschneiden als ein Jugendlicher, und wenn andere Männer bereits gegen die Anzeichen ihres fortschreitenden Alters ankämpften, würde er immer noch rank und schlank sein.

Er schlüpfte hinter das Lenkrad, knallte die Tür zu und blickte sie an. Seine Augen waren noch feucht, aber jetzt schüttelte er nur noch verdattert den Kopf. »Ich hätte dich niemals erkannt«, platzte er heraus. »Du … du bist einfach winzig.«

»Dünn«, korrigierte sie ihn und deutete auf ihre fünf Zentimeter hohen Absätze.

»Sieht super aus«, bemerkte er blinzelnd. Er betrachtete seine eigenen Füße. Grace vermutete, daß er nun auch bald Stiefel tragen würde. Sie jedenfalls strahlte mit Stiefeln mehr Stärke aus.

Kris blickte ihr wieder ins Gesicht, und seine Unterlippe begann erneut zu zittern. »Du wirkst erschöpft«, stieß er hervor.

»Ich konnte letzte Nacht nicht schlafen.« Das entsprach der ungeschminkten Wahrheit. Nachdem sie diese kleine Notiz über den Schwarzen Niall gelesen hatte, hatte sie einfach nicht mehr einschlafen können. Sobald sie daran dachte, lief ihr ein Schauer über den Rücken, und eine Gänsehaut überzog ihren Körper. Aber nach dem ersten Schock war es nicht der Satz über 1945, der ihr so unheimlich vorkam, sondern die Formulierung »und so kam Grace nach Creag Dhu«. Sicherlich war damit nicht ihr Name, sondern vielmehr ein segensreicher Zustand gemeint. Dennoch fühlte es sich so … so persönlich an, als ob es ganz bewußt an sie gerichtet wäre. Es schien ihr fast, als ob man sie dazu aufforderе, die Formel anzuwenden und durch die Zeit zurückzureisen. Die Berechnungen waren äußerst exakt gewesen, genau 675 Jahre war es her, seit das Dokument im Jahre 1322 geschrieben worden war. Kris griff nach ihrem Handschuh und drückte ihn. »Wo bist du gewesen?«

»Ständig woanders. Ich bin nie lange an ein und demselben Ort geblieben.«

»Die Polizei …«

»Wegen der Polizei mache ich mir nicht so große Sorgen, aber ich habe Angst vor Parrishs Männern. Die Polizei jagt mich nach so langer Zeit nicht mehr. Natürlich würden sie einen Hinweis überprüfen, aber mehr nicht. Parrishs Leute dagegen hätten mich einmal beinahe erwischt.«

»Es ist alles vollkommen verrückt.« Kris schüttelte den Kopf. »Glaubst du immer noch, daß sie wegen der Papiere in deinem Besitz hinter dir her sind?«

»Ich *weiß*, daß es so ist.« Sie starrte aus dem Fenster, das von ihrem Atem langsam beschlug. »Ich habe diese Dokumente übersetzt, und ich weiß genau, warum er sie haben will.«

Kris ballte seine Hände zu Fäusten und blickte auf ihr zartes Profil. Er wollte sie irgendwohin mitnehmen und ihr etwas zu essen kaufen. Er wollte eine Decke um sie schlingen, er wollte... er wollte irgendwo reinschlagen. Sie sah so zerbrechlich aus. Ja, das war das richtige Wort: zerbrechlich.

Grace war immer schon ein ganz besonderer Mensch für ihn gewesen. Er hatte sie fast sein ganzes Leben lang gekannt und hatte sich, seitdem er siebzehn war, ein wenig in sie verliebt. Sie war stets nett zu ihm gewesen und hatte ihn, anders als die anderen Erwachsenen, wie ihresgleichen behandelt. Grace war ein wirklich guter Mensch, sie war klug und freundlich, und ihr Mund machte ihn ganz schwindelig. Er hatte davon geträumt, sie zu küssen, sich dann aber nie getraut. Es war zwar schofelig von ihm, aber als sie ihn gestern angerufen hatte, hatte er wieder daran gedacht, sie zu küssen und sogar überlegt, daß das doch jetzt in Ordnung sei, da Ford nicht mehr lebte. Aber als er sie jetzt ansah, wurde ihm klar, daß niemals wieder etwas in Ordnung sein würde. Sie war still und traurig und distanziert, und ihr Mund sah so aus, als ob er niemals wieder lächeln würde.

Er riß sich von seinen Gedanken los und holte vom Rücksitz einen Computerausdruck hervor. »Hier«, sagte er und legte ihn ihr in den Schoß. Vielleicht konnte er sie niemals küssen, aber er würde alles tun, um ihr zu helfen. »Das ist der Bauplan vom Stiftungsgebäude.«

Grace legte ihre Sonnenbrille auf das Armaturenbrett. »Wo hast du denn den her?« fragte sie überrascht und blätterte durch die Seiten.

»Nun, das Gebäude ist relativ neu. Eine Kopie des Plans war bei der Stadtverwaltung zu bekommen, vermutlich wegen irgendwelcher Notfälle oder so.«

Sie blickte ihn von der Seite an. »Du bist also zur Stadtverwaltung gegangen und hast dir dort eine Kopie geben lassen?«

»Nicht ganz. Ich habe ihn aus ihren Computern herausgefischt.«

»Hoffentlich ohne Alarm auszulösen.«

»Also bitte«, rügte er sie. »Es war ein Kinderspiel.« Sie sollte ihn dafür nicht tadeln, denn schließlich war sie es, die ihn dazu aufforderte, ein noch viel gefährlicheres Verbrechen als Computerhacken zu begehen. »In den Stiftungscomputer zu gelangen wird nicht ganz so einfach sein«, warnte sie.

»Nein, aber ich habe mir schon einen Plan gemacht. Deine Idee mit den Reinigungskräften ist gut. Wir klauen uns zwei Arbeitsanzüge und gehen einfach rein. Wir müssen nur in das Gebäude gelangen, in die Büros brauchen wir gar nicht. Schau mal hier«, sagte er und deutete auf den Computerausdruck. »Hier ist der Personalfahrstuhl. Damit fahren wir in das erste Kellergeschoß. Dort gehen wir durch den Notausgang zur Elektronik. Ich klinke mich dann ins System, ziehe mir eine Inhaltsliste heraus, und danach sehen wir weiter.«

»Und was ist mit dem Alarm?«

»Nun, es ist ein in sich geschlossenes System, also werden sie sich um Hacker keine Sorgen machen. Bestimmte Daten sind möglicherweise mit einem Sicherheitscode versperrt, das System selbst jedoch nicht. Ich werde mich dann um die kodierten Daten kümmern.«

Für ihn schien alles so einfach zu sein. Grace aber erwartete nicht, daß die Stiftungsdaten so leicht zugänglich sein würden wie die der Stadtverwaltung. Dazu war Parrish zu klug, und er hatte zu vieles, was er verstecken mußte. »Es muß irgendwo eine Liste der Paßwörter für die kodierten Daten geben, aber die könnte sonstwo sein. Vielleicht hebt Parrish sie bei sich zu Hause auf, oder sie werden in einem Panzerschrank im Büro aufbewahrt. Da werden wir wohl nicht herankommen.«

Er schüttelte grinsend den Kopf. »Du würdest dich wundern, wie viele Menschen eine Liste mit Paßwörtern in ihrer Schreibtischschublade aufbewahren. Wenn wir sicher sind, daß alle nach Hause gegangen sind, sollten wir einmal einen Blick dort hineinwerfen.«

»Einige der Paßwörter kenne ich«, erwiderte sie. »Die werden wir als erstes versuchen.« Ihr schauderte bei dem Gedanken, in die leeren Büros zu gehen, um dann vielleicht zu entdecken, daß sie gar nicht leer waren, sondern daß Parrish Überstunden machte. Seine Stimme am Telefon zu hören war schlimm genug gewesen, ihn leibhaftig zu sehen glaubte sie nicht ertragen zu können. Dennoch würde sie in sein Büro einbrechen, wenn es sich als notwendig erweisen sollte. Kris wäre dazu zwar auch bereit, aber das würde sie nicht zulassen. Sie hatte ihn so schon viel zu tief mit in die Sache reingezogen.

»Also gut«, sagte er hell begeistert. »Laß uns anfangen.«

»Jetzt?«

»Warum nicht?«

Ja, warum eigentlich nicht? Es gab keinen Grund, noch länger zu warten, sofern sie ein paar Arbeitsanzüge des Reinigungsdienstes abstauben konnten. »Hast du denn deinen Laptop mit dabei?« fragte sie.

»Auf dem Rücksitz.«

Sie zuckte mit den Schultern. »Dann starten wir also einen Versuch. Wir fahren mit meinem Wagen.«

»Warum das denn?« Er schien leicht beleidigt, daß sie nicht in seiner Chevelle fahren wollte.

»Dein Wagen ist etwas zu auffällig«, bemerkte sie trocken.

Ein Grinsen breitete sich auf seinem Gesicht aus. »Das ist er, nicht wahr?« sagte er und klopfte liebevoll auf das Armaturenbrett. »Also gut.« Er holte den Laptop vom Rücksitz und zog den Schlüssel aus der Zündung. Grace griff nach ihrer Sonnenbrille. Sie stiegen aus, schlossen den Wagen ab und liefen über den vereisten Parkplatz zu ihrem Transporter hinüber.

Während der Fahrt schwiegen sie. Sie grübelte darüber nach, wie sie an die Berufskleidung der Reinigungsleute kommten konnten, aber es fiel ihr nichts ein. Außerdem wurde das Gebäude nach den normalen Bürostunden von Sicherheitsdiensten kontrolliert. Eventuell besaßen die Reinigungskräfte ja einen Schlüssel für die Hintertür, vielleicht aber auch nicht. Da sie sechs Monate für eine Reinigungsfirma gearbeitet hatte, wußte sie nur zu gut, daß manche Leute einer solchen Person ihren Schlüssel anvertrauten, nur damit sie nicht zu Hause sein mußten. Grace hatte sich immer schon über diesen Mangel an Vorsicht gewundert, dennoch kam es öfter vor. Sofern Parrish nicht das ganze Gebäude gehörte, hatten sie eine Fünfzig-fünfzig-Chance, daß die Reinigungskräfte, auch ohne nach dem Wachpersonal zu klingeln, in das Gebäude kommen konnten. Wenn andererseits Parrish das Gebäude gehörte, dann hatten sie mit dieser Methode kein Glück. Parrish wäre es völlig gleichgültig, ob die Leute warteten und ein Wachmann heraneilen mußte, um sie hereinzulassen. In seinen Sicherheitserwägungen würde er eine solche Nachlässigkeit gar nicht erst zulassen. Mit dem Wissen ihrer letzten acht Monate mußte

Grace ihm recht geben. Wenn man etwas schützen wollte, dann mußte man es schützen, Punkt. Man verwässerte nicht sein Sicherheitskonzept, indem man ernsthaft darüber nachgrübelte, ob das Personal nun fünf Minuten früher oder später das Gebäude betrat. Ein etwas ausgeklügelteres System hätte natürlich Überwachungskameras, um die Leute zu identifizieren, und die Tür würde per Knopfdruck geöffnet...

Kameras!

Sie zog die Luft ein. »Wir gehen die Sache falsch an.«

»Wieso?« fragte Kris stirnrunzelnd.

»Vielleicht ist der Dienstboteneingang ja mit Überwachungskameras ausgerüstet. Wie wollen wir dann dort nachsehen, ob wir zwei Uniformen entwenden können?«

Er rieb sich das Kinn. Seine langen, dünnen Finger strichen dabei nachdenklich über die Bartstoppeln. »Also gut. Du läßt mich schon ein paar Häuserblocks vorher aussteigen, und ich erkundige mich. Falls es Kameras gibt, müssen wir herausfinden, ob es richtige Überwachungskameras sind, oder ob nur ein Film aufgenommen wird, den man sich hinterher im Falle einer Straftat ansehen würde.«

»Wie auch immer, wenn es dort Kameras gibt, dann brauchst auch du eine Verkleidung«, erwiderte Grace unnachgiebig. Er schien von dieser Vorstellung so überrascht, daß sie sich seiner Jugend deutlich bewußt wurde.

»Du mußt deine Brille abnehmen«, entschied sie. »Ich werde sie für dich tragen. Und wir machen dich etwas fetter, indem wir dir überall Handtücher unter die Uniform stopfen.«

Er blickte sie zweifelnd an. »Ich werde dann aber nichts sehen können«, wandte er ein. »Und du auch nicht.«

Das stimmte allerdings. Einer von ihnen mußte in der Lage sein, die Führung zu übernehmen. Sie zog ihre Sonnenbrille aus der Tasche und reichte sie ihm. »Brich die Gläser heraus.« Sie hatte sie als Sonderangebot in irgendeinem Ausverkauf erstanden und zögerte nun nicht, sie zu zerstören.

Kris drückte die Gläser heraus und gab Grace das Gestell zurück. Grace setzte es auf ihre Nase und betrachtete sich im Rückspiegel. Von nahem konnte man gut sehen, daß keine Gläser in dem Gestell waren, eine Überwachungskamera aber würde es nicht erkennen können.

»Wir hätten das wirklich besser ausspionieren sollen und uns unsere eigenen Uniformen kaufen sollen«, bemerkte sie und zuckte mit den Schultern. »Aber vielleicht geht es ja auch so.«

Es ging tatsächlich so.

Kris kam mit vor Aufregung und von der Kälte gerötetem Gesicht wieder zum Transporter zurück. Keuchend stieg er ein, und seine Brillengläser beschlugen sofort. Er nahm sie ab und hielt sie vor das Heizungsgebläse, während er sie kurzsichtig angrinste. »Eine Kamera gibt es«, meldete er atemlos. »Aber es ist keine richtige Überwachungskamera.«

»Woher willst du das wissen?«

»Ich habe sie ausprobiert.«

»Kris!«

»War kein Problem. Sie ist in einer Ecke angebracht, wo sie den Dienstboteneingang abdeckt. Ich bin an dem Gebäude entlanggegangen und habe mich außerhalb ihres Reichweitekegels aufgehalten. Von der Kamera gingen keine Kabel ins Gebäude zurück. Und was noch besser ist…« Er hielt feixend inne.

»Was denn?« drängte sie ungeduldig, als er die Pause zu lange ausdehnte. Er lachte begeistert auf.

»Die Tür steht sperrangelweit offen!«

Also konnte Parrish und der Stiftung nicht das ganze Gebäude gehören, dachte Grace.

»Es ist eine von den Türen, die sich jedesmal selbst verriegeln, wenn sie zugehen«, erklärte Kris. »Die Dienstboten werden es wohl satt haben, die Tür ständig wieder aufzuschließen, also haben sie eine Gummimatte in die Tür gelegt, damit sie nicht zugehen kann.«

Daß den Leuten immer etwas einfiel, um es sich ein wenig bequemer zu machen. Mit dieser einen kleinen Änderung hatten sie das ganze Sicherheitssystem des Gebäudes außer Kraft gesetzt.

»Wir brauchen Uniformen.«

Er strahlte sie triumphierend an. »Vor der Tür steht ein riesiger Laster. Ich habe ihn mir mal angesehen. Die vorderen Türen sind verschlossen. Eine Stahlwand trennt den vorderen Bereich von dem Rest des Wagens, vermutlich, um die hinteren Türen ungehindert offenstehen zu lassen. Jedenfalls liegt im hinteren Teil jede Menge Zeugs, unter anderem auch ein paar schmutzige Overalls.« Er setzte sich die Brille wieder auf. »Was brauchen wir mehr?« Da hatte er recht, mehr brauchten sie weiß Gott nicht.

Die Kamera am Dienstboteneingang war keine Überwachungskamera, die im Hauptgebäude jedoch schon. Parrish beobachtete, wie zwei Putzkräfte die Tür aufstießen. Er hatte ein wenig die Stirn gerunzelt, als die erste Truppe die Matte in die Tür gelegt hatte. Aber im Augenblick kam ihm die geöffnete Tür sehr entgegen. Sie würde Grace das Eindringen erleichtern, falls sie auf das Lockmittel hereinfallen sollte. Sowie sie allerdings das Gebäude betreten hatte, würde er eine neue Reinigungsfirma mit der Arbeit betrauen. Die Stiftung selbst hatte natürlich viel strengere Sicherheitsvorkehrungen, aber dennoch durfte man solch schluderhaftes Verhalten nicht entschuldigen.

Die beiden trugen Werkzeugkästen und hatten um ihre weiten Overalls Werkzeuggürtel geschnallt. Die eine war eine dünne Frau, die eine häßliche Baseballkappe auf ihr häßliches, blondes Kraushaar gestülpt hatte. Riesige Brillengläser dominierten ihr Gesicht. Der Mann war groß, dicklich und ungeschickt. Er trug Handschuhe und eine merkwürdige Fellkappe mit Ohrenklappen. Er schien nicht so recht zu wissen, wohin er gehen sollte. Die Frau führte ihn das kurze Stück Flur bis zum Aufzug.

Die beiden interessierten ihn nicht. Er hielt fieberhaft nach der kleinen Maus Ausschau, die hoffentlich auf sein Lockmittel hereinfallen würde. Vielleicht wollte sie ja auch gar nicht kommen. Wenn sie ihn hatte schießen sehen, dann würde sie sicherlich nicht in seiner Nähe sein wollen, außer wenn sie sich rächen wollte. Er war sich jedoch sicher, daß Grace niemanden umbringen konnte. Bei bestimmten Menschen konnte er den Killerinstinkt förmlich spüren. Bei Conrad zum Beispiel, nicht aber bei Grace. Auf der anderen Seite hatte sie ihn und auch alle anderen damit überrascht, daß sie sowohl die Polizei als auch seine besten Männer acht Monate lang an der Nase herumgeführt hatte. Sie hatte sich als ungewöhnlich einfallsreich erwiesen. Wenn sie nicht in der Stiftung angerufen hätte, hätte sie niemand in Minneapolis vermutet. Ein unglaublicher Fehler. Andererseits verrieten sich auch Verbrecher oft, indem sie nur deswegen an den Ort des Verbrechens zurückkehrten, um sich an ihrer eigenen Schlauheit zu erfreuen.

Grace aber hatte die Stiftung, ja, sogar ihn persönlich angerufen. Da sie selbst kein Wort gesagt hatte, hatte sie sicher nur herausfinden wollen, ob er überhaupt in der Stadt war. Wo sie das jetzt wußte, was würde sie tun? Vor seiner Tür aufkreuzen und mit ihm reden wollen? Das hätte sie auch telefonisch tun können, es sei denn, sie hatte plötzlich Angst bekommen, ihren Aufenthaltsort zu verraten.

Hatte sie ihn also gesehen oder nicht? Wollte sie reden oder schießen? Es war pervers von ihm, aber er hoffte auf letzteres. Die Vorstellung von Grace mit einer Pistole in der

Hand war eigenartig erregend. Natürlich würde sie keine Gelegenheit haben, von ihr Gebrauch zu machen. Er wollte sie auch nicht weinend und schwach in seinen Armen haben, sondern wütend und sich verteidigend. So würde sein Triumph über sie viel befriedigender sein, genau wie mit Calla, als seine Liebeskünste ihre Wut gebändigt hatten. Das kurze Zwischenspiel mit Calla hatte er als ungewöhnlich stimulierend empfunden. Sicherlich würde er mit Grace noch mehr Spaß haben.

Würde sie zu ihm kommen oder nicht? Der Dienstboteneingang stand entgegenkommenderweise offen, aber vielleicht würde sie das Gebäude eher am Tag betreten, wenn sie sich einfach unter die hereinkommenden Menschen mischen konnte. Er wartete es geduldig ab.

»Hier sind wir richtig«, flüsterte Kris aufgeregt, als er die doppelte Zimmerdecke im Hauptcomputerraum der Stiftung öffnete. Es war still und düster, nur das Summen der elektronischen Geräte durchbrach die Stille. Sie hatten eine Stunde gebraucht, um sich bis an diesen Ort vorzuarbeiten. Nichts erwies sich jemals als so einfach, wie es zunächst auf dem Papier aussah. Erst hatten sie den tatsächlichen Reinigungskräften ausweichen müssen, dann hatten sie siebzehn Stockwerke zu Fuß gehen müssen, da sie den Dienstfahrstuhl nicht benutzen konnten. Nachdem sie die doppelte Zimmerdecke für die Heizungsrohre entdeckt hatten, hatten sie sich von einem hohen Stuhl aus dort hochziehen können. Dann hatten sie das gelöste Deckenstück wieder an Ort und Stelle eingefügt, so daß niemand ahnte, wo sie sich aufhielten. Mit einer Taschenlampe, die sie aus dem Handschuhfach mitgenommen hatte, durchsuchten sie die kilometerlangen Kabelschächte, nur um schließlich zu dem Schluß zu kommen, daß sie doch bis in die Büroräume der Stiftung gehen mußten. Sie fanden den Computerraum, lauschten eine

Weile und öffneten dann auch dort den Zugang zu den Kabelschächten.

Kris steckte Kopf und Schultern aus der Öffnung und blickte sich um. »Keine Kameras hier«, flüsterte er. »Aber die Tür hat ein Fenster. Wir müssen uns also so setzen, daß man uns vom Flur aus nicht sehen kann.«

»Wenn wir gerade in oder aus den Kabelschächten klettern, wenn jemand vorbeikommt, sind wir erledigt«, warnte Grace. Aber das war nicht zu umgehen. Sie konnten durch keine der Türen hereinkommen, also mußten sie es über die Zimmerdecke tun.

Kris klammerte sich mit beiden Händen an der Öffnung fest und ließ sich behutsam in das Zimmer herab. Die Decken hatten Standardhöhe, damit sich die Räume gut beheizen ließen. An seinen ausgestreckten Armen hängend war der Abstand zum Boden kaum mehr als dreißig Zentimeter. Er kam leise auf den Fußbodenfliesen auf. Dann wandte er sich Grace zu, um ihr den Laptop abzunehmen. Als er ihn sicher verstaut hatte, streckte er Grace die Arme entgegen. Grace ließ sich aus der Öffnung fallen. Er ergriff ihre Taille und setzte sie vorsichtig auf dem Fußboden ab.

Dann verschaffte er sich einen Überblick. Dies hier war sein eigenes Territorium, und sein Gesicht glühte erwartungsvoll. »Setz dich dort hinten an den Schreibtisch«, sagte er, auf einen Tisch deutend. »Ich schließe das hier an, dann komme ich zu dir rüber.« Noch während er sprach, zog er die Kabel von einem der Computer ab und vernetzte damit seinen Laptop. Dann stellte er einige der Anleitungsbücher so hin, daß man ihrer beider Köpfe nicht sehen konnte.

Er ließ sich neben sie fallen und zog seine langen Beine an. Der Laptop lag zwischen ihnen eingeklemmt. Er drückte einen Schalter, und die leistungsstarke kleine Maschine summte und machte die gewohnten Geräusche des Ladens. Sie hatten alles auf den Laptop gesetzt, denn Kris benutzte das Windows-95-System. Wenn die Computer hier aber DOS geladen hatten, konnte er seinen Laptop nicht benutzen. Dann müßte er einen Monitor benutzen, was angesichts des Türfensters ein Risiko darstellte. Aber die Stiftung benutzte glücklicherweise dasselbe System, und die Symbole erschienen auf dem Bildschirm.

»Gut, dann wollen wir uns mal die Dateien ansehen«, murmelte er und bewegte mit dem Daumen die integrierte Maus so, daß der Cursor auf das entsprechende Symbol zeigte. Er klickte darauf, und der Schirm füllte sich mit einer Dateiliste.

Er ließ die Liste auf der Suche nach einer auffälligen Datei abrollen. Da sie aber ohnehin nicht die Zeit hatten, alles zu entziffern, kopierte er die Dateien auf eine Diskette und ging ins Hauptmenü zurück.

»Geberliste«, dirigierte ihn Grace, und er kopierte auch diese Datei.

Alles andere schien uninteressant. Sie schauten in die Gehaltsaufstellungen hinein. Grace schluckte, als sie die Summe sah, die die Stiftung an Parrish zahlte. Millionen. Jedes Jahr zahlte die Stiftung ihm *Millionen*. Und das alles nur, um die Stiftung zu leiten? Sicherlich wäre ein ebenso fähiger Direktor auch für weniger Geld zu haben. Das heißt, falls das wirklich seine einzige Aufgabe sein sollte.

»Nicht viel drin«, bemerkte Kris, nachdem sie eine Stunde lang Dateien durchgesehen hatten. »Was sagtest du von Paßwörtern? Laß uns mal ein paar ausprobieren und sehen, was passiert.«

»Schatz«, sagte Grace. Er warf ihr einen ungläubigen Blick zu, dann tippte er das Wort ein und drückte auf »suchen«.

Datei nicht gefunden.

»Tempel.«

Datei nicht gefunden.

»Ritter.«

Datei nicht gefunden.

»Tempelbrüder.«

»Meinst du etwa diese verrückten Mönche, über die wir damals bei mir zu Hause gelesen haben?« fragte Kris, während er das Wort eintippte.

»Genau die.«

Datei nicht gefunden.

»Verdammt«, murmelte sie. Sie konnte kaum noch mit weiteren Passwörtern aufwarten. »Hüter.«

Datei nicht gefunden.

»Niall ... Papst ... Tempelschatz. Wer hatte eigentlich die geniale Idee, daß Dateinamen endlos lang sein dürfen? Laß mich mal nachdenken. Parrish ist so von sich selbst eingenommen, daß er eine Datei durchaus nach seinem eigenen Namen benennen würde. Versuche es mal mit Parrish und Sawyer.«

Wieder tauchte nach jeder Eingabe der Hinweis auf, daß die Datei nicht gefunden werden könne. Kris hatte, außer seiner Frage, wie man Niall buchstabierte, geschwiegen. »Macht«, schlug sie vor.

Er tippte es ein. »Fehlanzeige.«

»Leichentuch ... Turin ... Bündnis ... Bundeslade.«

Nach jedem Eintrag schüttelte Kris den Kopf. »Nichts vorhanden.«

Grace rieb sich den Nacken. Die Bündnislade war ohnehin weit hergeholt. Sie war nur wegen eines Indiana-Jones-Films darauf gekommen, in dem die Nazis die Bündnislade hatten finden wollen, um sich danach die Welt untertan zu machen. Das Filmmaterial war insofern historisch richtig, als Hitler tatsächlich ein Sammler alter religiöser Gegenstände gewesen war.

»Im Jahre 1945 des Herrn erschlug der Hüter die deutsche Bestie, und so kam Grace nach Creag Dhu.«

Sie erinnerte sich an diesen Eintrag, und wieder durchfuhr sie ein Schauer. Creag Dhu konnte das Passwort nicht heißen, denn der Ort des Verstecks war Parrish nicht bekannt. »Hitler«, schlug sie vor.

Kris blickte sie erstaunt an, tippte aber den Namen ein. Der Bildschirm füllte sich mit Text.

Verblüfft ließ sie sich nach hinten sinken. Das konnte doch nicht wahr sein. Eine Verbindung hatte sie eigentlich ausgeschlossen, obwohl in den Dokumenten vor der Stiftung des Bösen gewarnt worden war.

»Mein Gott«, flüsterte Kris. Hastig schob er eine Diskette ein und kopierte die Datei, ohne sie vorher zu lesen. Erst als er fertig kopiert und die Diskette sicher verstaut hatte, las er den Text.

»Die glauben ja wirklich, daß sie die Welt beherrschen können, wenn sie erst einmal diesen Schatz gefunden haben«, flüsterte er. Sie hatten nichts weniger als ein volles Manifest, eine Art Absichtserklärung vor ihrer Nase. »Deine Dokumente geben Aufschluß über den Ort des Verstecks, nicht wahr? Und Ford und Bryant hat er nur deswegen umgebracht, weil sie von den Dokumenten wußten?« Wut und ungläubiges Staunen schwangen in seinen Worten mit.

Sie sah ihn mit glasigem, entsetztem Blick an. »Ja, das tun sie. Ich meine, sie geben Aufschluß über das Versteck«, erwiderte sie abwesend.

»Ach du heilige Scheiße«, murmelte er. Plötzlich weiteten sich seine Augen, und er starrte nervös den Bildschirm an. »Das sollte ich wohl lieber nicht sagen, was?«

Vom Flur her hörte man, wie eine Tür aufgeschlossen wurde. Sie erstarrten. Sofort zog Kris den Computerdeckel fast ganz herunter, damit man das Licht des Bildschirms nicht sehen konnte. Vor der Tür konnte man nur ein ganz leises Geräusch hören. Wer auch immer dort gerade entlanglief, schlich leise wie eine Katze. Die Schritte entfernten sich jedoch, dann hörte man, wie eine weitere Tür ins Schloß fiel.

»Wir müssen hier raus«, murmelte Kris. »Hast du noch ein paar Ideen für neue Paßwörter?«

Sie schüttelte den Kopf. Er schloß eilig erst die Datei, dann das Programm und schaltete den Laptop aus. Binnen kürzester Zeit hatte er den anderen Computer wieder angeschlossen und die Referenzwerke wieder in ihrer alten Ordnung hingestellt.

Er kroch zur Tür und spähte vorsichtig nach rechts und nach links durch das Fenster. »Alles klar«, flüsterte er, stand auf und durchquerte eilig das Zimmer.

Grace zerrte einen Stuhl bis zu der Deckenöffnung und kletterte auf den Sitz. Zunächst schob sie den Laptop und die Disketten durch die Öffnung, dann zog sie sich selbst hoch, wobei Kris von unten etwas nachhalf.

Sie drehte sich um, griff nach dem Kragen seines Overalls und zog ihn durch die Öffnung. Ganz außer Atem verschlossen sie die Öffnung und knipsten die Taschenlampe an. Ohne ein Wort zu sagen, gingen sie den Weg zurück und dachten beide über das eben Gelesene nach.

»Diese Nacht kommt sie nicht«, bemerkte Parrish enttäuscht zu Conrad. »Jetzt ist Mitternacht. Sie würde wohl kaum annehmen, mich jetzt noch hier an der Arbeit zu finden.«

Conrad schwieg. Er blickte auf den Bildschirm, auf dem zwei Reinigungskräfte den Flur entlangkamen und durch die aufgesperrte Tür das Haus verließen. Sie schienen es eilig zu haben. Die Frau trug eine Tasche bei sich. Sie war klein und hatte krauses, blondes Haar. Der Kamerawinkel war ungünstig, aber irgend etwas an ihrer Kinnlinie kam ihm bekannt vor.

Plötzlich knurrte er, und Parrish zog erstaunt die Augenbrauen hoch. »Das war sie!« sagte Conrad und rannte bereits zur Tür.

Parrish folgte ihm auf den Fersen, als sie durch den Personaleingang die kleine Straße bis zur Hauptstraße vorrannten. Er sah nach rechts und nach links, aber niemand war zu sehen. Ein Auto fuhr an ihnen vorbei, der Fahrer war ein junger schwarzer Mann im Anzug, vermutlich ein neuer Abteilungsleiter, der noch bis Mitternacht gearbeitet hatte.

Ein oder zwei Straßen weiter sprang hustend ein Auto an. Conrad rannte in die Richtung des Geräusches, wobei er auf dem Glatteis ausrutschte. In der eisigen Luft war der Nebel seines Atems zu sehen. Er bog gerade noch rechtzeitig um die Ecke, um die Rücklichter eines Wagens abbiegen zu sehen.

»Hast du sie gesehen?« fragte Parrish außer Atem, als er neben ihm stehenblieb. »Was für ein Auto war das?«

»Konnte ich nicht erkennen«, erwiderte Conrad. »Aber die Frau war Grace St. John. Sie trug einen kleinen Beutel, vielleicht eine Computertragetasche.«

»Computer!« Parrish schoß das Blut in den Kopf.

»Verflucht noch mal, die alte Hexe hat sich unsere Dateien angesehen!« Conrad und Parrish eilten zitternd vor Kälte zum Büro zurück. In seine durch Paßwörter gesicherten Dateien hatte sie natürlich keine Einsicht nehmen können, aber es ärgerte Parrish, daß sie ihre Sicherheitsvorkehrungen außer Kraft gesetzt und in seiner unmittelbaren Nähe gewesen war, ohne daß er es bemerkt hatte. Verfluchte kleine Hexe, wie hatte sie das nur angestellt?

»Wer war denn wohl ihr Freund?« Wen hatte sie auftreiben können, um ihr zu helfen? Ihre früheren Bekannten hatte sie nicht fragen können, denn die hätten möglicherweise sofort die Polizei verständigt. Es mußte also jemand sein, den sie erst später kennengelernt hatte.

»Vielleicht haben wir sie ja deswegen nicht auftreiben können«, meinte Conrad. »Wir haben nach einer einzelnen Frau Ausschau gehalten, nicht nach einem Paar.«

Die Vorstellung machte Parrish wütend. Mit zusammengebissenen Zähnen lief er gemeinsam mit Conrad zum Rechenzentrum und öffnete die Tür. Alles sah ganz so aus wie sonst auch, nur ein Stuhl stand nicht an seinem Platz.

Conrad deutete auf die Zimmerdecke. Direkt über dem Stuhl hing eine der Deckenlampen ein wenig schief.

»Spür sie auf«, flüsterte Parrish tonlos. Sie war in seiner unmittelbaren Nähe gewesen und hatte ihn auch noch verhöhnt, indem sie mit einem Mann zusammen gekommen war. Er wußte nicht, ob sie irgend etwas Interessantes in den Computern hatten finden können, aber allein, daß sie sie geknackt hatten, machte ihn schon rasend vor Wut. »Spür sie alle beide auf. Und leg sie um.«

16

Da Grace nunmehr die zweite Nacht hintereinander schlaflos verbrachte, tränten ihr die Augen. Dennoch las sie zum x-ten Mal Teile der Hitlerdatei. Sie konnte die Sache einfach nicht aus ihrem Kopf bekommen. Immer wieder ging sie die Seiten durch, um sich selbst davon zu überzeugen, daß sie es sich auch wirklich nicht nur eingebildet hatte.

Die Stiftung war im Jahr 1802 von einer etwas merkwürdig zusammengesetzten Männergruppe ins Leben gerufen worden. Napoleon Bonaparte war eines der Gründungsmitglieder, möglicherweise auch das wichtigste und einflußreichste. Zweifellos war er zu jener Zeit der einzige Mann, der die ganze Welt hatte erobern wollen. Auf den ersten Blick ein etwas großspuriges Unterfangen, wenn man jedoch die Sache in ihrem Zusammenhang sah, war es gar nicht mal so abwegig.

Die Hitlerdatei vermittelte ein anderes und der allgemeinen Geschichtsauffassung entgegenlaufendes Bild. 1799 fiel Napoleon im türkischen Teil Syriens ein und kam bis zu der Festung von Acre. Die Festung, die 1240 von den Tempelbrüdern erbaut worden war, hatte er jedoch nicht einnehmen können. Doch vielleicht war ihm dort etwas zu Ohren gekommen, oder er hatte etwas dort gefunden. Nach seiner Rückkehr von Acre hatte sich sein Vorhaben auf jeden Fall erst richtig verfestigt. Er hatte sich zum Diktator über Frankreich aufgeschwungen und sich schon bald selbst als Kaiser krönen lassen. Er eroberte Spanien, Italien, die Schweiz, Holland und Polen. Außerdem griff er sowohl Rußland als auch Österreich an. Viele Menschen hatten schon die Welt erobern wollen, aber nur wenige haben es tatsächlich auch versucht oder überhaupt an ein Gelingen geglaubt. Napoleon hatte es für machbar gehalten, seine ehrgeizigen Pläne waren deutlich in den Hitlerpapieren aufgeführt. Er hatte mit dem vollen Einsatz seiner Kräfte den verlorenen Schatz der Tempelbrüder suchen lassen, denn in den Dokumenten hatte gestanden: Derjenige, der die Macht hat, wird auch die Welt regieren. Aber was war die Macht? Nicht Gold, aber etwas Greifbares wie beispielsweise die Bundeslade. Was auch immer es sein mochte, die Stiftung war der Auffassung, es sei der Schlüssel zu unbegrenzter Machtausübung. Seit zweihundert Jahren hatte sie ihre gesamten Mittel dafür eingesetzt, den Schatz zu finden.

Es gab drei deutlich voneinander getrennte Ebenen in der Stiftung. Am unteren Ende waren die Angestellten, die Bürokraten und die Laufburschen. Die zweite Ebene bestand aus »Gebern«, also Menschen, die Mitglieder der Stiftung waren und ihr, entweder freiwillig oder gezwungenermaßen, große Geldsummen zur Verfügung stellten. Ihrem

Eindruck nach waren Druck und Erpressung an der Tagesordnung. Auf der obersten Ebene waren es nur einige wenige Namen, von denen sie die meisten kannte. Napoleon. Stalin. Hitler. Zwei amerikanische Präsidenten. Ein Diktator aus dem Mittleren Osten. Ein französischer General. Ein britischer Premierminister. Ein berühmter Gewerkschaftsführer. Ein paar Industrielle, sowohl Frauen als auch Männer. Besonders ein Name überraschte sie, denn der extrem wohlhabende Mann war besonders für seinen Einsatz für wohltätige Zwecke bekannt. Und Parrish Sawyer. Sein Name schien im Vergleich zu den anderen Berühmtheiten eher unbedeutend, aber diese Männer waren am Anfang ihrer Karrieren auch nicht unbedingt bekannt gewesen. Daß sein Name auf der Liste verzeichnet war, war ein weiteres Indiz für seine absolute Rücksichtslosigkeit.

Die Macht, die Welt zu regieren. Heutzutage war die Vorstellung noch lächerlicher, als sie es vor fünfzig Jahren gewesen war. Wie sollte eine einzige Person oder auch eine einzelne Stiftung die ganze Welt regieren können? Aber wenn sie die Sache aus dem Blickwinkel des Einflusses einzelner Nationen betrachtete, dann schien es möglich, die Welt mittels ein paar ausgesuchter, besonders einflußreicher Staaten zu überwachen. Politisch die Macht an sich zu reißen wäre noch nicht einmal notwendig, solange die Politiker nach der Pfeife der Geldgeber tanzten. Die Medien, das Bankwesen, der Handel – wenn man diese drei Bereiche kontrollierte, hatte man die ganze Welt im Griff. Weltmacht definierte sich nicht über militärische Siege, sondern über wirtschaftlichen Einfluß.

Die Welt zu regieren war eine merkwürdige Zielvorstellung, die nur einer größenwahnsinnigen Persönlichkeit einleuchten würde. Ungewöhnlich war jedoch, daß so viele dieser Männer der Stiftung beigetreten waren. Denn von ihrer Persönlichkeit her würde jeder der Männer annehmen, er könnte alle anderen durch seine Intelligenz und seine Schlauheit ausstechen. Aber sie alle hatte man einbeziehen können, und jeder von ihnen diente der Stiftung im Glauben daran, eigentlich seine eigenen Interessen zu vertreten.

Die Stiftung des Bösen.

Hitler und Stalin waren ganz offenkundig bösartig gewesen. Ihre verkorksten und gewissenlosen Seelen hatten sie aller Welt offenbart. All die anderen aufgeführten Leute erschienen ihr normal, obwohl sie an Parrishs Beispiel gelernt hatte, wie irreführend die äußere Erscheinung sein konnte. Diese Menschen hatten grenzenlose Macht und Ehrgeiz auf ihr Banner geschrieben und ihre Handlungen von der Stiftung lenken lassen. Machten sie sich die Stiftung zunutze oder verhielt es sich genau umgekehrt?

Was war das Wesen des Bösen? Welche Maske trug es? Trug jeder Mensch grundsätzlich die Fähigkeit zu Bösem in sich, nur daß es wie ein Samen an mancher Stelle aufging, an anderer Stelle jedoch nicht? Oder war das Böse etwas, das von außen auf die Menschen zukam? War das Böse eine in sich abgeschlossene Angelegenheit oder nur das Resultat gewisser Handlungsweisen?

War die Stiftung bösartig, weil bösartige Menschen ihr dienten, oder war sie an und für sich bösartig? Hatte die Stiftung in irgendeiner anderen Form bereits länger als zweihundert Jahre existiert?

Wann hatte man die Aufgabe eines Schatzhüters erstmalig zugeteilt? Hatten die Tempelbrüder die Aufgabe ursprünglich geschaffen, oder hatten sie sie lediglich zu erfüllen versucht? War der Orden von den Dienern der Stiftung zerstört worden? Die Motive von Philipp IV. und Papst Clemens V., nämlich Habgier, Neid und Machthunger, waren in der Tat ganz einsichtig.

Das Böse.

In der Stille der Morgendämmerung tigerte Grace rastlos

im Zimmer auf und ab und fragte sich, ob sie vielleicht verrückt wurde oder ob sie tatsächlich gegen niemand Geringeres als den Teufel kämpfte.

Gerade als sie sich selbst für verrückt erklären wollte, rief sie sich die gälischen Dokumente ins Gedächtnis. »Das Böse soll den Namen Parrish tragen.« Und: »Im Jahre 1945 unseres Herrn erschlug der Schatzhüter die deutsche Bestie.« Dies war sechshundert Jahre vorher geschrieben worden, und daneben stand die Anweisung, wie man eine Zeitreise ausführte. Entweder waren die Dokumente Meisterstücke der Weissagung, oder die Tempelbrüder hatten das Geheimnis der Zeitreise tatsächlich gekannt. Vielleicht war das ja auch die Erkenntnis, derer sich die Stiftung bemächtigen wollte: der Zeitreise! Damit standen einem endlose Möglichkeiten offen. Man konnte in der Geschichte zurückgehen und Kapital daraus schlagen, daß man auf einem ganz anderen Wissensstand war. Man konnte beispielsweise eine Wette gegen alle Wahrscheinlichkeit abschließen, daß die Titanic sinken würde, oder man investierte vor dem Zweiten Weltkrieg in die Rüstungsindustrie. Allein zu wissen, wer bei einem Fußballspiel gewinnen würde, konnte einen schon unglaublich reich machen. Den Möglichkeiten waren keine Grenzen gesetzt: Man konnte eine Lebensversicherung für jemanden abschließen, der bald sterben würde, man konnte die Ergebnisse der Lotterien, der Pferderennen und der politischen Wahlen voraussehen.

Andererseits schien es, als ob der Schatzhüter die Zeitreise dazu benutzt hatte, diese Fähigkeit zu schützen, so daß sie immer noch unbekannt war.

Draußen wurde es schließlich hell, und sie blickte durch ihr kleines Fenster in die Dämmerung hinaus. Ein vernünftiger Mensch würde sich krank melden und zu schlafen versuchen, Grace aber duschte und trank eine Tasse Kaffee. Sie fühlte eine innere Unruhe, die nicht vom Koffein herrührte, und einen wachsenden Tatendrang, als ob sie gleich etwas tun würde, im Moment aber noch nicht wußte, was.

Vielleicht war es an der Zeit, die Sachen erneut zu packen und weiterzuziehen, sich wieder ein neues Zimmer und eine neue Arbeit zu suchen. Bereits seit zwei Monaten nannte sie sich jetzt Paulette Bottoms, länger hatte sie die anderen Namen auch nie behalten. Ihren Instinkten hatte sie es zu verdanken, daß sie immer noch am Leben war. Es gab also keinen Grund, sie diesmal nicht zu beachten.

Sie hatte nicht den Fehler begangen, sich viele Dinge anzuschaffen. Ein bißchen Kleidung, das Auto, die Pistole. Der Kaffeeautomat war ein Schnäppchenkauf gewesen. Sie brauchte nicht länger als zehn Minuten, um ihre gesamte Habe im Wagen zu verstauen. Das Zimmer war bis zum kommenden Samstag bezahlt, also warf sie den Schlüssel in den Briefkasten des Hausmeisters und ging ihrer Wege.

Es war Freitag. Sie würde arbeiten, am Nachmittag ihr Geld abholen, und damit wäre Paulette Bottoms gestorben. Sie würde sich einen anderen Namen aussuchen und eine neue Bleibe finden. Vielleicht würde sie sogar Minneapolis verlassen. Sie war hierher zurückgekehrt, weil es ihr direkt unter Parrishs Nase als das sicherste Versteck erschienen war und weil sie sich unbedingt hatte rächen wollen. Sie hatte ihre Rache allerdings niemals richtig geplant, sondern hatte statt dessen all ihre Kraft in die Übersetzung der Dokumente gesteckt. Diese Aufgabe hatte sie nun beendet. Mit Hilfe von Kris hatte sie mehr über die Stiftung herausgefunden, als sie es sich jemals hätte ausmalen können. Sie wußte noch nicht so recht, was sie mit diesem Wissen anfangen würde. Aber sie spürte, daß sie den Ort verlassen sollte. Sie konnte der Versuchung kaum widerstehen, sich ins Auto zu setzen und so weit wie nur möglich von hier wegzufahren. Minneapolis verlassen. Die Vorstellung erleichterte sie. Genau das würde sie tun. Sie würde von Parrish weggehen und von all den Erinnerungen, die sie regelmäßig in einem unbeobachteten Moment zu übermannen drohten. Sie wußte noch nicht, wie sie die erhaltenen Informationen verwerten sollte, aber sie wollte dem Schnee und der Kälte und den kurzen Wintertagen entfliehen. Sie würde nach Süden fahren und erst dann wieder anhalten, wenn sie Wärme und Sonnenschein gefunden hatte.

Sie hatte nur noch einen einzigen Arbeitstag hinter sich zu bringen. Sie würde ein paar Häuser putzen, ihren Lohn abholen, und danach würde sie sofort ihren Wagen auf die Autobahn lenken.

Paglione trank den letzten Schluck Kaffee aus seiner Thermoskanne. Im Winter Wache zu schieben war das Schlimmste überhaupt. Man mußte Kaffee trinken, um sich warm zu halten, und danach mußte man ständig zur Toilette. Man sollte also eigentlich zu zweit sein, denn entweder der eine oder aber der andere mußte die Toilette aufsuchen.

Vor McDonald's Wache zu schieben war immerhin nicht ganz so übel. Man konnte immer etwas zu essen und noch mehr Kaffee bekommen, außerdem gab es eine Toilette. Er war jetzt allerdings schon den dritten Tag hier, und er hatte Big Mäcs und dergleichen langsam wirklich satt. Vielleicht würde er sich beim nächsten Mal ein Hühnersandwich…

Neben ihm parkte ein Auto und riß ihn aus seinen Gedanken. Der Umriß von Conrads Kopf war sofort zu erkennen. Obwohl sie bereits seit Jahren gut zusammenarbeiteten, war es Paglione doch jedesmal ein wenig unheimlich, Conrad wiederzusehen, als ob er vergessen hätte, wie kalt und rücksichtslos der Mann war. Paglione kannte auch noch andere Killer, und er selbst hatte auch schon einige umgelegt. Aber Conrad war anders. Paglione wußte niemals so recht, was genau in seinem Kopf vor sich ging. Conrad geriet niemals in Panik, und er gab niemals auf. Er war wie eine Maschine, wurde niemals müde und war immer bereit, Details aufzunehmen, die allen anderen entgingen. Von all den Leuten, die Paglione kannte – und hier bezog er Parrish Sawyer mit ein –, war Conrad der einzige Mann, vor dem er wirklich Angst hatte.

Conrad ließ sich auf den Beifahrersitz fallen. Er trug einen teuren Wollmantel, der jedoch seinem gedrungenen Körper keinerlei Eleganz verlieh.

»Gut, daß du da bist«, bemerkte Paglione. »Ich trinke schon den ganzen Tag Kaffee und muß mal auf die Toilette. Soll ich dir bei der Gelegenheit gleich etwas mitbringen?«

»Nein. Hat irgend jemand den Münzfernsprecher benutzt?«

»Ein paar Leute, ja. Ich habe mir ihr Aussehen notiert.« Paglione nahm einen schmalen Notizblock vom Armaturenbrett und legte ihn neben Conrad, dann wuchtete er die Tür auf und eilte über den Parkplatz auf das Restaurant zu.

Die Autoscheiben begannen zu beschlagen. Ohne den Blick von dem Telefonhäuschen zu wenden, beugte sich Conrad zur Seite und ließ das Auto an. Er nahm den Notizblock, las aber nicht darin. Damit konnte er noch warten, bis Paglione wieder zurückgekommen war. Lesen lenkte zu sehr ab. Bevor man sich versah, war eine ganze Minute verstrichen. Und in einer Minute konnte eine ganze Menge passieren.

Er ärgerte sich immer noch über sich selbst. Grace war vermutlich noch im Computerraum gewesen, als er dort vorbeigelaufen war. Er hatte durch das Fenster hineingesehen, aber nichts Außergewöhnliches bemerkt. Als er jedoch später mit Parrish zusammen dorthin zurückgekommen war, war ihm die ungewohnte Stellung der Computerhandbücher sofort ins Auge gesprungen.

So nah. Er hätte sie dort einfangen können, und diese ganze Sache wäre endlich vorbei gewesen.

Sie hatte sich verändert. Die Perücke fiel dabei gar nicht mal ins Gewicht. Er hielt ohnehin nicht länger nach einer bestimmten Haarfarbe oder Haarlänge Ausschau, denn diese Dinge konnte man viel zu leicht ändern. Sie hatte stark abgenommen. Als sie sich nochmals den Film angesehen hatten, um noch weitere Aufschlüsse über ihr Aussehen zu bekommen, hatte Parrish sich etwas enttäuscht dazu geäußert.

Aber die größte Veränderung war gar nicht einmal ihr Gewichtsverlust, sondern ihr neuer Gang. Er hatte die letzten Monate über viele Filmausschnitte von ihr studiert, und er kannte ihren Gang so gut wie seinen eigenen. Früher war sie eher geschlendert als gelaufen, und ihr Hüftschwung hatte etwas ausgesprochen Weibliches gehabt. Sogar er erkannte ihre Sinnlichkeit, die Parrish so sehr beschäftigte. Früher hatte sie sich völlig unschuldig und ohne die Gefahren der Straße zu kennen bewegt. Sie war unbekümmert und gänzlich vertrauensvoll gewesen.

Diese Unschuld gab es jetzt nicht mehr. Jetzt lief sie zielgerichtet. Ihr geringes Gewicht verteilte sie auf beiden Füßen, so daß sie jederzeit in jede Richtung hätte ausweichen können. Ihr Kopf war aufgerichtet, und sie war die personifizierte Aufmerksamkeit. Ihre Schultern hatte sie zurückgebogen, die Muskeln hätten jederzeit ausholen können. Irgendwann während ihrer seit acht Monaten währenden Flucht hatte Grace St. John gelernt, sich zu verteidigen.

Er bedauerte den Verlust ihrer Unschuld. Sie war nicht einfach nur niedlich gewesen, dazu war sie viel zu clever, viel zu intelligent. Aber sie hatte eine ungeheure Ausstrahlung gehabt. Es war diese Charaktereigenschaft, die auf all den Videobändern, die er sich angesehen hatte, immer wieder deutlich hervorgetreten war. Sowohl ihr Mann als auch ihr Bruder hatten sie bewundert, und sie wiederum hatte die beiden sehr geliebt. Parrish hatte sich wieder und wieder ein bestimmtes Videoband angesehen, das an Weihnachten gefilmt worden war. Ihr Mann hatte sie auf seinen Schoß gezogen und lange geküßt. Und sie hatte seinen Kuß leidenschaftlich erwidert. Auf den Bändern war viel gelacht und gescherzt worden. Sie waren eine glückliche kleine Familie gewesen.

In den acht Monaten ihrer Flucht hatte viel geschehen können. Vielleicht war sie geschlagen, ausgeraubt oder vergewaltigt worden. Er dachte nur ungern daran, daß sie brutal behandelt worden war, aber er war realistisch. Parrish wollte sie benutzen, bevor er sie umbrachte, ihre Seele in den Dreck ziehen und sie erniedrigen, alles Dinge, die Conrad strikt ablehnte. Sie hatte eine weitaus respektvollere Behandlung verdient.

Paglione kam mit einer Papiertüte beladen wieder zum Auto zurück. Er ließ sich hinter das Lenkrad gleiten. Der fettige Geruch von gebratenem Hühnchen und Pommes frittes breitete sich im Auto aus. Er öffnete den Plastikdeckel der Kaffeetasse, stellte sie auf der Ablage ab und fing zu essen an.

Jetzt, da Paglione wieder zurück war, warf Conrad einen Blick auf den Notizblock. Sechs Leute hatten den Münzfernsprecher benutzt. Eine schwarze Frau um 7:16 Uhr, ein pubertierender Junge um 9:24 Uhr, als er eigentlich in der Schule hätte sein sollen. Ein asiatischer Elektriker hatte um 10:47 Uhr telefoniert. Zwei junge Männer waren um 12:02 Uhr gekommen und hatten die Leitung fast eine ganze Stunde lang blockiert. Verflucht, das letzte Mal hatte Grace in der Mittagspause angerufen. Wenn sie also heute hätte telefonieren wollen, dann hatten diese beiden Männer die Leitung blockiert, und sie mußte einen anderen Fernsprecher benutzen.

»Melker beobachtet den Drive-in Tresen«, sagte Paglione. »Bayne hält sich im Restaurant auf. Melker ist etwas unruhig, weil er nicht genau weiß, nach welcher Art von Auto er

Ausschau halten soll. Ich habe ihm gesagt, er soll auf blondes, krauses Haar achten.«

Conrad seufzte leise. Wenn er nur ein klein wenig schneller gewesen wäre, dann hätte er mehr als nur für den Bruchteil einer Sekunde die Rückscheinwerfer gesehen. Es folgte allerdings nicht unbedingt, daß sie in dem Wagen gesessen hatte, vielleicht war es ja auch das Auto ihres Begleiters gewesen. Aber daß sie jetzt nicht mehr auf öffentliche Verkehrsmittel angewiesen war, machte ihre Verfolgung um einiges schwieriger.

Aber er war geduldig. Sie war schon einmal hier gewesen. Und sie würde wieder hierherkommen.

Grace war mit ihrem letzten Haus bereits kurz nach zwei fertig. Sie fuhr an dem vollgemüllten Büro der Reinigungsfirma vorbei, holte sich ihr Geld ab und teilte dem Besitzer mit, daß sie nicht mehr kommen würde. Da das Personal so häufig wechselte, bedachte er ihre Kündigung lediglich mit einem kurzen Grunzen.

Sie mußte Kris anrufen. Er würde sich zu Tode sorgen, wenn sie, ohne sich abzumelden, einfach so verschwinden würde. Sie bedauerte, daß sie sich wieder einmal von ihm verabschieden mußte. Seine Freundschaft und seine Begleitung hatten ihr gutgetan. Heutzutage kam eine echte Unterhaltung in ihrem Leben beinahe überhaupt nicht mehr vor, aber mit Kris hatte sie sich unterhalten und das Gefühl der Vereinsamung verdrängen können.

Sie bog auf den Parkplatz vor McDonald's ein, um dort den Münzfernsprecher zu benutzen, aber ein anderer blockierte das Häuschen. Sie hielt nicht an, sondern lenkte den Wagen an der am Drive-in wartenden Autoschlange vorbei. Plötzlich scherte eines der wartenden Autos aus der Schlange aus. Grace trat auf die Bremse, damit sie nicht auf ihn auffuhr. Der Computer, der auf dem Beifahrersitz lag, flog vom Sitz. Das Reißverschlußfach war geöffnet, und ein paar Seiten ihrer Notizen verstreuten sich auf dem Boden.

»Verflucht«, murmelte sie und hielt rechts an. Computer waren zwar nicht besonders empfindlich, aber andererseits sollte man sie auch nicht in der Gegend herumwerfen. Die Tasche war zwar wattiert, aber dennoch...

Sie lehnte sich hinüber, um die unter den Sitzen verstreuten Papiere aufzusammeln, konnte aber nicht bis zu ihnen heranreichen. Fluchend stieg sie aus und ging zur Beifahrerseite hinüber. Sie öffnete die Tür und fing an, die Blätter aufzusammeln. Sie hatte gerade eines aufgehoben, auf dem deutlich die Worte »Creag Dhu« standen, als es ihr ein Windstoß entriß und es über ihren Kopf aus dem Auto wehte. Als sie sich nach dem Blatt umdrehte, war der Mann schon fast bei ihr. Sie zögerte keine Sekunde, sondern fiel augenblicklich zu Boden und trat ihm mit ihrem Stiefel gegen die Kniescheibe. Sein Bein sackte unter ihm weg, als ob er erschossen worden wäre, und er fiel vornüber auf das Gesicht.

Grace rollte von ihm weg, sprang auf und wollte sich auf den Fahrersitz schwingen. Plötzlich war ein zweiter Mann da, ein Mann mit einem affenartigen Kopf und kalten, ausdruckslosen Augen. Sie wollte die Tür zuschlagen, aber er riß sie wieder auf. Sein gedrungener Körper drängte sich in die Öffnung. Eine fleischige Hand umspannte ihren Knöchel und zog ihren Fuß nach unten. Sie kickte ihm ins Gesicht. Er riß den Kopf zurück und griff nach ihrem anderen Fußgelenk.

Das Messer klappte zischend auf, und die Klinge glitzerte, als sie damit seine Hände attackierte. Sie hielt das Messer so, wie es ihr Matty beigebracht hatte, nämlich mit den Handflächen nach innen und von ihrer Körpermitte aus angreifend, so daß der Angriff viel schwerer als eine weitausholende Bewegung abzuwehren war. Das Messer verwundete den einen Mann am Handrücken. Er fuhr zurück und ließ einen ihrer Füße los.

Der erste Mann stand langsam auf. Er hielt sich stöhnend das Knie, aber innerhalb weniger Sekunden würde er dem anderen helfen können. Sie hörte Schritte, ein dritter Angreifer eilte auf ihren Transporter zu. Drei Männer auf einmal würde sie nicht abwehren können, noch nicht einmal zwei.

Und der, der ihr Fußgelenk umklammert hielt, war bärenstark. Ungeachtet seiner schmerzenden Handverletzung zog er sie nach vorne und wehrte so ihre Tritte ab. Die Pistole lag unter einem Kleiderstapel verborgen. Wenn sie auf dem Fahrersitz gesessen hätte, wäre sie leicht an die Waffe gekommen, jetzt aber lag sie selbst auf dem Stapel drauf.

Sie zog ihr Messer hervor. Er sah, wie die Klinge auf sein Gesicht zuschnellte. Nicht alles Training der Welt hätte ihn davon abhalten können, sich jetzt nicht zu ducken. Er wich zur Seite aus, hielt jedoch ihr Fußgelenk fest und zog sie etwas weiter aus dem Transporter hinaus. Verzweifelt durchkämmte sie den Kleiderstapel. Ihre Hand berührte die Pistole und stieß sie versehentlich noch weiter weg. Grace streckte sich erneut nach ihr aus. Diesmal gelang es ihr, die Waffe festzuhalten.

Sie riß sich hoch. Mit beiden Händen den Griff umklammernd, drückte sie sofort den Abzug. Sie hörte die gedämpften, wie von weither kommenden Schüsse. Wie in Zeitlupe sah sie, daß der Gorilla erst zusammenzuckte, dann ein wenig in sich zusammensackte. Sie hörte das merkwürdig nasse Geräusch beim Eindringen einer Kugel in menschliches Fleisch. Sie beobachtete, wie seine Augen sowohl überrascht als auch verärgert zusammenzuckten, als ob er es sich nicht verzeihen konnte, daß er sie unterschätzt hatte.

Trotz allem aber ließ er nicht von ihrem Fußgelenk ab. Er biß die Zähne aufeinander und zerrte an ihrem Bein.

»Ich bringe dich um«, sagte sie mit kaum hörbarer Stimme

und zielte zwischen seine Augen. Ihre Hände waren ruhig. Sie war bereit.

Ihre Blicke trafen sich, und er sah seinen Tod in ihrem Blick gespiegelt. Sie bemerkte die kalte, dunkle Intelligenz in seinem Blick und ein Wissen, das weit über diese Situation hinausging. Es schien ihr so, als ob er sie durch und durch kennen würde. Dann machte er eine winzige, anerkennende Bewegung und ließ sich auf den Boden fallen.

Der Mann, den sie ins Knie getreten hatte, stolperte ein paar Schritte zurück und hielt zum Zeichen dafür, daß er unbewaffnet war, die Arme in die Luft. Sie glaubte ihm keine Sekunde.

Sie wirbelte herum, um den dritten Mann zu suchen. Sie hörte, wie hinter ihr die Fahrertür geöffnet wurde. Sie ließ sich auf den Rücken fallen, hielt die Pistole über dem Kopf und schoß durch die Tür hindurch. Als sie sich wieder aufsetzte, schoß sie auf den ersten Mann, als der gerade seine Pistole unter der Jacke hervorzerren wollte. Sie zielte daneben, aber dennoch war er schutzsuchend in die Hocke gegangen.

Sie hatte noch zwei Schüsse übrig und durfte nicht weiter herumschießen. Sie mußte die verbleibenden Kugeln gezielt einsetzen. Sie kraxelte über ihre verstreuten Besitztümer und setzte sich hinter das Steuer. Dann ließ sie den Wagen anspringen und drückte das Gaspedal ganz herunter. Der alte Transporter setzte sich mit einem Ruck, auf dem Glatteis rutschend, in Bewegung. Das Gesicht des Dritten erschien an ihrem Fenster, während der Mann die Tür zu öffnen versuchte. Sie hielt die Pistole gegen die Scheibe, woraufhin sich der Mann abduckte und den Türgriff losließ. Der Transporter wackelte ein wenig, als sich der erste Mann an der anderen Seite auf das Trittbrett stellte und hereinklettern wollte.

Grace riß das Lankrad erst scharf nach rechts und dann scharf nach links herum. Es war wie Karussellfahren, nur daß hier viel mehr auf dem Spiel stand. Der Mann rutschte vom Trittbrett ab, konnte sich aber immer noch an dem Wagen festklammern. Durch den Rückspiegel blickend schoß sie aus der Einfahrt genau in dem Moment heraus, als ein anderer Wagen dort hineinfahren wollte. Eine Hupe ertönte, dann riß sie wiederum das Steuer herum, und der Mann konnte sich nicht länger am Auto festhalten. Er rollte über den Parkplatz und wurde heftig gegen das Rückrad eines parkenden Autos geschleudert.

Die Beifahrertür ging auf, aber sie nahm sich nicht die Zeit, sie wieder zu schließen. Auf das Gaspedal tretend, bog sie an der ersten Ecke scharf links ab, an der nächsten riß sie das Steuer nach rechts herum, wobei die Tür wieder ins Schloß fiel.

Sie versuchte, einen klaren Gedanken zu fassen. Parrishs Leute wußten jetzt, wie der Transporter aussah, vermutlich kannten sie auch das Nummernschild. Der Transporter war unter dem Namen Louisa Croley angemeldet, dem Namen also, unter dem auch ihr Paß und ihr Führerschein ausgestellt waren. Sie sollte den Wagen eigentlich stehenlassen, sich irgendwo ein Auto klauen und so weit weg von Minneapolis wie nur möglich fahren. Schon in wenigen Minuten würde die Polizei nach ihr Ausschau halten, denn eine Schießerei auf dem Parkplatz eines McDonald's erregte sicherlich einiges Aufsehen.

Aber sie ließ den Transporter nicht am Wegrand stehen. Sie nahm sich auch nicht die Zeit, an einem Einkaufszentrum vorzufahren und nach einem Auto zu suchen, in dem der Schlüssel noch stecke. Laut Harmony konnte man auf jedem Parkplatz mindestens zwei solcher Wagen finden. Statt dessen nahm sie die Schnellstraße 36 und bog dann auf den Interstate 35 ein und fuhr Richtung Süden nach Iowa.

»Ein geheimnisvoller Schußwechsel vor McDonald's in Roseville macht die Polizei ratlos«, sagte ein Nachrichtensprecher mit ernster Miene. »Zeugen sprechen von mehreren Schüssen und mindestens sechs beteiligten Personen, von denen zwei ernstlich verwundet wurden. Als die Polizei dort anlangte, waren alle, auch die Verwundeten, bereits wieder verschwunden. Laut Zeugenaussagen fuhr einer, möglicherweise eine Frau, einen braunen Transporter. Laut Gesetz sind alle Ärzte und Krankenhäuser dazu verpflichtet, jegliche Schußverletzungen der Polizei zu melden. Bis jetzt hat sich noch niemand dort einer Behandlung unterzogen.«

Parrish rannte wütend auf und ab. Conrad saß wortlos mit verbundener Schulter und einem Arm in einer Schlinge auf dem Sofa. Ein Arzt, der auch der Stiftung angehörte, hatte die Kugel entfernt, die glücklicherweise nur sein Schlüsselbein und nicht das komplizierte Knorpel- und Bändergeflecht darunter verletzt hatte. Seine Schulter war gebrochen. Der Schmerz schien durch seinen ganzen Körper zu schießen, aber er hatte jegliche Einnahme von Schmerzmitteln verweigert. Der Schnitt auf seiner Hand war jedoch, trotz der acht notwendigen Stiche, nicht sehr schlimm.

»Vier Männern ist es nicht gelungen, eine einzige Frau zu fangen«, schäumte Parrish. »Bayne hat noch nicht einmal bemerkt, daß etwas im Gange war, ehe es für seine Hilfe ohnehin zu spät war. Ich bin von der Qualität deiner Leute und auch von dir sehr enttäuscht, Conrad. Jetzt hat sie sich aus dem Staub gemacht. Trotz all der Leute, die uns in dieser Stadt zur Verfügung stehen, hat sie keiner gesehen. Sie ist eine einzelne, unerfahrene Frau. Wie kann ihr die Flucht vor mir immer wieder gelingen?« Den letzten Satz brüllte er mit hochrotem Gesicht und wütend angespanntem Hals.

Conrad saß wortlos da. Er bot keinerlei Entschuldigungen an. Aber sobald er dazu wieder in der Lage war, würde er sich höchstpersönlich um Melker kümmern. Als der Grace gesichtet hatte, war er auf ihren Wagen zugerannt und hatte nicht gewartet, bis die anderen ihre Stellungen eingenommen hatten. Wenn sie Grace alle auf einmal überrascht hätten, hätte sie ihnen nicht entkommen können. Statt dessen hatte Melker ganz alleine mit ihr fertig werden wollen, und sie hatte ihn einfach außer Gefecht gesetzt.

Conrad war auch mit sich selbst äußert unzufrieden. Er hätte wissen müssen, daß sie sich in der Zwischenzeit bewaffnet hatte. Er aber hatte sich überrumpeln lassen, zuerst von dem Messer, dann von der Pistole. Sie hatte weder gezögert, noch war sie panisch geworden. Sie hatte »Ich bringe dich um« gesagt, und es war ihr ernst damit gewesen. Sie hätte es getan. In dem Moment, als er ihr in die hellblauen Augen geblickt hatte, hatte er eine Kraft erblickt, die keiner von ihnen erwartet hatte. Er hätte sie weiter festhalten können. Sie hätte ihn umgebracht, aber die Verzögerung durch seinen sie behindernden Körper hätte es den anderen ermöglicht, sie einzufangen. Er aber hatte sie losgelassen und eine Ohnmacht vorgetäuscht, um sein Leben zu retten. Er wollte noch nicht sterben, er hatte noch so vieles zu erledigen. Niemand anderes als er selbst sollte Grace St. John fangen. Außerdem wollte er ganz allein sein, wenn ihm dies gelang. Parrish würde niemals erfahren, was mit ihr geschehen war. Aus diesem Grund behielt er das Autokennzeichen, das er sich natürlich gemerkt hatte, für sich.

Ehe sie in ein unangenehmes Polizeiverhör verwickelt wurden, waren sie schnell in ihre Autos gesprungen und weggefahren. Trotz seiner Schmerzen und seines Blutverlusts war es Conrad gelungen, bis zu einem sicheren Ort zu kommen und medizinische Hilfe anzufordern. Parrish war so wütend gewesen, daß er dem Blatt Papier aus Graces Auto, das Paglione vom Boden aufgelesen hatte, bisher keinerlei Aufmerksamkeit geschenkt hatte.

Das Blatt lag auf dem Tisch. Conrad hatte es sich auch noch nicht angesehen, aber sein Blick wanderte immer wieder dorthin zurück. Nach der monatelangen Suche sowohl nach Grace als auch nach den Dokumenten war ihnen nun endlich ein Blatt davon in die Hände gefallen. Konnte ein einziges Blatt überhaupt irgendwelche Aufschlüsse geben? Dennoch zog es Conrad magisch an. Er konnte nicht anders, als es ständig mit einer Mischung aus Erwartung und Angst anzusehen.

Endlich schien Parrish zu merken, daß sein Wutanfall keinerlei Eindruck machte. Er folgte Conrads Blick und hob das Blatt Papier auf. »Was ist das denn?«

»Das ist Paglione in die Hände gefallen«, erwiderte Conrad. »Es kam aus ihrem Wagen geflattert.«

»Ein paar ihrer Notizen«, bemerkte Parrish nachdenklich. Er ging zum Schreibtisch und knipste die Lampe an. »Die Sprache kenne ich nicht. ›*C-u-n-b-h-a-l-c-h*‹ bedeutet ›ständig‹, ›*c-u-n-b-h-a-l-a-c-h-d*‹ bedeutet ›Urteil‹. Gut zu wissen. Dies ist doch alles unsinniges Geschreibsel, vermutlich ist es ohnehin verschlüsselt geschrieben. ›*Creag Dhu*‹ – dafür hat sie keine Übersetzung notiert. Dann ist da noch ›Angst‹ und daneben ›*gleidhidh*‹. Das sieht aus wie walisisch, nur ohne die Ys und Ws.«

Conrad schwieg, aber seine ahnungsvolle Angst verstärkte sich. Er starrte auf das Papier, während sein Herz klopfte und der Schmerz durch seine Schulter jagte. Vielleicht hatte er ja doch mehr Blut als erwartet verloren, vielleicht würde er jetzt tatsächlich ohnmächtig werden.

Parrish beugte sich schweigend über das Blatt. Er war ein gebildeter, weitgereister Mann. Und die Sprache kam ihm bekannt vor.

»Es ist gälisch«, stellte er schließlich mit leiser Stimme fest. »Es ist gar nicht verschlüsselt. *Dhu* heißt ›schwarz‹. Und *creag* heißt ›Stein‹ oder ›steinig‹. ›Schwarzer Stein‹.« Plötzlich sprang er mit zusammengekniffenen Augen auf. »Ruh du dich erst einmal aus, Conrad. Ich werde das hier übersetzen lassen. Diese eine Seite von Grace könnte genau der Durchbruch sein, auf den ich gewartet habe.«

17

Eines ihrer Notizblätter war ihr aus dem Auto gefallen. Mit verkrampftem Magen mußte sie ständig daran denken. Sie hatte einen sehr groben Fehler begangen.

Vorsichtig fuhr sie durch die schneebedeckte, nächtliche Landschaft Iowas. Sie war sich nur zu bewußt, daß sie vollkommen übermüdet war und nur noch ihren Instinkten folgte. Sie hätte schlafen sollen, aber sie konnte sich nicht zum Anhalten zwingen. Ihr Gefühl sagte ihr, sie sollte unbedingt weiterfahren.

Sie hatte ein Blatt verloren. Zwar war es nur eines ihrer Notizblätter und nicht eines der Dokumente, sie konnte sich jedoch deutlich an die Worte »Creag Dhu« erinnern, als sie danach hatte greifen wollen. Würde einer der Männer es vom Boden aufgehoben haben? Mit ziemlicher Sicherheit sogar, schließlich hatten sie nicht nur sie, sondern auch die Dokumente im Visier.

Nun hatte sie Parrish das Versteck des Schatzes verraten, und er mußte nur noch herausfinden, wo dieser Ort lag. Sie mußte davon ausgehen, daß er genau das tun würde, schließlich war die Stiftung auf Archäologie spezialisiert. Parrish hatte Zugang zu jeder alten Landkarte, zu vielen alten Aufzeichnungen und Hinweisen. Er würde bald wissen, daß Creag Dhu im vierzehnten Jahrhundert eine Burg gewesen war. Mit etwas Mühe konnte er den genauen Standort herausfinden. Er würde die enormen Ressourcen der Stiftung dazu einsetzen, die Burg archäologisch ausgraben zu lassen – und so den Schatz finden.

Und das war alles ihre Schuld! Wieder und wieder ging ihr ihr Fehlverhalten durch den Sinn. Sie hatte Ford und Bryant im Stich gelassen, indem sie Parrish genau das Geheimnis verraten hatte, für das die beiden sterben mußten.

Niall hatte sie ebenfalls verraten.

Sie hätte etwas tun müssen, sie hätte die beiden Männer niederschießen und dem Blatt hinterherrennen sollen. Aber sie hatte nur ihre Flucht und ihr eigenes Überleben im Sinn gehabt. An das fehlende Blatt Papier hatte sie sich erst erinnert, als sie bereits im Bundesstaat Iowa war. Sie hatte einen Mann angeschossen. Sie hatte Mattys Ratschläge immerhin so gut befolgt, daß sie etwas hatte *tun* können und nicht einfach nur vor Schreck erstarrt auf eine glückliche Schicksalswendung gewartet hatte. Vor acht Monaten hatte sie noch nicht einmal die leiseste Ahnung vom Umgang mit einer Pistole. Allein schon der Gedanke daran wäre ihr unerträglich gewesen. Heute nachmittag aber hatte sie sowohl ein Messer als auch eine Pistole eingesetzt. Als Grace an den Augenblick dachte, als sie ihren Finger am Abzug hatte, fragte sie sich, ob sie überhaupt noch dieselbe Person war wie früher.

Aber was war nun dabei herausgekommen? Sie war zwar noch am Leben, aber sie hatte Niall verraten. Sie hatte die Dokumente nicht schützen können. Dank ihrer Nachlässigkeit hatte Parrish gewonnen.

Schuldgefühle nagten an ihr. Sie war von dem Zwischenfall immer noch ganz erfüllt. Erst gegen zehn Uhr abends fiel ihr Kris ein. Sie verfluchte ihre Gedankenlosigkeit und hielt nach einem belebten Rasthof mit einem Münzfernsprecher Ausschau. Schon bald fand sie einen hell erleuchteten Fernfahrerstopp und fuhr auf den besetzten Parkplatz. Ihr kleiner Transporter wirkte unter all den riesigen Lastern, deren Motoren wie schlafende Raubtiere schnurrten, wie ein Zwerg. Sie wollte schnell noch tanken und stand kurz darauf im eisigen Wind neben der Zapfsäule. Immerhin weckte die Kälte ihre Lebensgeister, denn sie hatte wie hypnotisiert auf die dreckigen Schneeberge zu beiden Seiten der Fahrbahn gestarrt, die die Schneeräumer dort hingeschaufelt hatten.

Es hatte wieder zu schneien begonnen. Die weißen Flocken fielen auf die in Licht getauchte Tankstelle. Sie würde nicht mehr lange weiterfahren können, denn sie war bereits zu erschöpft, um jetzt auch noch gegen den Schnee ankämpfen zu können. Sie zahlte für das Benzin, dann fuhr sie den Wagen bis zum Lokal hinüber.

Erleichtert betrat sie das gut geheizte Restaurant. Die Fernfahrer saßen an einem langen Tresen oder zu zweit in Nischen entlang den Wänden. Aus der Musikbox erklang ein schmachtendes Lied, und eine blaue Rauchwolke schwebte unter der Decke. Ein enger Flur führte einerseits zu den Toiletten, andererseits waren dort auch die beiden Münzfernsprecher untergebracht. Einer der Apparate wurde von einem bärtigen Hünen besetzt, dessen Bauch sein Fleecehemd fast sprengte. Er sah aus wie eine Mischung aus Paul Bunyan und einem Hell's Angel. Dann aber hörte sie ihn sagen: »Ich rufe dich morgen wieder an, Liebling. Ich liebe dich.«

Grace zwängte sich an ihm vorbei und fischte ein paar Münzen aus ihrer Hosentasche. Nach Einwurf einer Münze hörte sie den Signalton und tippte die Nummer ein. Sie wartete auf die Tonbandstimme, die ihr gleich sagen würde, wie viele Münzen sie noch einwerfen sollte.

Kris hob sofort ab. Seine Stimme klang besorgt.

Sie wandte dem Mann den Rücken zu und senkte die Stimme. »Mir geht es gut«, sagte sie, ohne ihren Namen zu nennen. »Aber heute nachmittag hätten sie mich beinahe erwischt, deshalb mußte ich weiter. Das wollte ich dir nur schnell sagen. Ist bei dir alles in Ordnung?«

»Ja.« Sie hörte, wie er keuchte. »Bist du verletzt?«

»Nein, mir geht es gut.«

»Das warst du doch, nicht wahr?« Seine Stimme zitterte. »Diese Schießerei bei McDonald's. Im Fernsehen sagten sie, es sei eine Frau mit einem braunen Transporter dabeigewesen. Ich wußte sofort, daß du das warst.«

»Stimmt.«

»Die Polizei tappt in der Angelegenheit im dunklen. Die Männer sind alle wieder verschwunden, ehe die ersten Polizisten dort eintrafen.«

Grace schluckte. Das war eine überraschende Neuigkeit. Sie hatte eigentlich erwartet, daß ihr die Polizei auch auf den Fersen war. Offenbar wollte Parrish nicht, daß die Polizei sie festnahm, was sie sich wiederum nicht erklären konnte. Parrish hatte alle großen Namen der Stadt auf seiner Geberliste. Es sollte ihm nicht schwerfallen, die Presse aus den Untersuchungen herauszuhalten. Er hätte sie auch in ihrer Zelle umbringen lassen können. Dann wäre sie nur als ein weiterer Fall von Gewaltanwendung in Gefängnissen in die Statistik eingegangen.

Die Schlußfolgerung erstaunte sie. Parrish wollte sie lebend, und er wollte sie als seine Gefangene. Eine Welle des Ekels schlug ihr entgegen, die sie aber nicht weiter hinterfragte.

»Ich muß jetzt weiter«, sagte sie zu Kris. »Ich wollte dir nur sagen, daß ich noch lebe und daß ich dir hoch anrechne, was du getan hast.«

»Grace...« Seine Stimme zitterte, als er ihren Namen aussprach. »Alles Gute. Und bleib am Leben.« Er hielt inne, dann sagte er leise: »Ich liebe dich.«

Die einfachen Worte erschütterten sie. Sie war viel zu einsam gewesen, viel zu viele Monate waren vergangen, in denen sie diese Worte nicht mehr gehört hatte. Sie umklammerte den Hörer so fest, daß ihre Knochen weiß hervorstachen und das Plastik knirschte. »Danke«, flüsterte sie. »Ich liebe dich auch. Du bist ein ganz wunderbarer Mensch.« Damit legte sie behutsam den Hörer auf die Gabel zurück und preßte den Kopf an die Wand. Der Fernfahrer neben ihr verabschiedete sich mehrmals mit »Ich liebe dich« und »Ich werde vorsichtig sein«. Dann legte er auf und blickte sie an.

Eine fleischige Pranke klopfte ihr erstaunlich sanft auf die Schulter. »Nicht weinen, Kleines«, tröstete er sie. »Du gewöhnst dich daran. Wie lange fährst du denn schon?« Er ging davon aus, daß sie Fernfahrerin war. Ihr Staunen überlagerte alle anderen Gefühle. Sah sie denn aus wie eine Fernfahrerin? Sie, der Inbegriff einer Gelehrten?

Sie blickte zu Boden. Er trug Stiefel, sie trug Stiefel. Er hatte Jeans an, sie hatte Jeans an. Beide hatten sie sich Baseballmützen über die Haare gestülpt.

Sie sah wie eine Fernfahrerin aus.

Sie war so müde und ihr war so schwindelig, daß ihr alles unwirklich vorkam. Zum ersten Mal seit acht Monaten mußte sie lächeln. Nicht ganz lachen, aber allein der Impuls überraschte sie. Sie unterdrückte ihn jedoch, räusperte sich und sah zu Paul Bunyan auf. »Seit acht Monaten. Ich fahre seit acht Monaten.«

Wieder klopfte er ihr auf die Schulter. »Nun, es wird noch ein Weilchen dauern. Es ist schon hart, immer so weit von der Familie entfernt zu sein. Aber die Sachen müssen transportiert werden, und manche zahlen dafür. Also machen wir den Job, nicht wahr?«

»Klar, machen wir«, wiederholte sie. Sie nickte ihm zu und ging zu ihrem »Laster« zurück. Sie konnte nur hoffen, daß er nicht mitbekam, wie sie mit einem ganz gewöhnlichen Kleintransporter wegfuhr und nicht in einem von diesen rasselnden Riesen. Sie wollte seine Illusionen wirklich nicht zerstören.

Der Schnee fiel jetzt noch dichter. Immer mehr Laster fuhren von der Autobahn ab, um in der nächsten Raststätte die Nacht zu verbringen. Nebenan war ein kleines, heruntergekommenes Hotel, in dessen Fenster noch das Schild »Zimmer frei« leuchtete. Grace entschied sich gegen eine Weiterfahrt. Sie wollte ein Zimmer mieten, ehe all die eben angekommenen Fahrer es ihr wegschnappen würden.

Das Zimmer war genauso mies, wie man es von außen erwartet hätte. Der Teppich war alt und fleckig, die Wände waren braun, das Bettzeug war braun, und die Kloschüssel war ebenfalls braun – hätte es allerdings nicht sein sollen. Aber die Heizung funktionierte, die Badezimmerarmaturen ebenfalls, und mehr verlangte sie nicht.

Sie steckte die Pistole in ihren Hosenbund, holte ihre Kleidung für den nächsten Tag hervor und nahm die Computertasche an sich. Sollten die restlichen Sachen im Auto nicht sicher sein, so konnte sie nur hoffen, daß der Dieb klein genug wäre, um sie auch zu tragen. Sie jedenfalls hatte nicht mehr die Kraft, die ganzen Sachen noch bis ins Zimmer zu tragen.

Sie zog sich aus, dann lud sie die Pistole. Ihre Hände zitterten, als sie die Patronen einschob. Sie verstaute die Waffe unter ihrem Kopfkissen, ließ sich auf das wackelige Bett fallen und war augenblicklich eingeschlafen.

Und sie träumte.

»Und so kam Grace nach Creag Dhu.«

Nialls Federkiel kratzte über die Seite. Er unterschrieb, dann wandte er sich ihr zu. »Nun, mein Mädchen, das wird dich zu mir bringen.« Er musterte sie aufmerksam, zunächst die Füße, dann hielt er an den Hüften und den Brüsten inne, ehe er ihr Gesicht betrachtete. Sie hielt den Atem an, da sie nur zu gut wußte, was dieser Blick bedeutete. Er war der sinnlichste Mann, der ihr jemals begegnet war. Und die Herausforderung seines feurigen Appetits erweckte auch ihre Sinnlichkeit. Sie spürte, wie sich ihr Körper ihm entgegenreckte. Er wurde warm, ihre Knospen richteten sich auf, und ihre Wangen glühten. Diese Veränderung war auch ihm nicht entgangen. Seine sonst angespannten Lippen wurden weich. Er ließ den Gänsekiel auf den Tisch fallen und drehte den hohen Holzstuhl zu ihr herum. Dann streckte er die Hand nach ihr aus. »Ich will nicht noch siebenhundert Jahre warten«, sagte er leise. »Ich will dich *jetzt*.«

Grace eilte die fünf Schritte auf ihn zu und streckte die Hände aus, um sie in seinem seidigen Haarschopf zu verbergen. Er hob den Kopf, und seine Lippen bedeckten ihren Mund. Niemand konnte so küssen wie Niall, dachte sie benommen. Er schmeckte nach starkem Whiskey, sein Kuß war sowohl dominant als auch verführerisch. Er nahm sich, was er wollte, schenkte aber andererseits größtes Vergnügen.

Seine starke Hand legte sich auf ihre Brüste, sein Daumen rieb zärtlich über ihre harten Knospen. Ihre Hände zerrten an seinem Haar, bebend drängte sie sich noch dichter an ihn heran.

Sie hatten sich bereits so häufig geliebt, daß er erkannte, wie erregt sie war. Liebevoll murmelnd hob er sowohl ihren als auch seinen Rock und setzte sie auf sich drauf. Ihre Körper fügten sich wie selbstverständlich zusammen. Sie stöhnte erlöst auf, als sein dicker Schaft in sie eindrang. Niall keuchte. Mit zusammengebissenen Zähnen drückte er sie an sich. Dicht aneinandergepreßt verharrten sie, denn ihr Verlangen ging über die körperliche Begierde weit hinaus.

Sie war es. Niall wachte unglaublich erregt, aber dennoch triumphierend auf. Diesmal hatte er ihr Gesicht gesehen, das Gesicht dieses verdammten Luders, das ihm den Schlaf raubte und ihn heimlich beobachtete. Er setzte sich auf, strich sich mit beiden Händen die Haare aus dem Gesicht und versuchte, sich an seinen Traum zu erinnern.

Er hatte auf einem Stuhl an einem hohen Tisch gesessen

und irgend etwas geschrieben, während sie etwas abseits gestanden hatte. Er konnte sich nicht mehr erinnern, was er zu ihr gesagt hatte. Er erinnerte sich lediglich, daß er sie angesehen und sie seinen Blick erwidert hatte. Plötzlich hatte ihn ein wollüstiges Verlangen übermannt. Er hatte die Arme nach ihr ausgestreckt, und sie war auf ihn zugekommen, direkt in seine Arme. Er hatte sie gar nicht erst zum Bett getragen, sondern an Ort und Stelle ihren Rock hochgehoben und sie auf seinen Schaft gesetzt. Wie flüssiges Feuer hatte sie sich an ihn geschmiegt. Ihre wunderschönen blauen Augen waren geschlossen und ihr Kopf nach hinten geworfen, als sie sich miteinander vergnügten.

Sie fühlte sich zerbrechlich an. Ihr Körper war zierlich, ihre Haut seiden. Sie hatte eine dichte Masse dunklen Haares, das ihr den Rücken hinunterhing. Es war dick und glatt. Ihre Augen waren so klar und blau wie ein schottischer See unter blauem Himmel. Ihr Gesicht… ein Schauder rann seinen Rücken hinunter. Ihr Gesicht war das eines Engels, ernst und etwas distanziert, als ob sie ein höheres Ziel verfolgte. Ihre Stirn war hoch und blaß, die zarte Linie ihres Kinns fast kantig, und ihr Mund…

»Nun, vielleicht ist sie doch kein Engel«, stellte er erleichtert fest. Dieser Mund versprach alle möglichen sinnlichen Spiele.

Irgend etwas an ihr war ihm jedoch nicht geheuer, und Niall vertraute seinen Gefühlen. Er schnaubte. Sie sollte ihm auch unheimlich sein, denn vermutlich war sie eine Hexe. Wie sonst hätte sie ihn, ohne gesehen zu werden, beobachten können und, wann immer es ihr paßte, in seine Träume eindringen können? Hexe oder nicht, sollte sie jemals in Fleisch und Blut vor ihm stehen, so würde er es gerne mit ihr treiben, aber vertrauen würde er ihr nicht. Irgendeinen Grund mußte sie doch haben, weswegen sie ihn beobachtete. Vielleicht hatte sie von dem Schatz Wind bekommen.

Wenn das der Fall sein sollte, so wäre es ihr Unglück, denn er hatte geschworen, den Schatz gegen jede Bedrohung, ob nun männlicher oder weiblicher Natur, zu schützen. Eine Frau hatte er bisher noch nicht für dieses Ziel ermorden müssen, aber ihr Geschlecht würde sie nicht vor diesem Schicksal schützen. Wenn sie wegen des Schatzes kommen sollte, mußte sie trotz seines schmerzlichen Verlangens nach ihr sterben.

Grace schlief bis nach elf Uhr, dem Zeitpunkt, an dem sie ihr Zimmer hätte räumen sollen. Sie wachte auf, als ein Zimmermädchen an die Tür klopfte. Sie taumelte an die Tür, bat das Zimmermädchen, später wiederzukommen, und ließ sich wieder auf das Bett fallen. Erst gegen drei wachte sie, vom vielen Schlaf ganz verkatert, auf.

Lange stand sie unter der Dusche und ließ das Wasser abwechselnd warm und kalt an sich hinunterlaufen, um ihren vernebelten Kopf zu klären. Sie fühlte sich körperlich erholt, aber seelisch so übermüdet, als ob sie überhaupt nicht geschlafen hätte. Offenbar hatte sie ständig geträumt. In Gedanken wiederholte sie endlos die kurze, gewalttätige Szene vor MacDonald's. Wieder und wieder sah sie, wie sie nach dem Blatt Papier greifen wollte, auf dem »Creag Dhu« stand. Sie spürte den Windstoß, wußte, was gleich passieren würde, und schnappte immer wieder nach dem Blatt Papier. Aber jedesmal entglitt es ihrem Zugriff und landete direkt in Parrishs Händen. Er betrachtete es und sagte grinsend: »Vielen Dank, Grace.« Dann richtete er seine Pistole auf sie und drückte ab. Und dann fing der Traum wieder von vorne an.

Sie hatte auch von Niall geträumt und davon, wie sie sich geliebt hatten. Seine schwarzen Augen hatten sie durchdringend angesehen, als ob er wußte, daß sie die wertvollen Papiere nicht hatte ausreichend beschützen können. Aber er hatte seine Hand auffordernd nach ihr ausgestreckt, und sie war auf ihn zugegangen.

»Komm zu mir«, hatte er gesagt. »Jetzt gleich.«

Ein heftiger Schauder durchzuckte sie von Kopf bis Fuß. Ihr ganzer Körper zitterte. Ihre Knie wurden weich, und sie lehnte sich gegen die Duschwand. Durch ihre geöffneten Lippen drangen kleine Seufzer. Sie konnte sich des Gefühls nicht erwehren, in Stücke zu zerspringen. Irgendeine Kraft zog und zerrte an ihr. Sie riß die Augen auf. Die abgetakelten Duschwände schienen plötzlich zu glühen.

Komm zu mir. Reise all die Jahre zurück, es sind sechshundertundfünfundsiebzig. Ich habe dir verraten, wie es geht. Komm zu mir.

Die Stimme dröhnte in ihrem Kopf, gleichzeitig schien sie von außerhalb zu kommen. Es war Nialls Stimme. Aber dieselbe Stimme, die in ihren Träumen immer so unglaublich sinnlich war, war jetzt fest und befehlend.

Komm zu mir.

Langsam verglühte das Leuchten. Ihre Muskeln zitterten kaum noch, und sie stand wieder auf festem Boden. Kaltes Wasser rieselte auf sie herunter. Hastig stellte sie es ab, griff nach einem Handtuch und band es sich um die Haare. Mit einem zweiten rubbelte sie sich ab. Himmel, war ihr kalt! Wie lange hatte sie wie betäubt halluzinierend unter dem kalten Wasserstrahl gestanden? Beinahe hätte sie sich ernstlich unterkühlt.

Aber sie hatte gar nicht halluziniert, dessen war sie sich sicher. Es war alles wirklich so gewesen. Es gab tatsächlich irgendeine fremde Macht, sie hatte sie gleich beim ersten Lesen der alten Dokumente gespürt. Aus diesem Grund war sie auf die Übersetzung auch so erpicht gewesen. Deswegen hatte sie die Dokumente und den Laptop auch dann mit sich herumgeschleppt, als das jede Menge Unbequemlichkeiten für sie bedeutet hatte. Sie hatte beides beschützt, obwohl es vernünftig gewesen wäre, beides im Stich zu lassen.

Alles, was in den letzten acht Monaten geschehen war,

hatte sie unweigerlich zu diesem Augenblick hingeführt: nackt und bibbernd in der Dusche eines Fernfahrermotels in Iowa zu stehen und einen klaren Entschluß zu fassen. Wenn es möglich wäre, dann mußte sie die Zeitreise antreten. Parrish hatte das Blatt Papier. Vielleicht war es ja so vorherbestimmt, und sie konnte nichts dagegen unternehmen. Aber da er jetzt Bescheid wußte, mußte sie ihn daran hindern, den Schatz zu plündern. Nur eine Möglichkeit stand ihr offen. Sie mußte Niall dazu überreden, den Schatz woanders zu verstecken. Oder vielleicht – möglicherweise ein alberner Gedanke –, vielleicht sollte sie den Schatz finden und die Macht dazu nutzen, die Stiftung zu zerstören.

Sie mußte nach Creag Dhu – und zwar vor sechshundertundfünfundsiebzig Jahren.

18

Allmählich hatte sich im schottischen Hochland der Frühling ausgebreitet. Es war bereits Mai, und ein grüner Teppich lag über den Bergen. Die kühlen, nebligen Tage konnten ganz unvermittelt strahlender Sonne und einer so klaren Luft weichen, daß man fast geblendet wurde. Manchmal hörte man ein paar traurige Töne, das schwache Echo eines Dudelsacks, die einem die Tränen in die Augen trieben.

Sie hatte vier Monate gebraucht, um hierherzukommen. Erst war sie immer weiter nach Süden gefahren, dann hatte sie eine östliche Richtung eingeschlagen. Die Jahreszeiten hatten während ihrer Fahrt gewechselt, der Winter war immer mehr in den Hintergrund getreten, je weiter südlich sie gekommen war. In Tennessee schließlich hatte sie im Februar die erste Blume blühen sehen. Die Blüte der gelben Narzisse war ihr wie ein Wunder erschienen. Sie hatte die Fahrt beendet, sich ausgeruht und Pläne geschmiedet.

Laut Meinung der Leute war einem milden Winter ein früher Frühling gefolgt. Die Narzissen blühten dieses Jahr ein paar Wochen früher als gewöhnlich. Der Winter in Minnesota war überhaupt nicht mild gewesen, aber achthundert Meilen weiter südlich war das Klima ein ganz anderes, überhaupt war es eine ganz andere Welt.

Sie hatte schon bald erkannt, daß sie ihr Vorhaben nicht alleine durchführen konnte. Es fiel ihr nur eine einzige Person ein, die sie anrufen konnte.

Harmony hörte ruhig zu, als Grace sie darum bat, mit ihr zusammen für eine unbegrenzte Zeit nach Schottland zu reisen.

»Schottland«, meinte sie schließlich. »Die malen doch heute ihre Gesichter nicht mehr blau an, oder?«

»Nur noch im Film.«

»Ich habe keinen Paß.«

»Den kannst du schnell bekommen, sofern du eine Geburtsurkunde hast.«

»Du sagtest doch, daß du meine Hilfe für irgend etwas bräuchtest. Vielleicht könntest du dein Vorhaben ein klein wenig deutlicher beschreiben.«

»Wenn du mitkommst, ja«, erwiderte Grace.

»Ich werde es mir überlegen. Ruf mich in ein paar Tagen noch mal an.«

Grace ließ Harmony drei Tage Zeit, dann rief sie erneut an. »Also«, begann Harmony. »Wenn ich mitkäme, würde ich dann etwas Illegales tun?«

»Nein, das glaube ich nicht.« Da Grace jedoch nicht wußte, was ihr bevorstand, konnte sie nicht garantieren, daß sie das Gesetz nicht überschreiten würde.

»Ist es gefährlich?«

»Ja.«

Harmony seufzte. »Klingt ja wirklich sehr verlockend«, knurrte sie. »Wie lange würde ich denn weg sein? Wie du weißt, muß ich mich um dieses Haus hier kümmern.«

»Genau kann ich es nicht sagen. Ein paar Tage, vielleicht auch ein paar Wochen. Ich werde alles bezahlen...«

»Wenn ich mitkommen sollte, dann zahle ich meine Reise selbst. Wenn es mir dann stinkt, bin ich zu nichts verpflichtet und kann gehen.« Sie schwieg einen Augenblick, und Grace hörte das Trommeln ihrer Fingernägel am Telefonhörer. »Eine Frage hätte ich aber noch.«

»Ich höre.«

»Wie heißt du wirklich?«

Grace zögerte. Es kam ihr merkwürdig vor, ihren eigenen Namen auszusprechen. Sie hatte ihn in all den Monaten nur die paarmal aus Kris' Mund gehört. Sie hatte schon so viele verschiedene Namen gehabt, daß sie manchmal gar keine Identität mehr zu haben glaubte. »Grace«, sagte sie leise. »Grace St. John. Aber ich werde unter dem Namen Louisa Croley reisen, denn so steht es auch in meinem Paß und in meinem Führerschein.«

»Grace.« Harmony seufzte. »Mist. Wenn du mich angelogen hättest, dann hätte ich nein sagen können.«

Es hatte lange gedauert, Creag Dhu überhaupt zu finden. Grace und Harmony hatten sich bereits eine gute Woche in Edinburgh aufgehalten, ehe sie überhaupt den Namen ausfindig machen konnten. Die Burg lag in einem so entlegenen Teil der westlichen Highlands, daß sie praktisch nicht zu erreichen war. Während Grace Erkundigungen einzog, besichtigte Harmony Edinburgh. Sie besichtigte die Festungsmauern, sie besichtigte das Holyrodhaus, sie machte Tagesausflüge nach St. Andrews und nach Perth. Erst nachdem sie in Edinburgh angekommen waren, hatte Grace Harmony überhaupt in ihr Vorhaben eingeweiht. Harmony hatte sie ausgelacht. Aber als Grace unbeirrt mit ihren Vorbereitungen fortfuhr, hatte Harmony sich seufzend in ihr Schicksal ergeben. Und als sie von Ford und Bryant hörte, war ihr das Lachen ganz vergangen. Als sie alles vorbereitet hatten, fuhren sie mit einem von Grace angemieteten Auto in ein kleines Dorf, fünf Meilen von dem angeblichen Standort von Creag Dhu entfernt. Die einzige Unterkunft waren private Zimmer, in die sie sich auch einmieteten. In der Dorfkneipe wurde gerne geklatscht. Harmony stand inmitten der trinkfesten Schotten an der Bar ihren Mann, im Gegenzug beantworteten sie ihre Fragen. Ja, ein schicker Amerikaner war vor zwei Monaten hier aufgetaucht und wollte einen riesigen Stein ausheben. Erst hatte ihn das stürmische Wetter etwas in seinem Vorhaben behindert, da der Boden matschig geworden war und man so den Ort nur schlecht erreichen konnte. Aber jetzt war das Wetter besser geworden, und man hatte gehört, daß er große Fortschritte machte.

»Er wird nicht mehr lange brauchen, bis er ihn gefunden hat«, erwiderte Grace, nachdem ihr Harmony von ihren Gesprächen erzählt hatte. »Ich darf nicht länger warten, ich muß gehen.«

»Du tust gerade so, als ob die Sache mit einer Rückreisegarantie versehen wäre«, meinte Harmony leicht verstört. »Wahrscheinlich wirst du ohnehin nichts weiter ausrichten, als deinem Hintern einen riesigen Stromschlag zu versetzen.«

»Möglich«, erwiderte Grace. Wenn sie vernünftig darüber nachdachte, würde vermutlich genau das auch passieren. Dann aber erinnerte sie sich an die Dokumente und an all das, was sie gelesen hatte, an ihre Träume, an das Gefühl, diese Reise machen zu müssen, ganz gleich, wie verrückt es auch erscheinen mochte.

Seit sie in Schottland angekommen war, hatte sie nie wieder geträumt. Sie hatte das merkwürdige Gefühl, als ob zwischen ihr und allem anderen eine Art Schleier hinge. Nichts konnte sie wirklich berühren, weder Angst, noch Ärger, noch nicht einmal ganz gewöhnliche Dinge wie zum Beispiel Hunger. Ein wesentlicher Teil ihrer selbst war bereits verschwunden und hatte sich von dieser Zeit der Gegenwart verabschiedet. Sie wußte, sie würde gehen. Und sie hatte sich, so gut wie sie nur irgend konnte, darauf vorbereitet.

Am darauffolgenden Tag reisten sie kurz nach dem Mittagessen ab, fuhren so nah wie möglich an die Burg heran und gingen dann zu Fuß weiter. Im Westen hingen Sturmwolken über dem Meer, und die Schatten der Berge leuchteten violett unter einem strahlend blauen Himmel. Grace hatte die Sache sorgfältig erwogen. Sie hatte zwar die Formel für die Zeit, nicht aber für den Ort. Sie hatte sich dann überlegt, daß ein bestimmter Punkt auf der Landkarte, egal in welcher Zeit, doch immer noch derselbe Punkt blieb. Wenn sie an einem bestimmten Ort die Zeitreise zurück antrat, dann würde sie auch genau an demselben Ort ankommen. Das Beste wäre natürlich, sie stünde mitten auf den Ruinen von Creag Dhu, aber sie hatte sich nicht in die unmittelbare Nähe der Burg gewagt. Sie mußte mit der nächstmöglichen Position vorlieb nehmen und dann nach Ankunft in der anderen Zeit zu Fuß die Burg erreichen.

Die enge Straße war eigentlich kaum breiter als ein Pfad. Etwa drei Meilen von der Burg entfernt, verlief sie mit einem Mal im Sande. Die beiden Frauen schulterten Graces Sachen und wanderten noch höher in die Berge hinauf. Die frische Luft roch lieblich, und über ihnen war der einsame Ruf eines Vogels zu hören. Grace spürte bereits etwas an ihr ziehen, eine stille Erwartung, ein Verlangen.

»Warum erschießen wir eigentlich die Bestie nicht einfach?« fragte Harmony plötzlich und hielt ihre weißblonden Haare in den Wind. Ihre Nasenflügel bebten, und ihre Augen wurden schmal. Sie sah wie eine exotische Kriegsgöttin aus, bereit, ihre Feinde umzubringen. »Es ist eine einfache und saubere Lösung, außerdem ist die Wahrscheinlichkeit des Erfolges um einiges größer.«

»Weil es nicht nur um Parrish geht, sondern um die Stiftung als Ganzes. Wenn wir ihn umbringen, würde nur ein anderer seinen Platz einnehmen.« Zu dieser Schlußfolgerung war sie schon vor einiger Zeit gekommen. Nur zu gerne hätte sie lediglich Parrish umgebracht und wäre nach ihrer erfolgreichen Rache einfach ihrer Wege gegangen. Das aber brachte sie nicht über sich. *Die Stiftung des Bösen...* sie durfte nicht zulassen, daß die Stiftung den Schatz in die Hände bekam.

Sie erspähte ihren Zielort und zeigte ihn Harmony. Der Steinhaufen befand sich fast auf dem Berggipfel. Vorsichtig kletterten sie nach oben. Ihre Füße versanken dabei entweder tief im Morast oder aber rutschten auf den schlüpfrigen Steinen aus. Als sie ihr Ziel erreicht hatten, schauten sie schweigend in das karge Tal und auf den vom Meer aufsteigenden Nebel hinunter. Die Ausgrabungen auf Creag Dhu konnte man nicht sehen, denn sie lagen hinter dem nächsten Berg versteckt. Grace hatte sich die Ausgrabungsstelle vorzustellen versucht. Doch obwohl sie schon viele solcher Stätten gesehen hatte, hatte sich in ihrem Kopf das Bild einer großen, unzerstörten Burg geformt, die sich dunkel gegen die wilde, graue See absetzte.

»Hast du auch wirklich alles, was du brauchst?« fragte Harmony, als sie ihr Bündel auf dem Boden absetzte und sich eilig daranmachte, die Sachen zu ordnen.

»Ja.« Noch in Amerika hatte sie eine Liste zusammengestellt und dort schon mit den Vorbereitungen begonnen. Den Anweisungen folgend, hatte sie ihre Ernährungsweise vor einer Woche umgestellt. Sie bückte sich, befestigte die Elektroden an ihren Fußgelenken und klebte sie fest.

Sie spürte, wie ihre bereits partielle Abwesenheit Harmony beunruhigte. »Mir geht es gut«, beantwortete sie Harmonys unausgesprochene Frage. »Falls es schiefgeht, nun dann geht es eben schief. Ich werde einen Stromschlag abbekommen, aber er wird nicht stark genug sein, um mich umzubringen.«

»Das hoffst du«, knurrte Harmony mit wachsender Beunruhigung.

»Wenn es aber klappen sollte, dann bin ich mir nicht sicher, ob ich all diese Sachen mitnehmen kann oder ob ich nicht plötzlich splitternackt dastehen werde. Wenn die Sachen nicht mitkommen, trage sie bitte wieder ins Dorf zurück und mach damit, was du willst.«

»Klar doch. Ich wollte schon immer ein Samtkleid haben, das mir drei Größen zu eng und dreißig Zentimeter zu kurz ist.«

»Den Laptop lasse ich auf jeden Fall hier. Ich habe meine Notizen von der Festplatte gelöscht, aber mein Tagebuch ist noch da. Ich habe alles aufgeschrieben. Falls mir etwas zustößt und ich nicht wieder hierher zurückkomme...« Sie zuckte mit den Schultern. »Dann gibt es immerhin Aufzeichnungen über alles, was vorgefallen ist.«

»Wie lange soll ich denn deiner Meinung nach warten?« schnaubte Harmony wütend.

»Keine Ahnung. Das überlasse ich ganz dir.«

»Verflucht noch mal, Grace!« Harmony wandte sich ihr mit rotangelaufener, zorniger Miene zu. Dann aber schüttelte sie nur den Kopf. »Ich kann dich irgendwie gar nicht mehr erreichen, nicht wahr? Du bist mit dem Kopf bereits ganz woanders.«

»Ich weiß, daß du es nicht verstehen kannst. Ich verstehe es ja selbst nicht.« Der Wind preßte das Kleid gegen ihren Körper und wehte ihr das Haar aus dem Gesicht. Unter ihr dehnte sich das Tal aus, aber ihr Blick war in die Unendlichkeit gerichtet. »Es ist jetzt ein Jahr her, seit Ford und Bryant ermordet wurden. Bis heute habe ich keine Träne über ihren Tod vergießen können. Es scheint mir fast, als ob ich es noch nicht verdient habe, weil ich noch nichts getan habe, um ihren Tod zu rächen.«

»Zum Weinen hattest du einfach keine Zeit«, meinte Harmony mit rauher Stimme. »Du warst viel zu sehr damit beschäftigt, überhaupt am Leben zu bleiben.«

»Ich habe noch niemals ihre Gräber besucht. Sechs Monate habe ich wieder in Minneapolis gelebt, aber ihre Gräber habe ich nicht besucht und habe keine Blumen darauf abgelegt.«

»Das war auch gut so, denn dieser verdammte Parrish hat sicher ein paar Leute auf den Friedhof angesetzt. Da hätten sie dich mit Sicherheit schnappen können.«

»Schon möglich. Aber ich hätte noch nicht einmal dann gehen können, wenn ich mir um meine Sicherheit keine Sorgen hätte machen müssen. Vielleicht gelingt es mir ja, wenn ich wieder zurückkomme.«

Mit diesen Worten war alles zwischen ihnen gesagt. Harmony umarmte sie. Ihre grünen Augen waren feucht. Dann lief sie, ohne sich noch einmal umzudrehen, davon.

Grace setzte sich auf den Felsen, klappte den Laptop auf und schaltete ihn an. Sie öffnete ihr Tagebuch und versuchte, sich zu sammeln. Aber es war zwecklos, ihre Gedanken schossen ihr wie Schwalben durch den Kopf. Schließlich hörte sie auf, nachzudenken und fing zu schreiben an.

»17. Mai – Rache kann ein ganzes Leben ausfüllen. Das war mir bisher noch nicht klar gewesen, aber bisher habe ich auch noch niemals gehaßt. Ich war glücklich und zufrieden, und einen Moment später hatte ich alles verloren. Von einem Augenblick zum nächsten ist mein ehemals sicheres, normales, ja, sogar ganz und gar gewöhnliches Leben den Bach heruntergegangen. Ich habe alles verloren. Meinen Mann, meinen Bruder … beide habe ich verloren.

Merkwürdig, wie schnell sich alles ändern kann. Wie sich ein ganz normales Leben binnen einer Sekunde in Entsetzen, Unglauben und lähmenden Schmerz verwandeln kann. Nein, ich habe nicht geweint. Ich habe den Schmerz in mir eingemauert. Die Wunde aber kann nicht heilen, weil ich mich nicht traue, meinen Schmerz herauszulassen. Ich muß mich auf das konzentrieren, was jetzt getan werden muß. Ich kann mir jetzt nicht den Luxus der Trauer über die leisten, die ich verloren habe. Wenn ich zusammenbreche, wenn meine Wachsamkeit auch nur ein wenig nachläßt, dann wird man auch mich umbringen.

»Ich fühle mich, als ob mein Leben eigentlich jemand anderem gehört. Irgend etwas ist gänzlich in Unordnung, aber was: das frühere oder mein jetziges Leben? Es scheint mir, als ob die beiden Hälften sich nicht zusammenfügen wollen, daß entweder die eine oder aber die andere gar nicht mein eigentliches Leben ist. Manchmal kann ich überhaupt keine Verbindung zu der Frau herstellen, die ich vor jener Nacht gewesen war.

Davor war ich eine Ehefrau.

Jetzt bin ich Witwe.

Ich hatte eine Familie, klein aber mein, und sie hat mir sehr am Herzen gelegen. Aus und vorbei.

Ich hatte einen Beruf. Einen jener seltsamen, intellektuell herausfordernden Jobs, in denen ich mich in wertvollen alten Pergamentpapierrollen und unbekannten Büchern so sehr verlieren konnte, daß Ford mich manchmal damit neckte, ich sei im falschen Jahrhundert geboren. Auch das ist Vergangenheit.

Und jetzt muß ich entweder fliehen oder mich verstecken, sonst werde ich ebenfalls umgebracht. Wie eine Ratte habe ich monatelang in verschiedenen Löchern gehaust und ein paar gestohlene Manuskripte und alte Übersetzungen mit mir herumgeschleppt. Ich habe gelernt, mein Aussehen zu verändern, mir gefälschte Papiere zu besorgen und notfalls auch ein Auto zu stehlen. Gelegentlich esse ich, allerdings nicht gut. Ford würde mich nicht wiedererkennen. Mein eigener Mann würde mich nicht erkennen! Aber ich darf über diese Dinge nicht länger nachdenken.

Wie ist es soweit gekommen?

Die Frage ist nur noch rhetorischer Art. Ich weiß genau, wie es gekommen ist. Ich habe dabei zugesehen. Ich habe gesehen, wie Parrish sie beide ermordet hat.

Zwischen vorher und nachher kann man keine Brücke schlagen, die Zeiten kann man einander nicht anpassen. Innerhalb weniger Augenblicke wechselte ich von respektabel zu flüchtig, von Ehefrau zu Witwe, von Schwester zu Überlebender, von normal zu … diesem Zustand jetzt.

Nur der Haß treibt mich noch weiter.

Es ist ein so starker und reiner Haß, daß er mir manchmal schon unheimlich ist. Kann man durch Haß geläutert werden? Kann er all die kleinen Hindernisse aus dem Weg räumen, damit man ihn voll und ganz ausleben kann? Ich glaube ja, denn in meinem Fall scheint es so gewesen zu sein. Ich will, daß Parrish für das, was er mir und den von mir geliebten Menschen angetan hat, bezahlen soll. Ich will, daß er umkommt. Ich will nicht, daß Ford und Bryant für nichts und wieder nichts sterben mußten. Also muß ich auch die Stiftung angreifen, nicht nur Parrish. Ich habe keine Ahnung, wie lange ich brauchen werde, um mein Ziel zu erreichen. Ich weiß nicht, ob ich es rechtzeitig schaffen werde oder bei dem Versuch umkomme. Aber versuchen kann ich es, denn Haß und Rache sind alles, was mir noch geblieben ist.

Ich muß den Schwarzen Niall finden.«

Sie hielt inne und starrte auf den Bildschirm. Während des Studiums hatte sie ein Tagebuch mit einem weichen Ledereinband besessen. Ford hatte es ihr zu ihrem ersten gemeinsamen Weihnachten geschenkt. Sie hatte darin ihre Arbeitserfolge, die Fortschritte bei ihren Übersetzungen verzeichnen wollen, statt dessen aber war es zu einem persönlichen Tagebuch geworden. Als sie dann einen Laptopcomputer bekommen hatte, hatte sie die Angewohnheit auf die elektronische Seite übertragen.

Im Tagebuch hatte sie auch ihre Flucht vor Parrish Sawyer dokumentiert. Nur dem Tagebuch hatte sie ihre aufgestaute Trauer anvertrauen können, nur dort durfte sie um Ford und Bryant trauern. Ihm hatte sie auch ihre wachsende Faszination, ihre zwischen Unglauben und Erstaunen wechselnden Gefühle über die alten Manuskripte mitgeteilt, deretwegen Ford und Bryant ihr Leben hatten lassen müssen. Erst hatte sie den Unterlagen nicht glauben wollen, aber dann hatte es zu viele sich deckende Hinweise gegeben, als daß es lauter Zufälle hätten sein können. Auch Parrish hatte die in den Dokumenten verborgenen Geheimnisse ernst genommen. Und schließlich hatte auch Grace daran geglaubt.

Behutsam schloß sie die Datei, schaltete den Laptop aus und stellte ihn vorsichtig zur Seite. Sie wußte nicht, ob sie ihre Sachen mitnehmen konnte oder ob sie bei ihrer dortigen Ankunft kein Hemd mehr auf dem Leib hätte. Sie hatte nicht gescherzt, als sie über ihre Nacktheit gesprochen hatte.

Sie konnte überhaupt gar nichts mit Sicherheit sagen, sie wußte noch nicht einmal, ob die ganze Prozedur überhaupt klappen würde. Wenn nicht, so wäre wenigstens nur Harmony Zeuge, wie lächerlich sie sich gemacht hatte. Wenn es nicht funktionieren sollte, dann würde sie einen anderen Weg finden, die Stiftung und Parrish zu Fall zu bringen. Wenn es jedoch funktionierte...

Sie atmete tief ein. Sie hatte alles vorbereitet, wieder und wieder ihre Berechnungen kontrolliert. Sie hatte die richtigen Mineralien gefunden, die Felsen nämlich, damit die Stromleitfähigkeit erhöht wurde. Sie hatte die vorgeschriebene Wassermenge getrunken, die sie mittels ihrem Gewicht und der Anzahl der zu überbrückenden Jahre errechnet hatte. Sie hatte so viel davon getrunken, daß sie schon ganz aufgeschwemmt war. Sie hatte die richtigen Lebensmittel gegessen und auf diese Weise allmählich die Zusammensetzung ihres Körpers verändert. Sie hatte sich seelisch vorbereitet und war mehrmals die Reihenfolge der notwendigen Vorgänge durchgegangen. Sogar das Wetter war auf ihrer Seite, ein Sturm trieb über das Meer langsam auf die Küste zu, so daß die Luft frisch und elektrisch geladen war. Der Sturm wäre zwar nicht unbedingt nötig gewesen, aber er war dennoch ein Glücksfall.

Die Zeit war gekommen.

Grace hob die grobe und feste Jutetasche auf, die sie sich selbst genäht hatte. Harmony und sie hatten trotz ihrer nur mangelhaften Nähkenntnisse auch die schweren, altmodischen Kleidungsstücke genäht, die sie jetzt trug. Aber die Kleidung am Anfang des vierzehnten Jahrhunderts war ganz unkompliziert gewesen. Sie trug ein einfaches, recht formloses Baumwollkleid mit langen Ärmeln und einem runden Kragen. Darüber trug sie ein zweites, ärmelloses Kleid aus hochwertiger weicher Wolle. Das untere nannte man einen Kittel, das obere einen Übermantel. In ihrer Tasche hatte sie noch einen schweren Samtmantel, sollte sie einmal ihren Rang betonen müssen. Ein Stück Wollstoff lag ebenfalls gefaltet in ihrer Tasche, damit sie es gegebenenfalls als Schal benutzen konnte.

Noch in Tennessee hatte sie vorausschauend ein Paar weiche Mokassins gekauft, deren weiches Leder sich an ihre Füße schmiegte. Sie trug lange, weiße Strümpfe, deren altmodische Strumpfbänder sie über dem Knie zusammenband. Sie hatte weder einen Büstenhalter noch ein Höschen an, denn damals hatte man so etwas wie Unterwäsche noch nicht getragen. Nirgendwo an ihrer Kleidung war ein Stück Gummi oder auch ein Markenschild zu finden, das Mißtrauen hätte erregen können. Ihr langes Haar war zu einem dicken Zopf geflochten, so wie sie es vor langer Zeit auch immer getragen hatte – vorher. Sie bedeckte ihren Kopf mit einem dicken Baumwollschal, dessen Enden sie im Nacken verknotete.

Als einzige Wertgegenstände trug sie lediglich ein paar Schmuckstücke bei sich, und natürlich die Ohrringe und den Ehering, den sie auch während der Mordnacht getragen hatte. Sie hoffte, daß an ihrem äußeren Erscheinungsbild nichts Ungewöhnliches zu finden war. Der Inhalt ihrer Leinentasche allerdings würde sie wegen Hexerei auf den Scheiterhaufen bringen, falls man sie damit erwischte. Der Sturm näherte sich mit dumpfem Grollen. Jetzt oder nie, dachte sie. Sie mußte sich beeilen, so daß Harmony den Laptop noch vor dem Einsatz des Regens holen konnte, denn Regen wäre ihm nicht zuträglich.

Vorsichtig stellte sie ihren Fuß auf den Druckschalter, den sie gebastelt hatte. Sie konnte gerade noch das Gleichgewicht halten, ohne darüber zu stolpern. Sie spürte die Elektroden an ihren Fußgelenken und fragte sich, wie sie das in den Zeiten ohne Elektroden und ohne Batterien bewerkstelligt hatten.

Sie schloß ihre Augen, atmete gleichmäßig tief und konzentrierte ihre Gedanken auf den Schwarzen Niall. Sie hatte alle Dinge richtig vorbereitet und sollte demnach genau sechshundertundfünfundsiebzig Jahre zurückreisen, aber sie wollte zusätzlich eine Zielvorstellung vor Augen haben. Dieser Mann, der vor 675 Jahren gelebt hatte, war das einzige ihr bekannte Ziel. Es gab keinerlei Porträts von ihm, noch nicht einmal eine dieser groben Zeichnungen, wie sie damals üblich gewesen waren. Sie hatte keine äußerlichen Anhaltspunkte. Sie konnte sich also nur wirklich auf ihn, auf sein innerstes Wesen, konzentrieren.

Sie kannte ihn. Und wie sie ihn kannte. Monatelang hatte

er sie verfolgt. Erst hatte er sie beim Entziffern der alten Dokumente gestört, dann war er in ihre Träume eingedrungen. Manchmal war sein Bild so deutlich gewesen, daß sie aus dem Schlaf aufgeschreckt war. Und immer – immer – hatte sie das Gefühl gehabt, er sei gerade eben tatsächlich bei ihr gewesen. Er hatte sie im Traum geliebt und ihre tief verschüttete Sinnlichkeit entfacht. Der Schwarze Niall war in mancherlei Hinsicht ihr Retter gewesen, denn er hatte ihr wieder Hoffnung gemacht. Die starke Persönlichkeit dieses außergewöhnlichen Mannes hatte mehrere Jahrhunderte bis zu ihr überbrückt. Irgendwie zog er sie an und bewahrte sie davor, in dem dunklen Loch der Verzweiflung ganz zu versinken. Zeitweilig war er ihr wirklicher erschienen als ihre eigentliche Umwelt.

Sie schloß die Augen, und sein Bild tauchte vor ihr auf: ein Mann, so strahlend wie ein Blitz und so stark wie ein Donner. Sie ermahnte sich, sich lieber auf die Fakten als auf das Bild zu konzentrieren, das sie sich von ihm gemacht hatte. Aber sie konnte ihre Gedanken nicht zu einer leeren Bildfläche verengen. Sie fühlte, wie er sie zu sich heranzog. Er war da, er war *da... Atme tief und langsam. Atme durch das eine Nasenloch ein, laß die Luft zirkulieren, dann atme durch das andere Nasenloch wieder aus. Wiederhole diesen Kreislauf immer wieder. Atme. Atme...*

Sie sah seinen dunklen Blick den Nebel der Zeit durchdringen, bis er ihr direkt in die Augen sah. Sie bemerkte die lange, dünne Wand seiner Nase und die dichte schwarze Mähne, die auf seine muskulösen Schultern herabfiel. Sie sah die kleine Zöpfchen, die in alter gälischer Tradition zu beiden Seiten seines Gesichts herabhingen.

Sie sah, wie er den Mund aufmachte und einen Befehl ausstieß. Nur schwach bekam sie mit, daß er sich inmitten eines Schlachtfeldes befand, auf dem er jedoch die einzig klar erkennbare Figur bildete. Sie sah die Reflexion der Sonne auf seinem Schwert, als er die schwere Waffe mit seinem kräftigen Arm herumschwang. Im anderen Arm trug er eine furchterregende Axt anstelle eines Schilds. Beide Waffen waren blutüberströmt, während er zustach und einen Gegner nach dem anderen fällte.

Ein. Aus. Die Luft bewegte sich in ihr und um sie herum. Sie wurde immer weniger, immer enger, ihre Gedanken waren jetzt noch stärker auf ihr Ziel fixiert. Die Spirale senkte sich langsam, die Luft wirbelte um sie herum, es entstand ein Sog. Sie hatte ihr Ziel beinahe erreicht. Niall! Schwarzer Niall!

In Gedanken rief sie seinen Namen, dann schrie sie ihn heraus. Ihr Verlangen war so heftig und intensiv, daß jede Zelle ihres Körpers schmerzte. Sie hatte das Gefühl, zusammengedrückt zu werden. In ihrer Vorstellung sah sie, wie ein Kopf überrascht zu ihr herumschnellte, als ob er das schwache Echo eines Aufschreis vernommen hätte. Dann wurde sein Bild immer kleiner und zog sie in ein dunkles Loch. Sie konzentrierte sich auf seine Weisung, wie ein Pilot, der sich auf die Radaranweisungen zur Landung verließ. Unbewußt verstärkte sie den Druck mit ihrem Fuß auf den Schalter. Dann explodierte die ganze Welt in einem riesigen Funken gleißenden Lichts.

19

Grace lag auf der Seite im kühlen Gras. Ihr war schwindelig, und sie fühlte sich, als sei sie herumgestoßen worden. Sie hörte Stimmengewirr, aber die Stimmen schienen weit weg zu sein, außerdem konnte sie sie nicht verstehen. Da sie noch zwischen den Zeiten gefangen war, konnte sie Details noch nicht wieder wahrnehmen. Es war, als erwache sie gerade aus einer Narkose, wo man zwar Einzelheiten wahrnahm, sie aber in keinen Zusammenhang bringen konnte. Langsam kam ihr Bewußtsein zurück. Als erstes erkannte sie sich selbst wieder und wußte, daß sie Grace war. Etwas später – oder war es sogar Stunden später? – fragte sie sich benommen, ob die ganze Prozedur auch wirklich geklappt hatte, oder ob sie lediglich, um es mit Harmonys Worten auszudrücken, ihrem Hintern einen kräftigen Elektroschock versetzt hatte.

Ihr tat alles weh, als ob sie geprügelt worden oder einen Abhang hinuntergerollt wäre.

Das Geräusch wurde immer lauter und allmählich so störend, daß sie die Augen öffnen und demjenigen, der hier so herumbrüllte, den Mund verbieten wollte.

Plötzlich lag ein übler Geruch in der Luft, und sie hätte sich beinahe übergeben müssen.

Durch diese unwillkürliche Reaktion wurde sie schlagartig wach. Das ohrenbetäubende, schreckliche Geräusch schien von Hunderten von Männern zu kommen, die vor Schmerz laut schrien. Das klirrende Geräusch von Metall auf Metall tat ihren Ohren weh. Pferde rannten wiehernd mit metallbeschlagenen Hufen herum. Der Gestank war eine grauenhafte Mischung aus frischem, noch warmem Blut, Urin und entleerten Därmen.

Sie wollte sich aufsetzen, rollte jedoch schnell zur Seite, als zwei verdreckte, langhaarige Männer in Schottenkaros fast auf ihr gelandet wären. Eine blutverschmierte Klinge wirbelte durch die Luft und hätte sie um ein Haar getroffen.

Mein Gott, sie war mitten in einer Schlacht gelandet!

Ihr stockte der Atem. Sie hatte den Schwarzen Niall schon vorher während einer Schlacht beobachtet.

Er war *hier.* Irgendwo. Herzklopfende Aufregung erfaßte sie.

Sie drückte ihre Tasche an sich und versuchte, sich ein wenig von den kämpfenden Männern zu entfernen. Sie stolperte über etwas Weiches, Warmes und fiel rücklings hin. Sie setzte sich wieder auf und sah, daß ihre Beine über einem blutverschmierten toten Mann lagen. Ein Schrei stieg in ihrer Kehle auf und blieb dort stecken. Hastig sprang sie auf und wandte unsicher den Kopf, um sich zu orientieren.

Sie befanden sich in dem Tal, das just unter den Steinen lag, wo sie sich der Prozedur ausgesetzt hatte. Die Situation war der reinste Irrsinn. Manche Männer waren beritten, die meisten jedoch marschierten zu Fuß. Sie rannten, griffen an, stießen und schlitzten auf. Panik erfaßte sie, denn sie konnte nirgendwo den Schwarzen Niall entdecken. Sie konnte keinen großen Mann mit einer wehenden schwarzen Haarmähne ausmachen, der mühelos und einhändig ein riesiges Schwert schwang. Lag er vielleicht irgendwo mitten in diesem Gemetzel und fügte sein Blut dem roten Blutmeer hinzu?

Sie mußte zugeben, daß sie trotz ihrer Träume eigentlich gar keine Ahnung hatte, wie er wirklich aussah. Der Hüter des Schatzes würde eben nicht mit einem feurigen Schwert zu sehen sein, er würde so aussehen wie alle anderen auch. Er hätte einer der beiden verbissenen Kämpfer sein können, die beinahe auf sie gefallen wären, ohne daß sie ihn erkannt hätte.

Wie also sollte sie ihn jetzt finden? Sollte sie auf den Berg steigen und aus voller Kehle »Schwarzer Niall« brüllen?

»Niall Dhu! Niall Dhu!«

Sie hörte vom anderen Ende des Schlachtfelds das Gebrüll. Alle Männer strebten plötzlich in diese Richtung. Grace zog sich zurück und kletterte ein wenig den Hang hinauf, um so einen besseren Überblick zu bekommen.

»Niall Dhu!«

Auf einmal verstand sie die Worte. *Dhu* bedeutete »schwarz«. Sie riefen seinen Namen.

Ihr wich das Blut aus dem Gesicht. War er von einem Schwert getroffen worden? Sie stürzte los. Ihre Füße rutschten auf dem roten Matsch aus, den die vielen Füße aufgelockert hatten. Sie wurde von dem unwiderstehlichen Bedürfnis getrieben, bei ihm zu sein. Er durfte nicht tot sein. Nein, nicht Niall. Er war unbesiegbar, er war der gefürchtetste Krieger der christlichen Welt.

Die Männer wechselten die Richtung und liefen jetzt auf sie zu. Da wurde sie sich der Tatsache bewußt, daß sie auf einem Schlachtfeld des vierzehnten Jahrhunderts stand. Wenn diese Männer sie erst einmal gefangen hatten, würden sie sie vermutlich vergewaltigen und anschließend umbringen.

Sie machte auf dem Absatz kehrt und rannte los.

Das aber hatte ungefähr dieselbe Wirkung, wie einem Stier ein rotes Tuch vor die Nase zu halten. Die Männer waren ohnehin im Blutrausch, und ein kollektiver Schrei entrang sich ihren Kehlen, als sie ihrer gewahr wurden. Grace hob ihre Röcke an und schulterte ihre Tasche, die ihr beim Rennen heftig gegen die Beine schlug. Sie wollte Luft holen, aber Panik verschnürte ihr die Kehle und drohte sie zu ersticken.

Der Boden bebte unter den Hufen eines Pferdes, und eine blutverschmierte, fleischige Hand griff nach ihr. Grace schrie auf, als plötzlich alles um sie herum auf dem Kopf stand und sie durch die Luft gewirbelt wurde. Sie landete auf einem stinkenden, mit einer Decke bedeckten Schoß. Der Mann lachte schallend, betatschte grob ihr Hinterteil, dann warf er das Pferd herum. Er schrie irgend etwas und war ganz offensichtlich hochzufrieden, sie verstand allerdings außer den Worten »Niall Dhu« kein Wort. Hilflos mit dem Kopf nach unten auf einem Pferd hängend, konnte sie nur ihre Tasche festhalten und gegen alle Wahrscheinlichkeit hoffen, daß der Grobian, der sie gefangen hatte, tatsächlich

Niall Dhu selbst war. Einen Augenblick lang hatte sie ein fleischiges Gesicht mit einem verdreckten Bart gesehen, verglichen mit ihren Traumbildern eine abgrundtiefe Enttäuschung. Aber wenn es denn tatsächlich Niall sein sollte, so mußte sie ihn wenigstens nicht länger suchen.

Sie glaubte allerdings nicht, daß sie so viel Glück gehabt hatte.

Der Mistkerl war bester Laune und brüllte während des Reitens irgend etwas. Andere Männer ritten um ihn herum, die meisten aber liefen zu Fuß. Nicht weit entfernt tummelten sich andere Leute, lachten und kreischten.

Der Mann, der sie festhielt, befühlte sie mit einer derben Geste durch ihr Kleid hindurch zwischen den Beinen. Aus einem wütenden, unüberlegten Impuls heraus drehte sich Grace schnell wie eine Schlange um und biß in seine dreckige, nicht bedeckte Wade. Er schrie vor Schmerz auf und riß an dem Zügel. Das Pferd bäumte sich wiehernd auf, dann stob es so schnell davon, daß Grace die Wade des Mannes losließ. Angesichts des ekligen Geschmacks würgte sie, dann übergab sie sich über seinen Fuß.

Schadenfrohes Gelächter brach ringsherum aus. Der Mann riß sie hoch. Sein fauler Atem schlug ihr ins Gesicht, als er sie anbrüllte. Sie konnte zwar nicht verstehen, was er sagte, aber sein Atem ließ die Übelkeit erneut in ihr aufsteigen. Hastig warf er sie vom Pferd in den Dreck, wo sie bäuchlings auf ihrer Tasche landete. Der Sturz verschlug ihr den Atem.

Sie wurde hochgerissen, wo sie auf wackligen Beinen nach Luft rang, während man ihr ein Seil um die Taille knotete. Der dickliche Mann nahm das andere Ende des Seils in die Hand und gab seinem Pferd die Sporen. Jetzt mußte sie entweder rennen oder aber sich über den Boden schleifen lassen. Also rannte sie keuchend los, wobei sie ihre Tasche mit beiden Händen an ihren Körper drückte.

Sie erwartete ohnehin, daß man ihr die Tasche jeden Augenblick wegnehmen würde, aber die Männer wollten offenbar kein zusätzliches Gepäck tragen, wenn es nicht unbedingt nötig war. Sie würde ja ohnehin nicht fliehen können, also konnten sie ihr ihre Sachen auch erst dann abnehmen, wenn sie ihr Ziel erreicht hatten.

Immerhin hatte sie jetzt Gelegenheit, sich ein wenig umzusehen. Sie wußte nicht, ob es Vormittag oder Nachmittag war, also konnte sie auch ihre Laufrichtung nicht bestimmen. Es war jedenfalls weder nach Norden noch nach Süden, denn die Sonne lag in ihrem Rücken. Wenn es noch Vormittag war, dann waren sie Richtung Westen unterwegs, war es dagegen schon nach Mittag, so gingen sie Richtung Osten.

Hinter ihr trug eine ganze Gruppe von Männern ein Bündel, das in eine reichlich zusammengewürfelte Mischung verschiedener Karodecken gewickelt war. Gelegentlich bäumte sich das Bündel kurz auf, woraufhin einer oder auch mehrere Männer es mit Tritten bedachten. Sie blickte sich um, und einer der Männer fing ihren Blick auf.

»Niall Dhu«, verkündete er stolz und zeigte auf das Bündel.

Entsetzt blieb sie wie angewurzelt stehen. Als das Seil sich wieder spannte, wurde sie jäh nach vorne gerissen. Niall! Über ihre Schulter hinweg blickte sie auf das Bündel und versuchte, sich einen Reim aus der Situation zu machen. Dies konnten unmöglich seine Männer sein, sonst würden sie ihn nicht schlagen. Offensichtlich war er gefangen worden, und seine eigenen Männer hatten aus Angst um Nialls Leben die Verfolgung aufgegeben.

Mehrere Möglichkeiten gingen ihr durch den Kopf. Er konnte als Geisel dienen, oder seine Gegner mochten Gefallen daran finden, ihn zu foltern. Wenn er als Geisel diente, würde man ihn gut behandeln. Sie erinnerte sich, gelesen zu haben, daß im mittelalterlichen Schottland Entführungen eine relativ normale Art und Weise war, um zu Geld zu kommen. Natürlich funktionierte das nur solange, wie die Geisel unverletzt wieder zurückgegeben werden konnte. Wenn die Ermordung der Geisel an der Tagesordnung gewesen wäre, hätte wohl kaum jemand sein mühsam verdientes Geld in ein solches Unterfangen gesteckt. Dafür waren die Schotten viel zu pragmatisch veranlagt.

Wenn sie ihn aber umbringen wollten …

Sie mußte einen Weg finden, um ihm zu helfen. Das Problem dabei war allerdings, daß sie ja selbst auch eine Gefangene war. Nach ihrer Ankunft würde sie sich bestimmt in einer noch viel schlechteren Lage befinden als im Augenblick. Sie war eine wehrlose, gefangene Frau und für diese Männer hier nicht viel mehr als ein Stück Fleisch. Grace war sich bewußt, daß sie vermutlich sogar mehrmals vergewaltigt würde, wenn ihr nicht irgend etwas einfiel. Die Angst verschnürte ihr die Kehle, aber sie schluckte sie hinunter. Sie war hier angekommen. Ihr war es tatsächlich gelungen, durch die Zeit zu reisen. Die Umstände waren zwar keine guten, aber immerhin hatte sie auf Anhieb den Schwarzen Niall gefunden. Was auch immer später noch geschehen sollte, sie mußte sich ganz und gar auf ihr Ziel konzentrieren. Wenn nötig würde sie alles ertragen. Und sie würde es überleben.

Sie war hier angekommen. Die Verwunderung darüber verdrängte ihr schlagartig alle anderen Sorgen. Ihr Kopf fuhr nach rechts und links herum, als sie alles aufzunehmen versuchte. Ihr Herz klopfte hart in ihrer Brust. Es gab allerdings kaum etwas Neues zu sehen. Seltsam, wie wenig sich die Highlands verändert hatten. Auch im zwanzigsten Jahrhundert waren sie noch fast gänzlich unbesiedelt, als ob die Zeit an ihnen vorübergegangen wäre. Die zackigen Berggipfel sahen immer noch genauso, vielleicht sogar mit den an ihnen klebenden Nebelfeldern noch etwas rauher aus.

Sie sah sich zu den Männern um und versuchte, deren Gesichtszüge zu lesen. Trotz der verdreckten, ungekämmten Haarschöpfe und der oft ebenso dreckigen Bärte sahen sie doch eindeutig wie Schotten aus. Sie erkannte die langen, schmalen Nasen, die hohen, schrägen Wangenknochen.

Die Stimmung unter den Männern war trotz des Fangs vom Schwarzen Niall nicht sonderlich gut. Sie hatten hohe Verluste hinnehmen müssen, und keiner von ihnen war gänzlich unverletzt aus den Kämpfen hervorgegangen. Sie lachten zwar, wenn einer von ihnen auf Niall einschlug, aber es war ein gequältes Lachen.

Sie sprachen miteinander, doch Grace konnte sie nicht verstehen. Gälisch lesen und gälisch sprechen zu können waren zwei vollkommen verschiedene Paar Schuhe. Sie zweifelte auch daran, daß einer von ihnen lesen und schreiben konnte, selbst wenn man ihr erlaubt hätte, schriftlich zu kommunizieren.

Das bärtige Biest, das sie gefangengenommen hatte, drehte sich zu ihr um und sagte kurz angebunden etwas auf gälisch. Grace wollte schon mit den Schultern zucken, als sie einen Einfall hatte. Sie dachte erst gar nicht länger darüber nach. Sie lächelte und sagte mit ihrer lieblichsten und sanftesten Stimme: »Tut mir leid, aber ich kann dich nicht verstehen.«

Der Kerl sperrte die Augen auf. Die Männer um sie herum blickten sie erstaunt an. Bisher hatten sie wohl geglaubt, sie wäre eine von Nialls Bäuerinnen, vielleicht seine Gespielin oder die einer seiner Männer. Als sie aber eine fremde Sprache sprach, merkten alle, daß sie sich geirrt hatten.

Die kleinen Schweinsäuglein des Grobians musterten ihre Kleidung. Jetzt fiel ihm auch auf, daß sie nicht die groben, formlosen Kleider einer Bäuerin trug. Er hielt sein Pferd an und sagte etwas. Alle Augen waren jetzt auf sie gerichtet. Sogar das Bündel, in dem Niall gefangen war, bewegte sich nicht mehr. Grace blieb aber nicht stehen, sondern trat neben das Pferd und warf dem Biest – dem im Sattel – noch ein Lächeln zu. Sie hatte schon lange nicht mehr gelächelt, und die Bewegung erschien ihr seltsam. Sollte der Kerl ihr gezwungenes Lächeln erkannt haben, so konnte man das seinem verblüfften Gesichtsausdruck jedenfalls nicht anmerken.

»Du stinkst, als ob du in deinem ganzen Leben noch kein Bad gesehen hättest«, sagte sie freundlich. »Und dein Atem würde dieses Pferd hier umhauen, wenn er es streifen würde. Aber du scheinst hier der Anführer zu sein. Wenn mein freundliches Benehmen dir gegenüber mich von der Horde hier schützen wird, dann ist mir ein einzelner Mann lieber als jeden Tag ein anderer.« Während sie redete, lächelte sie, so freundlich sie nur konnte, und streckte die Arme nach ihm aus.

Er war so verdattert, daß er sich sofort zu ihr heruntergebeugte und sie vor sich auf das Pferd hob. Der Mann ist stark wie ein Bulle, dachte sie und ordnete ihre Kleider. Sie versuchte, nicht durch die Nase zu atmen, damit sie weder seinen Körper noch seinen Atem riechen mußte. Ohne mit der Wimper zu zucken, vermittelte sie den Eindruck, als ob es ihr Anrecht sei, zu reiten statt zu laufen. Sie nickte ihm erhaben zu und bedankte sich.

Sie starrten sie alle mit offenen Mündern an, dann zeigten sie auf ihre Kleider und fingen wie wild zu reden an. Von welch guter Qualität ihre einfachen Baumwoll- und Wollkleider waren, fiel ihr erst in dem Moment auf, als sie sie mit der groben Kleidung der Männer verglich.

Der Kerl hob ihre Hand hoch und befingerte ihre Ringe. Grace hielt den Atem an. Sie erwartete, daß er sie ihr herunterzerren würde, der Mann aber drehte nur grunzend ihre Hand um, um sich die Innenseiten zu betrachten. Auch sie bemerkte den Unterschied ihrer Hände. Seine waren fleischig und schwielig, die Nägel hatten schwarze Dreckränder. Im Gegensatz dazu waren ihre Hände geschmeidig und blaß, die Haut zart und die Nägel schön geformt. Ihre Hände sahen nicht so aus, als ob sie irgendwelche körperliche Arbeit verrichten würde, was zu dieser Zeit eindeutig auf einen adligen Stand hinwies.

Sie hätte seine Gedanken beinahe lesen können. Sie war aus dem Ausland, und sie war reich, also war sie irgend jemandem irgendwo in der Welt viel wert. Vielleicht wollte er den Schwarzen Niall ja gar nicht als Geisel behalten, aber hier war ihm durch einen glücklichen Zufall etwas in die Hände gefallen, das seine Geldvorräte ein wenig aufstocken konnte.

Er klopfte auf ihre Tasche und sagte etwas. Grace erriet, daß er den Inhalt sehen wollte und öffnete sie gehorsam. Die Männer drängten sich neugierig dicht um sie herum. Sie zog eines der mitgebrachten Bücher hervor und blätterte durch die Seiten, um ihm Papier und Druck zu zeigen, dann legte sie es wieder in die Tasche zurück.

Sie hoffte, daß es niemanden weiter interessieren würde, denn der Buchdruck war noch nicht erfunden. Priester und Mönche pausten Manuskripte ab, der Buchdruck aber würde erst in gut hundert Jahren erfunden werden.

Der Kerl aber interessierte sich überhaupt nicht für das Buch und winkte abfällig mit der Hand. Sie zog den Samtmantel nur so weit heraus, daß er das Material begutachten konnte. Er murmelte zufrieden und ließ in Erwartung späterer Reichtümer grinsend seine dreckige Hand über das weiche Material gleiten. Dann hielt sie ihm ein größeres Buch vor und hoffte, daß sie es ihm nicht würde zeigen müssen, denn in diesem Buch waren Fotografien abgebildet. Grunzend schüttelte er den Kopf, und sie steckte es in die Tasche zurück.

Sie hatte mehrere sorgfältig ausgewählte Bücher mitgenommen. Außerdem hatte sie noch verschiedene Medikamente in ihrer Tasche, die sie ihm allerdings nicht zeigen wollte. Sie hatte sie ohne Problem durch den Zoll bekommen, aber dieser Kerl hier würde sie entweder aufessen oder aber sie im Dreck verteilen. Deshalb zog sie noch ein weiteres Buch hervor. Er sah sie ungeduldig an. Vermutlich wollte er etwas zu Gesicht bekommen, das er als wertvoll erkannte.

Sie zog den Schalstoff hervor. Wieder befühlte er das Material, dann legte er es beiseite. Sie zog ein weiteres Buch hervor. Er sagte etwas Unflätiges, denn seine Männer lachten. Sie zuckte mit den Schultern und zog noch eines hervor in der Hoffnung, so die Schwere ihrer Tasche begründen zu können, sollte er sie noch weiter untersuchen wollen.

Plötzlich entschied er sich, genau das zu tun, grabschte sich die Tasche und versenkte seine Hand darin. Grace stockte der Atem. Die Tabletten hatte sie sorgfältig in ein Taschentuch eingerollt, das sie wiederum in einem kleinen Holzkästchen verwahrt hatte, damit sie nicht zerdrückt wurden. Das Kästchen hatte sie in eine Innentasche eingenäht.

Er entdeckte weder die Innentasche noch das Kästchen. Seine Hände stießen jedoch auf das Schweizer Offiziersmesser. Mit einem triumphierenden Lachen zog er es hervor, runzelte bei seinem Anblick jedoch verwirrt die Stirn. Da all die Klingen und kleineren Werkzeuge zusammengefaltet waren, machte es nicht viel her. Das Messer wollte sie nicht verlieren. Wenn er jedoch erst einmal die Klingen gesehen hatte, würde er es ihr sicher wegnehmen. Sie atmete tief ein und streckte ihre Hand nach dem Messer aus.

Knurrend zog er es zurück. Grace setzte eine ungeduldige Miene auf. Sie band sich den Schal vom Kopf und löste ihre Haare. Er war von der Masse braunen, glänzenden Haars ganz gefangen. Wieder griff sie nach dem Messer, und diesmal verwehrte er es ihr nicht. Sie umschloß es mit der Hand, so daß man die Klingen nicht sehen konnte. Dann drehte sie sich zu ihm um und zeigte ihm eine kleine Pinzette. Vorsichtig zog sie sie heraus. Er blinzelte verblüfft. Sie legte die Pinzette auf ihre Handfläche, dann drehte sie ihr Haar in Windeseile um das Messer zu einem länglichen Knoten. Als sie den Knoten in ihrem Nacken gebunden hatte, steckte sie ihn mit der Pinzette fest und lächelte den Kerl breit an.

Er blickte erst sie an, dann ihre Haare. Wieder mußte er blinzeln. Offenbar waren ihm weibliche Frisuren eine vollkommen unbegreifliche Sache, denn er wandte sich wieder der Tasche zu.

Als nächstes zog er eine kleine Taschenlampe hervor.

Grace seufzte, zog die Pinzette aus dem Haar und wollte den Knoten schon aufrollen, als er sie offenbar begriffen hatte und die Taschenlampe, ohne sie weiter zu untersuchen, in die Tasche zurückwarf. Ein Brief Streichhölzer war seiner Aufmerksamkeit entgangen, aber er war vermutlich in eines der Bücher gerutscht.

Als nächstes fand er ein Paar Strümpfe, die zu einem Ball zusammengerollt waren. Erleichtert stellte sie fest, daß sie diese nicht auch noch in ihrem Haar unterbringen mußte. Er fand ihren Kamm und schien über seine Feinheit erstaunt. Sie hatte lange nach einem aus Holz gesucht, der keine Verwunderung ausgelöst hätte. Nachdem sie jedoch keinen gefunden hatte, hatte sie bei diesem sorgfältig den Herstellernamen abgekratzt. Der Kamm war der einzige Gegenstand, den der Mann wirklich hätte gebrauchen können, aber er warf ihn mit gleichgültiger Miene in die Tasche zurück. Nur noch halbherzig durchsuchte er weiter den Inhalt, dann schien er überzeugt, daß sie keinerlei Wertgegenstände vor ihm verheimlichte. Er holte die Zügel ein, schnalzte mit der Zunge und gab dem Pferd die Sporen. Grace hielt er wie eine Königin behutsam vor sich fest – eine Königin, die ein Schweizer Offiziersmesser in ihre Haare gerollt hatte.

20

Die Gruppe verdreckter Männer und ihre beiden Gefangenen erreichten unmittelbar vor Ausbruch der Dunkelheit die Burg. Der Sonnenuntergang hatte Grace die Richtung ihres Marsches verraten, und sie hatte sorgfältig alle herausstechenden Landschaftsmerkmale registriert.

Glücklicherweise waren sie direkt nach Osten geritten. Wenn es ihr also gelingen sollte, den Schwarzen Niall zu befreien, dann mußte sie direkt nach Westen reiten.

Die Burg war überraschend klein, kaum mehr als ein Unterstand, an den eine große, bereits dem Verfall ausgesetzte Halle angrenzte. Grace wurde in die dunklen, muffigen Räume geführt, aber immerhin lief sie auf ihren eigenen Füßen. Scheinbar gleichmütig beobachtete sie, wie der Schwarze Niall hereingebracht wurde. Das Bündel hatte bereits vor einiger Zeit aufgehört, sich zu bewegen, und Grace fragte sich, ob man ihn versehentlich erstickt hatte. Offenbar hatte der Kerl denselben Gedanken, denn er rief den vier Trägern von Niall etwas zu. Sie knufften dem Bündel in die Seite, woraufhin ein erstickter Laut zu hören war, der sowohl den Kerl als auch Grace beruhigte.

Niall hinter Gitter zu bringen schien, im Augenblick jedenfalls, viel wichtiger zu sein, als sich um Grace zu kümmern. Eine rußende Fackel wurde geholt, dann wurde Niall eine enge Wendeltreppe in die tiefen Kellerverliese der Burg hinuntergeschleppt. Grace folgte dem Troß, denn sie wußte nicht, was sie sonst hätte tun sollen. Die verdreckten und mürrischen Frauen, die ihre Ankunft beobachtet hatten, schienen von ihrem Auftauchen nicht begeistert zu sein. Außerdem mußte sie ohnehin herausfinden, wo man Niall festhielt.

Das Verlies war unheimlich, dunkel und kalt, mit feuchten,

glitschigen Wänden. Drei Zellen waren in die Erde eingegraben, die jede mit einer riesigen Tür verschlossen waren. Die Türen hatten keinerlei Öffnungen, die Gefangenen in diesem Verlies mußten in vollkommener Dunkelheit, in Kälte und Feuchtigkeit leben und würden vermutlich bereits nach ein oder zwei Wochen an einer Lungenentzündung sterben.

Die Bestie zerschnitt die Seile, mit denen die Decken um Niall verknotet waren. Seine Männer standen mit erhobenen Waffen, sollte der Schwarze Niall einen Fluchtversuch wagen. Grace stellte sich mit weit aufgerissenen Augen auf die Zehenspitzen, um einen Blick von dem Mann zu erhaschen, der sie seit so langer Zeit verfolgte. Dem Kerl fiel das auf, und er beschimpfte sie. Er erteilte einen Befehl, und einer der Männer führte sie zögernd am Arm zur Treppe. Sie wollte sich ihm widersetzen oder zumindest die Sache verlangsamen, aber der Mann wollte den Spaß nicht verpassen und zerrte sie brutal die Treppe hinauf, wobei er ihren Arm verrenkte. Hinter ihr grölten die Männer. Sie wandte den Kopf, aber sie war die Wendeltreppe bereits zu weit nach oben gestiegen. Es war ein Krachen zu hören, dann Flüche, schließlich Faustschläge und die Geräusche einer Auseinandersetzung.

Sie zuckte zusammen und sorgte sich, ob man ihn zu Tode prügelte. Ihr Bewacher zerrte schimpfend an ihrem Arm. Sie starrte ihn entmutigt an. Ihn anzubrüllen wäre sinnlos, denn niemand hier konnte sie verstehen.

Sie erreichten einen breiten Flur. Ihr Bewacher stieß sie eine weitere steile und dunkle Wendeltreppe hoch, die in den Hauptraum führte. Grace war von mürrisch dreinblickenden Gesichtern umgeben, die sie anstarrten.

Ihr Begleiter stieß eine grobe Holztür auf und schubste sie hinein. Sie wirbelte herum, aber er hatte die Tür bereits wieder verschlossen und rief ihr etwas zu, das sich wie »Bleib da!« anhörte.

Die Tür hatte kein Schlüsselloch, der Schließbalken befand sich jedoch auf der Innenseite. Sie war also nicht eingesperrt. Als sie jedoch ihr Ohr an die Tür legte, konnte sie hören, wie sich ihr Bewacher vor der Tür niederließ.

Sie blickte sich in ihrem Gefängnis um. Der Raum war klein und dunkel. Eine einzelne rußende Fackel beleuchtete den Raum, ihr Licht erreichte jedoch noch nicht einmal die Ecken. Das einzige Fenster hatte die Form eines schmalen Schlitzes, so daß man in jede Richtung einen Bogen abschießen konnte. Der Boden war mit bereits schwarzen, modrigen Binsen bedeckt. Die Möblierung bestand aus einem grobgezimmerten Bett ungefähr von der Größe eines modernen Ehebetts, einem einzigen Stuhl und einem wackeligen Tisch. Eine kleine Truhe lehnte an der einen Wand, und eine einzelne Kerze stand auf dem Tisch. Ein Kamin war zwar vorhanden, aber kalt. Neben der Kerze standen eine Flasche aus Leder und ein Kelch aus Metall.

Grace nutzte die Zeit allein, die sicherlich nicht von Dauer sein würde. Wenn sie richtig geraten hatte, dann war dies das Schlafzimmer des Kerls. Eilig löste sie die Pinzette aus ihrem Haar, dessen Konstruktion erstaunlich lange gehalten hatte, und holte das Messer hervor. Sie schob die Pinzette wieder an ihren Platz im Griff zurück. Dann steckte sie das Messer in ihren Strumpf und befestigte erneut das Strumpfband. Sie nahm sich fest vor, Werkzeug und Messer von nun an immer bei sich zu tragen.

Sie zog das kleine Holzkästchen aus der Rupfentasche hervor und öffnete vorsichtig das Taschentuch, um keine der wertvollen Tabletten zu verlieren. Sie hatte sich noch mit einer Packung Antibiotika, ein paar Schmerzmitteln und Seconal versorgt. Zusätzlich hatte sie in Edinburgh noch ein paar nicht verschreibungspflichtige Medikamente erstanden. Die Seconaltabletten hatte sie nur zufällig noch gekauft, um für alle Eventualitäten gewappnet zu sein. Merkwürdigerweise waren sie es nun, die sie als erste benutzen würde.

In den roten Kapseln waren je hundert Milligramm, womit man einen Menschen leicht zur Ruhe bringen konnte. Nun mußte sie sich noch Gedanken um die Art der Einnahme machen, denn sie konnte schließlich unmöglich zu dem Kerl sagen: »Hier, nimm die mal.«

Nachdenklich betrachtete sie die Lederflasche. Die Wirkung von Seconal wurde durch Alkohol verstärkt. Eine eigentlich nicht tödliche Dosis konnte, mit Alkohol zusammen eingenommen, zu einer solchen werden. Allerdings wollte sie den Kerl nicht umbringen, sondern ihn lediglich außer Gefecht setzen. Zwei oder drei Tabletten reichten aus, um jemanden ins Land der Träume zu schicken. Der Apotheker hatte ihr noch gesagt, sie solle bei ihrem geringen Gewicht auf keinen Fall mehr als eine nehmen. Der Kerl aber war ein schwerer Mann. Er war nicht sehr groß, wog aber ihrer Schätzung nach zweihundert Pfund.

Sie holte drei Kapseln hervor und legte ihren Tablettenvorrat in die Tasche zurück.

Sie schraubte die Lederflasche auf und schnupperte daran. Tränen schossen ihr in die Augen, als ihr der kräftige Biergeruch in die Nase stieg. Vom Geschmack her würde er noch nicht einmal dann etwas merken, wenn sie die dreißig Kapseln auf einmal darin auflöste.

Drei sollten aber ausreichen. Vorsichtig öffnete sie die Kapseln und schüttete das Pulver in den ramponierten Kelch. Dann goß sie etwas Bier dazu und löste es darin auf. Sie betrachtete die Flüssigkeit. Das Bier war nun etwas trüb, aber das würde ihm bei dem spärlichen Licht nicht auffallen.

Dann nahm sie eine ruhige und geduldige Haltung ein und setzte sich mit dem Kelch in der Hand auf den Stuhl.

Sie wartete lange. Die Geräusche, die von unten zu ihr hochdrangen, ließen auf ein Gelage schließen. Trotz ihres

Hungers wäre sie nicht gerne dabeigewesen. Wenn ihr jemand etwas zu essen bringen sollte, gut. Falls aber nicht, so war Hunger für sie keine Neuigkeit.

Sie wurde müde. Die flackernde Fackel war so einschläfernd, als ob man das Feuer in einem Kamin beobachtete. Außerdem gab die Flamme ausreichend Wärme ab, so daß sie nicht fror. Sie dachte an Niall, für den es zum Schlafen weder warm noch bequem genug war. Er würde auch Hunger haben, denn wenn sie ihr schon nichts zu essen brachten, dann erst recht nicht ihm. Sie ging davon aus, daß sie ihn noch nicht umgebracht hatten. Wenn die Bestie ihn umbringen wollte, so wollte er erst noch etwas davon haben. Grace jedenfalls schätzte ihn als einen solchen Menschen ein.

Schließlich hörte sie Stimmen vor der Tür. Sie sprang nicht auf, sondern blieb ruhig auf dem steinharten Stuhl sitzen. Die Tür wurde geöffnet, und der Kerl kam herein. Er hatte seinen schütteren Kopf gesenkt, und seine gemeinen kleinen Augen glänzten erwartungsvoll. Er erblickte erst den Kelch, dann die geöffnete Flasche Bier auf dem Tisch. Ein Grinsen legte sich quer über sein Gesicht, wobei er seine schrecklichen Zähne mit den Resten seiner Mahlzeit entblößte.

Grace gähnte und stand langsam auf. Sie nippte zum Schein an dem Bier, dann nickte sie in Richtung der Flasche und hielt ihm fragend den Kelch hin. Er brummte offenbar zustimmend. Sie füllte den Kelch und reichte ihn ihm. Er stürzte das Bier in zwei großen Schlucken herunter, dann rieb er sich mit dem Handrücken seine feuchten Lippen ab. Er ließ sie keinen Augenblick lang aus seinem wollüstigen Blick.

Trotz ihrer Erleichterung hätte sie beinahe würgen müssen. Lieber Himmel, wie lange würde es dauern, ehe die Seconal ihre Wirkung zeigten? Er hatte gegessen, was die Wirkung verlangsamen würde. Andererseits hatte er offenbar auch schon einiges getrunken. Sie mußte ihn irgendwie hinhalten und egal wie, jede Berührung mit ihm vermeiden.

Sie führte ihre Hand zum Mund, zog die Augenbrauen hoch und rieb sich, Hunger signalisierend, den Magen. Er runzelte zwar die Stirn, ging aber doch zur Tür und bellte einen Befehl. Offenbar wollte er sie nicht verhungern lassen, sondern hatte sie lediglich vergessen. Er polterte Richtung Stuhl und ließ sich darauf fallen. Dann goß er sich noch einen Kelch Bier ein. Grace lächelte ihn an, deutete auf sich selbst und sagte: »Grace St. John.«

»Hm?«

Erleichtert stellte sie fest, daß sie zumindest dieses Geräusch verstehen konnte. »Grace St. John«, wiederholte sie.

Jetzt hatte er begriffen. Er trommelte auf seine bullige Brust. »Huwe, der Hay.«

»Huwe«, wiederholte sie und versuchte nochmals zu lächeln. »Huwe, ich möchte dir kein Leid zufügen, aber ich hoffe inständig, daß das Seconal dich bald umbügeln möge. Ich weiß, daß du für heute nacht noch große Pläne geschmiedet hast, ich aber habe meine eigenen Pläne, in denen du keine Rolle spielst. Sowie du eingeschlafen bist, werde ich mal nachsehen, was du und deine Leute du-weißt-schon-wem angetan haben. Und dann werde ich ihn befreien.«

Huwe hatte ihr mit wachsender Ungeduld zugehört, jetzt unterbrach er sie mit einer zurückweisenden Handbewegung und sprudelte irgend etwas in ihre Richtung hervor. Sie machte eine hilflose Geste und schüttelte den Kopf.

Ein kurzes Klopfen ertönte an der Tür, dann wurde sie aufgerissen. Eine plumpe, schlampige Frau mit krausem Haar trug ein kleines Tablett mit einer dicken Scheibe Brot und etwas Käse herein. Ohne Grace aus den Augen zu lassen, setzte sie es lautstark auf dem Tisch ab.

Entweder mochte man hier Fremde prinzipiell nicht, oder aber die Frau hatte ein Faible für Huwe. Letzteres würde dem alten Sprichwort recht geben, wonach Macht eine erotische Wirkung haben soll.

Die Frau verschwand wieder, und Grace brach sich ein Stück Brot ab. Sie lief im Zimmer auf und ab, knabberte an ihrem Brot und richtete dann und wann eine Bemerkung an Huwe. Er ließ sie zwar immer noch nicht aus den Augen, aber nach zehn Minuten wurde sein Blick etwas glasig. Sie ging vollkommen selbstverständlich auf und ab, trat zum Tisch und nahm sich etwas von dem schmackhaften Käse.

Huwes Lider begannen schwer zu werden. Grace trat an das schmale Fenster und blieb stehen. Sie gab vor zu essen und blickte in die Nacht hinaus. Huwe konnte in seinem Zustand sicherlich gar nicht mehr erkennen, daß sie nichts in der Hand hatte.

Die Nacht war sternenklar, und ein weicher Nebel lag in den Tälern. Grace schaute schweigend nach draußen und wartete auf Huwes Schnarchen. So stillzustehen jedoch zerrte an ihren Nerven. Das Blut schien in ihren Adern zu tanzen. Sie war aufgekratzt und voller Energie. Die permanente Angespanntheit des letzten Jahres, das Gefühl immerwährender Bedrohung, war verflogen. Hier konnte Parrish sie nicht erreichen. Zwar bedrohten sie andere Gefahren, aber sie fühlte sich dennoch merkwürdig beschwingt, als ob eine Last von ihr genommen wäre.

Sie spürte, daß sie lebte.

Die Erkenntnis erschreckte sie. Sie hatte sich so an das abgestumpfte Gefühl der Taubheit gewöhnt, daß sie seine Abwesenheit bisher noch gar nicht bemerkt hatte. Bis heute war jeder Tag des vergangenen Jahres voller Angst, Wut und Haß gewesen. Zwischendurch war sie von einem solch heftigen Schmerz durchdrungen gewesen, daß ihre Abgestumpftheit ihr sogar willkommen gewesen war. Heute aber war sie aufgeregt und voller Neugier. Sie hatte Huwe sogar wie verrückt angelächelt. Huwe! Ihr Lächeln war zwar ganz und gar falsch gewesen, aber es war mehr, als sie jemals im vergangenen Jahr zuwege gebracht hatte.

Sie war tatsächlich hier angekommen. Jeder Muskel schmerzte, aber sie war hier, und der Schwarze Niall lag nur zwei Treppen von ihr entfernt. Beide waren sie Gefangene. Vermutlich war er durch die Fausthiebe, wenn nicht sogar durch die Schwerter der Gegner verletzt.

Dennoch elektrisierte sie seine Gegenwart bis in die Fingerspitzen.

Sie hörte ein leises Rascheln und blickte zu dem Tisch hinüber, über dem Huwe mit dem Kopf auf seinem ausgestreckten Arm eingeschlafen war.

Auf Zehenspitzen ging sie zu ihm hin und räumte die Flasche etwas weiter weg. Eine versehentliche Bewegung hätte sie zu Fall bringen und ihn möglicherweise aufwecken können. Sie war allerdings überzeugt davon, daß selbst ein Kanonendonner ihn heute nacht kaum mehr wecken konnte, wollte jedoch kein Risiko eingehen.

Sie hatte keine Ahnung, wie spät es war, setzte sich also auf die Bettkante und zwang sich zu warten. Das Bier würde bereits reichlich geflossen und die Männer ohnehin vom Kampf ermüdet sein. Sie würden früh zu Bett gehen und in einen tiefen Schlaf fallen.

Dennoch wartete sie noch, bis sie beinahe selbst eingeschlafen wäre. Als sie sich das zweite Mal wieder hochgerissen hatte, wußte sie, daß sie nun gehen mußte.

Sie nahm ihre Tasche und ging leise zur Tür, öffnete sie einen Spalt und spähte hinaus, ob der Wächter noch vor der Tür stand. Außer der Dunkelheit war nichts zu sehen. Nur ein schwacher Schimmer drang von unten zu ihr hoch.

Sie schlüpfte aus dem Zimmer und ging vorsichtig die Treppe hinunter. Schnarchende Männer lagen schlafend, in ihre Karodecken gehüllt, in der großen Halle. Sie lief jedoch nicht auf Zehenspitzen, sondern nur leise, als ob sie ein

Recht darauf hätte, hier zu sein. Falls jemand aufwachte und sie bemerkte, würde er sie für ein Serviermädchen halten. Wenn sie aber herumschlich, würde das nur den Argwohn der Männer erregen. Das hatte ihr Harmony beigebracht: »Laufe so, als ob du ein Recht hättest, den gesamten Gehweg zu beanspruchen. Dann werden dich die bösen Kerle nicht anrühren.«

Ein großer eiserner Kerzenhalter stand mit halb abgebrannter Kerze auf einem der Tische. Sie nahm sie mit, falls unten kein Licht sein sollte. Sie wollte nicht ihre Taschenlampe benutzen und sie Niall erklären müssen, jedenfalls jetzt noch nicht.

Die Treppe zu dem Verlies befand sich am hinteren Ende der großen Halle hinter einer so schwarzen Tür versteckt, daß sie sie beinahe nicht bemerkt hätte. Sie stellte sowohl ihre Tasche als auch die Kerze auf dem Boden ab, öffnete zentimeterweise die Tür und achtete darauf, daß die Lederaufhängungen nicht quietschten. Licht drang von unten herauf. Also war ein Wächter dort abgestellt, denn ein Gefangener brauchte kein Licht.

Behutsam zwängte sie ihren Körper durch die Türöffnung, dann griff sie nach Tasche und Kerzenständer. Die Kerze brauchte sie zwar nicht, wohl aber eine Waffe. Sie blies die Kerze aus und benetzte den Docht mit Spucke. Dann nahm sie die Kerze vom Stachel des Ständers und legte sie in ihre Tasche. Vorsichtig setzte sie die Tasche auf der obersten Stufe ab, atmete mehrmals tief ein und sagte ein stilles Gebet auf.

Die kalte und feuchte Wand des Verlieses im Rücken, schlich Grace die engen, unebenen Stufen hinunter. Sie mußte sich ihren Weg ertasten und hätte nun doch gerne die Kerze gehabt, aber das Licht hätte den Wachposten alarmiert.

Der schwere Kerzenständer aus Eisen zog an ihrem Arm.

Auf halbem Wege nach unten konnte sie den Wachposten sehen, der auf einer einfachen Bank mit dem Rücken an der Wand lehnte. Neben ihm stand ein Lederkelch mit Wein. Wenn sie Glück hatte, dann hatte er sich bereits besinnungslos getrunken. Aber selbst wenn er die Trinkfestigkeit eines Schotten besaß, so würde der Alkohol doch seine Reflexe verlangsamt haben. Sie konnte nur hoffen, daß er wirklich schlief, denn von ihrem Platz aus hätte sie ihn sonst von Angesicht zu Angesicht angreifen müssen. Wenn der Mann aufstehen sollte, würde sie ihn kaum bewußtlos schlagen können. Sie war von ihrer Zeitreise noch so geschwächt, daß sie ihren Kräften nicht recht über den Weg traute. Es wäre einfacher, wenn sie den Kerzenständer einfach mit Hilfe der Schwerkraft auf ihn niedersausen ließ.

Grace schob tastend ihren Fuß vor. Die Luft war kalt und stank, und sie kräuselte angeekelt ihre Nase.

Vordergründig roch es nach menschlichen Fäkalien. Darunter aber lag der schärfere und unangenehmere Geruch von Blut und Angst und der säuerliche, von Schmerzen durchdrungene Geruch von Schweiß. In diesen fauligen Tiefen, die noch niemals die Sonne gesehen hatten, waren Männer gefoltert und ermordet worden.

Jetzt hing es von ihr ab, daß der Schwarze Niall nicht ein ebensolches Schicksal erlitt.

Ein bedrückender Gedanke stieg in ihr auf: War es ihre Schuld gewesen, daß er überhaupt gefangengenommen worden war? Die Vernunft sagte ihr, daß das albern sei, denn es war für den Schwarzen Niall nicht möglich gewesen, ihren in Gedanken formulierten Ruf zu hören. Sie hätte unmöglich den Bruchteil einer Sekunde Unachtsamkeit provozieren können, die zu seiner Festnahme geführt hatte. Sie hatte ohnehin nicht gesehen, was wirklich geschehen war, also sollte sie sich auch nichts vorwerfen. Aber andererseits war gerade ihre Gegenwart hier Beweis genug, daß das Unmögliche sehr wohl möglich war. Sie konnte also nicht mit Sicherheit sagen, daß Niall sie nicht hatte rufen hören.

Sie wußte nicht genau, wieviel Zeit ihr noch blieb. Huwe würde unter dem Einfluß von sowohl Alkohol als auch Seconal bis spät in den nächsten Morgen hinein schlafen.

Hoffentlich hatte sie ihm angesichts seines hohen Alkoholkonsums keine Überdosis verpaßt. So grob und widerlich er auch war, umbringen wollte sie ihn nicht. Dennoch war sie von ganzem Herzen dankbar, daß sie die Medikamente mitgebracht hatte. Denn ohne das Seconal wäre sie Huwe niemals entkommen und der Vergewaltigung erst recht nicht.

Ihr tastender Fuß fühlte keine Stufen mehr. Der Boden bestand nur aus festgetretener Erde, er war uneben und gefährlich. Einen Augenblick lang stand sie regungslos da und versuchte sich zu beruhigen. Der Wächter saß vornübergebeugt auf der Bank, der Kopf hing ihm auf die Brust. Schlief er wirklich, war er betrunken, oder wollte er sie irreführen? Ob er trotz ihrer Vorsicht ein verräterisches Geräusch gehört hatte und sie nun näher zu sich heranlocken wollte?

Wie auch immer, sie hatte keine andere Wahl. Auch wenn seine Gefangennahme nicht ihre Schuld sein sollte, so konnte sie den Schwarzen Niall unmöglich Huwe überlassen, der ihn umbringen würde. Niall war der Hüter des Schatzes. Er war der einzige lebende Mensch, der sowohl das Versteck des Schatzes als auch sein Geheimnis kannte. Da sie den Schatz alleine nicht finden konnte, brauchte sie seine Hilfe, um ihn dem Zugriff Parrishs entziehen zu können. Sie wollte Parrish Einhalt gebieten, und sie wollte Parrishs Tod. Für beides jedoch war es unbedingt notwendig, daß der Schwarze Niall am Leben blieb.

Sie musterte den Wachposten. Wenn er tatsächlich wach war und nur besonders schlau sein wollte, dann ging sie am besten direkt auf ihn zu, als ob sie nichts zu verbergen hätte.

Genau wie Harmony es ihr beigebracht hatte. Wenn er sie erst einmal sah, würde er von einer Frau keine Bedrohung erwarten. Ihr Herz schlug heftig, und einen Augenblick lang hatte sie lauter schwarze Punkte vor den Augen. Panik zog ihr den Magen zusammen, und sie befürchtete, sich übergeben zu müssen. Verzweifelt atmete sie durch und kämpfte gegen Ekel und Schwäche. Nach all dem, was sie durchgemacht hatte, durfte sie jetzt keinen Rückzieher machen.

Kalter Schweiß brach ihr aus und rann ihren Rücken hinunter. Grace zwang sich mit leichten, bemessenen Schritten über den rauhen Boden zu laufen, als ob sie überhaupt nichts zu verbergen hätte. Das Licht der Fackel schwankte, als würde es zu einer unhörbaren Melodie tanzen. Es warf riesige, wabernde Schatten an die feuchten Steinwände. Der Wachposten blieb reglos sitzen. Drei Meter. Anderthalb Meter. Schließlich stand sie so nah vor ihm, daß sie den säuerlich scharfen Geruch seines ungewaschenen Körpers riechen konnte. Grace schluckte und wappnete sich für den Schlag, den sie gleich austeilen mußte. Sie betete kurz, daß sie ihm keinen bleibenden Schaden zufügen möge, dann hob sie mit beiden zitternden Armen den Kerzenleuchter.

Ihre Kleidung raschelte. Der Wachposten bewegte sich etwas, öffnete die Augen und blinzelte sie an. Dann klappte sein Mund auf, und Grace ließ das massive Metall auf die eine Seite seines Kopfes niederschmettern. Das Geräusch ließ sie rasselnd Atem holen. Wenn er etwas hatte sagen oder Alarm auslösen wollen, so hörte man jetzt nur noch ein dumpfes Knurren. Er fiel zur Seite und schloß die Augen.

Blut rann ihm in die verfilzten Haare. Er war viel jünger, als sie das vermutet hatte, keine zwanzig Jahre alt. Seine verdreckten Wangen zeigten noch kindliche Rundungen. Tränen schossen ihr in die Augen. Dann aber wandte sie sich abrupt ab. Die Erfordernisse der Stunde drängten jede Reue beiseite.

Von den drei Zellen war nur eine verriegelt. »Niall!« flüsterte sie und wollte den eisernen Riegel wegschieben. Wie sollte sie mit ihm reden? Heute hatte sie gelernt, daß gälisch für sie eine Unmöglichkeit war. Da er jedoch ein Tempelbruder war, würde er sicher französisch sprechen. Sie konnte sowohl Altenglisch als auch Altfranzösisch gut sprechen, aber Latein war die Sprache, die sich in all der Zeit nie verändert hatte. Also wählte sie Latein.

»Ich bin gekommen, um dich zu befreien«, sagte sie leise, während sie sich mit dem Riegel abmühte. Himmel, war der schwer! Es kam ihr vor, als ob sie mit einem zwei Meter langen und dreißig Zentimeter dicken Baumstamm kämpfen mußte. Sie rutschte an dem Holz aus, und ein Splitter drang tief in ihren kleinen Finger. Grace stieß unwillkürlich einen Schmerzensschrei aus und zog die Hand zurück.

»Hast du dich verletzt?«

Die Frage wurde in einer tiefen, ruhigen, leicht schnarrenden Stimme gestellt. Sie war so dicht an ihrem Ohr, daß er direkt auf der anderen Seite der Tür stehen mußte. Grace erstarrte. Sie schloß die Augen und kämpfte einmal mehr gegen die Tränen an. Eine Gefühlswelle drohte sie zu überfluten. Es war wirklich der Schwarze Niall. Und bei Gott, er klang genauso, wie er auch in ihren Träumen geklungen hatte. Die Stimme war wie Samt und Donner. Sie war zu röhrendem Brüllen fähig, das den Feind verschreckte, aber auch zu einem warmen Schnurren, das die Frau in seinen Armen dahinschmelzen ließ.

»Nur… nur ein ganz klein wenig«, brachte sie mit zitternder Stimme hervor. Sie versuchte sich an die richtige Bezeichnung zu erinnern. »Ein Splitter… der Riegel ist sehr schwer, er ist mir ausgerutscht.«

»Bist du allein?« Jetzt schien er besorgt. »Der Riegel ist für eine Frau zu schwer.«

»Ich werde es schaffen!« entgegnete sie wütend. *Für eine Frau?* Was verstand er denn davon? Sie hatte ein ganzes Jahr auf der Flucht überlebt, sie hatte es gegen alle Widerstände bis hierher geschafft, und abgesehen davon war *sie* diejenige, die auf der anderen Seite der Tür *in Freiheit* herumlief. Wut mischte sich mit Euphorie und drohte sie zum Platzen zu bringen. Sie wollte schreien, sie wollte etwas zerschlagen, sie wollte tanzen. Statt dessen aber wandte sie dem Riegel wieder ihre ganze Aufmerksamkeit zu.

Sie konnte ihn mit den Händen allein nicht bewegen, also bückte sie sich, klemmte ihre Schultern darunter und stemmte ihn mit aller Kraft nach oben.

Der Riegel fraß sich in ihre Schulter und hätte sie fast einknicken lassen. Sie biß die Zähne zusammen, konzentrierte sich auf ihre Beine und versuchte es noch einmal. Sie fühlte, wie ihr das Blut in den Kopf schoß, ihr Herz und ihre Lunge arbeiteten, und ihre Knie zitterten. Verflucht, sie würde es diesem verdammten Stück Holz nicht erlauben, sie zu besiegen. Nicht nach allem, was sie hinter sich hatte!

Sie ließ sich nicht unterkriegen und sammelte all die verbliebenen Kräfte ihres geschundenen Körpers für einen letzten Vorstoß. Ihre Schenkel schmerzten, und ihr Rücken brannte. Verzweifelt preßte sie nach oben und drückte langsam die Beine durch. Das eine Ende des Riegels schob sich zögernd, Zentimeter für Zentimeter, nach oben. Dann rutschte das Holz wieder etwas zurück, Grace drückte es aber weiter nach oben, bis es sich auf der anderen Seite ebenfalls aus der Halterung schob. Das grobe Holz schürfte an ihrer Wange und riß an ihren Kleidern. Mit beiden Händen und ohne Rücksicht auf Geräusche schob sie den Riegel aus der Halterung.

Aber er glitt nicht einfach durch die andere Halterung. Das schwere Gewicht fiel auf sie zu. Grace sprang zurück, und der Riegel landete mit einem dumpfen Schlag auf dem Lehmfußboden. Nun stand er mit dem einen Ende auf der Erde, mit dem anderen hing er in seiner Verankerung.

Keuchend und zitternd stand sie regungslos triumphierend da. Die in ihrem Körper aufsteigende Hitzewelle wirkte, als ob sie neben einer Feuerstelle stünde. Sie spürte keinerlei Schmerz in ihrer verwundeten Hand. Sie fühlte sich lebendig und unbesiegbar, und ihre Brüste rieben sich erregt an ihrer Kleidung.

»Öffne die Tür«, schlug sie ganz außer Atem vor. Sie konnte einem Necken nicht widerstehen: »Falls es dir gelingt.«

Ein tiefes Lachen drang an ihr Ohr. Langsam öffnete sich die dicke Holztür und schob den schweren Riegel beiseite.

Grace trat etwas zurück. Ihr Blick war erwartungsvoll auf den schwarzen Spalt gerichtet, der sich zwischen Rahmen und Tür auftat und durch den gleich der Schwarze Niall in Fleisch und Blut hindurchtreten würde.

Er trat ganz entspannt durch die geöffnete Tür, sein schwarzer Blick aber schweifte erst über den bewußtlosen Wachposten, dann musterte er sie mißtrauisch. Seine Vitalität traf sie wie ein Schlag. Es war eine beinahe körperliche Kraft, und sie spürte, wie sie erblaßte. Er war genauso, wie sie ihn erträumt hatte.

Er sah genauso wie in den Träumen aus, die sie zahllose Nächte lang geplagt hatten. Mit ebendieser Kraft hatte er sie über die siebenhundert Jahre hinweg zu sich hingezogen. Langsam, wie die Hand einer Liebenden, die den Zauber durch die Berührung nicht zerstören will, ließ sie ihren Blick auf ihm ruhen.

Ja, das war er. Sie kannte ihn gut, sie hatte sich aus den zahlreichen Träumen sein Aussehen merken können. Seine hohe, klare Stirn, die nächtlichen, geradezu sündhaft schwarzen Augen. Die schmale keltische Nase, die festen, ernsten Lippen, das energische Kinn. Er war riesig.

Himmel, sie hatte nicht geahnt, wie riesig er war. Er war gute dreißig Zentimeter größer als sie, also beinahe zwei Meter groß. Sein langes schwarzes Haar hatte er über die Schulter geworfen, die Schultern waren breit und durch und durch muskulös. Zu beiden Seiten seines Gesichts hatte er sein Haar zu zwei schmalen Zöpfen geflochten. Sein Hemd und sein Schottenrock waren dreckig und mit dunklen Blutflecken beschmutzt. Im Gesicht hatte er blaue Flecken, und sein eines Auge war fast ganz zugeschwollen. Dennoch war er stark und vital. Die Kälte, deretwegen sie zitterte, schien ihm nicht das geringste auszumachen. Zumindest redete sie sich ein, daß sie wegen der Kälte zitterte. Er war noch wilder, als sie es sich ausgemalt hatte, und trotzdem entsprach er ganz und gar dem Bild ihrer Träume. Ihn in Wirklichkeit zu sehen traf sie wie ein Schlag, und sie schwankte.

Er blickte sich mit angespanntem Gesicht um. »Bist du allein?« wiederholte er seine Frage noch einmal. Offenbar konnte er es nicht glauben, daß sie den Riegel aus eigener Kraft hatte öffnen können.

»Ja«, flüsterte sie.

Keine Feinde traten aus den tiefen Schatten, kein Alarm wurde ausgelöst. Langsam wandte er sich wieder ihr zu. Da die Fackel sie von hinten beleuchtete, mußte ihm auffallen, wie sehr sie zitterte.

»Zart, aber kühn«, murmelte er und trat auf sie zu.

Unwillkürlich wollte sie ausweichen, aber er war mit der Schnelligkeit einer angreifenden Raubkatze auf sie zugekommen. Mit festem Griff umspannte er ihre Taille, womit er sie sowohl stützte als auch festhielt. »Hab keine Angst vor mir, meine Süße. Wer bist du? Keine Verwandte von Huwe, wage ich zu behaupten, jedenfalls nicht mit einem solch hübschen Gesicht – und Lateinkenntnissen.«

»N-nein«, stammelte sie. Die Berührung mit ihm stieg ihr in den Kopf und machte sie schwindelig. Himmel, seine Stimme klang tief und sinnlich. Panisch krampfte sich ihr Magen zusammen. Sie drückte mit der rechten Hand gegen seine Brust, wobei sich der Splitter noch tiefer in ihren Finger grub und sie von dem plötzlichen Schmerz zusammenzuckte.

Sofort nahm er ihre Hand in seinen festen Griff und drehte sie um, so daß das Licht darauffiel. Ihr Magen zog sich angesichts des Kontrasts von ihren Fingern in seiner schwieligen Hand zusammen. Genau wie bei Huwe waren auch seine Hände vom Kampf verdreckt, abgesehen davon allerdings hatten die beiden nichts gemein. Die Hand des Schwarzen Niall war schlank und kräftig, die langen Finger wohlgeformt, die Nägel gepflegt. Und trotz der offensichtlichen Stärke seiner Hand behandelte er die ihre, als ob er ein kleines Vögelchen hielte.

Sie blickte auf die kleine brennende Wunde an ihrem Finger. Der lange, zerklüftete Splitter hatte sich der Länge nach in ihren Finger gerammt, und das Ende stach kurz vor dem ersten Gelenk hervor. Er gab ein mitfühlendes Geräusch von sich und hob ihre Hand an seine Lippen. Mit seinen perlweißen Zähnen biß er auf den Splitter und zog ihn heraus. Grace zuckte vor Schmerz zusammen, aber er hielt ihre Hand fest in der seinen. Er spuckte den Splitter aus, dann saugte er an der blutenden Wunde. Sie spürte, wie sich seine Zunge auf ihrer Haut bewegte. Ein Stöhnen, das in keinem Zusammenhang mit ihrem Schmerz stand, kam von ihren Lippen.

Sein dunkler Blick wanderte wieder zu ihrem jetzt so nahem Gesicht. Sein Blick wurde angesichts ihrer Erregung verhangen. Seine schmalen Nasenlöcher blähten sich wie die eines Hengstes, als er ihren weiblichen Duft einatmete. Dann veränderte sich sein Gesichtsausdruck, als ob er sich wutentbrannt in etwas bestätigt sähe.

»Du!« Er spuckte es wie ein Schimpfwort hervor. Seine Hände gruben sich in ihre Schultern, als er sie zu sich ins Licht herumdrehte. Sie hatte ihre Haare nach dem Auslösen ihres Messers nicht wieder aufgesteckt. Seine Hand sank tief in ihr Haar und hob es hoch, als ob er es wiegen wollte. Sein olivfarbenes Gesicht war voller Wut.

»I-ich?« quietschte sie auf englisch. Sie riß sich zusammen und wiederholte es noch einmal auf lateinisch.

»Wer bist du?« wiederholte er seine Frage, diesmal allerdings mit kaum verhohlener Wut. »Du warst es, die heute meinen Namen gerufen und mich abgelenkt hat, weshalb man mich hatte gefangennehmen können. Seit Monaten hast du mich beobachtet und mir dein Gesicht erst offenbart, als du in meinen Träumen aufgetaucht bist. Bist du eine Spionin, eine Hexe?«

Grace wurde blaß und starrte ihn vollkommen entsetzt an. Er hatte ihre Träume gespürt, er hatte sie sogar mit ihr geteilt? *Nein!* Sie spürte die Röte wie Flammen in ihrem Gesicht aufsteigen. Dann aber zuckte sie zurück, als sie seine letzten Worte begriff. »Nein! Ich bin keine Spionin und auch keine Hexe!«

»Warum hast du mich dann beobachtet?« fragte er grimmig, ließ sie los und ging auf den ohnmächtigen Wachposten zu.

Er blickte auf die blutende Kopfwunde des jungen Mannes und auf den eisernen Kerzenleuchter an seiner Seite. Er nahm sowohl das Schwert als auch den Dolch an sich, als ob er sich in ihrer Gegenwart bewaffnen müsse. Der Dolch verschwand in seinem weichen Lederstiefel, dann wandte er sich ihr wieder mit zusammengekniffenen, wachsamen Augen zu. »Wie konntest du so oft in mein Bett kommen, daß ich sogar deinen Geruch wiedererkenne? Warum warst du heute bei Huwe? Ich habe deine Stimme gehört, ich weiß, daß du es gewesen bist.«

»Sie haben auch mich gefangen.« Das Zittern in ihrer Stimme ärgerte sie, und sie atmete tief durch. Es beschämte sie, daß er ihre erotischen Träume mit ihr geteilt hatte. Sie konnte es sich nicht erklären. Aber da ohnehin die ganze Sache sich jeder Erklärung verweigerte, mußte sie es einfach hinnehmen.

»Eine sehr wahrscheinliche Variante. Du siehst mir aber nicht so aus, als ob man dich schlecht behandelt hätte.«

»Ich glaube, Huwe wollte mich als Geisel nehmen.«

»Das hätte ihn aber nicht daran gehindert, dich ein wenig einzureiten, meine Süße.«

Wieder errötete sie unwillkürlich. »Nein, das habe ich verhindern können.«

»Wie ist dir denn dieses Wunder gelungen? Hast du ihn mit einem Zauber belegt?«

»Ich bin keine Hexe! Ich habe ihm ein Getränk eingeflößt, das ihn schläfrig gemacht hat. Er war ohnehin schon betrunken.«

»Und all die anderen?«

»Sie schlafen ihren Rausch aus. Sie glauben, daß du sicher hinter Gittern bist und daß deine Männer hier nicht angreifen werden, solange du in Huwes Händen bist.«

»Dennoch werden sie sich hier ganz in der Nähe aufhalten.« Er schien nicht mehr ganz so wütend zu sein, obwohl sein Blick nach wie vor mißtrauisch war. »Aber meine Frage hast du mir immer noch nicht beantwortet: Wer bist du?«

»Grace St. John.« Sie sagte es auf englisch, denn sie hätte es nicht ins Lateinische übersetzen können.

Er wiederholte langsam und mit einer Sicherheit ihren Namen, wie sie Leuten eigen ist, die mehrere Sprachen sprechen. Dann trat er, mit dem Schwert in der Hand, so dicht an sie heran, daß sein großer Körper das Licht der Fackel verdeckte. »Und wie konntest du mich beobachten?«

»Das habe ich nicht getan.« Sie machte eine hilflose Geste. »Ich habe nur geträumt.«

»Ach so, noch mehr Träume also.« Sie spürte, daß er noch wütend war, aber seine Stimme hatte wieder den tiefen, sinnlich-verführerischen Klang, der sie gegen ihren Willen erzittern ließ. »In deinen Träumen, meine Süße, war ich da in dir?« flüsterte er, trat noch dichter an sie heran, legte seinen linken Arm langsam um ihre Taille und zog sie fest zu sich heran. »Lagst du unter mir im Bett, habe ich dich fest geritten?«

Grace bekam kaum noch Luft. Sie konnte nur noch flach und stoßweise atmen. Sie drückte beide Hände gegen seine Brust und fühlte durch sein grobes Leinenhemd hindurch die Hitze seines Körpers. Auch sie war erhitzt, unruhig, fast panisch, und ihre Haut reagierte beinahe schmerzhaft empfindlich.

Sein Blick war stechend, heiß und ganz und gar aufmerksam. Seine Lippen öffneten sich ein wenig. Sein Atem ging etwas zu schnell, als sein fester Griff um ihre Taille sie enger und enger an sich zog, bis ihre Brüste ihn berührten. »Ich bin ein Idiot«, murmelte er, diesmal auf gälisch. Aber sie verstand ihn dennoch. »Für mehr habe ich leider keine Zeit, aber ich will dich wenigstens mal kurz kosten.«

Er hob sie hoch und drängte sie gegen eine der Türen.

Sein hochgewachsener, muskulöser Körper preßte sich von den Schultern bis zu den Knien gegen sie. Der Atem stockte ihr, als sie das Ausmaß seiner Erregung spürte. Er nutzte ihre vor Erstaunen geöffneten Lippen und küßte sie. Sein Kuß war überwältigend, nicht wegen der Heftigkeit, sondern wegen seiner Wirkung. Ihr Blut pulsierte, und ihr Körper drängte sich unwillkürlich gegen seinen. Er schmeckte heiß und wild und verblüffend vertraut. Er bewegte seine Zunge mit unglaublichem Geschick und entlockte ihr so eine Reaktion. Seine Hände wanderten über ihren Körper, streichelten ihre Brüste und Hüften und drückten sie an sich. Seine langen Finger glitten zwischen ihre Beine und befühlten sie durch das Kleid hindurch. Nur den Bruchteil einer Sekunde vorher verspürte Grace die Warnung, spürte, wie sie sich zusammenzog und wollte ihn von sich wegdrücken, aber es war bereits zu spät. Ihre Gefühle zersplitterten in tausend kleine Scherben, und sie drängte sich guttural aufstöhnend an ihn.

Sie spürte die Überraschung in seinem Kuß, als seine Lippen ihr Stöhnen dämpften. Dann drückte er sie noch fester an sich, und seine geschickten Finger streichelten sie zu voller Befriedigung. Als ihr Beben schließlich nachließ, sank sie entkräftet gegen seinen Körper.

Sie entriß sich seinen Lippen und preßte ihren schamroten Kopf gegen seine Schulter. Noch niemals in ihrem Leben war ihr etwas derart peinlich gewesen. Den Höhepunkt im Traum zu erreichen war schon beunruhigend genug. Es aber in seiner Gegenwart zu tun und dazu nur durch einen einzigen Kuß und ein eindeutiges Streicheln stimuliert worden zu sein – sie war rot vor Scham.

»Mein Mädchen«, flüsterte er mit tiefer, heiserer Stimme.

Seine Lippen drückten sich für einen kurzen Moment heiß und zärtlich gegen ihren Hals. Sein Atem war schnell und leise keuchend, als er sie an seinem Körper entlang auf die Füße gleiten ließ.

Sie hätte gerne den Kopf gesenkt, aber er hob ihr Kinn an, damit er ihr Gesicht sehen konnte. Mit dem Daumen strich er über ihren weich aufgeblühten Mund. Seine Lippen glänzten geschwollen, seine Augen waren lustvoll schmal. »Eine Schande, daß ich jetzt gehen muß«, flüsterte er auf gälisch. »Du verbrennst einen Mann zu einer kohligen Schwarte, aber ich würde mich bereitwillig zu Asche verglühen lassen.« Er bückte sich und berührte ihre Lippen mit dem Mund, dann strich er ihr über das Hinterteil und trat einen Schritt zurück.

Zitternd lehnte sich Grace gegen die Tür. Ihre Gedanken waren wie weggefegt, ihre Knie wie Pudding. Er bewegte sich so schnell, daß er schon die Treppe erreicht hatte, bevor sie seine Absicht erkannte. Sie riß die Augen auf.

»Nein, warte auf mich!« rief sie. »Nimm mich mit!«

Er hielt keine Sekunde inne. Seine kräftigen Beine kletterten die Treppe immer zwei Stufen auf einmal nach oben. Er warf ihr ein Lächeln zu. »Ich danke dir für meine Freiheit, aber meine Dankbarkeit macht mich nicht blind«, erwiderte er wieder auf lateinisch. Dann verschwand er in der Dunkelheit.

Oh, verdammt! Sie traute sich nicht, nochmals nach ihm zu rufen. Sie rannte ihm nach, aber ihre Beine zitterten immer noch, und sie hatte kaum noch die Kraft, die Treppe hochzusteigen. Als sie aus dem Verlies heraustrat, war er nirgends mehr zu sehen.

Sie konnte schlecht Alarm ausrufen, denn schließlich wollte sie ihn nicht wieder gefangen sehen. Sie hob ihre Tasche auf und ging auf Zehenspitzen in die Küche, weil sie dort den leichtesten Ausweg aus dem Burggelände vermutete. Falls hier ein Wachposten abgestellt worden war, so hatte Niall ihn sicherlich bereits erledigt. Sie mußte aus diesem Dreckloch entkommen und Niall wiederfinden. Er war schließlich kein Held, verdammt, kein Ritter in glänzender Rüstung. Er war ganz einfach nur ein Mann, wenngleich auch größer und vitaler als die meisten. Er war arrogant und unhöflich – und all ihre Hoffnungen ruhten auf ihm.

21

Zu ihrer Erleichterung hatte sie tatsächlich richtig geraten. Vor der Küche fand sie einen Wachposten tot auf der Erde liegen. In den Pferdeställen herrschte Unruhe, Fackeln wurden entzündet, und Männer rannten fluchend hin und her. Niall hatte offenbar ein Pferd gestohlen und war durch den hinteren Ausgang der Burg entkommen. Sie konnte nun allerdings kein Pferd mehr stehlen, denn in die Leute war Leben gekommen. Sie duckte sich in eine kleine Vorratskammer, eigentlich nichts mehr als ein sich an das Verlies anlehnender Schuppen. Offenbar war sie in die Kornkammer geraten, denn der staubige Weizengeruch kitzelte ihr in der Nase, und sie mußte ein Niesen unterdrücken.

Sie hörte ein Rascheln im Korn und biß die Zähne zusammen. Wo Korn war, waren auch Ratten. Sie dachte an ihre ungeschützten Beine unter den langen Kleidern. Was gäbe sie alles für ihre Jeans und ihre Stiefel!

Dennoch stand sie eisern still. Direkt vor ihrem Versteck fanden die hektisch suchenden Leute den Toten. Obwohl Grace die Leute nicht verstehen konnte, bekam sie doch deren Ärger und Wut mit. Ihr Anführer ließ sich nicht wecken, der Wachposten vor dem Verlies war verletzt, wenn nicht gar tot, beide Gefangene hatten flüchten können, obwohl nur ein Pferd fehlte. Sie konnte nur hoffen, daß alle sie bei Niall vermuteten, denn sonst würden sie schon bald eine intensive Suche nach ihr starten.

Verfluchter Niall, schimpfte sie in sich hinein. Warum hatte er sie nicht mit sich genommen? Wenn er sie schon nicht mit nach Creag Dhu nehmen wollte, so hätte er sie doch zumindest aus Huwes Fängen befreien können. Dankbarkeit machte ihn nicht blind, ha!

Schließlich legte sich die Aufregung. In der Dunkelheit konnten sie Niall nicht folgen, und ohne Huwe wollte niemand etwas unternehmen. Sie wartete und bewegte ab und zu ihre Füße, wenn die fressenden Ratten ihr zu nahe kamen. Das würde sie Niall niemals verzeihen.

Die Sicherheitsvorkehrungen würden nun, da ihr Gefangener entkommen war, ohnehin nicht mehr streng gehandhabt werden. Von dem, was sie gesehen hatte, war die Burg der Hay ohnehin nicht sonderlich gut geschützt. Früher war einmal eine Mauer darum gebaut gewesen, aber man hatte sie nicht gut erhalten. Der Mörtel war aus den Fugen gebrochen und hatte Löcher hinterlassen. Auf die Pferde allerdings würde man wohl auch weiterhin gut achtgeben.

Pech für den Wachposten, dachte sie, als sie schließlich aus ihrem Versteck heraustrat. Sie hatte keine Ahnung, wie spät es war und wieviel Zeit sie noch hatte. Die Dämmerung konnte jederzeit anbrechen und mit ihr auch die einzige Möglichkeit zu entkommen.

Es nieselte leicht, kaum mehr als ein dichter Nebel. Ihr sank der Mut. Vermutlich war das der Grund gewesen, warum sie Niall nicht verfolgt hatten. Sie aber hatte leider keine Wahl, auch wenn sie nicht wußte, wo sie war. Sie hatte sich die Richtung, aus der sie gestern gekommen waren, gut gemerkt. Der Nebel jedoch erhöhte die Gefahr, daß sie sich vollkommen verirrte.

Sie lief leise auf die Stallungen zu. Ein Wachposten schnarchte gegen einen Heuhaufen gelehnt, neben ihm glimmte eine von einem kleinen Dach geschützte Kerze. Womit sollte sie ihm nur eins überbraten? Sich umschauend entdeckte sie eine Mistgabel mit einem kräftigen Holzgriff. Sie hob sie hoch und schwang sie wie eine Keule. Das Holz traf ihn auf den Kopf, er zuckte einmal kurz und fiel wortlos in sich zusammen.

»Dafür werde ich in die Hölle kommen«, flüsterte sie in die Nachtluft hinein. Sie hatte in dieser Nacht bereits zwei unschuldige Männer ins Reich der Träume geschickt, und soweit sie wußte, würden beide dadurch umkommen. Schwere Kopfverletzungen bedeuteten im Mittelalter eigentlich immer den Tod. Sie konnte zwar reiten, weil das für eine archäologische Ausgrabung eine praktische Kenntnis war. Doch seit mehr als zwei Jahren hatte sie, wenn man von dem gemeinsamen Ritt mit Huwe einmal absah, auf keinem Pferderücken mehr gesessen.

»Such dir irgendein Pferd aus«, murmelte sie zu sich

selbst. Wallache waren weniger reizbar als Hengste oder gar Stuten, aber in der Dunkelheit konnte sie außer der unterschiedlichen Größe nichts erkennen. Sie suchte sich ein braunes Pferd aus, das weder groß noch klein war, und hoffte, daß der goldene Mittelweg sie zum Erfolg führen würde.

Das Pferd ließ sich geduldig satteln und folgte ihr gehorsam, als sie es neben ein Faß führte. Sie stieg auf das Faß, dann auf das Pferd. Sie befestigte ihre Tasche an dem Sattel, schnalzte mit der Zunge und ritt behutsam aus dem Stall. Hinter ihrem Rücken hörte sie ein leises Stöhnen von dem wieder erwachenden Posten. Es beruhigte sie, daß sie ihn nicht umgebracht hatte. Es bedeutete aber auch, daß sie nur ein oder zwei Minuten Zeit hatte, davonzukommen, ehe Alarm ausgelöst wurde.

Sie lenkte das Pferd zu einem der Löcher in der Mauer und ließ es seinen eigenen Weg über die Steine finden. In der Dunkelheit und dem Nebel war das Verlies schon bald nicht mehr zu sehen.

Am sichersten war es, ein Versteck ausfindig zu machen und dort auf die Morgendämmerung zu warten, so daß sowohl das Pferd als auch sie etwas sehen konnten. Wenn sie aber in unmittelbarer Nähe blieb, erhöhte sich die Chance, daß die Hays sie wieder einfangen würden, und sie bezweifelte, daß sie diesmal einer Schändung so leicht würde entgehen können.

Wenn sie den Schwarzen Niall wiedersehen sollte, würde sie ihn erwürgen, und wenn sie sich dazu auf einen Stuhl stellen müßte.

Sie klopfte dem Pferd ermunternd den Hals und gab ihm die Hacken, ließ es jedoch in seiner ganz eigenen Geschwindigkeit vorankommen. Sie konnte kaum die Nasenspitze des Pferdes sehen, es schien also angebrachter, sich seinen Instinkten anzuvertrauen. Dennoch hoffte sie, daß der Sonnenaufgang nicht mehr lange auf sich warten ließ. Um Niall Gerechtigkeit widerfahren zu lassen mußte sie zugeben, daß sie ihm ihre Gegenwart nicht zu erklären versucht hatte. Einer der Gründe war die Vorsicht, denn als Hüter war es seine Pflicht, den Schatz gegen alle Bedrohungen – und das schloß sie mit ein – zu beschützen. Wenn er erführe, daß sie die Geheimnisse der Zeitreise kannte, würde er ihren Tod möglicherweise für ratsam halten. Wenn sie ohne seine Hilfe an den Schatz herankommen konnte, so würde sie das vorziehen. Wenn sie ihn allerdings brauchen sollte, konnte sie ihm dann immer noch reinen Wein einschenken.

Aber all die vernünftigen Begründungen ihres Schweigens waren nicht der eigentliche Grund, warum sie ihm nichts erzählt hatte. Sie war einfach viel zu schockiert darüber gewesen, daß er einerseits ihre Träume mit ihr zusammen durchlebt hatte und daß sie sich andererseits in seinen Armen blamiert hatte. Sie hatte ohnehin kaum noch sprechen können, geschweige denn eine zusammenhängende Erklärung abgeben können.

Ihre Wangen glühten bei der Erinnerung daran, und sie hielt ihr Gesicht in den Nebel empor.

Von dem Augenblick an, als sie in dieser Zeit angekommen war, war sie aufgeregt und nervös gewesen. Sie hatte zwar nicht geglaubt, daß diese Aufregung sich so schnell in sexuelle Erregung verwandeln würde, aber genau das war geschehen. Ihr Körper schien ein ganzes Jahr lang betäubt gewesen zu sein. Irgend etwas war jedoch während der Zeitreise geschehen, und nun empfand sie jede Gefühlsregung mit verdoppelter Heftigkeit.

Niall hatte sie schon fasziniert, seit sie das erste Mal seinen Namen gelesen hatte. Sie hatte sich so ausdauernd auf ihn konzentriert und von ihm geträumt, daß es eigentlich nicht weiter verwunderlich war, daß all ihre Sinne auf ihn gerichtet waren. In den Stunden, in denen sie sich seiner Gegenwart so bewußt gewesen war, hatte sie sich auf nichts anderes konzentrieren können, und ihre Haut hatte empfindlichst reagiert. Sie hätte das unterschwellig Sexuelle ihrer Empfindsamkeit eigentlich erkennen müssen. Sie hatte den sexuellen Unterton ihrer Träume rationalisiert und akzeptiert. Es war ihr dabei nicht in den Sinn gekommen, daß die körperliche Anziehung auch in Wirklichkeit so stark sein würde oder in ihrer Heftigkeit sogar noch darüber hinausgehen würde.

Sie hatte Ford mit Ausnahme des eigentlichen Aktes in jeder Art und Weise betrogen und war darüber untröstlich. Wenn die Umstände andere gewesen wären, so war sie sich ganz sicher, daß Niall sie hätte haben können. Nachdem sie jetzt ihre Schwäche erkannt hatte, konnte sie sich dagegen wappnen. Sie durfte es nicht zulassen, daß Niall sie auch nur küßte.

Während sie durch die Nacht ritt, wurde ihr jedoch schmerzlich bewußt, daß, sollte Niall sie küssen oder irgend etwas anderes mit ihr tun wollen, ihre Abwehr denkbar schwach sein würde.

Greag Dhu war eine massive Burg, deren Steine die Farbe eines dunklen, stürmischen Himmels hatten. Anders als die Burg des Hays war sie gut erhalten. Dicke Steinmauern umrundeten die riesigen Türme. Der große Haupteingang war durch zwei, etwa sieben Meter voneinander entfernte Tore gesichert. Die Torwächter machten einen gesunden Eindruck, sie waren gut angezogen, reichlich bewaffnet und gut ausgebildet. Jeder, der in die Burg hineinwollte, wurde angehalten und befragt, und weder Karren noch Bündel wurden ohne genaueste vorherige Durchsuchung hineingelassen.

Grace wußte, daß sie angesichts Nialls militärischer Ausbildung genau dies hätte erwarten sollen. Als sie jedoch jetzt

Creag Dhu erblickte, fühlte sie sich ihrer selbstgesetzten Aufgabe nicht gewachsen. Auch nur in die Burg hineinzugelangen schien bereits unmöglich, wie sollte sie sie dann erst durchsuchen können?

Sie mußte sich versteckt halten, denn eine Fremde würde sofort Aufsehen erregen. Die Umgebung der Burg war dicht bevölkert, da viele aus Sicherheitsgründen in die Nähe der Burg gezogen waren. Hier würde jedoch jeder jeden kennen. Nach zwei Tagen auf dem Pferd war sie hungrig und müde. Sie hatte sich im Nebel verirrt, und für eine Strecke, die sie noch nicht einmal einen Tage hätte kosten dürfen, hatte sie zwei volle Tage gebraucht. Das Pferd immerhin schien zufrieden, denn es hatte reichlich weiden und trinken können.

Die Stute hatte ein ausgeglichenes, nicht nachtragendes Temperament. Wenn sie das nicht gehabt hätte, hätte Grace den Ritt bestimmt nicht überlebt. Jede Faser ihres Körpers schmerzte, und das Hinterteil tat ihr so weh, daß sie wohl noch nicht einmal angesichts Huwe des Hays es wieder in den Sattel gehievt hätte.

Sie hatte das Pferd in ein kleines Wäldchen geführt und dann in Sichtweite der Burg die nicht sehr aussichtsreiche Situation durchdacht. Vielleicht sollte sie einfach durch das Tor gehen und ihn zu sprechen wünschen. Er wäre sicherlich nicht angetan davon, aber schließlich hatte *sie* ihn aus dem Verlies befreit. Wenn sie ihm ihren Hunger schilderte, konnte er sie dann abweisen?

Natürlich konnte er das, schließlich war er der Schatzhüter. Er würde sich wohl kaum von etwas so Fadenscheinigem wie Dankbarkeit von seiner Aufgabe ablenken lassen.

Sie mußte einen Weg finden, um in die Burg hineinzukommen.

Es würde ihr nicht gelingen, sich in einem der hineinfahrenden Wagen zu verstecken, denn sie wurden alle durchsucht. Außerdem schienen die Wachposten deren Besitzer zu kennen, denn sie plauderten freundlich miteinander, während die Wagen durchsucht wurden. Grace aber konnte noch nicht einmal ihre Sprache sprechen, und somit konnte sie Fragen gar nicht erst beantworten. Sie könnte natürlich Altenglisch sprechen, aber damit würde sie sich hier oben in Schottland wohl kaum Freunde machen. Die beiden Länder waren schließlich seit Jahr und Tag gegeneinander im Krieg. Von dem schottischen Dialekt konnte sie einiges verstehen. Aber das, was sie verstand, waren auch nur die altenglischen Worte. Damit würde sie also nicht weit kommen.

Selbst wenn sie es schaffte, in die Burg Creag Dhu zu gelangen, was dann? Die Burgbewohner würden sich sicherlich gegenseitig noch viel besser kennen, als sie die Bauern kannten, sie konnte sich also nicht einfach unter das Volk mischen und so einer Entdeckung entgehen. Die Burg zu erkunden würde viel Zeit kosten, sie müßte also nach Belieben kommen und gehen können, ohne gefragt zu werden. Schließlich kam sie wieder zu der alten Schlußfolgerung zurück: Selbst wenn es ihr gelang, in die Burg hineinzukommen, so brauchte sie doch Nialls Zustimmung, zu bleiben.

Sie entschied sich, die Probleme eines nach dem anderen zu lösen: Wie also sollte sie überhaupt in die Burg gelangen?

Sie ging langsam zu ihrem Pferd zurück, stolperte über einen Stein, blieb mit ihren Kleidern im Gestrüpp hängen und riß sich wieder los. Die langen Kleider hatte sie mehr und mehr satt. Um die Wahrheit zu sagen, sie hatte mehr oder weniger alles satt, aber ihre humorvolle Art lenkte sie von der Peinlichkeit ab, die ihr mit Niall unterlaufen war.

Als sie das Pferd endlich erreicht hatte, war sie von dem beschwerlichen Weg durch das Gestrüpp vollkommen verschwitzt. Das wollene Überkleid, das sich in kalten Nächten angenehm trug, schien sie jetzt zu ersticken. Ungeduldig streifte sie es ab und schmiß es über den Sattel. Als die Luft durch ihren leichten Baumwollkittel filterte, seufzte sie erleichtert auf. Sie lockerte die Bänder um Hals und Handgelenke, zog die Halsöffnung ganz auf und schob die Ärmel bis zum Ellenbogen hoch. Unter ihrem Tuch war ihr Haar schweißgebadet. Sie riß sich den Schal ab, band ihren Knoten auf und ließ ihre Finger durch das Haar gleiten, damit frische Luft an den Haarboden gelangen konnte. Sie hatte in Schottland fälschlicherweise einen durchwegs kühlen Mai erwartet. Nie und nimmer würde sie das schwere Wollkleid wieder überziehen, und ihr Samtkleid wäre genauso warm. Grace blickte an sich hinunter, um den Kittel auf seine Anständigkeit hin zu überprüfen. Zu ihrem Entsetzen stellte sie fest, daß er dieser in keiner Weise entsprach, wenn es ihr nicht gleichgültig wäre, daß man sowohl ihre Brustknospen als auch den Schatten ihres Schamhaars sehen konnte. Sie schüttelte den langen Schal aus und band ihn strategisch über Rücken und Taille. Dann bauschte sie den Kittel etwas auf, so daß sie oben mehr Bewegungsfreiheit hatte. Zufrieden stopfte sie das dreckige Überkleid in die Tasche und stieg wieder auf das Pferd. Sie hatte zwar keines der anstehenden Probleme gelöst, aber immerhin fühlte sie sich jetzt bequemer angezogen.

Als sie wenig später fünf Frauen auf der zerklüfteten Straße auf Creag Dhu zugehen sah, kam ihr eine Idee. Das Geschäft der Frauen war deutlich zu erkennen. Ihre Röcke waren kürzer als die der anderen Frauen, und ihre Blusen ausgeschnitten. Sie trugen keine hochgeschlossenen, langärmeligen Kleider, sondern hatten solche mit kurzen Ärmeln und weitem Schnitt. Auch trugen sie keine Tücher auf dem Kopf. Obwohl ihr Haar ungepflegt wirkte, arrangierten sie mit den Fingern ihre Locken, so daß diese einladend um ihre Brüste spielten. Sie kniffen sich in die Wangen und bissen sich auf die Lippen. Außerdem kicherten sie wie närrisch und machten anzügliche Bemerkungen.

Es waren Huren auf dem Weg in die Burg, wo sie sich eine Nacht lang vergnügen oder auch Geschäfte tätigen wollten, vermutlich beides. Grace sah ihnen jetzt mit ihrer losen Kleidung und dem offenen Haar auffallend ähnlich. Sie zügelte das Pferd und ritt auf die Gruppe zu.

»Guten Tag«, sagte sie freundlich, als sie ihnen näher gekommen war. Sie versuchte, ihre Sprache dem hiesigen Dialekt anzugleichen. Aber sie würde dennoch Altenglisch, das dem Gälischen nah verwandt war, sprechen müssen, um sich verständlich zu machen.

Die Huren beobachteten sie mißtrauisch und blickten sie abweisend an.

»Mein Mann hat mich verlassen«, sagte Grace geradeheraus. »Ich habe weder Münzen noch Essen, noch habe ich einen Unterschlupf, wo ich übernachten kann.«

Ein aufgetackelter Rotschopf, der schon bessere Zeiten gesehen hatte, musterte sie kritisch.

»So?« erwiderte sie schnippisch und meinte wohl eher: »Na und?«

»Falls ihr in die Burg geht, könnte ich mit euch mitkommen? Eine Nacht Arbeit würde mir ein paar Münzen einbringen oder zumindest einen vollen Magen.«

»Du hast ein Pferd«, verwies sie der Rotschopf und nickte in Richtung des Tiers. Ein Pferd war ein teures Tier, es war mehr wert als all ihre Besitztümer zusammengenommen. Sie würden wohl wenig Mitgefühl mit ihr zeigen, solange sie noch das Pferd besaß.

Grace kam zu einem schnellen Entschluß. »Wenn ihr mich mitnehmt, dann könnt ihr es haben«, versprach sie. Die fünf Frauen steckten ihre Köpfe zusammen und schnatterten hektisch auf gälisch. Schließlich streckte der Rotschopf Grace die Hand entgegen und sagte: »Abgemacht.« Sie blickte sie erwartungsvoll an, und Grace stieg erleichtert vom Pferd. Ihre Rückseite tat ihr nach zwei Tagen reiten so weh, daß sie ohnehin viel lieber zu Fuß ging. Sie band ihre Tasche vom Sattel ab und übergab die Zügel dem Rotschopf, die sich triumphierend unter ihren Freundinnen umblickte.

Als sie gemeinsam um eine Ecke bogen und die Burg vor ihnen auftauchte, fragte der Rotschopf: »Wie heißt du?«

»Grace.«

»Ich bin Wynda.« Sie nickte in Richtung der anderen Frauen: »Nairne, Coira, Sile und Eilidh.« Nachdem sie der Form Genüge getan hatten, trotteten sie weiter voran. Beide Wachposten traten mit breitem Grinsen auf sie zu, um sie zu begrüßen. Sie gackerten und zwickten die Mädchen in den Hintern, dann blickten sie fragend auf Grace. Offenbar waren die anderen fünf den Männern wohlbekannt.

»Grace«, beantwortete Wynda seine Frage.

Der Wachposten nahm Graces Tasche und versenkte seine große Hand darin. Er durchsuchte die Kleidungsstücke und zog verwirrt ein Buch hervor. Grace war so müde und hungrig, daß sie einfach nur danebenstand. Wynda wiederholte ihre Geschichte, daß sie von ihrem Mann verlassen worden sei. Vielleicht war es diese Erklärung oder daß Grace teilnahmslos danebenstand oder die Tatsache, daß in der Tasche keine Waffen waren, jedenfalls zuckte der Wachposten mit den Schultern und gab ihr die Tasche zurück. Er rief den anderen Wachposten hinter dem zweiten Tor etwas zu, und die sechs Frauen betraten die Burg.

Sie hatte es geschafft hereinzukommen. Ihr Herz begann aufgeregt zu schlagen, das hochschießende Adrenalin verscheuchte ihre Müdigkeit.

Wynda führte stolz ihr Pferd zu den Ställen, während die anderen auf die Baracken zugingen. Grace ging etwas langsamer, bis die anderen ein gutes Stück vorausgegangen waren. Die Frauen kicherten und quatschten und schenkten ihr keinerlei Aufmerksamkeit. Beiläufig wechselte sie die Richtung und blickte sich interessiert um.

Im Hof ging es sehr geschäftig zu. Linkerseits waren die Stallungen und die Baracken, zur Rechten ein Übungsfeld, auf dem Männer mit freiem Oberkörper sich im Schwertkampf übten. Sie erkannte einen grandios geschnittenen Kopf mit langem, schwarzem Haar, der über all den anderen ragte, und senkte schnell den Blick, als ob er sie sonst bemerken könnte.

Der Schwarze Niall war dort auf dem Platz, deshalb wollte sie eine andere Richtung einschlagen. Jetzt konnte sie sehen, daß, abgesehen von den vier großen Ecktürmen, sich an beiden Enden der großen Halle jeweils ein kleinerer Turm befand. Die Burg war riesig, sie hätte nicht sagen können, wie viele Zimmer sie wohl haben mochte. Sie betrat die große Halle, und Schwindel überkam sie. Die Halle sah genauso aus, wie sie sie in ihren Träumen gesehen hatte. Sie wußte, wo Niall sitzen würde und wo sich die Küchen befanden. Bratengeruch lag in der Luft, und sie fragte sich, ob ihr nicht angesichts ihres Hungers so schwindelig geworden war.

Männer und Frauen musterten sie gleichermaßen mißtrauisch. Sie duckte sich etwas und lief eilig zu den Küchen. Vielleicht konnte sie sich ein Stück Brot erbetteln. Und wenn ihr das nicht gelang, konnte sie es vielleicht stehlen. Ein Pferd hatte sie ja bereits gestohlen, warum sollte sie sich dann Gedanken wegen eines Stückchen Brotes machen? Sicherlich war weder das eine noch das andere eine so große Sache wie die, daß sie mehrmals jemandem den Kopf eingeschlagen hatte.

Ihr Erscheinen in der Küche fiel zunächst niemandem auf, vielleicht weil alle mit Schneiden, Rühren und Mahlen beschäftigt waren. Ein kleiner Junge drehte langsam an einem Spieß, an dem ein ganzes Schwein hing. Fett tropfte zischend in die Flammen. Es duftete wunderbar nach Braten und nach frisch gebackenem Brot.

Schließlich wurde sie von einer stämmigen Frau bemerkt, die ihr etwas auf gälisch zurief. »Ich bin einen weiten Weg gekommen«, erwiderte Grace. »Ich habe bereits seit zwei Tagen nichts mehr gegessen …«

»Sassenach!« spie der Koch angeekelt das schottische Wort für Engländerin hervor und machte mit seinem Tuch eine verscheuchende Handbewegung.

Offenbar war Engländerin zu sein viel schlimmer als eine Hure. Grace schüttelte den Kopf und sagte: »Französin.« Plötzlich wich ihr Blut aus dem Gesicht, ihr wurde schwindelig, und sie hielt sich schwankend an der Wand fest.

Der Schwindel war nur zu echt. Grace beugte sich keuchend nach unten und versuchte, eine Ohnmacht abzuwehren. Sie mußte dringend etwas essen.

Vielleicht war es ihre Bemerkung, daß sie keine Engländerin war, jedenfalls wurde sie plötzlich gestützt und zu einer Bank geführt. Die stämmige Frau drückte ihr einen Brotkanten in die zitternde Hand und goß ihr in eine flache Schale ein wenig Bier ein. Langsam kaute Grace an dem Brotkanten, der von viel besserer Qualität als bei dem Hayclan war. Sie nippte nur wenige Schlucke von dem Bier, da sie nach so langer Zeit ohne Essen sich nicht mehr zumuten wollte.

Die anderen fuhren mit ihrer Arbeit fort, die stämmige Frau allerdings musterte sie. Vielleicht beobachtete sie auch nur, wie wieder Farbe in Graces Gesicht zurückkehrte. Als sie das Brot gegessen hatte, stellte man ihr noch ein Stück Brot, etwas Käse und ein paar Scheiben kaltes Schweinefleisch hin. Da sie jetzt wieder bei Kräften war, aß Grace so gierig, wie es gute Manieren gerade noch zuließen, und trank von dem Bier.

Die Köchin schnalzte anerkennend mit der Zunge und stellte ihr noch mehr Brot und Fleisch hin. »Du bist ja dünn wie eine Bohnenstange, Mädchen. Iß noch etwas. Du wirst heute abend etwas Kraft brauchen können.«

Grace wollte noch mehr essen, aber sie war wirklich satt. Sie seufzte zufrieden und lächelte die Frau an. »Vielen Dank. Ich war wirklich sehr hungrig.«

»Keine Ursache. Und nun ab mit dir.« Nach ihrer wohltätigen Handlung verscheuchte die Frau sie mit ihrem Tuch. Grace stand auf und ging.

Zunächst einmal wollte sie ein sicheres Versteck finden, jedenfalls so lange, bis sie sich über ihre Pläne im klaren war. Als alle mit irgend etwas beschäftigt schienen, duckte sie sich in eine von einem Vorhang abgetrennte Nische, setzte sich auf den Boden und war bereit zu warten.

Sie lehnte ihren Kopf gegen die kalte Steinwand. Auf was hatte sie sich da nur eingelassen? Hierherzukommen war ihr sinnvoll erschienen, als sie noch in ihrer eigenen Zeit gelebt hatte. Aber seit ihrerAnkunft vor drei Tagen war sie ihrem Ziel nicht einen Deut näher gekommen. Was ihr zunächst als ganz einfach erschienen war, nämlich den Schatz zu finden und wieder in ihre eigene Zeit zurückzukehren, hatte nun riesige Ausmaße angenommen. Jetzt, wo sie die Größe der Burg gesehen hatte, wußte sie, daß sie Tage, wenn nicht Wochen benötigen würde, um sie gründlich zu durchsuchen. Während dieser Zeit konnte sie sich unmöglich ständig versteckt halten. Entweder sie würde sich auf Nialls Hilfe verlassen – kein sehr aussichtsreiches Unterfangen –, oder sie brauchte irgendeinen Vorwand für ihre Anwesenheit auf der Burg. Und dafür brauchte sie wiederum Nialls Genehmigung. Sie mußte Niall noch einmal sehen. Über diese Aussicht war sie zwar nicht glücklich, aber sie hatte während des letzten Jahres schon ganz andere Dinge bewältigen müssen. Was war schon eine Demütigung gegenüber der Tatsache, daß sie der Ermordung sowohl ihres Mannes als auch ihres Bruders hatte zusehen müssen und dann selbst wie ein Tier gejagt worden war?

Sie war unendlich müde. Jetzt, wo sie etwas gegessen

hatte, war sie so müde, daß sie die Augen nicht mehr offenhalten konnte. Sie schob sich die schwere Rupfentasche in ihren Nacken und machte es sich bequem. Innerhalb weniger Augenblicke war sie eingeschlafen.

Nachdem er die Aufmerksamkeiten von sowohl Jean als auch Fenella, einem wollüstigen Serviermädchen, abgewehrt hatte, stieg Niall die Treppen auf der Außenseite des Turms zu seiner Kammer hoch. Er war äußerst schlechter Laune. Er sehnte sich nach einer Frau, allerdings nicht nach einer, die wie Fenella ihre weiblichen Reize überbetonte. Noch nicht einmal Jean konnte ihn reizen, obwohl sie die letzten Monate seine liebste, wenn auch nicht alleinige Bettgenossin geworden war.

»Verdammt soll sie sein, die Hexe!« Wild fluchend schlug er die Kammertür hinter sich zu. Er ging auf den Tisch zu, hob die Flasche Wein an, dann knallte er sie ungeöffnet wieder auf die Tischplatte. Er wollte keinen Wein, er hatte bereits zum Essen Wein getrunken. Das, wonach ihm wirklich verlangte, hatte er Huwes brutaler Aufmerksamkeit überlassen.

Ob nun Hexe oder Spionin, er hätte sie mitnehmen sollen. Dann würde er jetzt wenigstens nicht diesen nagenden Zweifel verspüren, diese heftige Lust, die sich mit anderen Frauen nicht stillen ließ.

Er spürte sie immer noch in seinen Armen und an seinem Körper. Noch nie hatte eine Frau so heftig reagiert, wie sie es getan hatte, so vollständig und rückhaltlos. Ihr Körper hatte sich an ihn gedrängt, als ob sie einzig für ihn gemacht worden sei. Sie hatte sich wie ein zärtliches Feuer angefühlt, und er wollte dieses Feuer wieder spüren. Er wollte mehr. Er wollte tief in sie eindringen und dort verharren, während sie ihn mit Armen und Beinen umschlang und ihre Hüften gegen ihn aufbäumte. Er stöhnte. Das hatte er alles bereits in seinen Träumen, ihren gemeinsamen Träumen, mit ihr gemacht. Als er dann aber endlich hätte Hand an sie legen können, hatte er sie dummerweise zurückgelassen. Er war so wütend darüber gewesen, sie bei den Kerlen des Hayclans zu finden, daß er sofort geglaubt hatte, sie sei mit ihnen verbandelt und würde ihn ausspionieren wollen. Das Gefühl, betrogen worden zu sein, hatte ihn rasend gemacht.

Als er später seine Männer gefunden und weit genug von dem Hayclan entfernt gewesen war, hatte sich seine Vernunft wieder gemeldet. Sie war keine Hay, ein einziger Blick bestätigte ihm das. Er hätte den Grund ihres Auftauchens und wo sie herkam herausfinden sollen. Sie hatte ihm gesagt, sie hieße Grace St. John. Es war ein Name, den er nicht gerne wiederholte, schien er sich doch über den Verlust seines Glaubens geradezu zu mokieren. Ihre Kleidung war ungewöhnlich fein und ihr Akzent merkwürdig gewesen. Sie sprach Latein. Allein diese Tatsache löste Alarm bei ihm aus. Warum sollte eine Frau die Sprache der Kirche beherrschen?

Es war spät geworden, während er unten gesessen hatte. Er hatte vergeblich versucht, sich für eine der Frauen dort zu begeistern. Er rannte in seiner Kammer auf und ab und dachte an ihre klaren blauen Augen und die Masse dunkelglänzender Haare. Ihr Duft war so süß wie im Traum gewesen, und ihr Mund… er schloß die Augen und flüsterte etwas Belangloses, während er sich der Vorstellung nicht erwehren konnte, wie ihr Mund seinen Körper nach unten glitt und sich über seinen Schaft senkte. Sein Körper reagierte augenblicklich.

Wütend riß er sich die Kleider vom Leib. Seine Erektion war schmerzlich groß. Er brauchte nur die Tür zu öffnen und eine oder auch zwei der Frauen zu rufen, und er könnte sich erleichtern. Aber er öffnete nicht die Tür, sondern rannte weiter auf und ab und fragte sich, was mit ihr geschehen war. Immerhin hatte sie ihm zur Flucht verholfen.

Hatte irgend jemand sie dabei beobachtet? Ursprünglich hatte er seine Befreiung als eine Falle betrachtet, obwohl das widersinnig war, denn Huwe hätte ihn ohnehin jederzeit umbringen können. Möglicherweise hatte er etwas übersehen. Aber dann war ihm nichts geschehen, und er hatte schon bald seine Männer gefunden. Was war mit ihr passiert? Huwe benahm sich bereits unter normalen Umständen Frauen gegenüber nicht gerade zuvorkommend. Wenn er jedoch erführe, daß sie Niall befreit hatte, würde er sie umbringen.

Selbst wenn niemand sie bei der Befreiung beobachtet hätte, so hätte Huwe sie mittlerweile in sein Bett gezerrt und sie hart rangenommen. Niall knirschte mit den Zähnen. Die Vorstellung, wie dieser zarte Körper unter Huwe lag, machte ihn rasend. Er würde seine Männer nehmen und zur Burg der Hays reiten, er würde sie aus diesem Schweinestall befreien und für sie sorgen, er würde ihr Vertrauen langsam zurückgewinnen, sie würde sich ihm gegenüber wieder öffnen…

Leise knarrend öffnete sich die Tür. Niall wirbelte herum und zückte automatisch sein Schwert. Die Frau hatte er augenblicklich verdrängt, als er sich auf seinen bloßen Füßen austarierte und das tödliche Schwert schwang. Klare blaue Augen blickten durch den Türschlitz. Sie riß sie weit auf, als sie den nackten, sein Schwert schwingenden Kämpfer auf sich zurasen sah, aber sie schrie nicht. Statt dessen duckte sie sich ab und ließ sich auf den Boden fallen. In der allerletzten Sekunde verpaßte Niall sein Ziel, und die Klinge fraß sich tief in die Türkante, wo eben noch ihr Kopf gewesen war.

Niall fluchte in jeder Sprache, die er beherrschte, während er die Klinge befreite, sich bückte, ihren Arm ergriff und sie hinter sich in die Kammer zog. Ihr stockte der Atem, dann drehte sie sich in seinem Griff und stieß die Beine gerade heraus. Einer ihrer zarten Füße trat gegen sein Fußgelenk, der andere traf sein Knie, und er fiel auf den Rücken. Sein

Körper reagierte jedoch noch, bevor er den Boden berührt hatte. Er duckte sich, rollte ab und kam mit einem Purzelbaum geschmeidig wieder in perfektem Gleichgewicht und mit gezücktem Schwert auf die Beine.

Sie saß immer noch ihn anstarrend auf dem Boden. Ihr Kleid war ihr über die Knie hochgerutscht. Er sah sie einen Augenblick lang an, dann ging er langsam zum Tisch und legte sein Schwert darauf ab. Mit ruhigen Bewegungen band er sich das Karotuch um die Hüften und wandte sich ihr wieder zu.

Sie hatte sich nicht bewegt. Ihr Blick kreuzte seinen. Tief befriedigt registrierte er, worauf ihr Blick geruht hatte.

»Wenn du meinen Arsch sehen wolltest, Mädchen, dann hättest du doch nur fragen müssen«, sagte er mit relativ freundlicher Stimme, wenn man seine Wut darüber bedachte, daß er sie fast umgebracht hatte und er sie am liebsten durchgeschüttelt hätte. Er kam auf sie zu, schloß über ihren Kopf hinweg den Türriegel, dann hob er sie auf die Füße und stellte sich vor sie hin. »So, und jetzt erzähle mir mal, wie im Himmel du hier hereingekommen bist.«

»Ich habe ein Pferd gestohlen und bin hierhergeritten«, erwiderte sie mit erhobenem Kinn.

Seine Augenbrauen schossen in die Höhe. »Du kannst also nicht nur lateinisch sprechen, sondern englisch auch. Was kannst du denn sonst noch alles?«

»Französisch«, erwiderte sie schnell. »Und Griechisch.«

»Dann können wir uns ja in jeder dieser Sprachen unterhalten«, bemerkte er auf französisch, als ob er sie prüfen wollte. »Unter diesen Voraussetzungen sollte es eigentlich zu keinerlei Mißverständnissen zwischen uns kommen.«

»Nein, sollte es nicht«, erwiderte sie in derselben Sprache.

Er fiel wieder ins Englische zurück. »Vielleicht würdest du mir dann mal erzählen, wie du meine Wachposten umgangen hast und bis in meine Bettkammer vorgedrungen bist?«

Sie richtete sich auf und blickte ihm fest in die Augen, als ob er nicht gute dreißig Zentimeter größer und leicht doppelt soviel wiegen würde wie sie. »Ich habe dich aus Huwes Verlies befreit«, stellte sie sachlich fest. »Ich bin alleine, und ich habe kein Zuhause. Ich bin hierhergekommen, um bei dir Schutz zu suchen.«

»Aha«, entgegnete er leise. »Du hast mir die Gründe genannt, aber ich habe dich nach der Art und Weise befragt.«

»Ich bin mit den Huren zusammen hereingekommen, dann habe ich mich versteckt.«

Er biß die Zähne aufeinander. »Und keiner hat dich bemerkt? Keiner hat dich gefragt, warum du hier hereinmöchtest?«

»Wie gesagt, ich bin mit den Huren gekommen, der Grund meiner Anwesenheit war also ziemlich offensichtlich, was man ja auch an der Art meiner Kleidung sehen konnte.« Sie deutete auf ihr dünnes Baumwollkleid, dessen Bänder gelöst waren und unter dem man den dunklen Schatten ihrer kleinen Knospen sehen konnte. Ihr Haar floß glänzend ihren Rücken bis zu den Hüften hinunter.

Trotz ihres provokanten Aufzugs hätte sie wohl niemand mit Augen im Kopf als Hure eingeschätzt. Sie sah einfach nicht so aus. Ihre Haut war zu zart, ihre Hände weich und gepflegt. Nichts an ihrer Sprechweise oder ihren Manieren hatte etwas Vulgäres. Er erinnerte sich an ihre heftige körperliche Reaktion auf ihn und glaubte, daß sie wohl eher sehr geliebt, denn benutzt worden war. In jener Nacht in dem Verlies war ihr Blick erregt und eindeutig gewesen. Heute abend war sie trotz der Blicke auf seine Nacktheit vorsichtig und abwehrend.

Er betrachtete die Schatten um ihre Augen und fragte sich, was sie ungesagt gelassen hatte. Sie wollte ihn einfach nur um seinen Schutz ersuchen? Nein. Seit Monaten hatte sie ihn beobachtet, seine Gefangennahme provoziert und ihn dann auch noch aus dem Verlies befreit. Es mußte einen tieferen Grund für ihre Anwesenheit geben. Er durfte das Risiko nicht eingehen, ihr zu vertrauen.

Sein Unterleib pulsierte. Er wollte sie auf sein Bett werfen und sich in ihr versenken. Er wollte es so sehr, daß sein Magen sich verkrampfte. Er wußte, wie es sich anfühlte. Er kannte das Gefühl, wenn sie unter ihm lag und wie sie leise stöhnte, wenn er Stück für Stück in sie eindrang. Er erinnerte sich an seine Träume, jetzt wollte er sie auch leibhaftig besitzen.

Aber gerade, weil er sie so heftig begehrte, durfte seine Wachsamkeit nicht nachlassen.

Er entriegelte die Tür und rief nach Sim. Sein Blick ruhte auf ihr, während die Burg zum Leben erwachte und Schritte die Treppe heraufrannten. Sim langte keuchend und mit erhobenem Schwert oben an. Hinter ihm folgten noch weitere zehn Männer.

»Ja?« Sim rang nach Atem. Erleichtert stellte er fest, daß Niall offenbar ruhig und unverletzt war.

Niall öffnete die Tür etwas weiter, damit sie die Frau in seiner Kammer sehen konnten. »Legt sie in eine Bettkammer und stellt zwei Wachposten vor ihre Tür. Wenn ihr sie schon nicht aus der Burg halten könnt, vielleicht könnt ihr sie dann wenigstens hier drin behalten.«

Sim starrte sie an. »Was …?« Dann fügte er sich und griff nach ihrem Arm.

»Paßt auf ihre Füße auf«, mahnte Niall und trat zur Seite, damit Sim sie aus der Kammer führen konnte. Sie folgte ihm widerstandslos, warf Niall jedoch einen intensiven, ruhigen Blick über die Schulter hinweg zu. Die Wachposten stießen sie in eine kleine Kammer direkt neben seiner und schlossen sie ein. Dann nahmen zwei von ihnen ihren Posten vor der Tür ein.

Die Kammer war kalt und dunkel. Die einzige Lichtquelle war ein wenig Sternenlicht, das durch das enge Fenster eindrang. Grace suchte nach einer Kerze und einem Zündholz, fand aber nichts. Wenn sie ihre Tasche dabei hätte, könnte sie ein Streichholz anzünden und sich kurz umsehen. Aber sie hatte es für sicherer gehalten, ihre Tasche gut zu verstecken.

Das Zimmer war unmöbliert. Noch nicht einmal Stroh war auf dem Boden verteilt. Sie bekam eine Gänsehaut und schlang ihre Arme um sich.

Plötzlich wurde die Tür aufgerissen und knallte gegen die Wand. Einer der Wachposten übergab ihr eine brennende Kerze und eine dicke Wolldecke. Wortlos schloß er wieder die Tür und drehte das Schloß um.

Sie ließ die Decke auf den Boden fallen und schützte vorsichtig die Flamme, als sie sie ebenfalls auf dem Boden absetzte. Sie blickte sich um. Die Kammer war klein und leer, aber das hatte sie schon vorher herausgefunden.

Immerhin hatte sie eine Kerze und außerdem eine Decke, die sie warmhalten würde. Sie war in Creag Dhu. Seufzend wickelte sie sich in die Decke ein und legte sich auf den harten Boden. Es hätte weiß Gott schlimmer um sie bestellt sein können.

22

Am nächsten Morgen wachte Grace auf, als sich ein Schlüssel in ihrem Türschloß drehte. Sie setzte sich in ihrem Nest aus Karodecken auf und strich sich die Haare aus der Stirn. Fast die ganze Nacht über hatte sie gedöst, bis sie schließlich gegen Morgen, von der Müdigkeit übermannt, eingeschlafen war. Niall stand mit ausdruckslosem Gesicht in der Tür, und sie stand auf. Ihr schmerzte jeder Muskel, ganz besonders aber wollten ihre Beine ihr einfach nicht gehorchen.

»Komm mit mir«, sagte er und streckte ihr seine Hand entgegen. Sie humpelte zur Tür. Wenn er doch diese Worte in jener Nacht in Huwes Verlies zu ihr gesagt hätte, dann würde ihr jetzt nicht ihr ganzer Körper weh tun.

Er legte seine große warme Hand auf ihren unteren Rücken und führte sie in seine Kammer. Ein Feuer brannte im Kamin und vertrieb die morgendliche Kälte. Eine große, mit dampfendem Wasser gefüllte Holzbütte stand vor dem Kamin.

»Für dich«, sagte er und zeigte auf die Bütte. »Obwohl du mir gestern abend die Füße weggeschlagen hast, scheinst du heute nur langsam laufen zu können. Dir tut wahrscheinlich das Hinterteil weh.«

Sie atmete tief ein und starrte das wunderbare heiße Wasser an. »So ist es«, erwiderte sie.

»Dann steig in das Wasser, ehe es kalt wird.«

Er löste den Schal von ihrer Taille. Grace schlug ihm auf die Finger und trat einen Schritt zurück. »Ausziehen kann ich mich alleine«, fauchte sie. »Aber ich werde es nicht tun, solange du im Zimmer bist.«

Seine ausdrucksvollen schwarzen Augenbrauen schossen in die Höhe. »Du hast mich doch auch nackt gesehen«, bemerkte er. »Und schließlich ist es ja nicht so, daß es keinerlei Intimitäten zwischen uns gäbe.«

Sie errötete. Sein erhobenes Schwert hatte sie letzte Nacht vor dem Gefühl der Peinlichkeit bewahrt, jetzt aber erinnerte er sie daran. »Das war ein Fehler«, murmelte sie tonlos. »Es soll nicht wieder vorkommen.«

»Der Meinung bin ich allerdings nicht«, widersprach er leise und ließ seinen Blick über ihren Körper gleiten. Sie merkte, wie dünn ihr Kleid war und wandte sich noch mehr errötend von ihm ab. Er lachte. Sie hatte ihn nicht kommen gehört, aber plötzlich stand er so nah hinter ihr, daß sie die Hitze seines Körpers spürte. Mit der Fingerspitze strich er sanft über ihren Nacken und ihr Kinn.

»Ich werde dich zum Baden allein lassen«, murmelte er. »Dann wird dir Alice etwas Haferbrei bringen, und danach reden wir.«

Grace schauderte, als er die Kammer verließ. Die ersten beiden Dinge klangen sehr verlockend, aber seine letzte Bemerkung erschreckte sie. Reden? Seine Stimme und seine Berührungen waren verführerisch gewesen, als er so nah bei ihr gestanden hatte. Was auch immer der Grund gewesen sein mochte, warum er sie gestern abend nicht mit in sein Bett genommen hatte – Wut, Überraschung, Mißtrauen –, heute morgen jedenfalls schienen diese Gründe nicht mehr ins Gewicht zu fallen.

Er begehrte sie. Bei dem Gedanken wurden ihr die Knie weich. Schnell entkleidete sie sich und glitt in das heiße Wasser. Sie stöhnte, als die Hitze ihre malträtierten Muskeln umspülte. Hinter all seinen Fragen schlummerte die Erotik, die sie in all den miteinander erlebten Träumen aufgebaut hatten. Während seines umwerfenden Kusses war er ganz und gar erregt gewesen. Er hatte genau dieselben Erinnerungen an diese Träume wie sie. So wie sie das Gefühl kannte, unter ihm zu liegen, so kannte er das Gefühl, sie zu besteigen. Yin und Yang. Sie kannte das Drängen, woraufhin sie sich um seine Erektion dehnte. Er kannte das heiße, feuchte und pulsierende Innere. Sie kannte die fordernde Härte seiner Hände, er die Weichheit ihrer Brüste.

Wie sollte sie dem widerstehen können? Um Fords willen, wie in aller Welt sollte sie sich dem etwa nicht hingeben?

Sie lenkte sich durch intensive Körperpflege ab, wusch erst ihr Haar und dann ihren Körper. Als sie beinahe fertig war, wurde die Tür geöffnet und eine kräftige, grauhaarige

Frau kam mit einer Holzplatte herein, auf der sich eine zugedeckte Schüssel, ein Löffel und eine Tasse befanden.

»Was für Haare!« rief sie aus und eilte zum Tisch, um die Platte abzusetzen. Sie nahm einen Wasserkrug und stellte sich neben die Bütte. »Ich heiße Alice. Ich mache den Haushalt für Lord Niall. Steh auf, Mädchen, so daß ich dich mit sauberem Wasser übergießen kann.«

Grace fühlte, wie sie erneut errötete, stand aber dennoch aus dem verhüllenden Wasser auf. Alice goß ihr Wasser über den Kopf und spülte so auch noch den letzten Rest Seife fort. Dann gab sie Grace ein Stück Leinen zum Abtrocknen und noch ein zweites, um es sich um den Kopf zu wickeln.

Alice schnalzte mißbilligend mit der Zunge. »Du mußt aber etwas Fleisch auf die Rippen bekommen, Mädchen. Jetzt, wo du hier bist, werde ich dich füttern. Aber setz dich erst einmal, solange der Haferbrei noch heiß ist.«

In ein Leinentuch gewickelt, setzte sich Grace auf die Bank und begann, den Haferbrei zu löffeln. Er schmeckte ganz anders als der, den sie zuvor gegessen hatte. Dieser hier war mit Butter und Milch verfeinert und schmeckte leicht salzig. Sie aß ihn ganz auf, dann trank sie das Wasser aus der Tasse. »Das hat gut geschmeckt.« Sie seufzte. Nach einer einjährigen Pause schien sich ihr Appetit erneut zu regen.

Alice hatte still neben Grace gesessen, aber jetzt sprang sie auf. Wenig später war Grace in ein weiches Leinenleibchen gehüllt, weiter geschnitten als ihr vorheriges Unterkleid und mit kurzen Ärmeln. Dann warf ihr Alice ein einfaches braunes Überkleid über den Kopf. Sie bekam saubere Socken, dazu schlechtsitzende Schuhe, die man sowohl am linken als auch am rechten Fuß anziehen konnte. Ihre handgenähten Mokassins hatte man bereits zur Reinigung beiseite gestellt. Dann machte sich Alice an Graces Haaren zu schaffen. Sie ließ sie auf der Bank vor dem Feuer Platz nehmen und fuhr mit einem Kamm langsam durch die feuchten Strähnen. »Wie heißt du denn, Mädchen?« fragte sie freundlich.

»Grace.« Das Gefühl des Kamms in ihrem Haar beruhigte sie, und ihr wären beinahe die Augen zugefallen.

»Du hast wunderschönes Haar, so dick und glänzend und weich. Aber es dauert lange, bis es trocken ist, nicht wahr?«

»Manchmal flechte ich es zu einem Zopf, solange es noch naß ist«, erwiderte Grace.

Die Tür hinter ihr wurde geöffnet, und sie erkannte den Klang der Stiefel. »Ich mache das weiter, Alice«, sagte Niall und nahm ihr den Kamm aus der Hand. Alice sammelte die feuchten Leinentücher ein und verschwand mit der Holzplatte.

»Dreh dich um«, befahl Niall. Grace gehorchte, so daß das Feuer sie jetzt von der anderen Seite wärmte. Er konnte ebensogut mit dem Kamm umgehen wie Alice. Er schob seinen muskulösen Unterarm unter ihren Haaransatz und hob die Mähne hoch, so daß das Feuer sie gleichmäßig trocknen konnte.

Als er das Zimmer betreten hatte, hatte ihr Herz schneller geschlagen. Obwohl er gelassen ihre Haare kämmte, war doch der einschläfernde Effekt dieses Kämmens gänzlich verschwunden. Statt dessen hatte sie wieder das Gefühl der Überempfindlichkeit. Ihre angespannte Haut prickelte.

Panik krampfte ihr den Magen zusammen. Sie hatte sich gegen eine heftige Verführungsszene gewappnet, seinen Zärtlichkeiten zu widerstehen war jedoch viel schwieriger.

»Gestern hast du in der Küche um etwas zu essen gebeten«, begann Niall die Unterhaltung. »Du warst vor Hunger schon ganz schwach, weil du seit zwei Tagen nichts gegessen hattest. Dann bist du verschwunden, und über Stunden hat dich keiner mehr gesehen. Schließlich bist du an meiner Kammer aufgetaucht. Wo bist du gewesen?«

»Ich habe dir gestern abend schon gesagt, daß ich mich

versteckt hatte und dort eingeschlafen bin«, erwiderte sie ebenso ruhig wie er.

»Wo hast du dich versteckt?«

»In einer Nische.« Sie sah ihn über ihre Schulter hinweg an. »Oder glaubst du etwa, daß ich mich in eine Fledermaus verwandelt und mich auf deinen Glockenturm gesetzt habe?«

»In Creag Dhu gibt es keinen Glockenturm«, erwiderte er belustigt. »Wo bist du denn die zwei Tage gewesen, wenn du schon kurz nach mir die Hayburg verlassen hast? Warum bist du hierher gekommen? Creag Dhu ist etwas für gebrochene Männer und für Gesetzlose, aber nicht für wunderschöne Mädchen mit zarten Händen.«

»Die Flucht ist mir nicht sofort gelungen«, erklärte Grace. »Ich mußte mich mehrere Stunden lang in einer Kornkammer verstecken, bis alle wieder zu Bett gegangen waren. Ich habe ein Pferd gestohlen, aber dann war es nebelig... und ich habe mich verirrt.« Sie drehte sich um und blickte ihn böse an. »Wenn du mich nicht zurückgelassen hättest, dann hätte ich mich nicht verirren müssen.«

»Bleib ruhig sitzen«, befahl er und drehte sie wieder zurück. »Du rupfst sonst nur an deinen Haaren.« Erneut fuhr er mit dem Kamm durch ihr Haar. »Wegen ebender Frage, die ich gerade gestellt habe, habe ich dich nicht mitgenommen. Du hast sie immer noch nicht beantwortet. Warum bist du *hierher* gekommen? Gestern abend sagtest du, es sei wegen etwas zu essen und einem Dach über dem Kopf. Aber als du dann hier warst, hast du nichts dergleichen von mir verlangt.«

Schweigend suchte sie nach einer einsichtigen Erklärung. Mit ihren Träumen konnte sie es nicht begründen, denn diese waren meist zu sexueller Natur, und sie hatte ihn vor noch nicht einmal zwei Stunden zurückgewiesen.

»Außerdem hättest du auch woanders Unterschlupf finden können und nicht erst zwei Tage lang reiten müssen, falls es wirklich das gewesen wäre, was du gesucht hast. Als du dann hier angekommen bist, hättest du einfach nur nach mir fragen müssen, anstatt dich in die Burg zu schmuggeln. Solltest du befürchtet haben, daß ich dich zurückweise, dann ist dein Erscheinen hier nicht sonderlich logisch. Ich habe immer noch dieselbe Frage: warum Creag Dhu?«

Er war ausdauernd, und er hatte keinen Fehler in der Logik ihrer Begründung übersehen. Sie war zwar nicht in dem Glauben in diese Zeit gereist, daß hier alle unwissende Barbaren seien, aber sie war doch von der Art und Weise seiner Argumentationskette beeindruckt. Niall kam keinen Deut ins Hintertreffen. Sie dagegen war über ihre eigene Handlungsweise gestolpert. Er hatte recht: einfach an das Tor zu klopfen und nach ihm zu verlangen hätte viel weniger Argwohn ausgelöst. Sie senkte den Kopf und betrachtete ihre auf dem Schoß gefalteten Hände. Sie drehte an ihrem Ehering und versuchte, dieses eine Mal Ford vor ihrem geistigen Auge auferstehen zu lassen. In diesem Moment, vor dem Feuer sitzend und mit Nialls Händen in ihrem Haar, brauchte sie seinen Beistand. Aber es fiel ihr schwer, sich zu konzentrieren, und sie konnte die Einzelheiten nicht zu einem Ganzen fügen.

»Es war mir alles unglaublich peinlich«, stieß sie hervor.

Der Kamm hielt inne. »Tatsächlich?« murmelte er mit tiefer Stimme. Er ließ seine Hand an ihrem Hals entlang unter ihr Haar gleiten, und sie zuckte überrascht zusammen. Er murmelte etwas Beschwichtigendes auf gälisch, während sein Daumen ihren Nacken rieb. »Weil ich dir in dem Verlies Vergnügen bereitet habe? Ich gebe zu, mich hat es anfangs auch etwas überrascht, aber dann hatte ich viel Freude dabei. Ein Mann liebt es, wenn ein Mädchen in seinen Armen zittert und stöhnt.«

Sie bebte jetzt, sowohl als Reaktion auf seinen Daumen in

ihrem Nacken als auch wegen der Erinnerung. Er bewegte seinen Daumen nur ein ganz klein wenig, so daß er lediglich den sehnigen Übergang zwischen Hals und Schulter massierte. Sie unterdrückte ein Stöhnen. Verlangen flutete in ihren Bauch und zwischen ihre Beine, und ihre Brüste spannten sich an. Der Mann, der sich der Empfindlichkeit eines Frauenhalses bewußt war, konnte ihr wirklich gefährlich werden, denn dort konnte eine Berührung wie ein elektrischer Schlag wirken. Niall wußte nur zu gut, was er tat.

Sie versuchte, normal zu atmen, aber ihr Atem kam keuchend. »Ich habe nicht… ich meine, es war doch nur… wir haben uns doch eben erst kennengelernt!«

Er lachte ein tiefes, weiches, sehr selbstsicheres männliches Lachen. »Das stimmt doch nicht. Du warst schon sehr oft in meinem Bett.«

Sie versuchte etwas Ernsthaftigkeit in ihre Stimme zu bringen. »Das waren doch Träume, nicht die Wirklichkeit.«

»Tatsächlich? Wenn ich in dem Moment aufwache, wenn mein Samen aus mir herausspritzt, dann kommt mir das aber sehr wirklich vor«, meinte er schmunzelnd.

Ihr Körper war unvermittelt von glühendem Verlangen erfüllt. Sie wollte ihn in sich eindringen fühlen, sie wollte diesen mächtigen Körper rasen und erschauern sehen, während sie ihn an sich drückte und sein Gesicht beobachtete.

»Der Gedanke gefällt dir doch, nicht wahr? Deine kleinen Knöspchen sind so steif wie Beeren.«

Daß sie nicht allein so erregt war, erkannte sie an seiner schleppenden, belegten Stimme. Sie schloß für einen Augenblick die Augen. Nur noch ihrer beider beschleunigter Atem war zu hören.

Der Kamm fiel auf den Boden, als er über die Bank stieg und sich vor sie stellte. Seine Hände glitten ihre Arme herunter, als er sie auf die Füße hob. Sie starrte auf den Pulsschlag an seinem Hals.

»Komm, leg dich zu mir ins Bett«, murmelte er und streichelte ihr über den Rücken. Jedes Streicheln brachte sie ihm näher und näher. Ihre Knospen richteten sich erwartungsvoll auf. Näher... ihre Körper berührten sich, und sie schluckte schwer.

»Nein, ich...« Ihre Abwehr verlor sich, als er seine Arme um sie legte und etwas anhob, so daß sie noch enger an ihn gedrückt wurde.

»Ich werde dir nicht weh tun.« Sein heißer Atem hauchte ihr ins Ohr, als er erst an ihrem Ohrläppchen knabberte und sie dann hinter dem Ohr leckte.

Das würde er wahrscheinlich trotzdem tun, wenn auch nicht absichtlich. Sie hatte ihn nackt gesehen, außerdem hatte sie ihn in ihren Träumen gefühlt. Nicht nur allein sein Körper war groß. Dennoch merkte sie beschämt, daß sie derartige Intimitäten überhaupt nicht abwehren wollte.

Ihre Hände preßten sich flach gegen seine Brust. Sie mußte sie zu Fäusten ballen, um sie nicht um seinen Hals zu schlingen. Sich soweit hinzugeben wäre ein Schritt zuviel, obwohl sie beide bereits bebten vor Lust. Erstaunt bemerkte sie das Zittern seines kräftigen Körpers, spürte sein heftiges, wenn auch unterdrücktes Verlangen.

»Mädchen...« Seine Lippen berührten ihr Kinn und setzten kleine Küsse ihren Kiefer entlang. Seine Hände kannten keinerlei Grenzen, er hob sie an und preßte sie noch dichter an sich. Seine Erektion drängte sich zwischen ihre Schenkel.

Ford.

Verzweifelt wand sich Grace und floh hinter den Tisch. Der bot nur eine armselige Abwehr, und er hätte sie mit einer Hand beiseite räumen können, wenn er das gewollt hätte. Doch sie wußte, daß er sie nicht zwingen würde. Sie mit seiner hinreißenden Technik abwechselnder Zärtlichkeit und Heftigkeit zu verführen, das konnte er aber sehr wohl.

Er gehörte zu jenen Männern, die Gewalt weder als notwendig noch als wünschenswert empfanden.

Er stand vollkommen regungslos und beobachtete sie unter seinen schweren Lidern.

Sie rang ihre Hände und drehte ihren Ehering nervös herum. Das kleine Symbol erinnerte sie sowohl an ihre Treue als auch an ihre Untreue. Der Ring saß mittlerweile so lose, daß sie ihn zu verlieren drohte. Also hatte sie die Angewohnheit entwickelt, ständig nachzusehen, ob er noch an seinem Platz war.

Er wartete immer noch.

»Ich bin Witwe«, sagte sie, die Worte herausstoßend. Ihre Kehle war wie zugeschnürt, und sie schluckte. »Mein Mann war der einzige Mann, mit dem ich jemals ...« Sie hielt inne, sie konnte nichts mehr hervorbringen. Sie mußte es auch gar nicht.

»Du hast ihn wohl sehr geliebt?«

Wieder schluckte sie angesichts seiner schnellen Auffassungsgabe. »Ja, das tue ich.« Die Worte waren kaum zu vernehmen.

Er kam um den Tisch herum. Sie blieb stehen und widerstand dem Impuls zu fliehen. Niall nahm ihr Gesicht zwischen seine Hände. Auf seinen wohlgeformten Lippen lag ein leises Lächeln, seine Augen verrieten ihr, daß er sie verstand. »Es ist also neu für dich, einen anderen Mann zu begehren. Du empfindest es als Untreue ihm gegenüber, daß dein Körper, den nur er gekannt hat, nun an meiner Seite in Wallung gerät.«

»Ja, so ist es«, flüsterte sie.

»Und doch bist du hierhergekommen, obwohl du wußtest, wie es um uns stand. Dein Körper ist bereit. Deine Seele wird wohl noch etwas Zeit brauchen.« Er beugte sich zu ihr herab und küßte ihre Stirn. »Ich werde dich nicht zwingen, Mädchen, aber ich werde dich nicht lange alleine schlafen lassen. Du wirst meine Küsse und meine Berührungen kennenlernen, während sich deine Gedanken beruhigen.«

Sie erwartete, daß er sie jetzt küssen würde. Ihre Lippen öffneten sich bereits in Erwartung seines wilden, ungezügelten Drucks. Statt dessen ließ er seine Hand fallen und ging mit dem aufrechten und eleganten Gang eines Tänzers auf die Tür zu. »Ich würde gerne glauben, daß du meinetwegen und wegen unserer beider Verlangen nach Creag Dhu gekommen bist.« Er sprach jetzt auf englisch, sein schleppender schottischer Akzent war vollkommen weggefegt. »Aber weder Dankbarkeit noch Lust machen mich blind. Solange ich den wahren Grund deiner Anwesenheit hier nicht kenne, werde ich dich nicht frei auf meiner Burg herumlaufen lassen. Jemand wird dich jede Sekunde des Tages begleiten. Und nachts wirst du entweder in deiner Kammer schlafen...« Er hielt inne, und seine schwarzen Augen funkelten. »Oder aber in meiner.«

23

Nachforschungen zu betreiben war schier unmöglich. Außer beim Ankleiden war Alice den ganzen Tag um sie herum. Grace jedoch wollte Nialls Mißtrauen nicht noch verstärken, folgte also Alice willig und hörte dem schottischen und gelegentlich gälischem Geplauder zu. Nach und nach konnte sie die Betonung einiger Worte erkennen, die sie lediglich vom Schriftbild her kannte. Der Vorteil von Alices Gesellschaft war der, daß deren Aufgaben sie durch die gesamte Burg führten. Ohne herumschleichen zu müssen, kannte Grace bald alle Zimmer. Sie versuchte sich auszumalen, wo das sicherste Versteck für den Schatz sein mochte. Es gab auch auf Creag Dhu ein Verlies, ein viel größeres als auf der Hayburg, aber das schien ein so offensichtlicher Ort zu sein, daß ihn Grace für wenig wahrscheinlich hielt. Dennoch hätte sie das Verlies gerne einmal gesehen, konnte Alice danach aber nicht fragen.

Der Weinkeller wäre noch eine Möglichkeit gewesen, er war dunkel und kühl, mit Truhen und Regalen, die ein Versteck gut kaschieren würden.

»Gibt es irgendeinen Fluchtweg, falls die Burg angegriffen werden sollte?«

»O ja«, erwiderte Alice bereitwillig. »Ein Tunnel geht bis zum Meer hinunter, falls es einmal nötig sein sollte. Aber meiner Meinung nach ist es in der Burg sicherer als draußen. Lord Niall hat die beste Abwehr in ganz Schottland«, prahlte sie. »Wir könnten eine Belagerung ein Jahr lang oder vielleicht sogar noch länger aushalten.«

Während sie Alice begleitete, erstaunte es Grace, wie selbstverständlich ihr alles hier erschien. Natürlich hatte sie den Vorteil ihrer Kenntnis der mittelalterlichen Sprachen und ihrer Kultur, so daß sie zumindest über den Lebensstil informiert war. Aber noch nicht einmal nach dem ersten Erwachen hier hatte sie ein Gefühl der Fremdheit verspürt. Ihr Bewußtsein schien sich nahtlos ihrer neuen Umgebung anzupassen. Natürlich mußte Fleisch hier eingepökelt werden, die Milch wurde zu Butter geschlagen und Kräuter legte man auf dem Reisigboden aus, damit sie auch weiterhin ihren Geschmack behielten. Ihre Geschmacksnerven hatten sich schnell an die einfachen, nur wenig gewürzten Speisen gewöhnt. Als Alice sich mit Nadel und Faden setzte, um ein löchriges Laken zu stopfen, dachte Grace noch nicht einmal mehr daran, wieviel bequemer es wäre, in einem Kaufhaus neue Laken zu kaufen, als die alten zu stopfen. Statt dessen bemühte sie sich, möglichst kleine und feine Stiche zu nähen.

Mit der Wahl ihrer Kleidung hatte sie einen Fehler begangen. Baumwolle würde erst viel später auf den Markt kommen, und Samt war ein Privileg der Königshäuser. Kein Wunder, daß Huwe von ihrem Samtumhang derart begeistert gewesen war! Er hatte sie vermutlich für eine ausländische Prinzessin gehalten und eine riesige Lösegeldsumme erwartet. Immerhin war ihr Baumwollkleid ungebleicht und der Stoff nicht veredelt, so daß sie keinen reichen Eindruck machte. Grace kam offensichtlich nicht aus Schottland, aber ihr Kleid hatte keinerlei Mißtrauen bei Alice oder bei der Waschfrau ausgelöst. Den Samtmantel würde sie jedoch weiterhin verbergen. Sie wollte eigentlich nachsehen, ob ihre Tasche immer noch sicher versteckt war, beruhigte sich aber, daß sie sonst wohl schon lange davon erfahren hätte und es besser wäre, keinerlei Aufmerksamkeit zu erregen.

Tagsüber schulte Niall seine Männer, ging auf die Jagd oder patrouillierte das Gelände um die Burg. Falls er mittags auf der Burg essen sollte, so hatte ihn Grace jedenfalls nicht gesehen. Sie hörte das Klirren der Schwerter, wollte die Männer jedoch nicht beobachten. Seinen halbentblößten, verschwitzten und muskulösen Körper zu sehen würde ihr kaum helfen, ihrem Entschluß treu zu bleiben.

Ein solch umfassendes und heftiges Verlangen hatte sie bisher nicht gekannt. Obwohl Alice sie den ganzen Tag über beschäftigt hielt, wanderten ihre Gedanken doch immer wieder zu der teuflisch erfahrenen Berührung ihres Nackens, zu seinen Küssen, zu dem seidigen Gefühl seiner Haare auf ihrem Gesicht. Er war einerseits wunderbar wild und ungezähmt, andererseits jedoch erstaunlich gebildet. Sie konnte dank ihrer Ausbildung und ihres Wissens in seiner Zeit überleben; er aber würde vermutlich auch ohne diese Vorteile, nur durch die Stärke seiner Persönlichkeit und der Kraft seines Intellekts in ihrer Zeit überleben können.

Sie versuchte, an Ford zu denken, aber er schien ihr unendlich weit entfernt. Ein Jahr war vergangen, in dem sie keines seiner Dinge hatte berühren und Tränen darüber vergießen können. Sie hatte sich nicht zugestanden, oft an ihn zu denken. Nun aber, da sie an ihn denken sollte, fiel es ihr schwer, sich sein Gesicht vor Augen zu führen und sich an seine Stimme zu erinnern.

Vor ihrer Zeitreise war es ihr leichter gefallen, geradeso, als ob der Zeitabstand ihr früheres Leben vernebelte und es ihr wie ein Traum vorkam. Dieses Leben hier erschien ihr jetzt ganz und gar wirklich. Niall war eine absolute, lebendige Tatsache, vital und dominierend. Jeder auf der Burg fügte sich seinen Wünschen und führte auf die kleinste Andeutung hin seine Anordnungen aus.

Die Männer kamen zum Abendessen zurück und störten die friedliche Betriebsamkeit mit ihrer angeberischen Männlichkeit. Man hörte Rufe, Flüche, tiefe Stimmen, das Klirren von Schwertern und Schildern, Getrampel, Hundegebell und den scharfen Geruch männlichen Schweißes. Als Niall erschien, wandten sich ihm alle Köpfe zu. Sich umblickend entdeckte er sofort Grace und nickte in Richtung seines Tisches.

Sie zögerte, aber Alice stieß sie in die Rippen. »Er möchte, daß du bei ihm sitzt«, bemerkte die alte Frau, eine Tatsache, die auch so offensichtlich genug war. »Am besten, du machst, was er sagt.«

Grace wollte sich ihm gar nicht widersetzen, aber sie schreckte vor seiner Nähe zurück. Denn nach ebendieser Nähe sehnte sie sich auch, und genau darin lag die Gefahr. Langsam ging sie durch die Halle auf den gedeckten Haupttisch zu. Niall stand erwartungsvoll neben seinem Stuhl.

Entweder hatte er seinen Kopf in eine Wassertonne gesteckt, oder aber er hatte sich die Zeit genommen, seine Haare zu waschen, denn sie fielen ihm naß und nach hinten gekämmt über die Schultern. Sein einfaches Leinenhemd war sauber, sein Karotuch war um seine schlanke Taille befestigt. Ein Messer steckte in seinem Rockbund, ein zweites in seinem rechten Stiefel. Das riesige Schwert hing in einer Lederhülle über seinem Rücken. Er nahm es ab und befestigte es über der Stuhllehne. Sogar an diesem Ort, in seiner eigenen Halle, trug er seine furchterregenden Waffen ständig bei sich.

Bei genauerem Hinsehen bemerkte Grace, daß ihm dies alle anderen Männer nachtaten. Niall hatte sie als gebrochene Männer, als Abtrünnige bezeichnet. Sie waren hartgesottene Männer, die ein hartes Leben lebten, aber dennoch Nialls Führung akzeptierten. Sie waren Verstoßene aus fast allen schottischen Clans, hier aber hatten sie ihren eigenen Clan geformt, dem Niall als nicht gewählter, aber unstrittiger Häuptling vorstand. Er hatte sie zu einer herausragenden, stolzen und disziplinierten Kampftruppe geformt. Diese Männer würden jederzeit bereitwillig für ihn sterben.

Ein kleinerer Stuhl war neben Nialls gestellt worden. Es waren die einzigen beiden Stühle, alle anderen saßen auf Bänken. Grace war sich der allseitig auf sie gerichteten neugierigen Blicke nur zu bewußt, besonders die der Männer. Die Frauen hatten sich an ihre Gegenwart gewöhnt, wenngleich manche sie eher feindselig fixierten. Niall umfaßte ihren Ellenbogen, während sie sich setzte. Seine Hand lag warm auf ihrem nackten Arm. »Du hast Alice nach einem Fluchttunnel gefragt«, sagte er ruhig, hielt sie jedoch gleichzeitig mit seinem Blick fest. Grace blinzelte erstaunt. Sie war den ganzen Tag über zu jeder Zeit an Alices Seite gewesen und war sich sicher, daß Niall noch keine Möglichkeit gehabt hatte, mit ihr zu sprechen. »Ja, das habe ich«, gab sie unumwunden zu. »Aber woher weißt du das?«

»Ich war sehr unzufrieden darüber, daß du Creag Dhu unter falschen Vorgaben betreten hast, daß niemand dich ausgefragt hat und du dann auch noch den halben Tag verschwunden warst. Deshalb wird jede deiner Bewegungen genau beobachtet.« Als die Mahlzeit serviert wurde, lehnte er sich auf seinem Stuhl zurück. Es gab geröstetes Schwein, Schwarzwurzeln, frisches Brot, Käse und Apfelkompott. Niall zog das Messer aus seinem Rockbund, schnitt ein paar Scheiben von dem zarten Braten ab und legte sie auf das Serviertablett, das zwischen ihnen auf dem Tisch stand.

»Besitzt du ein Messer?« fragte er Grace.

Grace dachte an das Schweizer Offiziersmesser in ihrer Tasche und schüttelte den Kopf. Niall zog den kleinen Dolch aus seinem Stiefel, betrachtete ihn und steckte ihn wieder in den Stiefel zurück. »Einen so verdammt scharfen Gegenstand kann ich dir wohl kaum anvertrauen. Ich schneide das Fleisch für dich.«

»Ich würde damit doch nicht auf dich einstechen«, meinte sie erschrocken.

Er zog eine Augenbraue hoch. »Nein? Als ich dich das erste Mal gesehen habe, warst du mit den Hays zusammen.«

»Du weißt genau, daß ich gefangengenommen wurde! Da konntest du hören, worüber sie geredet haben.«

»Das hätte man doch auch vorher absprechen können, oder? Ich wäre unter den vielen Decken beinahe erstickt. Und wie du dich vielleicht erinnerst, konnte ich nichts sehen. Vielleicht haben sie dich gefangen, vielleicht aber warst du von Anfang an mit ihnen zusammen. Erst hast du mich aus dem Verlies befreit, dann bist du mir nach Creag Dhu gefolgt. Du wußtest, daß ich dich nicht abweisen würde. Und jetzt hast du dich nach dem Tunnel erkundigt. Willst du das den Hays verraten, damit sie uns in unseren Betten ermorden können?«

Grace blickte ihn empört an. »Huwe hätte mit dir tun und lassen können, was er wollte. Warum sollte er dir zu deiner Befreiung verhelfen, wenn er dich einfach hätte ermorden und die Sache ein für allemal hinter sich hätte bringen können?«

»Wenn Huwe mich hätte umbringen wollen, so hätte er es

an Ort und Stelle tun können. Aber er will auch noch Creag Dhu, und er weiß nur zu gut, daß er die Burg von außen nicht einnehmen kann. Um die Burg zu erobern, muß er einen Weg nach innen finden.« Er schnitt ihr etwas Fleisch ab und bot es ihr an.

Sie beachtete es nicht. »Ich habe lediglich aus Neugier nach dem Tunnel gefragt. Ich habe noch nicht einmal gefragt, wo er ist. Das müßtest du eigentlich wissen, denn offenbar wird dir ja jedes meiner Worte zugetragen!« Niall blickte auf ihr gerötetes Gesicht und in ihre Augen, die so dunkel wie eine stürmische See geworden waren. »Und so wird es auch bleiben«, erwiderte er. Wieder bot er ihr Fleisch an. »Iß, Mädchen. Ein richtiger Windstoß könnte dich sonst umblasen.«

Grace nahm das Stück Fleisch in die Finger und ließ es säuberlich in ihrem Mund verschwinden, dann wandte sie sich absichtlich ab und schaute sich um. Er beachtete ihre Versuche, ihn zu übersehen, jedoch in keiner Weise. Er fütterte sie beide, wobei er mal sich selbst, mal ihr einen Bissen hinhielt und geduldig wartete, bis sie ihn sich genommen hatte. Sie merkte, daß sie beobachtet wurden, und ihre gute Erziehung bewahrte sie davor, ihm eine Szene zu machen.

Seine rücksichtsvolle Art machte es für sie außerdem nicht leicht, auch weiterhin entrüstet über ihn zu sein. Er zwang sie nicht zu reden und wiederholte sein Anliegen nicht ständig, sondern gab sich damit zufrieden, es einmal deutlich ausgesprochen zu haben. Nun wußte sie immerhin, wie intensiv er sie beobachten ließ; genau das war ja seine Absicht gewesen.

Sein Bein berührte ihres. Sie zog ihr Bein hastig weg, dann sah sie zu ihm auf, ob die Berührung absichtlich gewesen war. Das war sie. Er beobachtete sie amüsiert. Er trank von dem gewürzten Wein, dann gab er ihr den Kelch, so daß sie auch davon trinken konnte. »Kannst du dich noch an das eine Mal erinnern?« begann er mit leiser, tiefer Stimme. »Ich saß auf einem Stuhl, und du kamst auf mich zu, dann habe ich dich hochgehoben und auf mich drauf…«

Ihre Hand begann zu zittern. Schnell setzte sie den Kelch ab, damit sie den Wein nicht verschüttete. Sie gab keine Antwort, aber die Röte auf ihren Wangen war ihm Antwort genug.

»Wie kann das sein?« fragte er.

Sie schüttelte den Kopf. »Ich weiß es nicht.«

»Manchmal habe ich überhaupt nicht geschlafen, und doch konnte ich spüren, wie du mich beobachtet hast.« Er nahm ihre Hand in seine und fuhr mit der Fingerspitze über die schmalen Knochen auf ihrem Handrücken.

»Manchmal, wenn ich wach war, schien es mir so, als ob ich dich reden hörte.« Sie getraute sich bei diesem Geständnis nicht, ihn anzusehen. Sie stieß die Worte hervor und bestätigte damit ihre gegenseitige Verbundenheit, die sie bereits seit Monaten quälte und die sie jetzt herausforderte. Sie könnte einfach ihre Hand umdrehen und ihre Finger mit seinen verschränken. Er würde ihre Wünsche genau erkennen, und er würde ihr keinerlei Fragen stellen, sondern sie einfach nur die Treppe hinaufführen.

Sie starrte das Salzfäßchen an. Diese Art des wortlosen Einverständnisses hatte sie häufig mit Ford verspürt. Sie hatten sich so gut gekannt, daß sich Worte oftmals erübrigten. Nach seinem Tod hatte sie geglaubt, daß dieses Gefühl der Geborgenheit mit ihm zusammen gestorben war und sie es nie wieder mit jemand anderem erleben würde. Wie konnte sich das wiederholen? Schließlich hatten sie dieses gegenseitige Verständnis über Jahre des Zusammenlebens aufgebaut, im Bett, während der ruhigen Gespräche, die sie miteinander führten, durch ihre gemeinsame Arbeit, durch gemeinsame Sorgen und gemeinsame Freuden, und dadurch, daß sie *zusammengelebt* hatten.

Unmöglich konnte sie diese Vertrautheit jetzt schon mit Niall empfinden. Offenbar ging ihre Phantasie wieder mit ihr durch, und sie bildete sich Dinge ein, die gar nicht wahr sein konnten. Seit dem Augenblick, als er aus dem Verlies gelaufen war, bis jetzt hatte sie vielleicht alles in allem zwei Stunden mit ihm verbracht. Unmöglich konnte er ihre Wünsche erahnen, noch konnte sie wissen, was er vorhatte.

»Du mußt nur meine Hand nehmen«, murmelte er und blickte sie an. »Mein Bett ist groß und warm, und du würdest nicht alleine sein.«

Ein Schauder durchfuhr sie, ihre Augen weiteten sich vor Schreck. Nein. Es war einfach nicht möglich.

»Solch große traurige Augen. Was siehst du denn, wenn du so gedankenverloren durch mich hindurchblickst, als ob ich gar nicht da wäre? Hält Huwe jemanden gefangen, den du liebst? Ein Kind möglicherweise? Zwingt er dich, seinen Befehl auszuführen?«

Ihre Kehle war wie zugeschnürt. »Nein«, brachte sie mühsam hervor. »Ich habe niemanden, und ich bin keine Verbündete von Huwe.«

Seine Haut spannte sich über seinen ausgeprägten Wangenknochen, und sein zurückhaltender, ernster Ausdruck spiegelte sich in seinem Blick. So mußten die alten Heiligen ausgesehen haben, die durch die ihnen aufgetragene Bürde nur noch für das Wesentliche Augen hatten. »Vertraue dich mir an«, sagte er. »Und ich werde dir helfen.«

Mit welcher Selbstverständlichkeit er noch zusätzliche Verantwortung übernahm! Seine Freunde waren zu Tode gefoltert und verbrannt worden, er selbst war verstoßen worden und würde, sobald er sich aus Schottland entfernte, einem Todesurteil entgegensehen. Als junger Mann war er zum Hüter des Schatzes ernannt worden, sein ganzes Leben hatte er diesem Ziel gewidmet und die Bürde auf sich genommen. Aus Einzelgängern und Ausgestoßenen hatte er eine disziplinierte Kampftruppe gemacht, dann hatte er den Bauern und Dorfbewohnern um Creag Dhu seinen Schutz angeboten. Unter der Last, die er auf seine breiten Schultern geladen hatte, wären die meisten Männer zusammengebrochen. Und doch bot er auch ihr seine Hilfe an, obwohl er nicht einmal wußte, wie diese aussehen konnte. Ihre Kehle schnürte sich weiter zu, diesmal, weil ihr die Tränen kamen. Wortlos schüttelte sie den Kopf.

Er stand seufzend auf und half ihr ebenfalls auf die Füße. »Du wirst es mir schon sagen«, versicherte er und ging mit ihr zusammen auf die Treppe zu. Er nickte zwei Männern auf einer Bank zu, die ihm augenblicklich folgten. »Du wirst es mir erzählen, freiwillig oder nicht. Und in mein Bett wirst du auch kommen und dort weich und sehnsüchtig unter mir liegen. Ich bin ein sehr geduldiger Mann, Mädchen, aber ich vergesse niemals, daß ich es bin, der hier die Macht ausübt.«

Ihr Mund wurde trocken. Sollte das eine Warnung sein? Ahnte er, daß sie von dem Schatz wußte und ihn finden wollte? Das Herz schlug ihr schmerzhaft gegen die Rippen. Die Auseinandersetzung mit ihm fand sowohl auf persönlicher wie auch auf sachlicher Ebene statt, was ihm nicht entgangen war. Als Mann begehrte sie ihn mit einer Heftigkeit, die ihr angst machte; als Hüter des Schatzes jedoch fürchtete sie ihn. Auf beiden Ebenen wäre ein Scheitern gleichermaßen tödlich für sie.

Er öffnete die Tür zu der kleinen Kammer, in der sie auch die letzte Nacht verbracht hatte, und schob sie hinein. Sie hielt erstaunt inne. Ein schmales Bett war dort hineingestellt worden. Im Kamin vertrieb ein Feuer die Kälte. Zwei Kerzen waren erst vor kurzem angezündet worden, denn der Talg fing eben erst zu tropfen an. Zu ihrer Erleichterung entdeckte sie auch einen kleinen Nachttopf und einen Eimer mit Wasser.

»Danke«, sagte sie und wandte sich ihm zu. Die kleine

Kammer erschien ihr geradezu luxuriös im Vergleich zu manch anderem Lager, auf dem sie während des vergangenen Jahres genächtigt hatte.

»Ich wollte nicht, daß du dich zu Tode frierst«, erwiderte er belustigt. Er berührte ihren Arm. »Ich mag dich warm und weich.«

Er legte die Arme um sie, preßte sie gegen seinen Körper und küßte sie. Grace ergriff seine Oberarme und besann sich auf die selbstauferlegte Beherrschung, deren Fundament jedoch bereits zu bröckeln begann. Er drückte seine festen Lippen auf ihren weichen Mund. Trotz ihrer Vorsätze öffneten sich ihre Lippen, und seine Zunge bedrängte sie eher spielerisch, denn fordernd.

Heißes Verlangen durchrieselte sie. Sie entriß sich seinem Kuß und ließ stöhnend ihren Kopf gegen seine Brust sinken. Mal abgesehen von der Frage der Treue gegenüber Ford, wie konnte sie auch nur an die Möglichkeit denken, sich mit Niall zu lieben? Sie hatte in dieser Zeit lediglich einen begrenzten Aufenthalt geplant, so lange, bis sie den Schatz gefunden hatte und vielleicht die geheimnisvolle Kraft selbst nutzen konnte, um Parrish und die Stiftung zu blockieren. Wenn es ihr gelänge, so würde sie den Schatz stehlen, damit wieder in ihre eigene Zeit zurückkehren und Niall zurücklassen.

Ganz gleich, ob sie damit Erfolg haben würde, sie würde auf keinen Fall hierbleiben. Jede Beziehung zu Niall würde also eine oberflächliche sein – aber konnte denn Liebe mit Niall überhaupt jemals *oberflächlich* sein? Selbst wenn die Umstände anders wären, so war sie keine Frau, die oberflächliche Affären unterhielt. Vielleicht würde ihn ja allein die Sinnlichkeit bereits befriedigen, von sich selbst wußte sie jedoch, daß dies nicht der Fall sein würde. Für sie war der Liebesakt eine Verpflichtung, eine Verpflichtung, die sie nicht übernehmen durfte. Er hielt sie so vorsichtig in seinen Armen, streichelte ihren Rücken und schaukelte sie sanft vor und zurück, daß sie hätte weinen können. Einem Mann wie ihm war sie noch niemals begegnet und würde sie auch niemals wieder begegnen, denn er war, ganz gleich in welchem Zeitalter, eine außergewöhnliche Erscheinung. Einen Augenblick lang erlag sie der Versuchung, legte ihre Hände auf seinen Rücken und spürte die lebendige Wärme und Kraft seines Körpers. Seine Muskeln zogen sich bei jedem Atemzug ein wenig zusammen, und sein Herz schlug laut und kräftig an ihrem Ohr.

»Wenn eine Frau einmal verheiratet gewesen war«, flüsterte er leise in ihr Haar, »dann ist sie es gewohnt, nachts neben sich jemanden liegen zu haben. Wenn sie ihn verliert, so verliert sie nicht nur ihren Mann, sondern auch das Gefühl, in der Dunkelheit nicht alleine zu liegen. Das biete ich dir an, Mädchen. Ich drücke dich an mich und wehre die Kälte und die Dunkelheit ab, ich gebe dir den Trost meines Körpers.«

Sie hätte fast geschluchzt, so sehr lockte sie die Versuchung. Mit seinen Armen um ihren Körper einzuschlafen, aufzuwachen und ihn zu spüren, seine behaarte Brust zu fühlen, dann die Hand seinen flachen Bauch hinuntergleiten zu lassen, seinen Penis im Schlaf zu streicheln – wie hatte er nur wissen können, wie sehr sie sich gerade danach sehnte, nach dieser Geborgenheit, die über das rein Sexuelle weit hinausging? Er war eins mit ihrer Seele und hatte sie gänzlich durchschaut. »Nein«, flüsterte sie entgegen besseren Wissens. Seine Lippen streiften ihre Stirn. »Dann wünsche ich dir eine gute Nacht. Wenn du nachts doch ein wenig Trost brauchen solltest, so mußt du nur rufen, und die Wachposten werden dich zu mir bringen.«

Als er gegangen war, preßte Grace ihre zitternden Finger auf die Lippen. Sie befand sich auf einem schmalen Grat zwischen Verlangen und Gefahr. Ihr Wissen darum verringerte ihr Verlangen jedoch nicht. Wenn sie sich ihm hingab, würde er sich ihr gegenüber dann als nachgiebiger erweisen, wenn er ihr wahres Ziel erführe? Nein, das würde er nicht. Aus den Dokumenten wußte sie bereits, daß der Schwarze Niall mit allen Mitteln den Schatz verteidigte. Vielleicht hatte er ja nur nebenbei andeuten wollen, daß er hier das Sagen hatte, aber er hatte ja das Wort »Macht« benutzt, was man als Warnung auslegen konnte. Daß sie eine Frau war – noch dazu eine, die er in seinem Bett haben wollte –, würde sie nicht schützen, wenn er herausfand, daß sie den Schatz finden wollte. Er würde sie umbringen, dessen war sie sich vollkommen sicher.

24

Der nächste Morgen war kühl und regnerisch, die Gipfel der im Osten gelegenen Berge vom Nebel verhüllt. Kein warmes Bad wartete auf Grace, sondern sie mußte sich schnell vor dem Feuer waschen. Zum Frühstück gab es wieder Haferbrei, danach nahm sie Alice erneut bei ihren Arbeiten mit. Im Hof übten trotz des Regens die Männer. »Lord Niall sagt, der Ernstfall wartet nicht auf Sonnenschein«, erläuterte Alice. Als die Männer später vollkommen durchnäßt hereintrampelten, verklumpten sie das auf dem Boden ausgebreitete Reisig mit ihren dreckigen Füßen.

Alice wärmte sie mit *colcannon*, einem Kohleintopf. Danach spielten die Männer Spiele oder würfelten, flirteten mit den Serviermädchen, wetzten ihre Schwerter und Dolche und erzählten sich lautstark Geschichten. Nicht alle Männer waren anwesend, zehn von ihnen patrouillierten mit Niall zusammen die Umgebung von Creag Dhu ab.

Der Regen hörte nicht auf, und der Himmel war so dunkel, daß man die Fackeln anzünden mußte. Grace gähnte.

Ein Regentag eignete sich wie kein anderer dazu, die Zeit dösend vor dem Feuer zu verbringen. Sie war mit ihrem Gähnen nicht allein, ein paar Männer hatten sich in die dunkleren Ecken verzogen und waren eingenickt. Andere wiederum hatten sich aus lebendigeren Gründen in ihre Betten zurückgezogen. Grace beobachtete, wie sich behaarte Männerarme um diese und jene Taille legten. Schon bald waren wesentlich weniger Frauen bei der Arbeit zu sehen.

Sie alle wurden von den Rufen am Eingangstor, dem plötzlichen Alarm überrascht. Alice lag gerade über Sims Knien, der ihre Kehrseite betätschelte und sie von ihrer Arbeit weglocken wollte. Als er die Rufe hörte, stand er ruckartig auf und ließ Alice auf den Boden fallen. Er stürmte bereits mit der Hand am Schwert los, noch ehe sein Rock wieder ordentlich nach unten gefallen war.

Alice rappelte sich auf und rannte auf die riesigen, drei Meter hohen Türen in der großen Halle zu. Grace war ebenfalls aufgesprungen, das Herz schlug ihr bis zum Hals. Niall befand sich außerhalb der Sicherheit der Burgmauern. War ihm etwas zugestoßen?

Die Szene war chaotisch und verwirrend. Menschen liefen schreiend auf das Tor zu, wobei sie ihre Häupter gegen den Regen schützten. Hinter ihnen konnte man das lodernde Feuer verbrannter Hütten sehen. »Die Hay!« schrien sie. »Die Hay!« Berittene Männer winkten mit Äxten und Schwertern.

»Öffnet das Tor!« rief Sim.

Grace und Alice wurden brutal von Männern zur Seite gestoßen, als diese ihre angestammten Posten einnahmen. Manche kletterten mit Pfeil und Bogen auf die Burgmauer, andere hetzten zu den Stallungen, um die Pferde zu holen, wieder andere folgten Sim.

Grace stürzte trotz des Regens auf den Hof hinaus. Der Hayclan griff an, während Niall irgendwo dort draußen war.

Wurden er und seine Männer von einer noch viel größeren Gruppe attackiert? Ihre Lungen krampften sich panisch zusammen. Nein. *Nein!* Sie konnte es nicht ertragen, sie durfte ihn nicht verlieren…

Alice ergriff ihren Arm und riß sie herum. »Komm mit rein! Die Pfeile…«

Die Tore standen weit offen, die herannahende Menge war nur noch wenige Meter entfernt. Grace betrachtete sie mitleidig. Als Alice sie zum Tor zerrte, fiel ihr Blick auf einen fleischigen Mann, der mit seinem Karotuch über dem Kopf an der Spitze der Leute rannte. Plötzlich sah sie sein Grinsen, seine verfaulten Zähne, seinen Kopf. Sie riß sich von Alice los und schrie: »Macht die Tore zu! Sie wollen uns hereinlegen!«

Sims Kopf fuhr zu ihr herum, und er starrte sie an. Als er sie endlich begriffen hatte, brüllte er: »Die Tore schließen!« Die Wachtposten begannen, die riesigen Tore zuzudrücken, aber es war zu spät. Der Hayclan drängte sich bereits durch den Eingang und drückte die Tore auf. Schwerter und Äxte wurden aus den Karodecken hervorgezogen, dann gingen die »Opfer« zum Angriff über.

»Lauf weg!« schrie Alice und zerrte Grace am Arm wieder in die große Halle hinein. Frauen rannten schreiend umher, während die Hunde aufgeregt kläfften und ihnen zwischen die Beine gerieten. »Die Türen!« kreischte Alice, woraufhin Grace und sie sich umdrehten und sich mit ihrem ganzen Gewicht dagegen warfen, damit man den massiven Riegel vorschieben konnte. Da Alice gut fünfzig Pfund schwerer war als Grace, gelang es ihr, den Riegel auf der rechten Seite vorzuschieben, dann hastete sie Grace zu Hilfe. Fast hätten sie es geschafft. Schwere Körper rammten die Türen und drückten sie auf, kurz darauf hatten sich die Kämpfe bis in den Flur hineinverlagert. Grace wurde zu Boden gerissen. Alice duckte sich unter einem herabfallenden

Schwert weg, ergriff Grace und schubste sie in Richtung der Küchen. »Lauf!« schrie sie nochmals, und Grace hob ihre Röcke und rannte.

Grace hörte vor sich donnernde Schritte und das Klirren von Metall. Direkt vor der Vorratskammer kam sie zum Stehen. »Hier sind sie auch schon!« schrie sie und versuchte, in eine andere Richtung zu fliehen. Die Tür der Vorratskammer wurde aufgerissen. Der Schwarze Niall stürmte mit erhobenem Säbel, wehenden Haaren und kriegerischem Blick heraus. Hinter ihm folgten die zehn Männer, mit denen er draußen auf Patrouille gewesen war.

Grace drückte sich gegen die Wand, damit sie nicht zu Boden getrampelt wurde. Niall warf ihr nicht einmal einen Blick zu, sondern raste an ihr vorbei und rief Alice zu: »Bringt euch in Sicherheit!« Dann warf er sich laut brüllend in den Kampf und drängte die Hays mit erhobenem Schwert schon allein durch seine körperliche Größe zurück. Unter gellenden Rufen folgten ihm seine Männer. »Komm mit!« schrie Alice, damit man sie in dem Getöse überhaupt wahrnehmen konnte. Ohne sich umzusehen, stürzte sie in die Küche.

Grace wollte ihr folgen, dann aber fiel ihr Blick auf die Vorratskammer. Das mußte der geheime Tunnel sein, denn wie sonst hätten Niall und seine Leute wieder in die Burg gelangen können? Sie zögerte nur einen Augenblick, dann schlüpfte sie in den dunklen, kühlen Raum. Gleich hinter der Tür lag ein kleiner Vorrat an Kerzen, von denen sie sich eine nahm. Ihre Hände zitterten, als sie sie mit einem Flintstein anzündete. Als die Flamme aufleuchtete, schloß sie eilig die Kammertür und blickte sich um.

Ein ganzes Stück der Rückwand war geöffnet, dahinter gähnte die Dunkelheit.

Sie atmete schnell, als sie auf die Öffnung zutrat. Möglicherweise war dies der Weg zu dem Schatz, möglicherweise auch nicht. In jedem Fall aber war es das erste Mal, daß sie sich allein auf die Suche machen konnte. In der Hitze des Gefechts würde man sie so schnell nicht vermissen. Sie dachte daran, mit welcher Kraft sich Niall in den Kampf geworfen hatte und biß sich die Unterlippe blutig. Vielleicht war er verletzt, vielleicht war er auch umgebracht worden …

Aber sie konnte nicht das mindeste für ihn tun.

Hier aber bot sich die Gelegenheit, vermutlich ihre einzige Gelegenheit, auf Creag Dhu das zu tun, weswegen sie hierhergekommen war.

Der tödliche Lärm des Kampfes war deutlich zu hören. Männer schrien aus Wut oder Schmerz, Schwert stieß auf Schwert, Holz splitterte. Sie war in diese Zeit inmitten einer Schlacht gekommen, vielleicht sollte sie sie auch inmitten einer solchen wieder verlassen.

Niall. Ihr Herz flüsterte seinen Namen, ihre Hände zitterten, so daß die Flamme tanzte. Sie dachte an Ford, schloß die Augen und versuchte, sich sein Gesicht vorzustellen. Aber das einzige Bild vor ihren Augen war ihr letztes, als er mit leerem Blick nach vorne in sich zusammengesackt war.

Ein stummer Schmerz schnürte ihr die Kehle zu, und sie trat durch die Öffnung.

Die Luft dort war kälter, feuchter und roch ein wenig nach Salzwasser. Enge, steile Stufen führten unmittelbar dahinter in die Dunkelheit hinab. Vorsichtig kletterte sie hinunter und achtete darauf, daß die Kerze nicht ausging.

Jeder hier kannte den geheimen Ausgang. War es also möglich, daß Niall hier den Schatz verstecken würde?

Vielleicht gab es ja nicht nur einen Geheimtunnel, sondern mehrere?

Als sie am Fuß der Treppe angekommen war, befand sie sich in einem schmalen, in den Fels geschlagenen Tunnel. Der Meeresgeruch war hier stärker, und sie konnte den gedämpften Donner der sich brechenden Wellen hören. Der Tunnel war also recht kurz und führte direkt auf die Felsküste zu.

Ihre Annahme sollte sich als richtig erweisen. Obwohl sie langsam lief, war sie innerhalb weniger Minuten am Ende angekommen. Ein paar Felsbrocken verdeckten die Öffnung fast vollständig, so daß nur wenig regengraues Licht hereinfiel.

Hier jedenfalls lag kein Schatz.

Sie ging zurück und kletterte die schlüpfrigen Stufen wieder hoch. Sie hielt die Kerze in der rechten Hand, um sich mit der linken gegen die Wand abzustützen. Sie hatte noch niemals unter Platzangst gelitten, aber die tintenschwarze Dunkelheit schien ihre Füße zu umklammern und sie nach unten zu ziehen. Zitternd drängte sie sich noch dichter gegen die Wand, und ihre Finger glitten über einen Stein, der ein wenig hervorstand.

Sie blieb stehen und hob die Kerze an. Sie hörte das unheimliche Echo ihres eigenen Atems, als sie den Stein untersuchte. Handelte es sich vielleicht um einen Geheimgang innerhalb des Geheimganges?

Sie drückte gegen die Ränder des Steines, wobei sie sich etwas lächerlich vorkam. Sie hielt die Kerze etwas dichter an den Stein, um zu sehen, ob ein feiner Riß in dem Mörtel war oder ob sie einfach nur ihre Zeit verschwendete.

Der Mörtel war rissig. Als sie den Stein an dieser Stelle genauer untersuchte, stellte sie auch dort winzige Risse fest. Sie konnte keinerlei Scharniere ausmachen, keine Möglichkeit, die Tür zu öffnen – wenn es denn eine Tür sein sollte.

Die Archäologie und ihre Übersetzungen hatten sie gelehrt, das Unbekannte logisch anzugehen. Wenn es sich wirklich um eine geheime Tür handelte, so mußte es einen ganz einfachen Weg geben, sie zu öffnen. Einfach deswegen, weil eine zeitaufwendige Methode die Wahrscheinlichkeit der Entdeckung während des Öffnens nur erhöhte. Eine Geheimtür mußte leise und schnell zu öffnen sein.

Die einfachste Möglichkeit wäre die, einen Öffnungsmechanismus hinter einem der anderen Steine anzubringen. Aber wenn man die steilen Stufen bedachte, so würde sich wohl jeder gegen die Wand abstützen und die Tür sich dann vielleicht versehentlich öffnen.

Sie ging ein paar Stufen aufwärts und untersuchte den Stein von oben. Tatsächlich stand eine rechteckige Form ein bißchen aus der Wand hervor. Wo konnte sich wohl ein solcher Öffnungsmechanismus verstecken? Er mußte irgendwo sein, wo er leicht zu erreichen war.

Leicht zu erreichen. Graces Augen weiteten sich. In dieser Zeit war sie von normalhohem Wuchs. Die meisten Männer waren einsdreiundsechzig bis einssiebzig, nur wenige größer als ein Meter fünfundsiebzig. Sim war von großem Wuchs, vielleicht ein Meter achtzig. Nur Niall war mit seinen über ein Meter neunzig deutlich größer. Er allein konnte höher reichen als alle anderen auf der Burg. Sie blickte nach oben. Wenn dies wirklich eine Tür war, so würde sich der Mechanismus hinter einem der Steine verbergen, logischerweise hinter einem der höheren Steine, die nur Niall bequem erreichen konnte.

Sie stellte sich auf die Zehenspitzen und drückte gegen jeden Stein, den sie erreichen konnte. Das Rechteck bewegte sich keinen Deut. Ein glatter Stein sah vielversprechend aus, aber er war fast zwanzig Zentimeter über dem, was ihre Finger erreichen konnten. Sie kletterte noch eine Stufe höher, balancierte auf dem Rand der Stufe und versuchte, sich so weit wie möglich nach oben zu strecken. Fast hätte sie das Gleichgewicht verloren. Schnell preßte sie sich vor Angst keuchend gegen die Wand. Wenn sie diese Stufen hinunterfiel, würde sie sich das Genick brechen. Behutsam stellte sie sich erneut ganz am Rand der Stufen auf die Zehenspitzen.

Sie streckte die Hand aus, konnte den Rand des Steins aber immer noch nicht erreichen.

Fluchend setzte sich sich auf die Stufen und zog ihren linken Schuh aus. Wieder stellte sie sich auf die Zehenspitzen, streckte sich und hieb mit dem Schuh gegen den flachen Stein.

Lautlos glitt das Rechteck nach innen, und ein schwarzes Loch tat sich in der Wand auf.

Sie hielt die Kerze hoch und lehnte sich durch das Loch. Sie wollte keinen Fuß dort hineinsetzen, bevor sie nicht wußte, was sie erwartete.

Die Dunkelheit war übermächtig und schien das wenige Licht der Kerze fast zu verschlucken. Sie konnte den Steinboden erkennen, sonst gar nichts, nicht einmal Wände.

Sie drängte sich durch die Steintür und wartete einen Augenblick, bereit zurückzuspringen, falls diese sich automatisch schließen sollte. Aber sie blieb offen. Vermutlich war ein zusätzlicher Mechanismus auf der anderen Seite angebracht, den man zum Schließen der Tür betätigen mußte. Das aber hatte sie nicht vor.

Bedachtsam machte sie ein paar Schritte vorwärts und stieß nach drei oder vier Metern auf eine Wand. Sie ging nach links und musterte einen dunklen Flecken. Beim Herantreten bemerkte sie, daß es sich um eine weitere Tür handelte. Diese hier war aus sehr dunklem Holz gefertigt. Der Riegel davor war so befestigt, daß man ihn zwar am einen Ende zum Öffnen der Tür herausziehen, ihn aber nicht abnehmen konnte.

Eine plötzliche Brise ließ ihre Kerze flackern, und sie legte schützend ihre Hand darum, damit sie nicht ausging. Sie blickte über ihre Schulter auf die Öffnung in der Wand, aber der Wind kam offenbar nicht von dort.

Eigenartigerweise kam er von der großen, verschlossenen Tür.

Grace ging auf die Tür zu und versuchte, den Riegel anzuheben, aber obwohl er vergleichsweise klein war, gelang es ihr nicht, ihn mit nur einer Hand hochzudrücken. Sie stellte die Kerze auf dem Boden ab und drückte mit beiden Händen gegen die Sperre. Sie stellte sich darunter und benutzte ihren ganzen Körper, um das Holz Stückchen für Stückchen nach oben zu pressen. Ein erstaunliches Maß an Kraft war für diesen vergleichsweise schlanken Riegel erforderlich. Sie hörte ein mechanisches Klicken, als das Holz oben angekommen war.

Die Tür öffnete sich lautlos. Weitere Treppen taten sich zu ihren Füßen auf, an der einen Seite sah sie eine Felswand, an der anderen nur ein schwarzes Nichts. Die Brise war jetzt deutlicher zu spüren, die Kerze flackerte und war kurz davor zu erlöschen. Grace kauerte sich auf den Boden und hielt die Hände schützend um die Flamme, bis sich diese wieder beruhigt hatte. Dann hob sie sie, immer noch mit einer Hand schützend, hoch.

Wieviel Zeit war wohl vergangen? Sie ging die Treppe in das gähnende Nichts hinunter. War die Schlacht bereits zu Ende? War Niall unverletzt daraus hervorgegangen? Sie spürte einen inneren Drang, die Stufen wieder hinaufzurennen und hielt mit ihrem Fuß mitten in der Luft inne. *Niall*, dachte sie voller Verzweiflung und Angst. Er war ein gefürchteter Krieger. Sie hatte ihn in der Schlacht und im Nahkampf beobachtet und verstand sehr gut, warum er bei seinen Gegnern so gefürchtet war. Aber er war trotz allem doch einfach nur ein Mensch. Er blutete, wenn er sich schnitt, er bekam blaue Flecken, wenn er geschlagen wurde. Er konnte besiegt werden, so wie es damals geschehen war, als Huwes Männer ihn gefangengenommen hatten.

Sie aber konnte gar nichts tun, um den Ausgang der Schlacht über ihrem Kopf zu beeinflussen. Wenn sie aber den Schatz finden konnte, dann würde sie den Dokumenten zufolge – für die Parrish so willens war zu morden – den Ausgang der Dinge in ihrer eigenen Zeit beeinflussen können. Ihre Wahl war einfach und doch schwieriger, als sie es sich jemals hätte vorstellen können. Sie war erst seit einer Woche in dieser Zeit. Wie hatte Niall so schnell so wichtig für sie werden können?

Weil sie ihn schon viel, viel länger als nur sieben Tage kannte, raunte ihr eine innere Stimme zu. Durch die Dokumente in ihrem Gewahrsam kannte sie ihn seit einem Jahr. Und sie war bereits vor den beiden folgenreichen Schüssen von ihm fasziniert und eingenommen gewesen. Wenn sie nicht so dringend ihr Modem hätte reparieren lassen wollen, damit sie mehr über Niall lesen konnte, dann wäre sie zu Hause gewesen, als Parrish und seine Männer aufgetaucht waren. Dann wäre auch sie jetzt tot.

Sie wollte umkehren, ging dann aber Schritt für Schritt vorsichtig immer weiter.

»Ahhhhh!« Mit aufgerissenem Mund stürzte Huwe, mit beiden Händen sein Schwert über dem Kopf haltend, schreiend auf Niall zu. Einen kurzen Augenblick lang wandte sich Niall von einem anderen Hay ab. Huwe war in seinem Rücken, der andere vor ihm, und er hatte nur noch eine Sekunde Zeit, um Huwe davon abzuhalten, ihn vom Scheitel bis zur Sohle zu zweiteilen. Er duckte sich unter dem gezückten Schwert des Haymannes, ergriff seinen Arm und stieß ihn in Huwes Richtung. Huwes Schwert sauste bereits herab und vergrub sich tief in Schulter und Nacken seines Clansangehörigen. Eine riesige Blutfontäne ergoß sich über seine Kleider, aber Huwe griff weiter mit zusammengekniffenen, rasenden Augen an.

»Mistkerl!« kreischte er. »Mistkerl!« Wieder hob er das Schwert und wollte es auf Nialls Kopf und Schultern niedersausen lassen.

Niall hielt das Schwert mit seiner Axt ab. Der Schlag war allerdings so heftig, daß ihm der Arm davon abknickte. Er duckte sich mit seinem eigenen Schwert, aber Huwe erwies sich gelenkiger, als Niall angenommen hatte, und entkam der langen Klinge. »Du hast meinen Sohn umgebracht!«, brüllte er. »Du Mistkerl, dafür wirst du deinen Kopf lassen müssen!«

Niall sagte kein Wort. Er hatte Morvan umgebracht, und er würde es jederzeit wieder tun, wenn er die Gelegenheit dazu bekäme. Eine kalte, unbarmherzige Wut hatte ihn ergriffen, weil die dreckigen Hays es gewagt hatten, nach Creag Dhu, in sein Zuhause einzudringen. Nicht nur der Schatz war gefährdet, sondern auch Grace. Er erinnerte sich an den Schrecken auf ihrem Gesicht, als er an ihr vorbeigerast war. Und er kannte ihr Schicksal, das aller Frauen von Creag Dhu, wenn es seinen Männern nicht gelang, die Eindringlinge zu besiegen.

Das durfte nicht geschehen.

Er ging in die Offensive und griff mit aller Kraft an. Sein stählernes Schwert schlug gegen das von Huwe. Er drängte sich weiter mit Axt und Schwert nach vorn, während er Huwe vor sich hertrieb. Einer vom Hayclan rannte schreiend von links auf ihn zu. Niall schwang die Axt und ließ sie auf die Brust des Mannes hinuntersausen. Der Mann gab ein merkwürdig gurgelndes Geräusch von sich, dann fiel er in sich zusammen. Sein Herz war abrupt stehengeblieben, als die breite Klinge es durchtrennt hatte.

Jetzt hatte Niall nur noch sein Schwert. Um das Gleichgewicht zu halten, umfaßte er es mit beiden Händen. Durch Nialls Verlust der Axt ermutigt, griff Huwe an. Niall wehrte die niedersirrende Klinge Huwes ab. Stahl rasselte gegen Stahl. Niall zog sein Schwert zurück und versenkte es tief in Huwes rechter Seite, in seinen Nieren. Huwe zuckte zurück, sein Gesicht wurde aschfahl. Sein Schwert schlug klirrend auf dem Boden auf. Er bäumte sich angesichts der tödlichen Verletzung noch einmal auf. Niall riß das Schwert zurück und stach ihm mitten ins Herz.

Ein gellendes Jaulen erhob sich über das Getöse der Schlacht, als die Haymänner den Tod ihres Führers bemerkten. Einen Moment lang schienen sie verwirrt, und dieser Augenblick sollte entscheidend sein. Denn jetzt nutzten Nialls Männer ihren Vorteil und brachten den Kampf zu einem baldigen Ende.

Niall lehnte schwer atmend auf seinem blutigen Schwert. Langsam blickte er sich in den Ruinen seiner Halle nach seinen Männern um und zählte die, die es erwischt hatte.

Kurze Zeit herrschte eine unheimliche Stille, dann hörte man das Stöhnen, Fluchen und Weinen der verwundeten Männer. Hier und da bemerkte er lange Röcke und zarte Rundungen und wußte, daß manche der Frauen sich nicht hatten in Sicherheit bringen können.

Was war mit Grace? Sie war zusammen mit Alice in die Küche geflohen.

Sim trat mit so blutverschmiertem Gesicht auf Niall zu, daß der ihn beinahe nicht erkannt hätte. Der große Mann humpelte, seine Hüfte war blutdurchtränkt. »Was sollen wir mit den überlebenden Hays machen?« fragte er. Nialls erster Gedanke war, sie umzubringen. Aber dann besann er sich eines anderen. Er würde Robert Schwierigkeiten bereiten, wenn er den ganzen Clan vernichtete. Es gab noch Hayfrauen und Kinder, die die überlebenden Männer brauchen würden. Der Clan würde viele Jahre brauchen, um sich von Huwes Dummheit und Rachsucht zu erholen. »Laßt sie raus«, sagte er.

Die Frauen kamen aus ihren Verstecken hervor. Sie weinten sowohl aus Freude als auch aus Trauer, als sie die Überlebenden und Toten identifizierten. Dann begannen sie, wie es Frauen zu tun pflegen, wieder Ordnung zu schaffen. Sie versorgten die Verwundeten, legten die Toten zusammen, verteilten Trinkwasser und fegten das blutverschmierte Reisig aus. Alice übernahm kompetent die Führung, aber ihre Wangen waren immer noch schreckensbleich.

Nialls Blick wanderte von einer Frau zur nächsten. Er suchte nach einer zierlichen Figur, nach langem, dichtem Haar. Er horchte, konnte aber die Stimme mit dem fremden Akzent nicht ausmachen, die immer die falschen Silben betonte. »Alice!« rief er. »Wo ist das Mädchen?«

Alice wußte sofort, welches Mädchen er meinte. Sie blickte sich verwirrt um, kam aber zu derselben Schlußfolgerung wie er auch. Grace war nicht da. »Sie ist mir nicht gefolgt«, brachte Alice langsam hervor. »Aber als du aus der Vorratskammer kamst, stand sie direkt hinter mit. Vielleicht hat sie sich ja dort versteckt.« Nach einer Pause sagte sie: »Das Mädchen hat uns gerettet und gewarnt. Sie hat Huwe erkannt.« Sie hatte also tatsächlich nicht mit Huwe unter einer Decke gesteckt. Dieses Wissen beruhigte ihn, wenngleich eine andere Sorge ihn rasch durch die große Halle schreiten ließ. In dem Geheimtunnel gab es noch einen zweiten Tunnel, den er bei seinem Leben zu beschützen geschworen hatte. Das Mädchen hatte etwas Geheimnisvolles, irgend etwas hielt sie zurück. Wenn sie sich nun als die ernsthafteste Gefahr für den Schatz herausstellte, der er jemals begegnet war? Konnte er seinem Schwur treubleiben, wenn er sie dafür umbringen müßte?

Kalter Schweiß sammelte sich auf seiner Stirn. Er nahm sich eine Kerze und duckte sich in den Geheimtunnel. Auf halbem Weg der engen Stufen wurde die Wand noch dunkler, so als ob ein Loch in den Stein gehauen worden sei. Niall blieb das Herz stehen. Eine Vorahnung ließ seine Haut eiskalt werden. Wilde, rasende Wut stieg in ihm auf.

Er hob sein blutverschmiertes Schwert hoch und betrat den zweiten Geheimgang.

Die Treppe hörte auf. Grace hob die Kerze, konnte aber außer den Steinwänden nichts erkennen. Es war derselbe Stein, aus dem auch die restliche Burg gebaut worden war. Es war sehr kalt hier unten, und sie zitterte. Etwas vibrierte in der Luft, es war kein Ton, eher etwas, das ihre Haut berührte.

Sie bekam eine Gänsehaut, allerdings nicht von der Kälte. Langsam suchte sie die Wände nach einer Tür ab. Sie fühlte jedoch nichts weiter als den nackten Stein unter ihren Fingern.

Das kaum wahrnehmbare Pulsieren irritierte sie. Sie mußte sich bereits unter dem Meeresspiegel befinden, und die Impulse kamen vermutlich von den brandenden Wellen. Unter den Stufen war tiefste Dunkelheit. Ihr Herz schlug bis zum Hals, aber sie trat noch einen Schritt nach vorn. Das fahle Licht ihrer Kerze erleuchtete noch einen Durchbruch, ein schwarzes Loch. Wohin mochte es führen? Das Pulsieren verstärkte sich. Sie spürte es auf ihrem Gesicht. Es kam aus der dunklen Öffnung.

Sie blieb stehen, die kleinen Härchen in ihrem Nacken stellten sich auf. Lieber Himmel, was in aller Welt verbarg sich dort.

Sie würde es schaffen, ermutigte sie sich selbst. Für Ford und für Bryant würde sie alles tun können. Das hatte sie sich selbst ein ums andere Mal in jenem letzten höllischen Jahr bewiesen.

Eisige Kälte drang durch ihre dünnen Schuhsohlen, kroch ihr unter die Röcke und stieg ihr die Beine hoch. Sie mußte sich beeilen, ehe die gefährliche Kälte ihre Kräfte lähmte. Ihre kleine Kerze würde nicht mehr lange brennen, und sie wollte hier unten nicht ohne Licht sein. Von der Notwendigkeit überzeugt, bewegte sie sich ruhig auf das Loch in der Wand zu.

Sowie sie hindurchgetreten war, umgab sie vollkommene

Dunkelheit. Sie spürte, wie sie am Rande von etwas Vibrierendem stand.

Spürte sie etwa Wärme?

Sie ging weiter. Ihre Kerze flackerte wie verrückt. Im Kerzenschimmer konnte sie ein paar Umrisse erkennen, ein großer Stuhl, eine Art Thron vielleicht? Der Thron war mit Löwen verziert. Eine verwitterte Fahne hing über der Stuhllehne, aus der im Kerzenlicht die goldenen Augen der Löwen funkelten. Neben dem Thron war noch etwas, etwas, das sie nicht so richtig erkennen konnte. Sie trat noch einen Schritt vor.

»Ach, Mädchen.« Die tiefe Stimme direkt hinter ihrem Rücken klang bedauernd. »Ich wollte dich nicht umbringen.«

Ihr Herzschlag stolperte, und sie schwankte, als ihr das Blut aus dem Kopf wich.

Blut. Jetzt konnte sie den warmen, metallischen Geruch riechen. Das Blut des Kampfes klebte an ihm, seine Wildheit raste durch seinen Körper. Sie spürte die Wut, die stoßweise von ihm abstrahlte.

Er würde sie umbringen. Sie spürte seine Absicht, den kalten Entschluß, mit dem er all die Jahre über den Schatz behütet hatte. Darunter jedoch verbarg sich eine kaum im Zaum gehaltene Wut gegen… ja, wogegen eigentlich? Ihren Verrat? Daß sie ihrem Ziel so nahe gekommen war? Es war die Wut, die sie am deutlichsten spürte. Sie war wie ein Feuer, das unter dem Eis brannte, und die wiederum ihre eigene Wut auslöste.

Sie durfte nicht zulassen, daß er sie umbrachte. Wenn sie jetzt starb, dann hatte Parrish gewonnen. Sie hätte weder Ford noch Bryant gerächt, ihr Todesmut wäre vergeblich gewesen. Sie würde in dem Bewußtsein sterben, die beiden im Stich gelassen zu haben. Das wiederum war ihr das Allerunerträglichste überhaupt.

Nialls Hand legte sich auf ihre Schultern und drehte sie zu sich um. Sein Griff war wie aus Eisen. Grace ließ die Kerze fallen, die etwas beiseite rollte. Ihr weniges Licht beleuchtete sein glitzerndes Schwert, dann wäre sie beinahe ausgegangen, ehe sie doch wieder aufloderte. Grace drehte sich in seinem Griff und kam näher an ihn heran. Aber als der Krieger hatte er bereits zu reagieren begonnen, noch ehe sie die Bewegung fertig ausgeführt hatte. Er drehte seine Hüfte zur Seite und federte damit ihren Kniestoß ab. Es war aber nicht das Knie, das sie benutzte, sondern ihr Ellenbogen. Sie zielte auf seine Magengegend und schlug zu. Seine Muskeln waren so fest, daß ihr der Arm bis zur Schulter hoch weh tat. Sie hatte zwar ihr Ziel verfehlt, aber der Stoß war zumindest heftig genug, daß er sich stöhnend ein bißchen nach vorn beugte und für den Bruchteil einer Sekunde seinen Griff um ihre Schulter lockerte.

Das genügte. Sie riß sich nach hinten los. Seine Finger krallten sich in den Stoff ihres Unterkleides, dann hörte man fast überlaut das Reißen einer Naht. Durch das überraschende Nachgeben stolperte sie und wäre beinahe auf die Knie gefallen, rappelte sich jedoch von Panik getrieben wieder auf. Sie hob ihre Röcke an und rannte aus dem Kerzenschein hinaus in die Dunkelheit und instinktiv auf die Treppe zu.

Ihre Chance, zu entkommen, war gering. Und aus der Burg zu entfliehen war ebenso aussichtslos. Dennoch mußte sie es versuchen. Ihre Schuhe rutschten auf den Steinen aus, und sie prallte heftig gegen die Wand. Hinter ihr war der Kerzenschein nur noch ganz schwach zu erkennen und bot ihr keine Hilfe mehr. Jetzt aber hatte sie die Wand, an die sie sich halten konnte. Sie legte eine Hand darauf und lief los.

Sie stolperte über die unterste Stufe und fiel hin. Sofort war sie wieder auf den Beinen. Sie wußte, daß er ihr unmittelbar auf den Fersen war, sie spürte geradezu seine Anwesenheit, obwohl sie ihn weder sehen noch hören konnte. Er war ganz nah, er hatte das furchterregende, blutverschmierte Schwert in der Hand, und er war rasend vor Wut.

Grace hetzte in der tintigen Dunkelheit die Stufen hoch. Wenn sie auch nur eine Stufe verpaßte, würde sie ins Nichts fallen und schwer verletzt oder auch gleich tot sein. Wenn sie jedoch nicht flüchtete, war ihr der sichere Tod gewiß. Er lag in jedem seiner Schritte. Sie konnte jetzt nur weiterrennen und hoffen, daß sie ihm genau den einen Schritt voraus sein würde, den sie brauchte, um den Treppenabsatz zu erreichen und die Tür vor seiner Nase zuzuschlagen.

Nur ein Schritt. Sie hatte den Riegel zwar kaum bewegen können, aber sie würde es irgendwie schaffen. Wenn sie den Riegel überhaupt in die richtige Stellung bekommen könnte, dann würde sie es schaffen. Niall konnte sich irgendwie durch die Tür hacken, aber das würde ihn Zeit kosten. Genau die Zeit, die sie brauchte, um aus der Burg zu entkommen. Nur ein Schritt.

Aber sie konnte nicht fliehen, nicht jetzt, wo sie ihrem Ziel so nahe war. Sie würde sich verstecken... und hierher zurückkehren müssen.

Sie war am Ende der Treppe angelangt. Sie hätte fast das Gleichgewicht verloren, als ihr erhobener Fuß auf den harten Steinfußboden prallte. Verzweifelt streckte sie sich nach der Tür aus.

Sie hörte seinen Atem und spürte ihn auf ihrem Nacken. Keine Zeit für die Tür.

Ihre zugreifenden Hände hatten gerade die Tür gepackt, als er sich mit seinem ganzen Gewicht auf sie stürzte, nach vorne riß und unter sich begrub.

Grace wollte mit den Händen ihren Fall abfedern, fiel aber dennoch heftig auf den Boden. Reglos lag sie unter ihm. Ihre Wange drückte sich in den Dreck auf dem eisigen Steinboden. Er war so schwer, daß sie kaum noch Luft bekam.

Und er war so groß, daß er sie an allen Seiten umgab. Seine Hitze brannte auf ihrem Rücken. Sein heißer Atem bewegte ihr Haar. Sie atmete seinen strengen Geruch ein, eine Mischung aus Schweiß und Blut und Mann, primitiv und gefährlich. Sein Geruch wärmte sie von innen, während sein Körper sie von außen wärmte.

Gefangen. Nun war sie also am Ende angekommen. Er konnte ihr mit einer Hand den Hals umdrehen. Wahrscheinlich würde er genau auch das tun, denn sie spürte seine unbändige Wut. Sie lag hilflos unter ihm. Jetzt würde er sie zerquetschen. Er bewegte sich nicht, er blieb mit seinem ganzen Gewicht auf ihr liegen.

Sie konnte ihn nicht sehen, so vollkommen dunkel war es. In weiter Ferne schien sich die Dunkelheit etwas zu erhellen, vielleicht hatte man auf dem Treppenabsatz eine Fackel hingestellt, aber das Licht war zu schwach. Er sagte kein Wort. Sie konnte nichts weiter tun als warten. Sie fühlte, wie sich seine Brust beim Atmen bewegte, sie spürte seinen heftigen Herzschlag gegen ihren Rücken. Sie wollte ihn anbrüllen, wollte ihn zornig kratzen, aber unter diesen Umständen war das unmöglich. Wortlos lagen sie da, dann spürte sie seinen steifen Penis an ihren Hüften und wie er langsam seine Beine zwischen ihre bewegte.

Grace stockte der Atem.

Große Gefühle waren ihr nicht unbekannt, sie hatte überschwenglich geliebt, sie hatte unbändig getrauert, sie kannte schneidenden Haß. Aber die Wollust, die sich jetzt ihres Körpers bemächtigte, war all diesen Gefühlen in ihrer Intensität überlegen. Sie fegte alle Abwehr beiseite und machte einem zügellosen, blinden Verlangen Platz. Sie wußte, daß sie ihm nicht mehr widerstehen konnte. Als er sie das erste Mal geküßt hatte, hatte ihr einsamer, verlangender Körper sofort einen Höhepunkt gehabt. Er erregte sie, wie es noch keinem anderen Mann vor ihm gelungen war. Ihre Reaktion ihm gegenüber war so heftig, daß sie sich nicht mehr im Griff hatte.

Er war nicht Ford... *er war nicht Ford!* Wie konnte sie ihn dann so leidenschaftlich begehren, diesen gewalttätigen Mann, der den Schlüssel zu ihrem Ziel in der Hand hielt? Er hatte geschworen, den Schatz zu beschützen, er hatte, um ihn zu wahren, getötet. Und er würde auch sie umbringen... danach. Jetzt aber hörte man auf dem Steinfußboden in der Dunkelheit nur das Geräusch ihrer beider Atem, der schneller und heftiger wurde, als sich seine Wut in Wollust verwandelte.

Ein tiefes Stöhnen entrang sich ihrer Kehle, ein hilfloser Schrei des Verlanges. Ja. O Gott, ja. Selbst wenn er sie danach umbringen würde, sie wollte ihn vor ihrem Tod in sich gespürt haben, seine enorme Kraft in sich aufgenommen haben, sie wollte das wilde Fieber ihres Verlangens kühlen.

Sie hob ihre Hüften etwas an, soweit ihr das überhaupt möglich war. Verflucht sollte er sein, daß er ein so außergewöhnlicher Mann war, daß er so unnachgiebig und rücksichtslos war. Andere Männer sahen neben ihm blaß aus. Er war zu vital, die Kraft seiner Persönlichkeit und die seines Schwertes erdrückten jeden Widerstand. Und verflucht sollte sie sein, denn wie sollte sie ihm widerstehen, wenn er sie nur berühren mußte und ihr schwacher, verräterischer Körper sich ihm augenblicklich hingeben wollte?

»Verfluche mich nur, wenn du das tun mußt«, murmelte er, ihre Verzweiflung erkennend, in ihr Haar. Seine Instinkte verrieten ihm, daß sie jetzt für ihn bereit war. Und er bewegte sich, um ihr williges Fleisch zu nehmen. Er schob ihre Röcke hoch und bauschte sie auf ihrem Rücken zusammen. Die kalte Luft streifte über ihre nackten Beine und ihr Hinterteil. Er hatte ihre Röcke immer noch unter seinen Knien festgesteckt, so daß sie fest verankert war. Grace zitterte. Angst und Lust vermischten sich, sie konnte sie nicht länger auseinanderhalten. Die rauhe Wolle seines Schottenrocks kratzte an der zarten Haut ihrer Schenkel. Seine Hand hob seinen eigenen Rock an. Plötzlich lag sein nacktes Fleisch auf ihrem, Schenkel an Schenkel, sein Bauch an ihren Hüften. Seine Hitze war so groß, daß es ihr schien, als würde ein Feuer sie berühren.

Er schob seinen rechten Arm unter ihren Bauch, dann rückte er sie auf die Knie und setzte sie für sich in die richtige Stellung. Grace preßte ihre Augen zu, als sie sich der Blöße und Verletzlichkeit ihres Geschlechts bewußt wurde. Sein steifer Penis drängte sich gegen ihre zarten Falten, aber er wollte nicht in sie eindringen, noch nicht. Ihr Körper pulsierte und bebte, während sie wie gelähmt auf seinen Stoß wartete, darauf wartete, ihn tief in sich zu fühlen und endlich ihr unbändiges Verlangen zu stillen.

Sein Arm glitt von ihr weg, aber sie blieb weiter mit erhobenem Hinterteil knien. Ihre Finger kratzten an dem eisigen Stein und wollten sich dort festkrallen. Warum wartete er noch? Warum tat er es nicht einfach, ehe sie noch vollkommen wahnsinnig wurde?

Da berührte er sie. Seine warmen Hände wanderten, sie erkundend, über die Kurven ihrer Hüften. Dann versenkte er sie zwischen ihren Beinen und öffnete mit den Fingern ihre verborgenen Falten. Er suchte den kleinen, wunderbar harten Knopf, zog die ihn beschützende Haut zurück und rieb ihn mit seinen schwieligen Fingern. Ein leises Stöhnen entfuhr ihr, und ihre Hüften kreisten. Himmel, wenn er das weitermachte, würde sie wie schon zuvor zum Höhepunkt kommen. Aber er zog sich zurück. Diese verdammt geschickten Finger zogen sich nach kurzem Streicheln zurück, bahnten sich den Weg zu ihrer geschwollenen Spalte und liebkosten den Eingang zu ihrem Körper. Mit einem Finger umfuhr er die weiche Öffnung und verteilte die Feuchtigkeit. Er berührte sie zwischen ihren Gesäßbacken und murmelte etwas Beruhigendes, als sie sich keuchend aufbäumte.

Er beugte sich mit seinem ganzen Körper vor und stützte sein Gewicht auf den linken Ellenbogen und Unterarm. »Leg deinen Kopf auf meinen Arm, Mädchen«, flüsterte er. Blind folgte sie seiner Anweisung und preßte ihre Stirn gegen seinen harten Arm. Ihre rechte Hand verschränkte sich mit seiner, während ihre linke sich angesichts dessen, was jetzt kommen mußte, um die eisernen Muskeln seines Oberarms klammerte. Mit der freien Hand führte er seinen hervorstehenden Penis auf ihre bereitwillige Öffnung zu und drang langsam in sie ein. Grace konnte ein ruckartiges Einatmen und ein Wimmern nicht verhindern. Sie hatte gewußt, daß er groß sein würde, denn sie hatte ihn bereits nackt gesehen. Aber erst als sie ihn wirklich in sich fühlte, kannte sie die wahren Ausmaße seines Körpers. Er war dick und heiß und so hart, daß sie sich von dem unerbittlichen Eindringen seines Schafts fast verletzt vorkam. Er war nicht brutal, nur unnachgiebig. Ihre Hüften wanden sich und wollten sich instinktiv von ihm freimachen, während er Zentimeter für Zentimeter weiter in sie eindrang.

Ihre Finger krallten sich in seine Oberarme, und sie preßte ihre Stirn gegen seinen linken Arm. Sie konnte ihn nicht noch weiter aufnehmen, er war zu groß, er tat ihr weh. Hilflose Schreie gurgelten aus ihrem Mund. Aber er fuhr fort, in sie zu drängen. Ihre Hüften bewegten sich vor und zurück, um ihn noch weiter aufzunehmen. Endlich war er vollends in sie eingedrungen. Sein Schamhaar kratzte an ihrem Po, seine schweren Hoden schlugen an ihre geöffneten Schenkel und rieben sich an ihrer heißen Liebesperle.

Er rotierte vorsichtig in ihr, was an ihren Nervenenden Explosionen auszulösen schien. »Hier?« murmelte er an ihrem Ohr. »Oder… *hier*?« Wieder bewegte er sich, und sein geschwollener Schaft berührte eine Stelle, von deren

Existenz sie bisher noch keine Ahnung gehabt hatte. Ihr rauher, gutturaler Schrei beantwortete seine Frage.

Langsam begann er sich in ihr zu rühren. Erst war es nur ein kleiner, reflexartiger Schwung seiner Hüften, kein eigentlicher Stoß, sondern ein zärtlich unnachgiebiges Streicheln an diesem tief in ihr verborgenen Punkt. Wieder schrie Grace auf, ihr ganzer Körper spannte sich unter der Welle der Lust an, die sie fast nicht ertragen konnte. Sie zitterte, ihre Hüften bebten angesichts der enormen Penetration seines Penis. Sie hatte weiß Gott bereits viel weniger erregt einen Höhepunkt erlangt, aber irgendwie konnte sie sich diese Erleichterung jetzt nicht verschaffen. Dies war eine wunderbare Folter, ein lähmendes Vergnügen, dem sie vollkommen ausgeliefert war. Sie konnte ihre Hüften nicht schneller bewegen, um zum Höhepunkt zu kommen, denn sein Körper hatte den ihren ganz unter seiner Kontrolle. Sie konnte lediglich kurz vor dem Höhepunkt zittern, wobei jeder der langsamen Stöße seines Schwanzes sie beinahe erleichterte, aber eben nur beinahe. Bei jedem seiner Stöße schrie sie tief und rhythmisch auf. Ihre Erregung war so heftig, daß sie in Ohnmacht zu fallen glaubte. Sie hörte ihre eigene Stimme verlangend betteln. »Niall, bitte! Mehr – *mehr*! Bitte… ich kann nicht… nein!«

»Nein!« keuchte er mit leiser, tiefer Stimme in ihr Ohr. Die nächste seiner Bewegungen entlockte ihm ein Ächzen. »Du wirst es aushalten, Mädchen, denn ich sage dir, daß du es aushalten mußt.«

»Ich kann es nicht«, jammerte sie. Sie wollte ihre Hüften kreisen lassen, wollte diese wunderbare Qual beenden. Aber er legte ihr seinen rechten Arm um die Taille und hielt sie fest an sich gepreßt, während er sie weiter dort innen stimulierte. Sie wand sich gegen den warmen, eisernen Arm, wohlwissend, daß es keinen Sinn hatte, denn er war unendlich viel stärker als sie. In diesem erotischen Nahkampf war sie vollkommen hilflos und mußte das ertragen, was er ihr zuteilte. Ihr Körper war zu zart und zu zierlich, als daß er sich gegen einen Mann hätte zur Wehr setzen können, der mehr als dreißig Zentimeter größer war und der sein ganzes Leben auf dem Schlachtfeld oder in Vorbereitung zum Kämpfen verbracht hatte. Er war stärker als irgend jemand sonst, den sie kannte.

Winzige rote Pünktchen explodierten hinter ihren geschlossenen Lidern. Ihr Herz raste gegen ihre Rippen. Sie konnte nicht genügend Luft bekommen, ihre Lunge dehnte sich, ihr ganzer Körper dehnte sich. Mit einem leisen, verzweifelten Wimmern schlug sie ihre Zähne in seinen riesigen Oberarmmuskel. Er stöhnte auf, sein großer Körper spannte sich an, dann hörte sie das kehlige Keuchen, als er sich nicht mehr zurückhalten konnte. Wie ein Hengst versenkte er seine Zähne in die Kurve zwischen ihrem Nacken und ihrer Schulter und verbiß sich dort in den empfindsamen Muskeln. Seine Hüften stießen zu. Sie schrie wie elektrisiert von dem primitiven Biß auf. Plötzlich kamen seine Stöße heftig und hart, alles in ihrem Körper schien sich zu sammeln, zu konzentrieren, bis sie endlich sich aufbäumend auseinanderzubrechen schien. Die sinnliche Flutwelle, die sie ergriffen hatte, war so gigantisch, daß sie seine Zuckungen nur noch am Rande wahrnahm, als er wie besessen in sie pumpte. Ihre ihn umspannenden Zuckungen schienen eine Ewigkeit zu dauern, ehe sie endlich versiegten. Die Stille danach war wie der Tod, schwarz und vollkommen.

Vielleicht hatte sie das Bewußtsein verloren, sie hätte es nicht zu sagen gewußt. Die Wirklichkeit drang nur stückweise wieder zu ihr vor. Zunächst fühlte sie den kalten, dreckigen Boden unter sich, dann die Hitze seines Körpers auf ihr. Sein Arm war von ihren Bissen und Tränen naß. Der scharfe Moschusgeruch von Sex mischte sich mit dem Geruch kämpfender Männer. Ihr Hals pulsierte wie ein Echo zu den Kontraktionen zwischen ihren Beinen. Sie fühlte seinen feuchten Samen. Er war immer noch in ihr, zwar nicht mehr so groß und so hart wie zuvor, aber doch ganz eindeutig noch da. Ihre Vagina zog sich befriedigt zu einem sanften Streicheln zusammen. Er stöhnte und verlagerte sein Gewicht ein wenig, während er die letzten, ausufernden Wellen seines eigenen Orgasmus genoß. Vielleicht würde er sie jetzt umbringen. Dieser Gedanke stieg aus ihrer vollkommenen Erschöpfung auf. Dann sollte es so sein. Sie konnte nicht gegen ihn ankämpfen, sie konnte sich noch nicht einmal bewegen.

Langsam entzog er sich ihrem Körper, entzog auch seine Wärme und seine stützenden Arme und ließ sie halbnackt auf dem Boden liegen. Sie hörte seinen schweren Atem, das Kratzen der Klinge, als er sein Schwert aufhob. Jetzt wartete sie auf den kalten Biß des Todes.

Doch er hob sie ebenfalls auf, preßte seine linke Schulter gegen ihren Bauch und warf sie wie ein Bündel Lumpen über seine breite Schulter. Immerhin sind meine Röcke wieder nach unten gefallen, dachte sie abwesend. So war ihr Hinterteil nicht freigelegt, während er sie... wohin trug?

Er durchschritt zielsicher die Dunkelheit und trug sie mühelos über der einen Schulter, in der anderen Hand hielt er sein riesiges Schwert. Leichtfüßig erklomm er die Stufen, als ob er nicht gerade seinen Samen in einer kräftezehrenden Vereinigung in sie ergossen hätte. Er war immer noch wütend. Nicht nur verärgert, sondern von einer rasenden Wut ergriffen. Sie fühlte, daß der Zorn ihn nicht verlassen hatte. In diesem Augenblick wurde ihr klar, daß ihr persönlicher Kampf noch nicht vorüber war.

25

Grace hielt ihre Augen geschlossen. Sie war unfähig, etwas zu unternehmen, unfähig, auch nur einen klaren Gedanken zu fassen. Wieder war eine Welt für sie zusammengebrochen. Sie konnte es nicht fassen, was zwischen ihnen geschehen war.

Sie hatte sich noch niemals ohne Liebe geliebt. Sie hatte nur mit Ford geschlafen, nur seine Berührungen gekannt und gewußt, daß, wenn er sie nahm, dies mit Liebe geschah. Wie aber war es mit Niall? Zweifelsohne mit Lust. Grenzenloser Lust, Lust jenseits all dessen, was man noch begreifen konnte. Auf ihrer Seite war es die Verzweiflung, auf seiner die Wut, die vorherrschte. Und dennoch hatte er eine weitaus tiefere und heftigere Reaktion in ihr hervorgerufen, als all die liebevollen Intimitäten von Ford es je getan hatten. Dafür haßte sie Niall. Sie haßte ihn, weil er ihr etwas wegnahm, das eigentlich Ford gehörte, von dessen Existenz sie jedoch bisher nicht einmal etwas geahnt hatte.

Lichter tanzten hinter ihren geschlossenen Lidern, und die eisige Kälte des Geheimgangs verlor sich in der Wärme der Burg.

»Alice!« brüllte Niall mit tiefer, donnernder Stimme.

»Bring mir heißes Wasser.«

»Ist das Mädchen verletzt?« fragte Alice erstaunt.

»Nein«, erwiderte er knapp und ging die Treppe weiter nach oben. Dann hörte sie, wie eine Tür in ihrer Lederaufhängung quietschte und gleich wieder heftig ins Schloß fiel. Noch ein paar Schritte, dann ließ er sie von der Schulter gleiten und stützte sie, bis sie ihr Gleichgewicht gefunden hatte, Sie öffnete die Augen und schwankte ein wenig, als er von ihr abließ. Sie waren in seiner Kammer. Sie blickte sich stirnrunzelnd um, als ob sie sie noch niemals zuvor gesehen hätte.

Sie konnte sich nicht erklären, warum er sie gerade hierher gebracht hatte. Sie betrachtete den stabilen Tisch und den geschnitzten, großen Stuhl vor dem Kamin, vor dem Niall gebückt ein Feuer anzündete. Auf der anderen Seite stand eine lange, schwere Bank. Eine breite Holztruhe befand sich am Fußende des Bettes… das Bett. Es war über einen Meter hoch und über zwei Meter breit. Es war ein riesiges Bett, mehr als üppig bemessen für den Mann, der dort schlief. Felle und Teppiche lagen in Schichten darauf verteilt und erweckten den Eindruck, als könne man vollkommen in ihnen versinken.

Das Feuer wurde kräftiger und vertrieb die Schatten aus den letzten Ecken der Kammer und wärmte ihren unterkühlten Körper. Als sie aus dem schmalen Fenster blickte, sah sie, daß es Nacht geworden war, während sie unten in den Kellern gewesen war. Die Burg war ruhig, die Eindringlinge entweder getötet oder ausgestoßen, und die Reparaturarbeiten wurden in jener stillen Art und Weise verrichtet, die einem Kampf gewöhnlich folgte.

Niall zog seine Schwerthalterung aus und ließ sie auf die Bank fallen, das Schwert jedoch behielt er weiter in der Hand. Dann nahm er einen Strohhalm, ließ ihn am Feuer erglühen und zündete damit die großen Talgkerzen auf dem Tisch an. Grace stand immer noch dort, wo er sie abgestellt hatte. Sie hatte Angst, einen Schritt zu tun, weil er dann vielleicht dieses gräßliche, blutverschmierte Schwert gegen sie erheben würde. In dem weichen, flackernden Licht des Feuers und der Kerzen konnte sie die Spuren erkennen, die die Schlacht auf ihm hinterlassen hatte. Überall waren Flecken getrockneten Blutes zu sehen. Sein Hemd war davon bespritzt, dunkle Flecken zeichneten sich auf seinem Rock ab, seine Lederstiefel waren ebenfalls damit verschmiert. Das Blut vieler Menschen klebte an diesem Krieger, und sie fragte sich, ob auch ihres bald dazuzählen möchte. Sein schwarzes Haar lag über seinen Schultern und wurde nicht einmal mehr durch die üblichen beiden kleinen Zöpfe an seinen Schläfen gezähmt.

Ohne sie eines Blickes zu würdigen, setzte er sich auf die Bank, nahm sich einen mit Öl getränken Lappen und begann, sein Schwert zu putzen, wobei er es auf irgendwelche abgebrochenen Splitter hin untersuchte. Wie sie es bereits in ihren Träumen gesehen hatte, würde er die Waffe selbst schärfen, denn er vertraute niemandem seine Waffen an.

Als das Schwert wieder wie neu funkelte, legte er es auf den Tisch. Dann stand er auf und begann sich auszuziehen. Das blutige Hemd hatte er sich bereits über den Kopf gezogen und auf den Boden geworfen, als Alice an die Tür klopfte. Auf sein Knurren hin trat sie mit einem Krug dampfend heißem Wasser und ein paar Tüchern ein. Sie stellte alles auf den Tisch neben das Schwert und schaute schnell Grace an, die blaß und schweigend dastand.

Alice hob Nialls blutiges Hemd auf. »Wie ist es mit Essen und Wein?« fragte sie.

»Nein«, erwiderte er, aber dann änderte er seine Meinung. »Doch, bring Brot, Käse und Wein.«

Alice verschwand, nicht ohne nochmals verstohlen zu Grace hinüberzusehen.

Das war Lord Niall noch nicht oft untergekommen. Das seltsame Mädchen war anscheinend nicht so willig wie die anderen, weshalb er ihren Widerstand mit Wein brechen wollte. Er war wütend. Alice merkte das. Sie kannte seine selten auftretende Wut, die diesmal ganz auf die junge Frau mit den zu Tränen rührenden Augen gerichtet war.

Niall ging zum Tisch hinüber und goß etwas Wasser in die Schüssel. Er benetzte eines der Waschtücher und rieb sich damit über Gesicht und Schultern. Als er auch Brust und Arme gereinigt hatte, kam Alice mit Essen und Wein. Die Neugier hatte ihr offenbar Flügel verliehen. Er bot ihr jedoch keine Gelegenheit zur Beobachtung, sondern öffnete die Tür nur so weit, wie es für die Platte erforderlich war, dann schloß er die Tür und schob den schweren Riegel davor.

Jetzt zog er sich ganz aus, streifte die Stiefel und die Socken ab und ließ seinen Rock fallen. Vollkommen nackt stand er vor dem Feuer und wusch sich den Dreck und das Blut und den Schweiß des Gefechts vom Leib. Er beachtete Grace nicht mehr. Gänzlich ungeniert wusch er sich die Achseln, seine muskulösen Beine und sein Geschlecht. Sie hatte wie betäubt, unbeweglich dagestanden, aber gerade die letzte Handlung schubste sie wieder in die Wirklichkeit zurück. Sie war sich deutlich seines und ihres Körpers bewußt, der Schmerzen vom Kampf und von der Flucht, der pulsierenden Zärtlichkeit tief in ihr drin, seines klebrigen Samens, der zwischen ihren Schenkeln trocknete.

Das Licht des Feuers spielte auf seinen kräftigen Muskeln. Sie starrte gebannt auf seine Schultern, auf das flache Waschbrett seines Bauchs, die schlanken Hüften, die sehnigen Muskeln der Schenkel und Waden. Schwarzes Haar wuchs in einem dichten Teppich auf seiner Brust und um sein Geschlecht und schmückte in geringerem Ausmaß auch Unterarme und Waden. Er war von einer traumhaften Makellosigkeit. Sie hatte noch nie einen so männlichen Mann gesehen, dessen Körper zweifellos genau Gottes Vorstellungen entsprach. Die Schönheit des Knochenbaus, der Muskeln und Sehnen, die durch lebenslange Übung bei der Arbeit und im Kampf gestählt worden waren, machte sie ganz schwach.

Aus der Tiefe ihres Bauchs stieg bei seinem Anblick eine Wärme auf, in der sie beschämt das Wiederaufflackern ihrer Lust erkannte. Dieses unbändige Verlangen schien all das zu betrügen, was Ford für sie bedeutet hatte. Dennoch konnte sie ihm keinen Einhalt gebieten. Wie konnte sie nur so kurz nach der verheerenden Glut ihres Körpers und ihrer Seele schon wieder nach ihm verlangen? Aber so war es. Sie wollte ihn wieder spüren, ihn in sich haben, ihn mit dem inneren Streicheln ihres Körpers melken. Selbst als er sie vom Kampf blutverschmiert genommen hatte, hatte sie ihn begehrt. Wenn er jetzt das Schwert heben und sie umbringen würde, so würde sie im Verlangen nach ihm sterben.

Ihr Blick wanderte zwischen seine Beine. Seine Hoden hingen schwer, seinen Höhepunkt bezeugend, auf den Schenkeln. Ihr Herz setzte jedoch beinahe aus, als sie seinen steil aufgerichteten dicken Penis sah. Sie erinnerte sich an das, was sie über ihn gelesen hatte und an die Gerüchte, die sie seit ihrer Ankunft hier gehört hatte. Man munkelte, er könne bei entsprechendem Verlangen eine Frau eine ganze Nacht lang reiten und daß er manchmal zwei Frauen benötige, um seinen Appetit zu stillen. Unvermittelt wurde ihr klar, daß er nicht nur voller Verlangen, sondern gänzlich ungebändigt war. Außer seiner Erektion ließ er sich äußerlich nichts anmerken. Dennoch fühlte sie seine Wut, die ihn verbrannte und sich in der Steife seines Schwanzes manifestierte – es war jedoch eine Wut, die nicht gegen sie gerichtet zu sein schien.

Er schüttete das rötlich gefärbte Wasser in eine Abfalltonne, dann füllte er die Schüssel frisch auf. Zum ersten Mal seit er sie ins Zimmer getragen hatte, blickte er sie an. Der Ausdruck seiner schwarzen Augen ließ sie vor Schrecken und Erwartung gleichermaßen erbeben. »Zieh dich aus«, sagte er leise, aber sie nahm dennoch das Gebieterische seines Tonfalls wahr. Wenn sie sich nicht freiwillig auszog, dann würde er ihr umgehend dabei behilflich sein.

Sie gehorchte schweigend und zog Schuhe und Strümpfe aus. Ihre Zehen zogen sich nervös zusammen. Als nächstes zog sie ihr Überkleid, dann das Unterkleid aus. Als das letzte Kleidungsstück auf den Boden fiel, stand sie vollkommen nackt da. Die Mode des zwanzigsten Jahrhunderts zeigt mehr Haut, aber sie schützt einen dennoch besser, dachte sie. Ein Mann mußte sich mit Haken und Ösen und Reißverschlüssen und hautnaher Kleidung abplagen, ehe er die intimen Zonen einer Frau erreichen konnte. Die mittelalterliche Kleidung dagegen, so hochgeschlossen sie auch sein mochte, bot einer Frau wenig Schutz. Ein Mann mußte lediglich die Röcke einer Frau anheben, um Besitz von ihr zu ergreifen. Die Schotten hatten die Sache dahingehend noch weiter vereinfacht, daß dort auch der Mann nur seinen Rock anheben mußte.

Er betrachtete in aller Ruhe ihre Brüste, die schmale Linie ihrer Taille, die dunklen Locken zwischen ihren Schenkeln, ihre zitternden Beine. Dann streckte er seine Hand aus und sagte: »Komm.« Und ebenjene zitternden Beine gingen auf ihn zu.

Er tunkte einen Lappen in das Wasser und säuberte sie so vorsichtig, wie eine Mutter es mit ihrem Kind getan hätte. Er wischte ihr den Schmutz aus dem Gesicht und die Blutspuren von den aufgekratzten Handflächen und Knien. Seine schwieligen Hände fuhren vorsichtig über die blauen Flecke, die sich unter ihrer blassen Haut zu bilden begannen. Er kniete sich hin und stellte ihre Beine etwas auseinander, wobei seine warme Hand sie stützend am Hinterteil faßte. Behutsam zog er den Waschlappen zwischen ihren Beinen hindurch und wusch seinen getrockneten Samen weg. Ihre Schenkel bebten, und sie rang nach Atem. Der Lappen schien ihr auf ihrer überempfindlichen Haut rauh. Er bedeckte seine Finger mit dem Lappen und drang sanft ein wenig in sie ein. Er wusch sie sehr langsam und sehr gründlich, und die Wärme in ihrem Bauch weitete sich zu einem Feuer aus. Ihre Hüften streckten sich ihm bittend entgegen. Wortlos warf er das Tuch beiseite, beugte sich vor und legte seine Lippen auf ihre Weiblichkeit. Er wußte genau, wie er sie verrückt machen konnte. Er saugte an ihrer Klitoris und leckte sie, bis sie sich so sehr wand, daß sie sich kaum noch auf den Beinen halten konnte. Zusätzlich drangen seine langen, schlanken Finger suchend in sie ein oder streichelten um ihre zarte Öffnung. Schließlich hielt er ihre Hüften mit eisernem Griff an sich gepreßt, während seine Zunge wieder und wieder in sie eindrang und sie sich ihren explodierenden Gefühlen völlig hingab. Schließlich sackte sie über ihm zusammen. Er hob sie hoch und setzte sich mit ihr auf den Stuhl. Sie lag vollkommen benommen auf seinem Schoß und hätte nicht einmal mehr eine Hand hochheben können.

Mit seiner freien Hand schenkte er den Wein ein und hielt ihr den Kelch an die Lippen. Nachdem sie getrunken hatte, trank er ebenfalls. Seine dunklen Augen wurden dabei von seinen dichten Wimpern überschattet. Grace ließ sich gegen seine Brust fallen. Sie fühlte sich warm und leer und merkwürdig sicher. Er hätte sie möglicherweise genommen, bevor er sie umgebracht hätte. Aber sie bezweifelte, daß er ihr soviel Vergnügen wie eben bereitet hätte, wenn er sie danach hätte umbringen wollen. Es war nicht nur die Art und Weise, in der er ihr Vergnügen bescherte, sondern daß er es überhaupt getan hatte. Henker waren normalerweise nicht am Wohlergehen ihrer Opfer interessiert.

Die Hitze des Feuers wärmte ihren Körper und verscheuchte auch noch das letzte Zittern. Seine Schenkel lagen fest und wohlig unter ihrem Hinterteil, und seine Schultern boten einen wunderbaren Ruheplatz für ihren Kopf. Er fütterte abwechselnd sie und sich mit Brot und Käse, dann bot er ihr wieder den Weinkelch an. Diesmal nahm sie einen großen Schluck. Als er den Kelch wieder an seine eigenen Lippen setzte, trank er genau an der Stelle, wo eben ihre Lippen getrunken hatten. Diese erotische Geste rührte sie.

»Ich muß die etwas sagen…« Sie stockte und suchte nach Worten. Schnell hielt er ihr die Hand vor den Mund.

»Nicht doch. Heute abend sprechen wir nicht darüber. Morgen früh wird dafür noch genügend Zeit sein.« Seine Stimme war ruhig und leise, sein schottischer Akzent verflogen. Er sprach die präzise, abgewogene Sprache des Schatzhüters. »Im Augenblick – du schmeckst mir gut, und ich habe vor, noch mehr von dir zu kosten.« Er beugte sich vor und setzte den Kelch auf dem Boden ab. Dann küßte er sie so, wie er sie seit der Nacht in dem Verlies der Hays nicht mehr geküßt hatte. Sein Kuß war wild und tief. Sie vergrub beide Hände in seinen Haaren und stöhnte vor Vergnügen und Wollust auf. Mit seinen Küssen könnte er sich ein Vermögen verdienen, schoß es ihr widersinnig durch den Kopf. Welche Frau würde nicht ihr Vermögen hergeben, wenn sie dafür ein solch süßes, solch ausgefeiltes Spiel mit Lippen und Zunge bekommen könnte, eine Mischung aus Spiel und Verbrechen und Autorität? Er küßte wie ein Engel, vielleicht aber auch wie ein Teufel, denn ein Engel würde solch fleischliche Gelüste wohl kaum kennen.

Er trug sie zu seinem Bett hinüber und legte sich neben sie. Seine breiten Schultern verdrängten das Licht, als er sich über sie beugte. Keuchend öffnete Grace ihre Beine, dann klemmte sie seine Hüften zwischen ihre Schenkel und stemmte sich gegen seine Schultern. Willig rollte er auf den Rücken. Auf ihm sitzend, griff sie mit beiden Händen nach seinem Penis und ließ sich darauf nieder.

Das Gefühl war ebenso erschütternd wie unnachgiebig. Sie legte ihre Hände auf seinen Bauch, preßte ihre Hüften nach unten und nahm ihn nach und nach in sich auf. Ihr Atem flatterte. Gott, o Gott, sie fühlte sich vollkommen außer sich, sie konnte einfach nicht genug von ihm bekommen. Ihr Körper hatte so nach einem erregten Mann gelechzt. Ihr Verlangen hatte sie in ihr Unterbewußtsein verbannt, wo es sich in ihre Träume geflüchtet hatte. Jetzt aber tobte dieses Verlangen in einer nicht mehr einzudämmenden

Flut. Sie ritt ihn heftig, während er ihre Brüste umspannte. Und wieder erreichte sie den explodierenden Höhepunkt.

Er war noch nicht gekommen, sondern war nach wie vor hart wie Eisen in ihr. Ihr Verlangen erwachte erneut, bevor sie die Kraft hatte, nachzudenken. Sie lag auf seiner Brust, seine Hände streichelten ihr Gesäß und ihren Rücken. Wieder spürte sie, wie sich ihre inneren Muskeln um ihn zusammenzogen.

Er lachte heiser auf, und seine weißen Zähne glänzten im Feuerschein. Sie setzte sich auf, wobei sie ihn von neuem tief in sich aufnahm. Wieder ritt sie ihn mit aller Macht, und diesmal kam er vor ihr. Sein kräftiger Körper bäumte sich unter ihr auf, seine Hände umklammerten ihre Hüften und preßten sie noch enger auf sich drauf. Von seinem spritzenden Samen benetzt, kam sie noch einmal.

Danach dösten sie erschöpft. Sie lag auf ihm, und seine eine Hand verschlang sich in ihren Haaren. Grace wachte auf, das Feuer flackerte immer noch warm, es konnte also nicht viel Zeit vergangen sein. Er schlief, sein Penis war weich. Sie rutschte an seinen Körper herunter und nahm sein Glied in ihren Mund. Sie fühlte, wie er erwachte, wie er hart wurde. Und dann bestieg sie ihn erneut.

Die Stunden verflossen. Er ließ sie nach ihrem eigenen Gutdünken über seinen Körper verfügen. Er biß die Zähne zusammen und kämpfte gegen seine eigene Lust an. Er wollte seinen Höhepunkt noch nicht erreichen, ihretwegen wollte er so lange hart bleiben, bis sie gesättigt war. Sie wußte nicht mehr, ob das Fieber jemals nachlassen würde, ob ihr Körper, dem dies so lange verwehrt gewesen war, jemals dem fast betäubenden Vergnügen an seinem Körper überdrüssig werden würde. Sie streichelte ihn überall und zitterte angesichts ihres Vergnügens an seiner Haut. Sie küßte sein Kinn, seine Ohren, seine wunderbaren Lippen. Als sie schließlich befriedigt war, spannte sie ihn auf die köstliche Folter, indem sie ihn tief in ihren Mund nahm. Sie ahnte, wie sehr sie seine Kontrolle forderte. Sie ließ ihre Zunge um seinen Schaft kreisen und saugte an der geschwollenen Eichel. Mit einem unterdrückten, rauhen Schrei riß er sich los, hob sie von sich weg und legte sie auf den Rücken.

Er spreizte ihre Schenkel. »Du hast mich heute nacht arg strapaziert«, flüsterte er, als er in sie eindrang. »Jetzt bin ich an der Reihe.«

Er hätte eigentlich die Beherrschung verlieren sollen, aber das tat er nicht. Als er kam, hätte er jenseits aller Erregung sein sollen, aber auch das war nicht der Fall. Die Art, wie er sie erforschte, war ebenso unglaublich gründlich, wie sie bei ihm vorher auf Entdeckungsreise gegangen war. Seine Stöße hämmerten tief in ihren Bauch, und sie hielt ihn fest an sich gepreßt, als er sich zuckend aufbäumte. Das Feuer brannte herunter, die Kerze ging aus. Und in der Dunkelheit erlaubte sie ihm Dinge, von denen sie niemals geglaubt hätte, daß sie sie einem Mann gestatten würde. Sie aber ergötzte sich an seiner ungebremsten Wollust.

Endlich wurde es still.

Sie lag an ihn gekuschelt, ihr Kopf ruhte auf seiner Schulter, ihr Körper war matt und entspannt. Seine Hand streichelte über ihre Brüste, sein Daumen rieb beiläufig über ihre samtenen Knospen. Sie atmete seinen würzigen, einmaligen Geruch ein. Da wurde ihr blitzartig bewußt, daß sie sich nicht mehr an Fords Geruch erinnern konnte. Der Schmerz griff sie aus der Dunkelheit heraus an, und sie hatte nichts, womit sie ihn hätte abwehren können. Er kam tief aus ihrem Inneren, und wie mit scharfen Klauen schlug er sich in ihre Eingeweide. Ein erbarmungswürdiger Schrei drang aus ihrer Kehle. Niall schlang die Arme um sie, und sie ließ sich fallen.

Sie hätte nicht sagen können, wie lange sie weinte. Es schien ohne Ende. Die Trauer war zu lange unterdrückt worden, sie ließ sich nicht länger zurückhalten. Sie weinte in jammervollen, krampfhaften Schluchzern. Sie weinte, bis ihr die Lunge schmerzte und ihre Augen fast zugeschwollen waren. Sie weinte, bis ihre Kehle rauh war und sie die Geräusche eines verletzten Tieres von sich gab. Er hielt sie fest umschlungen, auch dann noch, als sie sich ihm widersetzte, als sie ihn trat und kratzte. Ihr rasender Zorn richtete sich gegen die beiden sinnlosen Morde, die sie zerstört hatten, gegen die Angst und die Wut des letzten Jahres. Sie bearbeitete Nialls Brust mit ihren Fäusten. Schließlich hielt er ihre Hände fest, rollte sich auf sie und erstickte ihren Angriff. Sie fing an zu würgen, und er trug sie schnell zu dem Nachttopf und stützte sie, während sie sich übergab. Dann flößte er ihr noch etwas Wein ein, trug sie auf das Bett zurück und umarmte sie, bis sie keine Tränen mehr übrig hatte.

Das frühe Licht des Morgengrauens drang durch das schmale Fenster. »Du hast ihn sehr geliebt«, sagte Niall leise und strich ihr das zerzauste Haar aus dem verschwollenen Gesicht. »Du hast bisher noch nie um ihn geweint, nicht wahr?«

»Nein«, knarzte sie mit brüchiger Stimme. Das Geräusch erschreckte sie. »Ich konnte es nicht.«

Der Wein erwärmte ihren Bauch, ihre Gedanken wurden von Alkohol und Müdigkeit vernebelt. Seine Hände streichelten ihren Körper, ihre Brüste und Schenkel und Hüften, und ließen sie wissen, daß er selbst beim Trösten sie doch ganz für sich beanspruchte. Sie war so wund von den Exzessen der Nacht, daß sich ihr Gesicht verzerrte, als er sie noch einmal nahm. Aber sie ließ ihn gewähren. Er drang tief in sie und blieb dort so lange, bis sich ihre Verkrampfung gelöst hatte und sie ruhig und entspannt unter ihm lag.

Er kam nicht, er stieß noch nicht einmal zu, sondern hielt einfach nur die Verbindung zu ihr aufrecht. Nach einer Weile rollte er sie beide auf die Seite, umfaßte ihr Hinterteil und drückte sie an sich.

Grace legte ihre Hand auf sein Gesicht. Ihre Finger fuhren die Linie seiner Augenbrauen und die hohen Wangenknochen entlang. »Ich weiß, wer du bist«, sagte sie wie betäubt. Jegliches Gefühl, mit Ausnahme der Wonne, ihn zu berühren, war von ihr gewichen. »Ich weiß, daß du der Hüter bist. Ich komme aus dem Jahr 1997, um den Schatz zu finden. Mit seiner Hilfe werde ich den Mann umbringen, der meinen Mann und meinen Bruder ermordet hat.«

26

Niall saß am Tisch und sah sich schweigend die Bücher an, die Grace mitgebracht hatte. Da sie ihn von ihrer Ehrlichkeit und Redlichkeit hatte überzeugen wollen, hatte sie ihm das Versteck ihrer Tasche verraten. In dem Moment aber, als er sie geholt hatte, wurde sich Grace bewußt, daß er überhaupt keinen Beweis mehr von ihr verlangte. Er betrachtete die Bücher aus Neugier, nicht weil er eine Bestätigung suchte.

Zu den Veränderungen der Sprache bemerkte er: »Ich fand den Rhythmus deiner Sprache von Anfang an merkwürdig, obwohl du Englisch gesprochen hast.« Und dann: »Es gibt also doch noch Länder hinter dem Horizont. Diese Frage habe ich mir immer schon gestellt.« Er war weder schockiert noch ablehnend. Er war hochgebildet, er sprach sieben Sprachen, und er mußte tagtäglich mit dem Übersinnlichen fertig werden. Aber er war entwaffnend ruhig, was wiederum ihre wenigen verbliebenen Nerven reizte.

Schließlich blickte er auf: »Diese Dokumente, die du übersetzt hast – sagtest du nicht, ich hätte einen Teil von ihnen selbst geschrieben?«

»Genau. Du hast sie datiert und mit deinem Namen unterschrieben. Das war im Jahr 1322.«

»Ich habe aber überhaupt keine Papiere verfaßt«, erwiderte er.

»Aber ich habe sie doch selbst gesehen…«

»Vielleicht bist du ja der Grund für ihre Existenz.«

Nachdenklich nagte sie an ihrer Unterlippe. »Willst du damit sagen, daß sie gar nicht erst geschrieben worden wären, wenn ich nicht hierhergekommen wäre? Aber ich bin doch hierhergekommen, *weil* du sie geschrieben hast!«

Ein bitterer Zug spielte um seine Mundwinkel. »Ich habe Gott gehaßt für das, was er meinen Brüdern angetan hat«, erklärte er ruhig. »Aber seine Existenz kann ich dennoch nicht bezweifeln. Wie könnte ich es auch, da ich doch seine Macht auf Erden bewache? Wer weiß schon, was die Hand Gottes tut?« Er zuckte mit den Schultern. »Ich versuche nicht länger, ihn zu begreifen, ich tue lediglich meine Pflicht.«

»Du haßt Gott?« Sie starrte ihn entsetzt an.

»Wie sollte ich denn nicht? Ich wollte kein Ritter werden, aber man hat mich in den Orden gezwungen. Ich habe ein Talent zum Töten«, sagte er, seine eigenen Vorzüge würdigend. »Ich wurde zum besten Krieger unter uns Rittern. Ich lernte die Geheimnisse kennen, die zu schützen unsere Aufgabe war. Und das alles im Dienste Gottes! Dennoch ließ dieser Gott es zu, daß seine Diener im Namen ebendieser Geheimnisse abgeschlachtet wurden. Keiner der Ritter hat seinen Eid gebrochen, nicht einer hat das Geheimnis verraten, auch dann nicht, als die Flammen auf dem Scheiterhaufen bereits seine Beine verbrannten. Sie haben gelitten, und sie sind umgekommen, und Gott hat es zugelassen. Vielleicht waren diese Dinge ja auch von Gott geplant, um diejenigen auszulöschen, die Bescheid wußten. Nur ich bin noch übrig. Und Dummkopf, der ich bin, bin ich die ganzen Jahre meinem Eid gegenüber treu geblieben. Denn meinen Eid habe ich nicht Gott gegenüber geschworen, sondern den Freunden, die für ihn in den Tod gegangen sind.«

Seine Stimme war ruhig, sein Blick abwesend. Grace wäre gerne zu ihm gegangen, aber er schien zu weit entfernt. »Sieh mich an«, sagte er. »Ich bin neununddreißig Jahre alt, ich sollte langsam alt werden, aber mein Haar bleibt schwarz und auch meine Zähne fallen nicht aus. Ich bin niemals krank, und wenn ich verwundet bin, so heilt es schnell. Er hat mich dazu verflucht, daß ich seinen verdammten Schatz auch dann noch beschütze, wenn ich schon gestorben bin.«

»Nein«, erwiderte sie leise. »Du bist nur ein gesunder Mann.« Darin konnte sie ihn tatsächlich bestätigen, denn sie war sich seines Menschseins und seiner Sterblichkeit nur zu bewußt. »In meiner Zeit erreichen die Menschen leicht ihre siebzig oder achtzig Jahre, gelegentlich werden sie sogar hundert Jahre alt. Ich selbst bin einunddreißig.«

Erstaunt hob er die Brauen. Er musterte sie eingehend, bemerkte ihre glatte, klare Haut und ihr glänzendes Haar. »Du siehst aber noch aus wie ein Mädchen.«

Sie wollte lieber nicht an ihr Aussehen denken, denn ihre Augen waren vom Weinen geschwollen, ihre Gesichtszüge von der langen, ausschweifenden Nacht erschöpft. Sie setzte sich dicht neben ihn auf die Bank.

»Erzähle mir etwas über diese Stiftung«, sagte er.

Sie erzählte ihm alles, was sie wußte. Den Grund und die Umstände von Fords und Bryants Tod hatte sie ihm bereits vorher schluchzend erläutert. Seine Finger trommelten beim Zuhören auf der Tischplatte.

»Ich frage mich, wie sie die Existenz des Schatzes überhaupt entdeckt haben«, grübelte er.

»Vermutlich ein archäologischer Fund«, erwiderte Grace. Sie zögerte. »Die Macht – was ist das eigentlich genau?«

»Es ist die Macht Gottes«, erwiderte er. »Damit ist alles möglich.«

»Aber Macht ist doch nicht etwas, was man in einer Truhe verstauen und zu dem Zeitpunkt wieder hervorkramen kann, an dem man sie braucht! Gott kann doch nicht seine Macht im Keller einer schottischen Burg verscharren und ...«

Er schüttelte den Kopf. »Nein, so ist es ja auch nicht, obwohl er das könnte, wenn er es denn wollte. Die Ritter hatten wohl begriffen, daß wir Sterblichen Gott nicht begreifen können, daß wir Dinge nicht für unmöglich halten dürfen, denn unserem Gott sind alle Dinge möglich. Unsere eigenen Begriffsmöglichkeiten aber sind vergleichsweise bescheiden. Gott ist nicht durch unsere Vorstellungskraft oder unsere kleinen Seelen beschränkbar. Die Kirche legt Regeln fest und behauptet, sie kämen von Gott. Aber eigentlich sind sie nur das Werk von Menschen, die Gott zu interpretieren versuchen.« Wenn er Gott als so uneingeschränkt mächtig erachtete, wie sollte er ihn dann nicht hassen? Niall war schon lange zu dem Schluß gekommen, daß Gott die Tempelbrüder absichtlich zerstört hatte. Denn wenn er sie hätte retten wollen, würde der Orden auch heute noch existieren.

»Aber warum wollte er den Orden zerstören?« flüsterte sie.

Nialls schwarze Augen funkelten sie an. »Um die Kirche zu schützen«, erwiderte er tonlos. »So viele Fehler sie auch aufweisen mag, das Gute überwiegt doch immer noch die Nachteile. Die Kirche legt die Rahmenbedingungen der Zivilisation fest, Mädchen. Regeln. Grenzen.«

»Weswegen waren die Ritter denn eine Bedrohung für die Kirche?«

Er stand auf, ging zum Fenster hinüber und schaute auf die rauhe, schöne Landschaft, über die er herrschte. »Wir wußten Bescheid.«

»Was wußtet ihr?«

»Alles.«

Sie wartete, und Minuten verstrichen. Ohne sie anzusehen sagte er: »Ist dir denn nicht aufgefallen, daß ich dich niemals mit deinem Namen angesprochen habe? Dein Name! Grace

St. John. Ich begehre dich so sehr, daß ich fast daran verglühe, aber dein Name geht mir gegen den Strich. Es gibt keinen Zustand der Gnade, lediglich einen der Unwissenheit.«

Seine Worte trafen sie wie ein Schlag, als ob er sie abgewiesen hätte. Vielleicht hatte er das ja auch getan, jedenfalls hatte er sie seit ihrem Geständnis noch nicht wieder berührt. »Was wußtet ihr?« fragte sie noch einmal flüsternd.

»Sie haben alles in dem Tempel in Jerusalem gefunden. Den Löwenthron, diesen wunderbaren barbarischen Thron, in den sowohl Yahweh und Ashara, Gott und Göttin, männlich und weiblich, geschnitzt sind. Sie waren zwei, und doch waren sie eins. Die alten Israeliten verehrten sie beide. Dann zerstörten die Priester absichtlich alle Altäre, die für Ashara erbaut worden waren, und wollten alles Wissen und jede Erinnerung an sie tilgen. Aus Yahweh wurde Jehovah, der einzige Gott.«

»Ja, ich weiß«, sagte sie. Die Archäologie hatte das alles bereits zutage gefördert und damit den Gelehrten altjüdischer Geschichte viele Rätsel aufgegeben.

»Es gab auch noch andere Dinge«, fuhr er fort. »Der Kelch. Es ist ein ganz einfaches Gefäß, und trotz der Suche nach dem Heiligen Gral verfügt es über keinerlei Macht. Die Flagge. Das Heer, das sie an seiner Spitze führt, wird niemals verlieren, seine Feuervögel werden wieder und wieder aus der Asche auferstehen. Deutlich sind darauf dieselben Löwen wie auf dem Thron zu sehen, obwohl die Überlieferung sagt, sie sei nicht so alt und erst zur Zeit der Ritter gefertigt.« Er seufzte leise. »Und dann ist da noch das Tuch.«

Ihr Mund wurde trocken. »Das Leichentuch?«

Er machte eine ungeduldige Bewegung. »Später hat man es als solches bezeichnet, aber das entspricht nicht der Wahrheit.«

»Was aber war es dann?«

»Es war das Tuch, in das Jesus gewickelt wurde, nachdem man ihn vom Kreuz genommen hatte«, erklärte Niall.

»Dann ist es also doch das Leichentuch. Er wurde darin begraben.«

Nialls Augen waren dunkler denn je, und sein Blick sah durch sie hindurch. Um seine Lippen spielte ein bitterer Zug. »Nein, eben gerade kein Leichentuch, denn er lebte noch. Er war Gottes Sohn im Geiste, und das Kreuz konnte ihn nicht besiegen. Die Kirche gründete sich auf die nicht haltbare Legende der Wiederauferstehung, obwohl es in ihren ureigensten Schriften geschrieben steht, daß Jesus gar nicht gestorben war. Später dann konnte man die Wahrheit nicht sagen, ohne damit die Kirche zu zerstören. Also schwiegen wir, um die Kirche zu stützen und Gott zu dienen – woraufhin Gott uns zerstörte. Sein Gesicht.« Er stieß die Worte voller Wut hervor. »Wir kannten sein Gesicht von dem Tuch. Wir ehrten es, denn es war uns der Beweis für Gottes Macht. Jesus lebte! Gott war Jesus bei seiner Erlösung behilflich, da jener seine Aufgabe erfüllt hatte. Jesus verließ in einer Explosion aus Hitze und Licht die Erde. Wir haben die Aufzeichnungen dazu gefunden! Wir wissen, wie es geht! Aber als wir unsere Aufgabe erfüllt hatten, hat Gott uns zerstört. Und dennoch … dennoch diene ich ihm.«

Grace fand keine Worte. Ihre Lippen zitterten, und ihr wurde bewußt, daß sie zu atmen aufgehört hatte. Eine Explosion aus Hitze und Licht … sie hatte etwas ganz Ähnliches empfunden, als sie hierher zurückgereist war …

»Uns war klar, daß das *Wie* vollkommen nebensächlich war. Die Methode, die er benutzte, war bedeutungslos, denn wir vertrauten und verehrten ihn. Andere mit ihren kleinkarierten Gehirnen und ihrem Aberglauben können das nicht begreifen. Sie versuchen, Gott ihrem eigenen Verständnis und ihren eigenen Vorstellungen gemäß zurechtzustutzen. *Sie* hätten sich von der Kirche abgewendet. Nicht so *wir*.«

Voller Bitterkeit stießen seine angespannten Lippen die Worte hervor. Sie schluckte ängstlich und trat neben ihn auf das Fenster zu. Sie traute sich jedoch nicht, ihn zu berühren, solange seine Wut noch wie ein Spannungsfeld von ihm abstrahlte. »Aber genau das tust du doch, Niall. Du versuchst, Gottes Gründe und Vorgehensweisen deinem eigenen Verständnis zugänglich zu machen.« Sie hielt inne, um ihre Gedanken zu ordnen. Sie glaubte an eine grundsätzliche Güte und schlußendlich glaubte sie auch an Gott. Sie spürte eine höhere Macht, eine tiefere Bedeutung, aber sie war keine Theologin. »Meiner Meinung nach geschehen nicht alle Ding, weil Gott es so will. Meiner Meinung nach gibt er uns die Freiheit, entweder gut oder böse zu sein. Denn wenn wir keine Wahl hätten, so wären unsere Handlungen bedeutungslos, und niemand wäre zur Verantwortung zu ziehen. Wenn Menschen Böses tun, so tun sie es, weil sie es sich ausgesucht haben. Wir sollten es also ihnen und nicht Gott zur Last legen.«

»Warum hat er dann Philipp keinen Einhalt geboten? Warum hat er Clemens nicht sterben lassen? Das hätte er tun können, aber er hat sie das Geschehen dominieren lassen.«

»Er hat ihnen die Wahl selbst überlassen, und sie werden anhand ihrer Handlungen beurteilt werden.«

»Dann werde ich sie wohl in der Hölle wiedersehen.«

»Ach, Niall.« Sie lehnte ihren Kopf an seinen Arm und fühlte eine unendliche Zärtlichkeit und Bewunderung für ihn in sich aufsteigen. »Du wirst nicht in die Hölle kommen. Wie sollte das denn passieren? Trotz all deines Schmerzes und deiner Wut bist du deinem Schwur treu geblieben und hast Gott gedient. Glaubst du nicht auch, daß dein Dienst ihm wertvoller ist als der von anderen, die niemals haben leiden müssen und niemals auf die Probe gestellt wurden?«

Er wandte sich zu ihr um und ergriff so fest ihre Arme,

daß es ihr weh tat. »Ich hätte es vorgezogen, ihm überhaupt nicht zu dienen!« knurrte er.

»Du hast es aber dennoch getan.«

»Genau. Und mein ganzes verdammtes Leben ist an diese Burg gebunden, an diesen verfluchten Schatz, zu dessen Schutz ich mich verschworen habe! Glaubst du etwa, ich hätte nicht auch lieber ein ganz normales Leben gelebt und Frau und Kinder gehabt?« Er sprach wieder mit schottischem Akzent, seine Stimme war vor Wut belegt. »Aber das konnte ich nicht tun! Die Belastung und die Gefahr waren einfach zu groß. Und jetzt…«

»Was ist jetzt?« forderte sie ihn heraus.

Er warf ihr ein bitteres Lächeln zu. »Jetzt hat er mir Grace gesandt, aber auch wieder nur, um mich in einen weiteren Kampf für ihn zu stürzen.«

Sie blinzelte ihn erstaunt an. »Deswegen bin ich doch gar nicht hierhergekommen. Wenn ich den Schatz hätte finden können, so hätte ich ihn zu meinen eigenen Zwecken genutzt. Wenn nicht, dann hätte ich dich um deine Hilfe bitten müssen. Aber ich brauche lediglich dein Wissen.«

»Aber nein«, entgegnete er zärtlich. »*Mich* brauchst du. Ich bin der Hüter des Schatzes, und niemand außer mir darf die Macht ausüben.«

»Wie funktioniert das?« fragte Grace nervös. Sie klammerte sich an ihn, während sie den Geheimgang hinuntergingen. Die Burg war in tiefen Schlaf gesunken. Den Tag hatten sie damit verbracht, teilweise sogar sehr hitzig, ihre weitere Vorgehensweise zu erörtern. Huwe war tot, diese Bedrohung war also nicht mehr da, und Niall konnte in seiner Aufmerksamkeit ein wenig nachlassen. Jetzt war genau der richtige Moment für ihn zu gehen. Da sich Grace an die Heftigkeit der ganzen Prozedur erinnerte, sah sie dem Ganzen nicht sehr freudig entgegen. »Wie willst du denn an die Elektrizität kommen?«

»Elektrizität?« Langsam wiederholte er das Wort. »Was ist das?«

»Eine Form von Energie. Eine Kraft.«

»Kraft.« Er lachte humorlos auf. »Wir benutzen Gottes Kraft. Die Prozedur ist dazu bestimmt, *wieder zurückzukehren.*«

Er setzte seine Schritte sicher, als ob er die Kerze überhaupt nicht brauchen würde. Grace war weniger sicher. Sie fühlte um sich herum ein großes Nichts, eine Leere, als ob Creag Dhu bereits in der Auflösung befindlich sei. Ihr Herz schlug wild in ihrem Hals. Sie schluckte, um die unbegründete Angst zu bändigen. Sie hatte es schon einmal gewagt und dabei weniger Befürchtungen gehabt. Jetzt aber wußte sie Bescheid. Sie spürte die Brise auf ihrer Haut. Niall führte sie immer weiter hinunter in die tiefe Dunkelheit hinter den Stufen. Er ließ die Kerze draußen stehen und trat in die undurchdringliche Finsternis. Er hatte den Arm fest um sie geschlungen, damit sie ihm nicht verlorenging.

Der Schatz lag in den schwarzen Tiefen versteckt, verströmte jedoch eine lautlose Energie. Die Luft hätte sich eigentlich tot und leer anfühlen müssen. Das war aber nicht der Fall. Obwohl kalt und dunkel, vibrierte die Kammer mit all den Geheimnissen, die dort verborgen lagen. Schätze. Dinge. Und doch war der wahre Schatz nicht das, was dort lag, sondern das, was er repräsentierte.

»Wir haben das Wasser getrunken und das Salz gegessen«, sagte Niall mit fester Stimme. »Nun nimm uns.«

Der Blitz nahm ihr die Sicht, eine Kraft wie ein enormer Windstoß riß ihr die Beine weg. Eine Weile lag sie taub und blind und ohne jeden Gedanken da. Als der Nebel sich lichtete, stöhnte sie auf und versuchte, sich umzudrehen.

»Laß mich dir behilflich sein, mein Schatz«, raunte eine süßliche Stimme. Sie wurde auf die Beine gezogen und von starken Armen gehalten. Graces Kopf fiel zurück. Sie versuchte, sich zu konzentrieren. Als sie die Augen öffnete, blickte sie direkt in Parrishs grinsendes Gesicht. »Du kannst dir sicher meine Überraschung vorstellen, als meine Arbeiter dich hier auf den Steinen liegend gefunden haben«, fuhr er fort. »Bis auf ein paar Vertrauensleute habe ich sie alle weggeschickt. Conrad kennst du, glaube ich, schon und Paglione möglicherweise auch.«

Benommen starrte Grace in die kalten, ausdruckslosen Augen des Mannes, den sie auf dem MacDonald's Parkplatz angeschossen hatte. Er zuckte nicht einmal mit der Wimper. Der andere Mann, Paglione, kam ihr ebenfalls bekannt vor, wenn sie sich auch nicht mehr daran erinnern konnte, welcher der Angreifer er gewesen war.

Eine kühle Brise fuhr durch ihr Haar, und sie wandte ihr ihr Gesicht entgegen. Es war ein Meereswind, der über den Ort blies, wo Creag Dhu einst gestanden hatte. Nur noch ein paar Steinwände waren übriggeblieben, daneben die Ausgrabungen der Arbeiter. Wo war Niall? Hatten sie ihn bereits gefunden? Hatte er die Reise überstanden?

»Du wolltest also selbst mal nach dem Gold suchen, nicht wahr?« fragte Parrish. Er quetschte ihre Brüste und tat ihr weh. Grace unterdrückte einen Schrei, obwohl ihr die Tränen in die Augen schossen. Sie wollte ihm jedoch nicht die Befriedigung verschaffen, sie jammern zu hören. »Es gibt kein Gold«, brachte sie hervor. Er richtete sich auf, und seine Augen wurden schmal. »Wie bitte?«

»Der Schatz besteht nicht aus Gold. Es sind Gebrauchsgegenstände. Es gibt kein Gold!«

»Du lügst«, herrschte er sie an und schlug ihr ins Gesicht. Sein Schlag hätte sie niedergestreckt, wenn er sie nicht festgehalten hätte. Er holte nochmals aus, diesmal allerdings mit geballter Faust.

»Doch, es gibt Gold.«

Die leise gesprochenen Worte ließen sie herumfahren.

Parrish riß Grace hoch und verrenkte ihr den Arm. Sie leckte sich über die Lippe, die von Parrishs Schlag blutete. Niall stand vollkommen entspannt da, der Wind fuhr ihm durch die Haare und hob den Saum seines Schottenrocks an. Ein leises Lächeln spielte auf seinen Lippen. Er stützte sich gemütlich auf sein Schwert, das er in den Boden gerammt hatte. Er sah wild und barbarisch und wunderschön aus, ein Wilder allerdings, der solch geschliffene Manieren und so viel Erfahrung besaß, wie sie die meisten modernen Männer niemals auch nur annähernd erreichen würden.

»Wer bist du denn?« fragte Parrish geringschätzig. »Nicht, daß es weiter wichtig wäre.« Conrad und Paglione hatten sich bereits aufgeteilt, jeder war mit gezückter Pistole in eine andere Richtung gelaufen, so daß Niall schließlich zwischen ihnen zu stehen kam.

»Niall von Schottland. Ich befürchte allerdings, daß es doch wichtig ist, denn das Gold gehört mir.«

Parrishs Augen wurden schmal. »Du hast es also gefunden?«

Niall blickte ihn belustigt an. »Es ist niemals verlorengegangen.« Er sah zu Grace hinüber. Beim Anblick ihrer blutenden Lippe verhärtete sich sein Ausdruck.

»Zugegebenermaßen kompliziert das das Ganze ein wenig«, gab Parrish zu. »Aber ich nehme kaum an, daß du es alles schon ausgegeben hast, sonst würdest du dich nicht wie ein obdachloser Idiot kleiden. Vielleicht besitzt du das Gold ja auch gar nicht.«

»Aber ja doch.« Niall griff in seinen Rock, und sowohl Paglione als auch Conrad zückten sofort ihre Waffen. Niall hob die Augenbrauen. Er lächelte, als ob die beiden lediglich zwei etwas übermütige Kinder seien. »Langsam, langsam.« Er zog seine Hand hervor und öffnete sie. Ein Goldtaler lag in der Sonne glitzernd auf seiner Handfläche.

Parrish lächelte ebenfalls. Sein attraktives Gesicht verzog

sich zu einer gönnerhaften Grimasse, bei deren Anblick Grace sich hätte übergeben können. »Und wo ist der Rest?«

»Der Rest ist nicht hier. Ich habe ihn schon vor langer Zeit verlegt, um es vor einem Tag wie diesem zu schützen.«

»So ein Pech.« Parrish zuckte mit den Schultern. »Du wirst es mir verraten, dafür wird Conrad schon sorgen. Seine Methoden allerdings werden dir nicht behagen. Leider machst du mir einen etwas sturen Eindruck.« Er nickte Conrad zu. Paglione, der den Befehl bereits erwartet hatte, ging auf Niall zu.

Etwas Ungestümes flackerte in Graces Blick auf. Sie hatte die beiden von ihr geliebten Männer sterben sehen, sie konnte eine Wiederholung einfach nicht ertragen. Ein tiefes, animalisches Stöhnen drang aus ihrer Kehle. Sie wirbelte eine Halbdrehung zu Parrish herum und rammte ihre Handfläche gegen seine Nase. Blut strömte aus beiden Nasenlöchern. Er taumelte rückwärts und lockerte dabei seinen Griff ein wenig. Grace riß sich los. Paglione stürzte sich mit gezückter Pistole auf sie.

Ganz ruhig zog Conrad den Abzug. Grace schrie auf, wollte sich nach vorne stürzen, wurde jedoch von dem wieder aufrechten Parrish hochgerissen.

Paglione blickte sich, ohne noch mit der Wimper zu zucken, überrascht um. Das kleine runde Loch auf seiner Stirn hatte bläulich saubere Ränder. Er sackte lautlos in sich zusammen.

Parrish starrte ihn ungläubig an. »Bist du denn vollkommen verrückt geworden?« schrie er Conrad mit schriller, sich überstürzender Stimme an.

»Nein«, erwiderte Conrad und wandte sich Niall zu. Langsam verneigte sich sein affenartiger Schädel. »Ich diene dir, Hüter des Schatzes«, sagte er.

Niall nickte ihm kurz zu.

Parrish zog seine Pistole und preßte den Lauf gegen

Graces Schläfe. Er strauchelte einige Schritte rückwärts, stolperte über Dreck und Steine und schleifte sie mit sich mit. »Ich werde sie umbringen«, zischte er, wobei die Worte durch sein Nasenbluten undeutlich klangen. »Ich werde sie verdammt noch mal umbringen.«

Niall zog die Spitze seines Schwertes aus dem Boden und legte die Klinge über seine Schulter. Seine Hand umfaßte den Griff nur locker. »Nein«, entgegnete er. »Das wirst du nicht tun.« Er blickte Grace an und lächelte. Es war ein so süßes und merkwürdig strahlendes Lächeln, daß ihr fast das Herz stehengeblieben wäre. »Grace… beweg dich dort weg.«

Sie ließ sich sofort in den Knien einknicken und einfach aus Parrishs Griff heraus auf den Boden fallen. Er wollte sie packen, verlor das Gleichgewicht und fiel auf die Knie. Grace rollte von ihm weg, aber er drückte die Pistole ab. Die Kugel streifte ihren rechten Schenkel. Sie schrie auf und umklammerte ihr Bein. Parrish torkelte wieder auf die Beine und zielte erst auf Niall, dann auf Conrad, falls einer von ihnen eine Bewegung wagen sollte. Niall nahm das Schwert von seiner Schulter. Sein Lächeln war tödlich. »Bist du schwer verletzt, mein Liebling?« fragte er mit einer Zärtlichkeit, die Grace bisher an ihm unbekannt war.

»Nein«, erwiderte sie mit zitternder Stimme, obwohl ihr Bein wie verrückt brannte. Als sie die Hand auf die Wunde preßte, sickerte ihr das Blut durch die Finger.

Parrish zielte auf Niall und drückte ab. Der Schuß war als metallisches Echo über dem Meer zu hören. Niall ging langsam auf ihn zu. Parrish feuerte erneut, doch Niall schritt weiter auf ihn zu.

»Du kannst mich nicht umbringen, du Diener des Bösen«, flüsterte Niall.

»Du gottverdammter Mistkerl!«, schrie Parrish und schoß nochmals. Niall war bereits so nah bei ihm, daß Parrish ihn unmöglich hätte verfehlen können, aber seine Hände mußten wohl gezittert haben, denn der Schuß verfehlte ihn wieder.

Nialls Blick war an Parrish vorbei weit in die Ferne gerichtet, und doch ruhte er ganz in sich selbst. Er wandte den Kopf und lächelte Grace nochmals unglaublich liebevoll zu. »Meine geliebte Grace«, sagte er. »Ich habe den Himmel auf Erden mit dir gefunden, aber die Zeit ist um.« Er hob das schwere Schwert und berührte mit dessen Spitze Parrishs Brust. Parrishs ebenmäßiges, attraktives Gesicht verzerrte sich. Ein Blitz zerteilte zuckend den wolkenlosen Himmel. Das gleißende Licht umflutete Niall, wanderte die Klinge seines Degens entlang und schoß mitten durch Parrish hindurch. Schreiend stellte dieser sich auf die Zehenspitzen, als ob er von einer unsichtbaren Hand hochgezogen worden wäre. Er zitterte und bebte, dann rammte ihn erneut der Blitz. Parrishs Hosenschlitz wurde naß und verfärbte sich dunkel, und Dampf stieg zwischen seinen Beinen auf. Seine Augen verdrehten sich, bis nur noch das Weiße zu sehen war. Er öffnete die Lippen. Seine Hände verglühten. Sein blondes Haar versengte und verwandelte sich zu grauer Asche. Er schien zu schreien, sein Mund stand offen, aber außer dem Grollen des Blitzes war nichts zu hören. Seine Gesichtshaut schrumpelte zusammen und löste sich von den Knochen. Die ganze Zeit über stand Niall regungslos von einem grellen Lichtschein umgeben da. Dann hörte man einen donnernden Schlag, und Parrish sackte wie ein Haufen Lumpen auf die verbrannte Erde.

»Niall!« Grace richtete sich trotz des brennenden Schmerzes in ihrem Bein auf. »Niall!«

Er eilte über die Ruinen zu ihr hin und fing sie gerade noch auf, als sie stürzte. Vorsichtig legte er sie auf den kühlen Boden und hob ihre Kleider, um die Wunde anzuschauen.

Der Mann namens Conrad kniete neben Parrishs rauchender, stinkender Leiche. Der Anblick schien ihn zufriedenzustellen, denn er nickte kurz mit seinem affenartigen Kopf, dann stand er auf und stellte sich neben Niall.

Niall riß einen Streifen Stoff von Graces Unterkleid ab und wickelte es um die Verletzung auf ihrem Schenkel. Er blickte kurz zu Conrad hinauf. »Gehörst du zum Bündnis?«

»Ja. Uns ist die Existenz der Stiftung seit vielen Jahren bekannt. Wir hatten immer jemandem aus dem Bündnis als Mitglied bei der Stiftung, um deren Aktivitäten zu überwachen. Nur zweimal wäre es ihr um ein Haar gelungen, die Macht zu erlangen, 1945 und heute.«

»Du hast mich umbringen wollen«, wandte Grace mit klappernden Zähnen ein. Sie konnte es immer noch nicht so recht glauben, daß dieser Mann mit dem kalten, leblosen Blick auf Nialls Seite und in seinen Diensten stehen sollte.

»Wenn es notwendig gewesen wäre, dann hätte ich es getan«, erwiderte Conrad tonlos. »Meine Sorge waren die Dokumente. Ich wollte sie unter allen Umständen vor Parrishs Zugriff retten. Dann aber dachte ich, daß du vielleicht für ihren Besitz vorgesehen warst. Du warst schließlich eine der wenigen Menschen auf der ganzen Welt, die sie überhaupt verstehen konnten. Du wußtest, wie man zu dem Hüter gelangen und ihn hierherbringen konnte.«

»Ich bin sehr glücklich, daß du sie nicht verletzt hast«, brummte Niall leise und schaute von dem Verband um Graces Schenkel auf. Sein Blick war ebenso kalt wie der von Conrad.

»Wir tun, was wir tun müssen«, entgegnete Conrad. »Genau wie du auch.«

Um Nialls Lippen spielte ein bitterer Zug. »Wenn du meinst.« Er blickte auf Graces entblößten Schenkel hinunter, sah seine rauhen Hände auf ihrer seidigen Haut. Zärtlich strich er ihre Röcke glatt. »Alles wird wieder gut werden, Mädchen. Kannst du aufstehen?«

»Ich denke schon«, erwiderte sie mit zitternder Stimme.

Ihr Bein pochte qualvoll, aber sie hatte gesehen, daß die Wunde nicht besonders tief war. Niall half ihr auf die Beine und stützte sie, bis sie ihr Gleichgewicht gefunden hatte.

Er blickte sich um und hielt sein Gesicht in die Brise. Sein Blick streifte zwei Autos, zwei englische Mietwagen, die neben den ehemals vorhandenen Pferdeställen geparkt waren. »Automobile«, bemerkte er verwundert. »Bis jetzt habe ich nichts als dieses verfluchte Verlies und diesen Irren darin gesehen.«

»Es war ein Bunker«, korrigierte ihn Conrad.

Niall zuckte angesichts der unterschiedlichen Wortwahl die Schultern. »Es muß wohl jetzt viele Wunder zu bestaunen geben«, sagte er gedankenverloren. »Aber auch viel Schreckliches.«

»So ist es.« Conrads Augen hefteten sich auf Niall. Diesmal war sein Blick ausnahmsweise einmal nicht kalt. Grace konnte aus seinem Gesichtsausdruck nicht schlau werden, aber unvermittelt wurde ihr klar, daß Conrad, ohne zu zögern, sein Leben für Niall opfern würde. In diesem Moment verzieh sie ihm alles.

Niall neigte den Kopf und musterte sie ruhig. »Ich muß gehen«, sagte er.

»Gehen?« Kaum hatte sie das Wort ausgesprochen, als sie sich ihrer Lächerlichkeit bewußt wurde. Natürlich mußte er gehen, er war schließlich der Hüter des Schatzes.

»Ich könnte nicht hierbleiben, selbst wenn ich es wollte.« Er nahm ihr Gesicht zwischen die Hände und streichelte ihr zärtlich Wangen und Lippen. »Meine Pflicht wartet dort auf mich.« Er beugte sich vor, um sie zu küssen. Seine weichen Lippen berührten nur ganz leicht ihren Mund. Dann ließ er von ihr ab und entfernte sich. Sie hörte, wie er die Worte vom Wasser und Salz wiederholte. Sie machte einen Schritt auf ihn zu und versuchte seinen Namen zu rufen, aber die Panik verweigerte ihr die Stimme. Ein grelles Licht blendete sie. Als sie wieder sehen konnte, war Niall verschwunden.

»Niall!« Zu spät. Sie humpelte in Richtung des Felsens, wo er eben noch gestanden hatte. Eine unbändige Angst stieg in ihr auf, eine Angst, für die sie keinen Namen fand.

Conrad ergriff ihren Arm. »Er ist weg. Er ist der Hüter.« Das schien ihm Erklärung genug.

»Er ist ein Mensch!« Grace wirbelte mit irrendem Blick zu ihm herum. »Er ist genau wie jeder andere ebenso Mensch!« Sie spürte, wie angesichts des so unendlich schmerzlichen Verlustes dunkle Wogen der Ohnmacht auf sie zuschwappten. »Er ißt und schläft und atmet und blutet. Er hat keinerlei übernatürliche Kräfte oder irgend so etwas…«

»Nein«, erwiderte Conrad und führte sie von den Ruinen weg. »Aber Gott hat sie.« Er lenkte sie zu einem der beiden Mietwagen. »Der Hüter muß seine Aufgabe dort erfüllen – und wir unsere hier.«

Sie stolperte, ihre Beine knickten unter ihr weg. Wortlos hob Conrad sie in seine kräftigen Arme und trug sie zum Wagen. Sie saß wie betäubt, als sie von den Ruinen wegfuhren. Und innerlich brach für sie eine Welt zusammen, weil Niall nicht mehr da war.

»Der Mann ist mir einfach unheimlich«, murmelte Harmony, ihren Blick auf Conrad gerichtet. Conrad saß neben Kris. Gemeinsam holten sie jede Stiftungsdatei auf den Computerschirm und vernichteten sie. Es war Nacht, und sie waren in dem Gebäude ganz allein. Conrad und Kris hätten die Arbeit auch alleine erledigen können, aber Grace mußte dabei sein, weil ihre Nerven ihr einfach keine Ruhe ließen. Harmony war mitgekommen, weil sie sich wegen Grace Sorgen machte. Grace wiederum sah so aus, als ob sie beim kleinsten Anlaß zusammenbrechen würde. »Etwas merkwürdig ist er schon«, stimmte Grace zu. Sie hatte mittlerweile über einen Monat mit Conrad verbracht. Dennoch wußte sie kaum mehr über ihn als an dem Tag, an dem Parrish gestorben war. Er sprach nicht über sich selbst, und sie wußte, zu welchen Taten er fähig war. Man mochte ihn einen unbeirrbaren Killer nennen und damit vielleicht richtig liegen. Er hatte sich jedoch als unverzichtbar erwiesen, hatte Dinge organisiert und Harmony angerufen, damit sie sich um Grace kümmerte. Er hatte die Beseitigung von Pagliones Leiche unauffällig abgewickelt. Parrishs Körper ließ er zurück, damit man ihn finden und seinen Tod als Resultat eines Blitzschlages hinnehmen würde. Grace hatte wie eine Marionette Conrads Befehle ausgeführt. Sie war dabei so betäubt, daß sie sich fragte, ob sie wohl jemals wieder etwas empfinden würde. Niall war nicht mehr da. Nachts wachte sie weinend und nach ihm tastend auf. Sie hatte nur eine so kurze Zeit mit ihm verbracht, und doch kam es ihr vor, als ob er sich in jede Faser ihres Körpers geschlichen hätte.

»Fertig!« rief Kris aufgeregt. Als richtiger Hacker geriet sein Blut bei einer solchen Aufgabe in Wallung. »Wir können die Stiftung nicht ganz und gar vernichten, aber die Leute werden wohl einige Zeit im dunklen tappen. Ihre Unterlagen sind jedenfalls komplett vernichtet.«

Conrad nickte, und einen Augenblick leuchteten seine sonst ausdruckslosen Augen auf. »Gut«, sagte er zufrieden.

Außer in Parrishs Tod hatten sie Kris in nichts eingeweiht. Dennoch wußte er genug, um ihnen bereitwillig zu helfen. Harmony hatte den Schock immer noch nicht ganz verdaut, Grace vor einem Monat in einem Blitzgewitter vernichtet gesehen zu haben. Sie kümmerte sich jetzt noch intensiver um Grace als zuvor.

Conrad stand auf und blickte auf den leeren Monitor. »Bist du dir auch sicher, daß ein Programmierer die Daten nicht doch wieder aus der Hard Disc hervorholen kann?«

»Ich bin mir ganz sicher, da kannst du mir vertrauen. Die Hard Disc ist vollkommen gelöscht. Wenn du dir sicher bist, daß keine Kopien irgendwo existieren, dann kann diese Information nie wieder auftauchen.«

Conrad brummte. Die Möglichkeit von Kopien bereitete ihm Sorgen. Er hatte persönlich Parrishs Haus durchsucht und dort nichts gefunden. Aber wenn eine solche Diskettenkopie existieren sollte, dann wäre sie so wertvoll, daß man sie vermutlich in einem Banktresor hinterlegt hätte.

Grace hatte die Dokumente, an denen sie so lange gearbeitet hatte, verbrannt. Diese letzte Verbindung zu Niall zu zerstören war ihr sehr schwergefallen. Nie wieder würde sie voller Bewunderung über ihn lesen können. Aber die Niederschriften nahmen sich gegen den wirklichen Mann ohnehin farblos aus. Sie wollte jedoch auf keinen Fall, daß irgend jemand die Dokumente fand und damit die Sicherheit des Schatzes gefährdete, dessen Schutz Niall sein Leben gewidmet hatte.

Die vier verließen gemeinsam das Gebäude, trennten sich jedoch auf der Straße. Keiner redete, es gab nicht mehr viel zu sagen. Kris fuhr mit seiner Chevelle weg. Conrad verneigte sich etwas altmodisch vor Grace und entfernte sich. Harmony und Grace gingen langsam auf Graces alten Transporter zu.

»Und was jetzt?« fragte Harmony. »Keine Flucht, keine gemeinsamen Verfolger, die dich umbringen wollen. Okay, die Polizei ist noch hinter dir her. Aber so wie ich die Sache sehe, können die ihren eigenen Hintern noch nicht einmal dann finden, wenn man ihnen eine Taschenlampe dazu gibt. Vor denen wirst du also ziemlich sicher sein. Ich würde an deiner Stelle woanders hinziehen und vielleicht irgend etwas ganz Langweiliges machen. Segelfliegen zum Beispiel.«

Grace rang sich ein Lächeln ab. »Ab übermorgen habe ich keinerlei Pläne mehr«, erwiderte sie.

»Und was hast du für morgen geplant?«

»Ich werde das Grab meines Mannes besuchen.«

Der Junimorgen war sonnig und schön, die Blumen standen in voller Blüte. Grace hielt zwei bunte Frühlingssträuße mit Gänseblümchen, Lilien und Pfingstrosen in ihren Armen. Harmony lief schweigend neben ihr durch die Reihen der Gräber.

Grace wußte genau, wo sich die Gräber befanden. Bryant war neben seinen Eltern bestattet, und Ford lag in einem Grab nicht weit entfernt, das er und Grace sich ausgesucht hatten. Als sie die Grabstelle erworben hatten, hatten sie sich gefragt, wie viele Jahrzehnte sie noch ungenutzt bleiben würde. Sie hatten sich geirrt. Die beiden Gräber waren mit Namensschildern versehen. Wer hatte sich wohl darum gekümmert? Freunde vielleicht, oder auch Kollegen. Vielleicht hatte sich sogar Parrish selbst darum gekümmert, weil ihn die Aufgabe belustigte. Ihr war es gleichgültig. Wenn er es tatsächlich getan hatte, so zählte nur das Ergebnis. Sie war froh, daß die Gräber mit Namen versehen waren und daß diese beiden wunderbaren Menschen nicht ein Jahr lang in einem namenlosen Grab gelegen hatten.

Auf Bryants Schild stand lediglich: *Bryant Joseph St. John. 11. November 1962 – 27. April 1996.* Das sagte so wenig aus. Er war dreiunddreißig Jahre alt gewesen. Er hatte niemals geheiratet, obwohl er einmal verlobt gewesen war. Ein paar ernsthafte Frauenbekanntschaften. Er liebte seine Arbeit, Kreuzworträtsel, eiskaltes Bier und knabberte Popcorn beim Fußballspiel. Seine zweiten Zehen hatten die großen Zehen überragt, und er hatte niemals etwas Gestärktes tragen können. Sie hätte sich keinen besseren Bruder wünschen können.

Sie legte einen der beiden Sträuße auf dem Grab ab und lief wie im Nebel weiter. Sie strauchelte ein wenig, und Harmony legte stützend ihren Arm um sie.

»Alles in Ordnung?«

»Eigentlich nicht«, flüsterte Grace. »Aber ich muß das jetzt tun.«

Bryants Grab hatte im Halbschatten gelegen. Fords Grab dagegen lag in der vollen Sonne. Das Gras, das darübergewachsen war, war dicht und üppig. *William Ford Wessner* stand auf dem Schild. *27. September 1961 – 27. April 1996.* Darunter hatte man noch eine Zeile hinzugefügt: *In Liebe verheiratet mit Grace Elizabeth St. John.*

Graces Knie knickte ihr ein, und sie sank trotz Harmonys Bemühungen langsam auf das Grab hinunter. Zitternd streckte sie ihre Hand aus und zog sehnsüchtig die eingravierten Buchstaben der Zeile nach. Sie vermißte ihn sosehr, sie wollte sein schiefes Lachen wieder sehen, den Schalk seiner leuchtenden Augen. Er war für sie gestorben, und er hatte nicht einen Moment lang gezögert. »Ich werde dich immer lieben«, versprach sie ihm. Sie konnte seinen Namen nicht mehr erkennen, denn ihre Sicht war völlig verschwommen. Er war es wert, geliebt zu werden. Dieses Gefühl würde sie stets in ihrem Herzen behalten. Es würde nie sterben, genausowenig wie die Liebe zu ihren Eltern gestorben war.

Das menschliche Herz hat die Fähigkeit, viele Menschen zu lieben, und keine dieser Lieben bedeutete eine Minderung für die anderen. Niall war bereits in ihrem Herzen gewesen, noch bevor Ford gestorben war. Er hatte ein Funken ihres Interesses und ihres Respekts hervorgerufen. Als sie Ford verloren hatte, war dieser Funken nicht erloschen, sondern war während der langen Monate ihrer Einsamkeit ständig gewachsen und hatte ihr Kraft verliehen. Zunächst hatte sie ihn als Menschen geliebt, erst später auch als Mann. Der Funken hatte sich zu einem lodernden Feuer ausgebreitet, als sie in seine Zeit zurückgereist war. Als er dann auch noch Kohlen in dieses Feuer gelegt hatte, war daraus ein veritabler

Buschbrand geworden. Wie viele Frauen hatten wohl das Glück, zwei derartige Lieben zu erfahren? Die beiden waren vollkommen verschiedene Persönlichkeiten. Ford hatte ein ausgeglichenes Gemüt und war gutgelaunt. Mit Niall zusammenzuleben würde sicherlich schwierig sein, da er es gewohnt war, daß ihm jedermann gehorchte. Andere Zeiten, andere Männer – und sie waren beides *Männer* im bestmöglichen Sinne des Wortes.

Harmony kniete sich ungeachtet ihrer weißen Hosen neben Grace ins Gras. »Hätte es ihm etwas ausgemacht?« fragte sie leise und nickte in Richtung der Grabtafel. »Oder hätte er gewollt, daß du noch einmal liebst?«

»Er würde mir eine neue Liebe wünschen«, erwiderte Grace und streichelte über das Gras. Sie würde es ihm umgekehrt auch wünschen. Sie konnte zwar ein kurzes Aufflackern ihrer Eifersucht nicht verhindern – lächerlich unter den gegebenen Umständen –, aber sie wollte ihn glücklich wissen. Und er war noch offenherziger und großzügiger gewesen, als sie es war.

Sie legte den Strauß auf dem Grab ab und berührte noch einmal das Grabschild. Seit seinem Tod hatte sie sich immer nur an ein Bild von ihm erinnern können, jenes grauenhafte letzte Bild. Die Worte auf dem Grabschild jedoch beschworen eine andere, glücklichere Vergangenheit herauf. Sie erinnerte sich an ihren Hochzeitstag. Sie erinnerte sich daran, wie nervös und aufgeregt er gewesen war, wie häufig er geschluckt hatte, wie seine Stimme gezittert hatte, als er das Versprechen gegeben hatte. Als die Zeremonie vorbei war, breitete sich ein breites Grinsen über seinem Gesicht aus. An dieses Grinsen erinnerte sie sich jetzt, es zeugte einerseits von Erleichterung und andererseits von seinem Glück. Tränen rannen ihr das Gesicht hinunter, und ihre Lippen zitterten. »Ach, Ford«, sagte sie mit brüchiger Stimme. »Ich vermisse dich sosehr, und ich liebe dich, aber ich muß jetzt gehen.«

Harmony half ihr auf die Beine und führte sie vorsichtig weg. Grace strauchelte auf dem taubedeckten Gras. Sie blieb stehen und warf den Kopf in den Nacken. Es war ein wunderschöner Tag. Sie holte tief Luft, atmete den frischen Duft ein und betrachtete mit Tränen in den Augen das weite Blau des Himmels.

»Du siehst aus, als ob du jede Minute in Ohnmacht fallen würdest«, meinte Harmony streng. »Hast du schon etwas gegessen?«

»Nein, noch nicht.« Grace lächelte sie an. Es war ein zittriges Lächeln, aber es war echt. Ihr tat alles weh, aber sie hatte ihren Frieden gefunden. Sie hatte zwar keine Rache verübt, aber Ford und Bryant war Gerechtigkeit widerfahren. Und das reichte aus.

»Hast du denn wenigstens versucht, etwas zu essen, oder hast du gleich gewürgt?«

»Gewürgt.« Die morgendliche Übelkeit hatte sie vor drei Tagen ausgesprochen heftig heimgesucht. Harmony hatte behauptet, je schlimmer die morgendliche Übelkeit, je weniger wahrscheinlich wäre eine Frühgeburt. Wenn diese alte Weisheit richtig sein sollte, dann sah Grace sich bis in den neunten Monat Hockey spielen, ohne daß es dem Baby schaden würde.

Sie berührte ihren flachen Bauch. Sie war fünf Wochen schwanger, sie kannte das genaue Zeugungsdatum. Sie würde die längste in der Geschichte der Menschheit verbuchte Schwangerschaft haben, ein Baby, das 1322 gezeugt und 1998 geboren wurde. Da würde man nicht schlecht staunen. Zunächst war es ihr merkwürdig erschienen, daß eine einzige Nacht bereits mit einer Schwangerschaft enden sollte. Aber als sie an die Nacht zurückdachte, fragte sie sich, wie sie ernstlich hatte annehmen können, *nicht* schwanger zu werden.

Sie dachte an Nialls Worte, daß er gerne ein normales

Leben führen würde, eine Frau und Kinder hätte. Vielleicht war er ja für ein »ganz normales« Leben nicht geeignet, aber sie trug sein Kind, und er wußte noch nicht einmal etwas davon. Er hatte sich vollkommen isoliert und sich außer der Last seiner Verantwortung nichts gegönnt. Würde er sein Kind begrüßen oder sich abwenden?

Er würde es wollen, dachte sie. Eine große Zärtlichkeit und Leidenschaft schlummerte in ihm. Von beidem hatte er sie bereits kosten lassen. Ein Mann wie er würde seine Kinder vergöttern. Es wäre ein Verbrechen, ihm dieses Glück zu versagen.

»Wirst du zurückgehen?« fragte Harmony, als sie vom Friedhof wegfuhren.

»Ich denke, ich sollte es tun. Vielleicht ist die Reise ja vollkommen überflüssig, und er wird mich hierher zurückschicken. Aber wenn er mich läßt, dann würde ich bleiben.«

»Mannomann«, staunte Harmony. »Das muß wirklich Liebe sein. Ich meine, eine Frau gibt heißes Wasser, Zentralheizung, *Chicago Hope* und Sean Connery, Pizza und Enchiladas auf – da muß der Mann noch eine Menge mehr zu bieten haben als einen heißen Liebesknochen. Wenn du verstehst, was ich sagen will.«

»Das verstehe ich«, erwiderte Grace lachend. »Er hat ja noch die Burg.«

»Die ist doch gräßlich zugig. Dann nimm lieber seinen großen, heißen Liebesknochen. Sean Connery ist zwar eine begehrenswerte Sache, aber immerhin tauschst du ihn ja wieder gegen einen Schotten ein, noch dazu gegen einen, der dir dann auch gehört. Muß wohl am Wasser dort oben liegen, daß die so viele Männer von der Sorte haben. Wann also wirst du die Sache in Angriff nehmen?«

»Sobald ich wieder in Schottland auf Creag Dhu bin.«

»Wird es dem Baby schaden?«

Grace berührte ihren Bauch, wie sie es in letzter Zeit häufig tat. »Darüber habe ich auch schon nachgedacht. Eigentlich wüßte ich nicht, warum. Es ist ja Niedervolt, ich jedenfalls hatte nur etwas Muskelkater.«

»Soll ich dich nach Schottland begleiten?«

»Das wäre wunderbar. Hast du mal darüber nachgedacht, *ganz* mit mir mitzukommen?«

»Auf gar keinen Fall. Ich werde dich vermissen, Grace. Du führst wirklich ein aufregendes Leben. Aber unter gar keinen Umständen werde ich meine modernen Bequemlichkeiten aufgeben, für keinen Liebesknochen der Welt, wie groß auch immer er sein mag.«

27

»Heiliger Himmel!«

Grace hörte den Aufschrei, allerdings gedämpft, wie aus weiter Ferne. Sie versuchte, einen klaren Gedanken zu fassen, zu schlucken, aber noch nicht einmal ihre Kehle schien ihr zu gehorchen. Für eine endlos erscheinende Zeit sank sie in die Dunkelheit zurück. Langsam wurde sie sich der Geräusche um sie herum bewußt, spürte, wie sie sanft aufgehoben und weggetragen wurde. Ihre Glieder hingen schwer wie Blei herab, und wie ein Neugeborenes konnte sie ihren Kopf nicht heben.

Sie wurde auf ein Bett gelegt, spürte es weich in ihrem Rücken und öffnete mühsam die Augen. Ein großes, kräftiges, besorgtes Gesicht mit kleinen Zöpfchen an den Schläfen erschien verschwommen vor ihr. Wilde Freude erfüllte sie. Niall! Sie wußte zwar nicht, was innerhalb der nächsten zehn Minuten geschehen würde, im Augenblick jedoch konnte sie ihn sehen, ihn spüren. Zum ersten Mal seit Ewigkeiten war sie richtig glücklich. War sie denn damals, als sie das letzte Mal hier gewesen war, wirklich glücklich gewesen? Sie runzelte ein wenig die Stirn, denn die Frage war wichtig. Sie hatte sich zerrissen und gefangen gefühlt und darüber hinaus noch viele andere Empfindungen gehabt, die sie nicht so recht benennen konnte. Jetzt aber, in diesem Augenblick, war sie endlich wieder richtig glücklich.

»Mein Mädchen.« Er strich ihr die Haare aus der Stirn. »Kannst du sprechen?«

Ihr fiel auf, daß er mit gälischem Akzent sprach und nicht als Niall, der Hüter des Schatzes. Genau wie Harmony wechselte er die Mundart entsprechend seiner Launen. Das war eine der Auswirkungen, die zuviel Erlebtes und die Kenntnis zu vieler Sprachen mit sich brachte. Ein dünnes Lächeln zitterte um ihre Mundwinkel. »Wenn du lächeln kannst, dann kannst du auch reden.« Er sprach mit scheinbarem Ernst, aber sie konnte sein unterschwelliges Lachen heraushören.

»Vielleicht schon«, erwiderte sie, ohne die Augen zu öffnen.

Er schnaubte zufrieden. »Du scheinst mir wach genug.«

»Wach genug für was?« Aber noch bevor sie die Worte ganz ausgesprochen hatte, fühlte sie seine Hände. Sie glitten ihre Beine hinauf und öffneten ihr Kleid. Ihr Herz hätte beinahe ausgesetzt, aber sie blieb ruhig liegen und genoß seine erstaunlichen Fähigkeiten mit Frauenkleidern. Wenig später war sie splitternackt.

Für seine eigenen Kleider benötigte er noch weniger Zeit. Zitternd vor Glück und Vorfreude öffnete sie die Beine. Er legte sich dazwischen, küßte ihren Bauch und saugte zärtlich an ihren Knospen. Sie rang nach Luft und krallte ihre Finger in seinen Nacken, von der unglaublichen Erregbarkeit ihrer Brüste wie elektrifiziert.

»Mehr als einen Monat war ich jetzt ohne dich«, murmelte er und griff sich zwischen die Beine. »Dieses erste Mal jetzt kann ich mir keine Zeit lassen.«

»Das würde ich auch gar nicht wollen.« Schließlich war sie ebenfalls über einen Monat lang ohne ihn gewesen. Sie lag bewegungslos da, als er sich nach und nach in sie schob. Wieder erstaunte sie die anfängliche Schwierigkeit, ihn aufzunehmen, wenngleich sie auch im eigentlichen Sinn nicht schmerzlich war. Der Druck, das Gefühl der Dehnung überraschte sie. Sie atmete tief ein, griff nach seinen Schultern und preßte sich an ihn.

Er hielt kurz inne. Sein Atem kam genauso keuchend wie der ihre. Mit verzogenem, erregtem Gesicht sah er auf sie hinunter. Dann drang er tief in sie ein und bebte, als er sich dem Höhepunkt näherte. Grace hielt ihn umschlungen. Ihre eigene Erregung hatte mit seiner nicht Schritt halten können. Sie wußte aber, daß mit Niall das zweite Mal nicht lange auf sich warten lassen würde.

Er sank schwitzend und mit wild schlagendem Herzen auf sie. Sein Atem holperte noch gelegentlich, während er die letzten Ausuferungen seines Orgasmus genoß. Sie ließ ihre Hand durch seine Haare gleiten und befühlte die langen schwarzen Strähnen. »Soll das etwa heißen, daß du keine... Erleichterung hattest, seit du aus meiner Zeit zurückgekehrt bist?« Sie wappnete sich für die Antwort und versuchte ihre aufschießende Eifersucht zurückzudrängen. Sie waren ohne irgendwelche Versprechungen auseinandergegangen, sie hatten noch nicht einmal erwarten können, sich jemals wiederzusehen. Sie konnte also von ihm kaum erwarten, daß er ihr treu geblieben war. Dennoch hätte sie ihm am liebsten bei lebendigem Leib das Fell zerkratzt.

»Wenn du mit Erleichterung meinst, ob ich in der Zwischenzeit eine Frau hatte, nein, die hatte ich nicht«, erwiderte er leicht irritiert. Er hob den Kopf von ihrer Schulter und sah sie beleidigt an, als ob sie die Schuld an seinen Entbehrungen zu tragen habe.

»Gut«, murmelte sie höchst zufrieden.

Ein Lächeln huschte über sein schmollendes Gesicht. »Das gefällt dir, nicht wahr?«

»Sehr gut sogar.« Sie drängte sich an ihn und rieb ihren Bauch gegen seinen. Die Bewegung ließ ihn in ihr wieder hart werden. Sie streichelte seinen Rücken und fühlte, wie sich die kräftigen Muskeln anspannten. Seine Hüften fühlten sich kühl an, und sie legte ihre Hände darauf. Er legte seine Arme unter ihren Körper und rollte herum, so daß sie die Stellungen verkehrten. Grace setzte sich auf, ihr Gesicht glühte sinnlich. Wie bereitwillig er seinen Körper zu ihrem Vergnügen zur Verfügung stellte!

Er umspannte ihre Brüste mit den Händen und drückte sie zärtlich, dann rieb er die Daumen über ihre Knospen, die sich sofort aufrichteten. »Das freut mich ja alles sehr, aber warum bist du denn zurückgekommen?«

»Deinetwegen«, erwiderte sie geradeheraus. »Weil ich dich liebe. Wenn du mich behalten möchtest, dann würde ich gerne bleiben.« Sie nahm eine seiner Hände und führte sie zu ihrem Bauch. »Wenn du *uns* behalten möchtest.« Ihre Stimme zitterte, da sie sich gegenseitig keine Versprechungen gemacht hatten und weil sie mit ihrer Rückkehr einen so großen Schritt gewagt hatte. Sie hatten niemals von Liebe gesprochen, aber wenn sie an die zusammen verbrachte Nacht dachte, an die unerwartet liebevollen Zärtlichkeiten, keimte Hoffnung in ihr auf.

Er blickte ihren Bauch an, und seine Augen weiteten sich. Seine Miene war gänzlich ausdruckslos, als ob man ihm auf den Kopf geschlagen hätte und er überhaupt nicht mehr wisse, was um ihn herum vor sich ging. Er wollte etwas sagen, brachte jedoch kein Wort heraus. Er versuchte es erneut, aber seine Stimme war nur noch ein rauhes Krächzen. »Ein Kind?« Er schüttelte den Kopf, als ob er die Worte nicht so recht begreifen könne.

»Erstaunt dich das denn, nach so einer Nacht?« Zu ihrer

eigenen Überraschung errötete sie, als sie an jene rauhe, irrwitzig erregte Vereinigung zurückdachte.

Er fing zu lachen an und hielt sie an den Hüften fest, damit sie nicht von ihm herunterfiel. Sie selbst war auch glücklich über ihre Schwangerschaft, zum Lachen komisch allerdings fand sie sie nicht.

»All diese Jahre…«, begann er und mußte so sehr lachen, daß Tränen in seinen Augen glitzerten. »All diese Jahre über bin ich meinem Schwur treu geblieben, obwohl ich die Verantwortung gehaßt habe. Ich habe einem Leben abgeschworen, wie es für andere Männer ganz und gar selbstverständlich gewesen wäre – und jetzt habe ich überhaupt keine Wahl! Gott sei Dank!«

Die Worte hallten von den Wänden wider, und er wurde ganz ruhig. »Grace«, flüsterte er.

Sie berührte sein Gesicht und streichelte die geliebten Linien. »Ich weiß es nicht«, flüsterte sie. »Du hast mir selbst gesagt, daß wir es nicht wissen können.«

Vielleicht war sie zu ihm gesandt worden. Der Schmerz in ihrer beider Leben sollte vielleicht durch den Zauber geheilt werden, der sie zusammenschweißte. Es war ein Fieber und eine gegenseitige Ergebenheit, dem keiner der beiden widerstehen konnte.

Er zog sie zu sich herunter, legte seine Hände zu beiden Seiten ihres Gesichts und küßte sie ganz behutsam und innig. »Ich hinterfrage nicht das Schicksal«, murmelte er. »Vielleicht zweifle ich an deinem Verstand, dein modernes Leben aufzugeben. Ich habe die Bücher gelesen, die du hier zurückgelassen hast. Es muß eine wirklich wundersame Zeit sein.«

»Genau wie diese Zeit, nur auf ihre eigene Art. Du bist hier, und das ist wundersam genug für mich. Da du der Hüter bist, mußtest du hierher zurückkehren und hierbleiben. Also bin ich hierhergekommen. Nachdem ich mich erst einmal verabschiedet hatte, ist mir die Entscheidung leicht gefallen.«

»Von deinem Mann?« fragte er verständnisvoll. Niall kannte das Gefühl, geliebte Menschen zu verlieren.

»Von ihm und von meinem Bruder. Ich habe keine Familie mehr dort. Aber der Anfang einer neuen Familie wächst in mir, und ich möchte mit dir zusammensein… das heißt, wenn du mich hierhaben möchtest.«

»Ob ich dich hierhaben möchte?« knurrte er. »Grace, ich wollte dich schon Monate vor deinem Erscheinen hierhaben. Ich habe mich nach dir verzehrt. Wie sollte ich mich aber eines Mädchens erwehren, das gar nicht da war? Wenn du die Worte hören willst, ja, ich liebe dich. Hast du etwa daran gezweifelt? Nachdem du den Schatz gefunden hattest, habe ich dich nicht umgebracht, wie es meine Pflicht gewesen wäre, sondern mich fast selbst dabei umgebracht, dich zu lieben! Ich bin froh, daß du hierbleiben willst, denn ich würde dich selbst dann nicht wieder ziehen lassen, wenn du es wolltest.«

Jetzt erst bemerkte sie verblüfft, daß Nialls Pflichtverletzung in der Tat einmalig gewesen war. Weshalb war ihr das noch nicht eher aufgefallen? »Du hast mich also damals schon geliebt?«

»Natürlich«, erwiderte er ruhig. »Und jetzt, mein Mädchen, solltest du mich erst einmal so richtig genießen.«

Ihn so richtig zu genießen dauerte recht lange. Alice brachte ihnen abends das Essen. Sie grinste, als sie Niall auf seinem Stuhl ausgestreckt sah. Er hatte sich zwar keusch seinen Rock wieder umgezogen, aber seine schweren Lider verrieten seine im Übermaß und bis zur Erschöpfung genossenen sinnlichen Freuden.

Grace lehnte, lediglich mit seinem Hemd bekleidet, auf seinem Schoß. Wenn Niall das Hemd nicht dauernd angehoben hätte, so hätte es ihr bis zu den Knien gereicht. Aber offenbar konnte er einfach nicht widerstehen. Wenn er sie nicht gerade fütterte oder ihr den Weinkelch an die Lippen setzte, so streichelte er ihre Schenkel, und manchmal wanderten seine Hände auch etwas höher.

Ihr Magen hatte sich jetzt durch das einfache, ungewürzte Essen beruhigt. Noch ein einziges Mal hatte sie die Übelkeit überfallen, und zwar nachdem Niall sie in die große Halle gezogen hatte und sie dort vor den Augen aller Bewohner von Creag Dhu den Eid der Ehe geleistet hatten. Alle hatten ihnen zugeprostet. Der zweite Kelch gewürzten Weins war jedoch zuviel gewesen. Danach hatten sie dann allerdings noch alle dem Baby zuprosten wollen.

Jetzt war der Wein schwach und süß, aber nach den aufregenden Geschehnissen des Tages war sie erschöpft und müde. Friedlich legte sie ihren Kopf auf seine Schulter. Als sich die eine Wand hinter dem Kamin zu bewegen begann, blinzelte Grace benommen. Der Wein war offenbar doch stärker gewesen, als sie angenommen hatte. Ein Mann kam durch die Öffnung und blieb mit weit aufgerissenen Augen erstarrt stehen. »Ich habe dir eine Botschaft schicken lassen«, sagte er auf französisch.

»Ja«, erwiderte Niall schläfrig auf gälisch. »Du brauchst dir allerdings nicht die Mühe zu machen und französisch sprechen, denn das spricht sie auch. Lateinisch und griechisch ebenfalls. Wenn du mir etwas Privates sagen möchtest, dann am besten auf gälisch, das spricht sie noch nicht so gut.«

»Weswegen ist sie hier?«

»Nun, weil ich sie geheiratet habe.« Niall lächelte Grace an und fuhr mit dem Daumen ihre Unterlippe entlang.

»Liebling, dies mit mein Bruder Robert. Er ist der König der Schotten. Robert, dies ist Grace, meine Frau und die Mutter meiner Kinder.«

Robert war vollkommen verblüfft und Grace nicht minder. Sie rutschte von Nialls Schoß und trat, nur mit dem Hemd ihres Mannes bekleidet, barfuß und mit offenem Haar vor den König der Schotten. Sie errötete.

Robert der Bruce war ein großer, kräftig gebauter Mann, allerdings nicht ganz so groß wie Niall. Er war auf seine derbe Art gutaussehend, vielleicht um die Fünfzig, und hatte das Gebaren eines Kriegers. Er musterte Grace wohlwollend, wobei sein Blick auf ihren Beinen haften blieb. Knurrend sprang Niall auf und stellte sich vor sie.

»Hast du ihr etwa alles erzählt?« fragte Robert mißtrauisch.

»Nein, sie wußte ohnehin schon alles.« Niall griff hinter sich, um sicherzugehen, daß Grace immer noch schamhaft hinter ihm stand. »Möchtest du etwas Wein?

Robert lachte. »Du alter Schlingel«, brachte er mit liebevollem Unglauben hervor. »Erst bringst du einen Clanführer um, dann reduzierst du den Clan, bis nur noch wenige übrig sind, und dann fragst du mich, ob ich Wein möchte. Der Adel verlangt von mir, daß ich mein Heer dazu einsetze, Schottland von den Abtrünnigen von Creag Dhu zu befreien.«

»*Huwe* hat angegriffen«, erwiderte Niall erbost. »Und ich habe alle Hays freigegeben, die die Schlacht überlebt haben.«

»Ja doch, das weiß ich wohl. Ich bin ja auch nur gekommen, um dich zu fragen, um es von dir zu erbitten – ich, ein König! –, daß du in nächster Zeit vielleicht nicht mehr ganz soviel Blut vergießt.«

»Wenn es nach mir geht, so würde ich gerne von heute an ein äußerst friedliches Leben führen«, erwiderte Niall. »Wirst du mir dazu deinen Segen geben?«

»Aber immer doch.« Robert trat einen Schritt vor und umarmte seinen Bruder. Den kurzen Blick, den Grace dabei auf sein Gesicht erhaschte, nahm sie für alle Zukunft für ihn ein, denn er war voller Liebe und voller Erleichterung. Er zwinkerte ihr über Nialls Schulter hinweg zu, und wieder wurde sie rot.

»Kannst du sprechen, Mädchen?« fragte er.

»Aber natürlich kann ich das«, erwiderte sie. Zufrieden bemerkte sie, daß sie ihre Stimme wieder im Griff hatte. »Ich freue mich…« Sie hielt plötzlich inne. Wie sollte sie ihn anreden? Sire? Ihre Hoheit? Ihre Königliche Hoheit?

»Robert«, erwiderte der König. »Innerhalb der Familie nennt man mich Robert.« Er legte den Kopf zur Seite. »Du hast einen merkwürdigen Akzent, weder richtig englisch noch richtig französisch. Von wo kommst du?«

»Creag Dhu«, erwiderte Niall knapp. »Dies ist ihr Zuhause.«

Robert nickte und nahm zur Kenntnis, daß es um seinen Bruder nun noch ein weiteres Geheimnis gab. »Wann habt ihr geheiratet?«

»Heute.«

»Heute!« Wieder lachte Robert. »Dann ist es kein Wunder, daß das Mädchen halbnackt auf deinem Schoß gelegen hat! Dann will ich euch in eurer Hochzeitsnacht mal alleine lassen. Laßt es euch gutgehen!«

»Das werden wir«, versprach Niall. »Sobald du gegangen bist.«

Robert lachte noch, als er wieder in den Geheimtunnel trat, obwohl er sein Lachen zu unterdrücken suchte. Grace beobachtete, wie die Wand sich hinter ihm wieder schloß. »Wie viele dieser geheimen Fluchtwege gibt es eigentlich auf Creag Dhu?«

»Creag Dhu ist vollkommen davon unterwandert«, erklärte Niall, hob sie in seine Arme und trug sie zum Bett hinüber. Er legte sich neben sie und drückte sie so fest an sich, als ob er sie nie wieder loslassen wollte. »Du fühlst dich einfach himmlisch an«, flüsterte er in ihr Haar. »Als ob du ein Teil von mir wärst, als ob du nirgendwo anders hingehörst.«

»Ich will auch nirgendwo anders sein.«

»Dann sollte ich gleich morgen früh die Papiere verfassen, die dich zu mir gebracht haben. Ich möchte nämlich nicht, daß da etwas schiefläuft.« Er legte ihr die Hand auf den Bauch, in dem sein Kind heranwuchs, und drückte sie an sich. Und so schliefen sie ein und träumten.